SCIENCE FICTION

Herausgegeben
von Wolfgang Jeschke

Eine ausführliche Bibliographie
der im Wilhelm Heyne Verlag erschienen Werke
von C. J. CHERRYH
finden Sie am Schluß des Bandes.

# C. J. CHERRYH

# EROBERER

Zweiter Roman des
**ATEVI-ZYKLUS**

Aus dem Amerikanischen übersetzt
von
MICHAEL WINDGASSEN

Deutsche Erstausgabe

WILHELM HEYNE VERLAG
MÜNCHEN

HEYNE SCIENCE FICTION & FANTASY
Band 0605652

Titel der amerikanischen Originalausgabe
INVADER
Deutsche Übersetzung von Michael Windgassen
Das Umschlagbild malte Michael Whelan

*Umwelthinweis:*
Dieses Buch wurde auf chlor- und säurefreiem Papier gedruckt.

Redaktion: Wolfgang Jeschke

Erstausgabe 1995 by DAW Books, New York
Mit freundlicher Genehmigung der Autorin
und Paul und Peter Fritz, Literarische Agentur, Zürich
(# 52809)

Printed in Germany 1997
Umschlaggestaltung: Atelier Ingrid Schütz, München
Technische Betreuung: M. Spinola
Satz: Schaber Satz- und Datentechnik, Wels
Druck und Bindung: Elsnerdruck, Berlin

ISBN 3-453-11918-5

# 1

Die Maschine senkte sich und schwebte, einen engen Bogen fliegend, auf das nördliche Rollfeld ein. Bren Cameron kannte den Anflug auf Shejidan mit geschlossenen Augen.

Und seine Augen waren geschlossen. Die Schmerzmittel taten ihre Wirkung. Mit dem letzten Blick nach draußen hatte er über der Straße von Mospheira eine geschlossene Wolkendecke liegen sehen.

Ein Arm in der Schlinge, zahlreiche Prellungen. Unfallchirurgie.

Am Morgen – es war doch an diesem Morgen gewesen, wie er sicher zu sein glaubte, denn so sehr konnte sein Zeitgefühl doch wohl nicht durcheinandergeraten sein –, am Morgen hatte, als er aufwachte, nicht etwa seine Mutter oder Barb am Bett gesessen, sondern ein Beamter des Auswärtigen Amtes ... Himmel, was er durch den zu hören bekommen hatte, war ihm zur Hälfte wieder entfallen. Der hatte irgendwas von einer dringenden Unterredung gesagt, davon, daß der Aiji ihn schnellstens persönlich zu sprechen wünschte, und zwar wegen einer Sache, die keinen Verzug duldete. Dabei hatte Bren gehofft, daß alles geklärt sei, daß er sich in Ruhe würde erholen können. Tabini hatte ihm deswegen Urlaub gegeben und ihn nach Hause geschickt, damit er sich dort von seinen eigenen Ärzten behandeln lassen konnte.

Doch die Krise war offenbar längst nicht überwunden; seine Kollegen hatten ihn über die Situation auf dem Festland nicht hinreichend aufgeklärt, was aber kaum verwundern konnte, da, wenn es um innere Angelegenheiten ging, zwischen der Regierung auf Mospheira und dem Aiji in Shejidan nur wenig Austausch stattfand, und wenn überhaupt, dann nur in seinem Beisein.

Er fragte sich, wer Tabinis Ersuchen um seine Rückkehr übersetzt und weitergeleitet hatte. Auf jeden Fall war der Ruf aus Shejidan so dringend formuliert worden, daß man auf Mospheira den Eindruck hatte, es ginge um Leben und Tod.

»Mr. Cameron, erlauben Sie, daß ich die Ablage hochklappe.«

»Danke.« Es war das allererste Mal, daß er eine Schlinge trug. Er fuhr Ski, und zwar recht verwegen, wenn er Gelegenheit dazu hatte. Mit seinen siebenundzwanzig Jahren hatte er schon zweimal an Krücken gehen müssen. Aber ein kaputter Arm war eine ganz neue Erfahrung, sehr behindernd für ihn, der viel am Schreibtisch zu arbeiten hatte.

Die Ablage war hochgeklappt und verriegelt. Der Flugbegleiter half, die Rückenlehne in Normalstellung zu bringen, und legte die beiden Teile des Gurts zurecht. Er hätte sie ihm auch angelegt, denn mit einem von der Schulter bis zur Hand eingegipsten Arm und der bandagierten Brust fiel ihm, Bren, jede Bewegung schwer. Doch sich anzuschnallen schaffte er auch selbst – bei seiner momentanen Unbeholfenheit immerhin ein kleiner Erfolg.

Er bereute es nun, auf das Schmerzmittel nicht verzichtet zu haben; daß es so stark war, hatte er nicht gewußt. Er könne die Tabletten ohne Bedenken nehmen, war ihm gesagt worden, und er hatte geglaubt, sie nötig zu haben, um vor dem Abflug noch schnell noch ein paar wichtige Sachen im Büro erledigen zu können.

Und erst jetzt, im Anflug auf die Hauptstadt, war er wieder wach geworden.

Hoffentlich, dachte er, war seinen Kontaktleuten bekannt, wann er eintreffen würde. Aus Mospheira kamen täglich mehrere Maschinen, die aber brachten jeweils nur Fracht. Er saß wie immer, wenn er diese Strecke flog, vorn in einer kleinen Kabine mit Fenster, in der für gewöhnlich leicht zerbrechliche, medizinische Güter transportiert wurden. Das Abteil hatte zwei Sitze, eine kleine Getränkebar und eine Mikrowelle. Mehr war nicht nötig für den Personenverkehr zwischen Mospheira und Shejidan, denn diese Reise unternahm regelmäßig nur ein einziger, nämlich er, der Paidhi-Aiji.

Der überaus streng bewachte Paidhi, der nicht nur als Dolmetscher fungierte, sondern auch als Koordinator für technische Forschung und Entwicklung sowie als Vermittler zwischen Shejidan und der Insel von Mospheira, wo die Menschen lebten.

Das Fahrwerk war draußen.

Die Maschine tauchte ein in den dichten grauen Wolkenteppich. Turbulenzen machten sich bemerkbar.

Scheußliches Wetter. Flackerndes Blitzlicht fiel auf die Tragfläche. Der Flugbegleiter hatte erwähnt, daß es in Shejidan regnete. Von einem Gewitter war in der Vorhersage nicht die Rede gewesen. Bren hoffte, daß man ihn mit einem Wagen vom Flughafen abholen würde.

Regenwasser strich am Fenster entlang; dunkle Wolkenmassen versperrten den Blick. An einem Tag wie diesem war er in Malguri angekommen. Wann? Vor einer Woche oder zehn Tagen. Es schien eine Ewigkeit her zu sein, und seitdem war alles anders.

Die Welt der Atevi stand kopf – wegen eines Raumschiffs, das am Himmel aufgetaucht war und jetzt den Planeten umkreiste. Die Atevi mußten natürlich annehmen, daß das Schiff den Menschen willkommen war, und sie hatten allen Grund zur Sorge – nachdem es sich hundertachtundsiebzig Jahre lang nicht hatte blicken lassen.

Aber auch die Menschen, die vor hundertachtundsiebzig Jahren von diesem Schiff ausgesetzt worden waren und seitdem auf Mospheira lebten, selbstbestimmt und zufrieden mit ihrem Los – auch sie reagierten bestürzt auf die Rückkehr des Schiffs, denn es brachte all ihre Pläne durcheinander und störte den Frieden mit den atevischen Nachbarn, der nach Kämpfen und jahrzehntelangen Bemühungen endlich zustande gekommen war und beiden Seiten zum Vorteil gereichte.

Es war nur allzu verständlich, daß der Aiji von Shejidan, der Herrscher des Westbundes, dringend zu wissen verlangte, was zwischen diesem Schiff und der Bodenstation auf Mospheira kommuniziert wurde.

Auch der Paidhi wollte darauf eine Antwort haben. In den letzten vierundzwanzig Stunden hatte sich anscheinend etwas zugetragen, das seine Anwesenheit in Shejidan dringender denn je erforderlich machte. Aber weder vom Präsidenten noch vom Außenministerium war ihm eine Erklärung mit auf den Weg gegeben worden, und er wußte nicht, was er dem Aiji sagen sollte. Er wußte nur eines, und das mit Bestimmtheit: Der Konflikt zwischen Atevi und Menschen drohte zu eskalieren. Schon einmal war es aufgrund von falschverstandenen Absichten zu gewaltsamen Auseinandersetzungen gekommen. Daß es dazu nicht noch einmal kam, dafür setzte er sich ein. Doch im Alleingang konnte er die Sicherheit der Menschen auf Mospheira nicht gewährleisten, das war ihm bewußt – so auch die Kehrseite seines Amtes als Paidhi: Fehler seinerseits hatten der Möglichkeit nach katastrophale Folgen.

Zur Katastrophe käme es, wenn der Aiji von Shejidan seine Macht verlöre und der Westbund auseinanderbräche.

Es fehlten nur noch ein paar Tropfen, die das Faß zum Überlaufen brächten, eine unbedachte Funkmeldung von Mospheira oder ein atevischer Hitzkopf mit Flinte – wovon es nach Brens Geschmack viel zu viele auf dem Festland gab. Mit Jagdgewehren wurde in ländlichen Gebieten dafür gesorgt, daß Essen auf den Tisch kam. Während die Kinder der Menschen auf Fahrrädern zu strampeln übten, lernten gleichaltrige Atevikinder mit dem Schießprügel umzugehen, was die meisten von ihnen schließlich verdammt gut beherrschten. Manche ließen sich später als Assassinen ausbilden, zu lizensierten Vollstreckern privater Fehden, die auszutragen in der atevischen Gesellschaft durchaus legitim war.

Und falls Tabini-Aiji von der Macht verdrängt und der Bund in sich zerfallen würde, wäre es um die Ordnung im Land geschehen. Es gab etliche Provinzen, aber keine Grenzen. Markierungslinien auf Landkarten waren für Atevi ohne jede Bedeutung, denn es wurde nicht nach territorialer Zugehörigkeit unterschieden, sondern nach Mitgliedschaft in Verbänden, die zu komplexen Strukturen miteinander verwoben waren.

Aber nicht nur in dieser Hinsicht war die Welt jenseits von Mospheira völlig anders als die menschliche Gesellschaft, und wenn die Zentralmacht in Shejidan, die sich im Laufe von fast zweihundert Jahren gebildet und Hunderte kleiner atevischer Verbände in ein funktionierendes Gemeinwesen integriert hatte – wenn diese Macht zerbräche, würde er, der Paidhi, persönlich dafür verantwortlich gemacht.

Die Maschine tauchte unter den Wolken weg. Die Wasserschlieren am Fenster verzerrten den Blick auf die Ausläufer der Stadt mit ihren flachen, ziegelgedeckten Häusern, deren Lage und Ausrichtung zueinander nach magisch-geometrischem Kalkül festgelegt worden waren.

Die Landeklappen wurden ausgefahren, als sich die Maschine dem riesigen Regierungssitz näherte, dem Bu-javid, auf dem höchsten Hügel am Stadtrand gelegen, umgeben von zahllosen Hotels und Pensionen jeder Kategorie. Ein Meer von Neonlichtern glitzerte durch grauen Dunst.

In diesen Hotels wurde die atevische Demokratie sinnfällig. Während der regelmäßig stattfindenden Audienztage zu Hofe logierten hier die Bittsteller, zumeist einfache Leute, die darauf warteten, dem Herrscher des weltweit größten Bundes ihr Anliegen persönlich vortragen zu können.

Wenn die Legislative zusammentrat, bewohnten die gewählten Abgeordneten des Hasdrawad dieselben Hotelzimmer. Sogar die Tashrid-Vertreter, jene in den Adelstand erhobenen Mitglieder des Oberhauses, hielten sich hier zusammen mit ihren Dienern und Leibwachen auf, Tür an Tür mit Geschäftsleuten, Bauarbeitern, Numerologen und Fernsehjournalisten.

Wegen der jüngsten dramatischen Vorfälle, die den Bund erschütterten, waren die Hotels zur Zeit allesamt überfüllt. In den Restaurants herrschte ein Tohuwabohu. Ausschüsse tagten. Sowohl im Hasdrawad als auch im Tashrid ging es hoch her. Bittsteller belagerten die Büros der zahlreichen Sekretäre des Aiji und ersuchten um eine Sondererlaubnis für eine Audienz aufgrund irgendwelcher dringlichen Angelegenheiten. Spezialisten, fanatische Numerologen und verschrobene Wahrsager drängten sich in den Hallen des Bujavid. Nach atevischem Glauben ließ sich nämlich das Universum durch Zahlen restlos beschreiben, durch Zahlen, die Glück oder Unglück verhießen, zum Segen gereichten oder ein Verhängnis heraufbeschworen; und es gab Tausende verschiedener Ansätze zur Berechnung solcher Zahlen, Ansätze und Theorien, die alle gleichermaßen leidenschaftlich und mit absoluter Gewißheit vertreten wurden.

Ein Wunder, daß dennoch meistens vernünftige Entschlüsse gefaßt wurden.

Die Landebahn kam in Sicht. Bren sah Lagerhallen und Fabrikanlagen unter der Tragfläche dahinfliegen, Schornsteine und Asphaltflächen, auf denen das Wasser stand, Lüftungsinstallationen und dann das aus

Kies anlegte überdimensionale Logo der Firma Aqidan Sanitär, die Türme von West-Montan und das Dach von Patanandi-Aerospace – das waren für ihn, wenn er von Mospheira zurückflog, die Wahrzeichen Shejidans.

Seltsam, daß er sich freute, sie zu sehen, daß die Hauptstadt für ihn eine Art Zuflucht geworden war.

Auf Mospheira hatte er nicht einmal seine Mutter besuchen können. Sie war auch nicht ins Krankenhaus gekommen. Als er eingeliefert worden war, hatte er sie sofort angerufen. Insgesamt hatte er drei Anrufe machen können, bevor er, von Schmerzmitteln betäubt, eine Untersuchung nach der anderen über sich ergehen lassen mußte. Er erinnerte sich vage, mit ihr gesprochen und ihr gesagt zu haben, daß sie sich keine Sorgen zu machen brauche; es sei auch nicht nötig, daß sie den weiten Weg auf sich nähme, um ihn zu besuchen. Aber insgeheim hatte er doch gehofft, daß sie kommen würde, vielleicht um ein bißchen mütterliche Fürsorge zu demonstrieren.

Er hatte auch Bruder Toby angerufen, der mit seiner Frau an der Nordküste lebte. Toby hatte gesagt, daß er zuversichtlich sei, daß es ihm, Bren, bald wieder besser ginge, und er habe Verständnis dafür, daß er als Paidhi nicht über das reden könne, was geschehen ist, und darum wolle er auch nicht weiter nachfragen. Das war's.

Schließlich hatte er noch Barb angerufen. Sie würde bestimmt ins Krankenhaus kommen; daran war für ihn nicht zu zweifeln. Doch sie war offenbar nicht zu Hause gewesen; also hatte er ihr eine Nachricht aufs Band gesprochen: Hallo, Barb, glaub nicht, was du in den Nachrichten über mich hörst; mir geht's gut. Hoffentlich sehen wir uns noch, bevor ich wieder weg muß.

Und als er nach der Operation wieder aufgewacht war, hatte nicht etwa Barb an seinem Bett gestanden, sondern ein Beamter des Auswärtigen Amtes. Na, wie fühlen Sie sich, Mr. Cameron? hatte der gefragt.

Und: Wir hoffen, daß Sie bald wieder fit sind ...

Danke, hatte Bren geantwortet.

Was hätte er sonst sagen sollen? Danke für die Blumen?

Das Fahrwerk setzte auf. Er starrte zum Fenster hinaus auf einen aschfarbenen Himmel, auf die regennasse Betonpiste und das Terminal, den einfallslosen Kasten, der sich von dem Flughafengebäude auf Mospheira kaum unterschied.

Während er im Krankenhaus gelegen hatte, war sein Computer von Experten der nationalen Sicherheitsbehörde in Beschlag genommen worden. Wahrscheinlich hatten sie alle Files durchstöbert, auch seine persönlichen Briefe, Redenotizen und lexikalischen Einträge. Aber für eine gründliche Sichtung hatten sie wohl kaum Zeit genug gehabt. Bren war sich im klaren darüber gewesen, daß er bald nach Shejidan zurückgerufen würde, und doch hatte er gehofft, zumindest einen Tag lang in der Sonne liegen zu können.

Aber allem Anschein nach hatte sich die Krise zugespitzt. Nur wenige Stunden nach der Operation war er von Sicherheitsbeamten abgeholt und in sein Büro gefahren worden, wo man ihm seinen Computer zurückgab und eine halbe Stunde Zeit ließ, bevor es weiterging zum Flughafen. Ganze dreißig Minuten waren ihm vergönnt gewesen, um die wichtigsten Files zu kopieren, die neuen Overlay-Codes zu laden und jene Nachricht zu löschen, mit der der Präsident ihn auf eine Unterredung zu sich zitiert hatte. Doch dazu sollte es nicht mehr kommen. Immer noch groggy von all den Medikamenten, hatte Bren nur noch Gelegenheit, flüchtig Einblick zu nehmen in das, was ihm von seinen Mitarbeitern, vom Auswärtigen Amt und vom Ministerium an Nachrichten überspielt worden war.

In der gebotenen Eile hatte er auf Nachfragen bei den Absendern verzichten müssen und auch nicht kontrollieren können, ob irgendwelche Veränderungen in der Hauptdatenbank vorgenommen worden waren. Die Genehmigung für den Flug zum Festland war zeitlich ungewöhnlich knapp bemessen – auch das ein untrüglicher Hinweis auf eine äußerst angespannte Situation. Sie waren wie die Henker zum Flughafen gerast, und damit es sofort losgehen konnte, waren alle anderen Starts verschoben worden. Bren hatte sich vorgenommen, während der Stunde, die der Flug nach Shejidan dauerte, ein wenig zu arbeiten, doch kaum hatte die Maschine vom Boden abgehoben, war er in seinem Sitz eingenickt. Er hatte nur ein wenig die Augen vor der gleißenden Sonne über den Wolken schonen wollen.

Noch immer wirkten die Medikamente nach; er fühlte sich wie gerädert, und die Gedanken schwirrten ihm durch den Kopf. Vergeblich versuchte er sich an das zu erinnern, was ihm der Mann vom Auswärtigen Amt gesagt hatte, und was ihn nun erwartete, machte ihm angst.

Das Flugzeug rollte auf die Ankunftshalle zu, hielt aber nicht wie sonst vor einer der Abfertigungsbrücken an, sondern parkte auf der rückwärtigen, fensterlosen Seite. Er löste den Gurt, als die Turbinen leiser wurden, und stand auf.

Der Flugbegleiter holte das Gepäck aus der Ablage. Er wollte auch den Computer zur Hand nehmen, doch Bren wehrte ab. »Wenn Sie mir dabei bitte helfen«, sagte er und deutete auf seinen Mantel, den er in Mospheira eingepackt hatte, ein wetterfestes Stück nach atevischem Schnitt, knielang und mit zahlreichen Knöpfen. Er schlüpfte mit dem unversehrten Arm in den Ärmel, doch das verdammte Ding rutschte von der lädierten Schulter. Auf Mospheira hätte er nichts darum gegeben, aber hier in Shejidan gehörte ein Mantel zur Pflichtausstattung eines vornehmen Herrn, der sich in der Öffentlichkeit zeigte.

Nicht weniger wichtig war es, den Zopf anständig geflochten und mit einer Schleife versehen zu haben, die Stand und Herkunft zu erkennen gab. Nun, ihm würde sicherlich verziehen werden, denn im Krankenhaus auf Mospheira hatte sich niemand gefunden, der in der Lage war, einen Zopf nach Landesart zu flechten, und während des Fluges, den er schlafend zugebracht hatte, war ihm das Haar zusätzlich durcheinandergeraten. Er langte zum Kopf, zog den Zopf unter dem Mantelkragen hervor und versuchte einhändig, ein paar fliegende Strähnen zu bändigen.

Dann nahm er den Computer, legte den Halteriemen über die Schulter und eilte zum Ausgang, befangen, weil zu fürchten war, daß er ein nach höfischen Standards peinlich ungepflegtes Bild abgab.

Aber immerhin war er endlich zurück, und er hoffte, auf schnellstem Weg und ohne großes Aufsehen ins Bu-javid zu gelangen, mitsamt seinen Files, die er zur Arbeit brauchte. Wenn es mit der Kommunikation geklappt hatte – und davon ging er aus –, würde ein Wagen vor der Maschine auf ihn warten.

Es war nun auch wieder Zeit, sich daran zu erinnern, daß er in eine Welt zurückgekehrt war, in der atevische Maßstäbe galten. Hier waren Stühle, Tische und Treppenstufen höher als auf Mospheira. Er mußte sich auf der Gangway in acht nehmen, zumal er immer noch wacklig auf den Beinen war und nur eine Hand hatte, mit der er sich abstützen konnte.

»Danke«, sagte er zum Flugbegleiter, der ihm alles Gute wünschte und die Tür öffnete. Statt einer Passagierbrücke wurde eine altmodische Gangway herbeigerollt, die wuchtig vor den Rand der Luke prallte. Der Stewart brachte das Gepäck hinaus auf die ungeschützte Metallplattform.

Kein Wagen. Womöglich ging zur Zeit im Bu-javid alles drunter und drüber, so daß man sich auf seine Ankunft nicht rechtzeitig hatte vorbereiten können. Feuchter Wind schlug ihm durch die geöffnete Luke entgegen, und Bren war kurz davor, ins Trockene zurückzukehren, als ein Lieferwagen, beschriftet mit dem Signet der Flughafenaufsicht, heransauste und kurz vor der Gangway abbremste, so abrupt, daß Bren vor Schreck von der Luke zurücksprang.

»Passen Sie auf, Sir. Die Stufen sind hier höher.«

»Ich weiß, ich weiß, trotzdem, danke. Und Dank auch an die Mannschaft für den angenehmen Flug.« Er hob die Schulter, damit der Riemen nicht abrutschte, an dem der Computer hin, und drohte plötzlich das Gleichgewicht zu verlieren, als er in die böigen Regenschauer hinaustrat. Den Handlauf gepackt tastete er sich vorsichtig über die Stufen nach unten.

Die Seitentür des Lieferwagens glitt auf. Daraus sprang ein bewaffneter Koloß hervor, schwarz uniformiert und mit silbernen Schulterbeschlägen, wie sie die Sicherheitsleute vom Bu-javid und Tabinis persönliche Leibgarde trugen. Die Gangway wackelte, als ihm die Wache schwungvoll darauf entgegeneilte.

»Nadi Bren!« grüßte eine Frauenstimme, und für Bren klarte der trübe Tag sofort auf.

»Jago!«

Zwei Stufen unter ihm stehend, schaute Jago ihm geradewegs in die Augen. »Das nehme ich. Und geben Sie mir Ihre Hand.« Höflich, aber bestimmt zog sie ihm den Computergurt von der Schulter und legte ihre große, schwarze Hand um seine weißen, kalten Finger. Sie kam ihm in diesem Moment vor wie ein Muster an Kompetenz und Solidität in dieser gewittrigen, windigen Welt, und er hatte keinen Zweifel daran, daß sie ihn, wenn es sein müßte, unter den Arm packen und mit Leichtigkeit nach unten tragen könnte.

Und als er mit Jagos Hilfe die letzten Stufen hinabstieg, tauchte Banichi aus dem Wagen auf, um ihn zu begrüßen.

Bren war froh und erleichtert, von den beiden empfangen zu werden.

Er war so sehr erleichtert, daß er sich nicht mehr in acht nahm und über die nächste Stufe stolperte, und hätte Jago nicht zugepackt, wäre er mit Sicherheit empfindlich gestürzt.

»Vorsicht«, sagte sie und hievte ihn hoch. »Die Stufen sind rutschig.«

Über ihren Köpfen zuckten Blitze, die weiße Schatten warfen und grell von den Regenpfützen reflektiert wurden. Auf weichen Beinen schleppte sich Bren zum Wagen. Jago half ihm beim Einsteigen. Banichi folgte und schlug die Tür zu. Wie seine Partnerin trug auch er eine schwarze Lederuniform mit silbernen Beschlägen. Seine Haut war fast so schwarz wie das straff nach hinten gekämmte und im Nacken geflochtene Haar. Die Augen schimmerten golden selbst bei dem spärlichen Licht im Wageninnern. Banichi ließ sich in den Sitz neben der Tür fallen, ohne das Bein einzuwinkeln, wie Bren registrierte, als er am Fenster Platz nahm.

»Auf geht's«, forderte Jago den Fahrer auf.

»Mein Gepäck«, protestierte Bren, als der Lieferwagen losfuhr.

»Darum kümmert sich Tano. Er kommt mit einem anderen Wagen.«

Tano, sein Bediensteter. Wie gut zu hören, daß er am Leben war.

»Und Algini?« Tanos Partner.

»Ist noch auf der Krankenstation von Malguri«, antwortete Banichi. »Wie geht es Ihnen, Bren-ji?«

Jetzt schon sehr viel besser, dachte er erleichtert.

»Gibt es Nachricht von Malguri?« Bren Stimmes zitterte ein wenig, und er lehnte den Kopf zurück ins Polster. »Von Djinana und den anderen? Haben sie sich retten können?«

»Das müßte zu erfahren sein«, antwortete Jago.

Bren bemerkte plötzlich, wie sehr er am ganzen Körper zitterte. Vielleicht in Reaktion auf das Gefühl, wieder in Sicherheit zu sein. Der überstürzte Aufbruch von Mospheira hatte ihm zugesetzt, und er kam erst allmählich wieder zur Besinnung – und die dämpfte nun seinen Überschwang: Er war in Verhältnisse zurückgekehrt, in denen Emotionen der Freundschaft keinen Platz hatten.

Himmel, dachte er; streich endlich das Wort aus deinem Kopf. Der kurze Aufenthalt auf Mospheira hatte gereicht, um wieder in alte, menschliche Empfindungsmuster zurückzufallen, und davor mußte er sich hüten hier in der Welt der Atevi.

Der Wagen fuhr mit hoher Geschwindigkeit um eine Kurve, und Bren langte zum Haltegriff, um Jago, die neben ihm saß, nicht auf den Schoß zu kippen. Der Fahrer schien die Heizung voll aufgedreht zu haben, denn von der feuchten, kalten Witterung war nichts zu spüren; im Gegenteil, die Luft war so überhitzt, daß ihm die Augen brannten. Er rollte den ans Rückenpolster gelehnten Kopf zur Seite und fragte mit Blick auf Banichi: »Steigen wir gleich in die U-Bahn um?«

»Ja«, antwortete Banichi.

Banichi war ihm auf der Gangway nicht entgegengekommen.

»Was macht das Bein?« fragte er.

»Es wird schon wieder. Kein Problem.«

Natürlich nicht. Wie konnte er an Banichis Leistungsfähigkeit zweifeln? Kaum aufs Festland zurückgekehrt, und schon setzte er sich wieder in die Nesseln, zuerst bei Jago, indem er ihr sentimentale Personalfragen stellte, und nun bei Banichi, der womöglich seine Kompetenz in Frage gestellt sah.

»Verzeihen Sie meine törichten Fragen«, sagte er. »Ich stehe noch voll unter Drogen. Bin erst vor rund zwei Stunden aus dem Krankenhaus entlassen worden. Ich habe ein Schmerzmittel genommen; hätte besser darauf verzichtet.«

»Wie ist die Operation verlaufen?« wollte Jago wissen.

Bren versuchte sich zu erinnern. »Ich habe ganz vergessen, danach zu fragen«, gab er zu. Wahrscheinlich war er in seiner von Drogen belämmerten Vorstellung wie selbstverständlich davon ausgegangen, daß die Schulter nach dem Eingriff wieder in Ordnung sei. Hoffentlich war dem auch so.

Der kurze Aufenthalt auf Mospheira lag schon wie ein flüchtiger Traum hinter ihm, was er ganz und gar nicht bedauerte. Er freute sich, wieder zurückzusein. In Gesellschaft von Jago und Banichi. Solange ihm diese beiden zur Seite standen, fühlte er sich allem gewachsen.

Daß sie zum Flughafen gekommen waren, um ihn abzuholen, konnte nur eines bedeuten: Kein anderer als Tabini selbst hatte sie auf den Weg geschickt.

Die Wagenreifen schnurrten über nassen Asphalt. Bren schloß die Augen in dem guten Gefühl, daß er sich den beiden blindlings anvertrauen konnte. Sie hatten ihn nach Malguri begleitet und Gefahren von ihm abgehalten, als er mit den Nerven am Ende war und sich selbst nicht mehr schützen konnte. Um sich zu vergewissern, daß er wieder in Shejidan war und nicht mehr in Mospheira, brauchte er nicht aus dem Fenster zu blicken. Das spürte er auch am Geruch feuchten Leders und am Duft, den die beiden ausströmten und der ganz eigentümlich war. Ob er ihnen natürlich anhaftete oder von einem dezenten Parfüm herrührte, hatte Bren noch nicht herausfinden können. Jedenfalls war es ein angenehmer Duft, der ihm nun den wohligen Eindruck vermittelte, in vertraute Umgebung zurückgekehrt zu sein.

Der Wagen neigte sich auf steil abschüssiger Strecke nach vorn. Bren brauchte nicht die Augen zu öffnen, um zu wissen, daß es über die Rampe hinunter in jene U-Bahnstation ging, die nur dem Aiji und seinen engsten Mitarbeitern zur Verfügung stand und strengstens abgesichert war.

Bren hatte es sich im Winkel zwischen Rückenlehne und Seitenwand bequem gemacht. Daß er sich gleich würde bewegen müssen, paßte ihm überhaupt nicht. »Ich hoffe«, sagte er mit nach wie vor geschlossenen Augen, »daß ich Gelegenheit habe, mich gründlich auszuruhen. Ich würde gern für eine Weile abschalten.«

Jago legte ihm eine Hand auf die Schulter. »Wir sind gern bereit, Sie ins Abteil zu tragen, wenn Sie das wünschen, Bren-ji.«

Der Wagen hielt an. »Nicht nötig«, entgegnete er und dachte daran, daß sich die beiden niemals Schwäche zu zeigen gönnten. Er schlug die Augen auf und blickte hinaus in eine Halle aus grauem Betongewölbe. »Das schaff ich schon selbst. Aber bitte, mir wär's lieb, wenn wir auf mein Gepäck warten. Ich zweifle nicht an Tanos Zuverlässigkeit. Trotzdem, es ist nur ein einziger Koffer, und da ist der Krankenbericht drin.«

»Wir haben Anweisungen zu befolgen, Nadi«, sagte Banichi.

Tabinis Order. Keine Frage. Aus Sicherheitsgründen war Eile geboten. Vielleicht hatte die Gegenseite weitere Assassinen auf ihn angesetzt, womöglich jetzt sogar mit formal erklärter Mordabsicht. Aber wahrscheinlich wollte Tabini einfach nur, daß ihm sein Paidhi so schnell wie möglich zur Verfügung stand und daß er sich bei allen Problemen, die er hatte, nicht auch noch um ihn Sorgen zu machen brauchte.

Banichi schob die Seitentür auf und stieg aus. Jago nahm den Computer zur Hand und folgte. Es half alles nichts; Bren mußte seinen behaglichen Winkel verlassen.

Der exklusive Aiji-Bahnhof unterschied sich kaum

von den anderen Stationen im Netz der städtischen U-Bahn. Die Atmosphäre war hier wie überall sonst geprägt von aufdringlichem Ölgestank, abweisenden Betonflächen und hallendem Maschinenlärm. Dabei hielt hier nur der Sonderzug des Aiji, und sämtliche Beschäftigte, ob Gepäckträger oder Mechaniker, waren der Sicherheitsabteilung unterstellt. Andere hatten keinen Zutritt.

Warum es hier, an diesem streng bewachten Ort, nicht möglich sein sollte, für ein oder zwei Minuten auf seinen Koffer zu warten, war für Bren nicht nachvollziehbar. Aber mit Rücksicht auf seine weichen Knie und den anhaltenden Schwindel ließ er sich von Banichi weitertreiben, der, so schnell es der lädierte Fuß erlaubte, zum Bahnsteig hinkte.

Zwei Wachen vom Bu-javid öffneten die Tür des wartenden Wagens, der aussah wie ein Frachtwaggon. Banichi schien die beiden zu kennen; er nickte ihnen flüchtig zu und ließ Bren hinter Jago einsteigen.

Das Innere des Wagens war wohnlich ausgestattet mit falschen Fenstern hinter Vorhängen aus rotem Samt, weichen Polstermöbeln in Rot- und Beigetönen sowie einer abgeteilten, komplett eingerichteten Kombüse. In diesem rollenden Salon pflegte der Aiji höchstselbst auf Reisen zu gehen. Bren nahm in einem Sessel Platz, der weniger tief war als die anderen und auch geschwächten Personen die Möglichkeit offenließ, sich wieder aus eigener Kraft daraus zu erheben. Jago setzte den Computer ab, steuerte auf die Kombüse zu und fragte Bren, ob er einen Fruchtsaft zu trinken wünsche.

»Lieber Tee, wenn's recht ist.« Ihn fröstelte, und die Ohren waren immer noch verstopft infolge der Flugzeuglandung. Tee käme jetzt gerade richtig, und er konnte darauf vertrauen, daß Jago eine verträgliche Sorte aufbrühen würde. Die meisten Kräutertees enthielten Alkaloide in einer Dosis, die für Atevi nicht nur bekömmlich, sondern auch stimulierend war. Daß aber Menschen ganz anders darauf ansprachen, hatte Bren am eigenen Körper erfahren müssen. Er schloß die Augen, dämmerte vor sich hin und merkte erst wieder auf, als eine Zugmaschine vor den Wagen gespannt wurde. Jago ließ wissen, daß der Tee fertig sei, und fragte, ob er jetzt eine Tasse trinken wolle.

Gern. Er nahm die Tasse aus ihrer Hand entgegen. Jetzt kam auch Banichi in den Wagen, schob die Tür zu und sprach in sein Taschen-Kom – wahrscheinlich mit dem Stationsvorsteher.

Ein Ruck ging durch den Wagen, und Jago hielt ihre Tasse mit beiden Händen umfaßt. »Es werden insgesamt noch zwei weitere Waggons angehängt«, sagte sie und nahm im Sessel gegenüber Platz.

»Tano ist gekommen«, sagte Banichi. »Ich habe den Leuten vom Stationsschutz gesagt, daß er zu uns in den Wagen steigen kann, aber die lassen sich auf nichts ein.«

Die Sorge ums Gepäck war für Bren zweitrangig geworden; sehr viel mehr beschäftigte ihn die Schulter, die durch die Bewegung beim Umsteigen wieder heftig zu schmerzen begonnen hatte.

Aber der Tee tat gut, so auch die Aussicht darauf, sich bald ins eigene Bett legen zu können – falls die Sicherheit keine Einwände dagegen hatte.

»Nadiin, es ist doch hoffentlich möglich, daß ich wieder in mein Gartenapartment einziehe, oder?«

»Ich fürchte nein«, antwortete Banichi. »Sie bekommen eine andere Wohnung. Von dort haben Sie einen wunderschönen Blick auf die Berge.«

»Die Berge.« Bren machte aus seiner Enttäuschung kein Hehl. »Im oberen Stockwerk also. Oder doch nicht etwa in einem Hotel?«

»Eine sehr komfortable Unterkunft. Sie sind Gast einer treuen Genossin, und die zieht es vor, in Tabinis Gemächern zu logieren.«

Eine treue Genossin. Eine Genossin Tabinis. In Tabinis Gemächern.

Der Zug verlor an Fahrt. Sie näherten sich dem Bujavid. Jago nahm ihm die Tasse ab.

Damiri?

Die Geliebte Tabinis? Aus dem oppositionellen Haus der Atigeini?

Mein Gott. Damiri hatte sich offenbart. Und ihre Anhänger drohten mit Aufstand.

Und nun sollte ausgerechnet ein Mensch Tabinis Zimmernachbar sein, wenn auch nur vorübergehend? Untergebracht in einem Bereich des Bu-javid, der eigentlich nur den wichtigsten und vornehmsten Lords des Bundes vorbehalten war?

Dort gehörte ein Mensch nicht hin. Schon gar nicht in das Privatquartier einer adeligen und angesehenen Dame. Der Gerüchteküche wären Tor und Tür geöffnet. Es würden Witze gerissen, rufschädigend für die Dame und deren Familie, die in erklärter Gegnerschaft stand zu Tabini, seit dieser zum Aiji gewählt worden war.

Ungeheuerlich. Als der Zug abbremste, sagte Banichi – offenbar in Reaktion auf Brens irritierte Miene: »Tabini setzt alles dafür ein, daß Sie am Leben bleiben, nand' Paidhi. Die Lage ist sehr heikel. Die Dame wettet auf Tabini und seinen Einfallsreichtum. Die Karten werden gerade neu gemischt.«

*Baji-Naji.* Glück und Zufall, die Zwillingsmächte atevischen Glaubens, Unabhängige in der ansonsten von rigider Zahlentyrannei beherrschten Welt.

Der Zug hielt an. Die Tür öffnete sich automatisch. Banichi war schnell auf den Beinen und half Bren beim Aufstehen. Bren schleppte sich zum Ausgang, aufrecht gehalten vor allem von der Hoffnung, sich bald schlafen legen zu können.

Jago nahm den Computer. »Keine Sorge, ich paß drauf auf. Achten Sie lieber auf sich. Nicht, daß Sie hinfallen.«

»Ich werde mich bemühen«, murmelte er und folgte Banichi nach draußen auf den Bahnsteig im Untergrund des Bu-javid. Strengster Sicherheitsbereich und hermetisch abgeriegelt, kein Ort, der Gelegenheit bot für Zufallsbegegnungen.

»Bren Cameron«, tönte eine Menschenstimme, weiblich, scharf und ärgerlich.

*»Deana?«* Mit Deana Hanks hatte er hier am allerwenigsten gerechnet. Sie war mit Mospheira tagelang nicht in Verbindung getreten, wie sich Bren erinnerte. Er hatte vom Auswärtigen Amt verlangt, sie zurückzupfeifen, und war davon ausgegangen, daß sie inzwischen wieder zu Hause sein würde. Seine Stellvertreterin hatte hier nichts mehr zu suchen.

Anscheinend hatte sie sich verspätet. Wäre alles nach rechten Dingen abgelaufen, hätte sie ihn am Flughafen in Empfang nehmen, dann selbst die Maschine besteigen und, sobald diese aufgetankt war, nach Mospheira zurückfliegen müssen.

Doch daran dachte er jetzt nicht, als er ihr freundschaftlich die Hand reichte, froh darüber, daß es ihr gut zu gehen schien. »Was für eine Überraschung. Danke für die Vertretung.«

»Von wegen danke.«

Einen so aggressiven Ton anzuschlagen, wie sie es tat, war im Beisein von Atevi äußerst ungehörig. Das Wachpersonal, sowohl seins wie auch das ihre, langte wie auf Kommando unter den Jackenaufschlag nach den Waffen.

»Hata-mai«, beeilte sich Bren in der Landessprache zu sagen. *Schon gut.* »Nadi Deana, es geht doch bestimmt auch ein bißchen sachter. Ich bin sicher, die Maschine wartet.«

»Sachter, aha ... so vielleicht?« Sie war dunkelhaarig und hatte ein blasses Gesicht, das aber im Nu rot anlief, wenn sie sich ärgerte. Sie trug einen Mantel nach atevischem Schnitt, und die Haare waren vorschriftsmäßig geflochten. »Läßt sich unsere Regierung mittlerweile erpressen? Ist das die neue Politik? Man stellt uns Ultimaten, und wir springen?«

»Nadi, ich darf doch bitten …«

»Wir sprechen mosphei', wenn *ich* bitten darf. Ich will einen Bericht. Ich will wissen, wo du gewesen bist, was du getan, mit wem du gesprochen und wem du was mitgeteilt hast. Ich bin dann im Büro zu erreichen. Ab heute nachmittag.«

Es lag wohl an den Schmerzmitteln, daß er ihr nicht richtig zu folgen vermochte. Anscheinend machte sie ihm irgendwelche Vorwürfe. Aber besonders schwerwiegend konnten die nicht sein, denn für ihr Temperament reagierte sie noch relativ gemäßigt. Wie dem auch sei, Bren hatte nur eins im Sinn: Deana mußte schnellstens abfliegen. Es war nicht statthaft, daß sich zwei Menschen gleichzeitig diesseits der Meerenge aufhielten. »Ich werde dir ein Fax schicken und alles erklären. Aber du mußt dich jetzt beeilen, um die Maschine zu kriegen.«

»Natürlich, Mr. Cameron ist ja wieder da. Allerdings habe ich noch keinen Rückruf erhalten. Kein Wunder, hier herrscht Funkstille. Mospheira kann mich nicht erreichen. Außer Klatsch und Tratsch ist hier nichts zu hören. Und Drohungen gegen unser Amt. Ich will einen schriftlichen Befehl. Aber den hast du ja sicher mitgebracht.«

»Ich … ich glaube nicht, daß der nötig ist.«

»Nadi Bren«, sagte Jago. »Bitte. Wir müssen jetzt weiter.«

»Sie halten sich da raus, Nadi«, keifte Hanks. »Das ist eine Sache zwischen Cameron und mir.«

Sie hatte Jago beleidigt. Das durfte er nicht durchgehen lassen. »Deana«, sagte er, »nimm dich in acht! Es müßte dir aufgefallen sein, daß Nadi Jago einen Zopf trägt. Sie ist nicht irgendwer. Und wenn du unbedingt eine Order brauchst, bitte sehr, die kannst du auch von mir haben. Du bist beurlaubt. Deine Codes sind ungültig. Dein Auftrag hat sich erledigt. Du fliegst jetzt zurück.«

»Das will ich schriftlich, und zwar von unser Kontaktstelle. Und von der habe ich bislang nichts gehört, außer, daß du nach Mospheira geflogen und in ärztlicher Behandlung bist.«

»Und wie du siehst, bin ich wieder da.«

»Offiziell nicht, Mr. Cameron. Nicht für mich.«

»Nadiin«, sagte Banichi mit Blick auf Hanks Wachpersonal. »Ich schlage vor, Sie und diese Frau geben jetzt schleunigst den Weg frei für Bren-Paidhi. Machen Sie keinen Fehler, ich rate Ihnen gut.«

Hanks Eskorte zeigte sich trotz Banichis unmißverständlicher Drohung bereit zum Widerstand. Bren spürte, wie sich sein Herzschlag beschleunigte, was der Schmerzmittelwirkung zuwiderlief. Ihm wurde flau.

Doch schließlich gaben die Männer klein bei und führten Hanks zur Seite.

Bren wußte nicht, wie ihm geschah. Plötzlich tauchte ein Trupp von Sicherheitsbeamten auf, die sich wie eine Wand zwischen ihm und Hanks aufbauten. Vor Schreck sprang er einen Schritt zurück und prallte mit dem vergipsten Arm an die Wand im Rücken. Er krümmte sich vor Schmerzen, und sofort war Jago zur Stelle, um ihn zu stützen.

Er duckte sich zur Seite, um einen Blick auf Hanks und ihre Wache werfen zu können, und rief: »Nimm das Flugzeug! Du darfst nicht länger hierbleiben.«

»Zeig mir eine entsprechende Order.«

»Leg's nicht darauf an, daß dir demnächst ein Strafbefehl vorgelegt wird.«

»Bren-ji«, sagte Jago. Sie hielt ihn an seinem unversehrten Arm gepackt und eilte mit ihm zum Fahrstuhl. Im Hintergrund hörte er wütendes Stimmengewirr und Banichi, der den Wachen von Hanks befahl, in die

Unterkunft zurückzukehren – was seiner, Brens, Anordnung widersprach, mit der er seine Kollegin zum Flughafen geschickt hatte.

Ein ominöser Konflikt. Banichi bezog seine Vollmachten und Instruktionen von Tabini, und Banichi war merklich verärgert, als er an Bren und Jago vorbeihastete, um ihnen die Tür zum Fahrstuhl aufzumachen. Sie traten ein. Banichi folgte und setzte den Fahrstuhl in Bewegung.

»Banichi-ji«, sagte Bren. »Ich fürchte, ich habe mich unnötigerweise ereifert. Die Sache ist im Grunde halb so schlimm. Hanks fühlt sich hintergangen, weil unser Büro sie nicht davon in Kenntnis gesetzt hat, daß ich meine Arbeit wieder aufnehme. Das ist alles und kaum der Rede wert.«

»Naci«, antwortete Banichi schroff. »Ich werde Ihre Interpretation des Vorfalls den Stellen mitteilen, die darüber zu befinden haben.«

So verärgert hatte er Banichi noch nie gesehen, und er hütete sich vor weiteren Kommentaren. Ein Telefongespräch mit Mospheira würde die Sache regeln – hoffentlich noch bevor das wartende Flugzeug aufgefordert wurde, den atevischen Luftraum zu verlassen. Er wußte sich Hanks' Verhalten nicht zu erklären. Was war bloß in sie gefahren? Daß sie nach seiner Rückkehr sofort auszureisen hatte, mußte ihr doch von vornherein klargewesen sein. Vielleicht war er wegen der Betäubungsmittel ein wenig begriffsstutzig; jedenfalls fiel ihm nichts ein, was sie ihm zum Vorwurf machen konnte.

Er und Hanks hatten sich noch nie gut leiden können. Sie waren immer Rivalen gewesen, schon in der Universität, später im Auswärtigen Amt und dann an der Kontaktstelle. Sie hatten beide für das Paidhi-Amt kandidiert. Er war schließlich zum Nachfolger Wilsons ernannt worden und sie zu seiner Stellvertreterin. Sie hatte zwar viele Gönner in hohen politischen Ämtern, aber er war fremdsprachlich und technisch versierter, was bei der Wahl letztlich den Ausschlag gegeben hatte.

Und jetzt war sie hier in Shejidan, was genaugenommen einem Vertragsbruch gleichkam, aber dem nicht genug, sie hatte sich auch noch durch ihr Verhalten vor den Augen der Atevi unmöglich gemacht. Himmel, was hatte diese Frau nur geritten? Bren schüttelte sich.

Womöglich gab es Abstimmungsprobleme zwischen Ministerium und Auswärtigem Amt, und Shawn Tyers hatte es versäumt, sie über den neuesten Stand der Dinge zu unterrichten.

Vielleicht war auch die Telefonverbindung nach Mospheira unterbrochen worden, wie so oft, wenn es kriselte zwischen Atevi und Menschen oder zwischen Atevi untereinander. Aber eine vorübergehende Telefonsperre war keine Entschuldigung für Hanks' Wutausbruch. Im Gegenteil, gerade in solchen Fällen war es dringend geboten, daß ein Paidhi kühlen Kopf behielt. Zugegeben, Hanks war nie sein Fall gewesen, aber er hätte ihr nie zugetraut, sich dermaßen töricht zu verhalten.

Der Arm schmerzte vom Aufprall an der Wand, aber er dachte nicht daran, sich heute noch verarzten zu lassen. Banichi hatte sich reizen lassen, was äußerst selten der Fall war. Hanks waren die Sicherungen durchgebrannt, und zu allem Überfluß hatte sie auch noch ihre Wachen ins Unrecht gesetzt und öffentlich blamiert. So etwas konnten Atevi nicht durchgehen lassen.

Aber seiner Kollegin auf die Finger zu klopfen und protokollarische Regeln beizubringen, war jetzt wohl nicht der richtige Augenblick, denn alles deutete auf eine schwere Regierungskrise hin. Anders war nicht zu erklären, warum man auf seine vorzeitige Rückkehr gedrängt hatte. Der peinliche Streit mit Hanks verlangte einen Bericht und würde mit Sicherheit eine Verwarnung nach sich ziehen.

Wichtiger aber war es, daß er so schnell wie möglich mit Tabini telefonierte. Und mit Mospheira; er mußte veranlassen, daß Hanks noch heute auf die Insel zurückkehrte. Bestimmt würde man einen Startaufschub für die Maschine erwirken können, zumal sie keine eilige Fracht zu befördern hatte. Es sprach also nichts dagegen, daß sie auf die Paidhi-Stellvertreterin wartete.

Himmel, viel lieber würde er sich jetzt in seine angestammte Wohnung zurückziehen, die gemütliche kleine Unterkunft auf der unteren Ebene des Bu-javid, ins Bett gehen und sich verwöhnen lassen von vertrauten Dienern.

Aber da war auch diese Tür zum Garten, die sich als Sicherheitsrisiko herausgestellt hatte in jener Nacht des Anschlags, durch den er zur umstrittenen Prominenz in der atevischen Öffentlichkeit aufgerückt war.

Die Erinnerung daran kam mit aller Heftigkeit zurück, als der Fahrstuhl anhielt und auf der Anzeige nicht etwa ›1‹ für die untere Ebene zu lesen stand, sondern ›3‹, was bedeutete, daß er in der strengsten Sicherheitszone des Bu-javid gelandet war.

# 2

Die Atigeinische Residenz hatte bei weitem nicht den Charme seiner Einzimmerwohnung am Hofgarten. Aber das Wort Charme war wohl in bezug auf einen Palast ohnehin nicht anzuwenden.

Insgesamt fünfzig Bedienstete sorgten hier für Ordnung, sagte Jago, als sie den Computer neben der Tür zum Empfangssalon auf den Boden stellte.

Reichlich extravagant, dachte Bren.

Blattgold und Silberlack auf Vitrinen und Tischen.

Wandgemälde. Schnitzereien. Bren wollte eigentlich nur ein Bett oder eine Couch, um darauf auszuruhen.

»Nadiin«, grüßte eine Frau im Foyer mit tiefer Verbeugung. »Nand' Paidhi. Mein Name ist Saidin. Ich bin Chefin des Personals und heiße Sie willkommen.«

Bren erwiderte den Gruß und verbeugte sich reflexhaft. Saidin war, wie sich auf den ersten Blick erkennen ließ, eine Würdenträgerin, eine Frau von hohem Rang und vornehmer Haltung. »Ich bedaure sehr, daß ich Ihnen und Ihrem Personal Umstände mache.«

»Wir freuen uns, für Ihren Komfort sorgen zu dürfen, nand' Paidhi. Wenn es recht ist, würde ich Ihnen zunächst einmal gern die Räumlichkeiten zeigen.«

Banichi runzelte die Stirn. Aber das Angebot, durch einen Palast geführt zu werden, ließ sich kaum ausschlagen.

»Gern, nand' Saidin. Vielen Dank.«

»Es ist uns eine Ehre«, sagte Saidin und ging voraus. Bren folgte in Begleitung von Banichi und Jago. Saidin war in mittlerem Alter und von schlanker Gestalt. Sie trug einen Mantel aus beigefarbenem Brokat und passende Schuhe, die der neuesten Mode entsprachen. In den Zopf waren rosafarbene und grüne Bänder eingeflochten nach traditioneller Höflingsart. Ihre ganze Aufmachung zeugte davon, daß sie ihren Dienstherren nicht etwa bloß als angeheuerte Kraft zur Verfügung stand, sondern auf Lebzeit verpflichtet war und diesem Haus wahrscheinlich sogar als illegitimer Sproß entstammte. Bren wußte: Einer solchen Person gebührte aller Respekt.

»Wir befinden uns hier im äußeren Trakt mit seinen Funktionsbereichen, als da wären die Kantine, der Empfangssalon und der Posten der Wachmannschaft, vor kurzem renoviert ... Im inneren Bereich liegen die herrschaftlichen Wohn- und Schlafgemächer, jeweils mit Bad. Sie grenzen allesamt an eine ringförmige Wandelhalle mit Zugang zum privaten Speisesaal ...«

Handgewebte Teppiche. Dafür hatte Bren ein besonderes Faible, und trotz seines angegriffenen Zustands war er voller Bewunderung für die prächtigen Exemplare, deren Muster verschiedene Zeitepochen und regionale Besonderheiten repräsentierten. Mospheira importierte Teppiche vom Festland, zum Teil sehr gute Ware, doch eine solche Pracht gab es auf der Insel nur einmal zu sehen: als Exponat in einer Glasvitrine im Kriegsmuseum.

Und die Teppiche, auf denen er jetzt entlangschritt, waren noch ausgefallener als die in Tabinis Gemächern. Im Empfangssalon umrahmten kostbare goldgewirkte Umhänge hohe Fenster, die einen beeindruckenden Ausblick boten auf die Ziegeldächer der historischen Altstadt am Fuß des Hügels und darüber auf die blau schimmernden Gipfel des Bergid, über die am heutigen Abend dunkelgraue Wolken dahinzogen. Auch hier in Shejidan schien der Sommer endgültig vorüber zu sein. Von verborgenen Lüftungsschächten ventiliert, hing auch in den Zimmern der Duft von Regen und Herbst.

Bren war froh, durch die Räume geführt zu werden,

denn in jüngster Zeit hatte er ein ausgeprägtes Sicherheitsbedürfnis entwickelt und legte gesteigerten Wert darauf, über seine Umgebung genauestens Bescheid zu wissen.

»Gibt es noch weitere Türen nach draußen?« fragte er. »Irgendwelche Tapetentüren und Geheimgänge?«

»Alle Ausgänge führen ins Foyer«, sagte Banichi. »Und die sind streng gesichert.«

»Es wurden zu Anfang dieses Jahrhunderts ausführliche Umbauarbeiten vorgenommen«, erklärte Saidin. »Die fallen allerdings kaum ins Auge, zumal ausschließlich authentisches Material verwendet wurde. Darum hat sich Lord Sarosi persönlich gekümmert und so zum Beispiel den alten Steinbruch ausfindig gemacht, aus dessen Steinen das Bu-javid ursprünglich aufgemauert worden ist. Auch die zur Zeit vorgenommenen Restaurationen, die Neubauten am Westportal etwa, schöpfen aus dieser Quelle.«

Benommen, wie er war, gestaltete sich für Bren der Rest der Führung zunehmend strapaziös und verwirrend. Das Dienstpersonal, offenbar samt und sonders aus Frauen bestehend, huschte auf Anweisung der Chefin diskret umher, öffnete und schloß Türen, schaltete Lichter ein und aus, wischte imaginären Staub und ordnete die Fransen der Damastläufer am Boden. Neben Saidin neunundvierzig Bedienstete – die Anzahl war, wie Bren vermutete, gewiß nicht zu hoch bei all der Arbeit, die nötig war zur Pflege dieses historischen Familiensitzes.

Alles schien nach mathematischem Kalkül eingerichtet zu sein, und ein geübtes Auge sah sofort, daß sogar Farbe und Zusammenstellung der zahlreichen, prächtigen Bouquets aus getrockneten Blumen wohl durchdacht waren.

Die Zuschnitte und Proportionen zeugten in sämtlichen Details von ausgewogener Harmonie im Sinne günstiger Auspizien, und alles war ausgerichtet auf das kreisförmige *Baji-Naji*-Emblem in der Mitte des prächtig ausgestattenen Speisesaals: Glück und Zufall, die chaotischen Geschwister im Zentrum der nach strenger Zahlenregelung entworfenen Räumlichkeiten.

Bren hatte den Eindruck, als geriete alles um diese Mitte ins Kreisen, und vom Schwindel gepackt drohte er die Besinnung zu verlieren. Ihn interessierte jetzt nur noch, schnellstmöglich ins Gästeschlafzimmer geführt zu werden, das Saidin dankeswerterweise als nächstes zu zeigen versprach.

Mit anmutigen Schritten führte sie ihn in einen Raum von enormen Ausmaßen, mit silbernen Satinbezügen und einem vergoldeten Bettgestell, getragen von geschnitzten Wappentieren, ein Bett so groß, daß die halbe Belegschaft des Auswärtigen Amtes von Mospheira darin Platz gefunden hätte. Die Bettdecke, informierte Saidin, sei eine exakte Kopie jener Decke, unter der ein Familienmitglied, ein Lord aus dem neunundfünfzigsten Jahrhundert, sein vorzeitiges und vermutlich sehr blutiges Ende gefunden hatte.

Von der Familie war das Schlafzimmer seither nicht mehr benutzt worden, aber man hatte die Proportionen der Einrichtung verändert und Zahlenverhältnisse hergestellt, die günstigere Einflüsse versprachen. Insbesondere die beiden neu hinzugekommenen Vitrinen aus Blauholz würden, so Saidin, mit ihren exakt bemessenen Dimensionen dafür garantieren, daß der Paidhi hier in Sicherheit untergebracht sei. Falls er es wünsche, wäre sie gern bereit, ihn über die Bedeutung der jeweilen Maße aufzuklären.

Es gab noch sechs weitere Schlafzimmer neben diesem, das nun dem Paidhi zur Verfügung stand; ein jedes hatte sein eigenes Bad, und natürlich waren alle bis hin zu den Fluren mitsamt dem Mobiliar in glücksverbürgender Weise aufeinander abgestimmt. Bren dachte nicht daran, das umsichtige Arrangement der Atigeini in Zweifel zu ziehen. Er hatte nur noch den

Wunsch, sich hinzulegen und unter Beweis zu stellen, daß tatsächlich kein Fluch mehr auf diesem Bett lastete, doch die Majordomina bestand mit höflichem Nachdruck darauf, ihm nun auch das zu zeigen, was sie als den ›zauberhaftesten Teil des Hauses‹ bezeichnete: die Privatgemächer der Lady Damiri. Lady Damiri habe, so Saidin, ihrem menschlichen Gast eine außergewöhnliche Gunst zuteil werden lassen und ihm ihre Bibliothek und privaten Wohnräume geöffnet. Bren glaubte Saidins Miene ablesen zu können, daß sie für diese Großzügigkeit ihrer Herrin nur wenig Verständnis hatte und fürchtete, die Anwesenheit eines Menschen könne diese Räume womöglich verunreinigen.

Den Dienstboten dieser hohen Dame würde er bestimmt Unannehmlichkeiten bereiten, dachte Bren, und er wußte, wie wichtig es war, einen guten Eindruck zu hinterlassen. Sein Verhalten würde mit Sicherheit scharf beobachtet und zumindest im Kreis der Atigeini zum Thema gemacht werden. Es war darum nicht zuletzt im Interesse seiner Sicherheit geboten, daß er sich der gastgebenden Familie und dem Personal gegenüber tadellos benahm.

Eine silbern lackierte Doppeltür führte in die Privaträume der Lady, die zur Zeit nicht anwesend war. In der Bibliothek reichten die Bücherregale bis unter die Decke; der Schwerpunkt der exquisiten Sammlung lag, wie Bren sogleich bemerkte, auf Werken der Gartenbaukunst. Dann ging es durch einen Flur in einen kleinen, rundum gefliesten Altan mit freiem Blick auf Stadt und Berge. Prächtig geschnitzte Fenstertüren öffneten sich auf einen Balkon, den Banichi und Jago mit sichtlichem Unbehagen inspizierten und der offenbar, wie Bren vermutete, aus einer Zeit stammte, da es im Arsenal der Assassinengilde noch keine weitreichenden Feuerwaffen gegeben hatte.

Bren dachte voll Wehmut an seine alte Wohnung, an

die Blumenbücher in der Bibliothek seiner Gastgeberin und daran, daß die Ärmste keinen Zugang zum Garten hatte und in ihrem abgeschirmten, streng bewachten Leben womöglich noch nie in den wunderschönen Lauben und Parkanlagen der unteren Ebene des Bu-javid gewesen war. Er nahm sich vor, sie einmal zum Dank für ihre Gastlichkeit in die unteren Hallen und Gärten zu führen, falls sich Gelegenheit dazu ergäbe.

Er war inzwischen so erschöpft vom langen Rundgang, daß er sich am liebsten an Ort und Stelle auf den Boden gesetzt hätte. Er hatte genug gesehen und war vollauf überzeugt, daß es ihm hier in seiner neuen Unterkunft an Sicherheit nicht mangelte. Dafür würden schon Banichi und Jago sorgen. Auch mit dem historischen Bett war er zufrieden. Besonders erfreulich fand er die Bibliothek und den Altan. Sicherlich gab es noch weitere Wunder zu bestaunen, aber fürs erste hatte er genug.

An der Tür zur Sonnenterrasse stand ein Sessel. Mit pochendem Herzen nahm er darin Platz und dachte mutlos an den weiten Rückweg in sein Schlafzimmer. Den zu bewältigen sah er sich kaum in der Lage.

»Nadi Bren?« sagte Jago, und Saidin blieb zögernd in der Tür stehen.

»Ein schöner Sessel«, sagte er und strich über die gepolsterte Armlehne. »Sehr bequem. Hier läßt sich bestimmt gut arbeiten. Bitte richten Sie Lady Damiri meinen herzlichen Dank aus dafür, daß ich hier wohnen darf. Ich würde es ihr gern selbst sagen, fürchte aber, daß ich heute zu einer förmlichen Begrüßung nicht mehr imstande bin. Und bitte ...« – selbst das Sprechen fiel ihm schwer – »bitte teilen Sie Tabini-Aiji mit, daß ich mich morgen bei ihm melden werde. Heute schaff ich's nicht mehr. Ich muß ins Bett. Und könnten Sie vielleicht dafür sorgen, daß mir mein Computer gebracht wird?«

»Selbstverständlich«, antwortete Banichi. Er, Jago und Saidin standen wie eine schwarze Wand vor ihm, eine geschlossene Front aus Effizienz und Höflichkeit. »Übrigens, wir beziehen die Zimmer, die gleich neben Ihrer Wohnung liegen, und sind rund um die Uhr für Sie da. So auch Tano, der im Quartier der Wachen untergebracht ist. Er ist soeben mit Ihrem Koffer eingetroffen. Ihre Sachen finden Sie dann eingeräumt in der Kommode. In ein, zwei Tagen, sobald er aus dem Krankenhaus entlassen wird, kommt auch Algini.«

»Ich hoffe, er hat nichts Ernstes.«

»Ein paar Schnittwunden und Prellungen. Kaum der Rede wert.«

»Das freut mich«, sagte Bren. Er hob beide Hände an den Kopf und starrte geradeaus, um das kreisende Bild vor Augen zu fixieren. »Und vielen Dank auch, daß Sie mich vom Flughafen abgeholt haben.«

»Keine Ursache«, sagte Banichi. »Seien Sie unbesorgt. Wie gesagt, Jago und ich werden stets in Ihrer Nähe sein.«

»Gut zu wissen.« Er fragte sich, wie es Banichi schaffte, auf den Beinen zu bleiben, aber hartgesotten, wie er war, ließ er sich die schwere Verletzung am Fuß kaum anmerken.

»Nadi Bren?«

Ihm schwirrte der Kopf. Er schloß die Augen und atmete tief und gleichmäßig durch. Warum bloß all diese außergewöhnlichen Sicherheitsmaßen? fragte er sich unablässig. »Nadiin«, er wollte es endlich genau wissen, »was ist eigentlich los? Bin ich so sehr bedroht, gibt es Probleme?«

»Sowohl als auch«, antwortete Jago.

»Wegen des Raumschiffs?«

»Unter anderem«, sagte Banichi. »Es tut mir leid, aber Sie müssen unbedingt heute noch Tabini sprechen, so schnell wie möglich, nand' Paidhi. Ich kann ja verstehen, daß Sie jetzt lieber zu Bett möchten, aber der Aiji drängt auf eine Unterredung. Vielleicht kann ich ihn überreden, daß er zu Ihnen kommt.«

»In welcher Angelegenheit? Was ist passiert? Ich bin über den neuesten Stand der Dinge nicht informiert. Worum geht's?«

»Um die anstehende Aussprache in Hasdrawad und Tashrid. Natürlich um das Raumschiff und um Nadi Deana.«

Bren wußte: Die Mitglieder von Hasdrawad und Tashrid waren zu einer Sondersitzung einberufen worden und erwarteten eine Erklärung des Paidhi. Aber er hatte gehofft, den Termin bis zu seiner vollständigen Genesung verschieben zu können. Klar war auch, daß ihm in seiner Vermittlerrolle noch nie soviel Verantwortung zugekommen war wie gerade jetzt nach dem Auftauchen des Raumschiffs im Orbit. Aber worin lag das Problem im Hinblick auf Deana Hanks?

»Der Aiji hat sich geweigert, mit dieser Hanks zusammenzukommen«, sagte Jago. »Er akzeptiert sie nicht als Ihre Stellvertreterin.«

Und Banichi sagte: »Statt dessen haben sich andere an sie herangemacht. Darüber will Tabini mit Ihnen reden. In einer Stunde, wenn es möglich ist.«

Bren glaubte nicht einmal genug Kraft übrig zu haben, um sich aus dem Sessel zu erheben. Doch der Gedanke daran, daß Hanks sein Paidhi-Amt in Beschlag nahm und – wie Banichi durchblicken ließ – mit gottweißwelchen Leuten zusammentraf, hinter dem Rücken des Aiji, ausgerechnet in dieser so entscheidenden Situation …

»Ja, ich muß schnellstens mit Tabini sprechen. Sofort«, sagte er, entschlossen, seine Schwäche zu überwinden, und daß er wußte, worauf es ankam, gab ihm die nötige Kraft dazu.

Auf das Schiff am Himmel, das den Vertrag gefährdete.

Und auf seine ehemalige Kommilitonin, die insbesondere in den Fächern Kultur und Psychologie ständig versagt hatte und nur darum zur Paidhi-Stellvertreterin aufgestiegen war, weil sich gewisse Kreise im Ministerium dafür stark gemacht hatten, und es war wahrscheinlich auch von eben dieser Ecke so eingefädelt worden, daß sie, die als blutige Anfängerin in dieser prekären Situation nur Unheil stiften konnte, daß ausgerechnet sie jetzt zum Einsatz gebracht wurde.

»Ich werde Sie beim Aiji anmelden«, sagte Banichi.

# 3

Tabinis Wohnung, die gleich nebenan und im Zentrum der sieben historischen Residenzen der Burg lag, war für Bren kein fremdes Terrain. Er, der junge Paidhi, und der gleichaltrige Aiji – die beide ihr Amt gleichzeitig angetreten hatten, als Tabinis Vater gestorben und Wilson-Paidhi überraschend zurückgetreten war –, sie kamen hier in diesen Räumen häufig zusammen, privat und zu Gesprächen, die so heiter und unbeschwert waren, daß gewisse Kreise zu beiden Seiten der Meerenge Anstoß daran nahmen. Sie waren gleichermaßen sportbegeistert; Bren fuhr Ski, Tabini jagte. Eingespannt in strapaziöse, verantwortungsvolle Jobs, waren beide alleinstehend, doch er hatte Barb und Tanini hatte Damiri als Zuflucht, und sie tauschten ihre jeweiligen Geschichten untereinander aus.

Erst vor wenigen Tagen hatten sie gemeinsam Urlaub gemacht in Tabinis Landhaus bei Taiben. Sie waren in den Hügeln zusammen auf die Jagd gegangen, und Tabini hatte ihm mit der Flinte zu schießen beigebracht, was einem schwerwiegenden Vertragsverstoß gleichkam, denn auf dem Festland war einem Menschen das Tragen einer Waffe strikt verboten. Abends hatten sie am offenen Kamin des einsamen, friedlichen Landhauses gesessen, Pläne für den nächsten Tag geschmiedet und hoffnungsvoll über die Zukunft der Beziehungen zwischen Atevi und Menschen spekuliert: über ein gemeinsames Raumfahrtprogramm, über engere Handelskontakte und Kommunikation, wozu ein studentisches Computeraustauschprojekt den bescheidenen Anfang machen sollte.

Jetzt hielten sich die beiden im kleinen Salon neben dem Eingang zu Tabinis Residenz auf, während ihre Wachen im Foyer zurückblieben und Tee miteinander tranken. Bren war nie zuvor in diesem Raum gewesen, aber als Tabini gesehen hatte, in welchem Zustand sich der Paidhi befand, ließ er den kleinen Salon öffnen, damit, wie er meinte, der Paidhi keinen Schritt zuviel zu machen brauchte.

Es war ein gemütliches Zimmer. Eidi, ein belesener, verhältnismäßig schmächtiger Diener, der zur Sicherheitsmannschaft gehörte und, wie Bren vermutete, selbst lizensierter Assassine war, schenkte Tee ein und servierte bittersüße Waffeln.

»Danke, daß Sie gekommen sind«, sagte Tabini, alle Förmlichkeiten beiseite lassend. In diesem Moment tauchte Damiri in der Tür auf.

»Nand' Paidhi«, sagte Damiri und streckte zum Gruß die Hand aus. Bren mühte sich aus dem Sessel, denn er schuldete seiner Gastgeberin ein Mindestmaß an Höflichkeit.

»Nein, bitte, bleiben Sie sitzen, nand' Paidhi. Ich freue mich, daß Sie meine Einladung angenommen haben. Sind Sie mit Ihrer Unterkunft zufrieden?«

»Vollauf, Nai-ma. Ich bin Ihnen sehr dankbar, daß Sie mich aufgenommen haben.«

»Es ist mir eine Ehre«, sagte sie und schüttelte ihm die Hand. Ihm war nicht wohl dabei, sitzend und gleichsam von oben herab begrüßt zu werden. Damiri war selbstbewußt und unabhängig, nicht zuletzt von ihrer Familie, den Atigeini, die, wie Bren argwöhnte, wahrscheinlich nicht davon erbaut waren, daß er, der Paidhi, in ihrer Residenz wohnte. Wie Damiri darüber wirklich dachte, war noch fraglich.

»Ich hoffe, Ihnen und Ihrem Personal nicht zur Last zu fallen, Daja-ma. Ich schätze Ihre Einladung als eine besondere Geste dem Paidhiamt gegenüber.« Er legte Wert auf die Betonung des Wortes ›Amt‹, um einer persönlicheren Note auszuweichen. Damiri schien diese diplomatische Spitzfindigkeit zu gefallen.

»Der Gast des Aiji ist auch mein Gast«, sagte sie und deutete eine Verbeugung an, auch in Richtung auf Tabini. Dann wandte sie sich an Eidi, flüsterte ihm etwas zu und verließ den Salon.

»Ich bin überaus beeindruckt von meiner neuen Unterkunft«, sagte Bren. »Bitte, versichern Sie der Dame, daß ich bemüht bin, keine Umstände zu machen.«

»Sie brennt darauf, den Paidhi kennenzulernen«, sagte Tabini, ohne durchblicken zu lassen, was er von Damiris Auftritt hielt. »Und neugierig, wie sie ist, unterhält sie engsten Kontakt zu ihrem Personal. Seien Sie also gewarnt.«

»Ich werde mich darum bemühen, einen guten Eindruck bei den Dienern zu hinterlassen.«

»Was Ihnen bestimmt auch gelingt. Ist Ihnen kalt? Soll ich die Heizung aufdrehen lassen?«

»Nicht nötig. Vielen Dank, Aiji-ma.«

»Haben Sie noch Schmerzen?«

»Ein wenig. Ein bißchen Fieber. Aber das ist wohl normal.«

»Sie können sich kaum vorstellen, wie froh ich bin, Sie wieder in Sicherheit zu wissen.«

»Ich hätte in Shejidan bleiben sollen, Aiji-ma. Es scheint große Probleme zu geben, und es wäre mir lieber gewesen, Sie hätten mich rechtzeitig unterrichtet. Ich hätte hierbleiben und vor dem Hasdrawad unverzüglich Stellung beziehen sollen.«

»Ich wollte, daß Sie erst einmal von Ihren Ärzten untersucht werden. Darum habe ich Sie auf die Insel fliegen lassen. Ich war sehr besorgt und hatte keine ruhige Minute, bis mir endlich mitgeteilt wurde, daß Ihre Maschine sicher gelandet ist.«

»Aiji-ma.« Bren war überrascht und geradezu gerührt von Tabinis Worten, rief sich im stillen aber sogleich zur Räson. Menschliche Empfindungen lieferten keine Antwort auf Fragen nach den Beweggründen der Atevi, geschweige denn auf die Fragen, die jetzt zuvörderst anstanden.

Wie jene nach dem momentanen Zustand des Westbundes oder nach der Lage in den östlichen Regionen, in den Provinzen, die abtrünnig zu werden drohten, wo noch vor zwei Tagen Bomben gefallen waren, was er, Bren, persönlich bezeugen konnte – Bomben, denen Männer zum Opfer gefallen waren, die er gekannt hatte. Er wußte immer noch nicht, wie es dazu gekommen war und was sich inzwischen zugetragen hatte. Er hoffte, daß die Krise entschärft war, daß sich die Provinzlords, durch einen politischen Schachzug Tabinis einstweilen besänftigt, zurückhielten und es vorzogen, die weitere Entwicklung abzuwarten.

Auf diese neue Linie waren mittlerweile vielleicht auch die Atigeini einschwenkt, die sich dem Aiji über lange Zeit widersetzt, ihn dann aber zähneknirschend toleriert hatten, weil sich Lady Damiri offen zu ihm bekannte. Dennoch, diese Liaison war ihnen ein Dorn im Auge, so nun gewiß auch der Umstand, daß ein Mensch in den historischen Hallen der Atigeini wohnte, ausgerechnet jene Person, auf die die Unruhen im Westbund zurückgingen.

Doch Bren durfte es zum jetzigen Zeitpunkt nicht wagen, klärende Fragen zu stellen. Gewisse Höflichkeitsformen einzuhalten war lebenswichtig.

»Dieses Schiff da am Himmel ...«, sagte Tabini zögernd.

»Ja, Aiji-ma?«

»Mospheira steht mit ihm in Verbindung. Wissen Sie Konkretes darüber? Haben Sie irgend etwas in Erfahrung bringen können?«

»Nur soviel: Es ist ohne Frage dasselbe Schiff, das die Menschen hierhergebracht hat. Wo es in der Zwischenzeit, in den vergangenen hundertachtundsiebzig Jahren gewesen ist ... tja, das wäre wohl wichtig zu wissen. Vielleicht weiß der eine oder andere auf Mospheira Bescheid, ich jedenfalls nicht.«

»Haben Sie ein Vermutung, wo es gewesen sein könnte?«

»Ich weiß nur, was mir schon als Kind berichtet wurde, nämlich daß es wahrscheinlich auf die Suche gegangen ist nach Leitsternen zur Orientierung und Klärung der Frage, in welcher Ecke des Universums die Menschen gelandet sind.«

»Das ist leicht zu beantworten: Hier bei uns.«

»Für die da oben stellt sich das Problem sicherlich anders dar, Aiji-ma. Aber ich gestehe, daß ich mir selbst nie sonderlich viel Gedanken darüber gemacht habe. Die Aussicht auf eine Rückkehr des Schiffes war für mich völlig abwegig.«

»Aha. Und wie denkt man darüber an den politischen Schaltstellen auf Mospheira?«

Einen Aiji hatten solche Fragen eigentlich nicht zu interessieren. Abgesehen davon, daß Bren keine Antwort darauf wußte, war es ihm als Paidhi auch nicht gestattet, Informationen über innermospheische Angelegenheiten und laufende politische Debatten Auskunft zu geben, jedenfalls nicht offiziell.

»Tabini-ma, Sie wissen, daß ich dazu nichts sagen darf.«

Tabini nahm die Teetasse vom Tisch und balancierte das zerbrechliche Porzellan in den Fingern. Atevische Augen leuchteten wie Gold. Die von Tabini waren ein wenig wässrig. Manche behaupteten, daß sich das Unglück seines Vaters darin spiegelte. »Bren-ji, es sind große Veränderungen im Schwange, die nicht zuletzt das Verhältnis zwischen Ihnen, Mospheria und uns hier auf dem Festland betreffen, unabhängig davon, was wir dürfen oder nicht. Ich bin Realist genug, um zu begreifen, daß dieser Wandel unausweichlich ist. Und Sie werden mir doch wohl erlauben, den Paidhi, dessen Amt es ist, zwischen Menschen und Atevi zu vermitteln, zu Rate zu ziehen und zu fragen, in welche Richtung dieser Wandel geht.«

Es wurde so still im Raum, daß die Stimmen der Wachen im Foyer zu hören waren. Bren holte tief Luft. Er fühlte sich nicht angemessen vorbereitet auf dieses Gespräch, hatte er doch in den vergangenen Tagen vor lauter Schmerzen kaum Gelegenheit gehabt, seine Gedanken zu ordnen.

»Tabini-ma, dem Vertrag nach ist der Paidhi als ehrlicher Mittelsmann beiden Seiten verpflichtet.«

Tabini nahm einen Schluck aus der Tasse und sagte: »Ist nicht noch eine dritte Seite hinzugekommen? Zwischen wie vielen Seiten kann ein Paidhi ehrlich vermitteln?«

»Was soll ich sagen?«

»Eine Antwort darauf kann dem Paidhi doch nicht schwerfallen. Oder lassen Sie mich anders fragen: Hat Mospheira Kontrolle über das Schiff oder das Schiff über Mospheira?«

Bren spürte, wie ihm das Blut in Wallung geriet. Um nach Shejidan an Tabinis Seite zurückzukehren, hatte er buchstäblich sein Leben aufs Spiel gesetzt. Und es konnte nicht in seinem Sinne sein, sich mit Tabini anzulegen oder ihm etwas vorzumachen. Dazu war er allein seiner schlechten Verfassung wegen nicht in der Lage. Anstatt sich auf dieses Gespräch einzulassen, hätte er lieber noch eine Tablette gegen die Schmerzen genommen und sich zu Bett gelegt, wo er hingehörte.

»Nand' Paidhi? Verlange ich denn zuviel, wenn ich Sie um eine Antwort bitte?«

»Meine Schulter ist gebrochen, Tabini-ma. Man hat mich einzuschüchtern und auszuquetschen versucht, um gegen Sie und Mospheira Front zu machen. Aber ich habe dichtgehalten. Und ich ...« Er mußte die Tasse absetzen, seine Hände zitterten so. »Ich würde Ihnen und den Menschen auf Mospheira einen schlechten Dienst erweisen, wenn ich mich dazu hinreißen ließe, über Dinge zu reden, von denen ich viel zu wenig verstehe. Ein schwadronierender Paidhi hat keinen Wert, am wenigsten für Sie, den weisen Aiji.«

»Oh, Sie schmeicheln, Ben-ji. Das ist doch sonst nicht Ihr Stil.«

»Im Ernst, Tabini-ma, der Wert eines Paidhi steht und fällt mit seiner Ehrlichkeit. Ich stehe zwischen den Lagern. Ich leite Ihre Botschaften an Mospheira weiter und berichte Ihnen, was dort nach reiflichen Überlegungen entschieden worden ist. Darüber hinaus habe ich nichts zu sagen, und ich werde mich hüten, eigene Spekulationen anzustellen. Zum Beispiel über das Auftauchen des Schiffs. Und bitte bedenken Sie, Tabini-ma, daß ich seit Tagen keine Informationen erhalten habe, daß ich unter Betäubungsmitteln stehe und immer noch nicht klar bei Sinnen bin. Unter diesen Umständen bleibt mir nur eine Orientierung, nämlich die, die durch den Vertrag gegeben ist. Sie haben Anspruch auf meinen besten Rat, und Sie falsch zu informieren, wäre mir unverzeihlich.«

Atevi zeigten keine Gefühle. Tabinis Gesicht glich einer Maske – mit milden Zügen, immerhin.

Und er verstand es, seinen Charme auszuspielen.

»Die Schwere Ihrer Verletzungen ist mir bewußt, Bren-ji. Ich habe dennoch darauf gedrängt, daß Sie zurückkehren, weil ich von Ihrem Wohlwollen überzeugt bin. Ich verlasse mich auf Ihr Urteil und will, bevor ich eine politische Entscheidung treffe, unbedingt wissen, was es mit diesem Schiff auf sich hat und wie Mospheira darauf zu reagieren gedenkt. Ich bitte Sie inständig, mich mit entsprechenden Hinweisen vorzubereiten. Mir ist klar, daß ich mit dieser Bitte die Buchstaben des Vertrags verletze, aber ein Zusammenbruch des Bundes wäre das Ende des Vertrags schlechthin. Glauben Sie mir: Wir befinden uns mitten in einer Krise, und ich bin in dieser Situation beileibe nicht der einzige, der es mit dem Vertragstext nicht allzu genau nimmt. Mospheira hat mir einen zweiten Paidhi geschickt, was auch nicht rechtens ist.«

»Ich konnte mein Amt nicht ausüben. In einem solchen Fall ist es vorgeschrieben, daß meine Stellvertretung einspringt.«

»Mir ist mitgeteilt worden, was sich unten am Bahngleis abgespielt hat. Ihre Kollegin hat eine Szene gemacht und Sie brüskiert. Ich fürchte, daß sie Ihre Amtsperson vorsätzlich in Verruf zu bringen versucht hat. Sie behauptet, auf dem Weg zum Flughafen gewesen zu sein, dabei hat sie weder einen Reisepaß noch eine Flugerlaubnis. Es wäre mir ein Vergnügen gewesen, sie auszuweisen und in ein Ruderboot stecken zu lassen, was aber die Beziehungen zu Mospheira wahrscheinlich nicht verbessert hätte.«

»Ich bitte Sie, ihr den Reisepaß aushändigen zu lassen, Aiji-ma.«

»Soll ich? Der Vertrag verlangt die ständige Anwesenheit eines Paidhi. Sind Sie, Bren-ji, denn überhaupt noch im Amt? Wenn Sie mir schon nichts sagen wollen über die Absichten Mospheiras, erklären Sie mir doch bitte, in welcher Funktion Sie hier sind? Mir scheint, daß man Sie auszubooten versucht und daß die Ankunft von Deana Hanks weniger auf Ihre Unpäßlichkeit zurückzuführen ist als vielmehr auf die Rückkehr des Schiffs an unseren Himmel. Können Sie mir folgen, Bren-ji? Ich frage ganz offen: Wer hat auf Mospheira zur Zeit das Sagen, und für welche Fraktion steht diese Frau?«

Bren stand die Verwirrung im Gesicht geschrieben. »Ob es auf der Insel irgendwelche politischen Veränderungen gegeben hat, weiß ich wirklich nicht. Ich bin von hier auf direktem Weg ins Krankenhaus gebracht worden. Vielleicht ist mir mitgeteilt worden, daß Hanks meine Stellvertretung übernommen hat, aber ich war die ganze Zeit über so benommen von all den Medikamenten, daß ich mich an nichts dergleichen erinnere. Ich bin selbst völlig ratlos.«

»An dem Tag, an dem Sie nach Malguri abgereist sind, traf eine Nachricht Ihrer Regierung ein mit der Bitte um Antwort, worauf Sie natürlich nicht reagieren konnten. Es folgten weitere Nachrichten. Vermutlich ging es darin um das Schiff am Himmel.«

»Anzunehmen, ja.«

»Am dritten Tag verlangte man die Landeerlaubnis für eine Maschine, an deren Bord sich Deana Hanks befand. Uns war klar, daß Ihre Vorgesetzten wissen wollten, wo Sie steckten, also haben wir die Sache mit dem Fernsehinterview eingefädelt, um …«

»Um mich auf Video präsentieren zu können.« Einem Aiji ins Wort zu fallen war unmöglich. »Verzeihen Sie, Aiji-ma.«

»Eine sehr nützliche Technik«, sagte Tabini. »Vom Fernsehen läßt sich manches lernen. Neben anderen blasphemischen Möglichkeiten läßt es interessante Spielereien mit der Zeit zu, mit Maßstäben und mit Zahlen allgemein. Ein Kasten voller Illusionen. Immerhin haben wir die sorgenden Fragen um Ihren Gesundheitszustand beantworten und der Öffentlichkeit weismachen können, daß Sie nach wie vor im Amt sind. Wie dem auch sei, kommen wir auf das sehr viel wichtigere Thema zurück, dem Sie ständig auszuweichen versuchen. Warum hat man Sie nach Shejidan zurückgeschickt? Bloß um mich zu beruhigen, oder kommen Sie mit konkreten Vollmachten?«

»Was mich bevollmächtigt, sind wohl vor allem meine Sprachkenntnisse und die Tatsache, daß Sie mich gerufen haben, daß Sie es vorziehen, mit mir zusammenzuarbeiten. So ist es doch, oder?«

»Allerdings.«

»Ist Hanks mit Ihnen in Verbindung getreten? Gibt es irgendwelche Übereinkommen, von denen ich nichts weiß? Vorschläge, Verhandlungen?«

»Mit Leuten wie Taigi oder Naijo vielleicht. Möglicherweise mit sämtlichen potentiellen Verschwörern gegen den Bund. Aber nicht mit mir.«

Schrecklicher Verdacht. »Sie hat doch bestimmt auch ein Gespräch mit Ihnen gesucht.«

»Ich lasse mich doch nicht mit Schleichhändlern ein. Ich habe diese Frau nur ein einziges Mal gesehen und bei der Gelegenheit von ihr gefordert, Mospheira Bescheid zu geben, daß man mir unverzüglich Bren Cameron zurückschickt, und weil ich ihr drohte, sie im Weigerungsfalle erschießen zu lassen, hat sie offenbar getan, was ich verlangt habe.«

Himmel hilf, dachte Bren erschrocken. Wenn Hanks nicht gespurt hätte, wäre sie womöglich tatsächlich an die Wand gestellt worden. Tabini machte keine leeren Drohungen.

»Es darf Ihr nichts geschehen«, sagte Bren. »Ich bitte Sie, Aiji-ma, sorgen Sie für ihre Sicherheit.«

»Bitten Sie mich als Paidhi? Im Sinne des Vertrages?«

Bren fühlte sich aufs Glatteis gelockt und erkannte, daß er in Konflikt zu geraten drohte: sowohl mit dem Auswärtigen Amt als auch mit den Regeln des Vertrags. »Meine Vorgesetzten auf Mospheira sind, indem Sie mich zurückgeschickt haben, Ihrem ausdrücklichen Wunsch nachgekommen, und sie werden sich darauf verlassen, daß ich die Botschaften des Aiji präzise und nach bestem Wissen und Gewissen übermittle. Ich bin sicher, man hält mich für kompetent und integer. Wenn Sie, Aiji-ma, nicht Hanks', sondern meine Vermittlerdienste vorziehen, bleibt denen auf Mospheira gar nichts anderes übrig, wenn sie die Verbindung zu Ihnen aufrecht erhalten wollen.«

»Sie könnten mich doch ignorieren.«

»Nein, Aiji-ma. Unmöglich. Was die Atevi denken und tun, ist für Mospheira von entscheidender Bedeutung.«

»Wieso hat man dann Deana Hanks überhaupt einfliegen lassen? Und warum nimmt sie Kontakt auf mit den falschen Leuten?«

Bren suchte nach Ausflüchten. »Sie ist meine Stellvertreterin und nominierte Nachfolgerin. Solange ich meinen Dienst nicht versehen kann ...«

»Sie ist eine Gefahr.«

»Aiji-ma, auf Mospheira mußte man davon ausgehen, daß ich – aus welchen Gründen auch immer – als Paidhi nicht zur Verfügung stehe, und das in einer sehr prekären Situation. Um diese Lücke zu schließen, hat man Hanks geschickt. Ich hätte schließlich einem Attentat zum Opfer gefallen sein können, von der Opposition aus dem Weg geräumt ...«

»Gibt es denn für Sie keinen besseren Ersatz als diese Schwachsinnige?«

»Soweit ich weiß, beherrschen nur drei Menschen die hiesige Landessprache so gut, daß sie auch in ihr zu denken vermögen.«

»Mir scheint, es gibt nur zwei. Sie und Wilson-Paidhi. Diese Frau kann nicht denken.«

Tabini war wütend. Ganz offensichtlich. Und das hatte wohl nicht bloß mit Hanks zu tun.

»Nun, wenn meine Vorgesetzten sehen, daß es mir wieder gutgeht, werden sie Hanks zurückrufen. Wenn nicht, werde ich darauf drängen.«

»Diese Frau mischt sich ein in unsere Politik. Ich frage mich: Ist sie nicht richtig im Kopf oder legt sie es vorsätzlich darauf an, den Vertrag zu brechen? Oder aber wird Mospheira inzwischen von einer dritten Seite kontrolliert, die von unseren Regeln nichts weiß?« Tabinis Frage bezog sich nicht nur auf eventuelle Machtverschiebungen innerhalb der Administration, was schlimm genug wäre, sondern zweifelte an der Souveränität von Mospheira, jetzt, da das Raumschiff aufgekreuzt war.

Und der Paidhi wußte keine klare Antwort darauf. Das Auswärtige Amt hatte die Verhandlungen mit dem Schiff als ›knifflig‹ bezeichnet. »Ich werde Ihre Bedenken den verantwortlichen Stellen vortragen, Aiji-ma. Aber vorläufig möchte ich Sie darum bitten, gegen Hanks nicht mit Gewalt vorzugehen. Lassen Sie mich das Problem auf meine Weise lösen. Ich bin sicher, einen Weg zu finden, der weniger großes Aufsehen erregt.«

»Sie bitten mich um einen sehr großen Gefallen, Bren-ji.«

»Ich weiß.«

»Eine Hand wäscht die andere.«

»Auch das ist mir klar, Aiji-ma.«

»Also, dann sagen Sie mir, worüber im Büro des Präsidenten zur Zeit nachgedacht wird.«

Herrje, es half alles nichts. Tabini ließ nicht locker.

Bren fühlte sich genötigt, aufs Ganze zu gehen, und es blieb ihm nur die Hoffnung, daß sich dem Aiji mit einer ehrlichen Antwort ein Einblick in die mentalen Prozesse der Menschen vermitteln ließ. »Aiji-ma«, sagte er. »Auf Mospheira ist mir nichts zu Ohren gekommen, was meinem ersten Eindruck widerspräche: Die Menschen sind irritiert ... nicht alarmiert, sondern einfach bloß irritiert, und zwar aus ähnlichen Gründen wie die Atevi. Keiner hat damit gerechnet. Mospheira ist von diesem Schiff überrascht worden. So wie Sie auch. Und niemand hat solche Überraschungen gern. Vermutlich ist sogar die Schiffsbesatzung überrascht. Nämlich über den Zustand der Kolonie, über ihre komplexen Strukturen, die sich in knapp zweihundert Jahren entwickelt haben, was so nicht vorauszusehen war.«

»Und was soll das heißen? Bilden die Menschen immer noch einen Verband oder nunmehr zwei? Wer bestimmt? Die Schiffsbesatzung oder die Inselregierung?«

Kritische Fragen. Brennende Fragen, insbesondere für einen atevischen Herrscher, der die Gültigkeit räumlicher Grenzen nicht anerkennen konnte. »Aijima, nach meinem Verständnis stehen wir vor folgender Situation: Aus dem einst geschlossenen Verband der Menschen haben sich zwei Lager herausgebildet; sie stehen sich nicht als Feinde gegenüber, verfolgen aber unterschiedliche Interessen. Sie haben doch bestimmt die Funksprüche abgehört und mitgeschnitten, oder?«

»Allerdings.«

»Konnten Sie sie auch entschlüsseln?«

»Zahlen und Namen sind uns klar. Es wäre schön, wenn Sie den Rest für uns übersetzen.«

Es beruhigte Bren zu erfahren, daß die Gespräche zwischen dem Schiff und Mospheira uncodiert waren. Tabinis Bitte um Übersetzung brachte ihn jedoch in Verlegenheit. Mospheira wußte natürlich, daß er dazu in der Lage war. So wie auch Hanks, und dennoch hatte man sie hierher geschickt. Mospheira hätte also nichts dagegen. Jedenfalls konnte sich Bren nicht daran erinnern, irgendwelche Einwände gehört zu haben.

»Das läßt sich machen, Aiji-ma. Ich würde allerdings gern Rücksprache nehmen ...«

»Angenommen, Mospheira verbündet sich mit dem Schiff. Sagen Sie mir: Was hätte das für Sie als Paidhi für Konsequenzen?«

»Ich kann mir eine solche Konstellation kaum vorstellen.«

»Mir fällt das gar nicht schwer.«

»Bündnisse zwischen Menschen sind nicht zu vergleichen mit atevischen Verbänden«, antwortete Bren. »Sie sind eher zufällig und weniger zwingend. Das liegt in der Natur des Menschen. Ich weiß nicht so recht, wie ich das mit den Worten Ihrer Sprache erklären soll. Aber seien Sie versichert, Aiji-ma, die Menschen auf Mospheira fühlen sich mehrheitlich durch nichts dazu verpflichtet, mit der Besatzung des Schiffs eine Verbindung einzugehen.«

»Das überzeugt mich nicht, nand' Paidhi. Zugegeben, die menschliche Natur ist mir ein Rätsel. Aber Ihrer Behauptung, daß es zwei unabhängige Lager gibt, die einander nicht feindlich gesinnt sind, kann ich beim besten Willen nicht folgen.«

Wieder einmal war jener Punkt erreicht, an dem jeder Versuch der Verständigung scheitern mußte und deutlich wurde, wie groß die Kluft zwischen Menschen und Atevi war. Tabini konnte nicht einsehen, daß es den Menschen an *Man'chi* mangelte, jener atevischen Art von Loyalität, die einem zwanghaften inneren Bedürfnis nach Unterordnung unter eine Autorität entsprach. Darum konnte er nicht glauben, daß sich die Menschen auf Mospheira nicht spontan jener Schiffsbesatzung anschlossen, die nach Tabinis Verständnis eine historische, zwingende Autorität darstellte.

Aber auch auf der anderen Seite der Meerenge konnten sich die Menschen in der Enklave kaum vorstellen, wie Atevi die neuentstandene Situation lesen mußten. Immerhin war Tabini dank seiner Erfahrung im Umgang mit dem Paidhi klug genug, um diesen grundlegenden Unterschied in der Gefühlswelt zwischen Menschen und Atevi zu registrieren. Dennoch war er nicht imstande, über das zu erwartende Verhalten der Menschen auf Mospheira richtige Voraussagen zu treffen, denn dazu fehlte ihm ganz einfach die entsprechende Gemütsausstattung. Den meisten Personen – ob Mensch oder Ateva – war es nicht gegeben, die eigenen Gedanken zu analysieren; das vermeintlich bewußte, reflektierte Urteil war häufig nicht mehr als eine Reaktion aus dem Bauch heraus.

Bren war in dieser Hinsicht allen anderen ein gutes Stück voraus, nicht zuletzt aufgrund seiner jüngsten Erfahrungen in der entlegenen Provinz von Maidingi, wo er solche impulsiven Reaktionen ein ums andere Mal am eigenen Körper hatte erleiden müssen.

Darum konnte er sich nun halbwegs in Tabinis Lage hineinversetzen, und indem er sozusagen seine Schnittstelle zur atevischen Gefühls- und Gedankenwelt justierte, verwarf er unwillkürlich alles, was seine Paidhi-Vorgänger über die Atevi zu wissen geglaubt hatten.

»Aiji-ma, obwohl ich zögere, den Man'chi-Begriff auf menschliche Verhältnisse zu übertragen, glaube ich doch sagen zu können, daß die Mospheiraner ein solches Zugehörigkeitsgefühl der hiesigen Welt gegenüber entwickelt haben. Ich glaube, daß wir in dieser Hinsicht ähnlich empfinden wie die Atevi. Wir fühlen uns nicht mit dem Schiff, sondern mit diesem Planeten verbunden. Ihm gilt unser Man'chi.«

Tabinis verzog keine Miene, und doch hatte es den Anschein, als fände er Gefallen an dieser Vorstellung. Das Kinn auf die Faust gestützt, dachte er lange nach und sagte schließlich: »Wie verträgt sich das mit Ihrer Behauptung, daß Ihnen eine solche Empfindung fremd ist?«

Bren hielt es nicht länger aus, dieses zähe, unbeholfene Werben um Verständnis. Er fühlte sich ausgelaugt. Ein fiebriger Schwindel setzte ihm zu, und er konnte keinen klaren Gedanken mehr fassen. »Ich sollte jetzt lieber zu Bett gehen, Aiji-ma. Geben Sie mir bitte Bedenkzeit. Ich bin zur Zeit wirklich nicht in der Lage, sinnvoll zu antworten.«

»Nur auf diese eine Frage noch, nand' Paidhi. Ich habe den Eindruck, daß Sie mich zu beruhigen versuchen. Sie können mich jetzt nicht einfach in der Luft hängen lassen.«

»Wie soll ich mich ausdrücken? Ich kann nur wiederholen: Die Menschen fühlen sich diesem Planeten verbunden. Emotional. Das ist mit Logik nicht zu fassen. Ebensowenig wie Man'chi.«

»Das Schiff hat an die Raumstation angelegt. Das muß doch vorbereitet worden sein. Dabei hieß es immer, daß die Station unbemannt ist. Daß keine Gefahr von ihr ausgehen könne. Bislang haben nur blödsinnige Fernsehfilme Schreckensbilder entworfen von Angriffen aus dem All mit tödlichen Strahlen. Jetzt aber wird selbst in seriösen Nachrichtensendungen darüber spekuliert.«

Bren war der Verzweiflung nahe. Es schien, als sei in nur wenigen Tagen seine ganze Arbeit als Paidhi, mit der er sich für Annäherung und Vertrauensbildung eingesetzt hatte, hinfällig geworden. »Aiji-ma, ich kann Ihnen nur versichern, es gibt solche Todesstrahlen nicht. Das sind Hirngespinste.«

»Auch keine entsprechenden Pläne? Weder auf Mospheira noch an Bord des Schiffs? Ich darf daran erinnern: Der Vertrag verpflichtet die Menschen, uns an all ihrem technischen Wissen teilhaben zu lassen, allmählich und in verträglichen Etappen, um zu verhindern, daß Umwelt und Kultur keinen Schaden nehmen. Unser Raumfahrtausschuß diskutiert seit geraumer Zeit über Startanlagen und Raketen für bemannte Raumflüge. Ich denke doch, daß die Spezialisten auf Mospheira sehr viel weiter sind.«

»Das mag sein«, antwortete Bren kleinlaut.

»Und? Wird uns der Paidhi über die Neuentwicklungen in Kenntnis setzen? Ich fürchte, wir müssen wieder auf die alles entscheidende Frage zurückkommen: Halten sich die Mospheiraner noch an unseren Vertrag? Sind sie noch Teil unseres Bündnisses? Hanks berichtet lauthals und ungeniert von Plänen über einen Ausbau der Industrieanlagen. Von Sternen und Entfernungen zwischen Sternen, von der Möglichkeit, schneller als Licht zu reisen. Sie sind sich doch im klaren darüber, daß gewisse Kreise an solchen Vorstellungen Anstoß nehmen müssen. Für manche erfüllen solche Äußerungen den Tatbestand der Ketzerei.«

Bren war fassungslos. Überlichtgeschwindigkeit. Was erlaubte sich diese dumme Gans?

»Tabini-ma, können Sie mir sagen, mit wem Hanks darüber gesprochen hat?«

»Mit Lord Geigi. Und bei der Gelegenheit hat sie auch noch erwähnt, daß im Zuge der raschen technologischen Fortentwicklung die Ölpreise wahrscheinlich anziehen werden.«

»Ach, du Schande«, platzte es in seiner Muttersprache aus ihm heraus, von der Tabini nur ein paar wenige Worte verstand.

»Wie bitte?«

»Verzeihen Sie. Tabini-ma, diese Frau ist …«

»Eine Idiotin?«

»Naiv«, sagte Bren.

»Wie Sie vielleicht wissen, gehört Lord Geigi den Deterministen an. Und er verfügt über riesige Rohölreserven. Worauf wollte Hanks bei ihm hinaus? Wollte sie seinen Glauben brüskieren oder ihm unter der Hand wachsende Profite in Aussicht stellen? Was meinen Sie?«

»Ich fürchte, Lord Geigi wird ziemlich verwirrt gewesen sein.«

»Zumal er extrem hoch verschuldet ist und in einer recht verzweifelten Lage. Aber das bleibt bitte unter uns.«

»Himmel!« stöhnte Bren. Es kam alles zusammen, was dem Bund gefährlich werden konnte: Spannungen mit Mospheira, unzufriedene Lords, Empörung seitens der Numerologen. Das Wort von der Überlichtgeschwindigkeit würde schnell die Runde machen und die Numerologen, insbesondere diejenigen unter ihnen, die sich Deterministen nannten, auf die Barrikaden bringen. Im Sinne eines atevischen Sprichwortes würde die Saat die Sonne sehen.

Wenn es nicht gelänge, die Wogen zu glätten und die Deterministen aus ihrer Verlegenheit herauszuhelfen, würde alles drunter und drüber gehen. Einflußreiche Wortführer stünden als Lügner da; bewährte Strukturen würden in Frage gestellt. Womöglich käme es zu Mord und Totschlag, denn die Stützen des Glaubens bestanden aus Fleisch und Blut.

»Ich werde mir Hanks vorknöpfen.«

»Das muß schnell geschehen, schneller als Licht.« Tabini winkte Eidi herbei und ließ sich Tee nachschenken. »Und werden wir uns demnächst auch noch mit diesen Todesstrahlen befassen müssen?«

»Ich hoffe nicht.« Bren suchte verzweifelt nach einer Rechtfertigung, die seine Vorgesetzten akzeptieren könnten, die es ihm gestattete, dem Aiji guten Gewissens anzuvertrauen, was ihm gerade in seltener Klarheit durch den fiebernden Kopf ging. »Aiji-ma«, sagte er. »Die eigentliche Gefahr geht nicht von Waffen aus.«

»Fragen Sie die Opfer.«

»Ich will nur sagen: Sie sind nicht entscheidend. Im Krieg hatten wir die überlegenen Waffen, aber geholfen haben sie uns nicht. Und was uns heute mehr bedroht als alle vermeintlichen Todesstrahlen ist unsere schockhafte Reaktion auf diejenigen, die am Himmel aufgekreuzt sind und Veränderungen bewirken, denen wir uns auf die Schnelle nicht anpassen können. In unserer Panik laufen wir Gefahr, die Fehler von damals zu wiederholen.« Er rutschte in seinem Sessel nach vorn, worauf ihm ein so heftiger Schmerz durch die Schulter fuhr, daß er fast aus dem Konzept kam. Doch er hielt an dem Gedanken fest. »Es könnte noch ärger kommen, denn im Unterschied zu damals gibt es heutzutage das Fernsehen, das allen schlagartig und gleichzeitig vor Augen führt, was an Neuem auf uns zukommt, und zwar so schnell und unumkehrbar, daß keiner mehr Schritt halten kann, daß alles Planen für die Zukunft unsinnig erscheint, daß niemand mehr weiß, wie er sich verhalten soll …«

»Baji-Naji«, sagte Tabini in Anspielung auf die atevische Spruchweisheit, wonach durch jeden Entwurf der teuflische Zufall spukte und nichts in letzter Konsequenz vorauszusehen war. »Das haben wir schon einmal durchgemacht. Und es kam zum Krieg, den wir für uns entscheiden konnten. Sie erinnern sich.«

»Aber ich bin mir sicher: Das ist nicht deren Absicht. Die Menschen wollen keinen Krieg.«

»Und wie läßt er sich vermeiden? Kommen Sie mir jetzt nicht mit Appellen an die Vernunft. Erklären Sie mir lieber, für wen sich Hanks stark macht.«

Bren holte tief Luft, um Zeit zum Nachdenken zu gewinnen. Er hatte Tabini von dieser Frage abzulenken versucht, doch der war zielstrebig an den Anfang zurückgekehrt und würde keine weiteren Ausflüchte zulassen.

»Keine Ahnung. Aber ich werde es herausfinden, Aiji-ma. Immerhin läßt sich eines schon jetzt ausschließen, nämlich daß sie das Auswärtige Amt vertritt. Es hat *mich* zurückgeschickt. Und ich werde nicht zulassen, daß unsere Arbeit und das bislang Erreichte gefährdet wird.«

»Der Paidhi wird also vermitteln. Habe ich Sie richtig verstanden? Vermitteln zwischen der Administration Mospheiras und der Kommandozentrale des Schiffs. Und Sie werden diesen Stellen meine Argumente und meine Forderungen vortragen?«

Tabini wußte sehr wohl, wie ihm, Bren, zumute war, nahm aber dennoch keine Rücksicht auf seinen Zustand. Er trug Verantwortung für sein Volk und drängte auf Informationen. Der Paidhi war seine verläßlichste Adresse.

Außerdem glaubte Tabini, daß der Wahrheit nur unter Druck auf die Sprünge zu helfen war. Zufrieden gab er sich erst, wenn ausgesprochen war, womit er etwas anfangen konnte. Wer ihn dann noch hinzuhalten wagte, mußte in Kauf nehmen, daß sich Tabini seinerseits weit, sehr weit zurückzog. Der Paidhi war gewarnt.

»Also gut, Aiji-ma. Reden wir darüber, mit welchen

Entscheidungen auf Mospheira zu rechnen ist. Denkbar wäre zum Beispiel, daß man auf den Kurs der Schiffsbesatzung einschwenkt und sich dazu überreden läßt, junge, fähige Spezialisten abzustellen, um mit ihnen den Betrieb der Raumstation wieder aufzunehmen. Das Schiff müßte für deren Transport sorgen, weil uns die Möglichkeiten dazu fehlen. Und das würde bedeuten: Wir wären bloß die Passagiere eines Raumfahrtprojektes, über das andere bestimmen. Denkbar wäre auch ...«

Bren rutschte vor Schmerzen im Sessel hin und her und riskierte, daß Tabini seine Gebärden mißverstehen könnte. »Verzeihen Sie, Aiji-ma. Die Schulter ...«

»Oder?« hakte Tabini nach.

Erste Paidhi-Regel: Niemals Erklärungslücken offenlassen, da ein Ateva diese nach eigenem Ermessen zu schließen versucht.

»Denkbar wäre auch, daß Mospheira dem Westbund vorschlägt, verstärkte Anstrengungen zum Ausbau der industriellen Voraussetzungen für ein eigenes Raumfahrtprogramm zu unternehmen. Vielleicht hat Hanks in diese Richtung vorzufühlen versucht. Wir könnten dann gemeinsam entscheiden, wohin und wie schnell ein solcher Plan vorangetrieben werden soll. Niemand würde sich übervorteilt oder manipuliert fühlen müssen. Wir könnten selbstbestimmt und in eigener Verantwortung unsere Zukunft gestalten.«

»Ja, aber wie wird Mospheira reagieren, wenn die aufgekreuzten Raumfahrer mit großen Versprechungen locken? Mit Wundermedizin, mit sensationellem Know-how, mit der sofortigen Antwort auf alle Fragen? Interessant, daß Mospheira heute in ähnlicher Lage ist wie unsereins damals, als die Menschen aus den Wolken auf unser Land herabschwebten. Wie werden Sie sich verhalten, wenn Ihnen ungeahnte Möglichkeiten in Aussicht gestellt werden?«

»Aiji-ma, ich meine, diese Raumfahrer sollten uns,

die Menschen wie die Atevi, mit äußerster Vorsicht begegnen. Ich gebe Ihnen recht und bin selbst darauf gefaßt, daß sie uns mit Ködern zu locken versuchen, gezielt oder unbewußt. Aber darauf gehen wir nicht ein. Uns schützt der Vertrag, Aiji-ma, und daran sollten wir festhalten. Wir, die Menschen, sind trotz aller emotionalen und kulturellen Unterschiede die natürlichen Verbündeten der Atevi. Uns eint der Wunsch, auf diesem Planeten wohnen zu bleiben. Das sollten wir den Raumfahrern unmißverständlich zu verstehen geben.«

»Und wenn sie sich über solche Einwände hinwegsetzen?«

»Tja, in der Tat, das könnten sie und sich damit begnügen, die Raumstation zu restaurieren, sich darin einrichten und dafür sorgen, daß die Atevi außer Reichweite bleiben.«

»Das wäre doch auf lange Sicht ganz nach dem Geschmack der Mospheiraner, wenn nicht aller, so doch vieler.«

»Aiji-ma, glauben Sie mir, ich empfinde dieses Schiff da oben als Bedrohung meiner Welt.«

»Das ist nicht Ihre Welt.«

»Dann gehöre ich nirgends hin, Tabini-ma«, antwortete Bren verärgert. Ihm pochte der Schädel. Schwindel setzte wieder ein. Er langte vorsichtig nach der Tasse und trank einen Schluck daraus. Und ebenso vorsichtig formulierte er nun: »Ich habe, offen gesagt, den brennenden Wunsch, ins All zu fliegen, Tabini-ma. Das war schon immer mein ganz persönlicher Traum, und daran liegt mir sehr viel. Aber ich würde dafür nie, niemals atevische oder mospheische Interessen verraten und verkaufen. Der Preis wäre mir zu hoch.«

»Verkaufen?«

»Eine Redensart von uns. Man verkauft Melonen auf dem Markt, nicht aber seine Loyalität, schon gar nicht an solche, die sie nicht verdienen.«

»Der Verkauf von Loyalität. Eine merkwürdige Vorstellung.«

»Wie gesagt, das Pflichtempfinden gehört nicht zur Natur des Menschen, und darum läßt sich damit handeln. Aber gute Menschen machen von dieser Möglichkeit keinen Gebrauch.«

»Und was fangen sie statt dessen damit an?«

»In gutem Glauben verschenken, so wie's die Atevi tun, oder fast so.«

»Im Fast-so steckt der Teufel.«

»So ist es, Aiji-ma.«

Tabini setzte die leere Tasse ab und stützte das Kinn auf die Faust. »Tja, darum habe ich Sie zurückgerufen, Bren-ji. Sie sind mir unentbehrlich. Und dennoch wollen Sie verhindern, daß ich Deana Hanks erschießen lasse. Warum?«

Diese hellen Augen und ihr ach so nüchterner Ausdruck ... Tabinis Frage war ernst gemeint.

»Nun, Tabini-ma, das Außenministerium würde Zetermordio schreien.«

Tabini lachte leise vor sich hin, was selten bei ihm zu sehen war. »Weichen Sie mir nicht aus. Ich verdanke Ihnen Alpträume wegen dieser Todesstrahlen. Jetzt will ich mich revanchieren und dafür sorgen, daß Sie nicht ruhig schlafen können. Meine Großmutter ist hier.«

»Ach, ich dachte, sie wollte gleich wieder zurück nach Hause.«

»Das Bu-javid ist ihr Zuhause, nicht weniger als Malguri.«

»Hat sich die Lage dort beruhigt, Aiji-ma?«

»Meine Truppen haben den Aufstand niedergeschlagen. Insofern läßt sich vielleicht von einer Beruhigung sprechen. Es könnte allerdings jederzeit wieder losgehen, denn es sind beileibe nicht alle Rebellen auf unsere Seite gewechselt, und wahrscheinlich wird der eine oder andere von ihnen mit Freuden bereit sein, Sie oder mich mit einer Kugel aus dem Weg zu räumen. Ich vermute, daß meine Großmutter mit Ihnen zu sprechen wünscht. Bitte berücksichtigen Sie ihre Beziehung zu den Rebellen. Sie haben eine so offenherzige, arglose Art.«

»Ich werde mich vorsehen.«

»Ja, tun Sie das. Und bedenken Sie, es gibt etliche Leute, die den Paidhi allzugern zum Schweigen bringen würden.«

»Ist inzwischen eine Mordabsicht erklärt worden?«

»Nein. Aber ich will Ihnen folgendes sagen, Nadi: Vielleicht irre ich mich, aber ich fürchte, daß Ihnen aus Mospheira Gefahr droht. Und wenn ich richtig informiert bin, gibt es auf der Insel kein Gesetz, das eine Absichtserklärung zwingend vorschreibt.«

Intrige und Verrat, ja, aber nie würde Bren einen Mordanschlag aus Mospheira für möglich halten.

Gewaltanwendung war außerdem nicht nötig, um ihn zum Schweigen zu bringen. Bren hatte allen Grund besorgt zu sein über die Anwesenheit seiner Stellvertreterin auf dem Festland.

»Tabini-ma, ich halte es für ausgeschlossen, daß Mospheira mich los sein will. Das würden nicht einmal meine entschiedensten Gegner wollen, insbesondere jetzt nicht, da sich der Aiji erklärtermaßen weigert, mit Hanks zusammenzuarbeiten ...« Er wußte nicht, wie ihm geschah. Ihm wurde plötzlich schwarz vor Augen. Die Tasse, die er in den Händen gehalten hatte, fiel zu Boden, blieb zum Glück heil, aber der Tee versickerte im kostbaren Teppich. Entsetzt langte er nach der Serviette und warf sie auf den Fleck, bückte sich, um aufzuwischen.

Doch schon war Eidi zur Stelle. Er hob die Tasse auf und machte sauber.

»Verzeihen Sie«, stammelte Bren verlegen.

»Es ist doch nur der Teppich, Bren-ji.« Mit einem Schlenker aus dem Handgelenk schickte er Eidi zurück. »Hören Sie mir noch einen Moment lang zu. Bitte, informieren Sie sich so schnell wie möglich über den Stand der Dinge. Ich will, daß Sie vor die Vollversammlung treten und eine Erklärung abgeben über die Fremden am Himmel und übersetzen, was zwischen Mospheira und dem Schiff kommuniziert wird. Machen Sie den Spekulationen ein Ende. Und dann möchte ich, daß Sie dem Schiff mitteilen, was wir, die Atevi, zu sagen haben. Dazu brauche ich Sie, Bren-ji. Sind Sie einverstanden?«

»Ich ... ich bin nicht bevollmächtigt, mit dem Schiff Kontakt aufzunehmen, Aiji-ma. Ohne Rücksprache darf nicht einmal ich als Übersetzer eingeschaltet werden. Es wäre mir lieber ...«

»Ich bevollmächtige Sie, Bren-ji. Der Auftrag des Paidhi ist vertraglich festgelegt. Er dolmetscht und vermittelt zwischen Atevi und Menschen. Das ist ein Kernstück des Vertrags. Und ich bestehe auf dessen Einhaltung, nicht mehr, nicht weniger. Daß mir Ihr Büro einen zweiten Paidhi geschickt hat, ist ein klarer Verstoß. Das kann ich nicht gelten lassen. Ich fordere Sie deshalb auf, mit dem Schiff Kontakt aufzunehmen und ihm wortgetreu unsere Ansichten auseinanderzulegen.«

»Tabini-ma, ich muß darüber nachdenken, wozu ich aber im Moment nicht in der Lage bin. Ich kann Ihnen jedoch versprechen ...«

»Ich habe von Mospheira verlangt, daß man Sie nach Shejidan zurückschickt, und es wird Ihren Vorgesetzten klar sein, daß ich Ihre Dienste in Anspruch nehme. Wären die nicht einverstanden damit, hätten sie Sie doch nicht gehen lassen, oder?«

»Aber ich weiß nicht, ob ich dazu fähig bin, ob ich die Sprache der Schiffsbesatzung in allen Nuancen korrekt verstehe und übersetzen kann. Bedenken Sie, nach fast zweihundert Jahren wird sich sprachlich vieles verändert haben, vor allem in semantischer Hinsicht ...«

»Papperlapapp. Der Bund befindet sich in einer schweren Krise. Es muß unverzüglich gehandelt werden. Wir können es uns nicht leisten, darauf zu warten, daß Sie sich vorbereiten. Kommen Sie mir nicht mit linguistischen Haarspaltereien. Ich stehe vor ganz anderen Problemen. Es geht um Leben und Tod.«

Bren mußte ihm recht geben. Jede Verzögerung käme teuer zu stehen. Er mochte gar nicht darüber nachdenken; auch durch Grübelei ging wertvolle Zeit verloren. »Tabini-ma, lassen Sie mir bitte Zeit bis morgen. Ich will mir die Funkaufzeichnungen anhören.«

»Bren-ji, Sie müssen verstehen: Es gibt kaum etwas Gefährlicheres als blinder Aktionismus, eine Politik ohne hinreichende Informationen. Und darauf läuft's zur Zeit hinaus. Keiner weiß Bescheid, aber alles drängt auf eine Entscheidung. Im diesem Augenblick tagt der Sicherheitsrat.«

»Aiji-ma ...«

»Ich bitte Sie inständig, noch heute abend mit den Leuten zu reden, und sei es nur für ein paar Minuten. Diese Frau – diese Hanks – hat jede Menge Unruhe gestiftet, Panik, Wut, Argwohn. Ich muß ständig Geduld einfordern und habe versprochen, daß Bren-Paidhi bald mit einer Erklärung zurück sein wird. Man wartet, aber den Gerüchten ist kaum Einhalt zu gebieten. Ich weiß, daß Sie Schmerzen haben. Trotzdem, lassen Sie sich bitte noch heute bei diesen Leuten blicken, damit sie nicht auf den Gedanken kommen, von mir betrogen worden zu sein.«

Bren hätte am liebsten auf der Stelle sein Amt quittiert und sich ins Bett zurückgezogen. Der Arm schmerzte. Die Bandage, mit der seine Rippen verklebt waren, wurde von Minute zu Minute unerträglicher. Er sah sich außerstande, zu leisten, was Tabini von ihm verlangte.

Aber Tabini hatte recht. Angesichts der drohenden Gefahren waren semantische Bedenken mehr als kleinlich. Und Gott weiß was für Gerüchte die Runde machten, was Hanks da ins Rollen gebracht hatte.

»Paidhi-ji, es stehen Atevileben auf dem Spiel, die Stabilität des Bundes. Und der Aiji von Shejidan kann seine Verbündeten nicht um Hilfe bitten, denn die ... Sei's drum, der Paidhi kennt die Probleme.« Tabini hütete sich vor dem Vorwurf des Verrats.

»Ich verstehe«, antwortete Bren. »Aber ich kann mich kaum auf den Beinen halten, Aiji-ma.« Seine Stimme zitterte. Er war den Tränen nahe. Noch immer rüttelte der Schock an seinen Nerven, das Entsetzen über die Bomben jenseits von Malguri, die ihm nicht nur Dreck und Steinsplitter entgegengeschleudert hatten, sondern auch die Fetzen eines Mannes, den er zu schätzen gelernt hatte ...

»Es ist nicht weit«, sagte Tabini. »Wir können den Fahrstuhl nehmen.«

»Ich versuch's«, flüsterte Bren. Er wußte nicht aus dem Sessel hoch zu kommen, doch er biß die Zähne zusammen und mühte sich auf.

Um seinen Job zu tun. Um zu erklären, was er, der Paidhi, selbst nicht durchschaute.

# 4

Der Fahrstuhl im rückwärtigen Flur der Aiji-Gemächer war ein knarrender Käfig aus filigranem Schmiedeeisen, der an einem alarmierend wackligen Seil hing. Doch das schreckte Bren weit weniger als der alternative Treppenabstieg. Begleitet von Tabini, Banichi und dem Leibwächter Naidiri, fuhr er über zwei Etagen nach unten in einen Vorraum, der ständig von Wachposten abgesichert wurde. Von dort ging es weiter durch verwinkelte Korridore in eine Halle mit Zugang zu drei verschiedenen Sitzungssälen, in denen Regierungsvertreter und Abgeordnete zu beraten pflegten.

Der zurückgelegte Weg dorthin war nur den Bewohnern des Bu-javid und den Lords der Provinzen vorbehalten, denen es somit erspart blieb, sich dem Gewühl der Gäste und Bittsteller vor den Haupteingängen auf der gegenüberliegenden Seite auszusetzen. Außerdem war dieser Weg weniger weit, was Bren sehr zu schätzen wußte, denn er hatte Mühe, einen Schritt vor den anderen setzen.

Jago und ein zweitrangiger Leibwächter Tabinis warteten bereits vor der Tür zur sogenannten Blauen Kammer, jenem Saal, in dem zumeist die Rechts- und Handelsausschüsse tagten. Die Sondersitzung war schon eröffnet worden; es ging hoch und laut her unter den etwa zwanzig Lords und Volksvertretern. Die Finanzministerin brüllte auf den Lord-Minister für Transport und Verkehr so leidenschaftlich ein, daß es Bren mit der Angst zu tun bekam und er am liebsten auf dem Absatz kehrtgemacht hätte.

Er wollte Tabini gerade zu bedenken geben, daß sein

Auftritt hier womöglich unerwünscht sei, daß es wohl besser wäre, eine günstigere Stimmung abzuwarten, als es schlagartig still im Saal wurde.

Alle Anwesenden verbeugten sich, einmal vor Tabini und dann ein zweites Mal – vor dem Paidhi, wie es schien.

Verdutzt verbeugte sich auch Bren, der kaum glauben konnte, daß man ihm hier so viel Höflichkeit entgegenbrachte.

»Nadiin«, murmelte er und spürte, wie ihm die Knie weich wurden. Er hoffte, die Sache möglichst schnell hinter sich zu bringen und nicht allzu viele Fragen beantworten zu müssen.

Saaldiener beeilten sich eifrig, ein paar Stühle zurechtzurücken, und führten ihn an den Tisch. Der Paidhi war soviel Aufmerksamkeit nicht gewohnt. Und diese fürsorgliche Art. Er hatte fast den Eindruck, als rechnete man damit, daß er in jedem Moment tot umkippen könnte.

Soweit kommt es noch, dachte er und holte tief Luft. Ein stechender Schmerz fuhr ihm durch die Schulter, und er spürte den kühlen Luftzug aus Ventilationsschächten auf der schweißnassen Stirn. Ihm drohten die Sinne zu schwinden. Er nahm Stimmen wahr, wie von ferne und in surrealem Wechselrhythmus mit den pochenden Schlägen des eigenen Herzens.

»Nadiin«, sagte Tabini, der sich ans andere Ende des Tischs gesetzt hatte. »Bren-Paidhi hat eine Operation hinter sich und einen langen Flug. Nehmen Sie Rücksicht auf seinen Zustand. Es war schon eine enorme Kraftanstrengung für ihn, hierher zu kommen.«

Die Lords und Abgeordneten nickten anerkennend. Mit diesen großgewachsenen, schwarzhäutigen Gestalten konfrontiert, kam Bren sich vor wie ein Kind. Auf einem Tablett wurden Wasser und eine kleine Kanne Tee gebracht. Auch alle anderen Anwesenden waren auf diese Weise versorgt worden. Dann legte ein Saaldiener einen mit Bändern zugeschnürten Aktenordner vor ihm auf den Tisch. Darin befand sich die Tagesordnung. Bren hatte Durst auf das Wasser, aber er hatte eine halbwegs schmerzfreie Sitzhaltung gefunden und wagte es nicht, sich zu bewegen.

»Wir haben uns soeben die Aufzeichnungen angehört«, sagte Lord Sigiadi, der Handelsminister. »Weiß der Paidhi, oder hat er zumindest eine Ahnung davon, welche Nachrichten zwischen der Insel und dem Schiff ausgetauscht worden sind?«

»Ich habe die Bänder noch nicht gehört, nand' Minister. Man hat versprochen, sie mir morgen vorzuspielen.«

»Darf ich den Paidhi bitten, einmal kurz reinzuhören und uns seine Meinung dazu zu sagen?«

Der Vorschlag fand allgemeine Zustimmung. »Ja«, hieß es. »Man möge das Band vorspielen.«

Jetzt verstand Bren, wieso der Aiji kaum feierlicher und respektvoller empfangen worden war als er, der Paidhi: Tabini war offenbar schon zu Beginn der Sitzung anwesend gewesen und hatte sie nur verlassen, um ihn zur Teilnahme zu überreden.

Nach den Anstrengungen der letzten Stunden war es immerhin erleichternd, stillsitzen zu dürfen. Und der Rat verlangte nicht mehr von ihm, als den Bändern zuzuhören, die im Verlauf der Woche aufgenommen worden waren. Es drängte ihn selbst, sie zu hören und sich einen Reim darauf zu machen.

Er schärfte sich ein, jetzt nur ja keine Miene zu zeigen, denn die anwesenden Männer und Frauen, allesamt Meister der Verstellung, verstanden sich auf die Deutung kleinster sichtbarer Regungen und Gebärden und musterten ihn mit gespannter Aufmerksamkeit.

Also versuchte er sich zu entspannen, vermied es sogar, mit der Wimper zu zucken, und setzte sich so zurecht, daß ihm die Schulter am wenigsten wehtat.

Die atevische Kunst förmlichen Verhaltens hatte der Paidhi längst erlernt. In starrer Pose lauschte er auf das, was nun aus Lautsprechern zu hören war: ein stotterndes Piepen, Funktöne von Maschine zu Maschine, Steuersignale, wie sie schon vor dem Aufkreuzen des Schiffes zwischen Mospheira und der verlassenen Raumstation ausgetauscht worden waren.

»Das sind Computercodes«, klärte er die Versammlung auf. »Da werden entweder gespeicherte Daten übermittelt, oder ein Rechner sucht den Zugriff auf einen anderen. Das müssen Experten auswerten, aber ich vermute, daran ist nichts Ungewöhnliches. Ich bitte darum, vorspulen zu lassen, bis zu der Stelle, an der erkennbare Stimmen zu hören sind.«

Wenig später, mit einem winselnden Aufstoßen des anlaufenden Bandes: *»Bodenstation Alpha, hier spricht* Phoenix. *Bitte antworten.«*

Obwohl er darauf gefaßt war, sträubten sich ihm die Haare, als er diese dünne Stimme hörte, eine Stimme aus dem All, die sich einem Außenposten mitteilte, den es seit Generationen nicht mehr gab, und darum wie aus der Vergangenheit heraufzutönen schien.

Und doch war diese Stimme real; sie kam vom Schiff, das den Planeten umkreiste, aus einer Gegenwart, die an eine Zeit anzuknüpfen versuchte, die für diejenigen, die heute lebten, längst nicht mehr zählte.

»Sie rufen den alten Landeplatz«, sagte er und setzte eine betont gelangweilte Miene auf, während sein Puls raste. »Offenbar wissen sie nicht, daß es die erste Basis seit fast zweihundert Jahren nicht mehr gibt.«

Sein Wissen in Sachen Relativitätstheorie war bescheiden, um so heftiger erschreckte ihn der Gedanke, daß sich einige der Besatzungsmitglieder womöglich durchaus erinnern konnten an jene Zeit. Für eine Weile waren wieder nur piepende Laute zu hören. Er vermutete, daß der Funkcomputer nach Frequenzen suchte und die Antennen ausrichtete auf das, was die optischen Geräte als eine größere Ortschaft ausgemacht hatten. Er hob die Hand, um den Vorführer zu bitten, das Band schneller vorlaufen zu lassen.

»Da sind doch Zahlen im Spiel«, sagte einer. »Was haben die zu bedeuten?«

»Wie gesagt, das sind die üblichen numerischen Steuerzeichen«, antwortete er. »Nichts von Belang.«

Plötzlich tönte vom Band eine Stimme mit den Worten: *Könnten Sie das bitte wiederholen?*

Bren übersetzte und erntete Gelächter. Daß Atevi auf Überraschungen mit Humor reagierten, war eines der wenigen psychologischen Muster, das sie mit den Menschen teilten. Er war froh über diese Reaktion und machte darauf aufmerksam, daß die Menschen an Bord des Schiffes wohl mindestens ebenso verblüfft seien.

Die nun folgenden Aufzeichnungen bestanden aus einer Reihe von kurzen Meldungen, die den Funkempfang bestätigten, und schließlich kamen maßgebliche Leute zu Wort. Endlich hörte Bren, worauf er gewartet hatte, und er konnte nun nachvollziehen, was sich zugetragen hatte, als er weit weg in der entlegenen Provinz von Maidingi gewesen war.

Nach den ersten Gesprächen schien den Offizieren auf Mospheira schockartig klargeworden zu sein, um was es ging, denn in überraschend kurzer Zeit hatte kein geringerer als der Präsident von Mospheira den Funkkontakt zum Kommandanten des Schiffes aufgenommen.

»Er teilt dem Kommandanten mit, daß er die Verantwortung hat für das Gemeinwesen auf Mospheira. Der Kommandant fragt nach, was das bedeutet, und der Präsident gibt zur Antwort, daß Mospheira eine Insel ist und daß er Vollmachten ...«

Ihm wurde flau. Er stockte, wußte plötzlich nicht weiter und spürte, wie ihm das Gesicht verkrampfte. »Spulen Sie bitte ein Stück zurück. Entschuldigung.«

»Wenn sich der Paidhi nicht wohl fühlt ...«, lenkte die Finanzministerin ein, worauf ihr Kollege von der Justiz entschieden konterte: »Wir müssen das hören, nand' Paidhi. Halten Sie bitte durch, wenn irgend möglich.«

»Zurückspulen«, sagte Bren. In solchen Momenten rettete ihn sein schauspielerisches Talent. Er wußte, wie sich bei Atevi Punkte sammeln ließen. Trotz Schmerzen durchzuhalten rechneten sie einem hoch an. Und so schöpfte niemand Verdacht angesichts seiner verunglückten Miene, als Bren den Präsidenten nun in Wiederholung sagen hörte, daß er an der Spitze des Inselstaates stehe, dem ausschließlich Menschen angehörten.

Himmel. Schon war ein heikles Thema angesprochen. Je länger er über eine unverfängliche Formulierung nachdachte, desto unsicherer wurde er. Er vermutete, daß sein Gesicht wohl kreideweiß war, und überlegte, ob es nicht günstiger wäre, eine Ohnmacht zu markieren und sich vom Stuhl fallen zu lassen.

»Der Kommandant will wissen, welche Vollmachten der Präsident besitzt. Der Präsident sagt, daß Mospheira ein souveräner Staat sei und daß die Raumstation nach wie vor unter seiner Kontrolle stünde. Jetzt will der Schiffskommandant wissen, wo die Besatzung der Station geblieben ist. Er hat sie verlassen vorgefunden. Der Präsident antwortet ...« Bren suchte nach Worten und war gleichzeitig bemüht, seine Miene unter Kontrolle zu halten. Die Aufzeichnung lief weiter, und er drohte den Faden zu verlieren.

»Nand' Paidhi, was ist los?« fragte der Minister für Transport und Verkehr. Bren hob die Hand, um für Ruhe zu sorgen, was ihm aber nicht gelang. Erst als sich Tabini einschaltete, hörten die atevischen Lords zu tuscheln auf.

»Der Präsident beklagt sich darüber, daß das Schiff die Kolonie im Stich gelassen habe, worauf der Kommandant den Mospheiranern vorwirft, die Raumstation aufgegeben zu haben. Es wäre ihre Pflicht gewesen, sie instand zu halten.«

Es folgte ein kurzer Schlagabtausch. Bren kam mit seiner Übersetzung nicht nach und knüpfte wieder an, als vom Kommandanten zu hören war: »Sie sind also nicht in der Lage, die Station zu erreichen.«

Eine klare Feststellung mit ominösem Unterton.

Bren dolmetschte: »Der Kommandant fragt, ob Mospheira über technische Voraussetzungen für bemannte Raumflüge verfüge.« Er fühlte sich einem kalten Luftzug ausgesetzt, und es schien, als habe jemand eine Tür geöffnet. Er fröstelte, spürte, wie sein Körper zu zittern anfing, womöglich aus Übermüdung oder wegen all der Medikamente, die er hatte schlucken müssen.

Nein. Mospheira war zur Raumfahrt nicht imstande. Genausowenig wie Shejidan. Sie hatten nichts, was diesem Schiff ebenbürtig wäre. Die Gesichter der atevischen Lords verrieten Unbehagen.

Verdammt, dachte Bren. Er wußte sich nicht zu verhalten. Die Raumfahrer würden ihren verlorenen Geschwistern nicht mit offenen Armen begegnen. Das war nun sicher. Das Auswärtige Amt hatte die Gespräche zu Recht als knifflig bezeichnet. Bren konnte im Augenblick nur hoffen, daß man seinen gequälten Gesichtsausdruck den Schmerzen zuschreiben würde.

»Der Recorder kann ausgeschaltet werden«, sagte er. »Die beiden Wortführer haben ihr Gespräch beendet. Das Wesentliche ist gesagt. Ich werde Ihnen morgen eine vollständige Transkription vorlegen. Verzeihen Sie bitte …« Seine Stimme schwankte. »Mir ist nicht gut.«

»Nun«, sagte Tabini, nachdem es eine Weile still geworden war. »Hat sich der Paidhi schon eine Meinung gebildet?«

Bren konnte keinen klaren Gedanken fassen. Ihm schwirrte der Kopf. Den Ellbogen auf die Armlehne gestützt und das Kinn in die Hand gelegt, in einer Position, die sich für ihn als erträglich herausgestellt hatte, ließ er mit der Antwort lange auf sich warten.

»Aiji-ma, Nadiin-ji, ich würde gern auch die übrigen Bänder hören und möchte Sie bitten, mir einen Tag Zeit zu geben. Vorläufig läßt sich nur eines mit Bestimmtheit sagen: Es gibt Unstimmigkeiten zwischen Mospheira und dem Schiff im Hinblick auf die verwahrloste Raumstation. Es scheint darüber zum Streit zu kommen.« Und im stillen dachte er: Nutze die Gelegenheit; überzeuge die Versammelten davon, daß der Paidhi glaubwürdiger und zuverlässiger ist als Hanks oder die kursierenden Gerüchte. »Haben Sie bitte Verständnis. Um mir ein Urteil bilden zu können, muß ich sämtliche Aufzeichnungen hören. Ich gebe auch zu bedenken, daß es äußerst schwierig ist, angemessen zu übersetzen, vor allem dann, wenn Vertrauensfragen angeschnitten werden. Ich mußte allzuoft die Erfahrung machen, daß ich mit meiner Interpretation atevischer Vorstellungen völlig falsch lag, daß Begriffe, die mir während des Studiums als Synonyme beigebracht wurden, als solche nicht anwendbar sind. Aber ich lerne dazu, nicht zuletzt durch schmerzliche Erfahrungen ...« – er legte die Hand auf die Armschlinge –, »und bin zuversichtlich, dem Denken und Empfinden der Atevi Stück für Stück näherzukommen und in angemessener Weise Ausdruck verleihen zu können. Ich will nicht drumrumreden, was ich soeben als Aufzeichnung gehört habe, gibt Anlaß zur Besorgnis, ist aber beileibe nicht alarmierend. Von Kriegsgefahr kann nicht die Rede sein. Hier versuchen zwei Seiten ihre jeweiligen Standpunkte zu klären, um eine Grundlage zu schaffen für weitere Verhandlungen. So sehe ich das.«

»Nadi, was ist denn da eigentlich über uns gesagt worden?« fragte der Verteidigungsminister skeptisch. »Wenn ich richtig gehört habe, ist der Name ›Atevi‹ gefallen.«

»Er wurde erwähnt im Zusammenhang mit der Frage nach den Hoheitsverhältnissen. Mospheira nimmt für sich in Anspruch, eine souveräne Nation von Menschen zu sein.«

»Souveräne Nation.« Der Justizminister nahm merklich Anstoß an diesem Begriff.

»Bitte berücksichtigen Sie, nand' Minister, daß sich der Präsident dem Schiffskommandanten begreiflich machen muß und darum nicht umhin kann, auf überkommene Worte zurückzugreifen, die der andere versteht, obwohl sie auf die heutigen Verhältnisse nicht mehr ohne weiteres übertragbar sind. Wegen dieser sprachlichen Probleme ist das Amt des Paidhi eingerichtet worden. Aber seien Sie versichert: Der Präsident steht zu seinen vertraglichen Verpflichtungen und würde sich niemals weiterreichende Vollmachten anmaßen.«

Der Argwohn war nicht ausgeräumt, doch die Gemüter schienen halbwegs beruhigt zu sein. Die Schulter schmerzte; anscheinend waren die Muskeln verspannt. Bren versuchte, sich zu entspannen. Unmöglich, dachte er und fing wieder zu zittern an im kalten Luftzug, der ihm von der geöffneten Tür entgegenschlug.

»Es geht ein Gerücht um, wonach die Menschen weitere Schiffe gebaut haben«, sagte die Finanzministerin.

»Das bestreite ich, nand' Minister, jedenfalls kann ich den Tonprotokollen nichts dergleichen entnehmen. Aber vielleicht gibt es andere, die so etwas herauszuhören glauben«, sagte er, und sofort kam ihm Hanks in den Sinn. »Ich bitte Sie, Nadiin, wenn Sie von solchen Dingen erfahren, geben Sie mir Bescheid. Ich werde mich dann kundig zu machen versuchen. Und ich verspreche, darauf zu achten, wenn ich mir die Bänder noch einmal aufmerksam anhöre. Vielen Dank für diesen Hinweis.«

Kopfnickend zeigte die Finanzministerin ihr Einverständnis, dann lehnte sie sich zurück und musterte ihn mit ausdruckloser Miene.

Ein plötzlicher Schwindel packte Bren; er sah den Raum vor Augen kreisen. Bevor sich der Anfall nicht gelegt haben würde, wäre es sinnlos, um seine Entlassung zu bitten. »Seien Sie versichert, ich bin wieder im Amt«, sagte er. »Noch ein bißchen geschwächt, aber zögern Sie nicht, meine Hilfe in Anspruch zu nehmen. Ich bin jederzeit für Sie da. Das ist mein Job.«

»Der Paidhi ist aus Sicherheitsgründen in der Atigeini-Residenz untergebracht«, informierte Tabini. »Sie können ihn telefonisch erreichen. Deana Hanks hat keine offizielle Funktion. Wir werden, was sie betrifft, noch einige Fragen mit Mospheira zu klären haben.«

Die Bemerkung des Aiji löste Unruhe aus. »Warum ist sie überhaupt hier?« empörte sich jemand. »Im Vertrag ist ausdrücklich nur von *einem* Menschen als ständige Vertretung Mospherias die Rede.«

»Sie ist als meine Stellvertreterin für mich eingesprungen«, antwortete Bren. »Und daß sie noch nicht zurückgerufen wurde, mag daran liegen, daß man mich noch nicht für einsatzfähig hielt. Ich habe Mospheira heute morgen kurz nach der Operation verlassen. Es ging alles sehr schnell. Wahrscheinlich hat man mir irgendwelche Instruktionen mit auf den Weg gegeben, aber ich war noch benommen von der Narkose und fürchte, vergessen zu haben, was mir gesagt wurde. Zugegeben, daß sich Hanks noch in Shejidan aufhält, ist nicht in Ordnung, aber meiner Meinung nach nur auf einen Fehler in der Koordination zurückzuführen. Wie dem auch sei, ich bin der rechtmäßige Paidhi und verbürge mich dafür, daß Mospheira am Vertrag festhält.«

›Vertrag‹ war für die Atevi gleichbedeutend mit ihrem Begriff von ›Verbindung‹ oder ›Assoziation‹. Die Menschen wiederum übersetzten den atevischen

Bündnisgedanken als ›Zusammenschluß‹ oder ›Konföderation‹ – Wörter, die den psychologischen Aspekt der instinktiven Bindekraft solcher gesellschaftlichen Zusammenschlüsse nicht annähernd wiederzugeben vermochten. Es wäre verhängnisvoll, einem Ateva anzuvertrauen, daß manche Menschen einen Vertrag bloß als beschriebenes Papier ansehen.

»Mich irritiert die Erklärung Ihres Präsidenten, einer souveränen Nation vorzustehen«, warf der Minister für Transport und Verkehr ein.

»Ich weiß, für Sie ist das ein Begriff aus dem Vokabular der Rebellen«, sagte Bren. »Aber auf mosphei' hat er eine gänzlich andere Bedeutung und bezieht sich ausschließlich auf die Beziehungen der Menschen untereinander, sagt also nichts über ihr Verhältnis zu den Atevi aus, nand' Minister. Was steht noch an? Sind weitere Gespräche aufgezeichnet worden?«

»Nur noch solche, die anscheinend auf unterer Ebene geführt wurden«, sagte der Verteidigungsminister und fummelte mißmutig an seinem Schreibstift herum. »Wie deuten Sie das?«

»Das hat nicht viel zu sagen«, antwortete Bren, fühlte sich aber unwohl dabei. »Vielleicht gibt es einige Unstimmigkeiten, die auszuräumen untergeordneten Leuten als Aufgabe zufällt. Wenn in diesen Fragen Übereinkunft erzielt wird, melden sich wohl wieder die beiden Hauptverantwortlichen zu Wort.«

»Die beiden, Nadi?« hakte der Verteidigungsminister nach mit womöglich unbeabsichtigt schroffer Betonung auf ›Nadi‹. »Zwei Machthaber? Mehr nicht?«

»Mit Bestimmtheit kann ich darauf nicht antworten«, sagte Bren, bemüht, Ruhe zu bewahren. Diese Frage machte ihm selbst zu schaffen. »Tut mir leid, nand' Minister. Ich vermute, die jeweiligen Machtverhältnisse müssen noch geklärt werden. Der Besatzung des Schiffes müßte allerdings klar sein, daß sich auf Mospheira komplexe Strukturen gebildet haben, und ich kann mir nicht vorstellen, daß sie es auf eine Machtprobe ankommen läßt. Im schlimmsten oder günstigsten Fall wird sich das Schiff wieder zurückziehen. Ich kann ... ich kann im Augenblick wirklich nicht mehr dazu sagen.«

»Der Paidhi ist sehr müde«, sagte Tabini. »Und angeschlagen, Nadiin. Wir sollten ihm danken für sein Kommen und für seine Bereitschaft, uns Auskunft zu geben. Es ist nun Zeit, daß wir ihm Ruhe gönnen. Oder was sagen Sie, nand' Paidhi?«

»Aiji-ma, ich würde bleiben, wenn ich die Kraft hätte. Aber es geht mir wirklich miserabel ...«

»Dann sind Sie jetzt entlassen. Ich wünsche Ihnen eine erholsame Nacht. Ihre Eskorte wird Sie begleiten und nicht aus dem Auge lassen. Uns liegt viel an Ihrer Sicherheit, die, wie ich fürchte, mehr denn je bedroht ist, womöglich sogar von seiten der Menschen.«

Was soll das heißen? fragte sich Bren und zeigte sich entsetzt vor der Runde der Lords und Abgeordneten. Von denen war vielleicht der eine oder die andere mit Hanks in Beziehung getreten. Hatte Tabini diese mit seiner Bemerkung indirekt zu warnen versucht?

Wahrscheinlich, dachte Bren, und er hütete sich, Tabini zu widersprechen, zumal er nicht wußte, was Hanks in seiner Abwesenheit angerichtet hatte.

Auf den Tischrand gestützt, erhob er sich mühsam vom Stuhl und verbeugte sich vor den Ausschußmitgliedern, wobei ihm der Umhang von den Schultern rutschte.

Banichi eilte herbei und half ihm aus der Verlegenheit. Die Lords und Abgeordneten nickten ihm höflich zu; zwei von ihnen standen sogar auf, um ihm Anerkennung zu zollen für eine Leistung, von der er selbst ganz und gar nicht überzeugt war.

An Banichi und Jago gewandt, sagte Tabini: »Sorgen Sie dafür, daß er Ruhe findet.«

Kaum hatte Bren den Saal verlassen, machte sich statt des erhofften Gefühls der Erleichterung schiere Angst in ihm breit. Mit abnehmender Anspannung dämmerte ihm das Ausmaß seiner Verantwortung für die Menschen auf Mospheira, und er fürchtete nun, vor dem Ausschuß allzuviel ausgeplaudert zu haben.

Er hatte auf Tabinis Bitte eingehen müssen. Schon oft war er in ähnlichen Zwangslagen gewesen und genötigt worden, Rede und Antwort zu stehen, hatte dabei stets ansehnliche Erfolge erzielen können. Nicht selten hatte er sich auf dünnes Eis hinauswagen müssen und auf Tabinis Forderungen hin manche Zugeständnisse gemacht, wozu er nicht befugt gewesen war. Die aber – verdammt noch mal – einiges eingebracht hatten. Ihm war in wenigen Jahren mehr gelungen als seinem Vorgänger in dessen gesamter Amtszeit. Es war sein Verdienst, daß die Kooperation zwischen Shejidan und Mospheira besser funktionierte denn je, daß der Vertrag mit Leben gefüllt wurde, daß der Handel einen enormen Aufschwung genommen hatte …

Nein, er brauchte sich keinen Vorwurf zu machen, irgend etwas gesagt zu haben, was der Ausschuß nicht hätte hören dürfen. Dennoch, während er sich, von Banichi und Jago begleitet, durch die unteren Flure schleppte, wurde sein Unbehagen immer größer. Die Sitzung hatte deutlich gemacht, daß es in den Beziehungen zwischen Atevi und Menschen zu einem empfindlichen Rückschlag gekommen war. Er mußte unbedingt mit Hanks reden, herausfinden, was sie gesagt oder getan hatte und wie sie die Lage nun einschätzte.

Banichi sprach mit jemandem über sein Taschen-Kom; er hielt das Ding ans Ohr und steuerte auf den modernen Fahrstuhl zu, den Bren kannte und früher immer benutzt hatte, um die dritte Ebene zu erreichen. Nach oben fahrend, schaute er durch die Gitterstäbe des Korbs hinab in die Halle vorm Konferenzsaal und erinnerte sich an das Gespräch von vorhin, an seine gequälten Versuche, Begriffe zu klären. Die Tonaufzeichnungen mußten für atevische Sprachforscher ähnlich aufschlußreich oder rätselhaft sein wie vor Urzeiten der Stein von Rosette für irdische Archäologen. Sie mochten einige Wörter daraus entziffern und übersetzen, doch zu einem tieferen Verständnis würde das bei weitem nicht ausreichen. Wörter wie ›Loyalität‹ bedeuteten eben nicht dasselbe wie *Man'chi; Kabiu* und ›Angemessenheit‹ waren durchaus nicht synonym. Und obwohl der von Atevi verwendete Begriff *Triti* der mospheischen Sprache entlehnt war, bezeichnete er weniger das, was Menschen unter ›Vertrag‹ verstanden, als vielmehr eine Vorstellung, die sich bildlich ausdrückte als instinktgeleitete Heimkehr unter Beschuß. Verdammt Hanks, dachte er; was hast du bloß angerichtet mit deinen verqueren Ansichten.

Daß sie sich mit atevischen Rebellen gemein machte, war ganz und gar nicht im Sinne der Außenpolitik Mospheiras. Daran konnten auch die nicht interessiert sein, die Hanks protegierten. Hanks wollte den Paidhi-Job; sie wollte, worauf sie jahrelang hingearbeitet hatte. Verständlich. Und es mußte ihr bestimmt gefallen, daß Lord Geigi und notorische Quertreiber aus den schwer zu kontrollierenden Randzonen des Bundes um ihre Gunst buhlten.

Verdammt!

Sie erreichten die obere Etage und betraten eine Halle mit handgewebten Teppichen und extravaganten Bouquets aus feinem Porzellan.

Es fiel ihm ein, daß er unbedingt noch heute abend Mospheira anrufen und seiner Einsatzleitung Meldung erstatten mußte. Fraglich aber, ob er dazu noch die Kraft haben würde.

Fraglich war auch, ob es überhaupt klug wäre, anzurufen oder auch bloß einen Anruf entgegenzunehmen, eingedenk der Tatsache, daß man Hanks noch nicht zurückgerufen hatte. Denn er mußte fürchten, daß von ganz oben Druck auf sein Büro ausgeübt wurde. Womöglich würde er sich abspeisen lassen müssen mit der Aufforderung, weitere Entscheidungen abzuwarten bis über den Fall Hanks beraten worden sei.

Verflixt, die Atevi rechneten damit, daß er, der Paidhi, mit allen Amtsvollmachten ausgestattet war. Der Aiji von Shejidan würde sich mit ihm nicht abgeben, wenn er wüßte, daß seinem Paidhi die Hände gebunden waren.

Praktisch blieb ihm zur Zeit nichts anderes übrig, als die Ohren aufzusperren und Mutmaßungen anzustellen.

Aber was soll's, dachte er. Selbst Wilson-Paidhi, sein Vorgänger und das ehemalige Aushängeschild für Integrität, hatte, wenn es sein mußte, auf eigene Faust gehandelt, ohne den Segen der Behörde.

Die Halle, durch die sie nun gingen, war von erschlagender Pracht. Ihm wurde schwindelig angesichts der goldgemusterten Teppiche und pastellfarbenen Blumenbouquets. Er wollte auf dem schnellsten Weg ins Bett, bewußtlos schlafen.

Und er wollte nicht eher aufwachen, bis der Arm ohne Schmerzen und sein Kopf wieder klar sein würde, fähig zu vernünftigen Überlegungen darüber, wie sich der Frieden zwischen Menschen und Atevi retten ließ.

Ach, wie gern hätte er mehr Zeit für sich zu Hause gehabt. Er hatte sich so gewünscht, wenigstens einen Tag lang mit Bruder Toby verbringen zu können, auf dessen weißgestrichener Veranda zu sitzen, aufs Meer hinauszublicken und einfach abzuschalten.

Es hatten schon andere Paidhiin vor ihm als Feuerwehr einspringen und in Blitzaktionen dafür sorgen müssen, daß die Macht des Aiji von Shejidan erhalten blieb. Aber noch nie war ein Paidhi so unvorbereitet, so rückhaltlos zum Einsatz getrieben worden.

Himmel, dachte er, als ihm seine Lage in voller Schärfe bewußt wurde, und versuchte sich zu erinnern, was er vor dem Ausschuß gesagt hatte, was ihm womöglich falsch ausgelegt werden könnte. Aber er fand nicht zurück, seine Gedanken zerliefen in heilloser Verwirrung.

Sie erreichten die Tür zu seiner Wohnung. Jago steckte den Schlüssel in ein gesichertes Schloß, das Unbefugten, die sich Zugang zu verschaffen suchten, zum Verhängnis werden würde.

Tano erwartete sie im Foyer. Eine willkommene Überraschung. Bren hatte seinen Diener zuletzt auf Malguri gesehen, und nach all den Schrecken und Turbulenzen der vergangenen Tage freute es ihn um so mehr, Tano bei guter Gesundheit anzutreffen. Tano gehörte wie Banichi und Jago zur Sicherheitsmannschaft des Bu-javid, und er blickte ähnlich grimmig und gefährlich drein wie seine Kollegen. Gut zu wissen, daß er, von Tabini beauftragt, auf seiten des Paidhi stand, genauer gesagt auf Banichis Seite, seinem Vorgesetzten, der außerdem einer der ranghöchsten Vertreter der Assassinengilde war.

»Ihre Sachen sind schon eingeräumt, nand' Paidhi«, sagte Tano. »Und Ihr Computer ist sicher verwahrt.«

»Besten Dank, Nadi. Es tut mir sehr leid, daß Sie meinetwegen in Schwierigkeiten geraten sind. Aber es wird nun hoffentlich friedlicher zugehen, was auch Ihren Dienst vereinfachen dürfte.«

Tano nahm ihm den Umhang von den Schultern. »Das wäre zu wünschen, nand' Paidhi.« Von Saidin gefolgt, trat ein anderer herbei, der Tano den Umhang abnahm und ihn auf Saidins Befehl hin zur Reinigung brachte. »Es sind Briefe für Sie gekommen«, sagte Saidin und zeigte auf den kleinen Tisch neben der Tür. In einem silbernen Ablagekorb lagen mehrere zylindrische Versandetuis aus fein ziseliertem Silber, darunter auch ein Schreiben, das einfach nur eingerollt und versiegelt war.

»Der Paidhi ist sehr erschöpft, Nadi«, erbarmte sich Banichi. Bren dankte ihm im stillen. Er wollte schlafen und möglichst nicht daran denken müssen, wer ihm, kaum daß er nach Shejidan zurückgekehrt war, schon Post zustellen ließ, hatte er doch soeben erst mit den Vorsitzenden aller wichtigen Ausschüsse konferiert. Wer hatte es da bloß so eilig mit seiner Mitteilung an ihn, den Paidhi, der durch seine Unterbringung in der Residenz der Atigeini offenbar und für alle Bewohner des Bu-javid sichtbar an Bedeutung hinzugewonnen hatte?

Außerdem hatte ihn das Fernsehinterview auf Malguri über Nacht in der Öffentlichkeit bekannt gemacht. Viele würden von ihm wissen wollen: Was hat es mit dem Schiff am Himmel auf sich? Müssen wir uns Sorgen machen?

Verflucht, Bren konnte nicht einfach achtlos an diesen Schreiben vorbeigehen. Womöglich ging es in manchen um Leben und Tod.

Vielleicht war auch eine Nachricht aus Mospheira dabei.

»Einen Augenblick, Nadiin-ji«, sagte er, langte nach dem Korb und fischte jene Versandetuis hervor, die ihm auf Anhieb ins Auge sprangen: eines, das so aussah, als könnte es ein Telegramm aus Mospheira enthalten; dann zwei, deren jeweilige Siegel er mit gehörigem Schrecken wiedererkannte. Er wußte auch andere Siegel auf ihre Absender zurückzuführen, doch die kümmerten ihn im Moment weniger – so zum Beispiel der Vorsitzende des Raumfahrtausschusses, der an dem Treffen vorhin nicht teilgenommen und wahrscheinlich so dringliche Fragen zu stellen hatte wie: Wie soll es nun weitergehen mit unserem Raumfahrtprogramm? Oder: Können wir uns jetzt noch darauf verlassen, daß die nötigen Finanzmittel bereitgestellt werden? Verständlich, daß der gute Mann nervös geworden war.

Bren entdeckte außerdem das Siegel des Handels- und das des Verkehrsministeriums. Er hoffte, deren Fragen beantwortet zu haben.

Aber dann war da dieser kleine Zylinder aus echtem Silber und mit einem Siegelabdruck – Diamant und Halbmond –, den er vor wenigen Tagen zum ersten Mal gesehen hatte. Er war auf dieses Schreiben gefaßt gewesen; Tabini hatte vorausgesagt, daß sich seine Großmutter gewiß mit ihm in Verbindung setzen würde.

Ilisidi. Die Aiji-Mutter – so ihr offizieller Titel.

Sie hatte ihn an den Rand des Todes gebracht, aber letztlich verdankte er ihr sein Leben. Und sie war mit nach Shejidan geflohen.

Er brach das Siegel mit dem Daumennagel und zog eine kleine Schriftrolle aus dem Etui hervor.

*Nand' Paidhi,* stand in dünner, krakeliger Handschrift auf dem Papier zu lesen, *ich freue mich, Sie in Sicherheit zu wissen. Schicken Sie mir das Etui zurück zum Zeichen dafür, daß Sie bereit sind, mit mir zu frühstücken, wann immer es Ihnen paßt. Sie müssen mich auf dem laufenden halten. Eine alte Frau verliert leider allzuschnell den Kontakt zur Welt.*

Es drängte ihn mit aller Macht ins Bett. Doch er mußte noch diese beiden anderen Briefe lesen. Der eine war mit einem weißen Band und rotem Siegellack verschlossen und somit kenntlich als Paidhi-Post.

Er las: *Ich hoffe, Du bist Dir im klaren darüber, daß Deine Rückkehr aufs Festland vom Aiji erzwungen wurde, indem er unserer Einsatzleitung Gewalt angedroht hat. Unterdessen wirbeln Deine eigenmächtigen Eskapaden gefährlich viel Staub auf. Um den Schaden möglichst gering zu halten, war ich genötigt, korrigierende Maßnahmen zu treffen.*

Verdammt!

*Ich werde fortführen, was ich begonnen habe, mich mit verantwortlichen Stellen beraten und als einzig legitime Vertretung Mospheiras der Einsatzleitung gegenüber Rechenschaft ablegen. Daß der Aiji Dich als seinen persönlichen Gast aufgenommen hat, ist seine Sache und hat keinerlei Einfluß auf die Tatsache, daß ich als rechtmäßiger Paidhi in Shejidan wirke, und zwar solange, bis mich das Außenministerium zurückruft.*

Bren hielt seine Miene unter Kontrolle und ließ sich nichts anmerken. Er rollte den Brief zusammen, legte ihn in den Korb zurück und langte hoffnungsvoll nach dem Telegramm aus Mospheira, das allem Anschein nach von seiner Familie oder von Barb stammte, jedenfalls nicht von seinem Büro, denn dessen Schreiben kamen selten auf dem üblichen Postweg.

*Schade, daß mich Dein Anruf nicht erreicht hat,* las er. *Bren, was ich nun mitteilen muß, hätte ich Dir lieber unter vier Augen gesagt, aber es fehlte die Gelegenheit. Ich habe Paul geheiratet. Verzeih mir. Dich nur so selten zu sehen, hat mir nicht mehr gereicht. Barb.*

Er traute seinen Augen nicht und las den Brief ein zweites Mal. Dann aber erinnerte er sich daran, beobachtet zu werden von Atevi, die allen Grund hatten zu fürchten, daß ein Telegramm aus Mospheira Gefahr für sie bedeuten mochte.

Er rollte das Papier zusammen und wunderte sich selbst darüber, wie ruhig seine Hände blieben.

»Gibt es Probleme, Nadi Bren?«

Es war ihm also doch nicht gelungen, seine Gefühle zu verhehlen. Jago sah, was mit ihm los war.

»Ein persönliches. Meine V-v-verlobte …« Er stockte und suchte nach einem anderen Wort, fand aber keines, das seine lange Liebe auf eine für Atevi verständliche und gleichzeitig angemessene Weise zum Ausdruck gebracht hätte. »Sie war es leid, immer nur auf mich zu warten, und hat einen anderen geheiratet.«

Es wurde still. Offenbar wußte keiner was zu sagen.

Er auch nicht, außer: »Ich werde mich um den Rest der Post morgen kümmern. Die Antwort auf den Brief der Aiji-Mutter ist hoffentlich nicht so dringend.«

»War damit zu rechnen?« fragte Banichi, ohne klarzustellen, ob er den Brief Ilisidis meinte oder die Nachricht von Barb.

Bren schüttelte den Kopf. Dann aber besann er sich darauf, wen er vor sich hatte, und antwortete: »Nein, Nadi. Aber ich kann's ihr nicht verübeln.«

Wieder machte sich peinliches Schweigen breit. Bren fürchtete, irgendein Tabu verletzt zu haben. Doch plötzlich platzte es aus Jago heraus: »So eine Gemeinheit!«

»Jago-ji«, sagte Banichi. »Kontrollieren Sie bitte, ob alle Posten besetzt sind. Der Paidhi geht jetzt zu Bett. Er braucht Ruhe.«

»Ja«, antwortete Jago, drehte sich auf dem Absatz um und ging mit steifem Rücken und wippendem Zopf ins Nebenzimmer. Banichi forderte Bren mit einer Handbewegung auf, ihm zu folgen.

Eine so impulsive Reaktion hatte Bren bei Jago noch nie erlebt. Auch Banichi schien unangenehm überrascht gewesen zu sein. Sei's drum, dachte Bren erschöpft. Er hatte nur noch eins im Sinn: sich so schnell wie möglich schlafen zu legen.

Banichi und Tano führten ihn durch das Wohnzimmer und weiter durch verschiedene Räume, in denen er sich trotz der Besichtigung vor wenigen Stunden nicht mehr zurechtfand. Er wußte nur noch ungefähr, wo das Schlafzimmer lag.

»Möchte der Paidhi noch ein Bad nehmen?« fragte Banichi. »Oder lieber sofort ins Bett gehen?«

»Ins Bett. Ich bin todmüde«, antwortete er und bewunderte Banichis unterkühlte, förmliche Haltung, mit der dieser alle Probleme der Welt auf Abstand zu halten schien, auch solche Probleme, die gewiß schwerer wogen als die privaten Kümmernisse des Paidhi.

Barb hatte wahrscheinlich seit Tagen versucht, ihn telefonisch zu erreichen, und ihm schließlich, weil sie sich anders nicht zu helfen wußte, das Telegramm ins Büro von Mospheira geschickt. Sie war beileibe keine undankbare Person. Nein, sie war liebenswert und sanft. Er würde sie vermissen und konnte nur hoffen, daß Paul Saarinson zu schätzen wußte, was er an ihr hatte. Er nahm sich vor, bei kommender Gelegenheit die beiden zum Essen einzuladen und ihnen Glück zu wünschen.

Das gehörte sich doch wohl so unter zivilisierten Leuten. Und dazu rechnete er sich, na klar. Niederlagen wegzustecken, ohne mit der Wimper zu zucken – dazu mußte ein Paidhi in der Lage sein.

Aber, verdammt noch mal …

»Nadi, Sie erlauben?« Tano schickte sich an, ihm die Hemdsmanschetten aufzuknöpfen. Bren hatte bislang immer zu vermeiden gewußt, daß ihm Diener oder Sicherheitsbeamte, die als Diener auftraten, beim An- und Ausziehen zur Hand gingen.

Aber jetzt war er auf Hilfe angewiesen, weil er sich, gefesselt von Bandagen und Gips, kaum rühren konnte. Er trug ein mospheisches Hemd, das man im Krankenhaus mit Schere und Klebestreifen passend gemacht hatte. Das Hemd, mit dem er eingeliefert worden war, hatte wahrscheinlich weggeworfen werden müssen.

Wie sollte er morgen in ein frisches Hemd kommen? Oder baden können mit diesem Arm, der noch wer weiß wie lange eingepackt sein würde?

Er fühlte sich matt und benommen und ahnte, daß er die Sache mit Barb noch gar nicht richtig an sich herangelassen hatte. Ebenso oberflächlich erschien ihm sein Eindruck von dem, was in der Krisensitzung vorhin abgelaufen war. Er erinnerte sich nur noch flüchtig und wie im Traum an einzelne Aussagen, die er gemacht hatte, jetzt aber nicht mehr in Zusammenhang bringen konnte.

Die Hose auszuziehen schaffte er selbst; er trat die Schuhe von den Füßen und wollte sich gerade aufs Bett fallen lassen, als eine Dienerin wie aus dem Nichts auftauchte und die Bettdecke zurückwarf. Er setzte sich auf die Bettkante und beeilte sich, der Frau zuvorzukommen, die vor ihm auf die Knie gegangen war, um ihm die Socken auszuziehen. Ihm wurde nun klar, was es hieß, Gast einer Dame zu sein, deren Dienerschaft angewiesen war, dem Paidhi jeden Handgriff abzunehmen. Er würde hier wahrscheinlich keinen Augenblick lang für sich sein können.

»Ich bin schrecklich müde«, stöhnte er in der Hoffnung, daß Banichi für Ruhe sorgte und ihm die allzu beflissenen Dienerinnen vom Hals hielt. »Bitte«, sagte er. »Und ich hätte es gern, wenn eine kleine Lampe angelassen würde, Banichi-ji. Ich kenne mich hier nicht aus und fürchte, daß ich womöglich gegen eine Wand laufe, falls ich in der Nacht mal raus muß.«

»Selbstverständlich«, antwortete Banichi, obwohl er diese Bitte bestimmt für spleenig hielt. Aber sofort wies er die Frau entsprechend an, die sich nun mit Brens Kleidern, Schuhen und Socken nach draußen begab.

»Wie soll ich mir morgen bloß ein Hemd überziehen?« Er kapitulierte vor den kleinsten Widrigkeiten. An die eigentlichen Probleme mochte er gar nicht erst denken. »Ich weiß mir nicht mehr zu helfen«, jammerte er, den Tränen nahe.

»Lassen Sie das mal unsere Sorge sein«, entgegnete Tano. »Das kriegen wir schon hin.«

»Mir ist der Krankenbericht mitgegeben worden für eine Weiterbehandlung durch hiesige Ärzte. Und Pillen. Ich hätte gern meinen Reisekoffer neben dem Bett. Darf ich außerdem um ein Glas Wasser bitten?«

Die Sachen waren im Nu gebracht. Umringt von Banichi, Tano und einigen Dienerinnen, streckte er sich aus, sammelte Kissen zusammen, die auf dem großen

Bett in stattlicher Anzahl zu finden waren, und stopfte sie so unter sich zurecht, daß er liegend den lädierten Arm entlasten konnte.

»Brauchen Sie Ihre Medizin, Nadi?«

»Jetzt noch nicht.« Er hoffte, daß die Schmerzen im Arm nachlassen würden, wenn er sich einfach nicht mehr rührte. Die Schmerztabletten benebelten den Verstand; sie am Nachmittag eingenommen zu haben, hatte er bitter bereut. Sein Auftritt vor dem Ausschuß war eine Katastrophe gewesen.

Banichi legte ein Taschen-Kom auf den Nachttisch.

»Wozu?« fragte Bren.

»Um uns zu rufen, falls Sie einen Wunsch haben, Nadi. Einer von uns ist dann sofort zur Stelle. Sie sollten auf alle Fälle liegenbleiben.«

»Danke«, sagte er. Banichi und Tano gingen zur Tür und löschten alle Lichter, bis auf eines.

Barb war verheiratet. Sei's drum, dachte er. Sie hatten selbst von Ehe gesprochen – in schwärmerischen Momenten, als er zu Beginn seiner Karriere noch davon ausgegangen war, daß es möglich sein würde, regelmäßig nach Mospheira zu fliegen. Doch sie hatte nein gesagt; wahrscheinlich war ihr damals schon klar gewesen, daß daraus nichts werden würde.

Paul Saarinson war zuverlässig. Solide. Paul war präsent, immer.

Ganz im Gegenteil zu ihm, Bren. Er stand für Gelegenheiten, für kurze Trips auf die Insel, Rendezvous in Saus und Braus, finanziert aus Erspartem, für Versprechungen und Verabredungen, die sich oft genug nicht einhalten ließen.

Sie hatte recht. Wochenenden reichten nicht. Das wußte auch er. Vermutlich hatte Barb nie ausdrücklich klargestellt, was sie wirklich wollte.

Er zwinkerte mit den Augen. Das schwache Licht zerklitterte, baute sich wieder auf. An Schmerzen konnte man sich gewöhnen.

Das gehörte schließlich mit zum Job, nicht wahr? Es schien, als habe er sich für die Atevi seiner Umgebung zum Helden gemacht. Sie schätzten ihn auf ihre Art. Dies hatte zwar nichts mit jenem Gefühl aus menschlicher Nähe zu tun, das ihm Barb vermittelte, war aber auch nicht zu verachten, jedenfalls besser als gar nichts.

Ja, durchaus, Tabini wußte seinen Paidhi zu schätzen, so wie atevische Lords schätzten, was ihnen nützlich erschien, unterhaltsam und als Annehmlichkeit jederzeit verfügbar.

Von Freundschaft konnte keine Rede sein, nicht von Zuneigung oder Herzlichkeit, geschweige denn von Liebe. Die ersten Siedler waren geradewegs in diese Falle getappt: Sie hatten geglaubt, daß Atevi, die an den richtigen Stellen lachten und einen durchaus umgänglichen Eindruck machten, solche Empfindungen teilten oder zumindest zu verstehen lernen würden, daß den gottgleichen, großen, reservierten Einwohnern dieser Welt beizubringen wäre, wie sich die eigenen verschütteten Emotionen freilegen ließen.

Aber Tatsache war, daß die Atevi einfach anders gepolt und beileibe nicht so verklemmt waren wie angenommen. Sie fühlten nicht, was Menschen fühlten. Aus Jagos impulsiver, scheinbar anteilnehmender Reaktion im Foyer ließ sich nicht schlußfolgern, daß sie, für einen Moment aus der Reserve gelockt, so etwas wie menschliche Sympathie offenbart hätte. Natürlich hatte auch Jago Empfindungen. Doch diese Empfindungen nach menschlicher Wunschvorstellung zu deuten wäre völlig verfehlt, täte ihr Unrecht.

Und gottlob hatte Banichi die Situation schnell begriffen und den Paidhi davor bewahrt, daß er sich vor Tano und den anderen Bediensteten lächerlich machte, indem er die Peinlichkeit entschärft hatte – aus welchen Gründen auch immer. Vielleicht glaubte er, die Würde des Paidhi schützen zu müssen.

Menschen neigten zum Schubladendenken, und für die Mospheiraner verkörperte Banichi all das, was angst machte. So auch Jago. Aber Bren, der den beiden sein Leben verdankte, konnte nicht umhin, freundschaftliche Gefühle für sie zu empfinden, auch wenn diese Gefühle unbeantwortet blieben.

Ähnlich erging es ihm in seinem Verhältnis zu Ilisidi; auch ihr gegenüber hatte er Zuneigung entwickelt, obwohl sich mit ihrer Person seine schlimmsten Erfahrungen verknüpften. Immerhin konnte er sich einbilden, ihre Gunst zu besitzen, und sei es nur darum, daß er überlebt hatte. Das rechnete sie ihm offenbar hoch an. Doch er würde es sich gewiß mit ihr verscherzen, wenn er ihre Einladung ausschlüge.

Die Gefahr für Tabini – oder auch für ihn, den Paidhi –, durch Assassinenhand ums Leben zu kommen, ging nicht zuletzt von Ilisidi aus. Und doch bat sie ihn zum gemeinsamen Frühstück, und das möglichst bald.

Er fand in dieser Nacht keine Ruhe. Immer wieder dachte er daran, daß es vielleicht angebracht wäre, seinen Stolz abzulegen, sich einen Ruck zu geben und Barb anzurufen. Es schmeckte ihm nicht, daß sich beim letzten Versuch nur ihr Anrufbeantworter gemeldet hatte. Normalerweise war sie wochentags nach Dienstschluß zu Hause. Wäre sie zu Paul gezogen, hätte sie der Telefongesellschaft bestimmt den Auftrag gegeben, alle Anrufe an dessen Adresse umzuleiten.

Womöglich hatte sie den Anrufbeantworter eingeschaltet, weil sie wußte, daß er nach Hause fliegen und sich bei ihr melden würde. Vielleicht hatte sie davor zurückgescheut, ihm die Sache mit Paul am Telefon mitteilen zu müssen, und statt dessen diesen Brief geschrieben.

Der war wahrscheinlich an sein Büro auf Mospheira adressiert gewesen, dann ins Krankenhaus, zurück zum Büro geschickt und schließlich nach Shejidan weitergeleitet worden. Er hatte ihr ja mitgeteilt, daß er für kurze Zeit ins Krankenhaus müsse. Vielleicht hätte sie ihn dort aufgesucht, um sich mit ihm auszusprechen, und es war ihr nicht anzukreiden, daß er Hals über Kopf zurück nach Shejidan hatte zurückkehren müssen.

Das war immer das Problem gewesen, nicht wahr? Nie hatten sie Zeit füreinander gehabt, nicht einmal richtig miteinander streiten können, abgesehen von den Vorwürfen, daß er seiner Arbeit zuviel Zeit und Energie opferte. Zugegeben, er war mit seinem Büro gewissermaßen verheiratet; es belegte ihn voll mit Beschlag und wachte eifersüchtig darüber, daß er Stillschweigen bewahrte über seine Arbeit.

Oft war er so eingespannt und von der atevischen Gedankenwelt so sehr eingenommen, daß er sich auf Barb, wenn er sie traf, gar nicht richtig einlassen konnte, obwohl es ihn immer sofort zu ihr hinzog, wenn er nach Hause kam und sich bei seinen Vorgesetzten abgemeldet hatte. Denn bei ihr fand er Ruhe und Erholung, während die Verwandtschaft ihn schon in der Tür mit einer Liste von Anforderungen erwartete.

Vielleicht war sie zu gutmütig gewesen. Sie hatte von Anfang an gewußt, daß sie seine Zuflucht war und gleichsam als Sicherheitsventil fungierte für einen gestreßten Beamten, der mit einer für das Wohl der Menschen auf Mospheira unverzichtbaren Aufgabe betraut war. Sie hatte ihn nie bedrängt und auszuhorchen versucht, nie mit eigenen Problemen belastet und stets Verständnis dafür gezeigt, daß seine Person und sein Job nicht zu trennen waren.

Sie hatte gelacht und ihn zum Lachen gebracht, ihn darüber hinwegsehen lassen, wie bedroht diese Beziehung war.

Herrje, vielleicht waren menschliche Gefühle tatsächlich ein Nachteil im Kampf ums Dasein. Wer weiß? Das Leben machten sie gewiß nicht einfacher.

Und was, zum Teufel, hatte es bloß mit dieser Paul-Geschichte auf sich? Paul war furchtbar langweilig, so verdammt gediegen, der typische Ministerialbeamte, den nichts weiter interessierte als seine Computer. Bren konnte nicht für möglich halten, daß Barb, ausgerechnet Barb, vergnügungstoll, wie sie war, strickend vorm Fernseher saß, während sich Paul in sein Computerland zurückzog. Eine absurde Vorstellung.

Hätte er sie doch bloß noch einmal anzurufen versucht, als er auf dem Weg zum Flughafen im Büro vorbeigekommen war. Aber daran hatte er nicht gedacht vor lauter Aufregung und gebotener Eile, während unten auf der Straße der Wagen mit laufendem Motor wartete. Er hatte nur eins im Sinn gehabt: schnell noch in der Mailbox nachschauen, ob die vom Ministerium angefordeten Informationen vorlagen. Was nicht der Fall gewesen war.

Das hätte er sich also sparen können. Wie dem auch sei, es ging beim besten Willen nicht an, daß er sich jetzt von Shejidan aus mit dem Außenministerium auf Mospheira in Verbindung setzte und von sich hören ließ: Hallo, ich habe vor, euch einen Strich durch die Rechnung zu machen und brauche dafür die Files, die ihr mir nicht geschickt habt.

Die vom Außenministerium kochten ihr eigenes Süppchen und scherten sich nicht darum, was den Atevi schmeckte oder nicht. Ihrem Verständnis nach war der Paidhi, weil von ihnen eingesetzt, nichts weiter als ein unterstellter Befehlsempfänger. Sie weigerten sich anzuerkennen, daß ihm laut Vertrag umfassende Verhandlungsvollmachten zustanden, Vollmachten, die die Atevi als verbindlich ansahen. Dies war nur einer der vielen Punkte, an dem die unterschiedliche Rechtsauffassung beider Seiten deutlich wurde.

Abgesehen davon machte ihm das Übersetzen zunehmend zu schaffen, da mit der aktuellen Entwicklung eine Fülle neuer Begriffe ins Spiel kam. Ständig schwebte er in Gefahr, folgenschwere Fehler zu machen, zumal ihm keine zuverlässigen Nachschlagewerke zur Verfügung standen. Auf dem Festland war der Besitz eines zweisprachigen Wörterbuchs verboten. Und das einsprachige, umschreibende Lexikon atevischer Begriffe, das vom Außenministerium und der linguistischen Fakultät von Mospheira herausgegeben wurde, taugte nur wenig, weil es allzu viele Wörter unterschlug, solche nämlich, deren umfassende Bedeutung immer noch nicht als hinlänglich gesichert gelten konnte. Diese vorsichtige Zurückhaltung entsprang der Furcht, sich vor den Atevi eine Blöße zu geben; denn sie würden eine unzutreffende Umschreibung als solche erkennen können und womöglich, wie man argwöhnte, Mißverständnisse in ihrem Sinne auszunutzen versuchen.

Sprachliche Ungereimtheiten gab es jede Menge, und auch auf das von den Paidhiin kompilierte, offizielle Wörterbuch war kein Verlaß. Es mußte ständig revidiert werden, denn zum einen stellten sich manche Übersetzungen als fehlerhaft heraus, zum anderen blieb natürlich auch die Sprache der Atevi von Veränderungen nicht ausgenommen.

Und über jeden sprachlichen Zweifelsfall debattierte der linguistische Ausschuß auf Mospheira, als könne er den Atevi den korrekten Gebrauch ihrer Sprache vorschreiben.

Erschwerend hinzu kam, daß die mosphei'schen Sendschreiben, die fürs Festland bestimmt waren, einen Computerfilter durchlaufen mußten, der viele Ausdrücke automatisch verklausulierte; so zum Beispiel den Begriff ›Flugsicherungssystem‹. Man fürchtete nämlich, daß die Atevi dahinter ein System von militärischer Bewandtnis wittern könnten. Mospheira traute sich immer noch nicht, dieses Ding beim Namen zu nennen, obwohl es mittlerweile auch im Luftverkehr des Festlandes Anwendung fand – wofür sich

Bren stark gemacht hatte, gegen den Widerstand einiger Provinzfürsten, die durch eine solche Luftverkehrsregelung bündnispolitische Interessen bedroht sahen. Mit einem solchen Problem hatte man auf Mospheria nicht gerechnet.

Welche Probleme würde erst ein Wort wie *Überlichtgeschwindigkeit* aufwerfen? Himmel hilf! Mospheira gestattete, daß sein Computer hochsensible Daten zur Inselverteidigung gespeichert hatte, aber ein brauchbares Wörterbuch wurde ihm vorenthalten.

Auch die Atevi zeigten sich in dieser Hinsicht stur und verweigerten ihm die Verwendung eines atevischen Diktionärs, vielleicht aus Mißmut darüber, daß sie es nicht fertigbrachten, ein umfassendes Wörterbuch der Menschensprache zusammenzustellen, woran ihnen bestimmt gelegen war. Bren verwettete seinen Lohn darauf, daß sich etliche Atevi mit Mosphei' beschäftigten. Banichi ließ durchblicken, daß er einiges von Brens Muttersprache verstand. Wahrscheinlich kannte auch Jago das eine oder andere Wort. Verblüffend war, wieviel Tabini aus dem Mosphei'schen aufgeschnappt hatte.

Mit der Computerisierung (sprich: der angewandten menschlichen Zahlentheorie) hatte das Interesse der Atevi an Mosphei' zugenommen, denn der Umgang mit dieser Technik setzte terminologische Kenntnisse voraus, und selbst konservative Atevi brannten darauf zu erfahren, was es mit diesen menschlichen Zahlen auf sich hatte, von denen es hieß, das sie das Universum zu beschreiben vermochten. Denen ging es natürlich vor allem darum, gewisse menschliche Vorstellungen zu widerlegen, insbesondere solche, die sich zwar in der Praxis zu bewähren schienen, aber mit der eigenen Zahlenphilosophie nicht vereinbar waren. Und so kam es, daß im Verlauf der vergangenen zehn Jahre eine Fülle von eleganten Lösungen klassischer Probleme präsentiert worden war, die nun Computerfachleute und Mathematiker in ihre Überlegungen mit aufzunehmen versuchten.

Die Diener und Leibwachen des Paidhi waren bestimmt nicht bloß zu dessen Hilfe und Schutz abgestellt, sondern hatten vermutlich überdies den Auftrag, in seiner Handbibliothek herumzuschnüffeln und sicherzustellen, daß in ihr keine unerlaubten atevischen Quellen enthalten waren.

Verfluchte Situation. Ein Krieg der Wörterbücher. Begriffsstutzigkeit und sprachliche Ignoranz auf beiden Seiten, obwohl für jeden aus der Geschichte die Lehre zu ziehen war, daß der wirkliche Krieg und das grausame Blutvergießen nur deshalb hatte beendet werden können, weil sich ein weitsichtiger Aiji und ein Dolmetscher von Mospheira auf eine gleichbedeutende Auslegung der Begriffe ›Vertrag‹ und ›Bündnis‹ verständigt hatten.

Und nun kam Hanks daher und riskierte den Frieden. Und Tabini war genötigt, sämtliche Gremien der Legislative einzuberufen, nicht nur das Hasdrawad und das Tashrid, sondern auch die Provinzparlamente unter dem Vorsitz von Lords, die darauf warteten, die Macht zu ergreifen, sobald Tabini Schwächen zeigte.

Tabini steckte in der Klemme. Und er hatte recht: Es mußte ganz schnell etwas geschehen, wenn nicht ein Wunder, so zumindest ein überzeugender, dramatischer Auftritt vor den versammelten Abgeordneten und Lords. Die ganze atevische Welt wartete auf eine durchgreifende Reaktion des Bu-javid und auf plausible Erklärungen durch den Aiji und den Paidhi aus Mospheira.

Der Himmel allein wußte, was Hanks da ins Rollen gebracht hatte mit ihren dreisten Vorstößen; sie, die bei weitem noch nicht genügend Gespür für die atevische Sprache entwickelt hatte und allein schon darum in Teufels Küche geraten mußte.

Gedanken wie diese jagten einander im Kreis Stunde

um Stunde, wie es schien; die Schmerzen in der Schulter kamen und gingen in pulsierender Bewegung, und vergeblich sehnte er sich nach Schlaf.

Er wußte, wenn er sich jetzt eine Schmerztablette und Wasser ans Bett bringen ließe, wäre er am Morgen außerstande, einen klaren Gedanken zu fassen. Andererseits würde der Mangel an Schlaf womöglich auf das gleiche hinauslaufen. Es mußte rechtzeitig ein Adrenalinstoß her, der morgen, wenn es drauf ankommen würde, seinen Verstand auf Trab brächte.

Verdammt, stöhnte er im stillen. Verdammt.

Wenn sich doch die Zeit zurückdrehen ließe. Er würde noch einmal mit Tabini reden und andere Weichen stellen.

Er hätte auf dem Weg zum Flughafen vom Büro aus ein zweites Telefongespräch geführt.

Oh, Barb, wie konntest du nur? Paul, ausgerechnet der.

Aber als man ihm die Schulter gebrochen und er geglaubt hatte, sterben zu müssen, da war ihm nicht etwa Barb oder Toby oder sonst wer durch den Kopf gegangen, nein, nur die Berge. Berge und Schnee. Warum er nicht an Barb gedacht und keine Gefühle für sie empfunden hatte, war ihm im nachhinein selbst unerklärlich gewesen. Betroffen darüber, hatte er versucht, krampfhaft versucht, seine Empfindungen für Barb zu retten, indem er ihnen nachspürte, was ihm aber nicht gelungen war – damals nicht und auch nicht während des kurzen Aufenthaltes auf Mospheira.

Er hatte daran gedacht, bei ihr anzurufen.

Er war besorgt gewesen, weil er sie nicht erreicht hatte. Das war sein letzter Gedanke gewesen, bevor die Narkose wirkte: Wo ist sie? Also empfand er doch noch etwas für sie.

Ihre Nachricht hatte ihm einen schmerzhaften Stoß versetzt. Barb ging ihm verloren, und es konnte ihn kaum trösten, daß er sich eingestehen mußte, sie womöglich nie richtig geliebt, geschweige denn eine gemeinsame Zukunft geplant zu haben. Was verband ihn mit ihr? Ein sentimentales Gefühl, daß sich im Kellerloch auf Malguri flüchtig eingestellt hatte und später wieder, als er an den Heimatort mit all seinen vertrauten Bezügen zurückkehrt war? Was war nur los mit ihm, daß er sich in der schlimmsten Krise, in die er je geraten war, nicht an Barbs Gesicht erinnert hatte? Daß seine tiefsten Gefühle für einen anderen Menschen zumeist ausblieben und nur dann und wann zum Vorschein kamen?

Vielleicht lebte er schon zu lange auf dem Festland, hatte sich womöglich derart intensiv mit den Atevi und deren Art zu empfinden auseinandergesetzt, daß ihm mittlerweile das Fremde vertraut und das Vertraute fremd geworden war. Ja, er verstand sich gut auf deren Art, fand sich unter ihnen zurecht, hatte sie besser als je ein anderer Mensch vor ihm zu durchschauen gelernt, doch es schien, als sei ihm dabei die Orientierung auf das eigene Wesen durcheinandergeraten.

Er fühlte sich hin- und hergerissen zwischen menschlichem Gefühlen und atevischem Räsonnement.

Ihm wurde angst und bange.

Nach der Uhr, die er aus dem Büro mitgenommen hatte, war die Nacht in zwei Stunden um. Er mußte morgen auf Zack sein. Er mußte seine Sinne beisammenhalten.

Er mußte jetzt unbedingt schlafen, wagte es aber nicht, die Tablette zu nehmen. Er würde nicht rechtzeitig aufwachen und anschließend wie gerädert sein. Das konnte er sich nicht leisten.

Er versuchte es mit Zählen. In Hunderterschritten, auf Unsummen hinaus.

Er versuchte, sich an die Ausschußsitzungen zu erinnern, an die endlose Diskussion im Anschluß an Brominandis Rede vor dem Verkehrsausschuß; vernünftige Leute hatten nicht weniger als fünfzehn Tage lang darüber gestritten, ob die verlangte Flugschreibung durch Computer womöglich zufällig Zahlen hervorbringen würde, die ungünstig wirken und Abstürze zur Folge haben könnten.

Er erwachte aus einem Traum, in dem er sich von atevischen Schattengestalten verhört sah, die Auskunft verlangten über eine dringlich einberufene Sitzung, an der er teilzunehmen hatte. Wenig später schreckte er ein zweites Mal auf mit dem Eindruck, von einem Tierkopf an der Wand belauert zu werden. Doch dieser Kopf war nicht hier, sondern in Malguri.

Er war auf die Insel und dann wieder zurückgeflogen. Er hatte sich mit Tabini getroffen, war also hier, im Bu-javid, lag in einem fremden Zimmer. Er befand sich in der Wohnung einer atevischen Lady, in einem Bett, auf dem ein Mann gestorben war. Morgen würde von ihm, dem Paidhi, erwartet, daß er eine Lösung der Probleme präsentierte, die mit dem Schiff am Himmel aufgetreten waren.

Abwehr der Eindringlinge.

Fragen zur Weltwirtschaft.

Zeit zum Rasieren und ein Bad zu nehmen.

In einer halben Stunde würde es hell werden. Wenn jetzt eine der Dienerinnen käme und ihn zu wecken versuchte, würde er einen Assassinen auf sie ansetzen. Er brauchte Schlaf, wenigstens zwei Stunden noch. Eher wollte er nicht aus dem Bett steigen, es sei denn, das Schiff im Orbit würde die Stadt mit Todesstrahlen unter Beschuß nehmen.

Dann machte er sich Sorgen um die Computer-Files und konnte nicht mehr einschlafen.

In den Fluren draußen wurden Geräusche laut; die Dienerinnen waren aufgestanden.

Bleibt nur ja weg, dachte er. Laßt mich in Ruhe.

Doch er hielt es selbst nicht länger im Bett aus. Es drängte ihn zu erfahren, ob die Files eingetroffen waren.

Und es blieb ihm nur noch so wenig Zeit zur Vorbereitung. Tabini hatte es gesagt: Die Krise steht auf Messers Schneide. Und er, Bren, durfte keinen Zweifel aufkommen lassen, was die Übersetzungen anging; die Atevi durften sie um Himmels willen nicht als Bedrohung auffassen. Er mußte eine Antwort geben, die beruhigend wirkte. Nicht auszudenken, wenn die Abendnachrichten Panik verbreiteten. Es galt, die richtigen Worte zu finden. Obwohl er die Funksprüche selbst noch nicht verstanden hatte, war es vielleicht angebracht, daß er sich jetzt schon ein paar passende Erklärungen zurechtlegte.

Er wälzte sich zur Seite, stützte sich auf dem Ellbogen des unversehrten Arms auf und versuchte, das Licht anzumachen, wobei er das Wasserglas umkippte.

Es fiel auf den Teppich. Der Taschen-Kom folgte. Und die Pillenschachteln. Schließlich auch noch die Nachttischlampe.

Die Zimmerbeleuchtung wurde eingeschaltet.

»Nadi?« fragte Jago besorgt, die Hand am Lichtschalter. »Alles in Ordnung?«

# 5

Es war schon seltsam, ein Beispiel für das menschenmögliche Ausmaß an Selbsttäuschung oder die Nichtigkeit menschlicher Probleme: Nach nur einer Stunde Tageslicht schienen die Ängste der Nacht vergessen zu sein, und Bren hatte den Eindruck tief und fest geschlafen zu haben.

Zumindest fand er Abstand von den quälenden Gedanken, die seinen Schlaf begleitet hatten. Das verschüttete Wasser hatte dem Teppich nichts anhaben können, die Lampe war heil geblieben. Das Frühstück aus Tee und Toast und Marmelade zum Versüßen der verordneten Antibiotika hatte der Magen widerstandslos angenommen. Und vom Frühstückszimmer aus bot sich ihm ein wundervoller Blick nach draußen.

Nun, das Leben ging weiter, auch ohne Barb. Sie war ohnehin weit entfernt, und vielleicht hatte er auch nicht das Recht, auf eine Rettung der Beziehung hinzuwirken. Es war die ewig gleiche Geschichte: Was er hätte tun müssen, als noch Gelegenheit dazu bestand, ließ sich jetzt nicht mehr nachholen.

Und er hatte jetzt dringende Arbeit zu erledigen. Das verfeinerte, kontextsensible Übersetzungsprogramm, das er hierfür brauchte, schien auf seinen Rechner überspielt worden zu sein.

Für das Frühstück ließ er sich reichlich Zeit, und mit Hinweis auf seine Verletzung behielt er den Bademantel an, als er sich in den Altan hinaussetzte, um die Nachrichtenfiles aus Mospheira zu sichten und darauf zu warten, daß ihm Tano die von Tabini versprochenen Tonaufzeichnungen brachte.

Die Dateien zu laden dauerte lang, zumal sie, von

Mospheira angefordert, den zensierenden Filter zu durchlaufen hatten und wie so häufig als Datensalat ankamen; ein Mischmasch aus offiziellen Meldungen, wissenschaftlichen Anfragen und Gutachten, dazu all das, was die fleißigen Angestellten seines Büros an Informationen zusammengetragen hatten. Zugriff zu haben auf all diese Nachrichten beruhigte ihn, denn es bedeutete, daß er unabhängig von den Querelen um Hanks der Kooperation offizieller Stellen sicher sein konnte und autorisiert war, sein Amt zu versehen.

Seine Mailbox enthielt überdies ein paar persönliche Briefe, die, wie er sich ausbedungen hatte, nicht wie die anderen Nachrichten auf kritische Begriffe und vermeintliche Reizwörter hin ausgefiltert wurden, sondern als vollständige Texte über die Meerenge geschickt wurden. Zu den Absendern gehörten einige Universitätsprofessoren für Linguistik sowie alte Freunde aus der Nachbarschaft, die ihm Neuigkeiten über Ehepartner und Kinder mitteilten und von Urlaubserlebnissen berichteten.

Es war auch ein Schreiben vom Außenministerium dabei: Informationen zur Altersvorsorge. Wie aufschlußreich, dachte er.

Zur systematischen Durchforstung ließ er sämtliche Texte über ›interaktives Verknüpfen‹ aufbereiten und gab folgende Suchreihe ein: Schiff/*Phoenix*/Station.

Der Computer spuckte eine ellenlange Liste aus unter Angabe einzelner Korrespondeten, von denen er nur etwa die Hälfte namentlich kannte. Ein jeder, der mit dem Auswärtigen Amt in Verbindung stand und glaubte, über die Rückkehr des Schiffes Wichtiges zu sagen zu haben, hatte seinen Senf dazugegeben. Und das nicht zu knapp. Normalerweise siebten seine Mitarbeiter solche Pressemitteilungen gründlich aus; doch diesmal schien ihnen dazu die Zeit gefehlt zu haben, und so hatte er den ganzen Wust selbst zu beackern. Himmel hilf!

Einige Dateien waren riesengroß. Forschungsarbeiten. Dissertationen.

Er staunte über die Kapazität seines Computers, fürchtete aber, daß sich irgendein Programm speicherresistent festhaken und den verfügbaren Platz blockieren könnte. Doch der Overlay-Check blieb ohne entsprechende Warnung.

Wie auch immer, er mußte jetzt zunächst einmal ordentlich ausmisten und einen Suchprozeß nach dem anderen starten.

Und bevor er sich den wichtigsten Texten widmen konnte, war noch eines zu tun: Er ließ sich von Saidin ein Telefon bringen, lehnte sich im Stuhl gelassen zurück und verlangte von der Anrufzentrale des Bu-javid eine Verbindung mit Hanks-Paidhi.

Nicht zu erreichen, meldete die Telefonistin nach einer Weile.

»Dann möchte ich ihr eine Nachricht auf Band sprechen«, sagte er geduldig, sehr geduldig.

»Nur zu, nand' Paidhi.«

»Hanks-Paidhi«, sagte er in der Sprache der Atevi. »Ruf mich bitte zurück. Es ist dringend. Ende. Das war's schon und vielen Dank, Nadi.«

Nicht zu erreichen, verdammt noch mal. Er holte tief Luft, strich Hanks von der Liste kritischer Angelegenheiten und wandte sich wieder dem Computer zu.

Er markierte die für ihn wichtigsten Texte und ließ sie der Reihe nach über den Bildschirm rollen, in einer Geschwindigkeit, die seinem Lesetempo entsprach, und das war enorm fix. Jahrelanges Studium hatte seine Synapsen auf Zack gebracht, und was sich nun in seinem Kopf abspielte, entsprach in etwa den automatischen Such-, Lösch- oder Speicherfunktionen eines Rechners; das bewußte Denken kam dabei kaum zum Zuge. Seine mentale Datenbank erreichten nur die relevanten Informationen, ein Prozeß, der sämtliche Nervenbahnen in Anspruch nahm und die Schmerzrezeptoren überlagerte. Bis auf die Augen, die am Bildschirm klebten, und die Finger auf der Tastatur war alles andere ausgeschaltet.

Was zu ihm durchdrang, waren nicht mehr als Eindrücke von jenen Korrespondentenmeinungen über die lange Abwesenheit beziehungsweise Rückkehr des Schiffes und den Stellungnahmen zu den Fragen, die von Mospheira an die Kommandantur gestellt worden waren. Doch die spezifischen Probleme ließen sich nicht festnageln. Der anscheinend ergiebigste Text hatte jede Menge zensierter Lücken.

Aber es gab zahlreiche Anspielungen auf den bitteren Streit von damals zwischen den Befürwortern der Landung und denen, die darauf bestanden hatten, im All zu bleiben. Und es wurden Namen der Schiffsbesatzung erwähnt, die Bren markierte, weil sich über sie womöglich Aufschlüsse gewinnen ließen. Es war bekannt, wer vor zweihundert Jahren zur Elite gehörte, und ein Vergleich mit den Namen derer, die jetzt das Sagen hatten, würde Hinweise bieten auf die Entwicklung der Machtstrukturen an Bord.

Ein Universitätsprofessor, von dem Bren angenommen hatte, daß er längst emeritiert sei, informierte über die Umstände der Trennung zwischen Schiff und Station und transkribierte den genauen Wortlaut der letzten Funkgespräche. Bren las und las, bis ihm die Augen auszutrocknen drohten, bis ihm plötzlich die geleerte Teetasse aus der Hand genommen wurde.

Banichi sagte: »Soll ich Ihnen nachschenken?«

»Ja, bitte«, antwortete Bren und unterbrach seine Lektüre des historischen, sehr unfreundlichen Wortwechsels. Dann stand er auf, um – wie es die Atevi vornehm formulierten – der Notwendigkeit zu gehorchen.

Eine Dienerin hatte inzwischen frischen Tee gebracht, eine saubere Tasse und einen Teller voll Waffeln. Bren setzte sich vor den Computer und las den Text zu Ende.

Die Sonne rückte aus dem Fensterausschnitt heraus. Zu Mittag wurden kunstvoll garnierte Kanapees serviert.

Gleichzeitig kehrte Banichi im Auftrag Tabinis zurück, der fragen ließ, ob der Paidhi Hilfe nötig habe. »Nein, Nadi«, antwortete Bren. »Aber wenn Sie bitte dafür sorgen könnten, daß mir die versprochenen Tonaufzeichnungen endlich gebracht werden. Ich warte darauf. Haben Sie eine Erklärung dafür, wieso die Bänder noch nicht da sind?«

»Ich glaube, sie werden auf ein anderes Format kopiert«, sagte Banichi.

»Was soll das? Ich kann damit nichts anfangen, wenn der Geheimdienst dran rumpfuscht. Na schön, von mir aus können sie ruhig die Zugriffscodes herausklamüsern. Ich mach mir nichts aus Zahlen. Im Ernst, so was interessiert mich nicht die Bohne. Ich brauche schnellstens die verdammten – Entschuldigung – die Aufzeichnungen. Das ist alles, worum ich bitte, Nadi.«

»Ich werde Tabini klarzumachen versuchen, wie eilig die Sache ist.«

»Bitte, tun Sie das.« Bren war frustriert. Die Zeit lief, und im Verteidigungsministerium wurde aus irgendwelchen verrückten oder vielleicht auch verständlichen Gründen die Bremse angezogen. Wieso, das wußte er nicht, und darüber wollte er sich jetzt auch keine Gedanken machen. Sein Blick war nach wie vor konzentriert auf den Bildschirm gerichtet, und als Banichi ging, langte er nach einem Kanapee mit der gleichen Aufmerksamkeit, die er seiner Teetasse gewidmet hatte. Sofort steckte er wieder mittendrin in der Arbeit, bewegte nur einmal das Bein, das eingeschlafen war.

Als er wieder einmal aus Gründen der Notwendigkeit seine Arbeit kurz unterbrechen mußte, kam Banichi und sagte: »Tabini-Aiji läßt fragen, ob der Paidhi interessiert daran wäre, eine Erklärung fürs Fernsehen abzugeben. Wenn es ihm denn möglich sei. Dieser Vorschlag sollte nicht als Befehl aufgefaßt werden.«

»Das geht jetzt nicht«, antwortete Bren. »Ich würde ja gern, stecke aber mitten in der Arbeit. Lassen Sie sich irgendeine Entschuldigung einfallen, Banichi-ji. Vorläufig bin ich nicht in der Lage, eine definitive Erklärung zu geben. Ich übersetze und memoriere, so schnell es mir gelingt. Die Sache ist enorm komplex. Und ich habe nicht einmal die Tonaufzeichnungen gehört. Warum habe ich die immer noch nicht? Was, zum Teufel, ist da los, Banichi?«

»Die Bänder sind angemahnt worden«, antwortete Banichi vorsichtig. »Mehr weiß ich auch nicht. Verzeihen Sie, daß ich Sie gestört habe.«

Banichi hatte verschiedene Dienstpflichten, und in allem, was er tat, verhielt er sich durch und durch professionell. Bren hatte sein Augenmerk im Moment nur auf eines gerichtet: Daten und Querverbindungen. Er studierte nun schon seit Stunden die über den Bildschirm laufenden Texte.

Er stand vor einer kaum zu bewältigenden Aufgabe, mußte er doch mit Rücksicht auf die Deterministen und rationalistischen Absolutionisten, die die Möglichkeit der Überlichtgeschwindigkeit rigoros abstritten, mit unzweideutigen Worten erklären, was es mit Interstellarflügen auf sich hat. Nicht nur, daß er kein geeignetes Wörterbuch zur Hand hatte; er hatte selbst kaum eine Ahnung von den Prinzipien der Überlichtgeschwindigkeit. Und er zermarterte sich den Kopf darüber, wie ein so brisanter Sachverhalt sprachlich verpackt werden konnte, ohne jene beiden atevischen Zahlenphilosophien zu brüskieren. Denn es ging letztlich nicht um schöngeistige Spitzfindigkeiten, sondern um handfeste Politik, darum, zu verhindern, daß sich zwei Provinzen vom Bund lösten und den Aufstand probten.

Erschwerend hinzu kam, daß sich die historischen Informationen widersprachen. Auf das Material aus Mospheira war – Himmel hilf! – kein Verlaß.

Seine Vorgänger-Paidhiin hatten die atevische Wissenschaft befördert und den Sprung von der Dampfmaschine zum Raumfahrtprogramm möglich gemacht – und es war zu fürchten, daß der nächste Schritt geradewegs in die Katastrophe führte.

Automatisch ließ er weitere Dateien inhaltlich auswerten, und am Ende einer relativ langwierigen, speicherbeanspruchenden Operation tauchten Auszüge von dreiunddreißig Files nacheinander auf dem Bildschirm auf, die allesamt wenig informativ waren.

Weg damit in die Ablage, um den Speicher zu leeren, den Rechner schneller zu machen. Der Paidhi hatte andere Probleme.

Dann legte er per Suchfunktion eine neue Fährte durch die Files: Schiff/historisch – verknüpfen, sammeln.

Doch auch den Texten, die sich vor ihm abspulten, waren keine verwertbaren Einsichten zu gewinnen. Die Konzentration ließ nach, und ihm war, als klopfte irgend etwas an die Hintertür seines Bewußtseins, etwas, das von weitreichender Bedeutung zu sein schien und alle assoziativen Schaltkreise in Bewegung setzte ...

»Verzeihen Sie noch einmal«, sagte Banichi. Bren wähnte sich unmittelbar vor einer wichtigen Entdeckung und hob den Arm, um Banichi zu verscheuchen.

Doch Banichi setzte einen Recorder auf dem Tisch ab und legte einen Schriftrollenbehälter mit schwarzrotem Siegel dazu, dem Zeichen Tabinis.

Der Faden riß. Bren biß die Zähne aufeinander und murmelte: »Danke, Nadi. Warten Sie einen Augenblick.« Er öffnete den zylindrischen Behälter und entnahm ihm eine von Tabini handgeschriebene Note: *Das sind die kompletten Aufzeichnungen, Paidhi-ji, zusammen mit den Zahlen. Ich hoffe, sie helfen Ihnen weiter.*

Hoffentlich. Das Mittagessen lag ihm schwer im Magen. »Danke sehr, Nadi-ji«, sagte er, und um keine Zeit zu verlieren, startete er den Computer zu einer neuen Suchreihe im zeitaufwendigen Modus exzerptierender Analyse und schaltete dann den Recorder ein.

Den Anfang hatte er bereits tags zuvor gehört. Er ließ das Band vorlaufen, bis nach einem langem Intervall von Computersignalen wieder Stimmen zu hören waren.

Der Verdacht, den er aufgrund der studierten Unterlagen geschöpft hatte, bestätigte sich, so auch die unveröffentlichte Abhandlung seines Geschichtsprofessors, wonach sich die Pilotengilde der Landung vor zweihundert Jahren entschieden widersetzt hatte, unter dem Vorwand, die atevische Zivilisation schützen zu wollen.

Doch in seiner Beurteilung der Vorkommnisse kam der Professor zu dem Schluß, daß der Gilde hauptsächlich daran gelegen war, ihre Vorherrschaft zu sichern, sowohl über die Raumstation als auch über die Kolonie, weshalb sie am Ende die Landeoperation, die nicht mehr zu verhindern war, indirekt unterstützte.

Bren aber war sich im klaren darüber, daß Geschichtsbetrachtungen immer aus einer interessierten Perspektive vorgenommen wurden, die so wechselhaft war wie die Geschichte selbst, und er sah sich außerstande, der Wahrheit auf die Spur zu kommen, zumal er davon ausgehen mußte, daß die Unterlagen aus Mospheira unvollständig waren. Der Krieg hatte einen großen Teil der Archive vernichtet.

Tatsache war, er wußte über die *Phoenix* weit weniger als über die Atevi; die Besatzung in ihrer Struktur, in ihren Motiven und Absichten gab ihm mehr Rätsel auf als die Topographie des Mondes. Er wußte nicht, ob eine Gefahr von der *Phoenix* ausging, und wenn ja, welche.

Ebensowenig wußte er, wozu das Schiff selbst imstande war, ob es mit Überlichtgeschwindigkeit fliegen konnte oder mit Sublicht – was er eingedenk der langen Abwesenheit für wahrscheinlicher hielt.

Was ihn irritierte, war, daß die Gespräche zwischen Schiff und Mospheira anfänglich auf höchster Ebene, dann aber zwischen dritt- und viertrangigen Offizieren beziehungsweise Sekretären geführt wurden, die zu keiner klaren Äußerung zu bewegen waren und sich jeweils damit herausredeten, nicht befugt zu sein, auf bestimmte Fragen zu antworten.

Das Schiff wollte zum Beispiel wissen: Wie ist das Verhältnis zwischen Mospheira und der einheimischen Weltbevölkerung?

Mospheira antwortete nicht. Beamte des Außenministeriums, dieselben undurchsichtigen Herren, die Deana Hanks den Rücken stärkten, berieten den Präsidenten in Fragen, von denen sie keine Ahnung hatten; und die Vertreter der Regierung brauchten Wochen, wenn nicht Monate, um über Einzelprobleme zu debattieren.

Mospheira sträubte sich natürlich gegen umwälzende Veränderungen. Man glaubte, die gesellschaftliche und technologische Entwicklung fest im Griff zu haben; die Zukunft der nächsten fünfzig bis hundert Jahre war fest verplant und auf das ferne Ziel gerichtet, Menschen und Atevi auf technologischer Basis einander näherzubringen. Entsprechend unbeweglich waren Regierung und Verwaltung geworden. Die unteren Chargen würden nicht nachkommen, wenn an der Spitze des Apparates jemand aufstünde und unkonventionelle Entscheidungen träfe.

Und wenn das Schiff konträre Pläne verfolgte ...

Bren lauschte den aufgezeichneten Gesprächen, die ihn ganz nervös machten, zäh und unergiebig, wie sie waren. Da verlangten Schiffsoffiziere niederer Dienstgrade nach Dokumenten der Raumstation in der Annahme, daß Mospheira im Besitz derselben sei. Anderthalb Tage später – so erkannte Bren an der Zeitmarkierung des Tonprotokolls – kam von Mospheira anstelle einer Antwort die Frage, wo denn das Schiff während der vergangenen zweihundert Jahre gewesen sei.

Verdammt noch mal, dachte Bren, als auch diese Frage ignoriert wurde. Statt dessen sendete die *Phoenix* eine Grußbotschaft an den Planeten – ›an alle, die uns zuhören‹.

Das Schiff versuchte, Kontakt mit den Atevi aufzunehmen. Zum Glück war von denen sprachlich niemand in der Lage, zu antworten und einen Dialog in Gang zu setzen. Noch war der Paidhi die alleinige Kontaktinstanz; so wollte es der Vertrag, und das war gut so. Ahnungslos steuerte die *Phoenix* einen gefährlichen Kurs.

Danach brach der Funkkontakt ab, für lange Zeit, wie der Datierung des Tonträgers zu entnehmen war. Das Schiff ließ nichts von sich hören und verweigerte jegliche Antwort auf die ständig wiederholten Fragen Mospheiras: Wo seid ihr gewesen? Warum seid ihr zurückgekommen? Was habt ihr hier zu suchen?

Auch ohne konkrete Hinweise von Mospheira zu erhalten, konnte sich die Besatzung des Schiffes ein recht gutes Bild machen von den Verhältnissen auf dem Planeten, vom weitreichenden Schienennetz, den beleuchteten Städten und Flughäfen sowohl diesseits als auch jenseits der Meeresstraße. All das hatte es vor zweihundert Jahren noch nicht gegeben. Zwar wußte er nicht Genaueres über die Schärfe der optischen Geräte an Bord des Schiffes, aber sie würden bestimmt weit mehr erkennen als die altersschwache Anlage der

Raumstation, über die von Mospheira aus die Planetenoberfläche betrachtet werden konnte.

Umgekehrt war es von unten aus nicht möglich, ins Innere des Schiffes zu blicken.

Bren stützte das Kinn auf die Faust und überlegte, ahnte, daß die Instanzen auf Mospheira allein durch die Formulierung ihrer Fragen wohl mehr über sich offenbart hatten, als ihnen lieb sein konnte. Die Fragen, Reaktionen und Anspielungen waren so gut wie Fingerabdrücke; das Schiff mochte womöglich alte Muster darin wiedererkennen und Rückschlüsse ziehen auf die Machtspitze Mospheiras. Da waren: Jules Erton, der Regierungschef; George Barrukin, der Stabschef des Präsidiums; und der Präsident, der selber keine Meinung hatte und sich von George sagen ließ, was er denken sollte.

Mospheira meldete sich unablässig, während das Schiff seine Bemühungen fortsetzte, mit der Bevölkerung der Städte des Festlandes, insbesondere der von Shejidan Kontakt aufzunehmen. Der Dialog untereinander stockte seit nunmehr zwei Tagen. Das Schiff blieb jede Antwort auf Mospheiras Fragen nach dessen Absichten schuldig.

Mit dem Unbehagen, das Bren empfand, wurde ihm zunehmend kalt, bis er schließlich zu zittern anfing. In seiner Ratlosigkeit hatte er plötzlich das Bedürfnis, nach dem Hörer zu greifen, Deana Hanks anzurufen und ganz freundlich und unaufgeregt zu sagen: Hör zu, Deana, vergessen wir den Streit … wir haben hier ein Problem.

Aber so einfach funktionierte das nicht. Ihr Streit war kein persönlicher, der sich durch versöhnliche Worte beilegen ließ, sondern reflektierte vielmehr die politischen, ideologischen Grabenkämpfe auf Mospheira. Daß sie hier auf dem Festland mitzumischen versuchte, war, wie Bren fürchtete, veranlaßt von denselben Leuten, die sie damals durch die Examen gehievt hatten und ohne deren Hilfe sie niemals als seine Stellvertreterin in Betracht gekommen wäre. Sie war die Enkelin von Raymond Gaylord und Tochter von S. Gaylord, den ehemaligen Wortführern jener erzkonservativen Fraktion, die seit den Tagen des Krieges nicht müde wurde zu behaupten, daß von Shejidan nichts Gutes zu erwarten sei. Deren Verdächtigungen entsprachen den abstrusen Ängsten der Gegenseite vor einem Bombardement mit Todesstrahlen – nur mit anderen Vorzeichen: Sie argwöhnten, daß das atevische Raumfahrtprogramm den geheimen Plan verfolge, die Raumstation in Besitz zu nehmen und gegen einen Zugriff Mospheiras abzuschotten.

Die Kritik der Konservativen richtete sich darum in letzter Zeit hauptsächlich gegen den Umfang der technologischen Transferleistungen, die er, Bren, und sein Vorgänger Wilson für Shejidan erwirkt hatten. Nach deren Auffassung benutzte Tabini den naiven Paidhi zur Verfolgung seiner mospheirafeindlichen Ziele.

Ihr Einfluß beschränkte sich beileibe nicht bloß auf obskure Kreise, sondern durchzog Präsidialamt und Parlament. Dahinter steckten Hardliner der alten Art, Männer und Frauen, deren Familien schon zu Zeiten des Krieges politische Ämter bekleidet hatten und die sich nicht zuletzt darum als Seilschaft behaupten konnten, weil die Allgemeinheit des kleinen Inselstaates traditionell nur wenig mit Politik im Sinn hatte.

Vor allem im Außenministerium waren sie immer noch stark vertreten, wo sie fleißig ihre Vorurteile pflegten. So stand für sie zum Beispiel fest, daß Tabini seinen Vater hatte ermorden lassen und daß er Wilson-Paidhi zum Rücktritt gezwungen hatte, um mit Hilfe eines jungen, unerfahrenen Paidhi seine Forderungen durchzusetzen.

Vielleicht hatten sie sogar recht. Wer weiß? Vielleicht war Tabini wirklich nicht so unschuldig an der Assassination seines Vaters, wie es in der offiziellen Verlautbarung zu diesem Fall geheißen hatte. Aber wer ihn wegen dieser vermeintlichen Tat zu diskreditieren versuchte, bewies damit nur, daß er keinen Schimmer hatte von den ethischen Normen der Atevi. Mord an einer Person, der der Täter durch Man'chi verbunden ist? Undenkbar.

Aber einen Verwandten zu meucheln? Das war eine nach atevischem Verständnis durchaus rationale Lösung im Konfliktfall.

Aber wie sollte er so etwas seinen Landsleuten beibringen? Zur Verbreitung von Informationen und zur Einflußnahme auf die öffentliche Meinung standen ihm auf dem Festland sehr viel mehr Möglichkeiten und Kanäle zur Verfügung als auf Mospheira. Es war noch nie nötig gewesen, daß der Paidhi seine Landsleute von irgend einer Sache überzeugen mußte; er hatte noch nie gegen die Konservativen Front machen müssen, weil es aus dieser Ecke bislang noch nie zu offenen Attacken gegen das Paidhi-Amt gekommen war.

Die Hausmacht des Paidhi rekrutierte sich fast vornehmlich aus Vertretern der Universität und bildete eine politisch reichlich naive Gruppe. Unter Druck gesetzt, würden sie schnell dazu bereit sein, mit Hanks' Leuten an einem Strang zu ziehen.

Bren hatte Hanks nie sonderlich ernst genommen, weil es so aussah, als würde sie noch Jahre brauchen, um ihr Studium abzuschließen, und dann, wenn sie es denn jemals schaffte, von sich aus auf das Paidhi-Amt verzichtete, zumal sie an die mospheiranische Lebensart so sehr gewöhnt war, daß es ihr kaum gelingen würde, sich auf die Verhältnisse auf dem Festland einzustellen. Bren hatte sich darauf verlassen, daß seine akademischen Freunde Hanks im Zaum hielten, daß sie ihr gegebenenfalls eine Assistentenstelle zuschustern würden, um sie zu vertrösten. Vor einem Jahr noch hätte er darauf gewettet, daß dies die Zukunft für Deana Hanks sein würde.

Doch es war offenbar anders gekommen als erwartet.

Er fröstelte immer noch. Grund dafür war, wie er sich einredete, nicht etwa Beklommenheit oder gar Angst, sondern wohl allein die Tatsache, daß er so lange bewegungslos an einer Stelle verharrte. Und er sah jetzt an den flatternden Gardinen, daß Zugluft durch die Fenster hereinwehte. Die Beine waren eingeschlafen. Womöglich in Nachwirkung der Narkose. Oder auch der Aufregungen der vergangenen Tage ...

Das alles war zu viel für ihn, die ganze verfluchte, verbockte Situation. Er war, als er hier in Shejidan dringend gebraucht wurde, weit weg gewesen, im fernen Osten des Landes, abgeschnitten von sämtlichen Informationsquellen. Dafür konnte er nichts. Man hatte ihn dorthin verfrachtet, vielleicht um auf den Busch zu klopfen, um seine Zuverlässigkeit auszutesten. Wie dem auch sei, er war aus dem Verkehr gezogen worden, und wenn er jetzt nicht wieder Tritt faßte oder nicht die richtigen Schritte unternahm, oder wenn er einen Fehler beginge so wie Hanks mit ihrer idiotischen Annäherung an Lord Geigi, jenen Fehler, den er noch auszubügeln hatte ...

Gütiger Himmel. Zu Anfang seiner Amtszeit waren ihm selbst Fehler unterlaufen.

Himmel noch mal – die Frau konnte doch nicht von allen guten Geistern verlassen sein. Immerhin hatte sie Vergleichende Erkenntnistheorie studiert und die Pflichtscheine in Mathematik und Physik gemacht; irgend etwas mußte davon doch hängengeblieben sein. Vielleicht sollte er es noch einmal mit Argumenten bei ihr versuchen.

Er mühte sich vom Stuhl auf, schüttelte die Beine aus, um sie wieder zum Leben zu bringen, und zog die Klingelschnur, worauf sich Saidin meldete. Er gab ihr zwei Botschaften mit und den Auftrag an Jago, diese weiterzuleiten. An Tabini: *Ich habe mich informiert, so gut ich konnte, und bin jetzt bereit, eine Erklärung abzugeben.*

Und an Deana Hanks: *Ich werde in Kürze offiziell Stellung beziehen zum Auftauchen des Schiffes. Du erhältst eine Kopie des Redetextes. Wir müssen uns unterhalten. Wie wär's mit morgen abend?*

Dann nahm er in einem Sessel Platz, mummte sich in eine Decke ein und machte die Augen zu. Erstaunlich, wie schnell sich Schlaf einstellte, wenn die notwendigen Entscheidungen getroffen waren und vorläufig nichts weiter zu tun blieb. Andere würde jetzt alle nötigen Vorkehrungen treffen, die Sitzung einberufen und die Tagesordnung ausarbeiten.

Von Jago bei seinem Namen gerufen, wachte er auf. Sie reichte ihm eine von Tabini versiegelte Nachricht. Darin teilte ihm der Aiji mit, daß die Sitzung für den Abend anberaumt sei. Eine ungewöhnliche Zeit. Weiter hieß es: *Ich hoffe auf Ihre Anwesenheit und Mitwirkung, nand' Paidhi.*

»Gibt's noch was?« fragte er. »Irgendeine Botschaft von der Insel?«

»Nein, leider.«

»Haben Sie mit Deana Hanks gesprochen? Was sagt sie?«

»Sie war sehr höflich«, antwortete Jago, »hat mir aufmerksam zuhört und dann gesagt, was ich Ihnen mitteilen soll. Eine knappe Bemerkung, die ich ungern wiederhole, weil ich vermute, daß sie ungezogen ist.«

»Sie hat also auf mosphei' geantwortet.«

»Ja, sie sagte: *Fahr zur 'ölle*, wenn ich richtig verstanden habe.«

Bren verzog keine Miene.

»Es tut mir leid, daß ich Ihnen eine solche Nachricht bringen muß«, meinte Jago. »Wünschen Sie darauf zu antworten? Ich gehe sofort zu ihr zurück, wenn Sie wollen. Oder wir könnten die Frau auch hierher bringen, Bren-Paidhi.«

Verlockender Gedanke. »Nicht nötig.«

»Es ist nicht weit bis zu Ihrer alten Wohnung.«

»Was? Sie ist in meiner Wohnung?«

Jago zuckte mit den Achseln. »So ist es. Wäre ich mit ihrer Sicherheit beauftragt, hätte ich sie woanders untergebracht.«

»Sie soll sofort ausziehen! Hanks ist da nicht sicher. Himmel, falls ihr was passiert ...«

Jago zeigte sich nachdenklich. Dann sagte sie: »Wenn ich ehrlich bin, finde ich den Sicherheitsaufwand, der um sie getrieben wird, ziemlich übertrieben.«

»Tabinis Leute?«

»Ja. Und wenn er will, kann er sie auch wieder abziehen.«

Jago war alles andere als geschwätzig. Um so mehr irritierte Bren, was sie ihm mit dieser Bemerkung anzudeuten versuchte.

»Wollte Tabini, daß Sie mir das sagen?«

Jagos Gesicht war ohne jeden Ausdruck. »Nein«, antwortete sie in einem Tonfall, der deutlich machte, daß ihr keine weiteren Informationen zu entlocken waren.

# 6

Schmunzelnd eilten Dienerinnen mit Plastiksäcken von der Poststelle im Untergeschoß herbei und mit Klebeband aus derselben Quelle. Tano war auf den Einfall gekommen, mit diesen Hilfsmitteln dafür zu sorgen, daß Bren heiß duschen konnte. »Ich versichere Ihnen, nand' Paidhi, das hält dicht, und es wird kein Tropfen unter den Gipsverband kommen.«

Und so war es. Schulter und Arm wasserdicht verpackt, lehnte Bren an der gefliesten Wand des komfortablen Badezimmers, schloß die Augen, atmete parfümierten Wasserdampf und hatte den Eindruck, als kreiste die Welt um seinen Schädel.

Womöglich würde er bald als Verräter dastehen. Oder wie nannte man den, der nicht nur sein Land, sondern seine eigene Spezies in Frage stellte?

Zumindest war das, was er vorhatte, extrem töricht: als Redner aufzutreten ohne ausgearbeitetes Konzept und nur mit einem Stichwortzettel präpariert in der Hoffnung, sich im entscheidenden Augenblick, von Adrenalin in Schwung gebracht, auf seine Inspiration verlassen zu können. Dabei hatte er kaum die Kraft, den Weg nach unten zu schaffen. Es war schon reichlich spät am Nachmittag eines sehr, sehr langen Tages, und mit dem warmen Duschwasser schien auch der letzte Rest an Energie weggespült zu werden.

»Nand' Paidhi«, rief Tano ins Badezimmer. »Nand' Paidhi, ich bedaure, aber Sie müßten jetzt rauskommen.«

Er zögerte das Ende des behaglichen Brausebades um zwei langgezogene Seufzer hinaus, trat in die empfindlich kalte Luft hinaus und ließ es duldsam zu, daß man ihm das Klebeband von der Haut riß, auspackte und abtrocknete, wehrte sich auch nicht dagegen, daß ihm die Dienerinnen – professionell und respektvoll – in die Kleider halfen: ein Seidenhemd, das auf den gehandikapten Arm hin umgeschneidert worden war, sein auf ähnliche Weise bearbeitetes Jackett und eine Hose in einem bescheidenen, unpolitischen Blaßblau, die aus weichem, leichtem Material bestand und sehr gut paßte.

Im Sitzen ließ er sich das lange Haar frottieren und flechten, was er auch unter normalen Umständen seinen Dienern zu tun gestattete.

Allmählich fingen die Nerven zu flattern an, aber er mußte stillhalten, weil Tano den Zopf noch nicht zu Ende geflochten hatte. Da trat Jago ins Zimmer; sie trug trotz des Sommerwetters eine schwarze Lederjacke und brachte ihm eine schriftliche Nachricht von Tabini: *Das Fernsehen wird da sein. Halten Sie sich an die Wahrheit. Ich verlasse mich auf Sie.*

Fernsehen, Kameras. Den Aiji zum Teufel zu wünschen war im Beisein der Dienerschaft natürlich ausgeschlossen, so sehr ihm auch der Sinn danach stand.

»Wo ist Banichi?« fragte er gereizt. Seine Stimmung schlug um; er schaltete auf Konfrontation und wollte all die hinter sich versammelt wissen, die ihm den Rücken stärken konnten.

»Keine Ahnung, Nadi«, antwortete Jago. »Ich weiß nur, daß ich Sie eskortieren soll.«

Ohne Zweifel trug sie unter ihrer schwarzen Lederkluft eine schußsichere Weste und eine Waffe, was nach Lage der Dinge auch nötig zu sein schien. Wahrscheinlich war Banichi, wie Bren vermutete, darum verhindert, weil er sich ausschließlich um Tabinis Schutz zu kümmern hatte.

Bren stand vom Stuhl auf und ließ sich von Tano und den Dienerinnen in den formellen Überrock helfen – eine umständliche Prozedur, der vielen Knöpfe wegen und weil der lädierte Arm diskret zu verstauen war. Zu guter Letzt wurde ihm der Zopf samt Rang identifizierender Schleife unter dem hohen Kragen hervorgezogen und fein säuberlich auf die Passe drapiert. Die kritische Inaugenscheinnahme seiner Helfer blieb offenbar ohne Beanstandung.

Im Kreis der dunkelhäutigen, großgewachsenen Frauen um sich herum kam er sich vor wie ein neunjähriger Schulbub. Er fühlte sich überwältigt und zerbrechlich, hoffte inständig, seinen Verstand beisammen halten zu können, damit ihm heute abend vor der Versammlung – Gott bewahre – kein falsches oder mißverständliches Wort über die Lippen käme.

»Jago, nehmen Sie bitte den Computer mit. Wer weiß? Vielleicht brauche ich ihn.«

»Ja«, antwortete Jago. »Sind wir bereit, nand' Paidhi?«

»Ich hoffe«, sagte er, und überrascht, geradezu gerührt zu sehen, wie sich Saidin tief vor ihm verbeugte und sagte: »Das gesamte Personal wünscht Ihnen Erfolg, nand' Paidhi. Bitte, denken Sie an unser Wohlergehen.«

»Nadi. Nadiin.« Besonders höflich verbeugte er sich vor den Dienerinnen. »Sie haben mir sehr geholfen. Verbindlichen Dank.«

Und ein zweites Mal verneigten sich alle. Jago nahm den Computer und führte ihn zur Tür. Tano, der die gleiche Uniform wie Jago trug, eilte ihnen voraus.

Es ging durch die mit Porzellanblumen geschmückte Halle, zum Fahrstuhl und über drei Stockwerke nach unten in den breiten, videoüberwachten Gang zum Plenarsaal des Tashrid.

Bren kannte den Weg. Sein Büro lag ganz in der Nähe. Aber es war alles anders als sonst. Helles Scheinwerferlicht flutete durch die Halle, Leute vom Fernsehen schwirrten umher. Auf hoch aufgebockten Bühnen waren Kameras installiert. Noch überwältigender als der Abschied von der Dienerschaft war sein Einzug in den Saal. Schlagartig wurde es still unter den zahlreich versammelten, vornehm gekleideten Lords. Jago und Tano führten ihn über den leicht abschüssigen, teppichbelegten Seitengang, der jetzt die Mitte des erweiterten Saales bildete, da die mobile Trennwand zum Hasdrawad hin, dem Abgeordnetenhaus, entfernt worden war. Von neugierigen Blicken begleitet, steuerte er auf ein separiertes Gestühl am Rand der Rednertribüne zu, das Würdenträgern und geladenen Gästen vorbehalten war. Dort nahm er in der vordersten Reihe Platz und legte sich den Stichwortzettel zurecht. Jago und Tano blieben im Gang neben ihm stehen.

Auch die Lords und gewählten Vertreter der Provinzen bezogen nun ihre Plätze. Bren konzentrierte sich auf seinen Zettel, versuchte, jene ausgesuchten Wörter und Definitionen auswendig zu lernen, die er anzuwenden vorhatte, weil in ihnen keine unliebsamen Konnotationen mitschwangen. Manche Begriffe waren unbedingt zu vermeiden, so zum Beispiel »Überlichtgeschwindigkeit«. Er konnte nur hoffen, zu diesem Thema heute nicht befragt zu werden.

In den Galerien drängten sich die Zuschauer. Noch hatten nicht alle zu ihren Sitzen gefunden, und die, die noch standen, wurden plötzlich hektisch, denn nun kam Tabini-Aiji mit forschen Schritten über denselben Gang, durch den Bren gekommen war. Tabini bestieg das Podium.

»Nand' Paidhi«, ertönte seine Stimme, verstärkt über Lautsprecher.

Bren stand auf, nahm den Computer, den Jago neben ihm auf die Bank gestellt hatte, und ging nach vorn, während Tabini die Versammelten beider Häuser begrüßte und den Anlaß der außerordentlichen Sitzung nannte: » ... um Ihnen über die Geschehnisse am Himmel sachkundige Auskunft zu geben.«

Bren rückte ein zweites Mikrophonstativ zurecht, setzte den Computer auf dem Boden ab und verbeugte sich vor Tabini, dem Tashrid und dem Hasdrawad.

»Nadiin, geehrte Bundesgenossen«, war die korrekte Anrede. Die Menge antwortete: »Nand' Paidhi.«

Er sah sich einem Meer aus dunklen, aufmerksamen Gesichtern gegenüber, holte tief Luft und legte, um sich abzustützen, den Arm auf das Rednerpult, das viel zu hoch für ihn war.

»Vor langer Zeit«, fing er an, »machte sich ein Schiff auf den Weg in eine ferne Welt mit der Absicht, eine Raumstation zu bauen, da, wo es sich zu leben lohnte. Aber durch ein Unglück vom Kurs abgebracht, irrte das Schiff außer Sichtweite aller bekannten Richtsterne umher und geriet in eine Zone, die verseucht war von tödlicher Strahlung. Viele Besatzungsmitglieder kamen um bei dem Versuch, außerhalb des Schiffes nach Treibstoffen zu suchen, die gebraucht wurden, um in Sicherheit fliegen zu können. An Bord befanden sich als Passagiere viele einfache Arbeiter, die von Raumfahrt und der Technik des Schiffes nicht viel verstanden. Sie verwiesen auf die außergewöhnlichen Privilegien und Befugnisse der Schiffsbesatzung und versprachen, diese unangetastet zu lassen, solange sie davon verschont blieben, an den gefährlichen Exkursionen teilzunehmen.«

Die Zuhörer rührten sich nicht und blieben stumm. Kein einziger Hinweis verriet, ob sie den Ausführungen folgten oder eigenen Gedanken nachhingen. Ihre scheinbare Anteilnahmslosigkeit verunsicherte Bren.

Daß er gleich zu Anfang auf Rangunterschiede und Privilegien zu sprechen kam, hatte seinen Grund. Für Atevi waren diese Fragen von entscheidener Bedeutung. Ererbte Privilegien respektierten sie nur dann, wenn ihr Träger durch entsprechende Taten unter Beweis stellte, daß er ihrer würdig war. Darauf baute Brens Strategie auf.

»Nadiin«, fuhr er fort. Der bandagierte Brustkorb hinderte ihn am Atemholen, und er brauchte viel Luft, um mit tragfähiger Stimme sprechen zu können. »Tapfere Männer schürften den Treibstoff, der nötig war, um das Schiff an einen günstigeren Ort steuern zu können, in eine wirtliche Welt, die es noch zu finden galt anhand einiger weniger Anhaltspunkte.« Er vermied es, auf die navigatorischen Details dieser Suche genauer einzugehen. Irgendwann würde er gewiß danach gefragt werden. Aber bitte, nicht heute abend, dachte er. »Und die Welt, auf die sie hier stießen, war in der Tat vielversprechend. Kaum hatten sie den Orbit dieses Planeten erreicht, waren sämtliche Treibstoffreserven verbraucht. Mittlerweile hatten so viele Menschen ihr Leben gelassen, daß die Gemeinschaft an Bord auseinanderfiel. Die Besatzung plädierte dafür, auf den vierten Planeten dieses Systems auszuweichen und eine Station zu errichten, denn sie hofften, sich dort für längere Zeit niederlassen zu können, ohne von den Atevi bemerkt zu werden. Aber nach der langen, gefahrvollen Reise ...«

Wieder stockte er, um durchzuatmen. Noch immer wartete er vergeblich auf eine Reaktion seitens der Zuhörer, denen das meiste von dem, was er bislang vorgetragen hatte, längst bekannt war. »Nach dieser schrecklichen Reise, die so große Opfer verlangt hatte, wollten die Passagiere nicht mehr aufs Geratewohl in eine fremde Gegend weiterziehen, sondern hier, in diesem Orbit die Station installieren. Denn für den Fall, daß im Zuge der Bauarbeiten ernste Probleme entstünden, bot sich der bewohnte Planet als letzte Zuflucht an. Der Blick durchs Teleskop verriet, daß die Atevi zivilisiert waren und fortgeschritten. In ihrer Nähe fühlten sie sich sicher, und darum stimmten sie gegen die Besatzung des Schiffes, die andere Pläne verfolgte.

Heute behaupten manche Mospheiraner, daß die

Schiffsbesatzung nur aus Gründen der Machterhaltung auf eine Fortsetzung des Fluges bestand.

Andere halten dagegen, daß es in Wirklichkeit die ernst gemeinte Absicht war, die Atevi zu schonen.

Nach Meinung wiederum anderer waren die Crewmitglieder so sehr an das Umherziehen im All gewöhnt, daß der längere Aufenthalt an einer Stelle für sie einer Gefangenschaft gleichgekommen wäre.

Wie dem auch sei, die Besatzung war entschlossen weiterzufliegen und verlangte nach Treibstoff. Die Arbeitervertreter weigerten sich, einer Sache zu dienen, von der sie sich keine Vorteile erhoffen konnten. Über diesen Streit ging das Bündnis an Bord endgültig in die Brüche.

Die einen sagten: Laßt uns auf die Planetenoberfläche ziehen und dort eine Basis zu gründen.

Andere hielten es für besser, alle Ressourcen in den Bau der Raumstation zu stecken, um sie als permanenten Wohnort im hiesigen Orbit auszubauen.

Es gab also nun drei verschiedene Interessensgruppen; die Situation verlangte nach einem Kompromiß.

Die Crew verbündete sich mit jenem Teil der Arbeiter, die für den Bau der Raumstation votierten, denn eine solche Station war nötig: als Dock zur Reparatur und Wartung des Schiffes. Aber auch zwischen diesen beiden Gruppen kam es zum Konflikt, denn die Crew forderte, um weiterfliegen zu können, einen Großteil der Ressourcen, die für den Aufbau der Raumstation gebraucht wurden. Die Arbeiter, die sich auf dem Planeten niederlassen wollten, wechselten nun die Seiten und stimmten mit der Schiffsbesatzung. Einer unserer Historiker vermutet, daß es zwischen diesen beiden Lagern zu einer heimlichen Absprache kam mit dem Ergebnis, daß sie die Raumfahrer verpflichteten, die Landgänger zu unterstützen, falls sich die Stationsbewohner einer Landung in den Weg stellen würden.

Die menschliche Gemeinschaft wurde zu einem Nest

von Intrigen. Ein Geschiebe und Gezerre setzte ein, das die drei Lager immer mehr auseinandertrieb.

Weil alle Mittel und Materialien aufgeteilt waren, blieb den Befürwortern der Landung nichts übrig für den Bau geeigneter Transporter. Der Plan, auf die Oberfläche abzusteigen, schien zum Scheitern verurteilt zu sein, zumal sich die Pilotengilde weigerte, die vorhandenen Shuttle zur Verfügung zu stellen.

Also bastelten sich die Kolonisten einfache Landemaschinen aus alten Ersatzteilen zusammen, Maschinen, die auch von Nichtexperten gesteuert werden konnten und im Grunde nicht mehr waren als Metallkapseln, deren Sturz auf den Planeten mit Fallschirmen abgefangen wurde. In den alten Berichten ist von Blütensegeln die Rede, an denen die Kapseln herabschwebten.

Als Landeplatz wählten sie Mospheira; die Insel war nur dünn besiedelt. Für den Fall, daß es mit den Einheimischen zu Schwierigkeiten kommen würde, nahmen sie sich vor, in die unbewohnten Nordgebiete auszuweichen und Vereinbarungen zu treffen mit den Atevi im Süden, die, wie sie glaubten, einen unabhängigen Inselstaat bildeten.«

Viele Zuhörer fingen plötzlich zu lachen an über das, was sie für einen Witz halten mußten. Wäre dieser Irrtum damals nicht so teuer zu stehen gekommen, hätte auch Bren darüber schmunzeln können. Immerhin, die Reaktion der Zuhörer erleichterte ihn.

»Die erste Mannschaft landete glücklich und wähnte sich in gastlicher Umgebung. Die gefürchteten Zusammenstöße mit Einheimischen blieben aus. Schließlich waren auch die Stationsarbeiter und Gildenmitglieder von der Möglichkeit einer reibungslosen Kolonisierung überzeugt.

Dennoch machten sich die Raumfahrer mit dem Schiff auf und davon, kaum daß die Station im Orbit fertiggestellt war. Was in der Folgezeit auf Mospheira passierte, bekamen sie nicht mehr mit. Darum weiß die heutige Besatzung auch nichts von dem Krieg, dem Vertragsschluß oder von den Umständen, die die Aufgabe der Raumstation notwendig machten. Sie kennt auch nicht die Gründe, die dazu geführt haben, daß Menschen und Atevi in strikter Trennung voneinander leben. Nadiin, nach meiner Einschätzung sind die Menschen an Bord des Schiffes genauso ahnungslos und arglos wie ihre Vorfahren zu der Zeit, da diese den Orbit verlassen hatten.

Nadiin, die Menschen von damals hatten nicht wissen können, wie sehr ihre Anwesenheit das Leben der Atevi störte. Sie glaubten, Hoheitsgrenzen beachten zu müssen, die es gar nicht gab, und mißachteten Bündnisstrukturen. Sie bauten Straßen, nicht wissend, welche Probleme sich zwangsläufig dadurch ergaben. Sie brachten eine bewährte Ordnung aus dem Gleichgewicht, indem sie einen Verband dadurch bevorzugten, daß sie ihn mit technischen Errungenschaften beschenkten. Und – *Baji-Naji* – es gibt immer noch engstirnige Menschen auf Mospheira, für die die atevische Lebensweise ein Rätsel ist, so wie es zweifellos auch auf seiten der Atevi nach wie vor solche gibt, die menschliches Verhalten für durchweg krankhaft erachten.

Und jetzt ist ein Schiff zurückgekehrt, das vor einer Zeit diesen Planeten verlassen hatte, da die ersten Dampfmaschinen in Betrieb genommen wurden. Jetzt blickt die Besatzung auf ein dichtes Schienennetz herab, auf Städte, Flughäfen, Kraftwerke sowohl auf Mospheira als auch auf dem Festland. Doch sie sieht nicht das, was diese Entwicklung in friedlicher Koexistenz möglich gemacht hat: den Vertrag und die Vereinbarungen zwischen Atevi und Menschen.

Zu meinem großen Bedauern propagiert eine bislang harmlose Minderheit auf Mospheira unter Berufung auf den Vertrag die rigorose Trennung unserer beider

Kulturen. Wir nennen sie die Separatisten. Manchen von ihnen geht es um mehr als um den Schutz kultureller Identität. Sie glauben, daß die Menschen dank ihrer überlegenen Technologie einen exklusiven Anspruch auf Raumfahrt besitzen und das Recht haben, den Atevi dieses Privileg zu verwehren. Womöglich hoffen sie mit der Rückkehr des Schiffes auf die Möglichkeit, an vergangene Zeiten anknüpfen zu können. Vielleicht versuchen sie der Schiffsbesatzung einzureden, daß ich, der Paidhi, ein naiver Narr sei, mißbraucht von feindlich gesinnten Atevi, die seit eh und je danach trachten würden, die Menschen zu unterjochen.

Die größte Gefahr geht nach meinem Dafürhalten nicht vom Schiff aus, sondern, wie gesagt, von dieser kleinen Schar Ewiggestriger. Es darf nicht dazu kommen, daß sie an Einfluß zunimmt, daß sie die Besatzung des Schiffes für ihre Sache gewinnt oder gar nach eigener Regie die Raumstation wieder in Betrieb nimmt und mit ihren Leuten bemannt.

Über die Separatistenbewegung auf Mospheira weiß ich nur wenig zu sagen. Ich habe mich nie ernstlich damit befaßt und darum auch keinen Überblick über den Kreis der Aktivisten. Offen würde sich kaum einer dazu bekennen.

Ich erinnere noch einmal daran, daß die Raumstation aufgegeben werden mußte, weil die Energiequellen erschöpft waren und die Versorgungssysteme versagten. Die Nachfahren derer, die sich für den Erhalt der Station eingesetzt hatten, leben heute mit uns auf Mospheira. Die Aussicht auf eine Rückkehr ins All könnte diese Gruppe den Separatisten in die Arme treiben. Wenn es denn so sein sollte, daß eine Handvoll Mospheiraner darauf hinzuwirken versucht, mit geborgter Technologie ins All auszuweichen und der Schiffsbesatzung politische Macht zu übertragen, werde ich mich dem entschieden widersetzen. Ein

Raumfahrtprogramm und die eventuelle Inbetriebnahme der Station hat nur dann eine Berechtigung, wenn Atevi und Menschen gemeinsam daran arbeiten und gemeinsam davon profitieren.

Ich bin mir im klaren darüber, daß sich manche Atevi mit der Anwesenheit der Menschen immer noch nicht abgefunden haben und wünschten, sie wären nie gekommen. Aber sie sind nun einmal hier und wissen nicht wohin, denn es scheint in den erreichbaren Weiten des Alls keinen zweiten Planeten zu geben, auf dem sie leben könnten. Und darum kommen auch die Menschen an Bord des Schiffes an der atevischen Welt nicht vorbei. Es kommt jetzt darauf an, daß die Atevi das, was unumgänglich ist, zu ihrem Vorteil nutzen und an der hochentwickelten Technologie partizipieren, die dieses Schiff mit sich bringt.

Nadiin, ich will verhindern, daß eine Minderheit von Mospheiranern das Heft in die Hand nimmt. Ich will, daß sich der Vertrag als operatives Bündnis zwischen Menschen und Atevi durchsetzt.

Ich bin bereit, zwischen Shejidan und dem Schiff zu vermitteln, um auszuschließen, daß die Raumfahrer oder Teile Mospheiras Entscheidungen treffen in der gleichen Ignoranz, die damals zum Krieg geführt hat.

Ich kenne die Menschen, Nadiin, und so sicher wie der allmorgendliche Sonnenaufgang steht für mich fest, daß die Schiffsbesatzung den Mospheiranern mit großem Argwohn begegnet und zu berücksichtigen weiß, daß die Gegenseite nicht mit einer Stimme spricht, sondern in sich zerstritten ist. So wird auch die Besatzung selbst aus unterschiedlichen Interessensgruppen bestehen, die jeweils mit der einen oder anderen Fraktion auf Mospheira anzubandeln versuchen. Ich sehe für die Verständigung untereinander große Probleme voraus, Probleme, aus denen sich ernste Gefahren entwickeln könnten.

Wenn jetzt auch noch die Atevi uneins sein würden

und zu keiner einstimmigen Antwort in der Lage, wäre die Regierung auf Mospheira vollkommen gelähmt. Um so lautstärker träten dann diejenigen in den Vordergrund, die glücklicherweise bislang ohne durchschlagenden Einfluß waren.

Darum meine dringende Empfehlung, Nadiin: Sprechen Sie mit einer Stimme, wenn Sie mit dem Schiff oder mit Mospheira in Verbindung treten. Achten Sie darauf, daß Ihre Meinungsunterschiede nicht nach außen hin durchdringen. Außerdem rate ich, daß Sie einen klaren Trennungsstrich ziehen zwischen dem Schiff und Mospheira, solange keine Einigkeit zwischen beiden Instanzen besteht. Und was die Raumstation angeht, sollte gar nicht erst Zweifel darüber aufkommen, daß Ihnen ein Besitzanteil daran zusteht.

Ich empfehle, daß Sie möglichst bald direkten Kontakt zum Schiff aufnehmen. Als Paidhi fällt mir die vertraglich begründete Pflicht zu, zwischen Mospheira und den Atevi des Westbundes zu vermitteln, und nun bitte ich den Bund um die erweiterte Befugnis, auch als Mittelsmann in den Verhandlungen mit dem Schiff auftreten zu können. Wenn Sie mich dazu bevollmächtigen, könnten Sie mit der Regierung von Mospheira gleichziehen, die ihrerseits schon einen Unterhändler für die Gespräche mit dem Schiff bestellt hat.

Die Besatzung weiß, daß sie in all ihren Entscheidungen nicht nur mospheiranische, sondern insbesondere auch atevische Interessen zu berücksichtigen hat. Es gibt viel zu gewinnen und viel zu verlieren. Ich bin aber zuversichtlich, daß die Atevi profitieren werden durch kluge bilaterale Verhandlungen mit der rechtmäßigen Regierung Mospherias sowie der Kommandantur des Schiffes.

Ich hoffe, mit meinen Ausführungen gedient zu haben. Nadiin, geehrte Bundesgenossen, Aiji-ma, ich danke Ihnen. Wenn Sie jetzt Fragen haben ...«

Das wäre geschafft, dachte Bren im stillen und verbeugte sich, wie es sich gehörte. Zu atmen fiel ihm schwer, die Handteller waren schweißnaß, und ausgerechnet Barb kam ihm jetzt in den Sinn, Barb auf Skiern, lachend, auf weißem Feld, ausgedehnt ins Unermeßliche …

Aus, vorbei, wahrscheinlich für immer. Es gab kein Zurück mehr.

Was nun? dachte er; wohin? Und in diesem Gefühl der Verunsicherung und Orientierungslosigkeit beschlich ihn die Angst, daß er sich von seinem Vorsatz, nüchtern zu bleiben und kühlen Kopf zu bewahren, womöglich weit entfernt hatte.

Die Versammelten tuschelten untereinander. Nach einer Weile erhob sich ein angesehenes Mitglied des Tashrid von seinem Platz und sagte: »Nand' Paidhi, Sie setzen sich für atevische Interessen ein und rücken ab von den Interessen Mospheiras. Hat Sie Ihr Präsident dazu aufgefordert? Warum? Hat er ein Einsehen in die Notwendigkeit numerischer Balance?«

Ein interkulturelles Minenfeld. Mit seiner Frage unterstellte der Tashrid-Vertreter, daß der aktuellen Situation ein unharmonisches Zahlenverhältnis zu Grunde lag. Natürlich wußte er, daß die Menschen mit solchen Überlegungen nichts im Sinn hatten. Vermutlich nutzte er die Anwesenheit der Fernsehens, um die paranoiden Ängste der atevischen Landbevölkerung zu schüren.

Nun, die Kameras waren auch auf ihn, den Paidhi, gerichtet.

»Lord Aidin, ich sehe keinen Interessenskonflikt zwischen Mospheiranern und Atevi. Bedenken Sie bitte: Obwohl mein gesundheitlicher Zustand einen längeren Krankenhausaufenthalt erfordert hätte, schickte mich meine Regierung nach Shejidan zurück und gab damit dem Verlangen von Tabini-Aiji statt, um zu verhindern, daß die Verbindung zum Festland abbricht, was zu befürchten war, da der Aiji meine Stellvertreterin nicht als

Paidhi akzeptiert hat. Wäre meiner Regierung am Abbruch der Beziehungen gelegen gewesen, hätte sie mich nur auf der Insel festzuhalten brauchen. Daß man mich aber buchstäblich vom OP-Tisch weg ins Flugzeug gesteckt hat, ist doch wohl nur zu verstehen als ein deutlicher Beweis dafür, wie wichtig den Menschen die Zusammenarbeit mit dem Festland ist und daß sie den Aiji als legitimen Herrscher des Westbundes anerkennen.«

Lord Aidin setzte sich; er hatte vor laufenden Kameras erreicht, was er wollte, nämlich all diejenigen hellhörig gemacht, die eine zahlenmagische Verschwörung witterten.

Nun stand ein Mitglied des Hasdrawad auf, eine Frau, die Bren nicht kannte. »Wer, Nadi, hat Hanks-Paidhi zu uns geschickt?« wollte sie wissen.

Einen offiziell bestellten Redner vor diesem hohen Haus mit ›Nadi‹ zu adressieren war eine Respektlosigkeit sondergleichen. Ein Raunen ging durch den Saal, und Tabini warf der Frau einen scharfen Blick zu.

Vielleicht war sie von Hanks beleidigt worden; möglich auch, daß sie sich einiges von ihr versprochen hatte und verärgert darüber war, daß man Hanks kaltgestellt hatte. Wie dem auch sei, Bren antwortete:

»Der Vertrag, Nadi, sieht nur einen Paidhi vor. Hanks ist meine designierte Nachfolgerin, und es scheint, daß ihr die Ereignisse über den Kopf gewachsen sind. Unter normalen Umständen wäre sie längst zurückgezogen worden, aber der entsprechende Befehl ist anscheinend in der allgemeinen Verwirrung untergangen. Sie hält es darum für ihre Pflicht zu bleiben, bis ihr dieser Befehl zugestellt wird. Ich habe den Aiji um Verständnis gebeten. Wenn Sie dem Paidhi eine Nachricht zu übermitteln haben und angesichts der leidigen Situation fürchten sollten, daß sie die falsche Adresse erreichen könnte, zögern Sie bitte nicht, mich persönlich aufzusuchen, Nadi.«

Bren war zufrieden mit seiner Antwort, die, so hoffte er, auch als Warnung verstanden wurde, nicht nur hier im Hasdrawad und Tashrid, sondern überall im Land, verbreitet durch das Fernsehen. Es war ihm durchaus genehm, daß die Atevi in den Provinzen den Paidhi sehen und hören konnten.

»Nand' Paidhi.« Der sich da zu Wort meldete, gehörte dem konservativen Flügel des Tashrid an. »Was wollen die da oben in diesem Schiff wirklich? Was glauben Sie?«

Der alte Lord Madinais, immer geradeheraus und reichlich einfältig in seiner Art. Aber sein politischer Einfluß war nicht zu unterschätzen. Ihm standen jene Rebellen nahe, die vor einer Woche versucht hatten, den Paidhi umzubringen.

»Lord Madinais, darüber kann ich auch nur spekulieren. Ich vermute, daß es an Bord wie früher schon zu einer Panne gekommen ist und daß es deshalb notwendig wurde, zurückzukehren an den Ort, der Hilfe verspricht, weil sich dort manche ihrer Vorfahren niedergelassen haben.«

»Was wird aus den Handelsvereinbarungen?« rief ein Hasdrawad-Abgeordneter in den Saal. »Muß jetzt neu verhandelt werden?«

»Ich fürchte, solange die Sache mit dem Schiff nicht geklärt ist, müssen diese Fragen auf später vertagt werden. Allerdings ...«

Am Rande des gleißenden Scheinwerferlichts sah er auf der Seite des Hasdrawad einen Schatten aufspringen. Bren zögerte, witterte instinktiv Gefahr. Er wollte sich gerade zu Boden werfen, als er plötzlich mit massiver Wucht von den Beinen gerissen wurde, und unmittelbar darauf krachte ein Schuß.

Er lag auf der Seite mit geprellter Hüfte; der Kopf schmerzte vom Aufprall auf den harten Dielen des Podiums. Ein Schwergewicht hielt ihn zu Boden gedrückt – Tano, wie sich herausstellte. Doch wo war

Jago? Bren versuchte, nach ihr Ausschau zu halten, konnte aber nicht über den Bühnenrand hinweg blicken. Er sah nur Tano mit verschrecktem Ausdruck in den Saal starren. Bren erstickte fast unter seiner Last, wagte es aber nicht, sich unter ihm wegzuwälzen. Dem lauten Stimmengewirr im Saal glaubte er schließlich entnehmen zu können, daß die Gefahr gebannt war.

Tano gab ihn nun frei und richtete sich auf den Knien auf.

Bren blieb ausgestreckt am Boden liegen, aus Angst und weil er sich vor Schmerzen kaum rühren konnte. Sicherheitsbeamte kamen herbeigerannt, unter ihnen auch Tabini, der sich gemeinsam mit Tano daranmachte, ihm auf die Beine zu helfen, sacht und vorsichtig, um den verletzten Arm zu schonen.

»Tut mir leid«, stammelte Bren, nicht ahnend, daß das Mikrophon immer noch eingeschaltet war. Seine Worte tönten durch den Saal und ernteten lautes Gelächter. Mehr noch: Es gab Beifall für ihn; die Atevi klatschten in die Hände, im rhythmischen Gleichtakt, wie es ihre Art war, und offenbar erleichtert darüber, daß der Paidhi noch lebte. Mehrheitlich zumindest. Wenigstens einer hätte ihn lieber tot gesehen.

Auf dem Fernsehvideo war zu sehen, wie Tano seitlich herbeigeflogen kam und den Paidhi zu Boden riß – eine Szene, die ihm kalte Schauer über den Rücken rieseln ließ. Die Überwachungskamera im Saal hatte den Attentäter eingefangen, der, von einer Kugel aus Jagos Waffe in den Kopf getroffen, einen letzten Schuß abgab, mitten in den Kronleuchter an der Decke, das Schmuckstück aus dem dreizehnten Jahrhundert. Immer und immer wieder wurden diese Ausschnitte in Zeitlupe vorgeführt.

Bren bemühte sich um Sachlichkeit und versuchte, die nüchterne Gelassenheit der Sicherheitsbeamten nachzuahmen; sie hatten, weiß Gott, schon schlimmere Fälle zu untersuchen gehabt.

Der Chef der Sicherheitsabteilung des Bu-javid legte ihm ein Schwarzweißfoto vor und deutete auf einen älteren Herrn, der darauf abgebildet war. »Der Abgeordnete von Eighin«, sagte er. »Beiguri, gehört dem Hause Guisi an. Haben Sie mit diesem Mann oder mit Guisi schon einmal zu tun gehabt?«

»Nein, Nadi«, antwortete Bren mit matter Stimme und richtete sich auf. »Ich kenne ihn allerdings – als Gegner unserer Handelspolitik. Aber daß er zu solchen Maßnahmen greift, hätte ich ihm nie zugetraut. Er hat immer einen sehr höflichen Eindruck auf mich gemacht.«

Tabini war noch im Plenarsaal und beteiligte sich an der Diskussion über die Ausführungen und Vorschläge des Paidhi. Die Gruppe um Beiguri wurde von der Polizei und Sicherheitsbeamten in Schach gehalten.

Bren hatte große Schmerzen und hoffte, daß ihm durch Tanos Rettungstat die vernähte Wunde nicht wieder aufgeplatzt war. Auch Tano und vor allem Jago schienen von dem Vorfall nicht unbeeindruckt geblieben zu sein. Jago war sichtlich erregt und hielt die Arme vor der Brust krampfhaft verschränkt, um die innere Anspannung zu kontern. Bren zweifelte nicht daran, daß sie jetzt lieber aktiv wäre und das Büro des Abgeordneten durchsuchen würde, womit zur Zeit Agenten beschäftigt waren, jüngere Kollegen, denen sie wahrscheinlich nicht zutraute, ebenso gründlich ans Werk zu gehen, wie sie es täte.

Und womöglich machte sie sich auch Gedanken um Banichi und darüber, wo der zur Zeit stecken mochte. Oder vielleicht sorgte sie sich gerade deshalb, weil sie wußte, wo er war.

Es kamen nun weitere Ermittler in die Station und berichteten, daß die Leiche des Attentäters weggeschafft worden sei. Ein angesehener, vernünftiger

Mann, Vater mehrerer Kinder und gewählter Vertreter seiner Provinz war bei dem Versuch, den Paidhi zu töten, ums Leben gekommen.

Bren erschauderte. Tano legte ihm eine Hand auf die Schulter und bat den Leiter der Ermittlung um Verständnis dafür, daß der Paidhi jetzt Ruhe nötig habe und ins Bett müsse.

»Aber der Aiji ...«, hob der Polizeichef an zu protestieren.

»Wir kennen die Befehle des Aiji«, fiel ihm Jago ins Wort und wendete sich vom Monitor ab, auf dem eine weitere Wiederholung der Filmaufnahmen zu sehen war. »Wir tragen die Verantwortung, nand' Marin. Wenn der Paidhi jetzt nach oben zu gehen wünscht ...«

»Ja, bitte«, sagte Bren und stand von seinem Stuhl auf. Er wollte auf sein Zimmer, ins Bett; er wollte endlich Ruhe finden.

Und er hatte genug gesehen von den wiederholten Aufzeichnungen. Auch die Fragen der Polizei führten im Augenblick nicht weiter. Statt irgend etwas zu klären, brachten sie ihn nur zunehmend in Verwirrung.

Der heutige Tag hatte ihm eine Unmöglichkeit nach der anderen abverlangt. Jetzt, so tröstete ihn Jago, würde er nur den Gang zum Fahrstuhl aushalten müssen. Daß er von Journalisten aufgehalten würde, wäre nicht zu befürchten, denn Tabini-Aiji habe eine Pressekonferenz einberufen.

Gestützt von Tano und Jago, schleppte er sich zum Fahrstuhl, wo er sich dankbar und erschöpft an die Rückwand lehnte. Tano war ruhig. Jago hatte ihre Nervosität weniger gut unter Kontrolle.

»Ich danke Ihnen«, sagte Bren. Daß er noch Worte über die Lippen bekam, wunderte ihn selbst.

»Nichts für ungut«, murmelte Jago kurz angebunden. Sie hing ihren eigenen düsteren Gedanken nach. Vielleicht grübelte sie darüber nach, wo Banichi steckte. Womöglich hatte man ihr Vorhaltungen gemacht wegen des gewagten Schusses quer durch den Plenarsaal. Wahrscheinlich entsetzte sie im nachhinein die Vorstellung, was passiert wäre, hätte sie danebengeschossen.

Bren bemerkte, daß sie seinen Computer in der Hand hielt. Jago, die Zuverlässigkeit in Person. Selbst in dem Augenblick, da sie gezwungen gewesen war, einen Ateva zu töten, hatte sie auf den Computer achtgegeben, der ihr zur Verwahrung anvertraut worden war. Sie hatte immer alles im Griff.

Was der Paidhi nicht von sich behaupten konnte. Er schaffte es kaum noch, sich auf den Beinen zu halten. Ihm schwirrte der Kopf, und er machte sich Vorwürfe, nicht schnell genug reagiert und Jago genötigt zu haben, diesen überaus riskanten Schuß abzugeben.

Der Fahrstuhl hielt auf der dritten Etage. Sie gingen durch die Halle der Porzellanblumen. Als wäre nichts geschehen, dachte er; so als käme er nach Büroschluß nach Hause zurück. Jago öffnete die Tür mit ihrem Sicherheitsschlüssel. Auf der anderen Seite, im matt goldenen Foyer, stand Saidin bereit, um ihm den Überrock abzunehmen.

»Ich will sofort zu Bett, nand' Saidin«, sagte er und vermied es, einen Blick auf die Schale zu werfen, in die seine Post abgelegt wurde.

Dann aber fiel ihm ein, daß er noch etwas Wichtiges zu erledigen hatte. »Die Aiji-Mutter erwartet meine Antwort auf ihre Einladung. Ich glaube, es empfiehlt sich, daß wir möglichst bald miteinander reden.«

»Sie brauchen Ruhe«, meinte Jago.

»Ich muß mir die Gunst der Aiji-Mutter sichern«, entgegnete er. »Vor allem jetzt, nach diesem Anschlag. Deshalb wäre es gut, wenn ich sie gleich morgen früh aufsuchte. Sie könnte mein Ausbleiben falsch deuten. Sie stimmen mir doch zu, Jago-ji, oder?«

Jago dachte nach und zeigte sich besorgt. »Sie wissen, daß ich Sie nicht begleiten kann.«

»In Ilisidis Gegenwart habe ich bestimmt nichts zu befürchten.«

»Wie Sie meinen.« Aber Jago schien alles andere als einverstanden zu sein. »Ich werde der Aiji-Mutter also mitteilen, daß Sie zum Frühstück kommen.«

»Ich gehe dann jetzt zu Bett«, sagte Bren und machte sich, von Tano begleitet, mit schwankenden Schritten auf den Weg ins Schlafzimmer. Nachträglich wunderte er sich darüber, den Gang zum Rednerpult geschafft zu haben, ohne ins Straucheln geraten zu sein.

Tano ging ihm beim Ablegen der Kleider zur Hand. Außerdem boten mehrere Dienerinnen ihre Hilfe an. Sie hatten die Nachrichten im Fernsehen gesehen und waren entsetzt über den Vorfall im Plenarsaal.

Bren hatte noch keine Reaktion auf seinen Vortrag gehört. »Nadiin«, sagte er. »Haben Sie meine Rede verfolgt? War zu verstehen, was ich zum Ausdruck bringen wollte?«

»Nand' Paidhi«, antwortete eine, sichtlich verstört. »Unsere Meinung ist doch nicht gefragt.«

»Der Paidhi will sie aber wissen.«

»Es war eine sehr gute Rede«, äußerte sich eine andere. »*Baji-Naji,* nand' Paidhi. Aber ich verstehe nicht viel von diesen Dingen.«

»Es war sehr riskant von Ihren Vorfahren, auf unserem Planeten zu landen«, meinte die dritte.

Und: »Wo ist diese strahlenverseuchte Zone, von der Sie gesprochen haben? Wo ist die Heimat der Menschen? Und wo ist das Schiff die ganze Zeit über gewesen?«

»Ich wünschte, Ihnen eine Antwort geben zu können. Aber weder der Paidhi noch die gelehrtesten Menschen auf Mospheira wissen darüber Bescheid.«

»Würden Sie in die Heimat der Menschen zurückkehren, wenn Sie Gelegenheit dazu hätten?«

Er sah sich einem halben Dutzend ernster Atevi gegenüber, großgewachsenen, dunkelhäutigen Frauen. Schattengestalten im Gegenlicht der Lampen. Er war der Fremde, und er fühlte sich fehl am Platz, hier, in dieser fremden Wohnung.

»Ich bin hier geboren«, antwortete er. »Ein anderes Zuhause gibt es für mich nicht.«

Die Gesichter verrieten keine Reaktion.

»Was heute abend passiert ist, tut mir schrecklich leid«, sagte er müde und matt. »Er war ein angesehener Mann, und ich bedaure sehr, daß er umgekommen ist. Nadiin, entschuldigen Sie mich. Ich bin sehr erschöpft und möchte schlafen.«

Die Dienerinnen verbeugten sich und gingen. Eine blieb kurz an der Tür stehen, verbeugte sich ein zweites Mal und sagte: »Wir stehen auf Ihrer Seite, nand' Paidhi.«

Auch die anderen machten noch einmal kehrt, um ihm eine angenehme Nachtruhe und alles Gute zu wünschen.

»Ich danke Ihnen, Nadiin«, antwortete er und ließ sich aufs Bett fallen. Die Dienerinnen zogen sich ins Nebenzimmer zurück. Er hörte sie tuscheln, geflüsterte Bemerkungen über seine weiße Haut und die blauen Flecken, über seine bewundernswert gefaßte Haltung und den humorigen Kommentar vor eingeschaltetem Mikrophon, nachdem Tabini ihm aufgeholfen hatte.

Humorig?

Seine eigenen Erinnerung an den Vorfall waren voller Lücken. Er wußte noch, daß er sich fast zu Tode erschreckt hatte, daß er, von Tano gestützt, vom Podium herabgestiegen war und ohne Hilfe keinen Schritt hatte tun können. Und ihm war klar, daß der Anschlag weniger ihm, der kurzfristig ersetzbar war, gegolten hatte als vielmehr dem gesamten Machtapparat. Das wußten auch die Atevi. Sie wußten, worauf der Schütze in Wirklichkeit angelegt hatte …

Vor Erschöpfung glaubte er auf der Matratze zu zerfließen, doch das aufgewühlte Bewußtsein wollte sich nicht beruhigen lassen. Verflixt noch mal, stöhnte er und ging in Gedanken die Rede durch sowie seine Antworten auf die Fragen der Ermittlungsbeamten, versuchte sich ein Bild zu machen von deren Einstellung zu diesem Fall.

Er ordnete die dicken Kissen und stopfte sie unter den Rücken, um die lädierte Schulter zu entlasten. Er überlegte, ob es nicht besser wäre, eine Schmerztablette zu nehmen, doch das Verlangen danach ging mit den Schmerzen allmählich von selbst zurück. Er hatte eine bequeme, entspannte Lage im Bett gefunden und wollte sich nicht mehr von der Stelle rühren. Schließlich verflüchtigten sich auch die quälenden Gedanken, und so dämmerte er in einen schlafähnlichen Zustand hinüber.

# 7

Von Shejidan aus war das Schiff am Himmel nicht zu erkennen. Die Lichter der Stadt überstrahlten alle schwächeren Sterne, selbst bei so klaren Sichtverhältnissen wie heute. Der Sommer war noch einmal zurückgekehrt; von den Bergen wehte ein warmer Wind, und in den wenigen, gefiederten Wolken am Horizont verfingen sich die ersten roten Strahlen der aufgehenden Sonne.

Ilisidi liebte es, an der frischen Luft zu sitzen. Wie auf Malguri nahm sie auch hier ihr Frühstück im Freien ein, auf dem Balkon, der, wie Bren feststellte, direkt unter dem der Wohnung Damiris gelegen war. Unwillkürlich dachte er an Banichi, der bestimmt verärgert reagieren würde, wenn er erführe, daß sich der Paidhi dermaßen exponierte, ausgerechnet hier, auf gewissermaßen feindlichem Territorium. Und es war ihm gewiß nicht leichtgefallen herzukommen, doch mit seinem Entschluß hatte sich ein seltsames, fatalistisches Gefühl von Kontinuität eingestellt. Ihm war, als kehrte er nach Malguri zurück, um wieder anzuknüpfen an eine Beziehung, die sein Krankenhausaufenthalt unterbrochen hatte. Der Nervenkitzel ließ nach, und er war froh, die Einladung angenommen zu haben. Die alte Frau, die ihm am Tisch gegenübersaß, wirkte so zerbrechlich, daß man fürchten mußte, der Wind könne sie davonblasen. Ihr zur Seite stand Cenedi, der Chef ihrer Leibgarde und in dieser Stellung vergleichbar mit Banichi, der, wenn er nicht gerade auf den Paidhi aufpassen mußte, in vorderster Front für den Schutz Tabinis sorgte.

Banichi war nicht zugegen. Er hatte sich seit dem

Vortag immer noch nicht blicken lassen. Von Jago war er, Bren, bis vor die Tür zu Ilisidis Wohnung gebracht worden, und Cenedi hatte ihn hier heraus auf den Balkon geführt. Er konnte getrost davon ausgehen, daß Cenedi, der wie Jago und Banichi zur Assassinengilde gehörte, für seine Sicherheit sorgen würde, nicht etwa, weil er sich ihm, dem Paidhi, persönlich verbunden fühlte. Weiß Gott nicht. Aber seine Professionalität war die beste Schutzgarantie, die Bren haben konnte.

Bren brauchte keine Angst zu haben, obwohl er einer Frau gegenübersaß, die an dem Mordanschlag gegen ihn womöglich nicht ganz unbeteiligt gewesen war. Die weißen Vorhänge vor der Balkontür flatterten im Wind, der den süßlichen Duft von Diossi-Blüten aus dem Park herbeiwehte.

»Haben Sie arge Schmerzen?« fragte die Aiji-Mutter, um ein Gespräch anzufangen.

»Es geht so.«

»Sie wirken zerstreut.«

»Mir schwirren viele Gedanken durch den Kopf.«

»Kummer wegen Ihrer Verlobten?«

Verflucht. Da war also offenbar eine undichte Stelle, und daß Ilisidi zu Beginn der Unterhaltung auf dieses leidige Thema zu sprechen kam, war gewiß nicht zufällig. Vielleicht wollte sie ihre Anteilnahme als Geste ihres guten Willens verstanden wissen. Vor allem aber war ihr wohl daran gelegen zu demonstrieren, daß ihr am Hofe Tabinis nichts verborgen blieb.

»Ich habe keinen Grund, mich über sie zu beklagen, nand' Aiji-Mutter«, antwortete er, ohne mit der Wimper zu zucken. »Ihr Verhalten ist verständlich.«

»Kein Groll?«

»Nein, und ich bin nach wie vor voller Hochschätzung für sie. Daß sie mir die Nachricht nicht früher und schonender hat beibringen können, ist nicht ihre Schuld. Ich war ja leider eine Weile unerreichbar, wie Sie wissen«, sagte er und legte eine kleine Pause ein, um die Ironie seiner Bemerkung wirken zu lassen. »Tja, meine beruflichen Verpflichtungen haben unsere Beziehung in die Brüche gehen lassen.«

»Die Frau ist töricht«, sagte Ilisidi. »Einen so attraktiven jungen Mann gehen zu lassen ...«

Es gehörte sich nicht, den Ansichten der Aiji-Mutter zu widersprechen. In ihren goldenen Augen schimmerte ein Funken Wärme, und die dünnen, faltigen Lippen deuteten ein Lächeln an.

»Meine Mutter und Jago haben sich ähnlich geäußert, Nai-ji. Aber ich fürchte, die beiden sind ein wenig voreingenommen.«

Ein Diener servierte das Frühstück: Tee, Eier, Wildbret und Brötchen.

»Wie stehen Sie zu dieser anderen Frau, Ihrer Kollegin?«

»Deana Hanks.«

»So heißt sie wohl.«

»Ich habe nicht das geringste Interesse an ihr, das können Sie mir glauben, nand' Aiji-Mutter«, entgegnete er und versuchte ein Brötchen aufzuschneiden, was ihm aber nicht gelang. Der Diener bot ihm seine Hilfe an.

»Zu dumm«, sagte Ilisidi.

»Was? Daß mir meine Kollegin nicht gefällt oder daß ich den Arm kaum bewegen kann?«

Ilisidi zeigte sich amüsiert und verzog die weißmelierten Brauen zu einer spöttischen Miene. »Letzteres. Wann wird Ihnen der Gipsverband abgenommen?«

»Ich weiß nicht. Im Krankenbericht müßte was darüber stehen. Aber den habe ich mir noch nicht angesehen.«

»Kein Interesse?«

»Ich bin einfach noch nicht dazu gekommen.« Das Eis schien gebrochen zu sein. Es war jetzt möglich, auf andere Themen umzuschwenken. Er gab die Richtung vor. »Ihr Enkel hat darauf gedrängt, daß ich nach Shejidan zurückkehre.«

»Er hätte sich ein Bein dafür ausgerissen.«

»Sie schmeicheln.«

»Seien wir realistisch. Da ist ein fremdes Schiff an unserem Himmel, in manchen Provinzen kommt es zu Unruhen, man hat den Paidhi zu töten versucht, fanatische Numerologen rechnen sich schlimmste Katastrophen aus, und verängstigte Atevi hocken nachts auf ihren Dächern, bewaffnet mit Ferngläsern und Jagdflinten. Aber das Fernsehen schweigt zu alledem.«

»Auf Mospheira ist die allgemeine Verunsicherung nicht weniger groß. Darauf habe ich in meinem Vortrag vor beiden Häusern hingewiesen.«

Ilisidi hielt den Kopf ein wenig zur Seite gedreht und lauschte angestrengt; es schien, als hörte sie schlecht. Aber da war ja noch Cenedi, der, wie Bren ahnte, wohl hinter der Tür stand und aufmerksam auf jedes Wort achtete, das gesprochen wurde.

»Nand' Paidhi«, sagte Ilisidi. »Was Sie gestern vorgetragen haben, ist mir bekannt. Sie haben doch bestimmt noch mehr zu sagen. Rücken Sie raus damit, ohne Umschweife. Ich bin neugierig.«

»Ich hätte da eine Bitte.«

»Und die wäre?«

»Daß Sie Ihren Einfluß geltend machen zugunsten der Stabilität des Bundes. Ich weiß, was eine solche Bitte umfaßt. Und ich bin mir sicher, daß es wohl kaum eine andere lebende Person gibt, die Kosten und Gewinn gründlicher abgewägt hat als Sie, nand' Aiji-Mutter.«

Er traf die Alte bis ins Mark. Er blickte ihr in die Augen, sah den Schatten flüchtiger Gedanken, schmerzliche Erfahrungen aus Jahrzehnten in ihrem Gesicht und die Spuren atevischer Gewissenskonflikte.

Diese Frau würde mit nur zwei Worten und der Hilfe des Assassinen an ihrer Seite den Bund auflösen,

Lords entmachten und dem Frieden mit den Menschen auf Mospheira ein Ende setzen können.

Und doch hatte sie sich bislang zurückgehalten, nicht aus selbstverleugnendem Verzicht – ein solches Motiv war atevischen Lords fremd; denen kam es vor allem auf Reputation an, auf Respekt und darum, gefürchtet zu werden.

Zweimal hatte sich Ilisidi der Wahl für das höchste Amt im Bund gestellt. Beide Male war sie bei der Abstimmung im Hasdrawad die Unterlegene gewesen, weil man argwöhnte, daß sie die Macht der Lords beschneiden und Unruhen heraufbeschwören würde. Anderen, vermeintlich friedfertigeren Kandidaten wurde der Vorzug gegeben: zuerst ihrem Sohn und dann Tabini; o ja, vor allem er, ihr Enkel, galt als fortschrittlich, großzügig und weise.

Daß sich Ilisidi jemals mit diesen Niederlagen würde abfinden können, war nicht anzunehmen.

»Ich habe niemandem den Wein versalzen«, murmelte sie. »Richten Sie meinem Enkel aus, daß ich sein Verhalten sehr genau beobachte, nand' Paidhi.« Nichts konnte ihr den Appetit vermiesen. Kaum hatte sie das vierte Ei verzehrt, tippte sie mit der Messerspitze auf den Tellerrand; der Diener reagierte schnell und servierte ihr zwei weitere Eier. »Hätten Sie auch gern welche, nand' Paidhi?«

»Nein danke, ich muß mich mit meinem Magen in acht nehmen.«

»Sehr vernünftig.« Nun zielte sie mit der Messerspitze auf die leere Teekanne, worauf diese entfernt und eilig für Nachschub gesorgt wurde. »Ich hoffe, Sie haben die Aufregungen am gestrigen Abend gut verkraftet.«

»Ich bedaure den Verlust von Leben.«

»Narren.«

»Wahrscheinlich.«

»An solchen Wahnsinnstaten ist die Ungewißheit

schuld. Es fehlen klare Informationen und Diskussionsvorlagen. Woran sollen sich diese Leute orientieren?«

»Ich stimme Ihnen zu, nand' Aiji-Mutter.«

»Es ist doch wirklich seltsam. Die Atevi standen gerade davor, die lange erstrebte Einheit zu verwirklichen und die Dampfkraft zu nutzen – und siehe da, vom Himmel fallen Menschen, die uns das Fernsehen und Computerspiele bringen. Und nun hat der Bund eine kritische Bewährungsprobe zu bestehen; wir schicken uns an, den Weltraum zu erobern – und da kreuzt dieses Schiff am Himmel auf. Wegen dieser wiederholten Einmischung seitens der Menschen sind wir wie schon damals erneut gezwungen, wichtige atevische Interessen unberücksichtigt zu lassen, weil es vor allem gilt, die Einheit zu bewahren. Glauben Sie mir, nand' Paidhi, egal, was Ihnen mein gelackter Enkel über mich erzählt, es ist nicht so, daß ich in meinem Anspruch auf das Aiji-Amt zweimal übergangen wurde, weil ich angeblich eine tyrannische, halsstarrige Alte bin. Der wahre Grund ist, daß meine Kandidatur jeweils in eine politisch problematische Zeit fiel, die Männern wie Tabini und seinen jungen Schnöseln Aufwind verschaffte. So, und jetzt hören Sie mir einmal genau zu«, sagte sie und schlug zum Nachdruck mit dem Messer auf den Tellerrand. »Hören Sie mir zu, Paidhi-ji. Sie bitten mich um Nachsicht. Ich bitte Sie um Ihre Aufmerksamkeit.«

»Ich höre, nand' Aiji-Mutter.«

»Erinnern Sie sich an Malguri, an die Welt, wie sie war, und an die Dinge, die es verdienen, bewahrt zu werden?«

»Das tue ich, nand' Aiji-Mutter.« Malguri war ihm lebhaft in Erinnerung als ein Stück Vergangenheit, das wie alles andere unwiderruflich verlorenging. Er dachte an die schroffen Felsklippen zurück, die Burganlage, die elektrische Verkabelung auf uralten Gemäuern; an die

Wi'itkitiin, die sich schreiend in die Tiefe stürzten; an den bedrohlichen Anblick der Mecheiti und ihrer Reiter: hoch aufragende Schatten vor der Sonne.

»Zum wiederholten Mal verlangt das Hasdrawad, daß ich zur Seite trete, um dem Fortschritt Platz zu machen«, sagte Ilisidi. »Ich bin alt, nand' Paidhi. Meine Verbündeten sind alt. Wie viele Jahre werden uns noch bleiben, um uns stark zu machen für das, was wir befürworten? Wann wird unsereins vollends verdrängt sein vom Fernsehen, von Telefon und Satelliten?«

»Es wird immer Wi'itkitiin geben, nand' Aiji-Mutter. Da bin ich mir sicher. Und Malguri wird fortbestehen. So auch Taiben und all die anderen historischen Orte, die ich kennenlernen konnte. Was Ihnen daran so wertvoll ist, weiß ich wohl zu schätzen.«

Für eine Weile sagte Ilisidi nichts. Ihr Blick war nach innen gekehrt. Dann nickte sie bedächtig, als habe sie im stillen eine Entscheidung getroffen, und verspeiste ihr fünftes Ei. »Nun«, meinte sie schließlich, »wir tun, was wir können. Was, nand' Paidhi, würden Sie den Leuten sagen, den Atevi und Menschen, die jetzt bei Anbruch der Dämmerung auf ihren Dächern hocken?«

»Ich würde sagen, daß sie nicht in Panik geraten sollten. Daß ich mich als Vertreter Mospheiras und als Dolmetscher des Aiji für friedliche Verhandlungen mit den Menschen an Bord des Schiff einsetzen werde. Und Ihnen, nand' Aiji-Mutter, verspreche ich, daß ich Sie über den Stand der Verhandlungen persönlich auf dem laufenden halte.«

»Oh! Gibt mir auch Tabini sein Wort darauf?«

»Wieso läßt er zu, daß ich mich mit Ihnen treffe?«

»Schlaue Ausflüchte«, bemerkte Ilisidi und zeigte sich belustigt.

»Wie dem auch sei, ich werde alles daransetzen, Sie zu unterrichten. Zugegeben, der Vorsatz, offen und ehrlich zu sein, kann einem manchmal gehörig angst machen.«

»Ein brandgefährlicher Vorsatz, insbesondere für Narren.«

»Bin ich ein Narr, wenn ich davon ausgehe, daß auch Sie ehrlich sind? Ich verlasse mich auf Sie.«

»Oh, Paidhi-ji, Sie ruinieren noch meinen Ruf. Tragen Sie mir denn gar nichts nach?«

Ilisidis Art machte ihn allzu unbefangen. »Die Aiji-Mutter weiß, was sie tut«, sagte er. »Und der Welt wird sie unvergeßlich sein, solange sie sich nur für das zu verantworten hat, was bisher durch ihren Willen geschehen ist. Es bedarf nicht mehr, um in Erinnerung zu bleiben.«

Ilisidis Brauen senkten sich gewittrig. Doch sofort klarte das Gesicht wieder auf. »Sie sind ziemlich keck, Nadi. Übrigens, Ihr Auftritt gestern abend war recht passabel. Sie haben sich wacker geschlagen.«

»Ich habe versucht, die Wahrheit zu sagen, was zugegebenermaßen nicht gerade einfach ist. Aber unterstellen Sie mir bitte kein heimliches Kalkül. Ein Paidhi, der zu taktieren wagte, käme in Teufels Küche. Und glauben Sie mir, es wäre falsch und auch gefährlich, mir als Menschen atevische Maßstäbe anzulegen.«

»Sie sind ein gerissener Mann. Sehr gewieft.«

»Im Ernst, nand' Aiji-Mutter. Sie sollten wissen: Malguri hat eine Qualität, die Menschen tief berührt.«

»In ihrer Gier?«

»In ihrem Respekt für das, was Hände erschaffen haben, das Stürmen, Kriegen und der Zeit standhält. Es überzeugt uns, wenn jemand imstande ist, Dinge von dauerhaftem Wert zu erschaffen.«

»Vernünftigeres habe ich aus dem Munde eines Menschen nie gehört.«

»Und ich versichere Ihnen, nand' Aiji-Mutter, daß dem so ist.«

»Mehr Tee?«

»Ich habe noch einen Termin einzuhalten.«

»Das Treffen mit Tabini und dem Krisenstab.«

»Die Aiji-Mutter ist wie immer bestens informiert. Darf ich Sie um einen Gefallen bitten?«

»Ich weiß nicht, ob ich den erfüllen kann.«

»Es geht um unser aller Wohl. Ich bitte Sie um Offenheit mir gegenüber. Ich schätze Ihre Interessen und wünsche mir, daß Sie mich beraten, wenn ich nicht weiter weiß. Und ich schwöre, daß ich in Zukunft keinen Argwohn mehr hegen werde gegen den Tee, der an Ihrem Tisch serviert wird.«

Ilisidi zeigte lachend zwei Reihen weißer Zähne. »Weg mit Ihnen, Sie Schmeichler.«

»Aiji-ma.« Es war höchste Zeit zu gehen. Mühsam stand er auf und verbeugte sich gegen den Widerstand der fest bandagierten Rippen. Cenedi führte ihn zur Tür. »Nand' Paidhi«, sagte er, als sie die Eingangshalle erreichten. »Sehen Sie sich vor. Es laufen etliche Narren frei herum.«

»Wissen Sie Näheres?«

»Namen kann ich Ihnen nicht nennen.«

»Verzeihen Sie.« Bren vermutete, ein Tabu im Hinblick auf die Gilde berührt zu haben.

Cenedi zuckte die Achseln und vermied es, Bren in die Augen zu blicken. »Es gibt gewisse Regeln, die einzuhalten sind. Fragen Sie Banichi. Er ist in der gleichen Position wie ich.«

»Ich habe ihn seit einiger Zeit nicht gesehen.«

»Was bestimmt seine Gründe hat.«

»Im Zusammenhang mit der Gilde?«

»Kann sein.«

»Ist er in Gefahr?«

Sie erreichten die Tür, vor der zwei Männer aus Ilisidis Leibgarde Wache standen, Männer, die er wiedererkannte. Sie hatten an den Jagdausflügen auf Malguri teilgenommen.

»Machen Sie sich um uns keine Sorgen«, meinte Cenedi. »Ich kann nur soviel sagen, daß ein paar Narren nicht davon abzuhalten sind, sich ins Unglück zu stürzen. Aber seien Sie versichert, daß die Mehrheit unserer Mitglieder dem Paidhi alles Gute wünscht und es ablehnt, Mordaufträge gegen Sie anzunehmen. Aber ich verrate Ihnen viel zu viel. Wenn Sie mehr wissen wollen, wenden Sie sich an Banichi. Oder Jago. Die sind Ihnen durch Man'chi verbunden.«

»Ich danke Ihnen, daß Sie sich um mich Sorgen machen, nand' Cenedi.«

»Sie brauchen mir nicht zu danken«, entgegnete Cenedi. »Ich tue meine Pflicht und in allen Angelegenheiten ausschließlich nur das, was mir die Aiji-Mutter aufträgt. Falls aber gegen ihren Willen dem Paidhi in Shejidan Unheil widerfährt, können Sie sicher sein, daß wir von der Gilde in Aktion treten.«

»Das tröstet mich, Nadi.«

»Nand' Paidhi, ist Ihnen eigentlich klar, was Sie 'Sidi-ji alles zumuten?«

»Mir bleibt nichts anderes übrig. Der Frieden steht auf dem Spiel. Ich zweifle nicht daran, daß sie durchaus in der Lage wäre, den Bund zu regieren. Doch es gibt jetzt Wichtigeres. Ich hätte ihr gern mehr dazu gesagt, aber sie hat mich ja vor die Tür gesetzt. Zu Recht, ich war wohl frech.«

»'Sidi-ji kennt ihren Wert und weiß sich zu wehren«, sagte Cenedi. »Kommen Sie, ich bringe Sie nach unten auf neutralen Boden.«

»Wo ist Banichi?« fragte er Jago, als sie ihn vor dem Sitzungssaal abholte.

»Zur Zeit?«

»Jago-ji, weichen Sie mir nicht aus. Cenedi deutete an, daß er in Schwierigkeiten sein könnte. Wegen einer Gildenangelegenheit. Er sagte, Sie könnten mir nähere Auskünfte geben. Also: Wo ist Banichi, und worum geht's?«

»Er hat vor der Gilde was zu regeln«, gab Jago zu.

»Im Zusammenhang mit mir?«

»Könnte sein.«
»Gibt es Grund zur Sorge?«
»Durchaus«, antwortete Jago.
»Und warum sagen Sie mir dann nicht mehr?«
»Damit Sie sich keine Sorgen machen, Nadi.«
»Aber die mache ich mir bereits, was Ihnen längst aufgefallen sein dürfte. Ist Banichi in Gefahr?«
Jago antwortete nicht. Sie näherten sich der Tür zu Brens Unterkunft. Über ihren Taschen-Kom bat sie Tano, von innen aufzuschließen.
In der Absicht, auf den Busch zu klopfen, flüsterte Bren: »Die Aiji-Mutter wußte, daß sich Barb von mir getrennt hat.«
Jago zeigte Wirkung und warf ihm einen irritierten Blick zu.
»Wie erklären Sie sich das?« fragte er, als Tano die Tür öffnete.
Jago schwieg. Sie traten ein. Sofort eilten Dienerinnen herbei, um Bren aus dem Mantel zu helfen. »Lassen Sie nur«, sagte er. »Ich gehe gleich weiter ins Büro und hole nur ein paar Unterlagen ab.«
»Was soll das heißen?« zischte Jago.
»Ich will in mein Büro«, antwortete er. Er hatte sich Jago noch nie widersetzt. Aber sie hatte ihn auch noch nie an der Ausübung seines Amtes zu hindern versucht.
»Nein«, sagte Jago. »Das kommt nicht in Frage.«
»Wo soll ich denn meine Arbeit tun?«
»Die Wohnung ist doch groß genug, nand' Paidhi. Was Sie zu Ihrer Arbeit brauchen, steht Ihnen auch hier zur Verfügung.«
Er war perplex. Was erlaubte sich Jago, daß sie ihm Vorschriften machte? Daß sie ihn mehr oder weniger als dummen Jungen behandelte? Er hatte einen Haufen Arbeit zu erledigen, Briefe zu schreiben, Positionspapiere vorzubereiten …
Zu allem Überfluß mußte er sich jetzt auch noch Sor-

gen machen um Banichi, der offenbar in einer ernsten Angelegenheit vor die Assassinengilde zitiert worden war.

Gestern abend war ein Mann niedergeschossen worden, ein ehrenwerter Mann, wie es allenthalben hieß. Bren hatte einen schweren Vormittag hinter sich, eine anstrengende Sitzung, in der die aktuelle Lage besprochen und zahllose Eventualitäten ausgelotet worden waren. All das galt es aufzuarbeiten, in Berichten zusammenzufassen, und das ohne jede Hilfe. Eigene Schreibkräfte hatte er bislang nicht nötig gehabt. In der Hinsicht war nie viel Arbeit angefallen. Die üblichen Anfragen an den Paidhi und Routineaufgaben hatte er immer selbst bearbeiten können. Aber mit dem Auftauchen des Schiffes vor der Raumstation hatte sich der Schriftverkehr vervielfältigt, ohne daß ihm zusätzlich Hilfe zur Verfügung gestellt worden wäre. Die Arbeit wuchs ihm über den Kopf, aber als wäre das nicht genug, warf ihm Jago jetzt auch noch Knüppel zwischen die Beine. Wie sollte er bei all den Schikanen und Vorsichtsmaßnahmen leisten können, was gerade jetzt von ihm verlangt wurde?

»Mit Verlaub«, sagte Jago leise, »ich verstehe Ihren Unmut, kann es aber nicht zulassen, daß Sie sich in ungeschützte Räume begeben.«

Er hatte den Vormittag in einem Sitzungssaal zugebracht, der auch nicht besonders geschützt war; und am Morgen hatte er sich sogar in Ilisidis Gemächer vorgewagt, gewissermaßen in die Schaltzentrale der Opposition, zu der auch jene zählten, die ihm, dem Paidhi, nach dem Leben trachteten. Und er hatte mit der Aiji-Mutter gefrühstückt, ihren Tee getrunken und den Eindruck gewonnen, daß sie sich, er und Ilisidi, einen Schritt weit nähergekommen waren.

Oder bildete er sich in seiner menschlichen Voreingenommenheit wieder nur etwas ein – Gefühle von Zuneigung und Sympathie? Konnte es gar sein, daß Ilisidi von dieser Schwäche wußte und ihn vorsätzlich in die emotionale Falle zu locken versuchte?

Der Gedanke daran stieß ihn zurück auf die Leerstelle innerhalb der Beziehung zwischen Atevi und Menschen, auf jene Lücke, die wohl nie würde zu überbrücken sein, und so konnte er auch seinen Ärger Jago gegenüber schlucken als typisch menschliche Empfindlichkeit.

»Sie haben recht«, sagte er, wieder ruhig geworden. »Natürlich kann ich auch hier arbeiten.«

»Vielleicht war mein Einspruch etwas zu schroff«, meinte Jago.

»Ach was.«

»Wie dem auch sei ...«

»Das kommt davon, wenn man jemanden gern mag.«

Tano zeigte sich irritiert, verstand er doch kein Wort. Bren vermutete, auch Jago verunsichert zu haben, aber auf andere Weise, denn sie wußte, was Menschen unter »gern mögen« verstanden. Das wußte auch Banichi, obwohl er nach wie vor empört auf diese Wendung reagierte und sich dagegen verwahrte, mit einer Süßspeise verwechselt zu werden.

»Und dann fühlt man sich betrogen, nicht wahr? Das springt dabei heraus«, sagte Jago.

»Tja, so ist es leider manchmal«, gab Bren zu. »Tano, Nadi-ji, Sie haben die Post sortiert? Was gibt's? Ist es möglich, daß Sie oder andere einen Teil davon bearbeiten?«

»Ich habe eine Liste gemacht«, antwortete Tano. »Die meisten Briefe sind besorgte bis wütende Kommentare zu den jüngsten Vorkommnissen. Wenn Sie es wünschen, werde ich veranlassen, daß sie von anderen beantwortet werden, nand' Paidhi. Vielleicht finden sich hier im Haushalt geeignete Kräfte. Wenn Sie Unterlagen aus Ihrem Büro brauchen, kein Problem. Darum kümmere ich mich dann.«

Bren war peinlich berührt. Sein Personal hatte alles

längst organisiert und gab sich viel Mühe, um seinen Ansprüchen zu genügen, während er vor lauter Schmerzen und Erschöpfung kaum mehr weiter wußte. »Tano-ji, ja, bitte tun Sie das. Mein Siegel und eine Anzahl von Versandzylindern. Dafür wäre ich sehr dankbar. Ich brauche ein Telefon und einen Fernseher. Jago, könnte ich einen Fernseher haben, oder stört ein solcher Apparat womöglich die Harmonie dieser historischen Residenz?«

»Ich sehe da kein Problem«, antwortete sie. »Ich bin angehalten, den Paidhi mit allem, was er braucht, zu versorgen. Allerdings müssen Wände und Mobiliar unbeschadet bleiben.«

Unter der Aufsicht hilfsbereiter, wohlgesinnter Diener war er gefangen in einem goldenen Käfig, der an Bequemlichkeiten nichts zu wünschen übrig ließ. Auf Malguri, wo man ebenso besorgt war um die historischen Mauern, hatte er wenigstens ausreiten und mit auf die Jagd gehen können; dort hatte er sich zwar vor dem Personal gefürchtet, aber keine Angst haben müssen, daß seine Berichte in falsche Kanäle gerieten. So wie hier. Das Lächeln der Dienerinnen konnte Bren nicht darüber hinwegtäuschen, daß sie ihn scharf beobachteten und Damiri über alles unterrichteten, was ihnen zu Augen und zu Ohren kam. Und zumindest eine von ihnen – das hatte Ilisidi am Morgen durchblicken lassen – gab Informationen weiter an den Kreis der Gegner und Feinde Tabinis, wozu auch Ilisidi und deren Personal zu zählen war.

Verlaß war nur auf Jago und Tano. Sie würden ihn nicht hintergehen. Sie wären die letzten, die sein Vertrauen mißbrauchten.

*Vertrauen*. Darauf mußte er als Mensch unter Atevi zu verzichten lernen. Er gehörte nicht zu ihrem Man'chi, zur Gruppe, in der Loyalität wichtiger war als Identität. Man respektierte ihn allenfalls als Tabinis Gefolgsmann.

Wieder einmal verfiel er einer jener depressiven Stimmungen, die sein Pendeln zwischen den Kulturen mit sich brachte. Oder vielleicht waren auch die vielen Medikamente daran schuld. Wie dem auch sei, er durfte jetzt nicht durchhängen; er hatte einen Berg von Arbeit zu erledigen.

An Tano gewandt, sagte Jago: »Nadi, besorgen Sie jetzt diese Sachen.« Tano machte sich auf den Weg, worauf Bren die Manschettenriemen löste und versuchte, aus dem Mantel zu schlüpfen, denn aus seinem Vorhaben, woanders hinzugehen, wurde ja nun nichts.

Am liebsten hätte er sich ins Bett gelegt. Aber er mußte ein paar wichtige Telefongespräche führen. Und es wäre wohl auch ratsam, einen Blick in den Krankenbericht zu werfen, um sicherzustellen, daß ihm wirklich bloß Antibiotika zur Einnahme verordnet worden waren. Jago half ihm aus dem Mantel, sehr rücksichtsvoll und behutsam.

»Ich bin beschämt«, sagte er. Verlegenheit einzuräumen bot sich mitunter als einzige Möglichkeit an, Fehlverhalten zu korrigieren. »Verzeihen Sie, Jago-ji. Ich bin müde. Und meine Rippen tun weh.«

Sie zog ihm den Ärmel vom Arm. Daß sie so viel größer war als er, machte es für ihn leicht, ihrem Blick auszuweichen.

Aber nicht, wenn sie seine Schulter berührte und seine Aufmerksamkeit wünschte.

»Wir haben um Verzeihung zu bitten«, antwortete Jago. Wieder dieses ›wir‹. Die Gruppe. Das Kollektiv, von dem er aufgrund seiner Natur immer ausgeschlossen sein würde.

Auf Malguri war er für kurze Zeit mittendrin gewesen, hatte zum ersten Mal einen flüchtigen Blick werfen können über die Grenzen hinweg, die ihm gezogen waren. Das verdankte er Ilisidi und Cenedi. Deshalb war er von den beiden so sehr angetan.

Mit Barb war ihm eine menschliche Bindung verlorengegangen, die sich nicht dadurch ersetzen ließ, daß er sich Jago oder Banichi zuwandte.

Ein jämmerliches Gefühlsleben, das ihm da in Aussicht stand. Doch so ähnlich hatte wohl auch Barb empfunden und darum mit Paul Saarinson vorliebgenommen, zumal sie daran denken mußte, daß mit ihren fünfundzwanzig Jahren – oder waren es sechsundzwanzig? – die Jugend vorbei war und der Rest des Lebens begonnen hatte. Und es war ja schließlich nicht abzusehen, wann er, Bren, auf Dauer nach Hause zurückkehren würde, weil ihm so sehr an seinem Job gelegen war, an Dingen, über die er sich mit ihr nicht unterhalten durfte.

Ihm war an anderen Beziehungen gelegen, an Beziehungen zu Atevi, die noch viel sperriger waren; aber immerhin hatte er das Gefühl, etwas Sinnvolles zu tun, Gutes zu bewirken.

Er seufzte – so kläglich entlud sich sein Gefühlsgewitter, jetzt, nachdem er die Ursache dafür gefunden hatte: sein gescheitertes Verhältnis zu Barb. Jetzt konnte er wieder klarer sehen. Indem er als Paidhi nach Shejidan gegangen war, hatte er sich gegen ein Leben mit Barb entschieden.

Er war nun wieder in der Lage, sich auf seine Arbeit zu konzentrieren, ließ sich von Jago den Computer bringen und eine Verbindung schalten auf die Telefonanlage des Bu-javid. Es stand ihm der Schreibtisch im Raum der Wachposten zur Verfügung, eine gemütliche kleine Ecke, die wie Tabinis Besprechungszimmer nebenan an das Foyer grenzte. Auf dem Tisch lagen jede Menge Schriftrollen, auseinandergerollt, aufeinandergeschichtet und beschwert mit reichverzierten Bleigewichten. Unpraktisch, aber alter Tradition entsprechend.

Die Schriftstücke waren auf sechs kleine Stapel sortiert, offenbar nach abgestufter Wichtigkeit. Morddrohungen, Beschwerden, Anfragen – Bren hatte keine

Ahnung, was ihn da erwartete. Ihm war immer noch peinlich, in Anwesenheit Tanos die Beherrschung verloren zu haben. Der Mann gab wirklich sein Bestes in einem Job, für den er gar nicht ausgebildet war. Jago hatte Verständnis dafür, daß dem Paidhi gelegentlich die Nerven durchgingen, sie war daran gewöhnt; so auch Banichi, der in solchen Fällen zu fragen pflegte, was er, Bren, denn gegen Wettereinbrüche zu unternehmen gedenke. Aber Tano, der arme Kerl, war auf solche Wutanfälle überhaupt nicht vorbereitet.

Mit Jagos Hilfe plazierte er den Computer auf dem Tisch, klemmte das Modem an die Telefonleitung und startete das Programm, daß sich selbständig durch diverse Schaltstellen vom Bu-javid über die Provinzzentrale bis zur Hauptstadt Mospheiras und schließlich zum Auswärtigen Amt lavierte.

Dann:

»Hier ist Bren Cameron«, und am anderen Ende meldete sich eine Stimme mit den Worten:

*»Mr. Cameron, der Chef wartet schon ungeduldig darauf, mit Ihnen zu sprechen. Bitte, bleiben Sie am Apparat.«*

Klar, daß der es eilig hat, dachte Bren. Und Sekunden später war zu hören:

*»Bren. Bren, ich bin's Shawn. Geht's gut?«*

Er entschied sich dafür, Shawn Tyers' Nachfrage als Sorge um seinen Gesundheitszustand zu deuten. »Leidlich. Allerdings ist die Lage vor Ort ziemlich heikel. Es gibt Komplikationen. Was ist mit Hanks' Visum? Sie hat hier nichts mehr zu suchen und müßte längst wieder weg sein. Statt dessen benutzt sie mein Siegel, ohne sich vorher mit mir abzusprechen. Unsere Gastgeber sind sauer – gelinde gesagt. Die Sache muß schnellstens bereinigt werden.«

*»Bren, du kannst dir vorstellen, daß wir uns hier einige Sorgen machen. Wegen deiner Rede vor der Vollversammlung gestern abend und natürlich nicht zuletzt wegen der Schüsse.«*

»Das überrascht mich nicht. Es geht hier hoch her, das kannst du mir glauben. Und Hanks ist in dieser Situation, weiß Gott, keine Hilfe.«

*»Wie läuft's sonst so?«*

Tyers blockte ab und wollte mit seiner ausweichenden Frage das Gespräch auf Tabini lenken. »Prima«, antwortete Bren. »Das Wetter könnte allerdings besser sein. Hör zu, Shawn, ich will wissen, was Sache ist. Warum läßt man mich hier in der Luft hängen? Entweder Hanks oder ich. Einer von uns beiden ist überflüssig.«

*»Ich kann nur sagen: Sieh dich vor, Bren. Du bist dabei, dir das Wasser abzugraben.«*

Deutlicher konnte Tyers nicht werden. Doch Bren hatte verstanden: Über Hanks' Einsatz zu entscheiden war dem Paidhi-Büro und selbst dem Auswärtigen abgenommen worden. Er ahnte auch, von wem sie jetzt ihre Order bezog, nämlich von Durant, dem Vorstandsvorsitzenden von State Hampton Durant, oder auch von Erton, womöglich sogar von noch höherer Stelle.

»Danke für den guten Rat. Aber irgend jemand muß den Sumpf doch trockenlegen. Halte mich bitte auf dem laufendem.«

*»Ich werd's versuchen«*, antwortete Tyers und Bren verabschiedete sich floskelhaft: »Wir sehen uns.«

Aber daran war vorläufig, vielleicht endgültig nicht mehr zu denken. Das Gespräch schlug ihm auf den Magen. Das Auswärtige Amt, sein Amt, war offenbar nicht in der Lage, dem Paidhi den Rücken freizuhalten und Hanks zurückzupfeifen, obwohl es sich doch herumgesprochen haben mußte, daß Shejidan diese Frau nicht länger zu dulden bereit war.

Mit anderen Worten: Das Außenministerium scherte sich einen Dreck um die Stimmungslage in Shejidan.

Er rief die Telefonzentrale des Bu-javid an und sagte: »Hier ist Bren Cameron. Bitte, stellen Sie mir eine Verbindung mit Hanks-Paidhi her. Sie wird wohl in meiner ehemaligen Wohnung zu erreichen sein.«

Er hörte es klingeln. Jemand hob ab.

»Deana?« fragte er.

Sofort wurde wieder aufgelegt. *Peng!*

Tief Luft holend, bemühte er sich, Fassung zu bewahren. Ein Paidhi mußte sich zu beherrschen wissen.

»Versuchen Sie es noch einmal«, gab er der Zentrale zum Auftrag.

*»Hat es nicht geklappt, nand' Paidhi?«*

»Wir sind unterbrochen worden.«

Es klingelte und klingelte ...

*»Nand' Paidhi. Da meldet sich niemand.«*

»Lassen Sie es solange läuten, bis jemand drangeht. Einmal lang, viermal kurz, zweimal lang. Bis sie abhebt und spricht.«

*»Verstanden, Nadi.«*

Er wartete. Das Rufzeichen war über den eingeschalteten Lautsprecher zu hören. Um die Zeit zu nutzen, rief er das Textprogramm auf und setzte einen Brief an Shawn Tyers auf, den ersten Sekretär des Auswärtigen Amtes. Der entschlüsselte Text lautete: *Hanks hat sich mit Gegnern der Regierung zusammengetan und mißachtet die Sprachregelung, verwendet zum Beispiel die zensierten Übersetzungsmöglichkeiten für ›Überlichtgeschwindigkeit‹. Die Irritationen, die sie damit vor allem unter den Anhängern Lord Geigis hervorruft, werde ich beizulegen haben. Außerdem hat sie unbefugterweise haltlose Handelsversprechungen gemacht, die als Bestechungsversuch gewertet werden könnten. Sie weigert sich, meine Anrufe entgegenzunehmen. Sie widersetzt sich meiner Aufforderung, Shejidan zu verlassen. Sie hat geheime Informationen preisgegeben, setzt sich über atevische Gesetze hinweg, brüskiert unsere Gastgeber und bringt damit nicht nur ihr eigenes, sondern auch mein Leben in Gefahr. Ich muß es so deutlich formulieren: Hanks ist eine ernste Bedrohung für den Frieden. Ich bitte*

*Dich inständig, darauf hinzuwirken, daß sie so schnell wie möglich abgezogen wird.*

Doch statt das Schreiben abzuschicken, speicherte er es als Datei auf der Festplatte. Und wartete, wartete ...

Dann wurde am anderen Ende der Leitung der Hörer abgenommen und sogleich wieder aufgelegt.

Bren schüttelte den Kopf und versuchte, seine Wut zu zügeln, seine Wut über die Borniertheit, die da offenbar in den oberen Etagen des Ministeriums grassierte, über deren beispiellose Dummheit, eine so inkompetente, vorurteilsbeladene, törichte Frau wie Hanks aufs Festland zu schicken. So ignorant konnten diejenigen, die diese Entscheidung zu verantworten hatten, doch gar nicht sein. Ihnen mußten doch die heiklen Besonderheiten atevischer Kultur und Politik bekannt sein, die zu berücksichtigen unabdingbare Voraussetzung für ein friedliches Miteinander war.

Aber das war den Mächtigen auf Mospheria anscheinend egal. Die hatten ihre Posten, ihre Macht, ihre Seilschaften. Die nannten Politik, was in Wirklichkeit Kungelei war, ließen sich von Unternehmensbossen aushalten, um sich dann erkenntlich zu zeigen in Form von Zugeständnissen jeglicher Art. Und allen voran die Spitzen des Außenministeriums.

Was nach atevischem Politikverständnis zum Beispiel ins Ressort des Arbeits- oder Handelsministeriums gehörte, war auf der Insel wie selbstverständlich auch Angelegenheit des Außenministeriums, denn kurz nach dem Krieg hatte sich die – im Prinzip vernünftige – Doktrin durchgesetzt, daß die gesellschaftliche und industrielle Entwicklung Mospheiras immer auch die besonderen Beziehungen zu den Atevi zu reflektieren habe; die Insel sei für die Nachbarn eine Art Schaufenster, das die menschlichen Leistungen ausstelle und natürlich auf der anderen Seite Bedürfnisse wecke. Diese Sonderstellung führte so weit, daß das Außenministerium am Ende nur noch dem Präsidenten gegenüber rechenschaftspflichtig war, der auch über die personelle Besetzung an der Spitze bestimmte.

Das Ergebnis war eine heillose Verfilzung und Vetternwirtschaft. Auf der Insel wurde keine Straße gebaut, keine Schienentrasse gelegt, kein Handelabkommen getroffen, ohne daß nicht die Ministerialen die Hand aufhielten. Was auf dem Festland passierte, interessierte sie nicht im geringsten. Probleme oder Fragen, die aus dieser Richtung auftauchten, wurden, wenn überhaupt, dem einschlägigen Forschungszentrum an der Universität zugeschoben oder aber dem Auswärtigen Amt, das in seiner Bedeutung ziemlich weit unten rangierte, zumal sich sein Leiter nicht vor den Karren der Technokraten des Außenministeriums spannen ließ.

Die träumten vor sich hin und wurden nur auf Cocktailparties wach oder dann, wenn es was zu verdienen gab, wenn es galt, dem Klientel Vorteile zu verschaffen, oder – nicht zu vergessen – wenn die stockkonservative Liga für Menschenerbe zu ihren Kongressen lud, wie jedes Jahr zur Erinnerung an den Abflug des Schiffes, der im letzten Jahr gleichzeitig Anlaß war für die feierliche Eröffnung des Raumfahrtforschungszentrums. Auf solchen Kongressen wurde der Gefallenen des Krieges gedacht und Alkohol konsumiert in einer Menge, die ausreichen würde, eine Rakete in den Orbit zu schießen. Dann lauschte man gespannt den Referaten, die sich leidenschaftlich aussprachen für eine Wiederinbetriebnahme der Raumstation. Kritische Stimmen kamen dort nicht zu Wort. Auch nicht der Paidhi, der im vergangenen Jahr von einigen Vertretern der Liga eingeladen worden war mit der Bitte, ein Plädoyer zu halten für das geplante Hanseprojekt. Sein Redemanuskript, das er wie gefordert vorher eingereicht hatte, war dann dummerweise verlorengegangen, so daß man ihn leider nicht im Programm hatte berücksichtigen können; aber er dürfe, so ließ man ihn wissen, dennoch an den Feierlichkeiten teilnehmen, wenn er denn überhaupt die Zeit habe und außerdem bereit sei, die Kongreßgebühr zu bezahlen.

Statt seiner hatte Deana Hanks einen Vortrag gehalten, auf persönlichen Wunsch des Ligavorsitzenden, der meinte, daß es im Rahmen dieses Kongresses auch einmal angebracht sei, das Amt des Paidhi zu würdigen. Und so hielt Hanks eine artige, kleine Rede, in der sie die Fortschritte der Raumfahrtforschung pries und die Bewahrung des kulturellen Erbes der Menschheit einforderte.

Himmel, Bren dachte daran, daß es vielleicht gar nicht so übel sei, eine formelle Mordabsichtserklärung registrieren zu lassen. Gegen Deana Hanks.

Nach einer Weile rief er wieder bei der Telefonzentrale an. »Hier ist Bren Cameron. Lassen wir es noch bei Hanks-Paidhi klingeln?«

*»Jawohl, Bren-paidhi.«*

»Danke.«

Er schaltete den Außenlautsprecher ein und hörte den Rufton, dann ein neuerliches Abnehmen und Auflegen des Hörers.

»Operator?«

*»Nand' Paidhi?«*

»Nicht lockerlassen. Und wenn Ihre Schicht zu Ende ist, soll Ihre Ablösung weitermachen. Irgendwann wird die gute Frau antworten.«

*»Es tut mir sehr leid, daß die Verbindung noch nicht zustande gekommen ist, nand' Paidhi.«*

»Dafür können Sie nichts. Betrachten Sie's als launiges Spielchen unter Menschen, Nadi. Vielen Dank.«

## 8

Weitere Mitteilungen und Antwortschreiben setzte er im Wohnzimmer auf, während Tano, mit den Versandzylindern und dem Siegel des Paidhi ausgerüstet, weniger wichtige Korrespondenz erledigte.

Bren bestellte ein einfaches Mittagessen und ließ sich von Tano über die personelle Situation aufklären: von Damiris Dienerinnen kamen insgesamt drei als Schreibkräfte in Frage, die sich auf höfliche Umgangsformen verstanden und darum kompetent genug waren, die üblichen Anfragen zu beantworten. Tano war bereit, die Aufsicht zu führen und einige der ungewöhnlicheren oder problematischeren Schreiben selbst zu bearbeiten.

Eine Grundschulklasse aus Jackson City bat den Paidhi in einem Telegramm um die Versicherung, daß es nicht zum Krieg kommen würde. Dazu komme es nicht, antwortete er; Atevi und Menschen seien gleichermaßen darauf bedacht, Frieden zu bewahren.

Die Kinder sahen zu viel fern.

Dem Personal gab Bren den Auftrag, aus den Nachrichtensendungen die wichtigsten Meldungen herauszufiltern und aufzuzeichnen. An Tabini schrieb er: *Aijima, es geht mir heute recht gut. Vielen Dank für Ihre gütige Hilfe am gestrigen Abend. Ich wünsche Ihnen viel Erfolg in all Ihren Bemühungen.*

Was heißen sollte: Ihre Großmutter hat mir bekömmlichen Tee eingeschenkt; auch Tano ist nach seiner Rettungstat wohlauf; und ich warte, hoffe auf weitere Informationen.

Hanks blieb stur. Sie hatte wohl entweder das Weite

gesucht oder Wachs in die Ohren gestopft, um das Klingeln nicht länger hören zu müssen.

Er aß sein Sandwich. Im Bu-javid war alles *kabiu*, streng nach Vorschrift. Das Wildfleisch der Saison schmeckte ihm aber nicht, und so nahm er Vorlieb mit Fisch und Eiern, die statthafte Alternative – bis zur Mitte des Monats; ab dann gab es zum Glück wieder andere Kost.

Obwohl das Bu-javid für atevische Verhältnisse relativ modern war, wurden die Kabiu-Regeln hier strikter eingehalten als zum Beispiel auf Malguri, wo der Koch auch mal fünf gerade sein ließ. Atevi aßen nur Wild, das innerhalb festgelegter Jagdzeiten erlegt wurde. Es gehörte sich nicht – war geradezu undenkbar –, Fleisch zu konservieren und jenseits der Saison zum Verkauf zu bringen. Doch auf Malguri blieb auch mal ein Braten übrig für weniger wählerische Gäste. Bren fand die Rigorosität, mit der am Bu-javid an der alten Tradition festgehalten wurde, reichlich übertrieben, zumal ihr praktischer Hintergrund – das Fehlen geeigneter Kühlmöglichkeiten – natürlich längst überholt war. Aber es war nicht Sache des Paidhi, den Chefkoch der Atigeini eines Besseren zu belehren. Es gab ohnehin genug andere Kontroversen; jetzt auch noch einen Kabiu-Streit vom Zaun zu brechen wäre mehr als töricht.

Nach dem Essen machte sich Bren wieder an die Arbeit. Ihn wunderte, daß sich Jago noch nicht zurückgemeldet hatte. Auch Banichi war nach wie vor untergetaucht.

Immerhin war Tano fleißig, eine echte Stütze.

Er hörte dann jemanden an der Eingangstür und hoffte, daß Jago oder Banichi gekommen waren. Nicht, daß er eine konkrete Aufgabe für sie hätte, nein, er wollte sie bloß in der Nähe wissen.

Als er aber ins Foyer hinausging, mußte er zu seiner Enttäuschung feststellen, daß nur ein Bote mehrere Nachrichten abgegeben hatte. Eine davon stammte vom Horchposten bei Mogari-nai und enthielt Mitschnitte jüngster Funkkontakte zwischen dem Schiff und Mospheira, auf die Bren gewartet hatte. Die Wiederaufnahme der Gespräche ließ vermuten, daß sich etwas in Bewegung gesetzt hatte. Gespannt nahm er von Tano das Band entgegen und steckte es, in sein Arbeitszimmer zurückgekehrt, in den Recorder.

Zunächst waren, wie gewöhnlich, nur Signaltöne zu hören, die zwischen Maschinen ausgetauscht wurden.

Im Anschluß an diese Routine schienen Dokumente oder Bilder übertragen zu werden – in digitaler Codierung. Damit konnte er nichts anfangen. Aber in Anbetracht der gängigen Abhörpraxis auf beiden Seiten war davon auszugehen, daß die atevischen Experten zu einer Entschlüsselung in der Lage waren.

Tano kam herein und brachte einen Stoß Papier. Noch mehr Korrespondenz, dachte Bren. Doch Tano sagte: »Ich glaube, das hier gehört zum Tonband, Nadi Bren.«

In der Tat. Jetzt erklärte sich für Bren, wieso der Funkverkehr fortdauernderweise zwischen Maschinen abgewickelt wurde: Mospheira war dazu übergegangen, längere Texte zu versenden. Die von Tano gebrachten Unterlagen waren Transkriptionen – in mosphei'scher Sprache.

Bren erkannte auf den ersten Blick, daß es sich um Auszüge aus dem Buch *Geschichte der Kontaktaufnahme* handelte, jenem Werk von Meighan Durna, das über die Zeit zwischen Landung und Krieg minutiös Auskunft lieferte.

Durnas Darstellung war zwar nach Brens Meinung in vielen Punkten kritikwürdig und zum Teil schlichtweg falsch – insbesondere da, wo der Autor über atevische Motive Mutmaßungen anstellte –, aber daß Mospheira dem Schiff diesen Text zukommen ließ, hielt er doch für eine durchaus vernünftige Maßnahme. Das Buch gehörte zur Pflichtlektüre an allen

Schulen Mospheiras und würde auch die Besatzung der *Phoenix* über die Anfänge der menschlichen Kolonie umfassend ins Bild setzen. Spontan schrieb Bren eine Notiz, die er dem Schiff bei erster Gelegenheit zusenden wollte: *Die* Geschichte *bietet zwar aufschlußreiche Einblicke in das Leben der frühen Siedler, ist aber sehr fehlerhaft in ihrer Beschreibung atevischen Verhaltens und kann darum nicht herangezogen werden zur Erklärung der aktuellen Beziehungen zwischen Menschen und Atevi.*

Er ließ das Band weiter vorspulen. Zu Hause wäre er mit Hilfe der Funktion ›Stimmen-Suche‹ schneller fündig geworden. Doch seinem atevischen Rechner fehlte dieser Luxus. Im Schnelldurchlauf stieß er aber schließlich auf eine Stelle, an der gesprochen wurde.

Er setzte sich und hörte aufmerksam zu, legte dann eine Leerkassette in den zweiten Recorder und nahm das Mikrophon zur Hand, um das Gehörte simultan zu kommentieren und für Tabini zu übersetzen.

»Es geht hier um technische Fragen der Funkverbindung. Man einigt sich auf einen Zeitplan der Kontaktaufnahme.«

Bren merkte auf. Der Kommandant des Schiffes verlangte mit dem Präsidenten von Mospheira zu sprechen.

Und tatsächlich, wenig später meldete sich der Präsident.

Nachdem sich beide Seiten mit höflichen Worten begrüßt hatten, sagte der Kommandant: *»Wir sind sehr beeindruckt von der Entwicklung hüben wie drüben. Frieden und Wohlstand. Sie sind zu beglückwünschen.«*

*»Vielen Dank«*, antwortete der Präsident.

*»Wir haben uns die Raumstation angesehen«*, fuhr der Kommandant fort. *»Es wird viel Arbeit reinzustecken sein, um sie wieder in Betrieb nehmen zu können. Vielleicht könnten wir kooperieren. Wenn ich richtig verstanden habe,*

*bestehen zwischen Mospheira und dem Festland rege Handelsbeziehungen. Technologie gegen Rohmaterial und so weiter.«*

*»Es gibt Grenzen. Güter, die das Gemeinwesen destabilisieren oder der Umwelt schaden könnten, werden ausgeklammert.«*

Na bitte, dachte Bren. Ein klares Wort.

Dann:

*»Sie planen die Rückkehr ins All«*, sagte der Kommandant. *»Und unternehmen Anstrengungen in diese Richtung.«*

*»So ist es. Beträchtliche Anstrengungen. Die Umstände unserer unfreiwilligen Landung ...«*

*»Ich weiß, ich weiß. Wir könnten Ihnen jetzt auf die Sprünge helfen und Entwürfe anbieten für eine Boden-Orbit-Fähre, die Sie dann mit Ihren Mitteln bauen, während wir die Raumstation auf Vordermann bringen.«*

Bren holte tief Luft, um sein Herz zu beruhigen. Mit welchen Mitteln?

Der Kommandant fuhr fort: *»Wir könnten in kürzester Zeit Wohnplatz für fünfhundert Arbeiter schaffen; in drei Jahren ließen sich bereits zehntausend unterbringen. In der Hinsicht gibt es praktisch kaum Grenzen. Übrigens, Sie sollten wissen, daß Mospheira nicht die einzige Kolonie ist. Wir haben eine andere Station, nicht weit von hier, ein zwar noch kleiner Betrieb, aber er wächst und gedeiht. Das ist Fortschritt, unsere Zukunft. Dafür haben wir uns auf den Weg gemacht.«*

Bren spürte einen Kloß im Hals.

Der Präsident antwortete mit schleppender Stimme: *»Sie haben noch eine andere Station gegründet? Da draußen, irgendwo?«*

*»Ein Stützpunkt, völlig autark. Da versorgen wir uns mit Treibstoffen und Lebensmitteln. Ja, die Menschheit breitet sich hier aus. Sie können an unseren Unternehmungen teilnehmen. Das ist unser Angebot an Sie, was nicht heißen soll, daß wir Ihre Aufbauarbeit auf Mospheira in Frage stel-*

*len. Im Gegenteil. Wir sind, wie gesagt, beeindruckt. Uns interessiert allein die hiesige Raumstation.«*

Wie nett. Wie großmütig. Wie taktvoll.

*»Was war, läßt sich wiederherstellen. Wir möchten nur höflich an den ursprünglichen Missionsauftrag erinnern und Sie, das heißt die Nachkommen der Arbeitskräfte von damals, bitten, auf die Raumstation zurückzukehren und Ihren Pflichten dort nachzukommen.«*

*»Dazu kann ich spontan nichts sagen«*, entgegnete der Präsident. *»Darüber muß ich mich erst mit dem Rat und den Ministerien auseinandersetzen.«*

Na klar; wäre ja noch schöner, wenn er darüber eigenmächtig entscheiden wollte.

*»In Ordnung, Herr Präsident. Lassen Sie sich ruhig Zeit mit der Antwort. Wir warten.«*

Was nun, Herr Präsident? Worüber wollen Sie beraten?

Die Fremden, die mit dem Schiff gekommen sind, haben von unserem Leben hier unten keinen blassen Schimmer. Sie haben die Raumstation in Besitz genommen, und was sie jetzt brauchen, sind Arbeitskräfte. Von uns will man nicht mehr als das, was schon vor zweihundert Jahren verlangt wurde. Ob sie tatsächlich eine zweite Station haben, bleibt vorerst eine unbewiesene Behauptung. Sollten wir uns etwa auf deren Wort verlassen?

Oder wäre es nicht vielmehr angebracht, Vorsicht walten zu lassen Leuten gegenüber, deren Vorfahren damals die Arbeiter an Bord der Station schmählich im Stich gelassen haben? Sie wissen doch, Herr Präsident, wieviel unsereins damals zu sagen hatte. Man hat die Stationsbesatzung nach Strich und Faden betrogen, um Treibstoff für das Schiff zu ergattern. Und jetzt erdreisten sie sich, Kritik daran zu üben, daß die Station aufgegeben worden ist.

Tollkühne Männer der Besatzung hatten sich bereit erklärt, in der Strahlenhölle jenes Sterns, in dessen Nähe wir unglückseligerweise geraten waren, nach Treibstoffen zu schürfen, um dafür zu sorgen, daß wir an einen freundlicheren Ort weiterfliegen konnten. Das sind unsere Helden, und sie haben sich nicht geopfert, damit uns diese Bande von Egoisten für alle Zeit am Gängelband führt. Herr Präsident, glauben Sie diesen Leuten nicht. Und hüten Sie sich auch vor allem vor denjenigen auf Mospheira, die jetzt Morgenluft wittern und sich denen da oben an die Brust zu werfen versuchen. Ihnen geht es nicht darum, wieder durchs All fliegen zu können, nein, die wollen an die Macht, unumschränkte Macht, die keine Rücksicht mehr zu nehmen hat auf die Atevi. Und Gnade uns Gott, wenn diese Leute Schützenhilfe kriegen durch das Schiff und seine Waffen, die wer weiß wozu in der Lage sind ...

Die führen immer noch Krieg, machen Front gegen das Festland und verbreiten Lügenmärchen, so zum Beispiel die völlig abwegige Behauptung, daß die Atevi heimlich aufrüsten, um Mospheira zu erobern. Sie halten sich für die Auserwählten Gottes, nach seinem Ebenbild erschaffen, und glauben deshalb, die Atevi verachten zu dürfen.

Atevi können nicht lieben, haben keine Gefühle – mit solchen Parolen gingen die Separatisten hausieren. Zum Glück nicht im Fernsehen; da war der Zensor vor. Aber sie machten Propaganda, wo immer man ihnen zuhörte, erreichten allerdings selten mehr als eine Handvoll Leute. In der überwiegenden Mehrzahl interessierten sich die Mospheiraner für deren Sprüche nicht, denn es ging ihnen gut. Politik – nein danke. Sie waren zufrieden, solange sie im Sommer an der Küste und im Winter in den Bergen Urlaub machen konnten, solange Arbeitsplatz und Renten sicher waren. Anlaß zur Sorge bot allenfalls ein ungünstiger Wetterbericht, die Gesundheit, der soziale Status oder die Schulleistung der Kinder. Doch darüber hinweg trösteten diverse Möglichkeiten der Freizeitgestaltung.

Dies war die Öffentlichkeit, mit der sich Aktivisten jedweder Couleur auseinanderzusetzen hatten, eine träge Masse, die sich kaum in Bewegung setzen ließ. Das war die gesellschaftliche Wirklichkeit auf Mospheira, wo es keine Armut gab, keine Bedrohung, keine größeren Reibereien. Entsprechend träge war auch der politische Apparat – eine Domäne langfristig gewählter, wohlmeinender Sesselfurzer.

Die unrühmliche Ausnahme bildete das Außenministerium, in dem sich Ideologen und Verschwörungstheoretiker hervortaten, jene, die seit Jahrzehnten vor einem Raketenbeschuß durch die Atevi warnten. Über diese kleine, vorlaute Gruppe hatte man bislang immer nur schmunzelnd den Kopf geschüttelt. Bislang war auch das Auswärtige Amt von diesen Leuten unbehelligt geblieben, denn es behauptete seinen vertraglich festgelegten Sonderstatus, arbeitete eng mit der Universität zusammen und war viel zu exotisch, als daß sich die Funktionäre des Ministeriums damit abgaben, denen es ja in erster Linie um innere Angelegenheiten ging.

Doch das drohte nun anders zu werden.

Die Ignoranz der Öffentlichkeit war ein fruchtbarer Boden für Ängste.

Die meisten Menschen hatten kein Interesse daran, die atevischen Nachbarn näher kennenzulernen. Sie glaubten nur zu wissen, daß jenseits der Meerenge gänzlich andere Verhältnisse herrschten. Die konservative Partei fütterte alle negativen Vorurteile, stellte immer wieder den Vertrag in Frage, insbesondere die Transfervereinbarungen mit dem Festland, und plädierte für verstärkte Verteidigungsanstrengungen sowie für eine vorrangige Förderung des Raumfahrtprogramms. Die Gelder dafür sollten nach deren Vorstellung all jenen Projekten abgezogen werden, die indirekt auch den Atevi zugute kamen.

Vor nicht allzu langer Zeit waren drei Studenten ins

Kreuzfeuer konservativer Kritik geraten, weil sie ein Lernprogramm für achtjährige Schüler vorgestellt hatten, das die affektiven Aspekte atevischer Philosophie in den Unterrichtsmittelpunkt zu rücken versuchte.

Der radikale Flügel wollte daraufhin alle Professoren der Atevistik vom beratenden Ausschuß des Außenministeriums entfernt wissen. Eine Überreaktion, befand man damals. Bevor das Schiff aufkreuzte.

Seitdem häuften sich die Versuche, die Bemühungen um interkulturelle Verständigung zu sabotieren. Es wagten sich immer mehr Radikale nach vorn. Die Stimmung drohte umzukippen. Die Mehrheit der Menschen hatte zwar keine ausgeprägten Ressentiments gegen Atevi, aber doch eine unterschwellige Angst vor den Nachbarn, die so gänzlich anders aussahen, Mord als legitimes Mittel zur Konfliktlösung einsetzten und die mosphei'sche Sprache nicht beherrschten. Und es war nur allzu verständlich, daß sie das Bedürfnis nach Sicherheit hatten.

Sie lebten auf einer Insel und wußten, daß ihre Regierung seit fast zweihundert Jahren die Atevi mit technologischem Know-how versorgte. Nun lag auch noch die größte Errungenschaft menschlicher Forschung auf dem Verhandlungstisch, und damit war alle Überlegenheit verloren. Wen wunderte es, daß diejenigen, denen die Atevi nach wie vor fremd waren, nervös wurden?

Ein Ateva, der irrwitzige Verdächtigungen gegen Menschen verbreitete, würde unter Tabinis Regierung nie ein öffentliches Amt bekleiden können. Aber auf Mospheira fragte keiner nach der Gesinnung. Wer als Anwärter auf einen Posten in der Administration behauptete, die Atevi würden Menschenkinder stehlen und zu Wurst verarbeiten, mußte nicht mit Nachteilen rechnen; solche Spinnereien wurden früher einfach unter den Teppich gekehrt.

Und seit der Ankunft des Schiffes hatten die Separatisten Oberwasser. Vordem völlig unbedeutend, griffen sie jetzt nach der Macht; konkret: sie erhofften sich, von der Pilotengilde als Bevollmächtigte über die Raumstation eingesetzt zu werden.

Die Pilotengilde kannte die Situation auf dem Planeten nicht, und wie die Geschichte lehrte, war es ihr egal, mit wem sie sich zusammentat, Hauptsache, sie kam voran mit ihren Plänen. Schon damals, als über das Für und Wider der Landung debattiert worden war, hatten sie ständig die Seiten gewechselt, mal das Stationsmanagement, mal die Siedler in spe über den Tisch gezogen, mit dem – vielleicht beabsichtigten – Ergebnis, daß die gesamte Population an Bord der Station am Ende heillos zerstritten war. Das hatte Bren aus den unveröffentlichten Notizen seines Professors erfahren. Die Aufgabe der Station war mit dem Abflug des Schiffes besiegelt, denn die Arbeiter hatten dem verlogenen Management nicht mehr über den Weg trauen können. Die Situation war verkorkst bis zum Gehtnichtmehr.

Und nun war das große, heilige Schiff zurückgekehrt, versprach das Paradies zwischen Sonne, Mond und Sternen für alle, die auf ihre Seite wechselten – und Hals und Kragen riskierten, damit das über alle Maßen wichtige Schiff am Laufen blieb.

Die verfluchte Geschichte wiederholte sich.

Und das gleiche Pack zog die Fäden, hatte wahrscheinlich sogar Gaylord Hanks' Tochter nach Shejidan geschickt. Oder zumindest drängte es nun darauf, daß ihre Kandidatin vor Ort blieb und weiter fleißig für Unruhe sorgte, galt es letztlich doch, Bren Cameron kaltzustellen, diese liberale Schnittstelle zwischen Menschen und Atevi als untauglich zu desavouieren, um dann, wenn es die Macht hatte, das Verhältnis zum Festland neu bestimmen zu können.

Bren konnte selbst kaum glauben, was er da argwöhnte. Soviel Dummheit war der anderen Seite doch wohl nicht zuzutrauen.

Aber seine politische Erfahrung mahnte – erstens: Ignoranz und Dummheit sind in der Politik mindestens ebenso stark vertreten wie cleveres Kalkül; zweitens: In Krisenzeiten nehmen Schmeißfliegen überhand; und drittens: Jeder Versuch einer Beilegung von Konflikten muß den Quertreibern einen Schritt entgegenkommen.

Ihm war klar, daß er mit den Tonaufzeichnungen im Besitz hochbrisanter Informationen war. Sie deckten sich zwar nicht mit den aktuellen Gegebenheiten, offenbarten aber eine äußerst gefährliche Tendenz, der Hanks voranmarschierte.

Wenn er sich jetzt geschlagen gäbe, würde sich die Menschheit auf schlimme Zeiten gefaßt machen müssen. Es drohte Krieg, auf den die Atevi nicht so unvorbereitet sein würden, wie man auf Mospheira glaubte. Er hatte auf der Flucht von Malguri die Flugzeuge gesehen, die imstande waren Bomben abzuwerfen. Auf Mospheira war man davon ausgegangen, daß die nach den gelieferten Konstruktionsplänen gebauten Flugzeuge sich nicht zu Kampfzwecken umrüsten ließen. Doch die Menschen hatten den Einfallsreichtum der Atevi unterschätzt; man hatte sich auf die Ethnologen verlassen, die behaupteten, Schritt für Schritt der Entwicklung der Atevi prognostizieren zu können.

Die Atevi in Schach halten zu können, glaubten anscheinend manche Trottel immer noch. Oder verlegte man sich jetzt darauf, Einfluß zu nehmen über die Annäherung an atevische Gruppen, um die Bren immer einen großen Bogen geschlagen hatte?

Wie auch immer, das Ministerium bestand darauf: keine Diskussionen über unsere Politik, kein Wort über Interna und laufende Debatten.

Und es war natürlich ausgeschlossen, daß der Paidhi vor Ort Entscheidungen Mospheiras in Frage stellte oder gar anzufechten versuchte. Dazu hatte er weder das Recht noch die nötigen Informationen. Aber es gab niemanden, der über die atevischen Verhältnisse besser Bescheid wußte als der Paidhi. Das Ministerium konnte auf seinen Rat doch nicht verzichten.

Das Tonband war zu Ende; er hatte genug gehört.

Der Präsident kannte jetzt das Angebot der Schiffsbesatzung. Darüber mußte nun diskutiert und entschieden werden. Und daß es dabei hoch hergehen würde, konnte sich Bren lebhaft vorstellen. Das scheinbar großzügige Angebot von oben war dazu angetan, Mospheira aus den Angeln zu heben. Wehe der kleinen Insel, wenn jetzt die Ewiggestrigen zum Zug kämen.

Es stand zu befürchten, daß Themen aufs Tapet gebracht wurden, die mit der Wirklichkeit nichts zu tun hatten. Mospheira verstand die Welt der Atevi nicht, hatte sich nie mit ihr auseinandersetzen wollen. Dafür gab es ja den Paidhi. Dafür wurde er bezahlt.

Er mußte schnellstens mit Tabini reden. Bevor im Parlament eine Entscheidung fiel.

Er schaltete den Recorder aus und ging auf die Suche nach Saidin, seinem Mantel und Tano.

Wegen seiner dringenden Unterredung mit Tabini mußte die Sitzung des Agrarausschusses verschoben werden, was wahrscheinlich zu nervösen Spekulationen führen würde.

Aber darüber konnte er sich jetzt keine Gedanken machen, hatte er doch im Augenblick eine sehr viel prekärere Aufgabe zu meistern: einem Mann, der von jetzt auf gleich zum Krieg aufrufen konnte, schonend beizubringen, was sich zur Zeit auf Mospheira abspielte, daß von einer kleinen Minderheit eine nicht zu unterschätzende Gefahr ausging, daß atevische Interessen und ihr Anspruch auf Besitzanteile an der Raumstation auf dem Spiel stünden und daß es jetzt nötiger denn je darauf ankomme, der zu erwartenden Hysterie auf beiden Seiten mit Standfestigkeit und Entschlossenheit zu begegnen.

Und er mußte Vorschläge zur Stärkung der atevischen Verhandlungsposition machen, darauf hinweisen, was für Mospheira unabdingbar war: bestimmte Rohstoffe und Fertigprodukte, die es auf der Insel nicht gab, für das Raumfahrtprogramm aber dringend benötigt wurden. Zudem wußte der Paidhi, was die Menschen auf Mospheira oder an Bord des Schiffes dafür zu tauschen in der Lage waren: Geld, Konstruktionspläne und die Zusicherung einer atevischen Partizipation an allen Weltraumunternehmungen. Und zu einem solchen Handel wären die Menschen letztlich auch bereit, denn am Ende mußte sich die nüchterne Einsicht durchsetzen: Entweder es profitierten alle Seiten, oder aber gar keine.

Tabini hatte schnell begriffen. »Wir dürfen also nicht zulassen, daß Hanks-Paidhi mit Lord Geigi Ölgeschäfte auf eigene Faust macht«, sagte er.

»Das wäre in der Tat fatal, Aiji-ma. Der gesamte Außenhandel muß zentral von Shejidan aus kontrolliert werden. Wie gesagt, es kommt jetzt darauf an, daß die Atevi aller Provinzen Geschlossenheit zeigen. Alle Exportgeschäft müssen über Shejidan abgewickelt werden. Ich empfehle, daß Sie, der Aiji, den Handel mit Mospheira selbst in die Hand nehmen, die Preise festsetzen und mit Herstellern und Lieferanten abrechnen. Dafür müssen die Provinzen Verständnis aufbringen, und ich bin sicher, sie werden einsehen, wie wichtig es ist, an einem Strang zu ziehen. Die Menschen mögen untereinander streiten; die Atevi können sich das nicht leisten. Um den technologischen Vorsprung der Menschen zu kompensieren, müssen sie mit einer Stimme sprechen. Und das ist ihnen bislang immer gut gelungen. Als wahlberechtigte Bürger haben sie sich auf einen Konsens geeinigt, und daran halten sie geschlossen fest. Derweil wird sich der Präsident Mospheiras mit seinen Beratern und diversen Parteifunktionären herumschlagen müssen. Ich sehe schon kommen, daß das Schiff statt mit Mospheira am Ende nur noch mit Shejidan verhandelt. Wie auch immer, Sie können Mospheira unter Druck setzen und Forderungen stellen, die über das Angebotene weit hinausgehen. Der guten Nachbarschaft wird dadurch kein Abbruch getan; sie hat sich immerhin seit fast zweihundert Jahren bewährt.«

»Interessant«, sagte Tabini. Klar, daß ihm der Vorschlag gefiel. Die Lords der Provinz würden mit Sicherheit weniger beglückt sein. Von denen verfolgte natürlich ein jeder seine eigenen Macht- und Profitinteressen.

»Die Sache müßte allerdings den Provinzlords irgendwie schmackhaft gemacht werden«, meinte Bren.

»Dafür werde ich schon sorgen.«

Hoffentlich nicht mit Gewalt, dachte Bren; mit großzügigen Geschenken oder einer Umverteilung der Steuereinnahmen ließ sich schließlich auch so manches bewirken.

Er wollte gerade auf diesen Punkt zu sprechen kommen, als Lady Damiri zur Tür hereinkam, sich an den Tisch setzte und unumwunden zugab, das Gespräch belauscht zu haben.

»Daja-ma.« Bren war sichtlich irritiert.

»Können Sie mir verraten, nand' Paidhi, wie Sie sich Ihren großartigen Plan im einzelnen vorstellen? Glauben Sie wirklich, die Atigeini würden sich mit irgendwelchen – wie sagten Sie? – *schmackhaften* Zugeständnissen abspeisen lassen?«

»Wenn Sie genau zugehört haben, wissen Sie, daß es nicht darum geht, irgendeine Seite zu übervorteilen. Meine verehrten Gastgeber, die Atigeini, sind in derselben Position wie alle anderen mächtigen Häuser innerhalb des Bundes. Wenn die Atevi nicht als Einheit auftreten, werden sie sich von der Willkür des schwächsten Lords abhängig machen, der mit den Menschen Geschäfte auf eigene Rechnung zu machen beschließt, obwohl der Aiji …«

»Obwohl der Aiji darauf drängt, daß sich die Provinzlords beschränken auf einen Handel unter Konditionen, die wir festlegen werden. Es gilt, daß wir uns den Zugang zur Raumstation offenhalten.«

»Wozu soll die gut sein?« Damiri meinte ihre Frage durchaus ernst. »Bleiben wir doch lieber auf dem Teppich.«

»Für die Atevi ist eine neue Zukunft angebrochen«, sagte Bren. »Sie werden auf die technologische Unterstützung durch Mospheira bald nicht mehr angewiesen sein, und es ist besser, die neugewonnenen Möglichkeiten in der Raumfahrt zu erproben als auf die Entwicklung sprengkopfbestückter Raketen zu verschwenden.«

»Fürchtet das Ihr Präsident?«

»Das ist meine Sorge, Aiji-ma. Wie dem auch sei, Mospheira braucht, um Schritt halten zu können, Rohstoffe, die nur über den Handel mit dem Festland zu beziehen sind. Das Schiff könnte auf dem Mond zu schürfen versuchen, wenn es denn genügend Arbeitskräfte hätte. Aber genau daran fehlt es. Die Atevi sind sehr viel besser gestellt. Sie sollten diese Chance nutzen und sich nicht damit bescheiden, gegebenenfalls als Passagiere mit auf die Reise in den Weltraum gehen zu dürfen, wenn Mospheira dazu einlädt. Allerdings – und das ist der springende Punkt – werden die Atevi ihre Vorbehalte gegen Computer ablegen müssen, wenn sie sich dieser Zukunft nicht verschließen wollen. Computer sind unentbehrlich. Wir brauchen sie, insbesondere zur Flugregelung.«

Tabini zeigte sich amüsiert, was jedoch nur dem geschulten Auge auffallen konnte. Die Brauen hoben sich um eine Winzigkeit. »Weinathi im Weltraum?« murmelte er und spielte auf jene Flugzeugkatastrophe an, die selbst die stursten Lords hatte einsehen lassen, daß im Luftverkehr bestimmte Zeitpläne und Regeln eingehalten werden mußten.

»Wir haben nur diese eine Raumstation«, fuhr Bren fort. »Menschen und Atevi werden dort auf engem Raum miteinander auskommen müssen.«

»An diesem Ort, dem so viele Menschen zum Opfer gefallen sind? Den sie nicht auf Dauer haben halten können? Wozu sollten Atevi solche Risiken eingehen?« wollte Damiri wissen.

»Die Sicherheit läßt sich verbessern, Daja-ma. Es wird ein Ort sein, an dem Atevi und Menschen gemeinsam wohnen und arbeiten.«

»Ein bodenloser Ort, ohne Luft zum Atmen.«

»Wie im Flugzeug, Daja-ma. Man schließt die Tür und pumpt Atemluft in die Kabine.«

»Und woher kommt die?«

»Zum Beispiel aus Druckbehältern, die sich hier unten füllen ließen. Oder von Pflanzen, die eigens dafür gezüchtet werden. Aber in solchen Dingen kenne ich mich nicht besonders gut aus. Ich bin lediglich Dolmetscher und kein Ingenieur. Es wäre jetzt, da die Restriktionen gelockert werden, durchaus möglich, daß ich Ihnen Pläne zeige, wenn Sie's wünschen.«

»Und was wissen Sie über dieses Schiff?« fragte sie. Wohl nicht bloß aus reinen Neugier.

Bren war auf der Hut. »So gut wie nichts, Daja-ma. Aber es wäre in der Tat wichtig zu wissen, wie es zum Beispiel angetrieben wird, damit wir in der Lage sind, ein ähnliches Schiff zu bauen.«

»Können Sie mehr darüber in Erfahrung bringen?« fragte Tabini. »Werden die Fremden mit Informationen herausrücken?«

»Ich hoffe es und verspreche, daß ich mich dafür einsetzen werde.«

»Wir sind gespannt«, sagte Damiri.

»Daja-ma, technologisch war Mospheira bislang immer einen Schritt weiter als die Atevi. Von nun an werden wir, Menschen und Atevi, Seite an Seite gehen, einer gemeinsamen Zukunft entgegen. Dafür mache ich mich stark.«

»Was das Schiff hier will, was man mit der Inbetriebnahme der Raumstation bezweckt, darüber ist bis jetzt kein Wort gefallen, oder?« fragte Tabini.

»Ich kann nur Vermutungen anstellen«, antwortete Bren. »Der Besatzung geht es wohl vor allen Dingen um das Schiff und um Exkursionen im All; am Planeten ist sie nicht interessiert. Was sie auch unternimmt, ich glaube, es dient in erster Linie der ureigenen Absicht, das Schiff in Schuß zu halten.«

Damiri fragte: »Haben sie die Macht zu nehmen, was sie brauchen?«

»Damit ist zu rechnen, Daja-ma«, antwortete Bren. »Ich weiß zwar nicht, worauf sie es abgesehen haben, kann mir aber nicht vorstellen, daß sie so plump sind und wie Bankräuber zu Werke gehen. Es ist wohl auszuschließen, daß sie Rohstoffe zu erbeuten versuchen, denn die könnten sie aus eigener Kraft nicht weiterverarbeiten.«

»Was könnten die also hier wollen, Nadi?«

Seine Gastgeberin hatte noch nie die Höflichkeit gehabt, ihn bei seinem Titel anzureden, und in ihrer Stimme klang stets ein anmaßender Ton an. Bren warf einen irritierten Blick auf Tabini, doch der winkte mit der Hand ab und gab ihm damit zu verstehen, daß er sich in Geduld fassen möge.

»Ich glaube, sie wollen die Station wieder flottmachen.«

»Warum?«

»Wer weiß?«

»Also bitte, spielen Sie doch nicht den Ahnungslosen«, ereiferte sich Damiri.

»Bren-ji.« Tabini mahnte Bedachtsamkeit an.

»Daja-ma, ich möchte nicht unbewiesene Behauptungen in die Welt setzen. Aber bitte, ich ahne etwas, und zwar, daß die Besatzung des Schiffes Mospheiraner für sich arbeiten lassen will, gleichzeitig aber davor zurückscheut, mit Atevi in Kontakt zu treten. Wenn dem so wäre, könnte es dazu kommen, daß gewisse Kreise auf Mospheira an Macht und Einfluß gewinnen und die durch den Vertrag austarierte Balance stören. Einer solchen Entwicklung würde ich mich entschieden widersetzen. Darum plädiere ich dafür, daß die Atevi ihrerseits aktiv werden und Kontakt aufzunehmen versuchen.«

»Der Paidhi spricht im Interesse der Menschen.«

»Ja, Daja-ma. Die überwiegende Mehrheit der Mospheiraner will sich nicht von Fremden aus dem All dreinreden lassen. Sie hält fest an ihrer Selbstbestimmung und der natürlich gewachsenen Partnerschaft zu den Atevi. Beides aber droht verlorenzugehen, wenn sich jene Minderheit durchsetzen sollte, die davon träumt, an die Zeit vor zweihundert Jahren wieder anknüpfen zu können. Um auf Ihre kluge Frage von vorhin zurückzukommen, Nai-ma: Ich glaube nicht, daß die Schiffsbesatzung die Absicht hat, Gewalt anzuwenden. Es scheint ihr nur darum zu gehen, die Station in Besitz zu nehmen, und das auf möglichst billige Weise, nämlich unter Ausklammerung einer atevischen Beteiligung. Das müssen wir verhindern, und es wird uns gelingen, da wir alle Trümpfe in der Hand halten.«

»Bren-ji meint, daß die Regierung Mospheiras nicht entscheidungskräftig genug ist.«

»Ist das so?« Damiri richtete ihre goldenen Augen auf Tabini und blickte dann wieder zurück auf Bren. »Also kein Partner, auf den wir uns verlassen könnten.«

»Daja-ma«, entgegnete Bren. »Die Mospheiraner stehen seit alters her geschlossen in Gegnerschaft zur Besatzung des Schiffes. Diejenigen, die eine andere Haltung an den Tag legen, fielen kaum ins Gewicht. Ich fürchte allerdings, daß sie jetzt mehr von sich reden machen, daß es erstmalig zu Spannungen kommen wird. Und das ist nicht zuletzt für die Regierung eine völlig neue Situation. Es hat so lange Einigkeit geherrscht, daß sie mit der Aufgabe, eine Krise zu managen, überfordert ist. Der Präsident weiß sich nicht zu entscheiden. Darum ist es wichtig, daß wir ihm dabei helfen, zum Beispiel durch klare Vorschläge, die er sich zu eigen machen und vor der Öffentlichkeit vertreten kann. Ja, er braucht jetzt Publizität, möglichst viel Rückhalt in der Bevölkerung. Dafür kann das Fernsehen sorgen, Aiji-ma. Die Opposition muß in die Defensive zurückgedrängt werden.«

Wie Damiri legte Tabini das Kinn auf die flache Hand. Sie sahen sich zum Verwechseln ähnlich, die beiden, von denen erwartet wurde, daß sie den langersehnten Thronerben zur Welt brachten. Bren mußte an Tabinis bedauernswerten Vater denken, an die Aiji-Mutter, an das Frühstück mit ihr.

Und an das atevische Talent zur Intrige.

»Ziemlich kompliziert, Ihr Vorschlag«, meinte Tabini. »Einfacher wäre es, ein paar Assassinen auf den Weg zu schicken. Oder?«

Das sollte wohl nur ein Witz sein. Doch Bren war sich nicht sicher. »Ich glaube, der Präsident erhofft sich von Shejidan den Vorschlag einer gangbaren Lösung, die sich auch vor den Mospheiranern rechtfertigen läßt.«

»Interessant«, sagte Tabini. Der Aiji mußte sich nicht lange beraten. Man hatte den Eindruck, als formuliere er bereits an einer Botschaft.

Und tatsächlich, gleich darauf hob er den Zeigefinger, um Aufmerksamkeit zu fordern, und sagte: »Bren-ji, teilen Sie Ihrem Präsidenten mit, daß Tabini-Aiji über Rohstoffe verfügt, auf die Mospheira angewiesen ist. Sagen Sie ihm, der Aiji verkauft diese Rohstoffe nur unter der Bedingung, daß Menschen und Atevi einen gleichberechtigten Anteil an der Raumstation haben. Machen Sie ihm das klar, auf welche Weise auch immer, aber unmißverständlich.« Der Zeigefinger wackelte. »Ich verlasse mich auf Ihre diplomatischen Fähigkeiten.

Und noch etwas«, fügte er hinzu. »Wir werden heute abend Kontakt mit dem Schiff aufnehmen. Halten Sie sich bereit, Bren-ji.«

Das hätte Bren fast vergessen. Und er wußte nichts anderes zu antworten als: »Ja, Aiji-ma.«

# 9

Tabini hatte sich zu einem Entschluß durchgerungen und leitete entsprechende Maßnahmen ein, wie immer dermaßen forsch, daß seinen Gegnern keine Zeit blieb, ihren Widerstand zu koordinieren. Vor vollendete Tatsachen gestellt sahen sich nicht zuletzt auch seine Ratgeber. Dem Paidhi wurde immer blümerant zumute, wenn Tabini auf diese Weise in Aktion trat. Wie verlangt, setzte er ein Schreiben an den Präsidenten auf, um ihn über Tabinis Angebot in Kenntnis zu setzen, im Stil der Atevi: einfach formuliert, ohne Umschweife. Es war wohl Folge der gängigen Assassinationspraxis, daß Atevi auch schriftlich mit der Tür ins Haus zu fallen neigten.

Mit diesem Brief war es nicht getan. Bren mußte sich mit dem Auswärtigen Amt in Verbindung setzen, um in Erfahrung zu bringen, was es aus Mospheira zu vermelden gab. Womöglich war das Amt noch gar nicht unterrichtet über den neuesten Stand der Verhandlungen zwischen der Kommandantur des Schiffes und dem Präsidenten. Falls aber doch, so stand zu erwarten, daß man sich bedeckt halten würde.

Und wie vermutet, versuchte man Bren abzuwimmeln. Aber er ließ nicht locker, verlangte Shawn zu sprechen und fragte, als der schließlich an den Apparat kam, geradeheraus: »Shawn, weiß du etwas von einem Angebot des Schiffes an Mospheira?«

*»Nein. Tut mir leid.«*

»Sei ehrlich. Ich habe hier bestimmte Informationen vorliegen.«

*»Kein Kommentar«*, war die hilflose Summe dessen, was Shawn dazu sagen konnte. Und: Nein, der Außen-

minister sei nicht zu sprechen, auch nicht sein Stellvertreter.

Das Amt war offenbar, wenn überhaupt, falsch oder zumindest nicht umfassend informiert. Jedenfalls hatte Shawn deutlich gemacht, daß über ihn keine Auskünfte zu erhalten waren.

Aus der erhofften Rückendeckung wurde nichts. Bren sagte: »Shawn, nimm folgendes zu Protokoll. Das Schiff hat sich gemeldet, und Tabini weiß Bescheid. Er läßt dem Präsidenten mitteilen, daß der Handel mit Mospheira nur dann fortgesetzt wird, wenn gewisse Bedingungen erfüllt sind. Ich werde diese Nachricht gleich zu übermitteln versuchen. Für den Fall aber, daß die Verbindung auf mysteriöse Weise abbrechen sollte, möchte ich dich bitten, einen unserer Leute in den nächsten Flieger nach Shejidan zu setzen, um Tabinis Note an den Präsidenten abzuholen. Hast du verstanden? Das Schreiben muß unbedingt ankommen.«

*»Schick den Text rüber. Ich werde ihn persönlich abliefern.«*

Der Text lautete: *Herr Präsident. Tabini-Aiji läßt wissen: Das Angebot der Schiffskommandantur erwähnt mit keiner Silbe den vertragsgerechten Anspruch der Atevi auf die Raumstation. Sollte Mospheira auf dieses Angebot eingehen, wird Shejidan im Gegenzug sämtliche Rohstoff- und Materiallieferungen stornieren, die für das beschleunigte Raumfahrtprogramm unerläßlich sind.*

*Alternativ schlägt Tabini-Aiji vor, daß sich die Bewohner dieser Welt, Atevi und Mospheiraner, auf ein gemeinsames Vorgehen einigen. Dem Schiff geht es offensichtlich nur um Arbeitskräfte; es verfolgt Interessen, die weder dem Bund noch dem Gemeinwesen auf Mospheira zum Vorteil gereichen.*

*Tabini-Aiji ist bereit, verstärkt eigene praktische Anstrengungen zu unternehmen, um sicherzustellen, daß den Atevi der rechtmäßige Besitzanteil an der Station zukommt und daß sie ihr natürliches Interesse an der Raumfahrt wahrneh-*

*men können. Kurzum, wir schlagen eine Partnerschaft vor zugunsten der wirtschaftlichen Beziehungen, der bestehenden Rechtsordnung und der politischen Stabilität auf beiden Seiten. Mospheira wird eine Raumfähre bauen können, wir werden die Hälfte der Station behaupten.*

*Uns trennen biologische und kulturelle Unterschiede, doch wir teilen die Sorge um eine stabile Wirtschaft und das Recht unserer Bürger, in Frieden auf diesem Planeten leben zu können. Voraussetzung dafür ist, daß wir die neuen Herausforderungen gemeinsam angehen.*

*Der Aiji erwartet Ihre Antwort.*

Shawn bestätigte den Empfang. Wahrscheinlich – Bren war bereit, darauf zu wetten – würden spätestens in einer halben Stunde die Telefonverbindungen zwischen Mospheira und dem Festland gekappt werden.

Bren hatte Kopfschmerzen; ihm war flau im Magen, vielleicht vom Mittagessen, vielleicht von der Grübelei über die möglichen Konsequenzen seiner Mitteilung.

Oder aufgrund der Tatsache, daß er noch an diesem Abend mit dem Schiff würde sprechen müssen.

Zuvor aber galt es noch, ein paar heikle Briefe zu beantworten, die Tano für ihn aussortiert hatte. Einer stammte von den Absolutionisten, einer Splittergruppe der Deterministen, die vor allem in Geigis Provinz relativ einflußreich war. Sie leitete ihr Weltbild und ihre Moralbegriffe aus einer Hierarchie von Zahlen ab, die mit der modernen Physik unvereinbar war. Himmel hilf! Falls es ihm nicht gelänge, die Suppe auszulöffeln, die Hanks ihm da eingebrockt hatte, konkret: wenn er keine akzeptable numerische Erklärung für Überlichtgeschwindigkeit fände, würden diese Fanatiker einen Aufstand machen, ihn als Lügner hinstellen und noch lautstärker als ohnehin schon ihre Hetze betreiben können mit der Behauptung, daß das Schiff jenen Menschen zur Hilfe gekommen sei, die schon seit zweihundert Jahren auf der Raumstation lauerten, darauf bedacht, den Planeten mit Todesstrahlen anzugreifen.

Banichi hatte sich immer noch nicht zurückgemeldet. Auch Jago war verschwunden. Bren machte sich große Sorgen. Cenedi hatte angedeutet, daß es in der Assassinengilde zu ernsten Schwierigkeiten gekommen sei. Womöglich waren Banichi und Jago mittelbar oder gar direkt davon betroffen. Wenn ja, war nicht nur deren, sondern auch sein Leben in Gefahr. Er hatte Tabini um Auskunft bitten wollen, doch dann war Damiri aufgekreuzt, die sich als Gastgeberin das Recht herausnahm, an allen Vorgängen teilzunehmen, die in ihrer Residenz stattfanden. Und so hatte er ihr, dem vielleicht einflußreichsten, sicherlich aber zickigsten Mitglied aus Tabinis Beraterstab, den besprochenen Sachverhalt auseinanderlegen müssen und nicht mehr daran gedacht, den Aiji nach Banichi und Jago zu fragen, geschweige denn die Gelegenheit zu nutzen, Damiri auf den Zahn zu fühlen. Wie erklärte sich ihre barsche Haltung ihm, dem Paidhi, gegenüber? Hatte er sie beleidigt oder ihr einen Grund gegeben, sich über ihn zu ärgern?

Cenedi hatte erwähnt, daß sich manche Leute mit dem Gedanken trügen, dem Paidhi eine offizielle Mordabsichtserklärung zustellen zu lassen. Aber über die näheren Hintergründe war von Cenedi nichts zu erfahren gewesen. Auf Anhieb fand Bren nur eine Erklärung: Womöglich sollte er als Prügelknabe für den Aiji herhalten.

Nur gut, daß Tabini für umfangreiche Schutzmaßnahmen gesorgt hatte. Solange er sich denen beugte, konnte er halbwegs sicher sein.

Immerhin war ihm an diesem Tag auch noch ein Lichtblick vergönnt. Die Sicherheitszentrale des Bu-javid meldete, daß Tanos launischer Partner mit der U-Bahn angekommen sei, ›mit einem Haufen Gepäck‹, wie es hieß. Weil weder Banichi noch Jago zugegen waren, wußte man in der Zentrale nicht zu entscheiden, ob Algini in den sensiblen Sicherheitsbereich des dritten Stocks vorgelassen werden durfte oder nicht.

Um persönlich darüber zu befinden, mußte Tabini aus einer Ausschußsitzung herausgerufen werden. Eine Stunde später stand Algini dann im Foyer, bandagiert und mit verpflasterten Wunden im Gesicht; statt der Uniform trug er bequeme Kleider wie für eine Wanderung durch die Berge. Saidin war merklich verstört über sein Erscheinungsbild wie auch angesichts der zahlreichen Gepäckstücke, die von Hausangestellten herbeigeschafft wurden. Kein Wunder, daß die Sicherheitsbeamten stutzig geworden waren.

Vor Freude darüber, Algini wiederzusehen, ließ sich Tano dazu hinreißen, seinem Partner auf die Schulter zu klopfen. Ob Tano ähnlich fühlte, wie Bren an seiner Stelle fühlen würde, war zwar fraglich, und doch …

Die beiden zeigten kameradschaftliches Einvernehmen, ja, sie ließen sogar durchblicken, daß sie so etwas wie Zuneigung füreinander empfanden, und ihm wurde wieder einmal schmerzlich bewußt, daß er auf ähnliche Äußerungen von seiten Tabinis wohl vergeblich hoffte, auf ein Zeichen, das zum Ausdruck brachte: Komme, was wolle, wir halten fest zusammen; nicht nur, weil es gerade opportun ist.

Er hatte Tabini reinen Wein eingeschenkt, ihm sein Wissen um die Vorgänge auf Mospheira haarklein auseinandergelegt, mit anderen Worten: sich über seine Schweigepflicht hinweggesetzt, und zwar in einem Maße, das fast den Tatbestand des Landesverrats erfüllte. Tabini konnte nicht übersehen haben, daß der Mitteilungsbereitschaft des Paidhi nicht zuletzt ein emotionales Bedürfnis zugrunde lag, doch darauf hatte er mit keinem Wort, mit keiner Geste geantwortet. Nicht einmal ein Dankeschön war von ihm zu hören gewesen oder die Zusicherung, daß er von den Informationen vernünftigen, konstruktiven und friedfertigen Gebrauch machen werde.

Das Gefühl des Alleingelassenseins bewegte ihn um so mehr, da er nun – einem Voyeur gleich – Tano und Algini vor sich sah, die unter Beweis stellten, daß auch unter Atevi möglich war, was Menschen als Freundschaft bezeichneten. Er freute sich für sie und darüber, daß Algini wohlauf zu sein schien.

Algini trat auf ihn zu, verbeugte sich und lächelte, was für ihn, der sonst meist mürrisch dreinblickte, ganz und gar ungewöhnlich war. »Ich habe Ihr Gepäck mitgebracht, nand' Paidhi«, erklärte er stolz.

Wie? Gehörte das tatsächlich alles ihm, was sich da, in Pappkartons und Kisten eingepackt, auf dem Teppich stapelte? Nun ja, er hatte alles, was er besaß, auf Malguri zurücklassen müssen und allenfalls darauf gehofft, daß ihm ein paar Dinge nachgeschickt würden: sein Lieblingspullover, die beste Jacke, das Reisenecessaire, die Familienfotos ...

»Nadi-ji«, sagte er zu Algini und suchte nach angemessenen Dankesworten. »Ich bin überrascht.« Zu wenig. »Sehr aufmerksam von Ihnen, meine Sachen mitgebracht zu haben. Aber daß Sie wohlbehalten wieder da sind, ist mir sehr viel mehr wert.«

Algini zeigte sich verblüfft. »Das gehört zu meinem Job, nand' Paidhi.« Genauso hätte Jago geantwortet oder Banichi oder Tano. Sie alle taten ihre Pflicht, das, was von ihnen erwartet wurde.

Um Saidin nicht länger abseits stehen zu lassen, sagte Bren: »Saidin-ji, bitte veranlassen Sie, daß sich das Personal der Gepäckstücke annimmt. Ich weiß sie bei Ihnen in guten Händen. Algini, Sie sollten sich jetzt erst einmal richtig ausschlafen. Banichi und Jago sind nicht da, aber ich bin sicher, daß sie Ihnen denselben Rat geben würden.«

Es fehlte nicht viel, und Algini würde vor Erschöpfung zu Boden gehen. Als sich die Dienerinnen daranmachten, das Gepäck davonzuschaffen, blinkte das Warnlicht über der Eingangstür. Der Sicherheitsdraht wurde ausgeschaltet, die Tür öffnete sich, und Jago trat herein.

»'Gini-ji«, grüßte Jago erfreut. »Eine schöne Überraschung, Sie zu sehen.« Es gab eine Reihe weiterer Verbeugungen. Tano tätschelte dem Partner erneut die Schulter.

Dann schien sich Jago auf etwas anderes zu besinnen. »Bren-ji, verzeihen Sie«, sagte sie und reichte ihm einen Versandzylinder mit Tabinis Siegel.

Bren hatte im stillen schon damit gerechnet. Er entnahm ihm die Aufforderung, daß er sich nach dem Abendessen im Blauen Saal einfinden solle. Beklommen starrte er zu Boden, auf die Kisten und Koffer, die von den Dienerinnen davongetragen wurden. Er war nicht bereit, weder emotional noch mental, fühlte sich überfordert von allem, was ihm zugemutet wurde. Nur eines hielt ihn bei der Stange, die Überzeugung nämlich, daß er handeln mußte, daß es nicht damit getan wäre, dem Präsidenten und seinen Experten die Entscheidung zu überlassen, denn die drohten in eine Falle zu tappen. Das sah niemand besser als der Paidhi, der sich wie kein anderer Mospheiraner auf das Verhandeln mit Fremden verstand.

Aber natürlich konnte auch der Paidhi irren.

Dennoch machte er sich zum verabredeten Zeitpunkt mit seinen Notizen und dem Computer auf den Weg, von Jago zum Fahrstuhl begleitet. Wie nie zuvor in seiner Karriere galt es jetzt, alle Sinne beisammenzuhalten, sich zu konzentrieren.

Und doch wurde ihm schwindelig vor Angst.

Er mußte umschalten, auf mosphei denken, zwischen beiden Sprachen hin- und herspringen, eine Aufgabe, der er sich zur Zeit kaum gewachsen sah.

Sein Vorschlag war von beiden Häusern abgesegnet

worden. Die hatten im Anschluß an seine Rede bis tief in die Nacht hinein debattiert und eine Resolution verabschiedet. Darin hieß es sinngemäß: Die Zustimmung des Aiji vorausgesetzt, bitten wir den Paidhi, mit dem Schiff in Kontakt zu treten und ihm die Grüße des Bundes zu übermitteln.

Doch inzwischen zeichnete sich ein Stimmungsumschwung ab. Tabini hatte ihn in seiner Nachricht wissen lassen: *Auf Antrag mehrerer Ostprovinzen wird die Legislative heute ihre Beratungen fortsetzen.* Mit anderen Worten: Die Rebellen versuchten querzuschießen. Darum drängte Tabini: *Wenn wir nicht schnellstens für vollendete Tatsachen sorgen, gehen wir noch baden in einer Flut von Anträgen.*

*Chimati sida'ta*, lautete eine atevische Redensart: Das Tier, um das gestritten wird, ist längst geschlachtet. Nach Beschlußlage der vergangenen Nacht hatte der Paidhi-Aiji Verhandlungsvollmacht. Die drohte nun zurückgezogen oder bis auf weiteres außer Kraft gesetzt zu werden. Verständlich, daß Tabini zur Eile mahnte.

Ein entsprechendes Mandat aus Mospheira fehlte allerdings nach wie vor. Es gab keine Antwort, weder auf sein Schreiben noch auf Tabinis Botschaft an den Präsidenten, so sehr er auch darauf gehofft hatte. Ihm war nun bewußt, daß es zu ernsten Problemen kommen würde, nicht nur für ihn, sondern für alle Kollegen, die ihm den Rücken stärkten.

Aber der Ausschuß, den er um Rat gebeten hatte, war wie jedes Gremium seiner Art, hüben wie drüben, vielleicht wie überall im Universum: träge bis zum Umfallen. Bevor der reagierte, hatte sich das meiste von selbst erledigt. Und der Beraterkreis des Präsidenten war auch nicht schneller.

Die Chefs des Außenministeriums würden den Paidhi für das, wozu er sich nun genötigt fühlte, bestimmt aufknüpfen wollen. Doch zuerst müßten sie ihn schnappen, und bis dahin – *Chimati sida'ta …*

Selbst von denen würde es niemand wagen, die Beziehungen zum Festland abzubrechen, und wenn Tabini nun das Heft in die Hand nahm, mußten sie sich wohl oder übel darauf einstellen und zur Kenntnis nehmen, daß auch in absehbarer Zukunft jeder Dialog nur über seine, Brens, Vermittlung zustande kam, denn der Aiji weigerte sich, Hanks als Paidhi anzuerkennen oder Wilson oder wen auch immer. Hanks wäre inzwischen wahrscheinlich schon tot, hätte er Tabini nicht dringend davon abgeraten, ihren Affront gegen seine Regierung nach Art der Atevi zu beantworten. Aber sollte sie es noch einmal wagen, den Aiji zu brüskieren, wäre dessen Geduld am Ende, und er, Bren, würde nichts mehr für sie tun können.

Gesetzt den Fall, den Scharfmachern unter den Separatisten gelänge es, die moderateren Kräfte an die Wand zu spielen, hätte er sich allerdings schwere Vorwürfe zu machen, denn dann würden diejenigen für ihn büßen müssen, die auf seiner Seite standen. Aber er war zuversichtlich, daß die Fraktion der Betonköpfe, wenn überhaupt, nur für kurze Zeit das Vergnügen haben würde, denn ohne Information oder Kooperation – oder Rohstofflieferungen – vom Festland wäre auch sie aufgeschmissen.

Also: Auch wenn sie mit dem Schiff einig werden sollte, hätte sie am Ende das Nachsehen. So auch das Schiff, falls es sich weigerte, mit den Atevi zu verhandeln.

Dennoch, die Rolle, die er zu spielen gezwungen war, behagte ihm ganz und gar nicht. Allzugroß war die Verantwortung, die auf ihm lastete. Aber wer könnte ihm die jetzt abnehmen? Er war schließlich der Vermittler par excellence, über viele Jahre eigens dafür ausgebildet und inzwischen auch mit der nötigen Erfahrung ausgestattet, darüber hinaus loyal, wenn auch nicht seinem Ministerium, so aber doch den Menschen gegenüber. Er folgte dem Kurs, den die Paidhiin der

Vergangenheit im Einverständnis mit Mospheira abgesteckt hatten, konsequent und Schritt für Schritt über alle Stufen der gewünschten Entwicklung in Sachen Technologie und Kooperation.

Während er, von Jago durch die Halle im Erdgeschoß begleitet, darüber nachdachte, wurden ihm drei Dinge klar: Erstens, daß er in seinem Entschluß doch nicht so allein dastand wie befürchtet. Er wußte all seine Vorgänger und deren Berater hinter sich. Wenn denn jemandem Verrat vorzuwerfen war, dann nicht ihm, sondern denen, die das Rad der Geschichte zurückzudrehen versuchten.

Zweitens, daß er, um die Situation zu entschärfen, für einen möglichst leisen Rückzug von Hanks sorgen mußte.

Und drittens, daß es nicht nur dringend geboten, sondern auch vollauf gerechtfertigt war, mit dem Ministerium zu brechen, zumindest mit seiner korrupten Führung. Mehr noch, es galt jetzt zu beschleunigen, was seine und Tabinis Vorgänger nach einem behutsam abgestuften Plan auf den Weg gebracht hatten, nämlich technologische Anpassung zum Zwecke friedlicher Koexistenz. Bren war überzeugt davon, daß es nun Zeit wurde, das Nebeneinander als ein Miteinander auszugestalten, nicht nur im Sinne der geplanten Hanseverbände, deren Gründung sozusagen als Feldversuch zur Prüfung der Möglichkeiten und Auswirkungen des Zusammenlebens von Atevi und Menschen konzipiert war. Nein, Bren war entschlossen, sich dafür einzusetzen, daß beide Kulturen, so verschieden sie auch sein konnten, nicht mehr umhinkamen, sich aufeinander einzustellen: an Bord einer Weltraumstation. Er machte sich keine Illusionen. Was ohnehin problematisch genug war, drohte brandgefährlich zu werden, falls es der Schiffsbesatzung wie damals einfiele, Arbeiter und Techniker der Station gegeneinander auszuspielen, um sich mit gefüllten Tanks aus dem Staub zu machen.

Wehe wenn …

Seine Rede vor den Häusern der Legislative hatte einen Mordversuch provoziert. Was er jetzt in Gang zu bringen beabsichtigte, würde womöglich Dutzende von Assassinen auf den Plan rufen. Hatte sein gestriger Auftritt dafür gesorgt, daß im Präsidentenpalais auf Mospheira alle Lampen angingen, so wäre das, was er heute nacht zu unternehmen gedachte, dazu angetan, diese Lampen wochenlang brennen zu lassen.

# 10

Es war nicht nötig, hinauszufahren zur Empfangsstation; Tabini hatte eine Leitung auf das Netz im Bujavid schalten lassen. Die Verbindung könnte jetzt über jeden x-beliebigen Anschluß dort hergestellt werden. Daß sie sich auf das Sitzungszimmer geeinigt hatten, war reine Gewohnheit.

Jago ging voraus, um ihm Platz zu machen. Vor der Tür lungerten etliche Wachbeamte herum. Dahinter hielten sich noch mehr Leute auf: Techniker, Kommunikationsexperten, Lords und Abgeordnete, zwei Vertreter der Printmedien und ein Kamerateam.

»Nand' Paidhi«, sagte Tabini und führte Bren ans Kopfende des Konferenztisches. Beflissen rückten ihm zwei Diener den Stuhl zur Rechten Tabinis zurecht. Jago legte ihm Computer und Notizbuch parat, während Techniker ein Mikrophon vor ihm aufbauten und Strippen verlegten. Bren warf einen nervösen Blick auf die Kameras. »Sind die vom Fernsehen?« fragte er.

»Nein, sie gehören zu uns«, antwortete Tabini. »Wir wollen alles genau dokumentieren, nicht nur für die Nachwelt.«

Sondern vor allem zur eigenen Absicherung, dachte Bren; um all den Gerüchten, die aufkommen würden, mit konkreten Informationen entgegenwirken zu können.

Und wohl nicht zuletzt auch nützlich für den Fall, daß er, der Paidhi, irgendwelche Irrtümer zu korrigieren hatte. Unter diesen Gesichtspunkten waren ihm die Kameras und Pressevertreter nun sogar willkommen. »Steht die Verbindung schon?«

»Gleich müßte es soweit sein«, antwortete Tabini,

und an alle Anwesenden gewandt: »Ich bitte um Ihre Aufmerksamkeit.« Es wurde schlagartig still im Raum. »Sie alle wissen, worum es geht. Hoffen wir, daß sich unsere Bemühungen lohnen.« Und als ein jeder seinen Platz am Tisch eingenommen hatte: »Nand' Paidhi, Ihr Mikrophon ist direkt angeschlossen an die Relaisstation bei Mogari-nai. Das Schiff müßte Sie jetzt hören können. Sie haben das Wort.«

»Wie Sie wünschen, Aiji-ma.« Bren zog das Mikrophon näher zu sich heran. »Mogari-nai, hier spricht Bren-Paidhi. Verstehen Sie mich?«

*»Ja, nand' Paidhi. Wir legen Sie jetzt auf die Schüssel.«*

Entsetzliche Redewendung. Es wunderte Bren nicht, daß die Traditionalisten Anstoß nahmen am Jargon der Technokraten.

»Danke. Kann man mich da oben hören?«

*»Vermutlich.«*

Bren holte tief Luft. »*Phoenix*-Kom, hier spricht Bren Cameron, Dolmetscher und ständiger Vertreter Mospheiras in Shejidan. Der Aiji des Westbundes hat Ihrer Kommandantur eine Mitteilung zu machen. Bitte melden ...

*Nadiin-sai, machi arai'si na djima sa dimajin tasu.*« Mit diesen Worten forderte er Mogari-nai auf, seinen Ruf zu wiederholen, ihn auszusenden, solange, bis eine Antwort käme.

Er schaute zu Tabini hinüber. »Ich habe das Schiff um Rückmeldung gebeten, Aiji-ma. Kann sein, daß wir uns eine Weile gedulden müssen. Vielleicht ist auf die Schnelle keiner der Offiziere an den Apparat zu holen. Und wer weiß, ob die Funkstation überhaupt zur Zeit besetzt ...«

*»Hier ist* Phoenix-*Kom«*, meldete sich eine Stimme über Lautsprecher. Auf mosphei' oder zumindest in einem verwandten Dialekt, der ihm ohne weiteres verständlich war. *»Können Sie mich hören?«*

War er soeben noch ruhig und gefaßt gewesen,

wurde ihm nun plötzlich ganz anders zumute. Der Puls raste los, daß ihm die Glieder zu zittern anfingen und der Atem stockte.

»Sehr gut. Mit wem spreche ich?«

*»Robert Orr, wachhabender Offizier. Bitte nennen Sie mir Ihren Namen und Dienstgrad.«*

»Mr. Orr, ich bin Bren Cameron, Dolmetscher und Vermittler zwischen Mospheira und dem Westbund, der größten und einzigen Nation, zu der die Menschen in Kontakt stehen. Als Übersetzer dürfte mein Dienstgrad in etwa dem eines Offiziers an Bord Ihres Schiffes entsprechen. Wie dem auch sei, die Person, für die ich übersetze, ist gewähltes Oberhaupt des Westbundes und wünscht mit Ihrem Kommandanten zu sprechen.«

*»Ich werde sehen, was sich machen läßt«*, antwortete die Stimme, merklich nervös. *»Bleiben Sie bitte dran. Wir melden uns gleich wieder.«*

»Wir warten«, sagte Bren, und mit Blick auf Tabini: »Aiji-ma. Ich habe gerade mit einer Person mittleren Ranges gesprochen und sie darum ersucht, den Oberbefehlshaber des Schiffes ans Mikrophon zu bitten. Wir müssen uns jetzt eine Weile gedulden.«

In der Tischrunde herrschte atemlose Stille. Man hätte eine Stecknadel fallen hören können.

»Wie beurteilen Sie die erste Antwort?«

»Mir scheint, mein Gegenüber hatte es sehr eilig, unser Anliegen an geeigneter Stelle vorzutragen. Verständlich …«

*»Mr. Cameron.«*

Eine andere Stimme.

*»Mein Name ist Stani Ramirez. Ich bin Erster Kapitän der* Phoenix. *Wenn ich richtig unterrichtet bin, sprechen Sie im Auftrag einer fremden Regierung. Ist das so?«*

»Ich dolmetsche für das gewählte Oberhaupt des Westbundes, einer Art Konföderation von Provinzen, die zusammen in ihrer territorialen Ausdehnung mehr als drei Viertel des größten Kontinents auf diesem Planeten einnehmen. Ich melde mich aus der Hauptstadt Shejidan. Moment bitte.« Beim Versuch, in die andere Sprache überzuwechseln, glaubte er zu spüren, wie das geistige Getriebe zu haken drohte. »Tabini-ma. Ich habe einen gewissen Stani aus dem Hause Ramirez in der Leitung. Er führt das Kommando an Bord des Schiffes und ist bereit, mit Ihnen zu reden.«

»Erklären Sie ihm, was es mit dem Vertrag auf sich hat, daß wir mit den Menschen auf Mospheira ein Bündnis eingegangen sind.«

»Ja, Aiji-ma.« Bren besann sich kurz. »Kapitän, der Aiji bittet mich, Sie davon in Kenntnis zu setzen, daß die Beziehungen zwischen Menschen und Atevi verbindlich geregelt sind auf der Grundlage eines geltenden Vertrages, der zwischen dem Westbund und Mospheira ausgehandelt wurde und seit vielen Jahrzehnten den Frieden sichert. Ich werde Ihnen zum Ende unseres Gesprächs eine Kopie dieses Vertrages übermitteln.«

*»Wir bitten darum.«*

»Sir, Sie sollten wissen, daß das erste Aufeinandertreffen von Menschen und Atevi einen Krieg zur Folge hatte. Die Beziehungen sind aufgrund unüberwindlicher Differenzen nach wie vor äußerst prekär. Jede Störung der sensiblen Balance, die dank unserer vertraglichen Übereinkünfte erzielt werden konnte, würde große Gefahren heraufbeschwören. Nicht, daß Atevi feindselig wären. Im Gegenteil, sie sind interessiert am Kontakt zu den Menschen, auch zu denen an Bord Ihres Schiffes. Doch ein solcher Kontakt darf aus erwähnten Gründen nur über solche Personen laufen, die mit der Problematik vertraut sind und eine gründliche Ausbildung als Vermittler absolviert haben.«

»Unterbreiten Sie ihm folgenden Vorschlag«, unterbrach Tabini mit erhobener Hand. »Er möge aus seiner Mannschaft eine Person bestimmen, die als Mediator in Frage käme und von Ihnen, Bren-ji, entsprechend ausgebildet würde. Sie könnte dann so schnell wie möglich nach Shejidan kommen und mit Ihnen persönlich verhandeln.«

Bren war perplex: Tabini verstand vom Mosphei'schen offenbar viel mehr, als er zuzugeben bereit war. Er konnte, wie es schien, jedem seiner Worte folgen. Aber sein Vorschlag griff nicht nur in die richtige Stelle des laufenden Gesprächs ein, er war weitblickend und stand im Einklang mit dem Vertrag. Dennoch, die Anwesenden rutschten nervös auf den Stühlen hin und her, blickten fragend in die Runde.

Tabini hatte für alle völlig überraschend eine unbekannte Variable in seine Berechnungen mit einbezogen. Nun, Tabini tat, wozu er, Bren, ihm unlängst selbst geraten hatte: Fakten schaffen. Das stand in seiner Macht als Aiji. Die Legislative hatte allenfalls das Recht einer nachträglichen Würdigung seiner Entschlüsse.

»Sir«, sprach Bren ins Mikrophon.

*»Ich höre.«*

»Ich komme noch einmal auf den Vertrag zu sprechen. Dem werden Sie, wenn er Ihnen vorliegt, entnehmen können, daß die gesamte Korrespondenz zwischen der Regierung Mospheiras und der des Westbundes über einen einzigen amtlichen Vermittler abgewickelt wird, der sozusagen als Schnittstelle wirkt zwischen zwei Sprachen, die unterschiedlicher kaum sein können.« Spontan fiel ihm ein, daß die Schiffsbesatzung wahrscheinlich nicht die geringste Ahnung von den Problemen hatte, die er hier anzudeuten versuchte. Es war anzunehmen, daß sie seit etlichen Generationen aufeinanderhockte und keine Vorstellung hatte, geschweige denn praktische Erfahrung mit einer Fremdsprache; es würde darum in ihren Reihen wahrscheinlich auch niemand zu finden sein, der eine Sprache wie die der Atevi über kurz oder lang erlernen könnte. »Das Oberhaupt der Atevi schlägt vor, daß Sie einen Kandidaten auswählen, der sich von mir unterrichten ließe in protokollarischen und sprachlichen Dingen, die für einen friedlichen Dialog unerläßlich sind. Er ist eingeladen, einen ständigen Sitz in der Hauptstadt Shejidan zu beziehen.«

*»Verstehe ich richtig? Wir sollen einen Kontaktoffizier auf dem Planeten absetzen?«*

»Ja, Sir. Bitte schicken Sie uns eine solche Person mit der Vollmacht, in Ihrem Namen zu verhandeln. Einen Diplomaten, wenn Sie so wollen.«

*»Was würde Mospheira dazu sagen?«*

»Mospheira ist Mitglied des Westbundes, eine Inselprovinz unter anderen Provinzen. In Fragen der Außen- und Handelspolitik ist sie gebunden an die Weisungen aus Shejidan. Ich habe erfahren, daß Sie interessiert sind an Rohstoffen und Verarbeitungsmöglichkeiten, die das Festland bereithält. Ein Kontaktoffizier könnte in diesem Sinne mit den hiesigen Entscheidungsträgern in Verhandlung treten. Aber wie gesagt, sprachliche Kompetenz ist unabdingbare Voraussetzung. Ich könnte Ihrem Vertreter Unterricht geben, aber er müßte eine natürliche Begabung mitbringen.«

Die Antwort ließ lange auf sich warten. Verständlich. Dann: *»Ich muß meine Berater konsulieren. Wie können wir uns bei Ihnen melden?«*

Stani Ramirez klang wie der Präsident Mospheiras. Man sollte doch meinen, daß der Kommandant eines Schiffes in der Lage war, selbständig zu entscheiden. »Die Bodenstation ist permanent empfangsbereit und weiß, wo ich zu finden bin. Wie Sie vielleicht schon feststellen konnten, haben wir ein kleines nachrichtentechnisches Problem. Unser Satellit ist seit einiger Zeit ausgefallen. Aber das Personal der Empfangsstation hat diese Lücke anderweitig schließen können.«

*»Einheimisches Personal?«*

»Ja, Sir, Atevi. Es wird Ihre Leute nicht verstehen. Aber sie brauchen nur meinen Namen zu nennen, und dann wird man sich unverzüglich mit mir in Verbindung setzen. Ich schlage vor, daß wir uns morgen mittag wieder sprechen. Ortszeit. Läßt sich das einrichten?«

*»Es könnte sein, daß es eine Weile dauert, bis wir den Vertrag studiert haben. In welchem Modus senden Sie?«*

»Standard. Die Atevi verwenden dieselben Kommunikationssysteme wie Mospheira.« Jawohl, Herr Kapitän, wir können mithören, was Sie den Insulanern zu erzählen haben. Sehen Sie sich also vor. »Es wird Sie vielleicht überraschen, wie knapp und bündig der Vertragstext verfaßt ist, wie übrigens alle atevischen Rechtsdokumente. Umfassender sind die als Nebengesetze ausgegrenzten Sonderregelungen. Für Rückfragen stehe ich Tag und Nacht zur Verfügung. Sie brauchen sich nur bei der Bodenstation zu melden. Man legt mir dann einen Anschluß aufs Telefonnetz, so daß ich überall für Sie erreichbar bin.«

*»Mr. Cameron, eine Frage noch, die ich schon zu Beginn unseres Gesprächs hätte stellen sollen: Welche Gewähr haben wir, daß Sie tatsächlich bevollmächtigt sind, mit uns zu verhandeln?«*

Auf diese Frage war Bren vorbereitet. »Sir, es gibt insgesamt nur drei Menschen, die die atevische Sprache fließend beherrschen. Unter den Atevi ist niemand in der Lage, Mosphei' zu sprechen. Die Verständigung untereinander ist offiziell nur über meine Vermittlung möglich; so will es der Vertrag. Unser Gespräch geht über den Sender Mogari-nai. Ich vermute, daß Sie diese Anlage schon gesichtet und festgestellt haben, daß mit ihr unter anderem die telemetrischen Bewegungen der Raumstation überwacht werden. Auf Mospheira steht eine ähnliche Anlage. Es gibt nur diese beiden, über die Sie sich in Ihrer Sprache an die Bewohner dieses Planeten wenden können, also entweder an Mospheira oder aber an mich.« Bren warf einen Blick auf Tabini, der nach wie vor einen gelassenen Eindruck machte. »Aiji-ma, jis asdi parei'manima pag' nand' Stani-Captain?«

»Masji sig' triti didamei'shi.«

»Das erste atevische Wort, das Sie lernen sollten, Sir, ist Aiji. So lautet der Titel des atevischen Oberhauptes. Sein Name ist Tabini. Die korrekte Anrede wäre, falls Sie mit ihm sprechen sollten: Tabini-Aiji. Er erwartet, daß Sie den Vertrag als Rechtsgrundlage der Beziehungen zwischen Atevi und Menschen anerkennen. Daß die darin festgeschriebenen Normen erfüllt werden, ist Voraussetzung für alle weiteren Verhandlungen. Möchten Sie, Sir, ein persönliches Wort an den Aiji des Westbundes richten?«

*»Sagen Sie ihm, daß uns an freundschaftlichen Beziehungen gelegen ist. Wir bleiben auf Empfang für die Übermittlung des Vertrags.«*

»Danke, Sir. Ich verabschiede mich für heute ... Daiti, nadiin tekikin, madighi tritin distitas pas ajiimaisit, das, das, das, magji das.«

»Pai sat, Paidhi-ma.«

Bren stellte den Computer vor sich hin, klappte den Bildschirm auf und steckte die Modemverbindung in die Telefonbuchse, die auf dem Tisch bereit lag. Dann rief er die Vertragsdatei auf und schickte sie per Knopfdruck über Mogari-nai zum Schiff hinauf. So einfach funktionierte das. Mittels eines Telefonanschlusses auf einem Tisch im Bu-javid.

Erstaunlich, selbst für einen Unterhändler in Sachen Technologie.

Geradezu verblüfft zeigten sich die Ausschußvorsitzenden am Tisch. Auf gewöhnlichen Konferenzen schienen sie häufig gegen den Schlaf ankämpfen zu müssen, oder sie raschelten mit Papier, tuschelten mit dem Nebenmann. Nicht so jetzt. Es herrschte gespannte Aufmerksamkeit, absolute Stille. Anscheinend hatten sie noch nicht realisiert, was hier geschehen war.

»Nun, was hat er gesagt?« fragte der Aiji.

»Auf meine letzte Frage hin, ob er ein Wort an den Aiji zu richten wünsche, bat er mich mitzuteilen, daß ihm an friedlichen Beziehungen gelegen sei. Ich verwende in der Übersetzung das Wort ›friedlich‹, obwohl er ein anderes Attribut benutzt hat, für das es aber keine atevische Entsprechung gibt.«

»Also nicht ›friedlich‹?« fragte der Vorsitzende des Rechtsausschusses nach.

»Er wählte ein weniger spezifisches, aber höflich gemeintes Wort, das Hoffnung ausdrückt auf persönliche Nähe und Gemeinschaft. Mit dem mosphei'schen Wort *Freundschaft* in all seinen Ableitungen habe ich als Übersetzer schon immer meine Probleme gehabt.«

»Ein verfängliches Wort«, bemerkte Tabini.

»Sie haben recht, Aiji-ma. Es stiftet auch unter Menschen häufig Verwirrung.«

»Beabsichtigtermaßen?«

»Wenn man es denn mißbräuchlich verwendet.« Atevi schöpften schnell Verdacht; das lag wohl in ihrer Natur. »Vielleicht war sein Wunsch nur eine höfliche Floskel, aber wir sollten seine Formulierung nicht allzu streng bewerten. Auf dem Schiff wird vermutlich niemand sein, der je mit einer Fremdsprache zu tun hatte und darum solche Nuancen, über die wir nun reden, reflektieren würde. Positiv zu vermerken wäre vielmehr, daß sie am Vertrag Interesse zeigen. Ich bin überzeugt davon, daß sie mit dem nächsten Anruf nachfragen, wo denn der Rest des Textes abgeblieben sei. Es wird sie verwundern, daß das Dokument nur aus wenigen Zeilen besteht. Deren Verträge sind bestimmt sehr viel ausführlicher, da sie alle Ausnahmen und Eventualitäten festzulegen versuchen.«

»Wie umständlich«, murmelte Tabini.

»Tradition. Die geschichtlichen Hintergründe kenne ich zwar auch nicht, aber ich vermute, daß die Menschen immer schon darauf aus waren, alle möglichen

Probleme, die auftauchen könnten, im vorhinein zu benennen und in den Griff zu bekommen.«

»Negatives Denken. Der Ausdruck stammt doch von Ihnen, nicht wahr?«

»Ja, und ich fürchte, dem ist kaum beizukommen, Nadiin, Aiji-ma. Wie dem auch sei, ich hätte in meinem Gespräch mit dem Kapitän wohl besser sehr viel weiter ausholen sollen in die Geschichte der Beziehungen zwischen Atevi und Menschen. Es gibt großen Erklärungsbedarf. Ich muß den Leuten an Bord des Schiffes einiges klarzumachen versuchen, um Mißverständnissen vorzubeugen.«

»Wie präzise können Ihre Erklärungen sein?« fragte der Vorsitzende des Rechtsausschusses.

»Als Paidhi weiß ich um die besonderen Schwierigkeiten, Nandi, und darum bitte ich Sie, mich in meinen Vermittlungsbemühungen zu unterstützen, mich gegebenenfalls zu korrigieren. Ich werde in meinen Übersetzungen auf jede problematische Wendung aufmerksam machen. Ich verspreche mir auch einiges vom Vorschlag des Aiji, ein Mitglied der Schiffsbesatzung als Dolmetscher und Vermittler auszubilden. Eine solche Person könnte wirklich von großer Hilfe sein.« Bren stockte. Was er nun zu sagen hatte, machte ihn nervös, denn er riskierte, daß sein Einwand ausgelegt werden könnte als Versuch, den Aiji eines Besseren zu belehren. »Es sei denn, sie taugt nicht in dieser Funktion. Dann würde sie wahrscheinlich mehr Schaden anrichten als nützen. Darum bitte ich Sie, Aiji-ma, Nadiin-ma, mir die Vollmacht zu geben, einen solchen Vermittler notfalls vom Dienst zu suspendieren. Wenn es, was ich nicht hoffe, dazu kommen sollte, wären wir auf die Unterstützung durch meine Universität angewiesen. Denn ich allein werde mit den anfallenden Übersetzungsarbeiten wohl nicht zu Rande kommen.«

»Das wäre nicht gut«, meinte Tabini. »Und ich sähe es lieber, Sie hätten Erfolg in der Ausbildung eines geeigneten Kandidaten aus den Reihen der Schiffsbesatzung, Paidhi-ji.«

»Das hoffe ich auch, Aiji-ma«, antwortete Bren, dem zu allem Überfluß nun auch noch der ungelöste Problemfall Hanks in den Sinn kam. Himmel hilf, wenn Mospheira sie als Repräsentantin ins Spiel brächte ... gegen ihn als Tabinis Mann.

Keine schönen Aussichten. Und er dachte wieder an das Gespräch mit Ramirez, an dieses – wie sagte Tabini? – verfängliche Wort, das ihn gleichsam überrumpelt und sämtliche Alarmglocken zum Läuten gebracht hatte.

*Freundschaftliche Beziehungen.*

Der Kapitän konnte natürlich nicht ahnen, was er damit aufrührte. Er war nicht aufgewachsen mit den Sorgen der Menschen auf Mospheira, mit den Erinnerungen an den Krieg. Man hatte ihm zwar Auszüge aus einem Geschichtsbuch aufs Schiff geschickt. Aber historische Sachverhalte zur Kenntnis zu nehmen war etwas anderes als jenes Innehalten zur Schweigeminute, Punkt 9 Uhr 16, alljährlich am Tag des Vertrages, zum Gedenken an damals, als die Uhren auf Alpha Base stehengeblieben waren.

»Aiji-ma«, sagte Bren. »Mit Ihrer Erlaubnis würde ich gern dem Schiff die wichtigsten protokollarischen Regeln zukommen lassen. Ich könnte bis morgen eine Liste zusammenstellen.«

»Wie Sie meinen, Paidhi-ji«, antwortete Tabini. »Wenn Sie das für nötig erachten.«

Der Aiji ließ ihm freie Hand, bürdete ihm mit anderen Worten ein unerhörtes Maß an Verantwortung auf.

Er klappte den Computer zu, und ihm war, als habe sich eine Schlinge um seinen Hals gelegt. In der Tischrunde wurden nun terminliche Absprachen getroffen. Man stellte ihm zusätzliche Fragen, auf die er höflich zu antworten versuchte, doch seine Gedanken waren ganz woanders. Seltsamerweise bei Barb, der er im stillen und in der Gewißheit, sie nie mehr wiederzusehen, Lebwohl sagte. Und bei seiner Familie.

Er hatte den Eindruck, neben sich zu stehen, war sich selbst ein Rätsel. Von der Zuversicht, mit der er seine Entscheidung getroffen hatte, war nicht viel übrig geblieben. Statt dessen machte sich Angst breit vor deren Unumkehrbarkeit. Im nachhinein zweifelte er an seinem Verstand, stellte seine Beweggründe und Pläne in Frage. Was sich die Vorstellung sauber ausgemalt hatte, drohte nun von der Wirklichkeit mit chaotischen Strichen durchkreuzt zu werden, spätestens dann, wenn sich das Ministerium zu Wort melden würde.

»Nadiin«, sagte Tabini. »Die Sitzung ist geschlossen. Nand' Paihdi, vielen Dank.«

»Nichts zu danken, Aiji-ma«, murmelte er und erhob sich schwerfällig von seinem Platz. Ein Diener sprang zur Hilfe.

Auf dem Weg nach draußen hielt ihm Lord Eigji die Tür auf – sehr rücksichtsvoll, aber so ungewöhnlich für eine so hochgestellte Persönlichkeit, daß Bren vor Erstaunen ins Wanken geriet, als er sich ehrerbietig zu verbeugen versuchte und mit dem ausgestellten Gipsverband gegen den Türrahmen stieß. Eine Gestalt in schwarzer Ledermontur mit silbernen Beschlägen fing ihn auf. Er glaubte, Jago vor sich zu haben, doch als er den Kopf hob, sah er in Banichis Gesicht.

»Überlassen Sie den mir«, sagte er und nahm ihm den Computer aus der Hand.

»Wo sind Sie gewesen, Nadi?« fragte Bren spontan.

Banichi antwortete erst, als sie den Pulk der atevischen Lords im Flur hinter sich gelassen hatten. »Ich habe geschlafen, nand' Paidhi. Das muß auch mal sein.«

Unsinn, dachte Bren. »Sie enttäuschen mich. Ich dachte immer, Sie kämen ohne Schlaf aus.«

Banichi zeigte sich amüsiert. Daß er guter Laune

war, beruhigte Bren; sie ließ darauf schließen, daß die Sicherheit im Bu-javid gewährleistet war. Also verzichtete er darauf, Banichi mit seinen Fragen zu bedrängen. Sie gingen durch den Flur, gefolgt von einigen Lords, auf Abstand, wenn auch nicht außer Hörweite. »Ich hoffe, Gelegenheit zu haben, einen Blick in mein Büro zu werfen. Es muß nicht heute sein, aber morgen vielleicht«, sagte Bren. »Vermutlich hat sich Hanks darin breitgemacht. Ich muß unbedingt mit ihr reden.«

»Ich dachte, Sie hätten ihr den Krieg erklärt.«

»Ganz so schlimm ist es nicht. Ich will auch nicht, daß ihr was zustößt.«

»Mit diesem frommen Wunsch stehen Sie hier bei uns ziemlich allein da«, entgegnete Banichi.

»Es darf ihr nichts passieren, Nadi, auf keinen Fall. Wo ist Jago?« Sie hatten den abgeschirmten Zugang zum Fahrstuhl erreicht, der die Residenzen der oberen Etagen bediente. Bren versuchte, auf den Busch zu klopfen. »Algini ist wieder da, wissen Sie das schon? Was geht hier eigentlich vor? Sie verschwinden, Jago verschwindet, Sie kommen zurück, Algini kreuzt auf und schleppt mein Gepäck an ...«

»Psst«, wiegelt Banichi ab, als wollte er ein vorlautes Kind zum Schweigen bringen. »Sie werden oben erwartet. Ruhen Sie sich aus, Bren-ji. Sie haben's nötig.«

»Cenedi sagte, es gebe Probleme in der Gilde.«

»So, so.« Banichi drückte den Rufknopf. Der Fahrstuhl kam.

»Cenedi sagte, er würde sich für Sie aussprechen, wenn er Gelegenheit dazu bekäme.«

»Ach ja?« Banichi schob ihn in den Fahrstuhl. Er war offenbar nicht geneigt zu antworten, aber es schien, als habe ihn Brens Bemerkung kurzzeitig aus der Fassung gebracht.

»Verdammt noch mal, Banichi.«

Banichi starrte auf die Etagenanzeige. Er war vorschriftsmäßig uniformiert: undurchlässig, unangreifbar.

»Gestern abend mußte ein Mann dran glauben«, sagte Bren.

»Man hat davon gehört.« Er mied jeden Blickkontakt.

»Banichi, es würde meine Arbeit um einiges erleichtern, wenn ich besser informiert wäre. Ich bin kein Trottel. Bitte behandeln Sie mich nicht so.«

Banichi grinste flüchtig. »Bren-ji, Sie haben sich um Raumschiffe und dergleichen zu kümmern. Unsere Aufgabe ist es, dafür zu sorgen, daß Sie durch nichts abgelenkt werden.«

»Der Mann hatte Familie, Banichi. Das geht mir nahe.«

Der Aufzug hielt an. Die Tür ging auf.

»Darüber können wir hier nicht reden, Bren-ji.«

»Wo denn? Außer den Räumen, die ich als Gast ...« Banichi machte sich anscheinend Sorgen wegen der versteckten Mikrophone, die er mit Hilfe eines kleinen Detektors lokalisieren konnte. Deren Installation war bestimmt von Tabini angeordnet worden, aber wahrscheinlich konnte sie auch Damiri für sich nutzen.

Und darüber schien Banichi verunsichert zu sein. Warum? Gab es hier auf der dritten Etage, dem am strengsten bewachten Ort im Bu-javid, irgendwelche offenen Sicherheitsfragen?

Hier hielten sich doch ausschließlich Personen auf, deren Man'chi Tabini galt – und jener Frau, die den Paidhi bei sich wohnen ließ und deren Familie gegen Tabini opponierte.

Banichi holte den Schlüssel aus der Tasche und flüsterte: »Es hat übrigens nicht nur einer dran glauben müssen, Bren-ji. Da waren Amateure am Werk, und ich vermute, das Fernsehen steckt dahinter. Es hetzt mit seinen idiotischen Geschichten dumpfe Gemüter auf, die von allein nie auf so aberwitzige Pläne kämen.«

»Sie meinen die Vertreter von ...«

»Ich sage nur eins: Die Gilde reagiert weder auf Bestechung noch auf politischen Druck und lehnt jedes Vertragsangebot ab, das sich gegen den Paidhi richtet.« Banichi öffnete die Tür zum Foyer, aus dem mittlerweile sämtliche Gepäckstücke entfernt worden waren. »Jagos Schuß war genau plaziert. Der Attentäter hat nur einen antiken Kunstgegenstand erwischt. Darin liegt der Unterschied, einer unter vielen. Bitte, Nadi, halten Sie sich von Atevimengen fern.«

In der Assassinengilde galten strenge Vorschriften. Mordaufträge wurden dezent abgewickelt, in Hinterhöfen oder Schlafzimmern und ohne Gefahr für Außenstehende. Die Gilde nahm auch beileibe nicht jeden Auftrag an. Der Auftraggeber mußte bestimmte Kriterien erfüllen, Verantwortlichkeit unter Beweis stellen, und vor allem seine Absicht amtlich registrieren lassen, damit die Zielperson gewarnt war. Formell, korrekt und einwandfrei. In gewisser Weise war die Gilde eine atevische Form von Anwaltschaft.

Doch auf den Paidhi war kein Assassine von Banichis oder Jagos Kaliber angesetzt worden, sondern ein Mann mittleren Alters mit Familie.

Und nach dem blutigen Schauspiel des gestrigen Abends würde sich wahrscheinlich niemand an seine Rede erinnern, geschweige denn über die Probleme und Lösungsvorschläge nachdenken, die er vorgetragen hatte in vollem Bewußtsein dessen, daß er sich wohl nie mehr auf Mospheira würde blicken lassen dürfen. Entsetzlicher Gedanke, der, wie Bren vermutete, nur deshalb noch nicht in Verzweiflung ausgeartet war, weil seine Vorstellungskraft nicht ausreichte, um diesen Gedanken zu Ende zu führen.

Die Schale auf dem Tisch im Foyer quoll über mit Sendschreiben. Tano kam ihnen entgegen, so auch Madam Saidin: sie mit aufgesetzter Höflichkeit, er sichtlich erleichtert.

Seiner Miene entnahm Bren, daß Jago beileibe nicht etwa im Bett lag, um sich auszuruhen. Banichi hatte auch nicht geschlafen, wie behauptet. Algini kam aus der Wachstube, trat auf Banichi zu und wechselte ein paar Worte mit ihm, ruhig und geschäftsmäßig. Von Wiedersehensfreude keine Spur. Vermutlich hatte Banichi ihn vom Flughafen abgeholt.

»Nand' Paidhi«, sagte Tano. »Hanks-Paidhi hat angerufen, dreimal sogar.«

O Gott, er hatte es versäumt, seinen Auftrag bei der Telefonzentrale zurückzuziehen. »Hat sie eine Nachricht hinterlassen?«

»Sie war stocksauer und verlangte, mit Ihnen persönlich zu sprechen.«

»Entschuldigen Sie, Tano.«

»Macht doch nichts, nand' Paidhi. Es sind drei Telegramme aus Mospheira eingetroffen. Damit muß ich Sie leider behelligen. Ich erledige sonst alles, wozu ich selbständig in der Lage bin, aber ...«

Bren war müde, ausgelaugt; er schaffte es nicht einmal mehr, die Jacke auszuziehen. Er mußte sich helfen lassen, von einer Dienerin – er hatte ihren Namen gehört, aber schon wieder vergessen.

»Nein«, stöhnte er, »ich kann nicht. Verschieben wir das auf morgen.«

»Bren-ji ist erschöpft«, sagte Banichi und half dabei, den Jackenärmel abzustreifen.

Bren wollte nur noch ins Bett. Weiche Kissen. Keine Fragen.

Aber Furcht und Hoffnung drängten ihn zu erfahren, um was es in diesen Telegrammen ging. Vielleicht war eines vom Präsidenten. Unterstützte er den Vorschlag des Paidhi oder verlangte er womöglich dessen Rückkehr nach Mospheira, um ihn dort unter Arrest zu stellen?

Bren mußte zumindest einen Blick auf die drei Schreiben werfen, feststellen, wer die Absender waren. Umständlich, weil vom verletzten Arm gehandikapt, brach er das Siegel des ersten. Es war von Barb.

*Bren*, las er, *ich hatte ja keine Ahnung. Es tut mir so leid. Ruf mich bitte an.*

Er fühlte sich wie vor den Kopf geschlagen und warf den Brief zurück in die Schale, wütend, vielleicht wütender als je zuvor in seinem Leben.

Oder verletzt. Das war ihm selbst nicht klar. Er konnte keinen klaren Gedanken fassen, am wenigsten in bezug auf Barb. Das zweite Telegramm stammte von seiner Mutter. Darin hieß es: *Schade, daß ich dich nicht mehr im Krankenhaus angetroffen habe.* Der Rest war von der Zensur zerstückelt worden; aus den übrig gebliebenen Wortfetzen konnte er sich keinen Reim machen. Allein der Himmel wußte, was ihm seine Mutter da mitzuteilen hatte.

Anscheinend Kritisches oder gar Verbotenes. Aber was wußte sie denn schon? Sie hatte doch keinen Zugriff auf Geheimnisse. Ihre Briefe waren noch nie in irgendeiner Weise beanstandet worden.

Womöglich war zu Hause etwas vorgefallen, etwas, das man ihm vorläufig verschweigen wollte. Aber warum hatte der Zensor diese eine Zeile durchgehen lassen und nicht gleich den ganzen Brief einbehalten? Man hätte ihn doch einfach verschwinden lassen können, was wahrscheinlich weder ihm, Bren, noch seiner Mutter jemals aufgefallen wäre. Jetzt sah es fast so aus, als legte man es darauf an, daß er sich Sorgen machte – zusätzlich zu seinem Ärger über Barbs Schreiben, das unzensiert geblieben war.

Das dritte Telegramm kam vom Ministerium. In der Anrede stand sein offizieller und völlig unzutreffender Titel. *Stabsoffizier Cameron.* Danach ging es gleich zur Sache: *Im Auftrag des Präsidenten teilen wir Ihnen mit, daß unserem Haus die Prüfung Ihres Bericht zufällt. Bis abschließend darüber beraten worden ist, ergeht an Sie folgen-*

*der Befehl: Keine weiteren Übersetzungen aufgefangener Funkmeldungen …*

Nun ja, dachte Bren; wenn's mehr nicht ist. Er war zu benommen und schon viel zu weit vorgeprescht in Richtung Verrat, als daß ihn dieser Befehl ernstlich kümmern konnte. Das Telegramm wanderte sogleich in den Papierkorb. Es folgten Barbs Brief und der seiner Mutter. Tano und die anderen schauten verwundert zu.

Ilisidis Versandzylinder war wieder zurückgekommen. Er öffnete ihn und las ihre Nachricht: *Eine alte Frau hofft auf Ihre Gesellschaft. Sie regt den müden Kreislauf an, nicht zuletzt Ihrer hübschen Haare wegen. Richten Sie's irgendwie, irgendwann ein, mit mir zu frühstücken.*

Er spürte einen Kloß im Hals, als er die Zeilen zum wiederholten Male las, die die trügerische, vielleicht fatale Hoffnung nährten, daß es doch noch jemanden gab, der gern mit ihm zusammen war, jemanden, der ihn weder zu kaufen, zu töten noch zu mißbrauchen versuchte – oder von Tabini beauftragt war, ihn zu beschützen.

Er reichte Tano den Zylinder und sagte: »Nadi, bitte teilen Sie der Aiji-Mutter mit, daß ich mich sehr über die Einladung freue und ihr möglichst bald nachzukommen gedenke. Und sagen Sie ihr, daß ich ihre Schmeicheleien zu schätzen weiß. Lassen Sie ihr bitte auch ein glückbringendes Blumenarrangement zukommen.«

Tano würde sicherlich über die eine oder andere Wendung zu grübeln haben. Sei's drum, Bren beeilte sich, ins Schlafzimmer zu kommen. Er war schon in der Tür, als ihm einfiel, daß er ganz vergessen hatte, sich in angemessener Form bei Banichi abzumelden. Statt dessen hatte er ihm einfach den Rücken zugekehrt. Nicht nett, aber wohl verzeihlich. Banichi würde jetzt bestimmt mit Tano und Algini einiges zu bereden haben, vielleicht auch eine Tasse Tee trinken mit Leuten, von denen er sich nicht gefallen lassen mußte, mit unbeantwortbaren Fragen traktiert zu werden.

Immerhin, Banichi war wieder da. Dafür fehlte jetzt Jago, es sei denn, sie war tatsächlich auf ihrem Zimmer und schlief.

Möglich, daß sie sich den Wachdienst aufgeteilt hatten, dachte Bren. Jedenfalls würden sie ihn nicht aus den Augen lassen. Darauf konnte er Gift nehmen.

Er hatte Hanks wütend gemacht. Vielleicht nahm sie ja seine Entschuldigung an, wenn nicht – auch egal. Er war zu müde, um länger darüber nachzudenken.

Er zog die Kleider aus, wobei ihm ein halbes Dutzend spröder Dienerinnen zur Hand ging, legte ein paar Kissen zurecht und nistete sich darin ein, so, daß auch die Schmerzen im Arm zur Ruhe kommen konnten. Zufällig fiel sein Blick auf die gegenüberliegende Wand und er sah, daß der gewünschte Fernseher gebracht worden war. Und auf dem Nachttisch lag neben dem Glas Wasser, um das er gebeten hatte, griffbereit eine Fernbedienung. Doch dafür hatte er jetzt keine Verwendung. Er wollte die Augen schließen, die Gedanken wegtrudeln lassen, im Schlaf versinken. *Ruf mich bitte an,* hatte Barb geschrieben.

Verflucht. Ruf an. Ja, das wäre wohl das mindeste gewesen, ihn anzurufen, als er im Krankenhaus gelegen hatte. Aber da war sie wahrscheinlich schon auf Hochzeitsreise gewesen.

Er konnte ihr verzeihen, alles, nur nicht dieses »Ruf mich bitte an«. Das war ihr Standardspruch, den sie bei Streitereien immer parat hatte. Warum rief sie nicht an? Sie kannte doch seine Dienstzeiten und wußte, daß er morgens früh für sie zu sprechen war. Aber nein, er sollte sie anrufen. Er sollte die Initiative ergreifen, sich auch ordentlich Mühe geben, Verständnis für sie aufbringen und ihr gut zureden.

Verständnis, wofür? Daß sie geheiratet hatte? Dazu war er nicht in Stimmung.

Verärgert langte er nach der Fernbedienung und schaltete den Fernseher ein, um Nachrichten zu sehen, und er sah sich selbst am Konferenztisch sitzen, hörte, was er gesagt hatte, und wußte, daß diese Sendung auch auf Mospheria empfangen werden konnte, werden würde – so wie das Festland aufschnappte, was Mospheira in den Äther schickte.

Danach kam eine Unwettermeldung; ein Wirbelsturm hatte irgendwo auf dem Lande Scheunendächer abgetragen. Der nächste Kanal brachte ein Machimi-Spiel, ein Drama um Schuld und Sühne nach bewährtem Strickmuster: zwei Clans, obwohl zerstritten, verbündeten sich gegen einen dritten, weil ihr Haß auf diesen größer war als untereinander. Sehr atevisch, sehr logisch. Aufwendige Kostüme, viele Kämpfe.

Bren zappte auf die Nachrichten zurück und hoffte auf eine günstige Wetterprognose, auf eine Kaltfront, die der stickigen Schwüle eine Ende machte.

Der Nachrichtensprecher berichtete davon, daß die Assassinengilde all ihre Mitglieder in die Stadt gerufen habe, um, wie ihr Sprecher erklärte, über Verfahrensfragen abzustimmen.

Verflixt, dachte Bren beunruhigt. Man hatte den Brief seiner Mutter zensiert; Banichi war einen Tag und eine Nacht lang verschwunden gewesen. Um an der Abstimmung teilzunehmen? Cenedi hatte von einer Krise innerhalb der Gilde gesprochen. Und Jago? Gab sie jetzt ihre Stimme ab?

Banichi hatte gesagt, daß die Gilde alle Mordaufträge gegen den Paidhi kategorisch ablehnen würde. Sollte diese Haltung jetzt womöglich per Abstimmung zur Disposition gestellt werden? Welche Konsequenzen ergäben sich daraus für Tabini und seine Politik?

Die Nachrichten boten keinen Trost. Er könnte sich das Spiel anschauen; es hatte wenigstens Farbe und Bewegung. Aber er konnte die Augen kaum aufhalten.

Es war stockdunkel, als er wieder aufblickte. Offenbar war er kurz eingenickt. Der Bildschirm glühte nach, gab ein schwaches Schimmern von sich. Davor zeichneten sich die Umrisse einer stämmigen Gestalt ab.

»Banichi?« flüsterte er.

»Man sollte nie zugeben, wach zu sein«, antwortete Banichi. »Sonst gibt man einen wesentlichen Vorteil preis.«

»Das Haus ist voller Wachen«, entgegnete er. »Und was könnte mir ein solcher Vorteil bringen? Die Pistole habe ich nicht mehr.«

»Werfen Sie doch mal einen Blick in die Nachttischschublade.«

»Sie scherzen.« Bren wollte nachschauen, hatte aber nicht die Kraft, sich aufzurichten.

»Nein«, antwortete Banichi. »Gute Nacht, Bren-ji. Übrigens, Jago ist wieder zurück. Alles in Ordnung.«

»Auf ein Wort, Banichi.«

»Was gibt's?« Banichi blieb in der Tür stehen.

»Die Abstimmung in der Gilde. Cenedi hat mich anscheinend zu warnen versucht. Wovor? Ich brauche Klarheit, zumal ich die Einladung der Aiji-Mutter angenommen habe.«

»Auf charmante Art, Nadi. Man wundert sich.«

»Ich mag die alte Dame«, entgegnete Bren, wohl wissend, daß das Wort *mögen* unangebracht war. »Außerdem bekomme ich von ihr Informationen, die mir hier vorenthalten bleiben.«

»Die Aiji-Mutter für eine Süßspeise zu halten sei Ihnen unbenommen. Bedenklich ist nur, daß Sie Informationen von Personen schätzen, die ein Interesse daran haben könnten, Sie falsch zu unterrichten.«

Bren mußte lachen, brachte aber nur ein jämmerliches Krächzen hervor. »Nadi, auf die Süßspeise sind Sie schon festgelegt. Ilisidi ist für mich frische Luft zum Atmen, und ich bin an allen Hinweisen interessiert, die mir zu verhindern helfen, daß die Menschen am Himmel über Nacht herbeigesegelt kommen, um die Schätze des Bu-javid zu plündern. Spaß beiseite, Banichi. Ich bin es leid. Jeder will meine Meinung hören, aber keiner gibt mir Auskunft. Wie soll ich da beurteilen können, ob Ilisidi die Wahrheit sagt oder nicht? Was sie von sich gibt, macht jedenfalls Sinn.«

Banichi kam ans Bett. »Wir versuchen, Sie vor allzuviel Ablenkung zu schützen, Nadi.«

»Weniger Schutz, mehr Information. Das wäre mir lieber. Es ist zum Verrücktwerden. Ich weiß nicht mehr, wo mir der Kopf steht, Banichi.«

»Jago wird mit Ihnen auf das Landhaus nach Taiben hinausfahren. Da sind Sie in Sicherheit.«

»Hier denn nicht? Ich dachte, Sie hätten alles unter Kontrolle.«

Seine Bemerkung provozierte betretenes Schweigen auf seiten Banichis.

»Was ist nur los?« fragte Bren.

»Nand' Paidhi, Deana Hanks hat weitere Mitteilungen unter Ihrem Siegel verschickt.«

»Verdammt, verdammt.« Er kniff die Augen zu. »Entschuldigen Sie, ich will Ihnen keinen Vorwurf machen, aber ich dachte, Sie hätten ihr Einhalt geboten. Was hat diese Frau vor?«

»Sie trifft sich regelmäßig mit gewissen Tashrid-Vertretern. Wir wissen nicht, wie sie an Ihr Siegel gelangt ist, aber feststeht, daß sie es benutzt.«

Schon halb eingeschlafen, mußte sich Bren wieder zur Besinnung rufen. Warum Taiben? Und woher hatte Hanks das Siegel?

»Wahrscheinlich ist es eine Fälschung, die sie von Mospheira mitgebracht hat.«

»Daran haben wir auch schon gedacht, zögern aber, Ihr Büro in Verdacht zu ziehen. Es kann nämlich durchaus sein, daß unsere verehrten Lords des Tashrid für eine solche Fälschung gesorgt haben. Wie dem auch sei, zum Glück ist es uns gelungen, diese Nachrichten abzufangen. Sie sind zum Teil – wie soll ich sagen? – äußerst seltsam formuliert.«

»Gefährlich?«

»Sie bittet den Lord der Provinz Korami um einen schwangeren Kalender.«

›Schwangerer Kalender‹ statt dringliches Treffen. Es platzte aus Bren heraus; er lachte, daß ihm die bandagierten Rippen weh taten.

»Wir dachten schon, sie verwendet womöglich irgendeinen Geheimcode.«

»O Gott-o-Gott ...«

»Ist mit Ihnen alles in Ordnung, Bren-ji?«

Er schnappte nach Luft. »Danke, es geht mir prächtig. Endlich mal eine gute Nachricht.«

»Grammatikalisch stimmen ihre Sätze hinten und vorn nicht. Und ihr Stil – ziemlich unverfroren, würde ich sagen.«

»Tja, wer hätte auch gedacht, daß sie jemals mehr Schliff nötig haben würde?« sagte Bren vor sich hin, in Erinnerung an die Bekanntgabe der Examensergebnisse und an Deanas Reaktion darauf.

»Auch wenn sie sonst keinen Schaden anrichtet«, sagte Banichi, »wir können nicht dulden, daß sie solche Attacken gegen unsere Sprache reitet.«

Banichis humorvolle Zuversicht war für Bren beruhigend, so auch der gelungene Beweis dafür, daß es möglich war, über Gattungsgrenzen hinweg miteinander zu scherzen. Bren döste wieder weg, bevor er daran dachte, Banichi nach dem Wetterbericht zu fragen, und als er ein letztes Mal die Lider hob, stellte er fest, daß Banichi das Zimmer verlassen hatte, leise wie ein Schatten.

Hoffentlich würde es bald Regen geben, Erfrischung nach der Hitze, die sich in dieser Nacht zu stauen schien. Und weil der Arm ruhig zu halten war, konnte er auch nicht auf die Polsterung verzichten, mit der er sich eingemummt hatte.

Und außerdem war er viel zu müde, um sich noch einmal zu bewegen. Er faßte sich in Geduld, sehnsüchtig hoffend auf einen kühlen Lufthauch, und als er ihn dann tatsächlich zu spüren vermeinte, glaubte er einen vertrauten Duft von Blumen wahrzunehmen ...

Er sieht die Hügellandschaft von Malguri, Reiter auf hohen Mecheiti. Nokhada trägt ihn mit zügigen Schritten über steiniges Geläuf, und plötzlich huscht der unheilvolle Schatten eines Flugzeugs über den Berghang heran.

»Vorsicht«, glaubt er zu rufen und fährt vor Schreck herum, als die Bomben explodieren.

Doch reitend setzt er den Weg fort, hört das rhythmische Schlagen der Hufe, spürt den kalten, feuchten Wind im Gesicht.

Dorthin wünscht er sich zurück, in diese Landschaft, nicht weit vom Traum entfernt.

In das Zimmer mit den präparierten Tierköpfen an der Wand, die mit glasigen Blicken auf ihn herabstarren.

Und an den See, über den Geisterschiffe ziehen und Sturmglocken läuten, ohne daß sie eine Hand in Bewegung gesetzt hätte.

All das galt es zu bewahren, das und die Klippen, die Wi'itkitiin und Nokhada, dieses tückische Wesen, das ihn fast zur Verzweiflung getrieben hatte. Mit ihm allein über die Hügel zu reiten, davon träumte er nun, Gott weiß warum. Und träumend rechnete er seine Ersparnisse um auf atevische Währung, fragte sich, ob es wohl auch ausreichte, um der Aiji-Mutter Nokhada abzukaufen.

Doch dann trübten sich die Traumgespinste melancholisch, und er mußte einsehen, daß die Mecheiti einer anderen Ordnung angehörten, daß er Nokhada nicht aus ihrer Herde – ihrem Rudel oder wie auch immer der Verband dieser Tiere heißen mochte – würde entfernen können. Der gehörte sie an. Er nicht.

Sie verstand es, den Zügeleinsatz zu deuten, aber nicht, was einen Menschen bewegte.

Im Traum glaubte er eine Kraft wahrnehmen zu können, die ihn hinlenkte in Richtung Verband, Bündnis, Zusammenschluß – welch schwache Wörter für die Bezeichnung dessen, was das A und O der Atevi war und was er beinahe auch für sich als das Eigentliche zu begreifen wähnte. Er wanderte zwischen den Hügeln, sah Mecheiti übers Land ziehen, die alten Fahnen flattern in den Farben der Machimi-Spiele, und er glaubte zu spüren, was die Gemeinschaft der Lords im Innern zusammenhielt.

Die im Traum gesehenen Bilder weckten menschliche Gefühle. Unwillkürlich, wie es schien. Sein emotionales Bedürfnis, atevisches Empfinden nachzuvollziehen, war womöglich durch und durch menschlich und darum suspekt.

Er hockte im Traum am Rand eines steilen Abhangs, als ein wildes, furchterregendes Tier von der Seite herbeigeschlichen kam, anscheinend neugierig auf den, der sich in sein Revier vorgewagt hatte. Es gierte nach dem Proviant in der Papiertüte, die er bei sich hatte, und er teilte davon. Das Tier, schwarz und mürrisch, legte sich seufzend ins Gras und verschlang das halbe Sandwich, das er ihm zugeworfen hatte. Er fürchtete sich, doch das Tier blieb friedlich. Manchmal hob es den Kopf und knurrte, als grollte es über die Welt im allgemeinen oder über alles, was die Burg bedrohte, die es zu bewachen schien. Der Himmel war blau, aber glastig trübe wie frisch geblasenes Glas. Unheilvoll. Vielleicht war das Biest deshalb so argwöhnisch.

Wi'itkitiin stürzten sich von den Felsen, und als er in die Tiefe blickte, sah er eine einzelne schwarze Gestalt die Steilwand heraufklettern. Jago? Auf die Entfernung war das Gesicht nicht zu erkennen.

Das Tier hatte den Kopf auf die Tatzen gelegt und lauerte, knurrte ab und zu, weil das so seine Art war.

Die Gestalt in der Wand kam nicht voran, so behende sie auch kletterte. Er wollte ihr zu Hilfe kommen, wagte es aber nicht, sich zu rühren, aus Angst, das Tier würde auf ihn und auf die kletternde Gestalt losgehen. Solange er es fütterte, konnte er vor ihm sicher sein. Solange es Sandwiches zu holen gab aus jenen mysteriösen Winkeln, die der Traum erschließt nach eigener Logik. Und solange sich die Gestalt im Fels an diese Traumregeln hielt und nicht weiter vorrückte, war auch sie nicht gefährdet.

Auch er war keinen Schritt weitergekommen, so viel er auch riskiert hatte. Er saß fest da oben am Felsrand und blickte hinaus auf Dinge, die sich seinem Zugriff entzogen. Der blanke Himmel drohte mit Verwüstung. In wenigen Stunden würde die Sonne untergehen; sie war das einzige, das sich frei bewegte; sie und das Tier, und das Tier lauerte abwartend.

# 11

Lieber wäre er von Satan, dem Fürsten der Hölle, geweckt worden, als mit der Nachricht, daß Hanks ihn am Telefon erwartete. Er warf sich den Morgenmantel über, bestellte bei Saidin eine Tasse Tee und ging in Damiris Arbeitszimmer, um den Anruf entgegenzunehmen.

»Ich bin's, Bren. Was ist?«

*»Den Klingelterror habe ich wohl dir zu verdanken, du Miststück.«*

Einem nüchternen Magen ließ sich nicht alles zumuten, und so früh am Morgen war er nicht dazu aufgelegt, seinen diplomatischen Bremsverstärker zu bemühen.

»Deana, du kannst wählen. Entweder du benimmst dich und hörst dir an, was ich dir zu sagen habe, oder du spielst weiter verrückt und manövrierst dich endgültig ins Abseits.«

*»Von wegen, Freundchen. Ich bin hier in offizieller Mission, und deshalb wirst du mir jetzt zuhören, Mr. Cameron, es sei denn, du ziehst es vor, schon mal damit anzufangen, das eigene Grab zu schaufeln.«*

»Na schön, ich höre.« Wut, die einen bestimmten Punkt überschreitet, fällt schnell in sich zusammen. Und an Informationen war Bren jederzeit interessiert, egal, aus welcher Quelle sie auch stammten. »Was hast du mir zu sagen? Ich bin ganz Ohr.«

*»Du unterschlägst den Arsch.«* Deana sprach natürlich in ihrer Mundart – Vulgärmosphei'. *»Ich habe deine Rede gehört und was du da an windigen Geschäften vorschlägst. Bist du eigentlich noch ganz bei Trost? Was fällt dir ein, dich diesem selbstherrlichen Typen anzubiedern, der mich*

*als Vertreterin Mospheiras abwimmeln läßt wie eine dahergelaufene Hausiererin?«*

»Das tut mir leid. Aber du warst nicht eingeladen. Sieh dich vor. Du spielst mit dem Feuer. Wir sind hier nicht auf Mospheira. Und wenn der Aiji durch dich den Frieden bedroht sieht, hat er nicht nur das Recht, sondern auch die Pflicht durchzugreifen.«

*»Du …«*

»Halt deine Zunge im Zaum, Deana. Ich wiederhole: Wir sind hier nicht auf Mospheira. Hier gelten andere Normen. Was du davon hältst, ist absolut belanglos. Aber wenn du dich nicht danach richten kannst, rate ich dir, schleunigst auf die Insel zurückzukehren. Dann gehörst du nicht hierher.«

*»Oh, aber du. Suchst hier wohl deine neue Heimat, und damit man dich auch herzlich willkommen heißt, bist du für jede Gefälligkeit gut. Wie gesagt: Ich habe deine Rede gehört und nehme genau zur Kenntnis, was hier über den Nachrichtensender geht. Soll ich dir mal auflisten, in wie vielen Fällen du unsere Amtsvorschriften verletzt hast?«*

»Darüber bin ich mir selbst im klaren.«

*»Mr. Cameron, das sind keine Kleinigkeiten. Das ist Verrat. Du lädst deine atevischen Spezis ein, gegen unsere Regierung vorzugehen.«*

»Nicht gegen unsere Regierung. Allenfalls gegen deine politischen Spezis.«

*»Dumme Ausflüchte.«*

Das führte zu nichts. »Wie wär's, wenn wir gemeinsam zu Mittag essen?«

*»Wie bitte? Man hält mich wie eine Gefangene in dieser verdammten Wohnung fest, in der auf deine Veranlassung hin das Telefon unablässig läutet, und du hast tatsächlich den Nerv, mich zum Mittagessen einzuladen?«*

»Könnte ja sein, daß sich dabei vernünftiger miteinander reden läßt als am Telefon. Nicht, daß du dich noch heiser brüllst. Außerdem würde ich gern erfahren, woher du mein Siegel hast.«

Am anderen Ende blieb es still.

»Du bist nicht im Amt«, fügte er hinzu, um jedem Mißverständnis vorzubeugen. »Daß du noch am Leben bist, darfst du der Langmut des Aiji verdanken. Er ist zum Glück mächtig genug, daß ihm kleinere Störfälle nichts anhaben können. Ein weniger souveräner Aiji hätte dich aus dem Weg räumen lassen, glaub mir, Deana. Also noch mal, ich schlage vor, daß wir miteinander zu Mittag essen. Als mein Gast läßt man dich raus aus der Wohnung.«

*»Damit ich mit dir in der Öffentlichkeit gesehen werde und meine Interessen kompromitiere.«*

»Gott sei Dank, du hast es erfaßt. Ich fürchtete schon, daß dir jeder Sinn für Subtilitäten abgeht. Doch wenn du unbedingt darauf bestehst, sorge ich dafür, daß wir nicht gesehen werden.«

*»Aber ich komme nicht zu dir. Wo wir von Subtilitäten sprechen: Daß du dich bei ihnen eingenistet hast, soll den Atigeini, wie man so hört, nicht gerade genehm sein. Und ob es der feinen Gesellschaft recht wäre, wenn ausgerechnet ich …«*

»Deana, reiß dich am Riemen. Es könnte durchaus sein, daß der eine oder andere Ateva deine vorlauten Worte als solche versteht. Ich rate dir gut: Nimm dich in acht, sonst kann ich für deine Sicherheit nicht garantieren.«

*»Du kannst mir den Buckel runterrutschen.«*

»Sei nicht albern.«

*»Also gut«*, sagte sie ruhig, ernst. *»Wo und wann treffen wir uns?«*

»Um eins. Hier, in meiner Unterkunft. Und ich bitte dich, den Damen und meinem Personal gegenüber höflich zu sein. Sonst schmeiße ich dich sofort wieder raus, Mrs. Hanks. Keine Mätzchen. Ich versuche, deinen guten Ruf wiederherzustellen und dich vor Tölpeleien zu schützen, die dir zum Verhängnis werden könnten. Glaub mir, ich meine es gut und habe überhaupt kein Interesse daran, daß du auf dem Bauch landest.«

Er staunte über sich selbst. Vielleicht hatte sich die höfliche Art der Atevi auf ihn abgefärbt.

*»Barb Letterman ist verheiratet«*, sagte Hanks. *»Weißt du schon.«*

»Wie lieb von dir, daß du mich darüber aufklärst. Bitte, vergiß das Siegel nicht. Sonst werde ich veranlassen, daß man deine Wohnung durchsucht und dich filzt.«

Der Hörer wurde aufgelegt. Mit Wucht.

Bren nahm einen Schluck Tee und rief die Telefonzentrale des Bu-javid.

»Nadi, hier ist Bren-Paidhi. Bitte verbinden Sie mich mit Mospheira.«

*»Augenblick bitte.«* Nach mehreren vergeblichen Versuchen hieß es dann: *»Nand' Paidhi die Verbindung ist ...«*

»Wohl leider gestört. Dachte ich mir schon. Trotzdem, vielen Dank. Geben Sie mir bitte das Telegraphenamt.«

»Wie Sie wünschen, nand' Paidhi.«

Sekunden später: *»Telegraphenamt. Womit können wir dienen?«*

»Ich möchte ein Telegramm an folgende Nummern schicken: 1-9878-1-1, 20-6755-1-1 und 1-0079-14-42. Schreiben Sie bitte mit: Mir geht's gut. Wie geht es Euch? Konnte Euch fernmündlich leider nicht erreichen. Ende.«

Typisch, wenn man das Telefon am dringendsten brauchte, war kein Durchkommen. Der Betrieb unterstand auf beiden Seiten dem Sicherheitsdienst. Wem er die Sperre zu verdanken hatte, war nicht klar.

Die Telegramme waren für seine Mutter, für Toby an der Nordküste und für sein Büro in der Hauptstadt bestimmt. Er hoffte auf Antwort, auf unzensierte Antwort. Wenn nicht von seiner Mutter so war doch von

Toby zu erwarten, daß er diese Hürde mit geschickten Formulierungen zu nehmen wußte.

Und Barb ...

Ach was, darüber wollte er jetzt nicht länger nachdenken, nicht vor dem Frühstück. Vorher wollte er die Gefühle sortiert haben, denn er wußte nicht, was ihn mehr ärgerte: Hanks taktlose Einmischung oder Barbs unzeitgemäße Aufforderung »Ruf mich an«.

Er trank den letzten Schluck Tee aus der Tasse, ging – immer noch im Morgenmantel – ins Eßzimmer und ließ das Personal wissen, daß der Paidhi jetzt zu frühstücken wünsche, und zwar in aller Ruhe, damit sich – aber davon erwähnte er nichts – die Kopfschmerzen und seine Wut legen konnten. In gereizter Stimmung den Tag zu beginnen war nicht gut, aber kaum abzubiegen in Aussicht darauf, daß er in wenigen Stunden mit Hanks an einem Tisch sitzen würde.

Bislang hatte er an diesem Morgen weder Banichi noch Jago gesehen. War nur zu hoffen, daß die Sicherheit in der Wohnung gewährleistet war und daß die Geheimnistuerei um ihn herum keine wirklich bedrohliche Ursache hatte.

Von ihm war jetzt dringend gefordert, daß er sich informierte, zum einen über die Philosophie der Deterministen, zum anderen über ein paar kritische Teilgebiete der modernen Physik. Von Deana Hanks war in der Hinsicht nicht viel zu erwarten. Sie hatte schon genug Schaden angerichtet, indem sie mit naßforscher Naivität den Begriff der Überlichtgeschwindigkeit aufs Tapet gebracht hatte.

Seine Kenntnisse von der Warp-Physik waren mehr als lückenhaft, und vom Determinismus verstand er noch weniger. Bis zum Wochenende mußten diese Mängel behoben sein.

Früchte der Saison, Eier und Getreideflocken, dazu getoastetes Brot und eine weitere Kanne Tee, garniert mit einem herrlichen Ausblick auf den Gebirgsstock in der Ferne, der bläulich schimmernd über den Ziegeldächern der Stadt zu schweben schien. Die Gardinen wehten in der ersehnten kühlen Brise. Ein friedliches Bild, getrübt nur durch das Wissen um die Krise, um die bedrohlichen Vorgänge am Himmel und jenseits der Meeresenge.

Bren wäre jetzt gern in die Bibliothek gegangen, um in den Büchern über Gartenbau und Landesgeschichte zu schmökern. Doch kaum hatte er diese Möglichkeit angedacht, kam Tano mit einem Tablett voller Briefe herein. »Sie brauchen nur noch Unterschrift und Siegel darunterzusetzen.«

»Sie sind eine große Hilfe«, sagte Bren. »Vielen Dank.«

»Danken Sie Damiris Damen. Sie haben den größten Teil der Arbeit erledigt. Das hier sind samt und sonders einfache Anfragen und Bittschreiben. Der Aiji stellt uns bei Bedarf noch mehr Personal zur Verfügung, denn er will nicht, daß der Paidhi durch all die Briefe von Schulkindern abgelenkt wird.«

»Der Paidhi sieht in diesen Schulkindern den besten Grund dafür, an seinem Job festzuhalten«, bemerkte Bren. »Ist Jago zurück?«

»Sie schläft.«

»Und Algini?«

»Mußte weg.«

»Weg? Verflixt noch mal, was geht hier eigentlich vor, Tano?«

»Die Gilde ruft zur Abstimmung. Daran haben wir teilzunehmen.«

»Aha, und zur Abstimmung steht wohl die Frage, ob ein Mordauftrag gegen den Paidhi zuzulassen sei oder nicht.«

»Nein, nand' Paidhi. Das ist längst abschlägig entschieden worden.«

»Und, worum geht's, wenn ich fragen darf?«

Tano senkte den Blick und verriet Unbehagen.

»Verzeihen Sie, Tano-ji. Ich wollte Sie nicht in Verlegenheit bringen. Wie wär's mit einer Tasse Tee, während ich die Briefe unterschreibe. Oder haben Sie Dringendes zu erledigen?«

»Nand' Paidhi, ich bin nur von untergeordnetem Rang.«

»Nach meiner Wertschätzung rangieren Sie ganz oben. Bitte, setzen Sie sich. Saidin?«

Saidin war immer in Hörweite. »Noch eine Tasse«, sagte er, als die Personalchefin im Türrahmen erschien. Wortlos machte sie kehrt, und Tano ließ sich zaghaft auf den Rand des Sessels nieder, wie zum Sprung bereit.

»Keine Angst, ich werde mich mit meinen Fragen zurückhalten«, sagte Bren und machte sich daran, die Briefe zu unterzeichnen. »Nehmen Sie's mir bitte nicht krumm, wenn ich manchmal etwas impulsiv bin. Das macht die Anspannung.«

»Seien Sie versichert, daß Mordaufträge gegen den Paidhi in der Gilde nicht die geringste Chance haben.«

»Das freut mich. Aber glauben Sie bitte nicht, Tano, daß ich Sie zum Tee einlade in der Absicht, Ihnen Geheimnisse zu entlocken.«

»Über eine Abstimmung, die längst entschieden ist, kann ich ruhig reden, nand' Paidhi. Die überwiegende Mehrheit der Gilde steht auf Ihrer Seite, und es ist kein Geheimnis, daß sich vor allem Banichi und Cenedi für Sie ausgesprochen haben.«

»Cenedi?« Das überraschte Bren.

»Nand' Paidhi«, hob Tano an, aber es fiel ihm sichtlich schwer, vorzubringen, was ihm auf der Zunge lag. In diesem Moment brachten zwei Dienerinnen frischen Tee und eine zusätzliche Tasse. Die Teemaschine im Vorzimmer schien permanent in Betrieb zu sein.

Der Auftritt der beiden hatte Tano anscheinend aus

dem Konzept gebracht. Verunsichert starrte er in die Tasse, die er mit beiden Händen zum Mund führte.

Beim Verlassen des Raums drehte sich eine der Dienerinnen noch einmal um und warf einen gezielten Blick auf Tano. Als sie verschwunden waren, meinte Bren: »Tano, wie gesagt, fühlen Sie sich bitte nicht verpflichtet, mir irgendwelche Zugeständnisse zu machen. Ich will nur, daß Sie mir ein bißchen Gesellschaft leisten. Erzählen Sie mir von sich, über Ihre Herkunft, über Ihre Arbeit und Pläne für die Zukunft.«

»Das ist doch alles ziemlich uninteressant, nand' Paidhi.«

»Mich interessiert's, Tano-ji. Ich bin neugierig zu erfahren, wie andere ihr Leben einrichten, ob sie glücklich sind und verwirklichen können, was sie sich vorgenommen haben. Wie steht's mit Ihnen? Sind Sie frei zu tun, was Sie wünschen? Oder fühlen Sie sich eingeschränkt, womöglich behindert dadurch, daß Sie auf den Paidhi aufpassen müssen?«

»Ich bin sehr zufrieden.« Was ihm auf der Zunge gelegen hatte, schien mit einem Schluck Tee heruntergespült worden zu sein.

»Würden Sie's zugeben, wenn dem nicht so wäre?« fragte Bren.

»Mich bedrückt allenfalls die Sorge, daß mir ein Fehler unterlaufen könnte, ein Fehler mit schlimmen Folgen.«

Daran hatte Bren noch nicht gedacht: daß ihm, Tano, in jüngster Zeit immer mehr Verantwortung zugekommen war und daß es seine Arbeit zusätzlich erschwerte, wenn der Paidhi beschloß, mit der Aiji-Mutter zu frühstücken und mit Deana Hanks zu Mittag zu essen.

»Tano«, sagte er, »es tut mir leid, daß ich Ihnen so viel abverlange, jetzt auch noch mit all diesen Briefen, die zu bearbeiten eigentlich gar nicht Ihre Aufgabe ist. Ich habe Sie deshalb darum gebeten, weil ich davon ausgehen konnte, daß Sie einzuschätzen wissen, welche Post vorrangig beantwortet werden muß. Daß dermaßen viel Arbeit anfällt, habe ich nicht vorausgesehen.«

»Es ehrt den Paidhi, daß er auch die weniger wichtigen Briefe beantwortet wissen will.«

»Trotzdem, ich fürchte, daß ich Sie damit allzusehr beanspruche.«

»Die Arbeit ist recht aufschlußreich, Paidhi-ji. Ich erfahre, wer mit Ihnen Kontakt aufzunehmen versucht, und nehme zur Kenntnis, welche Anliegen vorgetragen werden, welche Stimmungen zum Ausdruck kommen. Und ich halte Ihnen zugute, daß Sie gerade auch die Briefe der einfachen Bürger ernst nehmen – was ich übrigens auch der Gilde vorgetragen habe, als ich dort meine Stimme abgeben mußte. Ich sage Ihnen das, obwohl ich damit meine Schweigepflicht verletze. Und noch etwas: Algini ist vorzeitig aus Malguri eingeflogen, nur um zu Ihren Gunsten stimmen zu können.«

»Ich stehe in seiner Schuld. Ruft die Gilde immer, wenn es über Anträge abzustimmen gilt, alle Mitglieder zusammen?«

»Nur in kontroversen Fällen. Dann muß eine Urabstimmung entscheiden. Soviel darf ich verraten.«

»Danke für die Auskunft, Tano-ji. Und Dank auch an Algini.«

»Sie haben inzwischen einen guten Ruf in der Gilde, nand' Paidhi.«

Bren wußte nicht so recht, was er von dieser Bemerkung halten sollte, entschied sich aber schließlich dafür, sie als Kompliment zu verstehen. Es waren nun alle Briefe unterschrieben und versiegelt. Er händigte den Packen an Tano aus und bat ihn, einen Blick auf das im Bu-javid geführte Paidhi-Konto zu werfen und auszurechnen, ob sich von dem Geld eine zusätzliche Schreibkraft finanzieren ließ.

»Wenigstens für zwei Tage. Ich will Sie nicht länger damit behelligen.«

»Mal schauen, was sich einrichten läßt«, versprach Tano. »Ich fürchte allerdings, daß an schriftlicher Arbeit noch einiges zu tun bleibt, und zwar über mehr als zwei Tage. In der Poststelle liegen noch Säcke voller Briefe, vor allem von atevischen Kindern.«

»Nicht zu fassen.«

»Viele schreiben, weil sie Sie, den Paidhi, im Fernsehen gesehen haben, und sie wollen zum Beispiel wissen, ob die Raumfahrer gefährlich sind.«

»Herrje, darauf muß natürlich geantwortet werden. Ich werde einen Brief aufsetzen, der vervielfältigt werden könnte. O ja, wir brauchen unbedingt mehr Hilfe.« Er dachte an den Computerdienst der Arbeitsvermittlung auf Mospheira und daran, wie einfach es dort war, Personal anzuheuern. Ganz anders hier im Bujavid, wo sich Stellenbewerber erst einmal einer langwierigen Sicherheitskontrolle unterziehen mußten.

»Wenn der Paidhi denn wirklich alle Post beantworten will, wird es mit uns, dem Dienstpersonal, nicht getan sein. Dazu wäre ein Büro nötig mit mindestens fünfzig ausgebildeten Schreibkräften und allem drum herum. Die meisten Briefe haben eines gemein: Furcht vor dem Schiff und Neugierde.«

»Wahrscheinlich sind auch handfeste Drohungen darunter.«

»Einige wenige. Es gibt aber auch Heiratsanträge.«

»Sie machen Witze.«

»Eine Verehrerin hat sogar ein Foto von sich mitgeschickt. Sehr hübsch, wenn Sie mich fragen.«

»Ich will versuchen, meinem Ministerium ein paar zusätzliche Mittel abzuschwatzen.« Keine gute Idee, korrigierte er sich sogleich. Und das Bu-javid um finanzielle Unterstützung zu bitten, kam genausowenig in Frage, denn er durfte nicht riskieren, daß man ihm womöglich Bestechlichkeit unterstellte.

Blieben nur seine persönlichen Ersparnisse. Er verdiente zwar nicht schlecht und war gut bei Kasse, zumal er für Verpflegung und Unterkunft nichts bezahlen mußte und überdies kaum Gelegenheit hatte, sein Geld zu verjubeln. Dennoch würde es bei weitem nicht ausreichen, einen fünfzigköpfigen Mitarbeiterstab zu unterhalten. »Danke für Ihren Rat, Tano-ji. Ich werde darüber nachdenken.«

»Soll ich mich schon mal nach weiteren Schreibkräften umschauen?«

»Mir ist noch nicht klar, wie ich die bezahlen soll. Aber wir kommen wohl nicht drumrum.«

»Ich kann mich ja schon mal bei einschlägigen Vermittlungsagenturen erkundigen. Vielen Dank für den Tee, nand' Paidhi.«

Nachdem sich Tano verabschiedet hatte, blickte Bren auf die Berge hinaus und versuchte die Kosten für Personal, Büroräume, Telefone und Faxgeräte zu überschlagen. Nein, unmöglich, er würde es nicht aus eigener Kraft schaffen können, nicht, wenn die Flut an Post unvermindert anhielt.

Er mußte sich jetzt auf das Machbare konzentrieren: einen Brief an die Kinder aufsetzen und sich vorbereiten auf die anstehenden Ausschußsitzungen, insbesondere auf die Konfrontation mit Lord Geigi zum einen und mit den Deterministen zum anderen, denn denen würde er in schonender Weise zu erklären haben, was es mit der Überlichtgeschwindigkeit auf sich hatte.

Und dann stand auch noch das Essen mit Hanks an. Gütiger Himmel, er hatte sich mit ihr zu einer Zeit verabredet, da ein Rückruf des Schiffes zu erwarten war. Nun gut, vielleicht würde ihm ein solcher Anruf noch gelegen kommen als triftiger Grund, um Hanks möglichst bald wieder entfliehen zu können.

Hätte er die Zeit dazu, würde er sich jetzt eine Nachhollektion in Sachen Astronomie verordnen und entsprechende Lehrbücher wälzen, bis er sich einigermaßen kompetent fühlte, über Dinge zu reden, von denen er das letzte Mal in der Hauptschule gehört hatte, und was ihm davon in Erinnerung geblieben war, würde gewiß nicht ausreichen, um einer Auseinandersetzung mit atevischen Numerologen standhalten zu können.

Er drohte in lauter Detailfragen unterzugehen, konnte sich dem einen nicht widmen, ohne anderes zu vernachlässigen. Ein Grund mehr, zusätzliche Sachbearbeiter einzustellen. Aber wie sollte ein noch so großer Personalstab zur Klärung jener Fragen helfen, die ganz vorne anstanden: Wo mochte das Schiff gewesen sein, wie weit die Strecke, die es zurückgelegt hatte, und wie ließ sich all das jenen begreiflich machen, die den Aufstand in den Provinzen probten? Deana Hanks könnte jetzt behilflich sein, wenn sie nur nicht so störrisch wäre …

Er spürte leichte Kopfschmerzen, verlangte nach einer frischen Kanne Tee und schickte eine der Dienerinnen, Dathio, zum Quellenstudium hinunter in die Bibliothek.

Es regte sich kein Lüftchen. Nach seinen Erfahrungen, was das Sommerwetter in Shejidan anging, braute sich ein Gewitter zusammen.

Dabei reichte ihm das, welches er über Mittag zu erwarten hatte.

Nachdem er ein Duschbad genommen hatte, mußte er sich neu bandagieren lassen. Und dann wurden ihm die Haare geflochten. Die zwei Dienerinnen gaben sich dabei so viel Mühe, daß seine Geduld auf eine ernste Probe gestellt wurde. Tano hätte wahrlich weniger Aufhebens darum gemacht, aber Tano war anderweitig beschäftigt. Er sehe sich nach geeigneten Büroräumen um, wußte Algini mitzuteilen; er, Algini, werde ihn derweil vertreten und die Post bearbeiten, und außerdem gelte es, besondere Sicherheitsvorkehrungen zu treffen, da Deana Hanks in den dritten Stock eingeladen sei.

Als der Zopf endlich geflochten war, schwirrten drei weitere Frauen herbei, um ihm beim Einkleiden zu helfen. Sie wollten, daß er sich dem Besuch möglichst schick präsentierte, wählten das beste Hemd für ihn aus und bestanden darauf, ihm eine schmuckvolle Fibel an den Kragen zu heften.

Schließlich kam Madam Saidin, um seine Aufmachung zu begutachten. Sie entfernte die Fibel und ersetzte sie durch eine größere, sehr viel kostbarere.

»Die gehört mir nicht, nand' Saidin«, protestierte er mit Blick in den Spiegel und fragte sich, ob dieses Schmuckstück – offenbar aus dem Damiris Besitz – womöglich ein atigeinisches Erkennungszeichen abbildete, das ihn kompromittieren könnte. Aber er hatte keine Veranlassung, Saidin zu mißtrauen. Oder doch? Er dachte an die Gerüchte, die bis zur Umgebung der Aiji-Mutter vorgedrungen waren.

»Perfekt«, urteilte Saidin. Und damit war die Sache entschieden. Bren mußte sich fügen. Sei's drum, dachte er; Hanks würde schließlich nicht wissen können, daß die Kragenfibel nur geborgt war.

Also ließ er das Ding stecken, wanderte im Salon auf und ab, und fragte sich, was wohl zuerst käme: ein Anruf aus dem All oder das gefürchtete Donnerwetter von Hanks. Um die Wartezeit zu nutzen, setzte er sich hin und entwarf ein Schreiben an den Präsidenten von Mospheira, um ihm mitzuteilen, daß die atevische Bevölkerung in Reaktion auf die Ankunft des Schiffes den Paidhi mit sorgenvollen Briefen überschütte, die er allesamt zu beantworten habe, was aber nicht allein zu schaffen sei und darum die Anstellung von Schreibkräften erfordere; kurzum: er brauche Geld, um die anfallenden Personalkosten begleichen zu können.

Der Präsident würde den Brief bestimmt zunächst für einen Scherz halten und dann den Kopf schütteln über ihn, der sich erdreistet hatte, seine Amtsvollmachten zu überschreiten, die Befehle seines Vorgesetzten zu mißachten und, als wäre das Maß noch nicht voll, in einer vom Fernsehen übertragenen Rede vor der atevischen Führung geheime Imformationen preiszugeben. Und jetzt hatte er noch die Stirn, die Regierung Mospheiras anzupumpen, um verschwenderische Ausgaben decken zu können.

Er hörte draußen die Tür gehen, lauschte und vernahm die Stimmen von Deana Hanks, deren Leibwache, die ihr Tabini zur Seite gestellt hatte, und Algini, der dem Besuch die Hausordnung erklärte. Statt ihr im Foyer entgegenzutreten, zog er sich weiter zurück in Richtung Bibliothek. Im Flur eilten Dienerinnen an ihm vorbei auf dem Weg zur Küche.

Er hatte im kleinen Eßzimmer aufdecken lassen, obwohl es ihm im Grunde lieber gewesen wäre, Deana vors Kopfende des großen Tisches im Speisesaal zu plazieren, um sie möglichst weit auf Abstand zu halten. Seine Nerven waren zur Zeit nicht die stärksten, und er konnte nur hoffen, daß sich Saidins unerschütterliche Höflichkeit beschwichtigend auswirkte. Er sah sich bei all den Problemen, die ihm durch den Kopf schwirrten, außerstande, auch noch Rücksicht zu nehmen auf Launen und ungebührliches Betragen.

Nachdem er eine Weile am Fenster der Bibliothek gestanden und den Blick über das herrliche Panorama hatte schweifen lassen, um seiner gereizten Stimmung beizukommen, machte er kehrt und ging langsam zurück. Diesmal eilten die Dienerinnen in Richtung Eßzimmer an ihm vorbei. Anscheinend hatte es Deana bis dorthin geschafft, ohne den Porzellanblumen in der Halle allzu nahe gekommen zu sein.

Sie hatte bereits am Tisch Platz genommen, als er zur Tür hereinkam. Nach atevischen Anstandsregeln war von ihr zu erwarten, daß sie sich erhob, um den Gastgeber zu begrüßen, doch sie blieb sitzen, was dem Dienstpersonal natürlich nicht entging. Ihre Aufmachung war vorschriftsmäßig: schwarzes Jackett und das Haar zu einem einfachen Zopf geflochten. Doch ihr bleiches Menschengesicht wirkte geradezu gespenstisch, wie Bren mit Schrecken registrierte.

Auf seine Verbeugung hin nickte sie bloß flüchtig mit dem Kopf. Ihre Miene war mürrisch; es schien, als bisse sie die Zähne zusammen.

Immer noch stehend, sagte Bren auf mosphei': »Was du da in Sachen Überlichtgeschwindigkeit von dir gegeben hast – sollen wir das als Fehler abhaken, oder möchtest du dazu noch eine Erklärung abgeben?«

»Ich verstehe die Frage nicht.«

»Du warst ziemlich vorlaut oder hast zumindest soviel angedeutet, daß sich Geigi den Rest an den Fingern abzählen konnte.«

Ihr Gesicht blieb ohne Regung. »Na und?«

»Na und. Mehr hast du nicht dazu zu sagen?«

»Hör mal, ich kann auch gleich wieder gehen.«

»Ja, zurück nach Mospheira, und zwar in einer Kiste, wenn du dich weiter so verhältst. Ich versuche, dich zu schützen.«

»In einer Situation, die du zu verantworten hast.«

Der Reihe nach kamen Dienerinnen mit Speisetabletts herein, ein Aufzug, der der Szene eine feierliche Note verlieh. Um Fassung bemüht, rang sich Bren ein Lächeln ab und nahm Platz. »Deana, du überraschst mich immer wieder. Daß du deinen Gesprächspartnern auch gleich ein neues Modell des Universums mit angeboten hast, ist wohl nicht der Fall, oder?«

»Du sprichst in Rätseln.«

»Du brauchst mir nichts vorzumachen, Deana. Du hast Angst oder solltest Angst haben. An deiner Stelle würden mir die Nerven flattern. Übrigens, der erste Eindruck, den das Hauspersonal von dir gewonnen hat, ist nicht gerade günstig. Ich empfehle dir zu lächeln.« Er wechselte in die Sprache der Atevi über. »Schönes Wetter, nicht wahr?«

Da war kein Lächeln. »Ich muß mir das nicht länger anhören.«

Die Dienerinnen servierten. »Ah, heute beginnt eine neue Saison«, sagte Bren. »Der Küchenchef übertrifft sich wieder einmal selbst. Tut mir leid wegen des Telefongebimmels, Deana. Es war meine Schuld, aber ich wollte dich nicht ärgern.«

Ihre Wut schien zuzunehmen. Jedenfalls vertiefte sich die Falte zwischen den Brauen. Doch sie bewahrte halbwegs Fassung und deutete den Dienerinnen ein Lächeln an, als diese ihr Gemüsebeilagen anboten, und kaum waren die Teller gefüllt, langte sie zu. Die Abwechslung von der Einheitskost im Bu-javid machte ihr sichtlich Appetit.

»Ich will von dir eine Namensliste deiner Gesprächspartner hier auf dem Festland und muß wissen, welche Versprechungen du gemacht hast. Und außerdem hätte ich gern mein Siegel zurück.«

Sie legte das Besteck ab, kramte ein kleines metallenes Etui aus der Tasche und warf es ihm mit Wucht entgegen. Es flog dicht an seinem Kopf vorbei und fiel scheppernd zu Boden. Eine Dienerin, die vor der Tür in Bereitschaft stand, sprang aufgeschreckt herbei und hob das Etui auf.

»Danke, Madig. Verzeihen Sie, Hanks-Paidhi ist heute ein wenig nervös. Würden Sie das Ding bitte Algini bringen und ihm sagen, daß es sich um mein Siegel handelt?«

»Wie Sie wünschen, nand' Paidhi«, sagte die Dienerin mit sehr dünner Stimme.

»Dir scheint es hier sehr gut zu gehen«, bemerkte Deana bittersüß.

»Ja«, erwiderte Bren klipp und klar nach Art der Atevi. Nicht anders hätte Jago geantwortet. »Deana, sehen wir einmal ab von unseren politischen Differenzen …«

»Wir sprechen doch besser auf mosphei', ja?« unterbrach sie barsch.

»Nein, Deana-ji. Das wäre unhöflich unseren Gastgebern gegenüber. Also, zur Sache: Ich hoffe, wir stimmen zumindest in einer Hinsicht überein, darin nämlich, daß wir den Interessen beider Seiten verpflichtet sind. Mospheira und dem Westbund gleichermaßen. Vielleicht können wir uns ja zusammenraufen. Ich bin dazu bereit.«

»Natürlich.«

»Es ist mir ernst.«

»Mir auch.«

Er blickte über den Tisch in ein hübsches Menschengesicht, reserviert und ausdruckslos wie mit der Sprache einstudiert.

»Schön. Hast du Informationen über das Schiff, die ich nicht habe.«

»Wohl kaum.«

»Deana.«

»Wirklich nicht. Wer steht denn mit denen da oben in Verbindung? Ich oder du?«

»Deine Informanten halten dich auf dem laufenden?«

»Es gibt keine Informanten. Allenfalls gelegentliche Kontakte.«

»Daß ich nicht lache. Wie dem auch sei, ich rate dir im guten: Hüte dich davor, deine hiesigen Gesprächspartner in Verlegenheit zu bringen, denn das könnte nicht nur ihnen, sondern insbesondere auch dir teuer zu stehen kommen.«

»Sprich du nicht mit mir über regelwidriges Verhalten.«

»Klar, worauf du hinaus willst, doch darum geht es jetzt nicht.«

»Darüber zu reden ist dir wohl unangenehm, nicht

wahr? Ich mache dir folgenden Vorschlag, Mr. Cameron: Du sorgst dafür, daß ich Mospheira sprechen kann, daß die Wachen vor meiner Tür abgezogen werden und daß mich Tabini empfängt. Danach können wir uns über Möglichkeiten einer Zusammenarbeit unterhalten.«

»Darauf habe ich keinen Einfluß. Du hast den Aiji beleidigt, und für Wiedergutmachung mußt du schon allein sorgen. Ich könnte Tabini allenfalls mitteilen, daß du dich bei ihm entschuldigen möchtest.«

Deana dachte nach. »Sag ihm, daß ich bedaure, ihn brüskiert zu haben. Es geschah aus Sorge um dich.«

»Ich bin gerührt.«

»Das ist, verdammt noch mal, die Wahrheit. Als ich hierherkam, war damit zu rechnen, daß man dich als Geisel genommen oder umgebracht hatte. Ich habe mich mit den offiziellen Verlautbarungen nicht zufriedengegeben und Nachforschungen angestellt. Nicht nur, um meinen Job zu tun, sondern vor allem um dir aus der Patsche zu helfen. Das kannst du mir ruhig glauben.«

Was sie sagte, war nicht von der Hand zu weisen, aber Bren traute ihr nicht über den Weg und musterte sie mit kritischem Blick, dem sie standhielt, ohne mit der Wimper zu zucken.

»Du wolltest also den Helden spielen«, meinte er. »Das verträgt sich nicht mit unserem Job, Hanks-Paidhi.«

»So, und wo warst du? Mit der Aiji-Mutter auf der Jagd in den Hügeln rund um Malguri und in der hübschen Rolle des Helden?«

Der Konter saß, und er wußte nichts anderes darauf zu entgegnen als: »Ja.«

»Und?«

»Der Punkt geht an dich.«

»Es tut mir leid, daß ich dich zu retten versucht habe«, sagte sie mit spöttischem Ton.

»Trotzdem, vielen Dank. Aber wär's nicht angebracht, du würdest jetzt nach Hause zurückfliegen? Ich könnte eine Ausreisegenehmigung für dich erwirken.«

»Punkt eins: Ich glaube nicht, daß dir das möglich sein wird, denn der Aiji hält mich offenbar zurück als Reserve für den Fall, daß deine Verhandlungsbemühungen scheitern oder ein weiterer Anschlag gegen dich verübt werden sollte. Punkt zwei: Zu Hause bin ich wohl zu nichts mehr nütze.«

»Wenn ich Tabini bitte, dich ausreisen zu lassen, wird er mir den Gefallen bestimmt tun.«

»Bemüh dich nicht. Punkt zwei wäre nach wie vor virulent. Ich bleibe.«

Auf mosphei': »Das könnte dein Tod sein.«

Auf ragi: »Sehr komisch, Cameron.«

»Wenn du dich wirklich nützlich machen willst ...«

»Ich höre.«

Ihr die Korrespondenzarbeit anzuvertrauen war nicht drin, denn ihre Unterschrift käme einer indirekten Bestätigung von Amtsbefugnissen gleich, die ihr nicht zustanden. Es blieb verdammt wenig für sie zu tun übrig, das nicht gleichzeitig ein Sicherheitsrisiko für Tabini mit sich brächte.

»Du könntest die fälligen Berichte schreiben.«

»Oder Ansprachen im Fernsehen halten.«

»Gewiß. Aber du solltest dich wohl doch lieber auf Gebieten betätigen, von denen du was verstehst ...«

»Und Berichte schreiben, die du dann aufpolierst und als deine Machwerke ausgibst, um damit anzugeben.«

»Ich würde allenfalls den Unsinn rausstreichen und, wenn was Vernünftiges übrig bleibt, meine Beurteilung abmildern, mit der ich unser Büro über dein Auftreten hier in Kenntnis gesetzt habe.«

»Du Hurensohn.«

»Auf welchen kulturellen Kontext möchtest du diesen Ausdruck bezogen wissen? Atevi würden ihn bestimmt als Beleidigung auffassen.«

»Du darfst dich geschmeichelt fühlen.«

Bren mußte lachen, was die Dienerinnen zum Anlaß nahmen, Tee nachzuschenken.

In ihrer Muttersprache und mit vollem Mund sagte Hanks: »Deine fremdsprachliche Kompetenz ist wirklich beeindruckend. Ich wette, du träumst auf ragi.«

So war es. Doch das behielt er für sich. Hanks wollte auf etwas anderes hinaus.

»Wußtest du, daß Barbara vorhatte zu heiraten?« fragte sie auf ragi.

»Nein. Davon war nie die Rede.«

»Was hast du dir vorgestellt? Dachtest du etwa, sie gibt sich damit zufrieden, daß du ab und zu mal auf einen Sprung bei ihr vorbeischaust?«

»Was geht dich das an?«

»Ich bin neugierig.«

»Als wenn ich das nicht wüßte.« Er nahm einen Schluck aus der Tasse.

»Weißt du eigentlich, daß dein Gesicht völlig ausdruckslos ist? Selbst dann, wenn du auf Mospheira bist?«

»Ich stehe nicht ständig vorm Spiegel.«

»Du hast dich wirklich enorm angepaßt«, sagte sie, und in ihrer Stimme klang Verwunderung an.

Als Kompliment war diese Bemerkung gewiß nicht zu verstehen. Bren ahnte, was ihr durch den Kopf ging, und machte sich darauf gefaßt, daß sie damit nun herausrücken würde.

»Wie soll's weitergehen, Nadi Bren? Wann wirst du nach Hause zurückkehren? Willst du überhaupt zurück?«

»Ich muß wohl oder übel solange die Stellung halten, bis gewährleistet ist, daß gewisse Spinner keinen Unfug mehr anstellen können.«

»Ach, du bist ja so gut.« In affektierter Gebärde legte

Hanks das Kinn auf den Handrücken und klimperte mit den Lidern. »So vollkommen. Oder? Hast du schon mal deine Maximen in Frage gestellt?«

»Das tue ich permanent. Und ich gehe davon aus, daß du dir gegenüber ähnlich kritisch bist.«

»Mein Lieber, ich habe den Eindruck, du gerätst heftig ins Straucheln. Was ist eigentlich auf Malguri vorgefallen? Was ist mit deinem Arm passiert?«

»Man hat ihn mir gebrochen.«

»Wer?«

»Jemand, dem meine Herkunft nicht paßte.«

»Du wärst selbst lieber Ateva, stimmt's?«

Die Frage war bestimmt nicht ernst gemeint, sondern, wie Bren vermutete, in taktischer Absicht gestellt. Dennoch irritierte sie ihn. Die Dienerinnen waren in Hörweite, und würden einiges zu tuscheln haben.

»Deana, du bist mein Gast. Versuch's mal mit etwas mehr Höflichkeit. Das Ergebnis wird dir gefallen.«

»Keine Ausflüchte. Ich möchte wissen, was auf Malguri passiert ist. Hat man dir den Kopf gewaschen?«

Bren war empört, ließ sich aber nichts anmerken und entgegnete in ruhigem Tonfall: »Deine argwöhnische Neugier kann ich leider nicht bedienen, und du wirst dich vielleicht wundern, aber man hat mich geradezu hofiert und als Gast über die Maßen verwöhnt. Außerdem durfte ich Bekanntschaft machen mit einer sehr großzügigen Dame, der ich wunderschöne Ausritte zu verdanken habe. Vom Angriff der Rebellen abgesehen, die uns zur Flucht zwangen, war es ein durchaus angenehmer und lehrreicher Aufenthalt, der allerdings nichts daran ändert, daß ich nun einmal Mensch bin und derselben Aufgabe verpflichtet wie meine Vorgänger im Paidhi-Amt. Was sie in die Wege geleitet haben, hoffe ich noch zu meinen Lebzeiten zum Abschluß bringen zu können, nämlich die technologische Gleichheit zwischen Mospheira und dem Festland. Das Aufkreuzen des Schiffes nötigt uns, die Entwicklung zu beschleunigen, auch wenn es dabei zu ökonomischen Verwerfungen kommt. Wenn ich mich recht erinnere, hatte deine Abschlußarbeit das Thema ›Ökonomischer Dualismus‹. Wie wär's, wenn du dich da wieder reinknien und ein paar nützliche Vorschläge erarbeiten würdest? Das notwendige Material kannst du von mir haben. Und dann darfst du mal unter Beweis stellen, daß du auch ohne Papas Forscherteam im Rücken zu kreativen Leistungen imstande bist.«

»Letzteres hättest du dir sparen können.«

»Nichts für ungut.«

»Falls ich denn in der Richtung tätig werden sollte, wäre ich schön blöd, wenn ich mich auf dein halbgares Datenmaterial verlassen würde. Verschaff mir lieber die Möglichkeit, eigene Recherchen durchführen zu können.«

Ein Telefonapparat in Deanas Reichweite wäre gewiß nicht im Sinne Tabinis. Andererseits hatte Deana in Finanz- und Wirtschaftsfragen vielleicht wirklich einiges zu bieten.

»Na schön«, sagte er. »Mal sehen, was sich machen läßt.«

»Und ich sehe schon kommen, daß du am Ende deinen Namen unter meine Arbeit setzt.«

»Sei nicht albern.« Sie waren beim Nachtisch angelangt: bittersüße Waffeln und Tee. »Du wirst schon deine Lorbeeren ernten, wenn es dir denn tatsächlich gelingen sollte, einen vernünftigen Wirtschaftsplan zu entwerfen. Ich bin dazu nicht in der Lage. Das ist deine Chance, Deana – um mich ausstechen zu können.«

»Zum Henker mit dir!« Ihre Faust fiel auf den Tisch, zum Glück im letzten Moment gebremst, und was sie sagte, war auf mosphei': »Du hast ihnen alles versprochen und an sie verschleudert, womit wir hätten handeln können.«

»Naighai maighi-*she*, Deana-ji. *Dringliches Treffen*. Du

hättest deine Vokabeln besser lernen sollen«, sagte er ruhig und schenkte sich frischen Tee ein. »Schwamm drüber. Mach dich an die Arbeit, und wenn sie was taugt, setze ich mich dafür ein, daß Tabini dich empfängt und dir einen Orden verleiht. Ich stelle dir mein Material zur Verfügung, aber von mir aus kannst du auch auf eigene Faust recherchieren.«

»Ich brauche ein Telefon«, sagte sie.

»Darüber muß der Sicherheitsdienst entscheiden.« Er nahm einen Schluck aus der Tasse. »Vielleicht bekommst du ja deinen Anschluß, und vielleicht schaffst du's sogar, dich dem Aiji als meine tüchtige Stellvertreterin zu empfehlen, die meinen Platz einnimmt, falls ich die Treppe runterfallen und mir den Hals brechen sollte. Aber was dann?«

»Das laß mal meine Sorge sein«, entgegnete Hanks. »Ich will das Telefon, und zwar noch heute nachmittag.«

»Ich werde mich dafür einsetzen, kann aber nichts versprechen. Hier in Shejidan sollte man überhaupt mit Versprechungen sehr zurückhaltend sein. Merk dir das.« Er stand auf; die Mahlzeit war beendet, und er wollte seine Geduld nicht überstrapazieren. »Schön, daß wir uns doch noch einigen konnten. Ich wünsche dir viel Glück.« Deana stand ebenfalls auf und ließ sich von ihm zur Tür bringen.

Da stand Jago mit starrem Gesicht. Sie trat zur Seite und geleitete Hanks ins Foyer, wo sie von Algini in Empfang genommen wurde.

Bren spürte Jagos Blick im Nacken. Sie hatte bestimmt an der Tür gelauscht, und es war anzunehmen, daß sie keine Veranlassung sah, ihren ersten Eindruck von Hanks-Paihdi, gewonnen am Bahnsteig des Bujavid, zu korrigieren.

Im Foyer angekommen, sagte er: »Algini-ji, Hanks-Paidhi möchte sich jetzt verabschieden ... Deana, schönen Tag noch.« Zu seiner Überraschung streckte sie ihm die Hand entgegen und sagte auf mosphei': »Vielleicht geht's auch ein bißchen weniger onkelhaft, Mr. Cameron. Und versuch zu lächeln. Das steht dir viel besser.«

Er lächelte nicht, es ärgerte ihn vielmehr ihre anstößige Koketterie im Beisein des Personals und daß sie damit durchkam. Aber er wollte keinen Streit mit ihr. Er wollte sie an die Arbeit stellen, ihr Gelegenheit geben, sich zu rehabilitieren. Denn Paidhiin fielen nicht vom Himmel. Das Auswärtige Amt hatte jahrelange Ausbildung in sie investiert, und vielleicht war ja doch nicht alles umsonst, wenn sie jetzt nur schnell genug dazulernte.

Es ging schon in den Nachmittag hinein, und das Schiff hatte sich immer noch nicht gemeldet, was seine Stimmung nicht verbesserte. Es mochte tausend Gründe dafür geben, unter anderem Kompetenzgerangel und endlose Debatten. Vielleicht liefen die Entscheidungsprozesse an Bord ebenso umständlich ab wie auf Mospheira. Wie dem auch sei, er hoffte auf einen möglichst baldigen und vernünftigen Beschluß. Das hofften mit Sicherheit auch Tabini und der Raumfahrtausschuß, der ihn zu seiner Sitzung am Nachmittag eingeladen hatte.

Lieber wäre er länger mit Hanks zusammengeblieben, und das sollte was heißen.

# 12

Auf Ausschußsitzungen meldete sich der Paidhi sonst kaum zu Wort; für gewöhnlich saß er schweigend am Rande. Er hatte zwar ein Veto, doch davon wollte er keinen Gebrauch machen. Sich als Redner hervorzutun stand ihm nicht zu, es sei denn, der Vorsitzende lud ihn dazu ein ...

»Bren-Paidhi, angesichts der gravierenden Veränderungen, die uns bevorstehen, muß befürchtet werden, daß unsere Arbeit der vergangenen Monate vergeblich war. Hat der Paidhi inzwischen weitere Informationen zur Lage einholen können?«

»Noch nicht«, antwortete er. »Aber ich hoffe wie Sie, Nadiin, bald mehr zu wissen. Daß all unsere Arbeit umsonst war, sehe ich allerdings nicht. Im Gegenteil, ich gehe davon aus, daß wir sie beschleunigt vorantreiben müssen. Insbesondere den Ausbau der Start- und Landebasis. Dazu brauchen wir jetzt unbedingt die Spezifikationen der zum Einsatz kommenden Raumfähre. Es ist zwar nicht auszuschließen, aber wenig wahrscheinlich, daß eine solche Maschine auch auf dem bestehenden Flughafen von Shejidan abgefertigt werden kann.«

»Und Mospheira? Die Telefonverbindung ist wieder einmal unterbrochen«, sagte ein Abgeordneter aus Wiigin, jener Küstenprovinz, in deren Häfen ein Großteil der Frachtgüter im Handelsverkehr mit der Insel umgeschlagen wurden. »Das finden wir sehr bedenklich.«

Mit dieser Bewertung stand Wiigin gewiß nicht allein da. Im Ausschuß war auch Lord Geigi vertreten – zum Leidwesen Tabinis. Aber auf Geigis Teilnahme ließ sich nicht verzichten; er verfügte über mathematische und wissenschaftliche Kenntnisse, die den meisten Tashrid-Vertretern abgingen.

Geigi hatte bislang kein einziges Mal aufgeblickt und machte einen mißmutigen Eindruck.

»Nand' Paidhi«, fragte ein anderes Mitglied. »Ist die Sache mit Deana Hanks eigentlich inzwischen geklärt?«

»Hanks-Paidhi hat sich bereit erklärt, mir zu helfen. Und als Expertin in Wirtschaftsfragen kann sie sich in der Tat nützlich machen. Von der Raumfahrttechnologie versteht sie nicht viel, und wie Sie bemerkt haben dürften, hat sie auch noch einige Probleme mit der Sprache. Um so mutiger war es von ihr, nach Shejidan zu kommen und ihre Pflichten aufzunehmen, als man auf Mospheira damit rechnen mußte, daß ich nicht mehr am Leben bin ...« Er sah keinen Grund darin, Hanks' ohnehin schon ramponierten Ruf noch weiter zu beschädigen. »Natürlich fehlt es ihr noch an Erfahrung. Ich danke Ihnen, Nadiiin, für die Unterstützung, die sie ihr haben zukommen lassen.« Diese Bemerkung ging an die Adresse der Opposition. »Daß unser Amt auch und gerade in Krisenzeiten funktioniert, zeugt, wie ich finde, von stabilen, friedlichen Verhältnissen. Auf jeden Fall danke ich Ihnen für Ihre Geduld.«

»Hanks verteilt andere Ratschläge als Sie«, sagte Geigi, und daß er Bren nicht bei seinem Titel anredete, war mehr als unhöflich. »Was sollen wir davon halten?«

»Zugegeben, es gibt Differenzen zwischen uns, aber die fallen im Grunde kaum ins Gewicht.« Ihm wurde schwindelig, und er hatte den Eindruck, unterversorgt zu sein an Blut und Atemluft. Ihm war, als rutschte er in rasender Geschwindigkeit auf vereistem Grund einen steilen Berghang hinab. Und es gab kein Halten mehr. Er entschied sich anzugreifen. Bestimmt und in aller Deutlichkeit. »Ich präzisiere, wenn Sie erlauben,

Lord Geigi: In meinem Ministerium konkurrieren zwei unterschiedliche Anschauungen. Die eine Seite – und zu ihr gehört Hanks-Paidhi – vertritt den Standpunkt der festgeschriebenen Separation von Atevi und Menschen. Ich bin mit der anderen Seite der Auffassung, daß sich nicht mehr auftrennen läßt, was schon so eng miteinander verflochten ist. Ich bin mir allerdings im klaren darüber, daß auch manche Atevi fürchten, es könnte im Zuge der technologischen Angleichung zur kulturellen Assimilation kommen. Darauf können wir uns einigen: die kulturellen Unterschiede aufzuheben ist nicht wünschenswert und nicht unser Ziel. Unsere jeweiligen Traditionen verdienen es, bewahrt zu werden. Es ist natürlich zu erwarten, daß es in mancher Hinsicht zu Veränderungen und Anpassungen kommen wird …«

»Durchs Fernsehen«, warf ein konservativer Abgeordneter ein.

»Ja, Nadi, unter anderem durchs Fernsehen«, räumte Bren ein. »Vielleicht wäre es besser gewesen, die Atevi hätten eigene Programm- und Übertragungsformate entwickelt. Daß sich Mospheira da eingemischt hat, war gewiß ein Fehler. Ich bin auch der erste, der zugeben wird, daß sich kulturelle und wirtschaftliche Angleichung kaum vermeiden läßt auf dem Weg, den wir eingeschlagen haben. Mein Vorgänger im Amt ist hier auf heftige Kritik gestoßen und – mit Verlaub – zum Teil angefeindet worden, als er sein Veto einlegte gegen den Ausbau der Schnellstraßen. Und warum war er dagegen? Weil er fürchtete, daß durch diese typisch menschlichen Verkehrswege die atevischen Verbandsstrukturen in Mitleidenschaft gezogen werden. Ich habe meine Einstellung zu diesem Problem revidiert und bin inzwischen der Ansicht, daß bestimmte Gegenden durchaus solche Schnellstraßen vertragen könnten. Aber so etwas müßte von Fall zu Fall entschieden werden und kann nicht Maßstab sein für eine globale Entwicklungsplanung. Dagegen haben sich alle Paidhiin vor mir gewehrt.«

»Aber der Schaden ist da, Nadi. Und unsere Traditionen bleiben auf der Strecke.«

»Nadi, ich hatte vor kurzem Gelegenheit, einen entlegenen Ort im Herzen des Festlandes zu bereisen, und wohnte in einer Burganlage, die gebaut wurde, ehe die Menschen ihre Erde verließen. Dort war mir ein Einblick vergönnt in das ursprüngliche Leben der Atevi vor der Zeit der großen Veränderungen. Das hat mich nicht unbeeindruckt gelassen. Und ich bin froh, daß wir, Menschen und Atevi, einen Kurs eingeschlagen haben, der den Bestand dieser Orte und Landschaften schützt. Und ich habe noch etwas erfahren, nämlich daß sich in äußerster Gefahr – wir wurden von der Luft aus mit Bomben bedroht – unsere Instinkte kaum voneinander unterscheiden und daß wir uns um das Leben des anderen ebenso sorgen wie um unser eigenes.«

»Manche werden sagen, daß Sie als Mensch dort nichts zu suchen hatten«, bemerkte der Lord von Rigin.

»Es werden auch manche sagen, daß Atevi auf der Raumstation nichts zu suchen haben«, entgegnete Bren. »Dem widerspreche ich jedoch entschieden. Zugegeben, die Zusammenarbeit wird nicht reibungslos verlaufen. Wenn wir sie aber vernünftig vorbereiten und organisieren, lassen sich viele Probleme umgehen. Diese Planung wird uns bestimmt noch lange beschäftigen, aber am Ende zum Erfolg führen müssen. Wir müssen uns dieser Herausforderung stellen und unsere Chancen nutzen.«

»Dabei kommen Ihre Konzepte, Ihre Geschichte und Ihre Technologie zum Tragen. Das ist doch ganz allein Ihre Sache, nicht unsere.«

»Nadiin, wir leben in derselben Luft und unter den Einflüssen derselben Schwerkraft, derselben Atmosphäre. Die entscheiden über die Konstruktion von Flugzeugen, nicht wir. Wären die Menschen hier niemals aufgekreuzt, würden die Atevi Flugzeuge entwickeln, die auf die gleiche Weise funktionieren wie die unseren und auch ähnlich aussehen. Und die Atevi kämen nicht umhin, ihre Vorbehalte gegen Computer abzulegen, denn die sind für fortgeschrittene Luftfahrt unerläßlich. So auch die Fernsehtechnik. Und die Raumschiffe, die Atevi schließlich bauen würden, ließen sich von dem da oben kaum unterscheiden, wenn nur das Wesentliche, absolut Notwendige in den Entwurf gelangt.«

»Über das Wesentliche entscheiden nicht zuletzt kulturelle Maßgaben«, bemerkte der Ausschußvorsitzende. »Darum ist dieser Ausschuß einberufen worden. Wir begnügen uns nicht mit Ihren Entwürfen, Nadi, und lassen uns nicht vorschreiben, wie wir was zu bauen haben.«

»Das ist auch richtig so, Mylord.« Gütiger Himmel, er sah die Klippe vor sich, faßte sich ein Herz und setzte zum Sprung an, im vollen Bewußtsein der Gefahr. »Aber kulturelle Maßgaben sind das eine. Das andere sind die physikalischen Bedingungen. In der Hinsicht kann es in unseren Welten keine Unterschiede geben, Mylord.«

»Es gibt nur ein Universum«, murrte Geigi.

»Und nach den darin geltenden Gesetzen haben sich unsere Entwürfe auszurichten, wenn sie denn tauglich sein sollen. Darum werden alle tauglichen Geräte, die einen bestimmten Zweck erfüllen, einander ähnlich sein, ob sie nun gebaut wurden von Atevi oder von Menschen. Der Umgang mit ihnen wird ähnlich sein, so schließlich auch das Bewußtsein derer, die sie bedienen. Von den Vorgaben der Natur haben sich nicht zuletzt auch die Wi'itikiin in ihrer Entwicklung leiten lassen müssen und Flügel ausgebildet, die Auftrieb gewähren so wie die Tragflächen der Flugzeuge.

Kurzum: Wir alle sind der Zahlenordnung der natürlichen Welt unterworfen, Atevi und Menschen gleichermaßen. Und Atevi, die den Weltraum erobern wollen, werden diese Ordnung berücksichtigen müssen und in Harmonie mit ihr zu leben lernen, also auch in Übereinstimmung mit den Menschen, die diese Zahlenordnung anerkennen. Daß Atevi einen ausgeprägten Sinn für harmonische Zahlenverhältnisse haben, beweisen Sprache und Kultur. Darin sind sie den Menschen überlegen. Wir bewundern ihre Fähigkeiten und suchen die Zusammenarbeit mit ihnen. Gemeinsam werden wir große Fortschritte erzielen.«

»Nicht, wenn Raumschiffe die von Ihnen zitierten Naturgesetze verletzen«, entgegnete Geigi. »Erklären Sie mir, was es mit Ihren Schiffen auf sich hat, die angeblich schneller als Licht fliegen können, nand' Paidhi. Belegen Sie das anhand von Zahlen.«

Die Spannung im Konferenzsaal lud sich merklich auf. Lord Geigi riskierte viel, denn er forderte eine Antwort heraus, die möglicherweise nicht nur alles, woran er glaubte, erschüttern mochte, sondern auch die Existenz seines Hauses und sämtlicher Institutionen, die er unterstützte, in Frage stellte. Er hatte viel zu verlieren.

»Nadi-ma«, antwortete Bren. »Ich werde die gewünschten Belege beibringen. Das verspreche ich. Aber aus dem Stegreif weiß ich leider keine plausible Erklärung abzugeben. Die physikalischen Hintergründe sind allzu komplex. Ich vermag kaum mit den Worten der eigenen Sprache sinnvoll Auskunft zu geben, geschweige denn auf ragi.«

»Fliegt das Schiff schneller als Licht? Ja oder nein?«

»Daß wir von Überlichtgeschwindigkeit sprechen, ist eine grobe Vereinfachung und nicht wortwörtlich zu verstehen.« Bren war verzweifelt. Die enge Bandage bereitete ihm wieder Atembeschwerden, und er fürchtete, bleich wie ein Laken zu sein. »Die Menschen drücken sich oft sehr unpräzise aus, weil ihnen die sprachlichen Mittel fehlen – im Unterschied zu den Atevi. Wir haben keine Begriffe für extrem große Mengen oder extrem weite Räume. Das angeschnittene Problem verweist uns auf ein mathematisches Feld, das sich mit Worten nicht so einfach beschreiben läßt.« Wovon er auch überhaupt keine Ahnung hatte. »Geben Sie mir ein paar Tage Zeit. Ich bin sicher, Formulierungen zu finden, die zutreffender sind als das, was Hanks oder ich bislang darüber haben verlauten lassen.«

Lord Geigi sah alles andere als zufrieden aus. Vielleicht hatte er gehofft, der Paidhi würde den fraglichen Sachverhalt als Hirngespinst abtun. Die Mitglieder der Runde tauschten nervös Blicke.

Aber dann meldete sich der Minister für Transport und Verkehr zu Wort und ermunterte Bren, einen Vortrag zu diesem Thema auszuarbeiten. Dann ging man zum nächsten Punkt der Tagesordnung über: Kostenschätzung für den Bau der Raketenbasis. Des weiteren wurde darüber diskutiert, was der Legislative zu empfehlen sei im Hinblick auf das ins Stocken geratene Triebwerk-Projekt. Es gab neue Konstruktionspläne, die die bisher geleistete Arbeit hinfällig machten und damit auch jene Leistungen der Zulieferer, von denen etliche seit längerem schon auf Bezahlung warteten und verständlicherweise den Abgeordneten die Türen einrannten mit offenstehenden Rechnungen.

Was habe ich mir da bloß eingebrockt? stöhnte Bren im stillen. Überlichtgeschwindigkeit zu begreifen und begreiflich zu machen, setzte mathematische Kenntnisse in einem Umfang voraus, den er nicht einmal halbwegs überblickte. Dabei verstand er nicht gerade wenig von Mathematik. Das brachte schon sein Job so mit sich, zumal das Erlernen der atevischen Sprache einer komplizierten Rechenaufgabe gleichkam. Nicht selten war Algebra gefragt, zum Beispiel um die grammatikalisch korrekte Form eines Mengenbegriffs zu ermitteln. Dem atevischen Verständnis nach konnte eine falsch verwendete Form Unglück heraufbeschwören oder beleidigend sein. Bei der Pluralbildung mußte darum peinlich genau auf die jeweils konnotative Teilbarkeit der Mehrzahl geachtet werden. Rechnen und Reden gingen hier Hand in Hand, und wer sich darauf nicht verstand, kam schnell in Bredouille. In der Uni hatte Bren auf die Ergänzungskurse in Mathematik verzichtet, um mehr Zeit für die anderen Fächer zu haben. Jetzt mußte er diese Lücken wohl oder übel zu schließen versuchen.

Doch damit war es bei weitem nicht getan. Falls es ihm denn tatsächlich gelänge, Zugang zu finden zu den für ihn wahrhaft esoterischen Gebieten der höheren Mathematik oder der atevischen Philosophie, wie sollte er dann – in Übersetzung – zum Ausdruck bringen, was den sprachlichen Rahmen sprengte? Für das, was er zu erklären hatte, mußten neue Wörter erfunden und neue Formen entwickelt werden, die nicht nur verstehbar waren, sondern darüber hinaus als glücksverbürgend interpretiert werden konnten.

Das war nun doch etwas zu viel verlangt von einem Menschen, so gut er auch ausgebildet sein mochte.

Der durchschnittliche Ateva war nach wie vor überzeugt davon, daß Computer dämonische Maschinen seien, die am laufenden Band Unglückszahlen produzierten. Nicht auszudenken, was die davon halten würden, wenn jetzt auch noch Zahlen ins Spiel kämen, die Prozesse eines unvollkommen wahrgenommenen Universums beschrieben.

Atevi verlangten Perfektion und absolute Stimmigkeit. Neue Konzepte wurden nur dann akzeptiert, wenn sie sich ins traditionelle Weltbild restlos einfügen ließen – und eine entsprechende Überprüfung konnte mitunter Jahre dauern, weil jeder Amateurphilosoph meinte, seinen Senf dazutun zu müssen, und sei es mit der idiotischen Behauptung, eine Raumrakete könne die Atmosphäre durchlöchern und zum Auslaufen bringen.

Die würden sich wundern, wenn ein unbesonnener Paidhi daherkäme und Überlicht-Physik respektive das Warp-Modell, den Faltenraum, zu erklären versuchte, ohne Rücksicht zu nehmen auf atevische Sensibilitäten. Ein solcher Versuch wäre verheerender als alle Schreckensvorstellung, die die Ankunft des Schiffs hervorgerufen hatte, denn er würde die gesamte Gedankenwelt der Atevi ins Wanken bringen.

Hätte man ihn noch vor wenigen Tagen gefragt, was denn im Austausch zwischen Mospheira und Shejidan auf keinen Fall zur Sprache kommen dürfe, würde er spontan geantwortet haben: das Warp-Modell. Und ausgerechnet das lag nun auf dem Verhandlungstisch.

Nicht alle, mit denen er sich auseinandersetzen mußte, hatten Geigis Format. Im Grunde war ihm der Mann sympathisch. Mit derselben unbekümmerten Risikobereitschaft, die ihn in große finanzielle Schwierigkeiten gebracht hatte, war er auch heute im Ausschuß aufgestanden, um jene alles entscheidene Frage zu stellen. Von allen Widersachern Tabinis war neben Ilisidi Lord Geigi besonders ernst zu nehmen, denn er hatte den Mumm, Probleme anzusprechen auch auf die Gefahr hin, daß ihm selbst nur Nachteile daraus erwuchsen.

Mit dem rechten Wort an passender Stelle würde Bren ihm vielleicht helfen können. Er war nicht abgeneigt, ihm zu helfen, und er hatte auch den nötigen politischen Spielraum. Bren prüfte die Beweggründe dieser Absicht im Lichte seines professionellen Filters. Ja, er glaubte unabhängig von menschlichen Emotionen zu räsonieren. Aber zugegeben, er war auch gefühlsmäßig angetan von Geigis Auftreten, denn es zeugte von einem Charakter, der jenseits aller Gattungsgrenzen als wertvoll zu bezeichnen war. Wie dem auch sei, Bren war entschlossen, diesem Mann zu helfen.

Zum Abschluß der Sitzung erging der einstimmige Beschluß, daß man in fünf Tagen wieder zusammenkommen werde, um den Ausführungen des Paidhi zum Thema Überlichtgeschwindigkeit zuzuhören.

Bren setzte eine Miene auf, die, wie er hoffte, Zuversicht zum Ausdruck brachte. Dabei war ihm ganz anders zumute.

Weil Algini noch nicht bei Kräften war, hatte Jago den Paidhi hinunter zum Konferenzsaal gebracht, und Bren ging nun davon aus, daß sie ihn auch wieder abholen würde. Doch es war Banichi, der vor der Tür auf ihn wartete, den Rücken an die Wand gelehnt, um, wie es schien, das verletzte Bein zu entlasten.

»Banichi«, grüßte Bren, als er als erster den Konferenzsaal verließ, für Banichi offenbar überraschend, denn der richtete sich ruckartig auf.

Bren glaubte ihm ansehen zu können, daß er müde war und Schmerzen hatte, dabei ließ er normalerweise nie irgendwelche Schwächen erkennen. Sich auf den Beinen zu halten, fiel ihm anscheinend immer noch ziemlich schwer. Trotzdem hatte er hier herunterkommen müssen, denn Jago war verhindert und Tano anderweitig beschäftigt, weil er, Bren, ihn losgeschickt hatte, um nach Büroräumen Ausschau zu halten.

»Es scheint gut gelaufen zu sein«, sagte Banichi.

»Ich hoffe«, antwortete Bren.

»Tabini ist sehr zufrieden.«

Bren war perplex. »Woher weiß der Aiji, wie die Sitzung verlaufen ist?«

»Natürlich weiß er Bescheid.«

Vielleicht über Banichi? Er trug ein Taschen-Kom bei sich mit einem Mikrophon, das sensibel genug war, um auch Gespräche hinter geschlossener Tür aufzunehmen. Wer weiß?

»Übrigens«, sagte Banichi, »ich möchte Sie bitten, alle Geschenke in der Wohnung zurückzulassen, wenn Sie von einer Sicherheitszone in die andere wechseln.«

»Was für Geschenke?« fragte Bren verdutzt. Und dann erinnerte er sich.

»Die Kragenfibel«, sagte Banichi. »Zum Glück ist sie nicht von Tabini.«

»Wieso?«

»Er hatte Bedenken wegen Hanks.«

»Daß sie mich anfällt? Wohl kaum.«

»Man kann nie wissen.«

Sie gingen durch die hinteren Flure, um der belebteren Halle auszuweichen. Als sie den Fahrstuhl erreichten, sah er einige Ausschußmitglieder dort stehen, die ihm verstohlene, skeptische Blicke zuwarfen. In ihrer Mitte: Geigi.

Trotz der beklemmenden Bandage konnte Bren wieder freier aufatmen. Er sah nun manches sehr viel klarer. Hanks würde entweder tun, was er ihr aufgetragen hatte, oder aber ihr eigenes Süppchen kochen. Doch sie war nicht das eigentliche Problem, jedenfalls keines, das den Atevi gefährlich werden konnte. Das Problem für den Westbund stand dort vor ihn.

Die Gruppe machte Platz, um die beiden in den Fahrstuhl steigen zu lassen. Auf dem Weg nach oben fragte Bren: »Banichi-ji, ich habe eine Bitte, die Ihnen vielleicht seltsam vorkommt. Ich würde gern mit Mathematikern sprechen, die sich mit Himmelskunde beschäftigen, speziell mit der Gestalt des Universums.«

»Mit der Gestalt des Universums?«

Das Wort Universum war in der Sprache der Atevi mehrfach belegt und unter anderem ein Synonym für Westbund. »Sterne, Raum und Zeit.«

»Ich kenne einige renommierte Mathematiker. Einige davon residieren im Bu-javid. Doch keiner von denen beschäftigt sich damit. Mit der Gestalt des Universums. Jedenfalls nicht, daß ich wüßte.«

»Galaxien und Entfernungen.« Für Atevi waren Sterne Sterne. Konstellationen sahen sie nicht. »Die Physik des Lichts.«

Der Fahrstuhl war im dritten Stock angelangt. Banichi sagte: »Den Experten, den Sie suchen, werden sie wohl eher unter den Menschen finden.«

»Aber Mospheira ist nicht zu erreichen, und ich glaube auch nicht, daß ich durch einen Menschen erfahren kann, was ich wissen möchte. Mich interessiert, wie sich Atevi das Universums vorstellen, in welcher Gestalt, was ihrer Meinung nach jenseits seiner Grenzen liegen könnte. Wie sich das Licht verhält über weite Entfernungen, wie der Raum aufgebaut ist.«

»Wie der Raum aufgebaut ist?« Banichi konnte ihm nicht folgen. »Schwangere Kalender?«

Bren lachte. »Nein. Ich bin sicher, die richtigen Worte gewählt zu haben.«

Sie erreichten die Wohnungstür. Banichi öffnete mit seinem Schlüssel und überließ Bren der Fürsorge der Dienerinnen. »Nadiin«, grüßte Bren – und an Saidin gewandt, die es sich offenbar zur Pflicht gemacht hatte, den Gast stets persönlich zu empfangen und zu verabschieden: »Nadi-ji.«

»Möchte der Paidhi heute abend auf seinem Zimmer speisen?«

»Das wäre mir sehr recht, vielen Dank.« War es schon so spät? Als sein Blick auf den Tisch im Foyer fiel, sah er die Schale mit Nachrichten und Briefen überquellen. »Gütiger Himmel!« entfuhr es ihm.

»Ist was, nand' Paidhi?« fragte Saidin.

»Ein Ausdruck des Entsetzens«, erklärte Banichi.

»Tano schaut sich nach Büroräumen um«, sagte Bren. »Und nach Schreibkräften. Ich weiß sonst nicht, wie das alles zu bewältigen ist.«

»Wir könnten Ihnen zur Hand gehen«, meinte Saidin.

»Das ist nett von Ihnen, Daja-ji, besten Dank. Aber

wir werden hoffentlich bald genügend Personal haben. Wenn die Telefonverbindungen wieder stehen. Wenn ... ach, ich weiß auch nicht.«

»Eine Tasse Tee täte dem Paidhi bestimmt gut.«

»Der Paidhi ist bis zum Kragen voll mit Tee. Ich komme gerade von einer Ausschußsitzung. Etwas Stärkeres wäre mir jetzt lieber. Aber ohne Alkaloide. Wenn ich darum bitten dürfte, Daja-ji. Banichi, ich muß unbedingt mit dem einen oder anderen Mathematiker sprechen. Es ist wichtig. Mit Experten, die sich Gedanken machen über die Gestalt des Raums. Mit Astronomen.«

»Astronomen?« Banichi musterte ihn mit skeptischem Blick, und Bren erinnerte sich: Banichi, der überaus Kompetente in allen Belangen, kam aus der Provinz, wo man Astronomen gegenüber voller Mißtrauen war. Dort fragte man sich – vielleicht zu Recht: Wieso haben die Himmelskundler nicht frühzeitig erkannt, daß Menschen durchs All schwirren? Und warum kommen sie bei ihren Messungen auf unterschiedliche Ergebnisse und Zahlen, die einander widersprechen?

Nach Auffassung mancher betrieben diese Astronomen Ketzerei. Es durfte keine Diskrepanzen geben in den Zahlen, die das Weltall beschreiben. Wer etwas anderes behauptete, bekam es mit den Deterministen und Absolutionisten zu tun.

»Ja, ich fürchte, es muß sein, daß ich mit ihnen spreche.«

So ratlos sah man Banichi äußerst selten. »Es gibt da ein Observatorium auf Berigai im Bergid. Mit dem Flugzeug ist man in einer Stunde da.«

»Viel zu weit. Gibt es denn keine Astronomen an der Universität. Oder irgendein Institut in der Nähe?«

»Doch. Da könnten wir's versuchen.«

Bren war müde und erschöpft. »Würde es Ihnen etwas ausmachen, dort anzurufen? Ich werde einige

Fragen aufschreiben, Fragen zur Überlichtgeschwindigkeit und zu den Einwänden der Deterministen. Wenn Sie bitte in Erfahrung brächten, wer mir darauf antworten könnte …«

»Nein«, sagte Banichi – sollte heißen: Es macht mir nichts aus. Man antwortete auf die gestellte Frage, nicht auf eine implizierte.

Bren ging in den Salon, um seine Fragen zu Papier zu bringen. Eine Dienerin brachte ihm den bestellten Drink. Er wünschte, das Schiff hätte sich gemeldet. Oder seine Mutter. Er nahm das Glas zur Hand und starrte hinaus auf die Berge, deren Spitzen aus dem Dunst über der Stadt emporragten. Hoffentlich, so dachte er, würde es Banichi gelingen, einen Experten für ihn aufzutreiben.

Die Atevi sahen an ihrem Himmel keine Sternbilder, vergleichbar denen, die Menschen schon zu Anbeginn ihres Erdendasein mit viel Phantasie zwischen den Eckpunkten heller Sterne ausgemalt hatten. Anscheinend fehlte den Atevi – mit Ausnahme mancher Bauern vielleicht oder Seeleute – die Neugier für das, was sich am Nachthimmel abspielte. Während die Menschen den Wechsel der Jahreszeiten am Stand bestimmter Sternbilder festmachten, zählten Atevi die Stürme, die vom Meer kamen und wie jedes Jahr um die gleiche Zeit auf Süd drehten.

Daß sie sich nicht so sehr an den Gestirnen orientierten, lag vor allem wohl daran, daß an ihrem Himmel – im Unterschied zu dem der lange verlorenen Menschenerde – nur wenige helle Fixsterne zu sehen waren. Auch auf See kamen sie als Navigationspunkte nur selten in Betracht, zumal Atevi seit alters her fast ausschließlich Küstenschiffahrt betrieben und ihren Kurs anhand stetiger Strömungsverläufe bestimmten.

Immerhin war vor rund zweihundert Jahren jener fremde Stern am Horizont entdeckt worden: die neugebaute Raumstation. Und die Astronomen – damals eine bunte Schar aus Wahrsagern und Himmelskundlern – hatten richtigerweise vorausgesehen, daß die Heraufkunft dieses ungewöhnlichen Sterns einen tiefgreifenden, bedrohlichen Wandel nach sich ziehen werde.

Aber weil sie nichts Genaueres hatten vorhersagen können, war ihr Ansehen in der Öffentlichkeit rapide gesunken und, wie jeder Paidhi wußte, nie mehr wiederhergestellt worden. Soweit Bren bekannt war, hatte es keiner seiner Vorgänger jemals gewagt, atevische Astronomie zum Thema zu machen, geschweige denn mit Experten dieser Zunft Kontakt aufzunehmen, denn sie hatten sich wohlweislich davor gehütet, eine eventuell äußerst heikle Diskussion vom Zaun zu brechen. Auch Bren war sich im klaren über das Risiko, daß man ihm möglicherweise Fragen stellte, die um einiges kritischer sein würden als die von Geigi.

Im günstigen Fall würde er bloß Zeit verschwenden, indem er sich mit einer Disziplin beschäftigte, die, weil von der Öffentlichkeit weitestgehend ignoriert, fast nur noch von Schwärmern und Phantasten betrieben wurde.

Aber vielleicht lohnte es sich, gerade diese Leute für sich zu gewinnen, um sie in seinem Sinne mit den Deterministen verhandeln zu lassen. Von denen mußte doch der eine oder andere in der Lage sein, die Geigis dieser Welt eines Besseren zu belehren. Es war nur zu hoffen, daß er nicht ins Fettnäpfchen sektiererischer Querelen treten würde, denn dann ginge der Streit, den er zu verhindern suchte, erst richtig los.

Banichi steckte den Kopf durch die Tür und sah so verdattert aus wie ein Prüfling, der zum Thema Warp-Phänomene examiniert werden soll.

»Ich habe da einen ausfindig gemacht«, sagte Banichi.

»Trinken Sie erst mal was«, entgegnete Bren und lud ihn mit einer Handbewegung ein, im Sessel neben sich

Platz zu nehmen. Irgendwo lag immer zumindest eine Dienerin auf der Lauer, und so verwunderte es nicht, daß eine junge Dame vor Banichi auftauchte, ehe er sich gesetzt hatte. Banichi bestellte ein alkaloidhaltiges Getränk, pur, und legte das verletzte Bein auf den Fußschemel.

»Was ist das für einer?« fragte Bren.

»Ein alter Mann. Brillanter Kopf, wie es heißt, aber bei seinen Studenten kommt er offenbar nicht so recht an. Sie bezweifeln, daß er dem Paidhi helfen kann.«

»Banichi, es hat sich über Nacht vieles verändert und es ist mit einem Male überaus wichtig geworden zu wissen, welche Sterne in unserer Nähe sind und wie sich Atevi das Universum vorstellen. Von all diesen Dingen ist mir kaum etwas bekannt. Fragen Sie mich was Leichteres, zum Beispiel was es mit Schlingerwänden in Kraftstoffbehältern auf sich hat oder wie groß die Ladekapazität unserer Flugzeuge ist. Aber was jetzt viel mehr interessiert, sind unsere Nachbarsterne, die nächsten Sonnensysteme.«

»Die Sache mit der Überlichtgeschwindigkeit?«

»Ja. Und ich weiß nicht, wie ich den Atevi begreiflich machen kann, was darunter zu verstehen ist. Bislang fehlen mir die Worte dafür.«

»Wieso? Überlicht soll heißen ›schneller als Licht‹, oder?«

»Es geht um die Beschreibung des physikalischen Phänomens. Die Wörter, die meine Sprache dafür hat, sind sehr unpräzise.«

»Und wenn Sie's mit unseren Wörtern versuchen? Sie sind doch Übersetzer.«

»Dazu fehlt mir das Vokabular.«

»Ein Wort für ›schneller als Licht‹?« Banichi war sichtlich irritiert.

»Zur Erklärung der Zusammenhänge, der Zahlen, der Darstellung dessen, was sich in der Natur vollzieht.«

»Ich fürchte, dazu werden Ihnen unsere Astronomen auch nicht viel sagen können. Wie dem auch sei, Sie sind eingeladen, sich mit dem besagten Professor zu unterhalten. Allerdings ...«

»Allerdings?«

»Ein solches Treffen könnte zu Spannungen führen.«

»Der Mann, von dem Sie sprachen, ist doch eine angesehene Kapazität, wenn ich richtig verstanden habe.«

»Eine Kapazität, ja. Daß er angesehen ist, habe ich nicht behauptet, Nadi-ji.«

»Verstehen sich die atevischen Astronomen immer noch als Wahrsager? Wir haben Ihren Universitäten eine Fülle von astronomischen Informationen zukommen lassen: über Meßtechniken, Methoden der Datenauswertung und so weiter. Ich bin sicher, daß sich die Zahlen Ihrer Forscher von den auf Mospheira ermittelten Daten kaum voneinander unterscheiden. Was ich wissen möchte, ist, wie sie diese Daten mathematisch aufbereiten. Außerdem wäre ich interessiert zu erfahren, ob es jemanden gibt, der mit Hanks' Erklärung etwas anzufangen weiß und möglicherweise das Paradoxon aufzulösen versteht, das die Deterministen dieser Erklärung unterstellen. Vielleicht haben wir's bloß mit einem sprachlichen Problem zu tun.«

»Es wird zur Kontroverse kommen.«

»Sagen diese Leute immer noch die Zukunft voraus? Das würde mich überraschen.«

»Manche versuchen's.«

Bren nippte an seinem Likör und stellte fest, daß ihm die Hand zitterte. Vor Müdigkeit, wie er vermutete. Mit der Antwort, die er gefunden zu haben glaubte, ergab sich ein weiteres Problem. »Ich kann Ihnen versichern, daß unsere Daten solche Prognosen nicht zulassen«, sagte er und dachte im stillen, daß Astrologie für manche Atevi wohl immer noch sehr viel interessanter sein mochte als Astronomie und daß die gelehrteren

Atevi möglicherweise Anstoß nehmen könnten an seiner Bitte um terminologische Klärung. »Wir verfolgen mit unserer Sternkunde sehr viel praktischere Zwecke als den der Wahrsagerei. Und ich kann mir vorstellen, daß manche Atevi ähnlich orientiert sind. Zum Beispiel dieser alte Mann.«

»Seine Arbeiten und die seiner Mitstreiter werden in Universitätskreisen mit großem Argwohn bedacht, Bren-ji.«

Das war keine gute Nachricht. »Wissen Sie warum?«

Banichi nahm einen Schluck und holte tief Luft. »Weil sie, wie ich gehört habe, ständig mit anderen Zahlen aufwarten.«

»Banichi, die Sterne bewegen sich. Alles bewegt sich, auch unsere Warte, aus der wir den Himmel beobachten. Darauf haben wir doch schon so oft aufmerksam gemacht.«

»Davon verstehe ich nichts«, sagte Banichi.

»Der Planet, auf dem wir leben, dreht sich um die Sonne. Für seinen Kreislauf braucht er ein Jahr. Um die wahren Daten eines Sterns ermitteln zu können, muß man diesen Kreislauf mit berücksichtigen und mehrere Messungen durchführen, zum Beispiel mal im Sommer, mal im Winter, wenn unser Planet seine jeweiligen Wendepunkte durchläuft. Aber solche Messungen sind immer ungenau, Banichi. Es geht um riesige Entfernungen, um große Zahlen, und die haben nichts mit Wahrsagerei oder Philosophie zu tun. Sterne sind Körper aus brennendem Wasserstoff, weiter nichts.«

»Wozu sollten die dann gut sein?«

»Die Sonne ist für uns doch sehr nützlich, oder etwa nicht?«

»Was hat die Sonne damit zu tun?«

Bren wußte sich kaum mehr zu helfen. »Die Sonne ist ein Stern wie all die anderen, die Sie am Himmel sehen und nur sehr viel weiter von uns entfernt sind.«

»Na schön«, antwortete Banichi nach einer Weile.

»Ich glaube zu wissen, worauf Sie hinauswollen. Aber wär's nicht besser, die Philosophie da rauszuhalten? Das müßte doch irgendwie möglich sein.«

»Das Schiff da oben hat andere Sterne und Planeten bereist, Banichi. Und meine Vorfahren sind in der Nähe eines Sterns gewesen, der ganz wie unsere Sonne aussieht.«

»Das mag ja alles zutreffen, Nadi. Ich würde das Wort eines Paidhi niemals anzweifeln.«

Bren verlor langsam die Geduld. »Na, was glauben Sie denn, woher die Menschen gekommen sind?«

»Von einem anderen Stern.«

»Womöglich von einem jener kleinen Lichtpunkte am Himmel?«

»Kann sein«, antwortete Banichi. »Darüber habe ich mir nicht groß Gedanken gemacht.«

»Sie glauben tatsächlich, die Menschen hätten auf einem *Stern* gelebt?«

»Tja«, Banichi zuckte die Achseln, »wissen Sie, Nadi-ma, die Leute auf der Straße stellen solche Fragen für gewöhnlich nicht. Der Paidhi sucht nach einer Erklärung für Lord Geigi, aber ich fürchte, Sie werden ihn bloß verwirren.«

»Das glaube ich weniger. Lord Geigi ist gebildet und kennt unser Sonnensystem.«

»Trotzdem«, entgegnete Banichi. »An Ihrer Stelle würde ich in der Öffentlichkeit nicht so viel Aufhebens um die Sonne machen, Nadi. Sie könnten auf großes Unverständnis stoßen.«

Nachdenklich nippte Bren an seinem Glas. Er hatte während seiner Amtszeit noch nie Kontakt zur astronomischen Fakultät aufgenommen. Wilson-Paidhi oder irgendeiner seiner Vorgänger vermutlich auch nicht. Der wissenschaftliche Betrieb war, wie es schien, ziemlich weit heruntergekommen; er dämmerte vor sich hin, weil von den Kollegen aus anderen Fakultäten kaum jemand interessiert war an kosmologischen Fragen, geschweige denn an interdisziplinärer Zusammenarbeit. Es kam allenfalls hin und wieder vor, daß man sich dort im Zusammenhang mit irgendwelchen fachverwandten Problemen informierte über die Ionosphäre, über Sonnenwinde oder das Phänomen der Morgenröte. Doch Bren hatte noch nie davon gehört, daß versucht worden wäre, kosmologisches Wissen einem breiteren Publikum verständlich zu machen.

Klar. Atevi hatten einen ausgeprägten Sinn für das Naheliegende, für überschaubare Systeme. Aber es war schon zuviel für sie, den Planeten in seiner Ganzheit zu begreifen, und selbst ihr Wort für Universum bezeichnete vornehmlich die unmittelbare Sphäre des gesellschaftlichen Zusammenlebens. Hauptsache, das individuelle Umfeld stimmte; alles weitere interessierte kaum. Den Philosophen blieb es überlassen, einen theoretischen Überbau zu konstruieren, der alle Einzelphänomene sinnvoll, das heißt widerspruchsfrei zu integrieren vermochte.

Die eher pragmatisch gesinnte Mehrheit der Atevi – und dazu zählten auch Banichi und Tabini – kümmerten sich um solche Fragen allenfalls am Rande, nicht grundsätzlich, sondern höchstens unter dem Aspekt möglicher politischer oder persönlicher Konsequenzen. Darüber aufgeklärt zu werden, daß die Sonne ein Stern ist, konnte Banichi kaum erschüttern. Um den Schlaf wäre er deshalb sicherlich nicht gebracht.

Ganz anders aber diejenigen, die sich – wie Lord Geigi – als Hüter eines kohärenten Weltbildes und der althergebrachten Weisheiten verstanden. Sie würden Alarm schlagen und damit auch die Menge derer aufschrecken, die sich in ihren Geschäften für viel Geld von Numerologen beraten ließen. Sagte man denen nun, daß ihre Investitionen schlecht angelegt seien, würden sie gewiß ein lautes Geschrei anstimmen.

Das war jedenfalls zu befürchten. Brens Vorgänger hatten es – wahrscheinlich aus zaghafter Zurückhaltung – bislang versäumt, Untersuchungen darüber anzustellen, wie die atevische Öffentlichkeit auf astronomische und kosmologische Informationen reagierte. Jedenfalls war zu erwarten, daß sie gänzlich anders reagieren würde als die Menschen, deren Geschichte aufs engste mit den Sternen verknüpft war. Es wäre nur einer von unzähligen Unterschieden, über die ein Paidhi stolperte und Berichte erstattete, Berichte, mit deren Hilfe Mospheira die Einführung neuer Technologien planen konnte.

Normalerweise waren solche Unterschiede nicht allzu brisant. Normalerweise hielten sich die eingeleiteten Veränderungen in Grenzen. Normalerweise hatten technologische Innovationen einen Vorlauf von zehn bis fünfzehn Jahren.

Aber jetzt schien alles, was bislang unberücksichtigt geblieben war, von heute auf morgen nachgeholt werden zu müssen.

»Vielen Dank für Ihren Rat, Banichi. Ich werde mich daran halten. Um so wichtiger ist es, der Einladung des Professors zu folgen.«

»Der Einladung seiner Assistenten. Ich fürchte, der Professor interessiert sich nur für Sterne. Oder Sonnen, wie auch immer. Wenn ich heute nacht in den Himmel schaue, wird mir bestimmt mulmig bei dem Gedanken daran, daß dort überall fremde Lebewesen herumwimmeln könnten.«

»Wenn ich richtig informiert bin, sind bewohnte Planeten die Ausnahme.«

»Das hoffe ich, Bren-ji. Denn noch mehr Geschenke aus dem All würde unsereins wohl kaum verkraften.«

Tano berichtete telefonisch: *»Ich habe ein Büro gefunden, Nadi Bren. Das Personal wäre auch schon soweit zusammengestellt: siebenundzwanzig diskrete, erfahrene Schreibkräfte, die sich in ihrem Man'chi zu Tabini-Aiji bekennen. Als Büroleiter empfehle ich einen pensionierten Beamten,* *der sich glücklich schätzt, wieder für das Bu-javid arbeiten zu können; er kommt aus Magisiri und heißt Dasibi. Ich habe allen erklärt, daß die Arbeit befristet ist und nach Tarif vergütet wird, und der liegt bei sechstausend im Jahr, zuzüglich der Sonderleistungen für Krankenvorsorge, Wohn- und Fahrkosten sowie Rentenzuschüsse von insgesamt neuneinhalbtausend. Nadi Dasibi würde sechstausend mehr bekommen.«*

Fünfzehneinhalbtausend pro Jahr für siebenundzwanzig Personen. Und einundzwanzigeinhalbtausend für den Leiter. Lohnkosten. Dazu die Anschaffungskosten für Faxe, Telefone, Computer …

»Das ist viel zu viel«, sagte Bren. »Ich hatte mit einem oder zwei Assistenten gerechnet, die ich aus eigener Tasche bezahlen könnte. Meine Regierung wird diese Mittel bestimmt nicht bereitstellen. Eher würde sie mich erschießen.«

*»Es ist noch nichts festgemacht, nand' Paidhi. Aber wir könnten bei der Verwaltung die nötigen Gelder locker machen. Ich bin sicher, der Aiji würde sich persönlich dafür starkmachen.«*

»Wahrscheinlich.« Das Büro vom Bu-javid finanzieren zu lassen war eigentlich nicht nach seinem Geschmack. Aber … »Versuchen Sie's, Tano. Die einzige Alternative wäre, daß die gesamte Post unbeantwortet bliebe. Und es kommt laufend neue hinzu.«

*»Kein Wunder, nand' Paidhi. Ich werde also den Antrag stellen. Das dauert allerdings. Es gilt, etliche Formulare auszufüllen.«*

»Ich bin Ihnen sehr dankbar, Tano. Und machen Sie sich keine Sorgen. Hier bei mir ist alles in Ordnung. Lassen Sie sich ruhig Zeit.«

*»Danke, Nadi-ji.«*

Bren legte den Hörer auf. Kein Zweifel, dachte er, als er sich die veranschlagte Summe noch einmal durch den Kopf gehen ließ: Das wird Ärger geben. Mospheira würde nicht einsehen, wozu ein Paidhi auf dem Festland Mitarbeiter nötig hatte. Das war schließlich noch nie der Fall gewesen.

Himmel hilf! Ihm fehlten die Mittel, und Mospheira würde mit Sicherheit keine Unterstützung gewähren. Da konnte in der Tat nur einer helfen: Tabini. Aber das ging ihm, Bren, gegen den Strich. Wenn doch bloß das Schiff antwortete und sich mit Tabinis Vorschlag einverstanden erklärte ...

Er war in Damiris kleinem Büro, ungestört. Bald würde zu Abend gegessen, und er hatte keine Zeit mehr, einen Brief zu schreiben oder sich auf irgendeine andere Weise nützlich zu machen. Aber vielleicht war ja die Verbindung zu Mospheira wiederhergestellt. Er meldete sich bei der Telefonzentrale und gab ihr die Nummer seiner Mutter mit der Bitte, ein Gespräch zu ihm durchzustellen.

Die Leitung schien offen zu sein. Doch auf das Rufzeichen meldete sich eine Automatenstimme mit dem Hinweis: »Dieser Anschluß ist vorübergehend gesperrt.« Verflucht, er konnte seiner Mutter nicht mal eine Nachricht auf Band sprechen.

Er rief noch einmal bei der Zentrale an und ließ sich mit Bruder Toby an der Nordküste verbinden.

Toby, geh ran, nimm den verdammten Hörer ab!

Seine Tochter meldete sich, und dann hörte er sie rufen: *»Papa, Onkel Bren will dich sprechen.«*

*»Bren.«*

»Gut, dich zu hören. Was ist mit Mutters Anschluß?«

*»Was soll damit sein?«*

»Wenn ich da anrufe, heiß es: Anschluß vorübergehend gesperrt.«

Es war eine Weile still in der Leitung. *»Vielleicht ist der Apparat kaputt gegangen und muß repariert werden.«*

»Ich habe ein Telegramm von ihr bekommen, aber davon ist kaum ein Satz stehengeblieben. Alles wegzensiert. Da stimmt doch was nicht!«

Schweigen.

»Toby?«

*»Hier ist alles in Ordnung. Wie läuft's bei dir? Was macht der Arm?«*

»Ich kann nicht klagen. Und wie geht es Jill?«

*»Bestens. Uns geht es allen gut. Abgesehen vom Wetter. Viel Regen. Der zieht zu euch rüber.«*

»Nicht schlecht. Wir könnten eine kleine Abkühlung vertragen. Hast du in den letzten Tagen mit Mutter gesprochen?«

Nach längerer Pause: *»Du kennst sie und weißt, wie schnell sie sich aufregt.«*

»Toby?«

*»Ich muß jetzt Schluß machen. Wir gehen aus und sind schon auf dem Sprung.«*

»Toby, zum Teufel, was geht bei euch vor?«

*»Mutter hat da ein paar Anrufe gekriegt. Okay? Ist aber nicht weiter tragisch.«*

»Nicht weiter tragisch. Was für Anrufe?«

*»Ich sag ihr, daß du angerufen hast. Zerbrich dir nicht den Kopf, Bren. Keine Sorge. So, und jetzt muß ich aufhören. Jill wartet in der Tür.«*

»Na schön«, antwortete Bren. »Mach's gut, Toby, und schöne Grüße.«

Da stimmte was nicht, und Toby hatte ihm verschwiegen, was los war.

Vor Wut schlug er mit der Faust gegen die Holzvertäfelung hinter sich. Worauf sich eine der Dienerinnen meldete, die jüngste und beflissenste.

»Nand' Paidhi?« fragte sie besorgt.

Er rang sich ein Lächeln ab und ließ sich nichts anmerken. »Es ist alles in Ordnung, Nadi. Ich habe nicht gerufen.«

Die junge Frau verbeugte sich und ging.

Die neue Saison bescherte köstliche Fleischspezialitäten, was den Koch offenbar zur Höchstform auflaufen ließ. Unter normalen Umständen wäre dem Paidhi das

Wasser im Mund zusammengelaufen, zumal er Kohldampf schob, weil er zu Mittag kaum etwas gegessen hatte.

Aber Tobys vielsagendes Schweigen war ihm auf den Magen geschlagen, und so pickte er lustlos mit der Gabel in der Vorspeise herum. Nur um den Koch nicht zu beleidigen, zwang er sich zu essen.

Er bereute es, überhaupt angerufen zu haben. Ihm waren die Hände gebunden. Er konnte nicht mal eben auf die Insel rüberfliegen und nach dem Rechten sehen.

»Mutter hat da ein paar Anrufe gekriegt.« Was, um Himmels willen, hatte das zu bedeuten? Wurde sie von einem Verrückten belästigt? Toby schien sich jedenfalls keine großen Sorgen zu machen.

Saidin tauchte in der Tür auf, gefolgt von zwei Dienerinnen, die ein Tablett hereintrugen. Darauf befand sich ein großer runder Fladen, belegt mit einer Fülle von leckeren Zutaten – auf grüner Gemüsesauce.

»Ein neues Gericht?« fragte er.

Die Frauen verzogen das Gesicht. Sie hatten anscheinend mit einer anderen Reaktion gerechnet – wie auch der Koch, der nun den Kopf zur Tür hereinstreckte.

»Sieht köstlich aus«, sagte er, um die Situation zu retten. »Wie nennt sich das?« Wie immer war er als Paidhi darauf aus, neue Wörter und Begriffe zu lernen.

»Pizza, oder?« antwortete die junge Dienerin erstaunt. »Haben wir nicht die richtige Zeit für Pizza, nand' Paidhi?«

»O doch«, beeilte er sich zu sagen. »Natürlich, Pizza. Nur, damit habe ich am wenigsten gerechnet.« Er mußte an sich halten, um nicht laut loszulachen. »Eine gelungene Überraschung.«

»Wir hatten leider keine rote Sauce«, entschuldigte sich der Koch. »Es war welche bestellt, aber das Flugzeug konnte wegen schlechten Wetters nicht starten.«

Madam Saidin sagte: »Wir dachten, daß es Sie nach dem Mittagessen mit dieser unangenehmen Person freuen würde, ein heimisches Gericht aufgetragen zu bekommen.«

»Es duftet herrlich«, sagte er. »Darf ich Sie zu einem Stück einladen. Die Pizza zu teilen ist guter Brauch bei uns.«

Die Dienerinnen strahlten übers ganze Gesicht. Saidin blickte skeptisch drein, doch der Koch sagte: »Es ist genügend da. Ich habe vorgesorgt.«

»Bitte, lassen Sie auch Algini kommen. Und Jago.« Der Gedanke an ein lustiges Gelage hob seine Stimmung. »Und könnten wir auch was zu trinken haben, nand' Saidin?«

Saidin schien nun selbst Gefallen zu finden an einem gemeinsamen Essen. Der Koch erklärte sich bereit, im Bedarfsfall noch ein paar Fladen zu backen. Und während sie zu dritt überlegten, welche aufzuteilende Stückzahl denn wohl die glücklichste sei, eilten die Dienerinnen los, um die übrigen Mitglieder des Haushalts zusammenzurufen, den Tisch zu decken und mit Blumen zu schmücken.

Jago war nirgends aufzutreiben. Immerhin kam Algini – probierte ein Stück und verzog sich wieder. Doch die anderen waren durchaus vergnügt; es wurde sogar Musik aufgelegt, und zwei Dienerinnen wagten draußen in der Halle ein Tänzchen, Seite an Seite, die Hände auf dem Rücken und sehr zurückhaltend, um die Porzellanblumen nicht zu gefährden. Bren ging hinaus, um zuzuschauen. Es wäre ihnen eine Freude, sagten die beiden, ihm die Schritte beizubringen, doch Saidin war mit dem Vorschlag ganz und gar nicht einverstanden und meinte, daß der Paidhi für so etwas viel zu vornehm sei.

Bren war anderer Meinung, aber es riet sich nicht, der tüchtigen Madam vor versammelter Dienerschaft zu widersprechen. Also blieb er in der Tür stehen und nippte an dem Drink, der, wie er sicher sein konnte, auch für ihn bekömmlich war.

Tomaten, Paprika, Zwiebeln und jene Kräuter, die zur typischen Pizza gehörten – all das war aus Mospheira zu beziehen, allerdings nur in verarbeitetem Zustand. Auf dem Festland fürchtete man nämlich, daß sich der Samen dieser fremden Sorten aussetzen und das ökologische Gleichgewicht durcheinanderbringen könnte. Die Atevi fanden durchaus Geschmack an Tomaten, Kartoffeln, Paprika und dergleichen und importierten solche Produkte, aber nur zu bestimmten Jahreszeiten. Sei's drum, dachte Bren; die hierzulande allgegenwärtige grüne Sauce, pfeffrig und sauer, schmeckte auch nicht schlecht zum Fladenbrot, das so üppig belegt war, daß der Verzehr eines einziges Stücks Völlerei gleichkam.

»Was wird hier eigentlich gefeiert?« fragte eine Dienerin, worauf der Paidhi spontan und ungeniert antwortete: »Erfolgreiche Arbeit.«

Die Bemerkung schien allen zu gefallen. Man gratulierte sich untereinander, und selbst Saidin zeigte sich zufrieden.

Dann kehrte Algini zurück, hastiger als es seine Art war. Ihn bremsten nur seine Verletzungen.

»Nadi Bren!«

Es wurde schlagartig still, nur die Musik dudelte weiter. »Ein Anruf für Sie, Bren-Paidhi. Von Mogarinai. Das Schiff will mit Ihnen sprechen.«

»Hier ist Bren Cameron«, keuchte er außer Atem; so schnell war er ans Telefon gerannt. »Stellen Sie durch, Mogari-nai.«

*»Augenblick bitte.«*

Bren bereute es, getrunken zu haben, aber er hatte, obwohl der Anruf angekündigt war, nicht mehr damit gerechnet. Er holte tief Luft und versuchte, seine fünf Sinne zusammenzunehmen.

*»Hallo, hier ist Phoenix-Kom«*, meldete sich nun eine dünne Stimme. *»Bren Cameron? Bitte antworten.«*

»Bren Cameron am Apparat. Ich höre.« Bren warf einen Blick auf Saidin und Algini, die mit sorgenvollen Mienen in der Tür standen. Sie wußten, was auf dem Spiel stand.

*»Mr. Cameron? Hier spricht Ramirez.«*

»Guten Abend, Sir.«

*»Guten Abend. Tut mir leid, daß ich mich nicht, wie verabredet, gegen Mittag gemeldet habe. Es war noch jede Menge Material durchzuarbeiten, Ihres und das aus Mospheira. Ich habe übrigens soeben mit Ihrem Präsidenten gesprochen; und er behauptet, daß Sie nicht bevollmächtigt sind, mit uns zu verhandeln.«*

Verdammt, dachte Bren. Den Hörer zwischen Ohr und Schulter geklemmt, langte er mit dem unversehrten Arm nach dem Tonbandgerät und schaltete es ein. »Wenn Sie den Vertrag studiert haben, werden Sie wissen, daß der Präsident nicht befugt ist, im Namen der Atevi zu sprechen.« Himmel, ihm wurde heiß unter dem Einfluß von Alkohol, und die Bandage drückte ihm die Luft ab. »Es wird ihm bestimmt nicht gefallen, aber wie dem auch sei, Tabini-Aiji hat mir den Auftrag geben, in den Verhandlungen zwischen Ihnen und der atevischen Regierung zu dolmetschen.«

*»Von uns aus steht dem nichts im Wege. Wie ist der Aiji uns gegenüber eingestellt?«*

»Aufgeschlossen.« Ramirez war kein Diplomat. Bren paßte sich seiner unverblümten Art zu sprechen an. »Wir suchen den ökonomischen und technologischen Ausgleich. Bevor Ihr Schiff aufgekreuzt ist, haben Atevi und Menschen damit begonnen, einen Raumflughafen zu bauen, um die Raumstation wieder in Betrieb zu nehmen. Der Aiji sieht keine Veranlassung, von diesem Vorhaben abzulassen.«

*»Hört er unser Gespräch mit?«*

»Nein, aber ich könnte dafür sorgen.«

*»Nicht nötig. Richten Sie ihm aus, daß wir an guten Beziehungen interessiert sind. Wir haben auf Ihre Bitte hin einen Mann ausgewählt, der uns in Shejidan vertreten könnte. Unter zwei Bedingungen: erstens, daß unser Vertreter einen offiziellen Status und Sicherheitsgarantieren erhält; zweitens, daß unseren Anträgen auf Rohstofflieferungen stattgegeben wird. Daß diese Bedingungen erfüllt werden, müßte uns der Aiji offiziell bestätigen.«*

»Das läßt sich machen. Ich sehe da keine Probleme.«

*»Wir schicken zwei Vertreter, einen nach Shejidan und einen nach Mospheira.«*

»Auch das dürfte für uns kein Problem sein, Sir.«

*»Gut. Die Freiwilligen stehen bereit ... Jason? Mr. Cameron, ich übergebe an Jason Graham.«*

*»Mr. Cameron.«* Eine jüngere Stimme. *»Hier spricht Jason Graham. Es freut mich, Ihre Bekanntschaft zu machen, und ich bin voller Erwartung, Sie zu treffen.«*

»Mir geht es ebenso. Sie haben also ein Landefahrzeug?«

*»Ja. Ich würde mich gern ausführlicher mit Ihnen unterhalten und erfahren, auf was ich mich einlasse. Morgen, wenn möglich. Sie bestimmen die Zeit.«*

»Warum nicht gleich morgen früh? Sie wissen, wann bei uns der Tag anbricht. Stellen Sie Ihre Uhr darauf ein.«

*»Tagesanbruch, Morgengrauen, Sonnenaufgang, das sind alles neue Begriffe für mich. Wir sprechen uns dann also morgen früh. Bis dahin, gute Nacht. So sagt man doch, oder?«*

»Gute Nacht«, antwortete Bren und schüttelte den Kopf über die Feststellung, daß diesem Mann anscheinend die simpelsten Wörter fehlten.

Er meldete sich bei den Technikern auf Mogari-nai ab, nahm die Kassette aus dem Recorder, um mit ihr auf Nummer Sicher zu gehen, und rief Tabini über dessen Privatanschluß: »Ich habe gerade kurz Kontakt zum Schiff gehabt, Aiji-ma. Man ist mit unseren Vorschlägen einverstanden. Den genauen Wortlaut unseres Gesprächs werde ich für Sie übersetzen.«

*»Sehr gut, Bren-ji. Das ist erfreulich.«*

»Sie haben ein Landefahrzeug, mit dem sich ihre Vertreter absetzen lassen, zwei, jeweils einer für Mospheira und Shejidan. Ich werde mich morgen früh mit einem der beiden ausführlicher unterhalten. Das Gespräch soeben war sehr kurz, aber durchaus positiv. Sie sind ausdrücklich interessiert an guten Beziehungen.«

*»Freut mich zu hören ... Bren-ji?«*

»Aiji-ma?«

*»Sie feiern?«*

»Oh, es tut mir schrecklich leid, wenn wir Sie gestört haben, Aiji-ma.«

*»Nein, nein. Unsere Wände sind schallisoliert. Ich wünsche einen vergnüglichen Abend, Bren-ji.«*

»Danke Ihnen«, antwortete Bren verwirrt.

Doch dann wurde ihm bewußt, daß es wohl tatsächlich einen trefflichen Grund zu feiern gab. Es schien, als sei die Gefahr abgewendet und produktive Zusammenarbeit mit dem Schiff eine echte Möglichkeit.

Er ging ins Eßzimmer zurück. Dort herrschte gespannte Stille; dann aber plapperten alle Dienerinnen auf einmal los: »Sie haben mit den Leuten vom Schiff gesprochen, nand' Paidhi?« – »Wie ist's gelaufen, nand' Paidhi?«

»Ruhe!« herrschte Saidin ihre Frauen an. »Das geht uns nichts an.«

»Doch, nand' Saidin« entgegnete Bren. »Und ich kann sagen, es läuft gut.« Er wagte es noch nicht, von einer Übereinkunft zu sprechen, hatte aber selbst keinen Zweifel mehr an deren Zustandekommen, nicht, weil er die Schiffsbesatzung für so freundlich hielt, sondern weil er wußte, wie sehr sie auf Rohstofflieferungen aus Shejidan angewiesen war. War nur zu hoffen, daß Mospheira nicht quertrieb.

Die Gesichter um ihn herum strahlten, und inzwischen hatte sich das ganze Personal versammelt. Sogar Saidin und Algini schienen sich von der allgemeinen Erregung anstecken zu lassen. Jemand reichte Bren ein gefülltes Glas, und er wollte es gerade an den Mund führen, als Saidin herbeisprang, ihm das Glas wieder aus der Hand nahm und die Serviererin beschimpfte wegen ihrer Fahrlässigkeit; es müsse doch jedem inzwischen bekannt sein, wie empfindlich der Magen des Paidhi ist und wie schwächlich seine Konstitution, zumal er sich immer noch nicht erholt habe von den Torturen seines aufopferungsvollen Einsatzes im Dienste des Westbundes, und ob sie denn – empörte sich Saidin über die unbedachte junge Dienerin – den Haushalt Damiris in Verruf bringen wolle?

Die Musik spielte wieder, und der Koch hatte Tabletts voller Desserts und Konfekt auftragen lassen, worüber sich die Dienerinnen mit Gusto hermachten. Auch Saidin bediente sich und knabberte an einer Praline. An die Wand zurückgedrängt, stand Algini, umringt von hübschen jungen Frauen, die ihn mit Fragen löcherten; wahrscheinlich wollten sie, daß er ihnen von seinen jüngsten Abenteuern berichtete und erklärte, wie er zu seinen Verletzungen gekommen war.

Dann tauchte, schattengleich in ihrer schwarzen Uniform, Jago auf und sah sich mit ausdruckslosem Gesicht im Zimmer um.

»Bren-ji«, sagte sie und trat an seine Seite. »Stimmt's, was man sich unten im Sicherheitsbüro erzählt?«

»Über das Schiff? Ja, was von dort zu hören ist, klingt vielversprechend.«

Eine Dienerin bot ihr einen Drink an, doch Jago bestellte Tee. Es war noch genug zu essen übrig. Sie nahm sich ein Stück Pizza auf die Hand, stand kauend da und schaute mit starrer Miene den zwanzig oder noch mehr Frauen zu, die durch die Halle tanzten.

»Es hat sich so ergeben«, sagte Bren wie zur Entschuldigung. »Ich konnte ihnen doch nicht den Spaß verderben. Es tut mir leid, wenn wir andere mit unserem Lärm stören.«

»Ach was«, entgegnete Jago. »Allerdings hat die Aiji-Mutter über Cenedi fragen lassen, was hier oben los sei.«

»Oje.«

»Und Banichi und Tano bestehen darauf, daß man ein Stück Pizza für sie zurückgelegt.« Jago bekam ihren Tee. Sie nippte an der Tasse und sagte: »Der Koch wird wohl das Rezept verraten müssen. Seine Fladen kommen gut an. Nicht nur unten im Sicherheitsbüro, sondern auch bei Tabini und der Aiji-Mutter. Sie haben doch hoffentlich nichts dagegen, daß Ihre Pizza die Runde macht.«

»Himmel, Ihnen bleibt aber auch nichts verborgen.«

»Das Rezept?«

»Alles, was ich tu und lasse …«

»Wir passen halt auf Sie auf, Bren-ji. Aber verlassen Sie sich nicht allzu sehr auf uns. Banichi rät zur Vorsicht dem antiken Porzellan gegenüber. Und machen Sie den Dienerinnen keine Avancen.«

»Wo steckt Banichi eigentlich?«

Jago schaute zu Boden. »Er hat den Flug für Sie organisiert.«

»Welchen Flug?«

»Zum Observatorium«, antwortete Jago, als ob er darüber längst informiert sein müßte.

Was nicht der Fall war. Und er hatte auch noch nicht zuviel getrunken. Bislang war ihm erst dreimal nachgeschenkt worden.

»Übermorgen«, sagte Jago und trank ihren Tee. Seine Frage, wo sich Banichi zur Zeit aufhalte, blieb unbeantwortet.

Verflucht, dachte er. Von Cenedi oder Tano war mehr zu erfahren als von diesen beiden, die ihm als Leibwachen zur Seite standen.

Aber sie zu bedrängen hatte keinen Sinn. Banichi würde wieder auftauchen und Jago wieder verschwinden – wie gehabt. Er wußte nicht, was sie trieben, doch sie waren anscheinend über jeden Schluckauf, den er hatte, informiert. Die Wände oder Porzellanblumen hatten Ohren, wie es schien.

Womöglich traute ihm Tabini doch nicht so sehr wie behauptet. Kein Wunder, für den Aiji stand allzuviel auf dem Spiel, zumal die Opposition mobil machte. Vielleicht wagte er es auch nicht, den Paidhi eine Sekunde lang unbeobachtet zu lassen, da in der Assassinengilde anscheinend eine ernste Krise ausgebrochen war.

Daß der Paidhi feierte, ging wohl in Ordnung. Aber es mußte argwöhnisch stimmen, daß mit den Fremden aus dem All so schnell Übereinstimmung gefunden werden konnte. Kein Aiji, kein Präsident, kein Schiffskommandant machte Zugeständnisse, nicht auf Treu und Glauben und nicht ohne eine entsprechende Gegenleistung garantiert zu wissen.

# 13

*»Ich kenne ein paar Fremdsprachen«*, sagte Graham über Funk. *»Aber nur ansatzweise. Mein Hobby ist die Geschichte. Deshalb hat man mich ausgewählt, als Vertreter nach Shejidan zu kommen. Meine Kollegin, die nach Mospheira geht, versteht sich hauptsächlich auf Technik. Von Fremdsprachen hat sie keine Ahnung. Das hat übrigens niemand hier an Bord. Wir sprechen alle ein und dieselbe Sprache. Daß ich mich für andere Sprachen interessiere, rührt von meinen Studien in Sachen Geschichte her. Außerdem gebe ich Unterricht.«*

»Sind Sie Lehrer?« fragte Bren und schenkte Tee aus der Kanne nach, die ihm auf den Schreibtisch gestellt worden war. Er stellte sich sein Gegenüber vor: jung, politisch naiv und mutig, daß er freiwillig dazu bereit war, ins kalte Wasser zu springen.

*»Vor allem am Computer. Aber es muß ja auch jemand die Lernprogramme für die Kinder schreiben. Ich hab's auch schon mit Sprachunterricht versucht. Doch daran sind nur die wenigsten interessiert.«*

»Kennen Sie den Unterschied zwischen Substantiv und Verb?«

*»Aber natürlich. Soll ich Ihnen was vorkonjugieren oder durchdeklinieren?«*

»Nichts für ungut. Daß Sie kein Anfänger sind, erleichtert die Sache. Ich habe für Sie eine Datei zusammengestellt mit den grammatikalischen Grundregeln der atevischen Sprache. Da kommt ein Haufen Arbeit auf Sie zu. Sind Sie gut im Rechnen?«

*»Es geht so. Warum?«*

»Weil es nicht ganz leicht ist, die atevischen Pronomen korrekt und höflich anzuwenden. Wenn Sie das

Wort an eine Gruppe von Personen richten, gilt es, die richtige Mehrzahlform zu wählen, und die berücksichtigt die Anzahl der Angesprochenen sowie ihre jeweilige Wertigkeit im Hinblick auf Rang und Status. Mehr noch: Wenn diese Summe eine unglückliche Zahl ergibt, muß man auf eine entsprechende Behelfsform ausweichen. Sie werden Ihre helle Freude haben. Und glauben Sie nur nicht, daß sich das Atevische auch nur halbwegs interlinear auf unsere Sprache übertragen ließe. Syntaktisch und semantisch gibt's so gut wie keine Parallelen. Aber Sie werden's mit der Zeit packen, es sei denn, ich habe Sie schon abgeschreckt.«

*»Ein bißchen eingeschüchtert vielleicht.«*

»Das kann nicht schaden. Ursache für die sprachlichen Schwierigkeiten ist natürlich in erster Linie die große kulturelle und psychologische Kluft zwischen Menschen und Atevi. Wir sind uns schon ein großes Stück nähergekommen, bis Sie mit Ihrem Schiff aufgekreuzt sind, was alte Ängste wieder aufgerührt hat. Verstehen Sie politisch zu verhandeln? Haben Sie irgendwelche Erfahrungen darin?«

*»Nur mittelbare über mein Studium der Geschichte.«*

Herrje, er hatte es mit einem Akademiker zu tun, wenn nicht gar mit einem Dilettanten.

»Ich habe Ihrem Kommandanten gegenüber darauf bestanden, einen Vertreter mit Verhandlungsvollmachten zu schicken.«

»Ich weiß. Daran soll's nicht scheitern. Aber es wird mir in Shejidan doch wohl nicht verboten sein, daß ich mich in Detailfragen mit dem Schiff abspreche.«

Entweder Ramirez war naiv, oder er schickte mit Graham jemanden, der so wenig Ahnung hatte, daß er auch unter Folter nichts würde ausplappern können.

»Darf ich fragen, Graham, wie bei Ihnen an Bord wichtige Entscheidungen herbeigeführt werden?«

*»Indem über Anträge diskutiert und abgestimmt wird. Das funktioniert bei uns ganz reibungslos. Wir sind eine re-*

*lativ kleine Gruppe, jeder hat in etwa den gleichen Informationsstand und weiß, worauf's ankommt.«*

»Wie ist zum Beispiel der Entschluß zustande gekommen, hierher zurückzufliegen?«

Graham ließ mit der Antwort eine Weile auf sich warten. *»Nun, das hatten wir schon immer vor. Und wir sahen den jetzigen Zeitpunkt als günstig an.«*

»Wieso ist der jetzige Zeitpunkt günstig?«

*»Die neue Raumstation ist fertiggestellt. Jetzt soll auch die alte wieder flottgemacht werden. Das erweitert unseren Aktionsradius.«*

»Weil Ihnen dann sozusagen zwei Tankstellen zur Verfügung stehen.«

*»So kann man's sagen. Aber wir wollen die Stationen auch als Umschlagplätze für unseren Warenhandel nutzen.«*

»Und womit gedenken Sie zu handeln?«

Nach kurzer Pause: *»Ich weiß nicht, Sir. Die Antwort auf Ihre Frage liegt noch in weiter Ferne. Eins nach dem anderen. Vorläufig gilt's, die Station hier auf Vordermann zu bringen.«*

Sollte heißen: mit Arbeitskräften zu besetzen. Natürlich ging es dem Schiff – wie immer schon – in erster Linie darum, versorgt zu sein mit Treibstoff und Proviant. Für die Beschaffung sollten andere herhalten, möglichst umsonst. Doch Graham hatte recht: Eins nach dem anderen. Das Schiff war nun einmal da und würde der von Shejidan und Mospheira geplanten Instandsetzung der Station nützlich sein können – sein müssen, wenn es denn versorgt werden wollte mit dem, was es dringend nötig hatte.

»Unter unserer gleichberechtigten Mitwirkung, versteht sich.«

*»Natürlich. Aber was anderes, Sir ... darf ich offen sprechen?«*

»Nur zu.«

*»Ich habe mich freiwillig gemeldet, weil ich mir Abwechslung von meiner Arbeit verspreche. Aber ich habe natürlich*

*keine Lust, Kopf und Kragen zu riskieren und womöglich in Geiselhaft genommen zu werden, zumal unser Kommandant klipp und klar erklärt hat, daß wir – das heißt Yolanda und ich – in einem solchen Fall mit keinerlei Hilfe rechnen können. Wenn was schiefgeht, wären wir auf uns alleingestellt. Also frage ich: Wie sicher dürfen wir uns wähnen?«*

»Tabini-Aiji garantiert für Ihren Schutz. Sie haben nichts zu befürchten. Und Ihre Kollegin braucht sich auf Mospheira auch keine Sorgen zu machen. Ich werde zusehen, daß ich Sie vom Flughafen abhole. Sie landen doch in Shejidan, oder?«

*»So war's geplant. Wenn denn für Yolandas Weiterflug nach Mospheira gesorgt ist.«*

»Kein Problem.«

*»Von Mospheira ist zu hören, daß Atevi mit Widersachern kurzen Prozeß machen und daß auch auf Sie zwei Mordanschläge verübt worden sind. Man rät uns deshalb, auf der Insel zu landen. Das sei sicherer. Sie, Sir, behaupten etwas anderes.«*

»Zugegeben, hier herrschen andere Sitten, und Assassination ist ein legales Mittel, aber sehr streng reglementiert. Die Anschläge gegen mich waren klare Verstöße gegen geltendes Recht und wurden entsprechend geahndet. Falls Sie tatsächlich in Erwägung ziehen, auf Mospheira zu landen, gebe ich folgendes zu bedenken: Wenn Sie der Einladung des Aiji folgen und in Shejidan ankommen, wird er alles daransetzen, daß Ihnen nichts zustößt. Ferner: Der Aiji rangiert protokollarisch weit über dem Präsidenten Mospheiras. Die Atevi würden es als Beleidigung auffassen, wenn Sie Mospheira den Vorzug gäben. Außerdem käme sicherlich der Verdacht auf, daß Sie mit den Menschen dort konspirierten. Das wäre kein guter Start für Sie.«

*»Wir werden Ihre Bedenken berücksichtigen. Zweite Frage: Mospheira behauptet, daß es auf dem Festland drunter und drüber gehe, daß Sie als Paidhi mißbraucht würden und daß eine Frau, die Sie vertreten sollte, spurlos ver-*

*schwunden sei.«* Vielleicht war Graham doch nicht so naiv wie befürchtet. Zumindest wußte er die richtigen Fragen zu stellen. *»Mit anderen Worten: Kann ich mich auf Sie verlassen, Sir. Es heißt, daß Sie Ihre Amtspflichten verletzen und die Interessen Mospheiras verraten.«*

»Davon kann überhaupt keine Rede sein. Es ist allenfalls richtig, daß ich der atevischen Seite Informationen habe zukommen lassen, ohne mir vorher den Segen Mospheiras eingeholt zu haben. Bis man sich dort auf irgend etwas geeinigt hat, vergehen oft Wochen oder Monate. Solange konnte ich diesmal nicht warten. Ich war gezwungen, schnell zu reagieren, als Ihr Schiff aufkreuzte und unter den Atevi die Sorge laut wurde, daß Mospheira mit Schützenhilfe aus dem All einen Angriff planen könnte. Aber statt seinen Friedenswillen zu bekräftigen, hat sich Mospheira bislang bedeckt gehalten. Ich mußte etwas tun, und weil Eile geboten war, habe ich mir erlaubt, den ordentlichen Dienstweg ein wenig abzukürzen. Das Ministerium ist empört. Sei's drum. Wenn Sie die Wahrheit wissen wollen, Graham: Eher würde ich den Präsidenten von Mospheira zum Teufel jagen als tatenlos mit ansehen, wie die Beziehungen zwischen Menschen und Atevi in die Brüche gehen, zumal ich in der Lage bin, das Schlimmste zu verhindern.«

*»Und was ist mit dieser vermißten Frau?«*

»Sie meinen Deana Hanks. Ich habe ihr befohlen, auf die Insel zurückzufliegen, doch sie besteht auf einer formellen Rückzugorder aus Mospheira, und die wurde ihr immer noch nicht zugestellt.«

*»Warum nicht?«*

»Weil sie, wie ich vermute, ein paar einflußreiche Freunde auf der Insel hat, denen daran gelegen ist, daß sie in Shejidan für Unruhe sorgt. Es geht ihr übrigens gut. Wir haben heute miteinander zu Mittag gegessen und uns auf eine faire, sachliche Zusammenarbeit verständigt.«

*»Von Mospheira war etwas ganz anderes zu hören.«*

»Was denn?«

*»Daß die Situation äußerst gefährlich ist und daß Sie, Sir, die Unwahrheit sagen.«*

»Wissen Sie von der Senderanlage, die unser Gespräch überträgt?«

*»Sie meinen die Station an der Küste.«*

»Was glauben Sie, wer diesen Komplex betreibt? Irgendeine Privatperson oder die hiesige Regierung?«

*»Die Regierung, wie ich annehme.«*

»Und in deren Namen spreche ich, das können Sie mir glauben, Mr. Graham. Ich bin Übersetzer, der Paidhi, der einzige Mensch, der zwischen Mospheira und Shejidan vermittelt. So will es der Vertrag. Darüber hinaus hat mich die atevische Regierung gebeten, in derselben Funktion mit Ihnen an Bord des Schiffes zu verhandeln. Zugegeben, ich arbeite für die Regierung Mospheiras, aber mein Job bringt es so mit sich, daß ich gelegentlich Dinge aussprechen muß, die Mospheira nicht hören will. Es gibt auf der Insel einige Menschen, die die Atevi, salopp formuliert, nicht leiden können. Mich auch nicht. Aber auf deren Meinung können wir keine Rücksicht nehmen, wenn wir denn wollen, daß die Atevi mit uns zusammenarbeiten. Richten Sie Ihrem Kommandanten bitte folgendes aus: Wenn er den Sprechern Mospheiras Gehör schenkt, sollte er sich darüber im klaren sein, daß diese ihre Informationen von mir beziehen oder persönliche Mutmaßungen anstellen. Wenn er aber mit mir spricht, erhält er Informationen aus erster Hand. Es gibt keine verläßlichere Quelle, da ich der einzige Mensch bin, der direkten Kontakt hat zu den Atevi. Sie werden der zweite sein. Willkommen in der Welt der Politik.«

*»Darf ich fragen: Wie kommen Sie mit den Atevi zurecht? Verkehren Sie auch mit den einfachen Leuten, oder sind Sie immer streng abgesichert?«*

»Ich habe in erster Linie mit Regierungsvertretern zu

tun, aber nicht ausschließlich. Atevi sind ehrlich, loyal, mitunter ziemlich verschlossen, manchmal aber auch so offen und direkt, daß man sich nur wundern kann. Insgesamt fühle ich mich durchaus wohl in ihrer Gesellschaft. Allerdings freue ich mich schon darauf, auch mal ein Menschengesicht vor mir zu sehen. Ich hätte noch ein paar technische Fragen zur Landung. Brauchen Sie ein Rollfeld?«

*»Nein, Sir. Ich wünschte, es wär so. Wir müssen in eine dieser Kapseln, die schon damals zum Einsatz gekommen sind.«*

»Sie scherzen.«

*»Leider nein. Wir haben ein paar dieser uralten Dinger in der Station gefunden.«*

»Gütiger Himmel. Mich wundert, daß da überhaupt welche übrig geblieben sind.«

*»Mospheira sagt, daß es sich um Reservekapseln handelt. Es wurden damals dreimal so viele gebaut wie nötig, um genügend Ersatz zu haben, falls das eine oder andere System nicht funktioniert.«*

»Klingt plausibel. Trotzdem ...«

*»Für uns gibt's also vorläufig kein Zurück, wenn wir mit der Kapsel runterkommen. Können Sie mir sagen, wie lange es dauern wird, bis man bei Ihnen da unten ein Shuttle gebaut hat?«*

»Wenn alles nach Plan verläuft, werden wir in etwa einem bis anderthalb Jahren den ersten Versuch wagen können, eine bemannte Raumkapsel hochzuschicken, und zwar auf einer Trägerrakete, die eigentlich nur für die Beförderung von Satelliten geeignet ist und allenfalls den unteren Rand der Exosphäre erreicht. Von einem Shuttle kann bei einem solchen System beileibe nicht dir Rede sein.«

*»Und wann wäre ein Flug zur Station möglich?«*

»Das läßt sich kaum abschätzen. Aber wenn Sie hier unten nicht alt werden wollen, rate ich Ihnen, in Shejidan zu landen und Tabini-Aiji zu gefallen, denn nur der kann für eine Beschleunigung des Raumfahrtprogramms sorgen.«

*»Sie machen mir Mut.«*

»Den brauchen Sie vor allem, wenn Sie in diese zweihundert Jahre alte Kapsel steigen. Der Hitzeschild, der Fallschirm – all das ist womöglich ...«

*»Ich weiß. Natürlich wird das Ding generalüberholt. Mit dem Fallschirm runterzukommen gefällt mir auch nicht, aber ich sage mir: besser als ohne.«*

»Ich bewundere Sie um Ihre Nerven, Mr. Graham. Nun, unsere Vorfahren haben's ja auch riskiert. Darum sind wir hier.«

*»Wissen Sie vielleicht, wie viele damals Pech hatten? Gibt es Zahlen darüber?«*

»Soweit ich weiß, war die Unfallrate sehr gering. Eine Kapsel fiel ins Meer, eine andere landete allzu hart und eine dritte verglühte, weil der Schutzschild verlorenging. Aber Ihre Techniker werden doch bestimmt die Möglichkeit haben, das Ding sicher zu machen, oder? Mich wundert, daß Ihnen keine geeigneteren Systeme zur Verfügung stehen.«

*»Mit dem, was wir haben, könnten wir den Mond problemlos erreichen. Aber auf eine Planetenlandung sind wir nicht eingestellt. Unsere Fahrzeuge würden dem Atmosphärendruck und den Ansaugkräften nicht standhalten.«*

»Sie meinen die Gravitation?«

*»Ja, Sir.«*

Brens Sorge, daß die Kommunikation mit der Verwandtschaft aus dem All wohl auch sprachliche Probleme mit sich bringen würde, erwies sich als berechtigt, und es beschlichen ihn gleichzeitig Zweifel an ihren technischen Fähigkeiten.

»Mr. Graham, ich hoffe, Ihre Leute wissen die Fallschirme an der Kapsel richtig zu verpacken. Dabei muß nämlich einiges berücksichtigt werden, sonst gehen sie nicht auf.«

*»Jetzt machen Sie mich langsam nervös, Sir. Aber zum*

*Glück sind in der Stationsbibliothek Spezifikationen dieses alten Typs gefunden worden. Darin wird doch hoffentlich stehen, was zu beachten ist.«*

»Wann kommen Sie runter?«

*»In fünf oder sechs Tagen.«*

»Herrje, ist das nicht ein wenig überstürzt? Gibt es einen Grund für diese Eile?«

*»Es gibt keinen Grund, länger zu warten. Uns bleibt nichts anderes übrig, als mit dem Fallschirm abzuspringen, und ich verlasse mich darauf, daß meine Leute alles tun werden, um eine Katastrophe zu verhindern. Sie können die Flugbahn haargenau berechnen und versichern mir, daß alles glatt gehen wird. Natürlich habe ich großen Bammel und sage mir manchmal: du mußt verrückt sein. Yolanda geht's wahrscheinlich ähnlich ... Was ist das für ein Geräusch im Hintergrund?«*

Erst die Frage machte Bren auf das Donnergrollen in der Ferne aufmerksam. Er schaute zum Fenster hinaus und sah eine dunkle Wolkenwand heraufziehen. »Ein Gewitter«, antwortete er. »Was Sie da hören ist Donner.«

*»Atmosphärische Störungen?«*

»So kann man sagen. Dabei fällt Regen.«

*»Scheint ziemlich laut zu sein.«*

»Der Donner, ja.«

*»Ist aber nicht gefährlich, oder?«*

»Der Blitz kann gefährlich sein. Wenn es richtig losgeht, sollte man lieber nicht telefonieren. Aber bevor ich auflege, möchte ich noch kurz auf das Problem der Infektionsvorbeugung zu sprechen kommen. Meine Vorfahren waren in der Hinsicht sehr umsichtig und haben vor ihrer Landung peinlich genau darauf geachtet, daß sie keine Keime einschleppen. Der Aiji verlangt, daß Sie ähnliche Vorsichtsmaßnahmen ergreifen.«

*»Damit haben wir schon begonnen. Mein Magen ist über die Medikamente, dich ich schlucken mußte, nicht besonders*

*glücklich, doch das ist im Augenblick mein geringstes Problem.«*

»Gute Besserung. Ich werde dem Aiji berichten, daß Sie schon Vorsorge getroffen haben. Sie empfehlen sich ihm damit als verantwortungsbewußte Partner. Ich werde ihm auch sagen, daß Ihre Kollegin alsbald nach Mospheira weiterfliegen möchte und daß darum ein Flugzeug für sie bereitstehen sollte. Ich faxe Ihnen eine Landkarte hoch mit Hinweisen auf günstige Landepunkte. Sie haben die Wahl, ich würde allerdings vorschlagen, daß Sie auf dem Flughafen im Süden von Shejidan runterkommen.«

*»Im Laufe der nächsten Tage werden mir wahrscheinlich noch etliche Fragen einfallen. Wär's möglich, daß wir uns noch einmal sprechen?«*

»Jederzeit. Übermorgen werde ich allerdings in die Berge zu einem Observatorium fahren und erst gegen Abend wieder zurücksein. Aber wenn Sie anrufen und nach mir fragen, wird man sicherlich eine Verbindung zu mir herstellen können.«

*»Warum fahren Sie in ein Observatorium.«*

»Ich bin dort mit einer Person verabredet, mit der ich mich über einige philosophische Fragen unterhalten möchte. Ihre Ankunft hat nämlich nicht nur politische Probleme aufgeworfen, sondern insbesondere auch religiöse. Und darauf muß ich eine Antwort finden.«

*»Gehört das zur Aufgabe des Paidhi?«*

»Ja, und ich hoffe, daß Sie mir bald dabei helfen können.«

*»Gern, Sir. Wenn ich doch bloß schon weich gelandet wäre …«*

Bren mußte unwillkürlich schmunzeln. »Kopf hoch, ich suche Ihnen ein weiches Plätzchen aus. Ich heiße Bren. Nennen Sie mich bitte so. Ich bin es nicht gewohnt, mit ›Sir‹ angeredet zu werden.«

*»Mein Name ist Jason. Ich freue mich schon auf unsere Zusammenarbeit.«*

»Es wäre schrecklich, wenn was dazwischenkäme. Verlangen Sie von Ihren Technikern, daß sie mit größter Sorgfalt zu Werke gehen und sich Zeit lassen. Es würde uns nichts ausmachen, eine Woche länger auf Sie zu warten. Ihre Sicherheit geht vor.«

*»Gut zu hören. Aber ich denke, daß wir unseren Zeitplan einhalten können, es sei denn, wir stoßen auf unvorhergesehene Schwierigkeiten. Um ehrlich zu sein, ich kann's selbst kaum erwarten, meinen Fuß auf festen Boden zu setzen.«*

Ein Donner krachte mit ohrenbetäubender Lautstärke. »Wir sollten jetzt lieber Schluß machen.«

*»Verstehe. Ich versuch's dann später noch mal. Bis dann.«*

Durch die geöffnete Tür wehte kühler, feuchter Wind. Toby hatte recht behalten: Die Gewitterfront war von der Insel in Richtung Shejidan weitergezogen. Wahrscheinlich würde das Flugzeug mit der georderten Tomatensauce noch eine Weile auf sich warten lassen. Brens Tee war kalt geworden über dem Gespräch mit einem Mann, der im All zur Welt gekommen war. Wo, in der Nähe welcher Sonne? fragte sich Bren.

Jason Graham behauptete, achtundzwanzig Jahre alt zu sein – nach traditioneller Zeitrechnung. Vor dem Anruf war ein Fax geschickt worden, das seine biographischen Daten auflistete, so auch die seiner Kollegin Yolanda Mercheson, einer einunddreißigjährigen Ingenieurin. Die beigefügten Lichtbildkopien waren unscharf. Yolanda schien Sommersprossen zu haben und machte einen ansehnlichen Eindruck. Jason hatte ein schmales, ernstes Gesicht und extrem kurzgeschorene dunkle Haare. Die würde er sich wachsen lassen müssen, den Atevi zuliebe, die so kurze Haare abscheulich fanden – und wenn nicht den Atevi zuliebe, so doch zumindest im Interesse der eigenen Absichten.

Aber worin mochten diese Absichten bestehen? fragte sich Bren. Und was bewog diesen Graham und seine Kollegin, sich auf einen für sie völlig fremden

Planeten abwerfen zu lassen. Bloße Neugier reichte doch wohl kaum aus als Motiv für ein solches Wagnis. Oder?

Die Schiffsbesatzung war überraschend schnell mit Freiwilligen zur Stelle. Was mochte der Grund dafür sein? Drückte sich in dieser geradezu verwegenen Risikobereitschaft ein gewisser Hochmut aus gegenüber den Bewohnern von Planeten oder eine allgemeine Unerschütterlichkeit? Vielleicht brauchte man die, um mit einem Schiff durchs Weltall zu kreuzen. Und gewiß auch eine gehörige Portion Abenteuerlust. Aber konnte all das erklären, was Bren in dem Gespräch mit Jason Graham so sehr irritiert hatte, nämlich dessen entwaffnend freundliche, treuherzige Art? Dieses offenbar bedingungslose Vertrauen?

Nun, die Leute vom Schiff würden wahrscheinlich dafür sorgen, daß die Risiken für ihn und Yolanda möglichst gering blieben. Hoffentlich. Es stand viel auf dem Spiel.

Es wurde allmählich Tag. Bren saß an Damiris Schreibtisch und schickte die versprochenen Dateien zum Schiff hinauf: unter anderem eine Vokabelliste, Grammatikregeln und protokollarische Vorschriften.

Dann langte er zum Hörer, um Deana anzurufen, besann sich aber eines Besseren. Sie so früh aufzuwecken, war wohl nicht opportun.

Wahrscheinlich frühstückte Ilisidi gerade. Bren war versucht, ihr Gesellschaft zu leisten, fühlte sich aber einem Gespräch mit ihr im Augenblick nicht gewachsen. Seine melancholische Stimmung machte ihn verwundbar. Er sehnte sich das Tageslicht herbei, das der Welt der Atevi wieder Gestalt geben, ihn zur Vernunft zurückrufen würde und ihn kritisch Abstand nehmen ließe von den verstörenden Impulsen, die ihn kirre zu machen drohten: Dinge wie Urvertrauen und die irrationale Hoffnung auf die Verläßlichkeit von Intuition im Umgang mit anderen – all das, was er wegzupacken versucht hatte, um sich mit handfesteren Strategien durchsetzen zu können.

Und nun kam dieser Jason Graham daher. Wenn der wirklich so naiv war, wie er sich gab, würde er in Teufels Küche geraten. Schlimmer noch: Er, Bren, würde diesen Kerl wahrscheinlich gern haben und mit Emotionen belastet sein, denen er zu mißtrauen gelernt hatte, weil sie ablenkten von der Aufgabe, die ihm gestellt war.

Offenbar kannten die Atevi ähnliche Konflikte. Bren fühlte sich an Machimi-Spiele erinnert, in denen es häufig vorkam, daß ein armer Dummkopf, von irgendwelchen vertrackten Instinkten irritiert, das Man'chi, dem er sich verpflichtet hatte, preisgab zugunsten einer Laune, einem Man'chi, das, wie er glaubte, ursprünglicher war und darum gültiger. Und dann stand dieser Tropf alleingelassen mitten auf der Bühne, klagte sein Leid über ein verfehltes Leben und zerschlug schließlich alles in Scherben, was für ihn von Wert gewesen war.

Bren glaubte zu ahnen, worin die Tragik eines solchen atevischen Helden lag. Er stand am Fenster und schaute hinaus in das diffuse Dunkelgrau der anbrechenden Dämmerung. Allmählich zeichneten sich in der Ferne die Konturen der Bergid-Gipfel ab.

Ja, er freute sich auf Jason Graham, aber im nüchternen Licht des heraufziehenden Tages wurde ihm bewußt, wie mühselig es für ihn sein würde, diesen Mann in seine Aufgaben einzuweisen. Bis der die Sprache gelernt, seine Vorurteile abgelegt und genügend Erfahrungen gesammelt hatte, mochten Jahre ins Land gehen, und dann – dann würde das Schiff womöglich wieder verschwinden und ein weiterer Kontakt zu den Menschen abreißen.

Und was wäre, wenn sich der Fallschirm nicht öffnete? Der Gedanke schlug ihm auf den Magen, verstörte ihn auf eine Weise, die ihm unheimlich anmutete. Er war jenseits allen Selbstmitleids und trieb geradewegs in Richtung Panik. Er fühlte sich vereinsamt, isoliert von den Menschen, und diese – sprich's aus – *freundliche* Stimme hatte einen Nerv getroffen, den er erfolgreich betäubt zu haben glaubte.

Zum Teufel noch, er war doch nicht der erste Mensch, der sich ganz und gar einem Job verschrieben und alles andere drangegeben hatte, wissend, auf was er sich einließ. Er hatte zu verzichten gelernt, letztlich auch auf Barb. Aber wofür?

Das war die andere gefährlich Falle, in die er immer wieder zu tappen drohte: die Erwartung, alle Entbehrungen und Anstrengungen zu einem lohnenden Ergebnis führen und sagen zu können: Geschafft, gewonnen; die Atevi sind im All, die Menschen in die Station zurückgekehrt, die Schranken zwischen beiden Spezies überwunden, und nun leben und arbeiten sie gemeinsam in paradiesischer Eintracht …

Vor diesem Herrgottskomplex hatte man ihn schon während der Vorbereitung auf das Paidhi-Amt eindringlich gewarnt. Bloß nicht übermütig werden und keine Extravaganzen. Es waren ihm Bilder von den Toten und Verletzten des Krieges vorgelegt worden, die auf abschreckende Weise deutlich machten, wohin es führte, wenn Fortschritt allzu rasch vorangetrieben wurde, ungeachtet der Verwerfungen und Erschütterungen, die Veränderungen mit sich brachten.

Ja, er durfte nicht den Kopf verlieren und eine fixe Idee mit aller Macht zu verwirklichen suchen. Sein Job bestand vielmehr darin, Fehlentwicklungen frühzeitig zu erkennen und zu korrigieren, mit dem Schlimmsten zu rechnen. Damit zum Beispiel, daß sich der Fallschirm womöglich nicht öffnen könnte. Der Teufel steckt – *Baji-Naji* – meistens im Detail. Und verlaß dich nie auf den vermeintlich gesunden Menschen- beziehungsweise Ateviverstand.

Er verließ das Büro und ging ins Eßzimmer, wo

gleich darauf zwei Dienerinnen auftauchten, sichtlich verkatert, sich artig verbeugten und loseilten, um in der Küche Bescheid zu geben, daß der Paidhi zu frühstücken wünsche.

Er öffnete die Glastür zum Balkon und ließ sich den kühlen, feuchten Wind um die Nase wehen. Er mußte Tabini informieren, mit Hanks sprechen, das Auswärtige Amt auf Mospheira zu erreichen versuchen.

Und – weiß Gott – es wurde Zeit, daß er sich mit George, dem Stabschef im Präsidialamt, in Verbindung setzte. Vielleicht war es ratsam, vorher ein paar Pillen zu schlucken, um den Magen zu beruhigen, wenn es denn tatsächlich gelingen sollte, telefonisch nach Mospheira durchzukommen.

Am Vormittag stand außerdem noch eine Ausschußsitzung an. Und mit dem Morgentee war die Bitte an ihn herangetragen worden, dem Fernsehen ein Interview zu geben. Die Nachrichtenredaktion hatte offenbar – über welche Kanäle wohl? – erfahren, daß eine neue Landung bevorstand, und drängte den Paidhi, nähere Auskünfte zu geben.

Er frühstückte und schaltete seinen Diktaskriptor ein, ein Gerät, das gesprochene Wörter zu Text verarbeitete. Auch wenn es manche Laute, die nicht deutlich genug artikuliert wurden, falsch verstand und in geschriebenen Unsinn übersetzte, war es doch eine große Hilfe, vor allem bei längeren Texten, zumal mit der automatischen Rechtschreibkontrolle die gröbsten Schnitzer verbessert werden konnten.

Nach einer halben Stunde und etlichen von Hand eingegebenen Korrekturen war der Text fertig zur Datenübertragung, zum einen an Hanks (mit dem Zusatz: *zur wertgeschätzten Kenntnisnahme*), zum anderen an das Auswärtige Amt. Und da die Verbindung nach Mospheira stand, nahm er die Gelegenheit wahr, seiner Mutter eine Nachricht zukommen zu lassen: *Laß von Dir hören. Ich mache mir Sorgen um Dich.*

In Übersetzung ging eine Kopie an Tabini; dazu die Randbemerkung: *Aiji-ma, ich finde dieses erste Gespräch sehr ermutigend und habe versprochen, einen für Blütenblättersegel geeigneten Landeplatz zu suchen. Vielleicht käme die Ebene unterhalb von Taiben in Betracht. Was meinen Sie?* Und an das Hasdrawad: *Nadiin, hier das Protokoll meines ersten Gesprächs mit dem gewählten Paidhi des Schiffes. Er macht einen guten Eindruck auf mich.* Und an Ilisidi: *Es besteht Grund zur Hoffnung, nand' Aiji-Mutter.*

Schließlich an sein Sicherheitsteam: *Was dieser junge Mann von sich gibt, stimmt mich zuversichtlich. Ich hoffe, daß er und seine Kollegin wohlbehalten bei uns ankommen.*

»Mir scheint, Ihr Urteil ist sehr stark geprägt von subjektiven Eindrücken«, bemerkte Tabini, als sie in dessen Wohnung miteinander zu Mittag aßen. »Die Tatsachen sprechen eine andere Sprache. In unserem Sinne ist offenbar noch nicht entschieden worden. Die fortgesetzten Verhandlungen mit Mospheira lassen vermuten, daß das Schiff noch an anderen Optionen festhält.«

Tabini hatte den Nagel auf den Kopf getroffen.

»Ich habe mich um eine möglichst sachliche Einschätzung bemüht«, antwortete Bren, »muß aber zugeben, daß ich, wie Sie richtig vermuten, ein wenig irritiert war, nämlich über meine spontane Eingenommenheit diesem jungen Mann gegenüber. Dennoch: Ich halte die beiden Freiwilligen für sehr mutig. Daß sie bereit sind, ein so großes Risiko einzugehen, hat zwei mögliche Erklärungen. Es handelt sich bei den beiden entweder um tollkühne Einfaltspinsel, die die Gefahren unterschätzen – was ich nicht glaube –, oder aber um Personen mit einem ausgeprägten, selbstlosen Pflichtgefühl.«

»Ein Pflichtgefühl, das unserem Man'chi gleichkommt? Wem gilt es?«

»Das ist immer die Frage, Aiji-ma. Wie dem auch sei,

die beiden geben offen zu, Angst zu haben, nicht nur vor dem Abstieg, auch vor dem, was sie hier unten erwartet. Ihre Fragen dazu ... nun, all das werden Sie, Aiji-ma, in der Abschrift lesen können. Wir sprachen das Thema Landeplatz an. Ich habe dringend davon abgeraten, auf Mospheira runterzukommen, und protokollarische Erfordernisse geltend gemacht. Ich hoffe, überzeugt zu haben.«

»Sie schlagen Taiben vor«, sagte Tabini. Bren saß mit ihm allein zu Tisch. Nur Eidi servierte, während Tano mit den anderen Sicherheitskräften draußen Wache hielt. Das Gewitter hatte sich verzogen; der Himmel war zwar noch bedeckt, aber das Licht hinter den weißen Fenstervorhängen schimmerte merklich heller. »Wieso Taiben?«

»Das Plateau im Süden ist weit und unbewaldet. Die Landung wird, wie gesagt, nicht ungefährlich sein. Diese uralten Kapseln kommen zum Einsatz, und ich fürchte, die da oben wissen nicht richtig damit umzugehen. Es würde uns wahrscheinlich auch nicht leichtfallen, mit einer Steinaxt zu hantieren.«

»Wieso haben die nichts Tauglicheres?« fragte Tabini. »Es sind doch die Herren der Technik, die Erforscher des Universums.«

»Vermutlich fehlen ihnen gerade darum geeignete Geräte zur Landung auf einem Planeten. Unsere gemeinsamen Vorfahren haben ihre Heimat verlassen, nicht um sich auf einer anderen Welt niederzulassen, sondern um eine Station im All zu bauen. Als dann ein Teil von ihnen trotzdem hier unten abgesetzt werden wollte, weigerte sich die Pilotengilde das Shuttle zu fliegen, die die Siedler zu bauen vorhatten. Also blieb nur die Alternative der ungesteuerten Kapseln mit den Blütenblättersegeln. Und es ist eine Ironie der Geschichte, daß man jetzt wieder darauf zurückgreifen muß.«

»Erstaunlich«, sagte Tabini. »Bei all der hochentwickelten Technik an Bord stürzen sie sich in die Tiefe wie die Wi'itkitiin von der Klippe.«

»Und haben nicht einmal die Fähigkeit zu gleiten«, bemerkte Bren. »Ich vermute, daß sie auch theoretisch nicht mehr zur Luftfahrt in der Lage wären.«

»Soll das heißen, sie haben vergessen, wie man fliegt?«

»Bei einem Wetter wie dem von heute morgen? So etwas gibt es nicht im All, Aiji-ma. Da sind andere Widrigkeiten und Gefahren in Kauf zu nehmen, aber eben kein Wetter, keine Luftturbulenzen.«

»Verstehe ich Sie richtig? In unserer Atmosphäre können demnach nur unsere Piloten fliegen, die von Mospheira und die atevischen.«

»Davon bin ich überzeugt.«

Den Augen Tabinis war anzusehen, daß er einen Gedanken verfolgte, der ihm gefiel. »Das Shuttle, das zwischen Raum- und Bodenstation pendeln soll, muß auf einem Teil seiner Strecke durch Wind und Wetter.«

»Ja, Aiji-ma.«

»Sehr gut, nand' Paidhi.« Man konnte sicher sein, daß Tabini seinen Vorteil zu nutzen wußte.

Sie sprachen dann noch kurz über die geplante Büroerweiterung. Tano hatte einen Kostenplan vorgelegt. Tabini war, ohne zu zögern, einverstanden und sagte: »Das verrechnen wir als Apanage. Steht nicht auch im Vertrag, daß solche Kosten auf uns zukommen?«

Apanage. Darauf hatte allenfalls ein Tashrid-Mitglied oder ein Provinzlord Anspruch. Bren war überwältigt. »Vielen Dank, Aiji-ma«, sagte er kleinlaut.

Tano, der ihn vor der Tür in Empfang nahm, meinte bloß: »Ich habe nichts anderes erwartet. Mich freut es vor allem für den Pensionär, der die Leitung übernehmen soll. Er gehört zu meinem Clan.«

»Aha«, sagte Bren. Was auf Mospheira als Vetternwirtschaft bezeichnet wurde, war hier selbstverständliche Konsequenz einer Man'chi-Zugehörigkeit. Daß der Alte zuverlässig sein würde, stand außer Frage. »Was hat er früher gearbeitet, Tano-ji?«

»Er war Direktor des Landesamtes für öffentliche Liegenschaften«, antwortete Tano. »Ein sehr versierter Mann, auch politisch.«

»Bestens«, sagte Bren. »Vielen Dank für alles, Tano. Sobald die Büroräume eingerichtet und bezogen sind, werde ich mich der Belegschaft vorstellen. Wären Blumen als Willkommensgruß angebracht?«

»Nicht unbedingt, aber es würde natürlich gut ankommen: ein kleiner Strauß mit einer glücksbringenden Anzahl von Blumen, dazu die besten Wünsche und das Amtsband des Paidhi. Falls dazu noch genügend Zeit bleibt ...«

»Können wir nicht sofort dafür sorgen? Bevor die Pressekonferenz anfängt?«

»Sicher. Ich hole gleich die Bänder und könnte Ihnen die Arbeit mit dem Siegel abnehmen.«

Atevi legten großen Wert auf Autogrammkarten, versehen mit Bändern in dem Amtsfarben und der offiziellen Siegelprägung – als Andenken oder Anerkennung für geleistete Dienste.

»Warum nicht gleich für alle eine Karte?« meinte Bren. »Für die, die uns bisher schon geholfen haben, und für die neuen Schreibkräfte.«

»Gute Idee.«

»Und wie steht's mit dem Sicherheitspersonal?« fragte Bren. »Oder würde ich Sie und Ihre Kollegen damit in Verlegenheit bringen?«

Tano blickte tatsächlich ein wenig verlegen drein. »Es wäre uns eine große Ehre, nand' Paidhi.«

»Sie haben mir das Leben gerettet, Tano-ji. Was ist schon ein solches Band dagegen? Wie könnte ich mich sonst noch erkenntlich zeigen?«

»Nand' Paidhi«, sagte Tano und verbeugte sich im Gehen. »Ein Band von Ihnen wird meinen Vater glauben machen, daß ich mich verdient gemacht habe. Und wenn Sie mir noch eins für ihn geben, werde ich mir nie mehr von ihm anhören müssen, ein Nichtsnutz zu sein.«

Solche Gesten zählten. Bren bedauerte, nicht schon früher daran gedacht zu haben, und er nahm sich vor, jedem Bediensteten von Malguri eine Autogrammkarte zukommen zu lassen und all denen, die ihr Leben für den Paidhi riskiert hatten.

Und das waren nicht wenige, registrierte er im stillen.

# 14

Die Journalisten hatten jede Menge vorformulierter Fragen auf ihren Spickzetteln stehen. Sie waren gründlich vorbereitet, denn es ergab sich nicht oft Gelegenheit, den Paidhi-Aiji zu interviewen. Eine der ersten Fragen war, woher das Schiff gekommen sei. Bren wußte keine Antwort, und um das Thema Sterne und Sonnen nicht ansprechen zu müssen, wollte er auch keine Vermutungen darüber anstellen. Sehr viel leichter fiel ihm eine Antwort auf die Frage nach der mutmaßlichen Absicht des Schiffes. »Nadiin, dem, was bislang dazu gesagt wurde, ist zu entnehmen, daß man die Station wieder in Betrieb nehmen will. Von ihrem Zustand haben sich die Raumfahrer allerdings ganz falsche Vorstellungen gemacht. Nicht minder überrascht sind sie über die Entwicklung der Kolonie auf Mospheira. Und jetzt sind sie interessiert daran zu erfahren, was in den vergangenen zweihundert Jahren so alles geschehen ist.«

Unerwähnt ließ er, daß dem Schiff daran gelegen war, eine beträchtliche Anzahl von Arbeitskräften in den Orbit zu holen. Ein Journalist kam diesem Punkt recht nahe, indem er fragte, mit welchen wirtschaftlichen Konsequenzen für den Bund zu rechnen und ob eine Verschlechterung der Beziehungen zu Mospheira zu befürchten sei.

Worauf Bren antwortete: »Nadiin, wenn wir am Vertrag festhalten und unsere geschichtlichen Erfahrungen zu Rate ziehen, wird es uns gelingen, die zu erwartenden Veränderungen so zu steuern, daß die Atevi davon profitieren. Ich sehe einen starken Aufschwung der Wirtschaft voraus, insbesondere der

Schwer- und verarbeitenden Industrie. Wer Geld anzulegen gedenkt, ist gut beraten, dort zu investieren.

Lassen Sie mich an dieser Stelle den vielen, vielen Kindern etwas sagen, die den Paidhi in ihren Briefen fragen, ob zu befürchten sei, daß das Schiff oder die Station zu uns herabfliegt und auf uns schießt. Ich kann guten Gewissens antworten: Nein, das wird nicht passieren. Tabini-Aiji, der Schiffskommandant und der Präsident von Mospheira stehen in Verbindung miteinander und unterhalten sich über den Wiederaufbau der Raumstation, und ich hoffe, daß einige der Kinder, wenn sie erwachsen sind, dort oben werden leben und arbeiten können. Ich habe mit einem Mann an Bord des Schiffes gesprochen, der sehr bald bei uns landen und im Bu-javid wohnen wird, um als Paidhi zwischen seinen Leuten und den Atevi zu vermitteln. Er ist ein junger Mann, recht angenehm und höflich, und er hat versprochen, den Atevi und Menschen dabei zu helfen, eine Fähre zu bauen, die wie ein normales Flugzeug zur Raumstation hinaufsteigen und wieder zurückfliegen kann. Der Schiffspaidhi wird schon bald im Fernsehen zu sehen sein. Er war Lehrer und will jetzt wieder die Schulbank drücken, lernen, wie die Atevi leben, damit er seinen Leuten von uns berichten kann.

Es wird mir womöglich nicht gelingen, auf jeden einzelnen Brief zu antworten, aber ich danke herzlich, Nadiin-sai, für die vielen guten Fragen und Anregungen.«

Bren holte tief Luft und dachte – Himmel hilf! Wo soll man bei den Kindern ansetzen, die vom Fernsehen fast ausschließlich mit Gewaltvorstellungen gefüttert werden?

Zu den Journalisten sagte er: »Nadiin, ich habe eine ganz persönliche Bitte: Wirken Sie auf Ihre Programmdirektoren ein, dahingehend, daß sie sorgfältiger über das Fernsehangebot für Kinder nachdenken.«

»Bren-Paidhi, wozu soll ein weiterer Paidhi gut sein?«

»Ich korrigiere: zwei weitere Paidhi, ein Mann, der nach Shejidan kommt, und eine Frau, die nach Mospheira gehen wird. Beide sind eingeladen und willens, sich für gute Beziehungen und Zusammenarbeit einzusetzen. Unser erster Austausch war, wie ich schon den Kindern sagte, angenehm, informativ und einvernehmlich. Sie werden in etwa fünf Tagen zu uns kommen, und zwar in einer jener Kapseln, die schon von unseren Vorfahren verwendet worden sind. Ein sehr riskantes Unterfangen, wenn Sie mich fragen, aber es ist zu hoffen, daß den Schiffstechnikern noch etwas einfällt zur Verbesserung der Sicherheit.«

»Paidhi-ji, wo werden die beiden landen?«

»Das steht noch nicht fest. Aber da sie auf Einladung des Aiji kommen, gehe ich davon aus, daß sie auf dem Boden des Westbundes landen werden. Mehr kann ich dazu im Augenblick nicht sagen. Vielen Dank für Ihre Fragen. Sobald es Neues zu berichten gibt, werde ich Ihnen wieder Rede und Antwort stehen.«

Die Pressekonferenz war beendet. Mehrere Journalisten verbeugten sich tiefer, als es die Etikette verlangte, vielleicht um anzudeuten, daß sie mit dem Auftreten des Paidhi zufrieden waren. Wie dem auch sei, er erwiderte ihre Höflichkeit und hatte das Gefühl, noch einmal glimpflich davongekommen zu sein.

Die gleich zu Anfang gestellte Frage, war beileibe noch nicht abgehakt; sie würde ihm wieder aufgetischt werden, womöglich konkreter und brisanter formuliert: Welche Entfernung hat das Schiff zurückgelegt? Und schließlich würde er mit Zahlen rausrücken müssen, Zahlen, die sich nicht vertrugen mit der atevischen Vorstellung vom Universum. Und wehe, wenn dann die Numerologen Schwierigkeiten machten.

Nach dem Abendessen machte er sich daran, Autogrammkarten für das Hauspersonal auszufüllen und mit dem Amtssiegel zu versehen. Die Dienerinnen standen in Zweierreihen an, um sein formelles Dankeschön in Empfang zu nehmen.

Danach widmete er sich seiner Post. Hanks hatte ihm eine Nachricht zukommen lassen: *Bestätige den Empfang Deiner Mitteilung. Habe die Daten an Mospheira weitergeleitet und hoffe, daß die Telefonverbindung noch eine Weile stabil bleibt.*

Der ältere Herr aus Tanos Clan bedankte sich für seine Einstellung mit den Worten: *Ich bin überglücklich, wieder arbeiten zu können, und hoffe, daß Sie, nand' Paidhi, mit meiner Leistung zufrieden sein werden.*

Ilisidi ließ wissen: *Die Blumen sind wunderschön, können aber den Anblick eines jungen Mannes an meinem Frühstückstisch nicht ersetzen.*

Bren hatte gehofft, auch ein Telegramm seiner Mutter vorzufinden. Aber statt dessen lag da eins von Barb: *Bren, ruf bitte an. Ich habe eine neue Nummer. 1-6980-29-82.*

Er ließ sich eine Tasse Tee einschenken und schrieb der Aiji-Mutter: *Wenn es Ihnen recht ist, würde ich gern am 15ten mit Ihnen frühstücken. Ich sehe dem Besuch bei Ihnen entgegen als Belohnung für eine arbeitsreiche Woche. Wenn ich nicht so viel zu tun hätte, wäre es mir ein Vergnügen, Ihnen an jedem Morgen Gesellschaft zu leisten. An dem genannten Termin aber halte ich mit Entschiedenheit fest und lasse nicht zu, daß irgend etwas dazwischenkommt.*

»Ist die Formulierung womöglich zu direkt?« fragte er Tano, seinen protokollarischen Berater. »Bitten Sie Cenedi, die Zeilen zu lesen und an mich zurückzuschicken, wenn er daran etwas auszusetzen hat. Ich schätze die Aiji-Mutter sehr und möchte sie auf keinen Fall brüskieren.«

Wenig später kam die Antwort, von Ilisidi persönlich: *Wenn wir noch ein wenig unbefangener miteinander umgingen, würde wohl bald die Gerüchteküche dampfen. Kommen Sie möglichst früh. Wir wollen den Sonnenaufgang genießen und der naseweisen alten Dame nebenan Grund zum Munkeln geben. Ich weiß, sie hat uns im Verdacht.*

Bren schmunzelte. Doch dann mußte er an seine Mutter denken, die nichts von sich hören ließ, seine Telegramme nicht beantwortete und seit seinem Anruf bei Toby anscheinend auch nicht mit ihm gesprochen hatte. Es sei denn, der hielt es nicht für nötig, ihm Bescheid zu geben. Was aber gar nicht Tobys Art war.

Bren ging in Damiris Büro und ließ sich mit der Nummer seiner Mutter verbinden, doch, wie befürchtet, meldete sich wieder nur die Automatenstimme.

Danach rief er beim Bereitschaftsdienst des Ministeriums an und weckte dort einen jungen Beamten, der auf Brens Vorwurf, daß seine Familie, vor allem seine Mutter anscheinend bedroht würden, nicht mehr zu antworten wußte als: *»Keine Ahnung, wovon Sie sprechen, Sir.«* Und: *»Nein, ich kann Sie nicht mit der Polizei verbinden. Aber wenn Sie die Nummer haben wollen …«*

Bren hörte Papiergeraschel. »Die brauche ich nicht. Aber stellen Sie mich zum Amt für Verfassungsschutz durch.« Es dauerte, bis die Verbindung endlich stand.

*»Sie haben den Notruf gewählt«*, hieß es am anderen Ende der Leitung.

»Mit Absicht. Ich bin Ministerialbeamter, rufe aus Shejidan an und muß Sie auf ein ernstes Problem aufmerksam machen.«

*»Wie ist Ihr Name, Sir?«*

»Bren Cameron, Paidhi.« Je wütender er wurde, desto gedämpfter klang seine Stimme. »Nehmen Sie folgendes zu Protokoll.«

*»Augenblick, Sir. Ich brauche noch das richtige Formblatt. Haben Sie eine Beschwerde oder …«*

Bren mußte an sich halten. »Mister, wie heißen Sie?«

*»Jim.«*

»Nun, Jim, verbinden Sie mich mit Sonja Podesty. Sofort.«

*»Die ist zu Hause, Sir.«*

»Das kann ich mir denken. Ich will, daß Sie dort anrufen und mich mit ihr verbinden. Falls wir unterbrochen werden, bitte ich Sie, Meldung einzureichen über anonyme telefonische Drohungen gegen meine Familie, insbesondere gegen meine Mutter, sehr wahrscheinlich auch gegen meinen Bruder. Womöglich werden auf ähnliche Weise auch Mrs. Barbara Letterman und Mr. Paul Saarinson bedroht.«

*»Könnten Sie den letzten Namen buchstabieren.«*

»Mit zwei A. Und jetzt rufen Sie Podesty an.«

*»Ja, Sir.«* Es läutete und läutete. Es meldete sich schließlich Podestys Anrufbeantworter. Er wiederholte Nachricht und Namen, und dann brach die Verbindung plötzlich ab.

Bren war drauf und dran, die Polizei anzurufen, verzichtete aber darauf. Er hatte ohnehin schon reichlich viel Staub aufgewirbelt. Auf einen bloßen Verdacht hin.

Als er bei Toby anrief, bekam er von dessen Anrufbeantworter zu hören, daß sein Bruder nicht erreichbar war. Das heftige Knistern und Knacken in der Leitung war typisch für das marode und bei schlechtem Wetter besonders störanfällige Netz in und um Shejidan.

Letzter Versuch: So schwer es ihm auch fiel, die Nummer anzurufen, die er auf einem Zettel vor sich liegen hatte – wenn er denn etwas Verläßliches erfahren wollte, mußte er in den sauren Apfel beißen.

Er gab der Telefonistin den Auftrag, ihn zu verbinden, und wartete. Nach sechsmaligem Läuten wurde abgehoben.

*»Hallo?«* sagte Barb.

Bren spürte, wie es ihm den Hals zuschnürte. »Hallo, Barb. Wie geht's dir?«

*»Bren, wie schön, daß du anrufst. Ich hoffe, du bist mir nicht gram.«*

»Nein ...« Ihm fiel auf die Schnelle nichts Besseres zu sagen ein als: »Paul ist ein netter Kerl. Ich hoffe, ihr seid glücklich miteinander. Schade, daß ich zur Hochzeit nicht da sein konnte. Herzlichen Glückwunsch nachträglich.«

*»Wenn wir uns doch bloß einmal richtig ausgesprochen hätten. Aber dazu gab's ja kaum Gelegenheit.«*

»Tja, leider, aber was soll's? Es war bei meinem Job halt nicht anders einzurichten.«

*»Ich weiß, aber ... Bren, ich bin mir nicht mehr sicher, ob ...«*

»Kommen die Bedenken nicht ein bißchen spät?«

*»Ich muß mit dir reden. Unter vier Augen, wenn du wieder auf der Insel bist. Ich bin mir über so vieles noch nicht im klaren.«*

»Das hat doch keinen Sinn, Barb. Ein Zurück gibt es nicht. Du hast deine Entscheidung getroffen.« Seine Stimme klang bitter, unwillkürlich. Er biß die Zähne aufeinander und setzte neu an: »Ich habe aus einem anderen Grund angerufen. Wegen meiner Mutter; sie ist nicht zu erreichen, und ich mache mir Sorgen. Hast du vielleicht in letzter Zeit mit ihr gesprochen?«

Mit der Antwort auf sich warten zu lassen, war ein Tick von Barb und ein Zeichen schlechter Laune. Aber dann sagte sie betont heiter: *»Oh ja, vorgestern erst. Es geht ihr gut.«*

»Du hast bei ihr angerufen?«

*»Ja ...«*

»Toby sagt, daß sie am Telefon belästigt worden sei. Jetzt ist ihr Anschluß offenbar gesperrt. Barb, ich habe eine Bitte. Es ist wohl reichlich viel verlangt, aber würdest du mir den Gefallen tun, bei ihr vorbeizuschauen und nachzusehen, ob alles in Ordnung ist?«

Es entstand wieder eine längere Pause. *»Wenn's dich beruhigt.«*

»Barb, sei bitte ehrlich. Ich tappe hier im dunklen. Gibt es Probleme bei euch?«

Daß sie ihre Antworten so lange hinauszögerte, sollte ihn wohl provozieren. *»Ach ja, du tappst im dunklen«*, sagte sie attackierend. *»Freu dich, daß du nicht im öffentlichen Telefonbuch stehst und dir nicht anhören mußt, was die Leute hier von dir halten.«*

»Ihr werdet also doch belästigt.«

*»Allerdings, pausenlos«*, sagte Barb, und ihre Wut war unüberhörbar.

»Weshalb?«

*»Tu nicht so naiv. Die Leute können sich ja nicht bei dir persönlich beschweren, also müssen wir herhalten, deine Freunde und Verwandten. Ich habe meine Rufnummer ändern lassen, aber jetzt belästigt man mich schon am Arbeitsplatz. Das halte ich nervlich nicht mehr durch. Die Leute sind aufgebracht. Sie verstehen nicht, was in dich gefahren ist, Bren, fühlen sich von dir verraten und verkauft.«*

»Dummes Zeug.« Was wußten die Leute auf Mospheira? Wer informierte sie? »Was soll das heißen: ›verraten und verkauft‹?«

*»Daß du nicht in ihrem Interesse handelst, sondern ausschließlich im Interesse der Atevi mit dem Ergebnis, daß sie ganz allein mit dem Schiff ins Geschäft kommen und uns außen vor lassen.«*

»Wer hat denn diesen Unsinn in die Welt gesetzt?«

*»Im Fernsehen ist von nichts anderem mehr die Rede. Leute wie Bruno Previn …«*

»Bruno Previn! Um Himmels willen, welche Sender guckst du dir denn an?«

*»Der treibt sich mittlerweile überall rum.«*

»Er ist ein ausgemachter Blödmann.«

*»Kommt aber ständig zu Wort. Und nicht nur er, sondern auch Dorothy Durer-Dakan, Brandt-Topes …«*

Nicht zuletzt wahrscheinlich: »Gaylord Hanks?«

*»So ist es. Er fordert die Einsetzung eines Untersuchungsausschusses und will geklärt wissen, warum man*

*dich zurückgeschickt hat, obwohl doch seine Tochter schon in Shejidan war, und wo sie inzwischen abgeblieben ist.«*

»Deana wollte sich heute bei ihrer Familie gemeldet haben. Für den Fall, daß sie nicht durchgekommen ist: Bitte richte den Eltern aus, daß es ihr gut geht. Ich habe mit ihr zu Mittag gegessen und kann sagen: Sie ist immer noch ganz die alte.«

*»Bren, mir gefällt das nicht.«*

»Hast du mit meiner Mutter gesprochen?«

*»Komm mir nicht wieder damit, und hör mir zu ...«*

»Hast du mit ihr gesprochen?«

*»Nicht direkt, aber ich habe über den Hausmeister erfahren, was los ist. Erkundige dich bei dem.«*

Daran hatte er noch nicht gedacht. »Unter welcher Nummer?«

*»Moment ... hier: 1-6587-38-48.«*

Er klemmte den Hörer zwischen Gips und Wange und notierte die Nummer. »Danke, Barb.«

*»Keine Ursache ... Bren, ich will dich sehen. Wann kommst du? Wir müssen ... ach, ich weiß nicht.«*

»Was soll das, Barb?«

*»Ich fürchte, ich habe einen schrecklich dummen Fehler gemacht.«*

»Ich komme nicht zurück. Verstehst du? Es hat sich vieles verändert. Nicht nur zwischen uns. Das müssen wir akzeptieren.«

*»Ich liebe ihn nicht.«*

»Darüber hättest du dir früher im klaren sein sollen. Tut mir leid, ich kann da nicht helfen. Auch das müßte dir längst klar sein.«

Sie schwieg, und er wußte nichts mehr zu sagen, fügte aber schließlich hinzu: »Ich wünschte, es wäre anders gekommen, Barb. Sei's drum. Du hast Paul geheiratet. Jetzt sei ihm gegenüber wenigstens fair.«

*»Fahr zur Hölle!«* platzte es aus ihr heraus. Darauf war Verlaß: Barb würde sich schon zu behaupten wissen und gewiß nicht in Selbstmitleid verkümmern.

»Gute Nacht, Barb.«

*»Gute Nacht.«* Und dann: *»Bren, ich werde nach deiner Mutter sehen. Versprochen.«*

»Danke, Barb.«

Er legte auf. Seltsames Gefühl: Leere und Gleichgültigkeit machten sich breit. Er kam sich verloren vor, so, als hätte es ihn an einen fremden Strand verschlagen, und da war niemand, der ihm sagte: Da geht's lang, Bren.

Und es kümmerte ihn nicht.

Ein weiteres Gewitter. Das Donnergrollen über den Dächern klang wie ein permanenter Vorwurf. Er verließ das Büro und bestellte bei einer Dienerin ein Glas *Shibei*, dunklen, bitteren Likör, der auch für ihn genießbar war. Die junge Frau, die sich beeilte, seinen Wunsch zu erfüllen, hieß Caminidi – er wußte inzwischen fast alle Bediensteten beim Namen zu nennen –; sie war eines jener feenhaften Wesen, die immer zur Stelle zu sein schienen, leere Teekannen wegräumten, Waffelkrümel von den Tischen fegten und in den unscheinbaren Tapetentüren auftauchten und wieder verschwanden.

Mit dem Glas in der Hand ging er, des schönen Ausblicks wegen, ins Frühstückszimmer, wo sich eine Dienerin anerbot, Licht für ihn zu machen. »Nein, Nadi«, sagte er. »Ich möchte den Ausblick genießen.«

Er hatte noch einiges zu erledigen. Für den nächsten Morgen war der Flug in die Berge terminiert, und obwohl er nur für einen Tag weg sein würde, galt es, ein paar Sachen zusammenzupacken. Außerdem wollte er noch den Bericht des Industrieausschusses lesen, der auf seine Bitte hin eine Liste zusammengestellt hatte von allen Herstellern raumfahrtrelevanter Produkte. Daran würde bestimmt auch Jason Graham interessiert sein.

Bren war entschlossen, als Paidhi darauf hinzuwirken, daß den Atevi die Entwicklung der zu bauenden

Fähre weder von Mospheira noch von den Fremden an Bord des Schiffes aus der Hand genommen würde. Maßgeblich waren nicht irgendwelche extravaganten Vorschläge und Wünsche von außen, sondern allein die Möglichkeiten der atevischen Industrie. Um diese Möglichkeiten koordinieren zu können, mußte er sie zunächst einmal kennenlernen, vor Ort. Er würde also in nächster Zeit viel unterwegs sein und sich mit Ingenieuren und Werksmanagern unterhalten müssen. Schon aus dem Grund kamen private Ausflüge nach Mospheira nicht in Frage.

Er hatte Barb, verdammt noch mal, von Anfang an gesagt, daß sie mit regelmäßigen Besuchen von ihm nicht würde rechnen können. Und jetzt schien sie doch tatsächlich zu erwarten, daß er sie hin und wieder aus ihrem biederen Vorstadthäuschen und von ihrem langweiligen, auf Computer fixierten Ehemann entführte zu einer Sause aus Lust und Laune in Nachtclubs oder sonstwohin.

Ausgeschlossen.

Er versuchte, gegen seine Wut auf sie anzugehen, indem er sich klarmachte, daß mehr Nachsicht angebracht war. Schließlich hatte sie jahrelang auf ihn gewartet. Wie ihr dabei zumute war und was sie in ihrer Freizeit anstellte, war für ihn nie ein Thema gewesen, jedenfalls hatte er nie danach gefragt. Es war ihm nie in den Sinn gekommen, daß sie sich womöglich mit anderen tröstete – vielleicht des längeren schon mit Paul. Wer weiß?

Wie dem auch sei, es war kein Denken daran, daß er sich jetzt auf Seitensprünge einließ, auch wenn vorläufig noch nicht auf Kinder Rücksicht zu nehmen war. Eine solche Affäre würde sich nicht geheimhalten lassen, schon gar nicht vor Paul. Und der war ein verletzlicher Typ, ein Kopfmensch, der mit Gefühlen kaum zurechtzukommen vermochte, zumal er sonst niemanden hatte, dem er sich anvertrauen konnte.

Wer konnte dem besser nachempfinden als er, Bren?

Trotzdem, er war nicht an Pauls Stelle, zum Glück nicht. Wahrscheinlich war für ihn ein Leben mit Barb nie wirklich in Betracht gekommen. Er war sich nicht sicher, hatte aber auch nicht das Bedürfnis, Gewißheit darüber zu finden. Dennoch empfand er Kummer und offenbar auch eine große Portion Wut bei dem Gedanken daran, etwas unwiederbringlich verloren zu haben.

Eine seltsame Frage drängte sich auf: Wie reagierten Menschen gemeinhin in vergleichbarer Situation? Empfand er tatsächlich das, was man typischerweise als Liebeskummer bezeichnete?

Schon legte sich der emotionale Aufruhr, den das Gespräch mit Barb hervorgerufen hatte. Seine Welt, das war die der Atevi. Barbs Wirklichkeit rückte in den Hintergrund zurück, und er erinnerte sich an Malguri, wo ihm in existentieller Grenzerfahrung bewußt geworden war, wie weit er sich in seinem Fühlen und Denken von den Menschen auf Mospheira entfernt hatte.

Damals, vor knapp einer Woche, hatte ihn diese Einsicht entsetzt. Jetzt – jetzt machte ihn allenfalls beklommen, daß er auf absehbare Zeit keine Liebesbeziehung würde eingehen können oder das, was Menschen darunter zu verstehen pflegten, kritiklos und ohne über wahre Motive und Wünsche Rechenschaft ablegen zu müssen. Er dagegen war genötigt, jede Regung dieser Art zu analysieren und zu kontrollieren.

Er kam sich fast vor wie ein wandelndes Laboratorium zur Bestimmung von Emotionen. Und unter der Lupe betrachtet, war Liebe beileibe nicht so attraktiv wie in schwärmerischer Vorstellung. Womöglich ging sie vollends verloren bei dem Versuch, ihr auf den Grund zu kommen.

Anscheinend war es symptomatisch für Paidhiin, daß sie Probleme und Defizite im privaten Leben hatten. Eine Berufskrankheit, die zum Beispiel im Fall von Wilson extreme Formen angenommen hatte. Der war in den letzten Jahren seiner Amtszeit völlig isoliert gewesen und abgestumpft, ein emotionales Wrack, das keinerlei Regung mehr erkennen ließ.

Wie ließ sich verhindern, daß menschliches Empfinden unter den gegebenen Bedingungen auf der Strecke blieb? Hallo, Mutter, hallo Toby, tut mir leid, daß ihr am Telefon und draußen auf der Straße angepöbelt werdet, daß ihr euch kaum mehr trauen könnt, vor die Tür zu gehen und einzukaufen. Tut mir wirklich leid, aber was könnte ich von hier aus unternehmen, um euch zu helfen? Ich weiß ja selbst nicht mehr, wie es ist, zum Bäcker um die Ecke zu gehen oder mit dem Bus ins Büro zu fahren, geschweige denn die Kinder zur Schule zu bringen.

Wenn doch Mutter bloß an die Nordküste umziehen würde, von der Stadt weg. Aber sie wollte sich nicht mehr verpflanzen lassen, und außerdem war Toby vermutlich interessiert daran, seine Frau und seine Mutter auf Distanz voneinander zu halten.

Der Wind hatte sich gedreht. Mit dem Glas in der Hand vor der offenen Tür stehend, flatterten ihm weiße Gardinen entgegen. Als er die Tür schloß, wurde es still, bedrückend still.

Er kehrte auf sein Zimmer zurück und legte ein paar Sachen für die Reise zum Observatorium zusammen. Dienerinnen boten ihm ihre Hilfe an, doch er kam allein zurecht.

Als der kleine Koffer gepackt war, fand er endlich Gelegenheit, den Krankenbericht einzusehen, der ihm zu seiner Entlassung aus dem Krankenhaus mitgegeben worden war. Er setzte sich an den Bettrand und las.

»Ach, du Schande!« sagte er und verlangte lautstark nach einer Schere.

»Wie bitte?« fragte irritiert die herbeigeeilte Dienerin.

Bren hatte keine Lust, auf besorgte Nachfragen zu antworten. »Eine Schere«, wiederholte er ungehalten, bedauerte aber sogleich, sich im Tonfall vergriffen zu haben und bat um Verzeihung, als die junge Frau zurückkam und ihm die Schere aushändigte, mit der er sich unverzüglich daranmachte, den mehrlagigen Gipsverband am Arm aufzuschneiden.

»Nadi!« Jago war in der Tür aufgetaucht; ihr schien nicht zu gefallen, was sie sah. Doch Bren ließ sich nicht beirren und schnipselte unverdrossen weiter, so sehr ihm auch die Finger weh taten, mit denen er die Schere führte.

Bis Jago herbeitrat und ihm mit Nachdruck Einhalt zu gebieten versuchte. Sie fürchtete offenbar, daß er den Verstand verloren hatte. Nicht zu Unrecht. Es war wirklich zum Verrücktwerden: Nicht nur, daß er sich umsonst mit dem Gips abgequält hatte; das Ding behinderte obendrein auch noch die Heilung. *Nur zur Ruhigstellung während des Fluges*, stand in dem Bericht zu lesen und des weiteren: *…leichtes Bewegungstraining und vorsichtige Beanspruchung*.

»Lassen Sie mich«, herrschte er Jago an. »Ich weiß, was ich tue.«

»Haben Sie Schmerzen, Bren-ji?« Jago hielt seine Hand gepackt und ließ nicht locker.

Und ob er Schmerzen hatte! So oft er Luft holte, der bandagierten Brust und versteiften Schulter wegen. »Das Ding muß runter«, sagte er.

»Na schön«, antwortete sie geduldig. »Aber vielleicht sollten Sie das lieber einem Arzt überlassen.«

»Ich brauche keinen Arzt.«

»Sind Sie sicher, Nadi?«

»Ich habe gerade den Krankenbericht gelesen und die Empfehlungen zur Nachsorge. Hätte ich doch bloß schon früher einen Blick hineingeworfen. Glauben Sie mir, es wird höchste Zeit, daß der Gips runterkommt.«

»Sie schneiden sich noch.«

»Als wüßte ich nicht mit einer Schere umzugehen!« Doch dann schämte er sich für seine ungehobelte Art, als er mit Blick zu Tür gewahr wurde, daß mehrere Dienerinnen die Szene verfolgten. »Bitte, Jago, lassen Sie mich nur machen. Ich paß schon auf.«

Auch Jago schaute zur Tür. »Nadiin, Sie können gehen. Ich komme allein klar.« Und als die Tür geschlossen war: »Bren-ji, geben Sie mir die Schere. Sie sind also sicher, daß der Gips abgenommen werden kann.«

Die Schere, an der er sich fast die Finger abgebrochen hatte, wirkte zierlich und klein in Jagos kräftiger Hand. Ein Knie auf die Bettkante gestützt, trennte sie mit kleinen Schnitten den Verband auf. Bis zum Oberarm. »Sie müssen jetzt das Hemd ausziehen«, sagte sie und half ihm unaufgefordert beim Aufknöpfen.

Statt der Schere nahm sie nun ein kleines Springmesser zur Hand, das sie gewiß zu anderen Zwecken mit sich führte, und zerschnitt mit sicherem Zugriff die oberen Lagen des Gipsverbands von der Schulter bis zum Ellbogen.

»Ich frage noch mal«, sagte sie. »Kann das Ding wirklich ab?«

»Aber ja doch. Ich könnte mich dafür ohrfeigen, daß ich den Krankenbericht nicht früher gelesen habe. Wenn Sie darauf bestehen, lese ich ihn in Übersetzung vor.«

»Auf Ihre Verantwortung«, entgegnete sie und langte nun wieder zur Schere, um die unteren Mullagen aufzutrennen. Dann griff sie mit den Fingerspitzen in den Spalt und zerrte die steife Hülle vorsichtig auseinander. Bren biß die Zähne aufeinander, als die Gipsform knirschend auseinanderbrach.

»Was ist denn das?« fragte Jago und deutete auf seinen Oberarm. Darauf klebte, wie er sah, ein maschinenbeschriebenes Stück Papier, zerknittert und schweißdurchtränkt.

Bren war nicht weniger verblüfft als sie, zog den Zettel von der Haut und las, was Shawn, sein Freund im Auswärtigen Amt, mit seinem Kürzel unterzeichnet hatte: *Setz Dich mit aller Kraft dafür ein, daß der Vertrag Gültigkeit behält. Ich halte Dir die Stange, aber es wird eng für mich. HD versucht, mich kaltzustellen. Im Notfall bin ich zu erreichen unter der Codenummer* ***Troja 987865/UY****.*

HD. Hampton Durant. Brens Hand fing zu zittern an, was Jago bemerken mußte, darum beeilte er sich zu sagen: »Ein kleiner Scherz. Von einem Mitarbeiter aus meinem Büro. Er wünscht mir viel Erfolg.« Achtlos warf er den Zettel zu Boden. »Ich wäre Ihnen dankbar, wenn Sie mir jetzt auch noch diese verdammte Bandage von den Rippen nehmen würden.«

Jago setzte die Schere an, zerschnitt den Klebestreifen am Rand der Bandage und zog ihn vorsichtig ringsum von der Haut. Unwillkürlich schnappte Bren nach Luft. Die vor kurzem gebrochenen Rippen wölbten sich schmerzhaft unter dem nachgebenden Druck der von Jago abgewickelten Bandage.

Ihm wurde schwarz vor Augen. Er hielt den Ellbogen der verletzten Seite gefaßt und sank stöhnend auf die Matratze zurück.

»Nadi?« fragte Jago alarmiert. »Wir sollten wohl doch lieber den ...«

»Nein!« fiel er ihr ins Wort, gereizt und mit schmerzverzerrtem Gesicht. »Kein Arzt.« Darauf hörte er Jago das Zimmer verlassen und fürchtete, sie vergrätzt zu haben. Doch nach einer Weile – er lag eingerollt und in sich kauernd auf der Seite – kehrte sie zurück und machte sich sofort daran, seinen Arm mit einer Salbe einzureiben – was in Anbetracht der für Menschen häufig nachteiligen Wirkung atevischer Medikamente womöglich keine gute Idee war. Er wollte Protest einlegen, spürte aber dann die Schmerzen auf wundersame Weise schwinden. Er hob das Gesicht vom Kissen, bemerkte den Auflauf der Dienerinnen vor dem Bett und richtete sich auf, was die Frauen zum Anlaß nahmen, die Decke zurückzuschlagen und das Laken glattzuziehen.

Aber er hielt es nicht lange aus im Sitzen; die Schulter wurde ihm allzu schwer. Und so legte er sich wieder hin, bedacht darauf, den Arm ruhigzustellen, worauf Jago fortfuhr, Salbe aufzutragen, die zwar unangenehm heiß in die Poren der jungen, ungeschützten Haut eindrang, aber die Schmerzen linderte. Er legte das Gesicht in die Beuge des gesunden Arms und gab sich, völlig entspannt, Jagos Behandlung hin, bis er einnickte.

Als er wieder aufmerkte, war das Licht ausgeschaltet. Seine Schultern waren zugedeckt. Zur Seite blickend, sah er Jago auf dem Boden hocken und schlafend an die Bettkante gelehnt.

»Nadi.« Sie hob den Kopf, verzog das Gesicht und massierte sich den Nacken. »Sie sollten zu Bett gehen«, sagte er und langte mit der Hand aus, um ihre Schulter zu tätscheln. Doch versehentlich strich er ihr mit dem Handrücken über die Wange, was wie ein Liebkosen anmuten mußte und worauf Jago nicht weniger zärtlich reagierte, indem sie ihre Hand auf seine legte.

»Jago-ji«, sagte er, um einen humorigen Tonfall bemüht. »Das geht zu weit. Ich will's mir nicht mit Banichi verscherzen.«

»Wodurch?«

Bren hütete sich davor auszuführen, was nicht zu vermitteln war, und suchte nach einer möglichst höflichen und nicht fehlzuverstehenden Formulierung für die Aufforderung, nun doch endlich zu Bett zu gehen, während ihm Jago sanft über die Hand strich, den Arm hinauf und bis zur Schulter.

Dann richtete sie sich auf, nahm am Bettrand Platz,

zog die Decke zurück und machte sich erneut daran, die verletzte Schulter einzusalben.

Bren glaubte zu zerfließen, so wohl taten ihm ihre Berührungen, nicht nur, weil der nagende Schmerz nachließ. Und während ihre Hände über Schulterblätter und Rücken glitten, erinnerte er sich an Banichis launige Bemerkung, daß Jago von Anfang an ein Auge auf den Paidhi geworfen habe.

Über das persönliche Verhältnis zwischen Banichi und Jago war er nach wie vor im unklaren, und diese Frage beantwortet zu wissen, drängte ihn nicht mehr bloß die reine Neugier.

»Jago-ji. Hören Sie bitte auf.« Er wollte sie, um Himmels willen, nicht beleidigen, rollte auf die andere Seite, richtete sich auf dem anderen Ellbogen auf und tat so, als sei er hellwach und vernünftig. Ihr dunkles Gesicht, das über ihm schwebte, würde, wie er wußte, auch bei Tageslicht mit keiner Miene zu erkennen geben, was in ihr vorging. Er versuchte, ihre Hand zu berühren, doch der verletzte Arm gehorchte nicht und fiel kraftlos zurück. »Jago, Nadi, Banichi wird mir womöglich übel nehmen, daß ...«

»Nein«, unterbrach Jago, als wäre damit alles gesagt.

»Ich möchte nur wissen ...« Obwohl bei vollem Bewußtsein, glaubte er schlecht zu träumen.

»Jedes weitere Wort erübrigt sich. Es reicht ein klares Ja oder Nein.«

»Nicht für mich, Jago. Wenn es bloß eine Laune ist, nun, dagegen habe ich nichts einzuwenden. Aber ...« Ihm wurde schwummrig. Er bekam nicht genügend Luft; die Rippen taten weh. »Aber wenn es mehr ist, Jago, muß ich mir ein paar Gedanken machen. Darüber, was richtig ist und was falsch.«

Jago kauerte neben der Bettkante, die Ellbogen auf die Matratze gestützt. Sie hatte die Stirn gerunzelt, nicht aus Verärgerung, wie es schien. Sie wirkte eher verwundert, nachdenklich.

»Unanständig«, sagte sie schließlich.

»Unanständig?«

»Worte, Worte ...«

»Ich habe Sie beleidigt.«

»Nein, aber Sie stellen zu viele Fragen.« Jago schnellte hoch und huschte wie ein Schatten zur Tür. Dort blieb sie stehen und drehte sich um. »Nand' Paidhi ...«

»Nadi?« fragte er, verunsichert von der förmlichen Anrede.

»Ist aus Mospheira mit Gefahr zu rechnen?«

»Warum fragen Sie?«

Jago antwortete nicht. Bren sah sie nur als schwarze Silhouette vor dem Licht aus dem Vorraum, das durch die geöffnete Tür fiel.

»Warum, Jago? Wegen des Zettels unter dem Verband? Darauf steht, wie ich im Notfall mein Büro erreichen kann. Und vor welcher Person ich mich in acht nehmen muß.«

»Könnte Hanks-Paidhi bedrohlich werden?« fragte sie.

»Möglich«, antwortete er, beeilte sich aber aus Sorge um Hanks' Leben hinzuzufügen: »Doch nicht auf eine Weise, die Ihr Eingreifen erforderlich machen würde, Jago-ji. Das Problem mit Hanks ist eher ein abstraktes. Politische Rivalität.«

»Auch dagegen könnte ich was unternehmen, nand' Paidhi.«

»Nur ja nicht.« Jago wirkte auf ihn im Moment unheimlicher denn je zuvor. Sie schwieg, bleib aber im Türausschnitt stehen.

Dann: »Sie machen in letzter Zeit einen traurigen Eindruck, Bren-ji. Ich vermute, das hängt mit dem Brief von Barb-daja zusammen. Mir ist aufgefallen, daß Sie sehr bestürzt waren, als Sie ihn gelesen haben.«

Sein erster Impuls war, ihr zu widersprechen. Doch es kam hier in Shejidan nicht häufig vor, daß man ihm mit persönlicher Anteilnahme begegnete; also antwortete er ehrlich: »Ich habe, wie es bei uns sprichwörtlich heißt, wenn nicht alle, so doch einige Brücken hinter mir abgerissen.«

»Das Halteseil durchtrennt, würden wir sagen.«

Darauf war Verlaß: Unglück und Mißgeschick ließen sich problemlos übersetzen.

»Kam das für diese Frau überraschend, oder hat sie damit rechnen müssen?«

»Wer? Hanks?« Die Frage war nur vorgetäuscht.

»Barb-daja.«

Wahrscheinlich wunderte sich Jago darüber, daß Beziehungen zwischen Menschen in die Brüche gehen konnten. Unvorstellbar für Atevi.

»Barb ist ...« – ihm fehlte das passende Wort – »immer noch auf meiner Seite. So auch der Mann, den sie geheiratet hat. Es sind gute Leute.«

Jago rührte sich nicht vom Fleck; es schien, als zweifelte sie an seinen Worten. Er war geneigt zu fragen, warum sie ihm nicht glaubte, sagte aber statt dessen: »Jago, seien Sie mir bitte nicht böse. Mir liegt sehr viel daran, daß Sie eine gute Meinung von mir haben.«

Fast wie Barb, aber ungleich wirkungsvoller zögerte sie ihre Antwort hinaus. »Ich bin Ihnen nicht böse. Gute Nacht, Bren-Paidhi«, sagte sie, ging hinaus und zog die Tür hinter sich zu.

Bren blieb dem quälenden Gedanken überlassen, womöglich doch einiges falsch verstanden und Jago vor den Kopf gestoßen zu haben, was ihm schrecklich leid täte, nicht nur ihretwegen.

Er wälzte sich auf die Seite und legte den Kopf auf den Arm. Immerhin, der Verband war ab. Ein beklemmender Umstand weniger.

# 15

Tabini hatte seine Privatmaschine zur Verfügung gestellt. Tano und Algini sorgten für den Begleitschutz. Auf Reisen seien die Sicherheitsrisiken für den Paidhi geringer als im Bu-javid, hatte Jago gesagt.

Eine seltsame Bemerkung, fand Bren, der in jeder Geste, in jedem ihrer Worte einen verborgenen Hinweis witterte, der die offenen Fragen der vergangenen Nacht würde klären helfen.

Das Flugzeug rollte auf die Startbahn. Statt sich gedanklich vorzubereiten auf das Treffen, zu dem er aufgebrochen war, gingen ihm Jago und Banichi durch den Kopf. Wie die beiden zueinander standen, war ihm immer noch ein Rätsel, zumal er insgesamt kaum etwas wußte über die atevische Art intimer Beziehungen. Machimi-Dramen gaben Aufschluß über psychologische und politische Verwicklungen, sparten aber romantische Bezüge gänzlich aus. Ähnlich verschwiegen war die erzählende Literatur, und auch in Gesprächen ließ sich darüber kaum etwas in Erfahrung bringen. Tabini und Damiri hatten schon seit Jahren eine Liaison gehabt, als sich Damiri endlich öffentlich dazu bekannte. Eine Heirat kam für die meisten Atevi erst dann in Betracht, wenn Nachwuchs unterwegs war. Andere hatte das nicht zu interessieren, und Fragen in diese Richtung gehörten sich nicht. Daß Tabini ihm gegenüber einmal von sich aus auf sein Verhältnis zu Damiri zu sprechen gekommen war, hatte sich aus einer besonderen Stimmung heraus ergeben.

Bren war versucht, Tano um Auskunft zu bitten. Ihm würde sich am ehesten der eine oder andere Hinweis entlocken lassen. Doch er hielt sich zurück, denn Tano war nicht auf den Kopf gefallen und würde schnell begriffen haben, worauf er, Bren, mit einer solchen Frage in Wirklichkeit abzielte. Tano wäre wahrscheinlich in Verlegenheit gebracht. So auch Algini.

Banichi zu fragen, kam erst recht nicht in Betracht. Dann schon eher Tabini, dachte Bren, als die Maschine abhob.

Doch das würde möglicherweise Jago in Schwierigkeiten bringen. Günstiger war es, sie direkt anzusprechen, um ein offenes Wort zu bitten.

Was aber alles andere als vernünftig wäre und einem Verstoß gegen seine Amtsvorschriften gleichkäme. Als Paidhi war er zur Neutralität verpflichtet, und die durfte nicht korrumpiert werden von persönlichen Gefühlen. Wenn Deana Hanks Wind bekäme von dem, was letzte Nacht passiert war …

Ja, was denn schon? Was ließe sich daran beanstanden, daß er zu einer Ateva freundschaftlichen Kontakt unterhielt …

Freundschaft. So etwas gab es unter Atevi nicht. Nein, auf ein solches Verhältnis nach menschlichem Muster würde er sich nicht berufen können.

Ja, er empfand Zuneigung für sie, und die war tiefer als ihm recht sein konnte – momentan, da es, weiß Gott, andere Probleme zu lösen galt. Und später?

Wahrscheinlich wäre ihm wieder anders zumute, sobald er wieder auf Mospheira sein würde. Das kannte er ja mittlerweile an sich: diese Zerrissenheit, dieses Hinundhergeworfensein im Denken und Fühlen. Weiß der Himmel, wohin seine Gesinnung tendierte, wenn die Kapsel gelandet wäre und er hier auf dem Festland mit einem menschlichen Wesen eng zusammenarbeiten würde. Hanks zählte in der Hinsicht nicht.

Nein, vom Vertreter des Schiffes ließe er sich nicht aus dem Konzept bringen. Doch während er sich dies einzureden versuchte, wurde ihm klar, daß die Situation mit Graham völlig unvoraussehbar war. Und das ängstigte ihn. Er empfand jede Veränderung als Bedrohung, und es zeichneten sich gewaltige Veränderungen ab.

Er öffnete den Computer und stellte ein fachspezifisches Vokabular zusammen, um sich auf das Gespräch vorzubereiten.

An erster Stelle der Liste stand Universum – *Basheigi*. Gab es ein passenderes Wort? Hoffentlich hatte der ehrwürdige Astronom Erklärungen parat. Hoffentlich wußte er dem Paidhi beizubringen, wie sich einem Laienpublikum die skandalträchtigen Konzepte moderner Wissenschaft schonend vermitteln ließen.

Bren sammelte hundertachtundfünfzig Wörter und verbrachte die nächste dreiviertel Stunde damit, Konnotationen und kontextuelle Anwendungsmöglichkeiten zu pauken, bis die Maschine im Landeanflug auf eine gewaltige Bergwand zusteuerte.

»Hoffentlich sind wir bald unten«, sagte er. Tano erklärte sich allen Ernstes bereit, beim Piloten nachzufragen, doch Bren forderte ihn auf, sitzenzubleiben. Turbulenzen, wie sie typisch sind im Gebirge, schüttelten die Maschine, die nun beidrehte und auf eine dichtbewaldete Ebene hinuntersank.

Sie landeten auf einem kleinen Rollfeld am Rand eines Dorfes, dessen Bewohner, wie Bren erfuhr, fast alle Angestellte des Bundes waren, beauftragt mit der Erhaltung und Pflege des Naturreservats von Caruija.

Vor den Toren des Abfertigungsgebäudes wartete eine Schmalspurbahn, ein alter, klappriger Zug, der schon an die hundert Jahre wenn nicht älter sein mochte.

Ein billiges, praktisches Transportmittel, das mit einer denkbar engen Trasse auskam. Die kleine Diesellok hatte nur einen einzigen Wagen zu ziehen, eine Holzkarosse mit breiten Glasfenstern und grünem Dach. Ein Schild am Bahnsteig wies die Richtung: Saigiadi Observatorium. Kaum waren Bren und seine beiden Begleiter eingestiegen, setzte sich unter lautem Getöse der Zug in Bewegung.

Bren nutzte die Zeit der Zugreise, um die eingerosteten Gelenke des befreiten Arms zu bewegen, und genoß den unverstellten Ausblick auf die Landschaft, die frische Luft, die sich dem Dieselgestank gegenüber behauptete. Das Verkehrsministerium wollte alle Dieselmaschinen ausmustern, um der Luftverschmutzung vorzubeugen. Aber elektrisch betriebene Loks würden *solche* Steigungen gewiß nicht bewältigen.

Eine Herde aus sandbraunem, weißschwänzigem Wild folgte dem Zug bis zur nächsten Biegung. Pachiikiin – mit dickem Sommerspeck und glänzendem Fell. Bren sah sich nach ihnen um; er fühlte sich in bester Laune, der auch die schmerzende Schulter keinen Abbruch tun konnte.

»Ich sehne mich manchmal nach Malguri zurück«, sagte er, obwohl ihm klar sein mußte, daß Tano und vor allem Algini nicht gern daran erinnert wurden. Algini hatte immer noch an seinen Verletzungen zu laborieren. Ob er überhaupt fit genug war, um im Ernstfall für seinen Schutz sorgen zu können? fragte sich Bren.

Sicherer als im Bu-javid, hatte Jago behauptet. Wohl zu Recht.

Nach einer halben Stunde Fahrtzeit kam das Observatorium in Sicht. Wenig später hielt der Zug an – in einer Art Lagerhalle.

An der Rampe wurden sie empfangen von Studenten, die sich unter tiefen Verbeugungen anerboten, Gepäck zu tragen. Sie machten einen aufgeregten Eindruck, und ihr Sprecher sagte, daß es allen eine große Ehre sei, den Paidhi begrüßen zu dürfen. Zum Willkomm überreichte er ihm eine Broschüre mit Informationen zur Geschichte des Observatoriums und Berichten über einzelne Projekte, bebildert und eilig zusammengestellt, wie es schien. Offenbar speziell für ihn.

»Mit den besten Empfehlungen, nand' Paidhi«, sagte der Studentensprecher und seine Kommilitonen schauten den Paidhi erwartungsvoll an. Bren war gerührt, bedankte sich und erklärte vollmundig, daß dem Observatorium im Zusammenhang mit der Ankunft des Schiffes gesteigerte Bedeutung zukommen werde.

Aber nach langen Begrüßungsreden stand ihm nicht der Sinn; er wollte möglichst schnell mit dem emeritierten Professor zusammenkommen, der, wie ihm lang und breit versichert wurde, ein brillanter Kopf sei und sich auf das Gespräch mit dem Paidhi freue, zur Zeit aber seinen Mittagsschlaf halte und nicht dulde, daß man ihn vorzeitig weckte. Ja, meinte nun auch die Dekanin ergänzend: Der ehrwürdige Nadi brauche seinen Schlaf und würde immer sehr unwirsch reagieren, wenn man ihn störte.

»Der Paidhi kommt extra aus Shejidan angereist«, protestierte Tano und sprach aus, was auch Bren durch den Kopf ging. Aber er erinnerte sich an Banichis Warnung vor der Launenhaftigkeit des Alten und hielt es für besser, nachsichtig zu sein.

»Wann wacht er denn für gewöhnlich auf?« fragte er.

Es wurde peinlich still auf seiten der Studenten, der Dekanin und ihren Mitarbeitern.

»Wir haben auf ihn eingeredet, nand' Paidhi. Aber er sagte, daß er nachdenken müsse, und hat sich auf sein Zimmer zurückgezogen. Wenn es der Paidhi wünscht, könnten wir versuchen, ihn aufzuwecken.«

»Obwohl das, wie Sie sagen, nicht ratsam wäre.«

»Wir haben so unsere Erfahrungen mit ihm, nand' Paidhi. Aber glauben Sie jetzt bitte nicht, daß er Ihnen aus dem Weg zu gehen versucht.«

»Es kommt sogar vor, daß er uns im Seminar sitzen läßt, um schlafen zu gehen«, bemerkte ein Student.

Bren hatte eine Idee. »Vielleicht könnten Sie, seine Kollegen, meine Fragen beantworten.«

»Damit setzen wir uns schon seit zwei Tagen auseinander«, antwortete die Dekanin.

»Sie kennen also meine Fragen bereits«, sagte Bren. Oh ja, bestätigte sie; sie seien – mit Verlaub – der ganzen Fakultät vorgelegt worden; man habe fleißig Quellenstudien betrieben und Rechnungen angestellt – anhand der vorliegenden Daten.

»Aber die Gestalt des Universums entzieht sich unserer spekulativen Vorstellung«, meinte die Dekanin. »Unsere Instrumente sind einfach zu ungenau. Die erheblichen Abweichungen in den Meßergebnissen ...«

»Sind vor allem zurückzuführen auf wechselnde Distorsionswirkungen der Atmosphäre«, bemerkte einer ihrer Kollegen und wühlte in seinen Unterlagen herum, worauf die Dekanin erwiderte, daß dies in ihren Musterberechnungen bereits berücksichtigt sei.

Bren schwirrte der Kopf. Nand' Lagonaidi, der den Lehrstuhl für astronomische Philosophie innehatte, referierte langatmig aus seiner kosmologischen Theorie und legte dem Paidhi ein Thesenpapier nach dem anderen vor. Algini und Tano saßen stumm neben der Tür und verstanden von zehn Wörtern vielleicht eines.

»Nicht zuletzt wegen dieser ungenauen Messungen sind den Deterministen alle Wissenschaftler quasi automatisch suspekt«, konstatierte Lagonaidi.

»Der abweichenden Ergebnisse wegen.«

»Ich würde eher sagen, wegen der Exzentrizitäten bestimmter Positionen. Die aber, wie ich meine, die moderne Astronomie hinreichend zu erklären vermag.«

»Wohl doch nicht ganz hinreichend.«

»Wie dem auch sei«, entgegnete Lagonaidi. »Die Frage ist doch: Wie läßt sich der Übergang vom Endlichen zum Unendlichen nachvollziehbar beschreiten? Mit unseren Daten jedenfalls nicht. Leider. Dennoch bin ich zuversichtlich, daß wir Aufschluß gewinnen.

Und die Streitigkeiten und Widersprüche, die sich im Zuge unserer Bemühungen um weiterreichende Erkenntnis fast zwangsläufig einstellen, werden schließlich, und davon bin ich überzeugt, eine harmonische Auflösung finden. Nicht das Universum ist fehlerhaft, sondern unser Verständnis davon.«

»Es müssen Zahlen zu finden sein, an denen sich nicht rütteln läßt«, meinte die Dekanin. »Eindeutige Zahlen, die keinen Spielraum lassen für Täuschung und Fehlinterpretation.«

»Ich versichere Ihnen, die gibt es«, sagte Bren. Er fürchtete, daß sich das Gespräch vom eigentlichen Thema entfernte. »So wie es die Sterne gibt, die sich, von unserem Standpunkt aus betrachtet, in bestimmbaren Abständen und auf bestimmbaren Bahnen bewegen.«

»Aber unser Standpunkt ist selbst alles andere als fix«, bemerkte der Philosoph, worauf ein weiterer Disput entbrannte über die Frage der Schöpfungsvollkommenheit. Bren hörte nur noch mit einem Ohr zu; er glaubte nicht mehr daran, hier die erhoffte Hilfe finden zu können.

Das Mittagessen kam einem förmlichen Bankett gleich, an dem auch einige Würdenträger aus dem Dorf im Tal teilnahmen, so der Bürgermeister, der Gerichtsvorsteher, die Präsidenten der Jägervereinigung und des Wildhüterverbandes von Caruija, der Chef der örtlichen Eisenbahn sowie der Ehemann der Hasdrawad-Abgeordneten des hiesigen Wahlkreises, die sich zur Zeit in Shejidan aufhielt.

Nicht zu vergessen: der Dichter-Laureat Caruijas, der eines seiner Werke rezitierte, eine Lobpreisung der Religion. Anschließend sang der örtliche Kinderchor – einstimmig und von Trommeln begleitet – ein beliebtes Volkslied.

Der Paidhi hatte genug und verzog sich unauffällig in den Seminarraum, wo die nächste Gesprächsrunde stattfinden sollte. Tano und Algini paßten an der Tür auf, daß niemand zu früh erschien.

Zum Zeitvertreib machte Bren gymnastische Übungen mit dem Arm, und weil ihm der Kopf dröhnte, nahm er eine von den Tabletten, die er vorsorglich mitgebracht hatte. Tano besorgte ein Glas Wasser.

»Die Leute hier kommen mir ziemlich schrullig vor«, meinte Algini. »Mir scheint, daß ihnen das abgeschiedene Leben in den Bergen nicht so recht bekommt.«

Tano bemerkte: »Es ist natürlich ein Ereignis, wenn so hoher Besuch kommt.«

»Ich kann nur hoffen, daß ich nicht umsonst gekommen bin«, sagte Bren. »Ich zweifle langsam daran ...«

Aber da strömten sie schon herein, die Fakultätsmitglieder, gefolgt von einigen Studenten, die an der Rückwand Platz nahmen. Die Dekanin sprach ein paar einleitende Worte und bat Professor Lagonaidi, mit seinem Vortrag zu beginnen. Sein Thema war die Wechselbeziehung von Philosophie und Astronomie im geschichtlichen Abriß. Die Studenten schrieben fleißig mit, und auch Bren fand einiges von dem, was er hörte, recht interessant und wissenswert. Er nahm sich vor, den Professor um eine Abschrift seines Vortrags zu bitten. Bestimmt würde der sich geschmeichelt fühlen.

Abschließend sagte Lagonaidi: »Die Mittel für unsere Forschungen sind leider immer weiter zurückgegangen seit der für uns goldenen Zeit, die mit dem Auftauchen des Fremden Sterns begann. Damals fand unsere Arbeit allenthalben großes Interesse und großzügige Unterstützung durch sämtliche Aiji, insbesondere dem der Ragi, der eine Vielzahl von Teleskopen finanzierte. Dann aber hielt man unsere Forschungen für nicht mehr förderungswürdig, weil davon auszugehen war, daß die Menschen im Besitz sehr viel genauerer astronomischer Daten sind, Daten, die uns früher oder später zugänglich gemacht würden. Wir, nand' Paidhi, vertreten allerdings eine andere Meinung und halten dafür, daß die auf unsere Art vorgenommenen Studien beileibe nicht überflüssig sind. Wir möchten deshalb den Paidhi höflich bitten, unsere Belange zu berücksichtigen, wenn er über die Veröffentlichung menschlicher Forschungsergebnisse zu entscheiden hat ...«

Im Raum machte sich plötzlich Unruhe breit. Tano und Algini sprangen alarmiert von ihren Sitzen auf, und Bren fuhr herum, auf das Schlimmste gefaßt und bereit, sich auf den Boden zu werfen.

Ein alter Ateva war zur Tür hereingekommen, barfuß und in Morgenmantel, die Haare wirr durcheinander. »Die Antwort«, sagte er, »die Antwort auf das Dilemma der Philosophen lautet: Das Universum besteht nicht aus stetigen Linien, und darum ist der Weg des Lichts kein ökonomischer.«

»Der Emeritus«, flüsterte jemand Bren zu. Die Studenten erhoben sich von ihren Plätzen. Auch Bren stand auf.

»Aha!« rief der Emeritus und streckte den Zeigefinger aus. »Der Paidhi! Jawohl, Nadi, ich habe den Beweis ...« Er hielt einen Stoß Papier in der Faust und wedelte damit in der Luft herum. »Des Rätsels Lösung. Und was für eine elegante! Die Bestätigung, nach der ich gesucht habe ... hier steht sie, aufgeschrieben auf diesen Zetteln ...«

»Tee und Waffeln«, verlangte die Dekanin, und hinter vorgehaltener Hand an Bren gewandt: »Er vergißt so oft, daß er essen muß.«

Bren grüßte den Alten: »Nand' Emeritus, ich bin sehr gespannt darauf, Ihre Ansichten kennenzulernen. Allerdings bin ich weder Mathematiker noch Astronom, sondern lediglich Übersetzer, aber vielleicht ...«

»Es ist nicht schwer zu verstehen«, meinte der Alte und drückte ihm seine Papiere in die Hand. Dann trat er vor die Wandtafel, wappnete sich mit einem Stück

Kreide und gab seinen angeblich bahnbrechenden Einfall zum besten.

Bren und alle anderen kopierten hastig, was auf der Tafel stand, bevor der Alte, um Platz zu schaffen, wieder wegwischte, was er an Zahlen und Kurven schwungvoll aufgezeichnet hatte. Von den mündlichen Erklärungen, die er dazu abgab, verstand Bren auf Anhieb kaum etwas, aber er hoffte, sich nachträglich aus seinen Notizen einen Reim machen zu können.

Im Scheinwerferlicht des Flughafens sah Bren viele Dorfbewohner zum Abschied winken, als die Maschine mit ihm an Bord von der Rollbahn abhob und in den Abendhimmel aufstieg.

*Dann landete der Paidhi auf dem Flugfeld von Malguri, und über die Hügel in der Ferne schlich sein wildes Tier, vor dem andere, kleinere Tiere Reißaus nahmen.*

*Aber wenig später kam die U-Bahn an; eine dunkle Gestalt winkte ihn herbei, und er mußte sein Tier zurücklassen. Als er mit der Bahn die Kellerstation im Bu-javid erreichte, war es schon spät am Abend, und der Emeritus mußte geweckt werden, damit er ihm etwas Dringendes mitteilen konnte. Was er ihm sagte, war im Traum nicht zu hören.*

*Banichi und einige Sicherheitsbeamte nahmen die Studenten und nand' Grigiji in Empfang, stellten ihnen Passierscheine aus und brachten sie unter – man höre und staune – in der Residenz des Rektors der Universität von Shejidan, denn der hatte Interesse an dieser neuen Theorie bekundet. Darüber wurde bereits in einer eilig einberufenen Sitzung debattiert.*

*Er selbst konnte nicht daran teilnehmen. Er kam zu spät, war ausgesperrt, konnte aber hinter verschlossener Tür den Emeritus vor der Wandtafel stehen und mathematische Symbole aufzeichnen sehen, aus denen er nicht schlau wurde.*

*Er versuchte, von hinten in den Raum zu gelangen, lief*

*aber in die Irre. Er öffnete Tür um Tür, gelangte von einem Treppenhaus in ein anderes und tappte in die entlegensten, dunkelsten Winkel des Bu-javid. Er sollte eigentlich eine Rede halten vor der Gelehrtenversammlung, fand aber nicht mehr zurück, und er wußte, daß außer ihm niemand die Symbole an der Tafel würde entschlüsseln und dem Hasdrawad erklären können. Dem Emeritus selbst wollten die Abgeordneten nicht zuhören.*

*Nach langem Hin und Her kam er in die Halle, die unmittelbar über dem Hörsaal gelegen war. Aber es führte keine Treppe nach unten.*

*Endlich fand er einen Fahrstuhl und drückte den mit ›1‹ markierten Knopf. Jedenfalls glaubte er, diesen Knopf gedrückt zu haben. Auf der Anzeige leuchteten Zahlen und Symbole auf, die ihm allesamt nichts sagten, und der Fahrstuhl fuhr und fuhr. Banichi und Jago würden bestimmt verärgert darüber sein, daß er einen Aufzug bestieg und Knöpfe drückte, ohne zu wissen, was er damit bewirkte. Er hatte sich nichts dabei gedacht.*

*Er meldete sich über den Notruf. Jago antwortete und sagte, daß sie im Moment verhindert sei, versprach aber, sich morgen um ihn zu kümmern. Ob er damit einverstanden sei? Er antwortete: Ich kann nicht warten und steige beim nächsten Halt aus.*

*Der Fahrstuhl entließ ihn schließlich in grau-braunen Nebel, der überhaupt keine Orientierung zuließ. Er rief Jago an über ein Telefon, das unvermittelt vor ihm auftauchte, und sie sagte: Tut mir leid, aber morgen bin ich da. Er mußte warten. Aber auf der Stelle verharren mochte er nicht, denn er wollte ja zu dieser Sitzung, und so irrte er weiter.*

*Und er gewahrte, daß ihm sein Tier folgte, und daß er sich im Flur vor seinem Schlafzimmer auf Malguri befand. Sandwiches hatte er keine mehr. Doch darauf schien das Tier auch nicht erpicht zu sein; es jagte Ungeziefer, lief an ihm vorbei, schnupperte in den Dielenritzen und ließ ihn im Dunklen zurück.*

*Ein Lichtspalt am unteren Rand der Schlafzimmertür gab*

*ihm Hoffnung, dem Alptraum entfliehen und Schutz finden zu können in vertrauter Umgebung. Er ging darauf zu, entfernte sich aber mit jedem Schritt. Aus dem Lichtspalt wurde kalt schimmernde Morgendämmerung, und er glaubte, sein Ziel fast erreicht zu haben, mußte aber umkehren, weil es etwas zu erledigen gab, etwas, woran er sich nicht mehr erinnern konnte …*

Von einem heftigen Ruck aufgeschreckt, schnellte er mit dem Kopf nach oben und sah sich blinzelnd um.

»Wir landen gleich, nand' Paidhi«, sagte Tano.

Verdutzt schaute er zum Fenster hinaus und sah die Lichter Shejidans gleich einem leuchtenden, wellenschlagenden Teppich unter sich ausgebreitet, erkennbar nach Mustern geordnet und proportional aufeinander abgestimmt. Lichter und Zahlenverhältnisse. Zwischen den Füßen spürte er seine Aktentasche. Die war gefüllt mit den Papieren des alten, merkwürdigen Emeritus.

Wieder döste er weg und kehrte zurück in den dunklen Flur, konnte sein Vorhaben aber immer noch nicht ausführen, weil er nirgends Zutritt fand. Da war keiner, der ihm erklärte, wie er nach innen gelangen konnte. Verärgert machte er sich auf den Weg nach Tabini, um sich zu beschweren und ihn aufzufordern, dem Paidhi zukommen zu lassen, was er nötig brauchte …

Aber was er brauchte, hatte er vergessen. Er wußte nicht weiter und irrte durch einen Flur, an Türen vorbei, die in weitem Abstand voneinander lagen.

Das Fahrwerk setzte auf. Er öffnete die Augen und sah die Positionslichter der Landebahn vorbeifliegen, blitzschnell, während er sich träge und langsam aus seinem Traum zurückzog.

Der Traum verfolgte ihn noch, als er am nächsten Morgen mit der Aiji-Mutter frühstückte. Die Luft war sommerlich mild, und über dem Bergid wurde es hell. Er bestrich ein Stück Brot mit frischer Butter und dachte an wilde Tiere und an unerreichbare Schlafzimmer, an Astronomen, Stadtlichter und Mecheiti, bis Ilisidi mit dem Löffel an die Teetasse schlug und zu wissen verlangte, ob er neuerlich mit dem Schiff gesprochen habe.

»Nein«, antwortete er. »Verzeihen Sie, nand' Aiji-Mutter.«

»Sie haben abgenommen«, bemerkte sie. »Schön, daß Sie endlich dieses sperrige Ding am Arm los sind. Aber jetzt müssen Sie essen, zu Kräften kommen, tüchtig Sport treiben.«

Er nahm einen Bissen. Zwei. An Appetit fehlte es nicht. Er hatte tief und fest geschlafen, fühlte sich auch ausgeruht, obwohl er in der Nacht träumend durch Flure geirrt war, begleitet von einem wilden Tier, dessen Art wahrscheinlich längst ausgestorben und nur durch dieses eine Exemplar von Malguri in ausgestopftem Zustand vertreten war.

»Junger Mann«, sagte Ilisidi. »Rücken Sie raus mit der Sprache. Sie bedrückt doch was. Persönlich, oder hat es mit Ihren Amtsgeschäften zu tun?«

»Nand' Aiji-Mutter«, antwortete Bren. »Ich habe vergangene Nacht immer wieder an das Personal von Malguri denken müssen. Haben Sie Nachrichten von dort? Wie geht es Djinana und Maigi?«

»Recht gut.«

»Das freut mich.«

»Ich werde ihnen mitteilen, daß Sie sich erkundigt haben. Wieso eigentlich?«

»Ein menschliches Bedürfnis, ein vielleicht neurotisches. Der Wunsch, in angenehmer Erinnerung zu bleiben, egal, was kommt.«

»Auch wenn neue Erkenntnisse den Eindruck von damals trüben könnten?«

Statt sich mit einer Antwort zufrieden zu geben,

hakte die Aiji-Mutter immer mit weiteren Fragen nach. Bren wollte das Thema nicht vertiefen. »Ja, selbst dann. Und wie geht es Nokhada? Und Babsidi?«

»Bestens. Warum fragen Sie?«

Die Terrassengärten und Ziegeldächer des Bu-javid sprangen in Stufen talwärts. Das frühe Morgenlicht nahm den Konturen die Schärfe. Donner murmelte, obwohl der Himmel über den Bergen klar war. Wahrscheinlich zogen im Westen jenseits der Mauern schon wieder Wolken herauf.

Auf einen Anruf bei Hanks hatte er verzichtet. Er war nach seiner Rückkehr nicht in der Stimmung gewesen, sich mit ihren Flausen auseinanderzusetzen, noch konzentriert genug, um sich über den Stand ihrer Arbeit informieren zu lassen.

Bei dem Versuch, seine Mutter zu erreichen, war er wieder einmal nicht durchgekommen. Daß die Telefonverbindung zwischen Mospheira und dem Festland in letzter Zeit ständig gestört war, konnte eigentlich nicht mehr verwundern.

Der von Shawn heimlich zugesteckte Zettel war nicht weiter hilfreich; er bestätigte nur, was Bren längst vermutete: daß auf der Insel nicht mehr die zu Wort kamen, die vernünftig waren und kompetent, daß statt dessen hinter verschlossenen Türen Entscheidungen getroffen wurden von Leuten, die gar kein Mandat und nur eins im Sinn hatten: die Atevi auszubooten, um allein gemeinsame Sache mit der Schiffsbesatzung machen zu können. Daran hatte Bren überhaupt keinen Zweifel mehr.

Vergleichsweise gering war eine andere Sorge, darüber nämlich, daß sich Jason Graham noch nicht zurückgemeldet hatte.

»Nun?« sagte Ilisidi. »Sie haben mit den Leuten vom Schiff gesprochen. Sie werden also landen.«

»Zwei von ihnen. Sie haben doch mein Protokoll in Übersetzung erhalten, nicht wahr?«

»Ja. Aber es bleiben etliche Fragen offen. Zum Beispiel: Was sind das für Leute? Was haben sie vor? Warum sind sie zurückgekommen? Und was geht uns das alles an?«

»Sehr viel, Aiji-ma. Sie kommen aus Gegenden, die es nach felsenfester Überzeugung der Deterministen gar nicht geben kann; sie suchen nach Arbeitskräften hier bei uns und brauchen Rohstoffe, die sie den Atevi abkaufen möchten, und offenbar hoffen sie, möglichst billig abschneiden zu können, weil manche Mospheiraner behaupten, daß die Atevi nichts zu melden hätten.«

»Zu dumm«, sagte Ilisidi und belegte ihren Toast mit den Scheiben eines gekochten Eis. »Und was rät uns der Paidhi? Sollen wir zu den Waffen greifen? Oder aus Malguri Ferienwohnungen machen für Raumfahrer auf Urlaub?«

»Um Himmels willen«, platzte es aus ihm heraus.

»Was dann?« Das Frühstück schien ihr nebensächlich geworden zu sein.

»Ich verspreche mir einiges von den Paidhiin des Schiffes, zumindest von dem einen, der nach Shejidan kommt. Er heißt Jason Graham und scheint mir recht vernünftig zu sein. Wenn aber auch bei ihm Argumente nicht greifen sollten, werde ich ihm gehörig Angst einjagen. Vielleicht bringt das die Menschen zur Besinnung.«

»Wie wär's für den Anfang, dieser Hanks angst zu machen?« sagte Ilisidi.

»Wenn das bloß möglich wäre. Ich hab's versucht.«

»Sie weiß sich von einflußreichen Leuten gedeckt.«

»Tja, und das habe ich mir anzukreiden.«

»Erstaunlich«, sagte Ilisidi und winkte den Diener herbei. »Wünschen Sie auch noch Tee, nand' Paidhi?«

»Gern, danke. Aiji-ma, dürfte ich Sie um Ihre Meinung bitten.«

»Meine Meinung? Was könnte die schon zählen?«

»Lord Geigi. Was halten Sie von ihm?«

»Er ist ein Dummkopf.«

»Der aber doch immerhin ernstzunehmende Standpunkte vertritt. Und der sich hat beleidigen lassen müssen von einer Person, die sich mein Amt anmaßt.«

»Dummköpfe, alle beide. Das Universum der Sterne ist unbegrenzt, vielleicht auch nicht. Es wird sich jedenfalls nicht nach unserem Rat richten.«

»Das bringt die Sache auf den Punkt.«

»Haben die Menschen in ihrer großen Weisheit die Geheimnisse des Universums gelüftet?«

»Einen kleinen Teil davon vielleicht. Sie geben sich Mühe, aber es würde mich wundern, wenn alle Fragen schon beantwortet wären.«

»Für Geigi und seine Gesinnungsgenossen ist alles geklärt. Sie haben ihre Zahlen addiert und den Schlußstrich gezogen.«

»Unterhält die Aiji-Mutter zufällig Kontakt zu Deterministen?« fragte er. Die meisten Lords hatten Mathematiker und Numerologen auf ihren Lohnlisten, und gewiß stand auch ihr der eine oder andere Experte zu Diensten. Darauf würde Bren seine Pension verwetten.

»Wieso interessiert sich der Paidhi für Deterministen? Will er ihnen Licht in ihre Dunkelheit bringen? Sie vom Irrweg abbringen?«

»Hanks-Paidhi hat sich unüberlegt geäußert und von Zahlen gesprochen, die der Lichtkonstante widersprechen. Ich würde gern einiges richtigstellen. Unter Ihren Ratgebern sind doch bestimmt auch Numerologen, Experten ...«

Neben Ilisidi tauchte ein Diener auf, der frischen Toast brachte und eine Scheibe davon auf ihren Teller zu den Würstchen legte. »Experten! Daß ich nicht lache. Scharlatane, die das Grenzenlose zu begrenzen versuchen.«

Bren ließ sich nicht abbringen. »Experten, die erklären könnten, wie es möglich ist, daß ein Raumschiff schneller von einem Punkt zum anderen gelangt als Licht. Die klassische Physik …«

»Klassischer Unsinn«, fiel ihm Ilisidi ins Wort. »Unnützes Zeug, auf dem Mist der Menschen gewachsen. Ich komme sehr gut ohne diese albernen Zahlen zurecht. Auch ohne Geigis engstirnige Behauptungen.«

»Engstirnig?«

»›Verzweifelt‹ trifft vielleicht besser. Und wollen Sie wissen, warum? Auf den Rat dieser Frau hin hat er heimlich große Kredite aufgenommen, und jetzt fühlt er sich von ihr betrogen, weil sie diese Unglückszahlen in die Welt setzt und – schlimmer noch – ihre Kungelei mit ihm nicht für sich behalten kann. Geigi ist kompromittiert.«

»Ich bin entsetzt.«

»Was meinen Sie, wie entsetzt erst seine Gläubiger sind? Die sehen ihr Geld den Bach runtergehen. Geigi steht kurz vor dem Bankrott. Und jeder weiß Bescheid. Eine Schande ist das. Ich frage mich, ob ich ihm unter die Arme greifen soll. Aber es gefällt mir nicht, mit Geld und Loyalität zu spekulieren.«

»Das verstehe ich. Wie auch immer, ich halte Geigi für einen mutigen Mann. Vielleicht versucht er andere, die ihm in Man'chi verbunden sind, zu schützen.«

»Papperlapapp. Sie wissen doch nicht, wovon Sie reden.«

»Aber ich könnte ihm helfen, vielleicht. Ich habe nämlich eine Möglichkeit gefunden, wie sich Hanks' Bemerkung im Sinne der Deterministen erklären ließe. Ich müßte nur Gelegenheit haben, mit einem ihrer Mathematiker zu sprechen.«

»Und dieses Gespräch soll ausgerechnet ich einfädeln?«

»An wen sollte ich mich sonst wenden? Sie haben doch auch den Wunsch, Geigi zu helfen. Und wenn das geht, ohne Geld und ohne öffentlich Stellung beziehen zu müssen.«

»Sind Sie darum gestern in den Norden geflogen?« fragte Ilisidi. »Um Geigi aus der Klemme zu helfen?«

»Ihnen entgeht doch nichts, nand' Aiji-Mutter.«

»Im Namen aller Glücksgötter, wieso setzen Sie sich für diesen Dummkopf ein?«

Nachdenklich schaute Bren auf die Berge hinaus. Darüber färbte sich der Himmel blau. »Weil ich verhindern will, daß es im Bund zu politischen Verwerfungen kommt. Stabilität im Innern ist gerade jetzt wichtig und kommt nicht nur den Interessen der Atevi zugute, sondern auch den Mospheiranern, obwohl das einige von denen noch immer nicht begriffen haben.«

»Tja, diese Frau ist wirklich ein Fall für sich«, sagte Ilisidi. »Zu dumm, daß ihr noch nicht in den Sinn gekommen ist, mich aufzusuchen. Von mir hätte sie ein paar Takte zu hören bekommen.«

»Im Grunde ist sie harmlos, auf Mospheira jedenfalls. Und dahin würde ich sie gern zurückschicken. Aber in Krisenzeiten verliert meine Regierung den Überblick. Und das ist momentan der Fall. Ich will Ihnen etwas über uns Menschen verraten: Unsereins kann auf eine Weise selbstsüchtig und egoistisch sein, die für Atevi kaum nachvollziehbar ist.«

»Ha, Sie glauben doch wohl nicht, daß uns solche Eigenschaften fremd sind.«

»Ihr Gemeinsinn ist sehr viel stärker ausgeprägt. Menschen können durch und durch rebellisch sein und fixiert auf den ganz persönlichen Vorteil.«

»Auch Atevi können große Narren aus sich machen. Geigi liefert ein Beispiel dafür. Um so mehr wundert es mich, daß Sie seinetwegen diese weite Reise unternommen und den Rat eines verschrobenen Exzentrikers gesucht haben.«

»Er ist ein sehr kluger Mann, nand' Aiji-Mutter. Ich empfehle ihn Ihrer Aufmerksamkeit.«

»Einen Astronomen? Ich bitte Sie.«

»Eine Kapazität. Ich hätte ihn gern nach Shejidan

mitgenommen, fürchte aber, daß er sich im hektischen Betrieb am Hofe nicht wohl fühlen würde. Sein Name ist Grigiji. Sein Interesse als Forscher gilt vor allem der Aussöhnung zwischen menschlicher Wissenschaft und atevischer Numerologie. Und seine Kollegen am Observatorium setzen sich mit Eifer dafür ein, daß der traditionellen Astronomie wieder die Anerkennung zukommt, die sie verdient. Sie sind dabei, eine neue numerologische Systematik zu entwickeln, wonach sich sowohl die bedeutungsvollen Zahlen des alltäglich Leben als auch die extremen Potenzen der spekulativen Weltraumforschung sinnvoll integrieren lassen.«

Seine Hoffnung, über den Appell an atevische Traditionen Ilisidis Interesse zu gewinnen, schien aufzugehen. Sie wurde hellhörig.

»Nun?« fragte sie. »Und was könnte dieser Grigiji dem armen Geigi raten?«

Ilisidi war vernünftig genug, Glaubensvorstellung und Tatsachen voneinander zu unterscheiden, Politikerin genug, um Notwendigkeiten als solche zu erkennen, und Ateva genug, um sich nach einer logischen Bestätigung dessen zu sehnen, woran sie glaubte.

Er langte in die Innentasche seiner Jacke und brachte ein Kuvert zum Vorschein, das Kopien von Grigijis Gleichungen und seinen eigenen Notizen dazu enthielt.

»Was ist das?«

»Die Antwort auf Ihre Frage, das, was der Emeritus zu sagen hat.« Ein Diener – jung und gutaussehend wie alle Diener Ilisidis – trat herbei und nahm die Unterlagen für sie entgegen.

»Der Alte ist wohl für Sie der Aiji unter den Astronomen, nicht wahr?« Es mißfiel ihr offenbar, daß der Paidhi seine Gewährsleute selbst aussuchte und nicht mit dem vorliebnahm, was Tabinis Hof an Astronomen zu bieten hatte. Mit Sicherheit war Cenedi schon dabei,

Erkundigungen über Grigiji einzuholen, dessen Herkunft, Hintergrund und Beziehungen auszuleuchten. Und Ilisidi, obwohl sie sich vom Paidhi einiges an Schmeicheleien gefallen ließ, war auf der Hut, wenn er mit politischen Geschenken aufwartete.

»Nand' Aiji-Mutter«, sagte er, »die Astronomen des Bu-javid haben andere Fachgebiete. Sie hätten mir nicht weiterhelfen können. In dem besonderen Fall konnten das nur der Emeritus und seine Kollegen. Übrigens: Von den Aufzeichnungen, die ich Ihnen mitgebracht habe, liegt auch Ihrem Enkel eine Kopie vor.

Ich bin kein Mathematiker und habe nur eine vage Ahnung von der Lösung des Problems. Als ich gestern abend im Flugzeug saß und die Lichter Shejidans unter mir sah, verstreut über Hügel, Hänge und Täler, da bekam ich eine bildliche Vorstellung davon, was die Menschen mit ihren Zahlen beschreiben und was auch Grigiji, wenn ich ihn richtig verstehe, in seiner Vision zum Ausdruck zu bringen versucht.«

»Verzeihung, ich kann Ihnen auf Ihrem Höhenflug nicht so recht folgen.«

»Es geht um das Paradoxon der Überlichtgeschwindigkeit. Stellen wir uns vor, das Universum hat eine Topographie aus Bergen und Tälern, eine schwarze, ausgedehnte Oberfläche, die einer Landschaft ähnelt, mit Sternen darin, die mal höher gelegen sind, mal tiefer. Wie alle anderen Bewegungen, so muß auch das Licht dieser Sterne den Wegen folgen, die ihm das Allgelände bietet. Das läßt sich in Zahlen ausdrücken, die mit dem Weltbild der Deterministen durchaus vereinbar sind. Noch sind unsere Meßergebnisse der verzerrenden Atmosphäre wegen ungenau. Aber wenn wir erst einmal die Raumstation bezogen haben, können wir viel präzisere Beobachtungen anstellen.«

»Sie sind ein Schelm«, sagte Ilisidi und ließ die Mundwinkel zucken; ihre goldenen Augen blitzten.

»Glauben Sie mir, nand' Aiji-Mutter. Dort in den Unterlagen steht der rechnerische Nachweis für die Faltenraumtheorie.«

»Faltenraum. Gefalteter Raum.«

»Eine Modellvorstellung der Menschen, die mathematisch nicht so begabt sind wie die Atevi und in ihrer Sprache nicht auszudrücken verstehen, was in diesen Papieren beschrieben ist.«

»Beschrieben von diesem verrückten Alten aus den Bergen?«

»Aiji-ma, das Licht reist nicht auf geraden Wegen, obwohl es sich aus unserer Perspektive so darstellt. Ein leicht ansteigender Hang kommt uns so vor, als sei er flach. Aber in den Beinen spüren wir die Steigung. Die Perspektive täuscht, aber die Mathematik und unsere Beine korrigieren den falschen Eindruck.«

Ilisidi schüttelte den Kopf. »Das haben Sie sich hübsch ausgedacht.«

»Das habe ich mir nicht ausgedacht, 'Sidi-ma.« Die vertrauliche Anrede war ihm so rausgerutscht. »Es gehört zu dem, was ich schon als Kind in der Schule gelernt habe. Man hat mir zwar nicht beigebracht, wie ein Raumschiff zu steuern ist, aber ich weiß in etwa, wie es sich im All bewegt.«

»Schneller als Licht.«

»Sehr viel schneller.«

»Nun, mir drängt sich die Frage auf: Warum kommen Sie ausgerechnet jetzt, zu einem ohnehin kritischen Zeitpunkt, mit solchen Offenbarungen? Und könnte es womöglich sein, daß Sie Hanks-Paidhi sozusagen als Lockvogel vorgeschickt haben?«

»Nand' Aiji-Mutter, ich schwöre bei allem, was mir heilig ist, es geschah *nicht* auf meine Veranlassung hin, daß Hanks-Paidhi in dieser Sache vorgeprescht ist. Und um einen weiteren möglichen Verdacht gar nicht erst aufkommen zu lassen: Daß ich Ihnen hier und jetzt Auskunft gebe, ist einzig mein Entschluß und nicht etwa mit meinem Ministerium abgesprochen.«

»Trotzdem, ich wundere mich doch sehr: Das Schiff kreuzt auf, Geigi gerät in Schwierigkeiten, Sie ziehen wie eine Trumpfkarte diesen Astronomen aus dem Ärmel und versuchen, bei mir gut Wetter zu machen. Steckt mein Enkel dahinter?«

Das Tageslicht hatte zugenommen, und ihm dämmerte, daß er in äußerster Gefahr schwebte. Ilisidis Augen waren kalt. Wer es wagte, diese Frau zu betrügen, würde daraus keinen Nutzen davontragen.

Sie schnippte mit den Fingern. Ein Diener – wohl einer von Cenedis Männern, wie Bren vermutete – kam mit einer Kanne Tee und schenkte beiden ein.

»Nun?« fragte Ilisidi.

»Nand' Aiji-Mutter, Ihr Enkel hat gewiß nichts mit alledem zu tun. Und der Emeritus ist keine Entdeckung von mir, sondern ein renommierter Wissenschaftler, der sich seit langem mit der Frage nach der Gestalt des Weltalls beschäftigt und, wenn ich das richtig beurteilen kann, die zutreffende Antwort gefunden hat.«

»Genau zum richtigen Zeitpunkt? Das kommt doch auffällig gelegen. Und mein Enkel soll wirklich nichts damit zu tun haben, daß uns ausgerechnet jetzt vermeintliche Wahrheiten serviert werden, die den Deterministen Hohn sprechen?«

»Aber das ist doch nicht der Fall! Im Gegenteil, die neuen Erkenntnisse unterstützen ihren Glauben.«

»Das hat man Ihnen weiszumachen versucht. Und Sie hatten nichts Eiligeres zu tun, als diesen Mann aufzusuchen, der zufällig gerade zur Erleuchtung gekommen ist.«

»Nicht zufällig, nand' Aiji-Mutter. Richtiger wäre es, von einer logischen Konsequenz unserer gemeinsamen Geschichte zu sprechen. Mospheira hat der atevischen Wissenschaft auf die Sprünge geholfen. Die Menschen waren in ihrer technischen Entwicklung schneller, weil sie sich im Gegensatz zu den Atevi immer schon auf

Schätzungen und Annäherungsberechnungen verlassen haben. Das ist zwar weniger elegant und ökonomisch, aber praktikabel. Wir haben uns immer gewundert, warum die Atevi so viel Zeit verlieren, um mit ihren Zahlen ins reine zu kommen.«

»Wie primitiv und armselig, nicht wahr?«

»Nein, aber es fiel uns schwer zu begreifen, warum sich die Atevi nicht einlassen wollten auf das, was für uns Gewißheit war oder zumindest eine gesicherte Schätzung. Doch dann wurde uns allmählich klar: Wir liefern nicht nur Konstruktionspläne, sondern damit auch Zahlen und Zahlenverhältnisse, die es für Atevi erst einmal im Sinne ihrer numerologischen Normen zu prüfen und zu sortieren gilt. Beispiel: der Computer, ein für Mospherianer selbstverständliches Hilfsmittel. Doch wichtiger als die Anwendung war für Atevi stets die Frage nach seiner inneren Logik. Wir ahnten, daß ihnen dank dieser intellektuellen Eigenschaft eines Tages ein Erkenntnissprung gelingen würde, dem wir nicht folgen können. Atevi sind Perfektionisten. Nein, es überrascht mich nicht, daß ein Ateva den Durchbruch geschafft hat, und das ausgerechnet in der Astronomie, einem Gebiet, das durch unsere Wissenschaft am wenigsten beeinflußt wurde.

Ich wünschte, daß sich die Astronomen von Caruija und ihre Kollegen auf Mospheira jetzt verstärkt untereinander austauschten. Aber ich bin der einzige, der als Übersetzer in Betracht kommt, und fürchte, daß sich die mathematische Sprache des Emeritus nicht so ohne weiteres ins Mosphei'sche übertragen läßt. Ich bezweifle, daß mir das gelingen könnte.«

»Wie bescheiden.«

»Im Ernst. Es kommt nicht von ungefähr, daß sich die Menschen mit der Sprache der Atevi so schwer tun. Ihnen fehlt der mathematische Sinn, die rechnerische Pünktlichkeit. Wie in den Wissenschaften beschränken wir uns auch in der Sprache gewissermaßen auf Annäherungswerte. Obwohl ich nun doch schon so lange in Shejidan bin, habe ich immer noch große Probleme mit Ihrer Sprache, nand' Aiji-Mutter. Mir schwirrt der Kopf, so sehr muß ich mich anstrengen, um im Gespräch mit Ihnen nicht allzu viele grammatikalische Fehler zu machen. Wie soll ich da übersetzen, was ich nicht einmal in vollem Umfang begreife, nämlich die mathematische Darstellung des Faltenraummodells? Selbst die Studenten waren, wie sie mir gestanden haben, nicht in der Lage, alles von dem zu verstehen, was der Emeritus an Symbolen auf die Wandtafel gekritzelt hat.«

Ilisidi saß reglos da und starrte ihn an. Der Wind zupfte an den Rändern des Tischtuchs und wehte den Duft von Diossi-Blüten herbei. Die Stille war beklemmend.

»Cenedi wird Sie hinausbegleiten«, sagte Ilisidi schließlich.

Bren stand auf und verbeugte sich. »Nand' Aiji-Mutter.« Er hatte das Gefühl, versagt zu haben, was ihn mit Angst erfüllte und zugleich traurig stimmte.

Cenedi erwartete ihn an der Tür.

»Sie zweifelt an mir, Cenedi-ji«, sagte er kleinlaut.

»Zu Recht?« Cenedi tat ihm den Gefallen nachzufragen.

»Nein«, antwortete er entschieden. »Nein. Aber ich kann sie nicht davon überzeugen, daß ich für das, was sie mir unterstellt, nicht gescheit genug bin. Möglich, daß ich ihr die Hirngespinste eines Verrückten vorgelegt habe. Ich kann das nicht beurteilen, habe nur kopiert, was an der Tafel stand. Ich kann nur hoffen, daß es hält, was ich mir davon verspreche.«

»Ich bin informiert«, sagte Cenedi.

»Sagen Sie ihr bitte noch einmal, daß ich in bester Absicht gehandelt habe.«

»Werde ich ausrichten.«

Banichi nahm ihn in der Halle in Empfang und fragte angesichts der betroffenen Miene des Paidhi, was denn passiert sei. Bren hob die Schultern und antwortete: »Ich habe wohl irgendeinen Fehler gemacht, Banichi. Mehr weiß ich auch nicht.«

Banichi verlor kein weiteres Wort darüber. Bestimmt würde er von sich aus herauszufinden versuchen, was vorgefallen war. Indem er zum Beispiel Cenedi fragte. Anscheinend hatte er, Bren, der Aiji-Mutter einfach zu viel zugemutet und dadurch bei ihr den Verdacht erregt, daß er Grigiji in Tabinis Auftrag aufgesucht hatte und daß die ganze Affäre um Hanks von ihm, dem Aiji, inszeniert worden war in der Absicht, den konservativen Widerstand zu brechen, um seine politischen Pläne schneller vorantreiben zu können.

Für Ilisidi mußte es so aussehen, als seien ihre guten Beziehungen zum Paidhi in Frage gestellt, vor allem auch ihr Entschluß, von ihren natürlichen Verbündeten zu seinen Gunsten abzurücken. Wehe, wenn sie sich auf diese Interpretation versteifte und ihr Ansehen und ihre Glaubwürdigkeit gefährdet sah.

Es schmerzte Bren, daß sie ihm nicht über den Weg traute. Er fühlte sich verkannt und zurückgeworfen in all seinen Bemühungen um persönlichen Anschluß – ganz abgesehen von dem, was er sich im Hinblick auf Jago erhoffte ...

Er sehnte sich danach, sie zu sehen, unter vier Augen mit ihr zu sprechen, zu erfahren, wie sie über ihn dachte, ob sie womöglich verärgert oder in Verlegenheit gebracht war, was er nicht wollte. Er wollte sie nicht vergraulen, auch Banichi nicht. Denn ohne die beiden stünde er völlig allein da. Und schutzlos.

Und zunehmend graute ihm vor der Ankunft dieser fremden Menschen. Was würden die erst für Probleme mit sich bringen? Er sah bereits seine gesamte Freizeit draufgehen für einen möglicherweise vergeblichen

Sprachunterricht. Und nach ein paar Jahren würde sein Schüler in die Raumfähre steigen und Lebwohl sagen. Das war's dann.

Herrje, vor zwei Tagen noch hatte er sich diesen Graham herbeigewünscht, sozusagen als Allheilmittel für seine persönlichen Kümmernisse. Aber da war seine atevische Welt noch halbwegs in Ordnung gewesen. Er hatte sich akzeptiert fühlen dürfen, insbesondere von Ilisidi, die ihn amüsant fand, unterhaltsam, informativ und dergleichen mehr. Doch mit Nettigkeiten war jetzt Schluß. Menschen kamen vom Himmel gestiegen, und Ilisidi sah sich gezwungen, auf ihre Art zu reagieren. Seine Pflicht war es nun, Tabini über sein Gespräch mit ihr in Kenntnis zu setzen.

Und das wußte Ilisidi.

»Banichi-ji, Ilisidi fragt ...« – von Unterstellung oder Argwohn zu reden wäre unverschämt – »sie fragt, ob Tabini meine Kollegin Hanks auf Lord Geigi angesetzt hat, um ihn in Schwierigkeiten zu bringen – über eben diese Frage, die nun mit Hilfe des Astronomen gelöst zu sein scheint.«

Banichi antwortete nicht gleich. Er holte tief und hörbar Luft und sagte dann: »Dummes Zeug.«

»Sie wirkte jedenfalls sehr verärgert. Vielleicht muß ich mir einen Vorwurf machen. Würden Sie bitte über Cenedi in Erfahrung zu bringen versuchen, ob ich durch irgendeine Bemerkung ihr Mißfallen erregt habe?«

»Wie Sie wünschen. Ich vermute, die Stimmung kippte, als Sie ihr Grigijis Berechnungen vorgelegt haben.«

»Die hat sie gar nicht in die Hand genommen. Ich gab sie einem Diener.«

»Sie ahnt, was in den Papieren steht.«

»Sie hält den Emeritus für einen Handlanger Tabinis, obwohl ich ihr versichert habe, daß ich auf eigene Faust zu ihm hingereist bin.«

»Ich werde ihm Bescheid geben.« Banichi meinte wohl Tabini. Vielleicht auch Cenedi.

»Ich achte Ilisidi sehr.«

»Oh, das tut auch Tabini«, antwortete Banichi. »Sie außer acht zu lassen wäre töricht.«

# 17

Nicht nur Ilisidis befremdliche Reaktion gab ihm zu denken, sondern auch Tabinis reges Interesse an den Unterlagen Grigijis. Er hatte sie offenbar gleich nach Erhalt eingesehen, denn schon am frühen Morgen war Naidiri, einer seiner Leibwächter, beim Paidhi erschienen mit einer Nachricht des Aiji. Darin hieß es, er, der Aiji, glaube, daß der Emeritus mit seinen Berechnungen eine Nuß vorgelegt habe, an der die Numerologen noch lange würden knacken müssen. Ihm selbst sei noch nie etwas so Verrücktes wie dieses Konzept vor Augen gekommen, und er werde Sicherheitskräfte losschicken, um das Observatorium unter Bewachung zu stellen.

Er fand es bedauerlich, daß nun Gildenmitglieder über den kleinen Ort herfallen würden, denn es kamen da bestimmt Leute zum Einsatz, die bei weitem nicht die Raffinesse und Diskretion eines Banichi oder Cenedi hatten. Wahrscheinlich würde sich für die Astronomen manches zum Nachteil verändern, und das alles nur, weil er ihnen einen Kurzbesuch abgestattet hatte.

Aber natürlich konnte und wollte er gegen Tabinis Maßnahme nicht protestieren. Sie war fraglos notwendig geworden. Grigiji war jetzt für den Aiji enorm wichtig und darum gefährdet. Das hatte er nicht bedacht, als er loszog, um für Geigi eine Antwort zu finden, die er nun auch noch – herrje, wie naiv! – Ilisidi zugetragen hatte.

Für seine unbedachte Aktion wurde ihm jetzt die Quittung präsentiert: Er hatte es sich mit Ilisidi verscherzt und zu verantworten, daß das Observatorium und insbesondere Grigiji bedroht waren. Und wie würde Geigi reagieren? Die Konsequenzen waren unabsehbar.

Er hatte den Helden spielen und erreichen wollen, was Wilson-Paidhi nicht gelungen war und Hanks nicht gelingen konnte: die Konservativen und Tabinis Fraktion miteinander auszusöhnen. Der Vorwurf maßloser Selbstüberschätzung, gerichtet an Hanks, fiel auf ihn selbst zurück. Fairerweise würde er sie nun anrufen und über seinen Fehltritt in Kenntnis setzen müssen. Peinlich, peinlich. Diesen Tort konnte er sich jetzt nicht antun.

Er ging die Post durch. Das neue Büro hatte die Arbeit aufgenommen. Es waren eine Menge Dankesschreiben für die Autogrammkarten gekommen, die er verschickt hatte. Das Foyer war voller Blumen: Einstandsgeschenke der Angestellten. Aber er konnte sich nicht freuen, die Schulter und die Rippen schmerzten und das Frühstück lag ihm schwer im Magen. Er bat Algini um seinen Computer, nahm die Korrespondenz mit ins Wohnzimmer und machte sich daran, die fälligen Berichte zu schreiben.

Um für Frischluft und mehr Licht zu sorgen, schob Saidin die Vorhänge beiseite und kippte die Fenster auf. »Ich möchte mit Banichi sprechen, nand' Saidin«, sagte er. »Ist er zurück?«

»Noch nicht, nand' Paidhi. Algini vertritt ihn.«

»Und Jago?«

»Ich glaube, sie ist im Büro der Gilde. Soll ich sie rufen lassen, Nadi?«

»Nicht nötig«, antwortete er. Seine Augen waren müde. Unter den Mitteilungen fand er einen Hinweis Tabinis, wonach Grigijis Berechnungen der mathematischen Fakultät zugeleitet worden waren. Mitsamt den eigenen Randnotizen. Hoffentlich machten die halbwegs Sinn. Er hatte Tabini darauf aufmerksam gemacht, daß eventuelle Fehler nicht dem Emeritus, sondern ihm, dem Paidhi, anzulasten seien.

Es gab auch Neuigkeiten vom Schiff, umfangreiche Mitschnitte von Funkkontakten mit Mospheira. Mospheira stellte konkrete Fragen über Herkunft und Reiseroute des Schiffes, die aber nur unvollständig beantwortet wurden. Außerdem wollte Mospheira wissen, was Bren als Frage noch gar nicht in den Sinn gekommen war, nämlich ob das Schiff das Sonnensystem verlassen habe und ob jene Basis bei Maudette – dem roten Stern, den die Atevi Esili nannten – gebaut worden sei, wie damals von der Pilotengilde geplant und vorgesehen als Ausweichkolonie, um eine Landung auf der Welt der Atevi zu verhindern.

Nein, antwortete das Schiff; es gebe keine Basis bei Maudette, man habe einen anderen Stern besucht.

Welchen? fragte der Präsident und nannte eine Reihe benachbarter Sterne.

Auf dem Schiff kannte man diese Namen logischerweise nicht, und es wurde um einen mosphei'schen Himmelsatlas gebeten, so auch – im Zusammenhang der Diskussion über einen geeigneten Landeplatz – um eine Generalstabskarte des Planeten.

Mospheira zeigte sich merkwürdig zurückhaltend und verlangte vorab die Übermittlung einer Sternkarte.

An dieser Stelle schaltete sich Yolanda Mercheson ein und bat darum, den Präsidenten zu sprechen.

Der Präsident war sehr höflich, machte ihr Mut und drängte darauf, auf Mospheira zu landen, denn es gelte, die Ansprüche und Handlungsvollmachten der Menschen zu sichern.

Mercheson versprach, eine entsprechende Eingabe zu machen, listete dann den Schiffsbedarf an Rohstoffen auf und fragte, zu welchen Lieferungen Mospheira imstande sei.

Der Präsident konnte auf Anhieb keine gesicherte Auskunft geben, meinte aber, daß umfangreiche Vorräte bereitstünden.

Vorräte.

Bren erschrak und erinnerte sich, unter Gewaltandrohung verhört und beschuldigt worden zu sein …

*Daß auf Mospheira Metalle gehortet werden, ist unübersehbar. Sie fordern immer mehr Stahl und Gold, tauschen Ihre Mikrochips gegen Graphit, Titan, Aluminium, Palladium – Stoffe, die uns bis vor hundert Jahren unbekannt waren, für die wir aber heute, dank Ihrer Hilfe, selbst Verwendung haben. Und wofür brauchen die Menschen all diese Stoffe, wenn nicht für jene Verfahren, die sie uns beigebracht haben …*

Eine Pistole war gegen seinen Kopf gerichtet gewesen, und er hatte vor Angst und Schrecken nicht begriffen, worum es ging, nicht begreifen können, weil er noch keine Ahnung davon gehabt hatte, daß das Schiff aufgekreuzt war. Er hatte in diesem entsetzlichen Moment nur daran gedacht, daß Mospheira womöglich heimlich an einer Raketenbase arbeite … und daran, daß er in diesem Kellerloch würde sterben müssen.

Er hatte sich damit rauszureden versucht, kein Ingenieur zu sein, nicht wissen zu können, wozu diese Materialen gebraucht würden. Und dann war ihm noch unterstellt worden: *Sie haben Zahlencodes in die Datenübertragung einfließen lassen in der Absicht, einen Streit unter den Sektierern zu provozieren und damit unsere Opposition zu schwächen …*

Das Argument der Verbündeten Ilisidis, denen sie dann zwar demonstrativ den Rücken gekehrt hatte, was aber nicht ausschloß, daß sie sich wieder eines anderen besinnen mochte.

Und er hatte gesagt: *Wir stellen Modelle her, um vorher auf Tauglichkeit und Sicherheit zu testen, was wir den Atevi an die Hand geben …*

Zu der Zeit hatte er noch nichts gewußt von dem Schiff oder davon, was es mit dem Streit unter Sektierern auf sich haben könnte. Oder wozu Mospheira tatsächlich Rohstoffe hortete.

Bren ließ das Band zurücklaufen, hörte sich noch einmal an, was der Präsident dem Schiff zu verstehen gegeben hatte, und dachte mit Grauen daran, daß er Ilisidi und Tabini eine übersetzte Abschrift würde zukommen lassen müssen.

Vorräte, angeblich in riesigem Ausmaß... Bren konnte nicht glauben, daß Mospheira so viel gehortet hatte, denn als Paidhi wußte er doch ziemlich genau, welche Güter in welchen Mengen auf die Insel geliefert wurden. Allerdings war nicht auszuschließen, daß auch manches im Schleichhandel über den Kanal ging.

Im Mittelgebirge Mospheiras gab es unterirdische Bunker, weitläufig abgeriegelt und streng bewacht, obgleich veraltet und wahrscheinlich baufällig. Sie stammten noch aus der Zeit, da den Atevi die Fliegerei beigebracht worden war und die Menschen auf der Insel Angst hatten vor Angriffen aus der Luft. Eine solche Gefahr drohte längst nicht mehr. Welchem Zweck mochten diese Bunker jetzt noch dienen? War es möglich, daß sie als Lager genutzt wurden für Rohstoffe, die man dem Schiff nun zum Handel würde anbieten können?

Doch wozu hätte Mospheira über all die Jahre Rohstoffe horten sollen ohne ausreichende Möglichkeiten der Weiterverarbeitung? Die bestehenden Fabrikationsanlagen waren schließlich nicht beliebig umzurüsten ... oder doch? Über das, was im Verteidigungsministerium vor sich ging und geplant wurde, waren Paidhiin noch nie unterrichtet worden. Und wenn staatlicherseits irgendwelche Maßnahmen zur Umstrukturierung einer Kunststoffabrik verlangt wurden mit dem erklärten Ziel, die Umwelt zu schützen, war daran nicht zu zweifeln. Und wie an ein Dogma glaubte Bren, daß Mospheira am Prinzip der freiwilligen Rüstungsbegrenzung festhielt und auf Atomanlagen verzichtete.

Um so unheimlicher war ihm nun dieser Hinweis auf Rohstoffvorräte. Was es in Wirklichkeit damit auf sich hatte, mußte er unbedingt in Erfahrung bringen. Aber wie? Konnte er den Mitteilungen aus Mospheira überhaupt noch trauen, zumal die Zensur dauernd dazwischenfunkte? Womöglich hatte sie auch schon auf den Lehrplan seiner Ausbildung zum Paidhi Einfluß genommen. Mußte er alles in Frage stellen, was er zu wissen glaubte? Die Menschheit war fast ausgerottet worden. Sie hatte keine Waffen zur Verfügung gehabt, und eine Schwerindustrie gab es damals noch nicht, weil der Insel die entsprechenden Bodenschätze fehlten. Zur Stromerzeugung reichte die Sonnenenergie, und aus Nutzpflanzen wurden Kunststoffe erzeugt. Erst sehr viel später kamen dann die ersten Rohstofflieferungen vom Festland. Aber wozu hätten aus damaliger Sicht riesige Depots angelegt werden sollen? Daß es dafür nun einen Bedarf gab, war nicht vorauszusehen gewesen.

Nein, Bren konnte nicht glauben, daß solche Vorräte existierten, jedenfalls nicht in dem Umfang, der einem drohenden Handelsboykott seitens der Atevi die Spitze nähme. Wehe, wenn dem doch so wäre. Der Aiji würde nicht hinnehmen können, daß man ihn überführte als jemanden, dessen Drohungen nichts weiter sind als heiße Luft.

Bren schrieb: *Aiji-ma, in den jüngsten Kontakten zwischen Mospheira und dem Schiff kam es zu der erwarteten Anfrage betreffs Materiallieferungen. Der Präsident glaubt, der Nachfrage entsprechen zu können, und verweist auf ausreichende Vorräte. Ich bezweifle, daß Mospheira mit seinen Reserven – wenn es denn solche überhaupt hat – den anfallenden Bedarf decken kann. Vermutlich handelt es sich bloß um ein Lockangebot, mit dem der Präsident die Führung des Schiffes für sich einzunehmen versucht.*

*Es könnte allerdings sein, daß ich in meiner Einschätzung falsch liege. Falls Mospheira tatsächlich über ausreichende Reserven verfügen sollte, habe ich Sie schlecht beraten, und es müßte neu überlegt werden, was zu tun ist.*

*Unabhängig davon, ob die Behauptungen des Präsidenten zutreffen oder nicht, bin ich zuversichtlich, daß das Schiff den politisch klügeren Weg wählt und Ihre Bedingungen akzeptieren wird. Überdies ist es dank seiner optischen Geräte durchaus selbst in der Lage, sich ein konkretes Bild zu machen von den Möglichkeiten Mospheiras, nicht nur was die vermeintlichen Vorräte angeht, sondern auch im Hinblick auf die industriellen Kapazitäten, die zur Herstellung der gewünschten Produkte nötig sind.*

*Daß ich auf Malguri zu diesen Fragen verhört worden bin, erklärt sich nun für mich im nachhinein. Damals konnte ich mir auf die Vorwürfe, die gegen mich erhoben wurden, keinen Reim machen. Sie waren auch nicht Bestandteil meiner Überlegungen zu jener taktischen Marschroute, die ich Ihnen nahegelegt habe. Wenn Sie die beigefügte Abschrift der mitgeschnittenen Funkgespräche lesen, werden Sie womöglich feststellen, daß ich mich in mehreren Punkten geirrt habe. Schuld daran ist meine Unwissenheit und die Tatsache, daß mich die eigene Regierung in gewissen Dingen falsch informiert hat.*

*Wie zu fürchten ist, habe ich auch heute wieder in meinem Gespräch mit der Aiji-Mutter einen großen Fehler gemacht. Banichi wird Sie sicherlich schon davon in Kenntnis gesetzt haben. Bitte glauben Sie mir, daß ich weder in böser Absicht gehandelt habe, geschweige denn in einem geheimen Auftrag meiner Regierung, daß ich vielmehr voller Hoffnung war, Ihnen und Ihrer Großmutter von Nutzen sein zu können.*

Diesen Brief zu schreiben war ihm äußerst schwer gefallen. Weil es ihm eilig damit war, verzichtete er darauf, einen Kurier zu beauftragen – was botmäßiger gewesen wäre –, und schickte den Text mitsamt der Tonbandabschrift per Fax an den Aiji.

Beklommen starrte er auf die wehenden Gardinen

und fragte sich, wie lange er noch mit der Nachsicht des Aiji würde rechnen können. Er hatte allen persönlichen und politischen Kredit verspielt und in seinem Übereifer Schäden angerichtet, die kaum mehr wiedergutzumachen waren.

Wie einfältig und anmaßend, daß er sich aufgerufen gefühlt hatte, der atevischen Astronomie auf die Sprünge zu helfen. Und auf was für Sprünge! Sprünge auf ein mathematisches und wissenschaftstheoretisches Niveau, das für Menschen möglicherweise nie erreichbar sein würde. Genau davor hatte das Ministerium doch immer schon gewarnt.

Und was, zum Teufel, hatte er sich dabei gedacht, mit dieser mathematischen Sprengmine in die Hauptstadt, an den Hof zurückzukehren und sie ausgerechnet jener Ateva auf den Frühstückstisch zu legen, die am allerwenigsten davon profitierte?

Er war mit der Nase daraufgestoßen worden und hatte sie trotzdem unberücksichtigt gelassen – die Gefahr, daß sich Mospheira einen Handelsboykott nicht gefallen lassen und zurückschlagen würde. Er hätte sich an die Frage nach den mutmaßlichen Reserven erinnern müssen; sie war immerhin nachdrücklich genug gestellt worden.

Doch er hatte sämtliche Bedenken beiseite gewischt, überzeugt davon, mit Grigijis Thesen ein willkommenes Geschenk machen zu können. Weit gefehlt. Wahrscheinlicher war, daß er sich damit endgültig um alle Chancen gebracht hatte, insbesondere um die Gunst Ilisidis, die bislang davon ausgegangen war, daß er nicht so töricht sei wie jene Menschen, von denen ihre Verbündeten immer behaupteten: Sie höhlen atevischen Glauben aus, unterwandern atevische Institutionen und beuten atevische Ressourcen aus, um sich von ihren Gastgebern auf diesem Planeten absetzen zu können – im Ausblick darauf, daß das Schiff irgendwann zurückkommt.

Die Augen brannten. Der Arm schmerzte, vielleicht von der Arbeit am Computer, vielleicht hatte er sich verhoben; wie dem auch sei, der Arm tat weh.

Ringsum war es still geworden. Er sehnte sich nach Gesellschaft, doch Banichi und Jago hatten anderweitig zu tun, und Tabini beschäftigte sich wohl gerade mit dem Fax des Paidhi. Er würde wahrscheinlich schwer verstimmt sein und ohnehin nicht mit ihm sprechen wollen.

Die Aufgabe des Paidhi war es, die Dynamik von Veränderungen zu zügeln und abzufedern. Er hatte das Gegenteil erreicht und gleichsam den Deckel der sagenhaften Büchse Pandoras gelüftet. Jetzt blieb ihm nur noch eines zu tun übrig: Abstand zu nehmen und zu beobachten, wie die Atevi darauf reagierten. Vielleicht bot sich ja später noch einmal die Gelegenheit für einen behutsamen Versuch der Einflußnahme. Immerhin hatte die Menschheit als ältere Spezies bereits durchgemacht, was den Atevi nun an revolutionären Entwicklungen im Zuge der fälligen Ortsbestimmung im Universum bevorstand.

Die Menschen hatten schon vor Urzeiten einiges investieren müssen für die Einsicht, daß ihre Sonne nur ein Stern unter vielen ist. Die geschichtlichen Kenntnisse des Paidhi reichten zwar nicht, um Genaueres zu wissen, aber er ahnte, daß damals manche alten Glaubensvorstellungen auf der Strecke geblieben waren.

Nun, den Atevi drohten, wie zu fürchten war, womöglich noch sehr viel radikalere Verwerfungen, da ihre kulturellen und sozialen Normen nicht bloß aufgesetzt oder verordnet waren, sondern sozusagen fest eingebaut, intrinsisch verwurzelt.

Bren wollte nicht länger darüber nachdenken.

Er stand auf und wanderte durch die Räume, bis hin zur Bibliothek, wo er, um sich abzulenken, wahllos ein Buch aus dem Regal nahm und darin blätterte. Ein

Buch über Wasserpflanzen, kostbar eingebunden und mit Aquarellen illustriert.

Saidin kam und fragte, wo er sein Abendessen einzunehmen wünsche und ob er seine persönlichen Diener zu Tisch erwarte.

Bren wußte keine Antwort. Über das, was seine Leute vorhatten, war er nicht informiert, und ans Essen dachte er im Moment am allerwenigsten. »Vielleicht warten wir noch ein wenig mit dem Essen. Ich hoffe, das macht Ihnen keine Umstände, nand' Saidin.«

»Aber nein«, antwortete sie und verbeugte sich. »Gefallen Ihnen Wassergärten?«

Das Buch. Natürlich. »Ich bewundere die schönen Illustrationen.«

»Haben Sie schon mal die Terrassen gesehen.«

»Die von Saisuran? Leider nein. Für Ausflüge bleibt mir nicht viel Zeit.«

»Schade. Aber falls Sie einmal die Gelegenheit haben sollten, nutzen Sie sie. Es ist ein lohnendes Ziel. Ganz in der Nähe liegt auch der berühmte Park von Isgrai'the.«

Daß sie diese persönlichen Worte an ihn richtete, überraschte Bren. Anscheinend war das Buch der Anlaß, der Hinweis auf ein gemeinsames Interesse, über das sich unbefangen plaudern ließ.

Oder wollte sie ihm etwa auf den Zahn fühlen, womöglich im Auftrag Ilisidis? Ach, dieser verdammte Argwohn. Wilson grüßte, dieser Mann, der niemals lachte oder auch nur lächelte.

»Danke für den Rat, nand' Saidin. Ja, ich hoffe, daß ich einmal dorthin fahren kann.«

»Das wünsche ich Ihnen, nand' Paidhi«, sagte Saidin und verließ den Raum. Und Bren war wieder auf seine Grübeleien zurückgeworfen. Was wußte diese Frau über ihn und die Probleme, mit denen er sich herumschlug? Machte er einen so verzweifelten Eindruck, daß sie sich aus Gastlichkeit bemüßigt fühlte, auf ihn acht zu geben?

Er wußte um die Irrwege, auf die er sich in Gedanken immer wieder einließ, um die Aussichtslosigkeit seiner Suche nach Korrespondenzen zwischen atevischen und menschlichen Empfindungen. Er kam sich vor wie einer, der keinen festen Grund unter den Füßen hat und von einem glitschigen Stein auf den nächsten zu springen versucht – dieses Bild drängte sich ihm auf mit Blick auf eine Illustration des Buches: Wasserpflanzen und flache Steine, kaum erkennbar unter spiegelnder Wasseroberfläche.

Er erinnerte sich, als zwölfjähriger Junge am Ufer eines Gebirgsflusses entlangmarschiert zu sein, über Steine, die im Frühjahr überflutet waren, immer höher hinauf, dem Wasserfall entgegen, von dem er gehört hatte und den er unbedingt sehen wollte, ganz aus der Nähe, da, wo die Wassermassen nach tiefem Sturz von der Felswand donnernd auftrafen und zerstäubten. Die rasende Gischt rührte einen Wind auf, der an den triefenden Bäumen ringsum rüttelte und ihn naß machte bis auf die Haut. Auf dem weiten Weg zurück zur Hütte wäre er fast umgekommen vor Kälte. Er wußte um die Gefahren im Gebirge, hatte von grausigen Unfällen erfahren, die unachtsamen Touristen widerfahren waren. Doch daß ihm dergleichen passieren könnte, war ihm in seinen jungen Jahren unvorstellbar. Zum Glück kam ihm auf halbem Weg ein Ranger entgegen, der ihm einen warmen Poncho überzog. Er schimpfte fürchterlich und nannte ihn einen dummen Jungen.

Ja, er mußte einsehen, daß es viel zu riskant gewesen war, ohne Begleitung dort hinaufzusteigen in diesen Hexenkessel aus wirbelndem Wassernebel und glitschigem Fels. Wie leicht hätte er ausrutschen und stürzen können. Trotzdem, es war herrlich dort oben gewesen; er ahnte, etwas erlebt zu haben, das er zeit seines Lebens nicht vergessen würde. Und er hatte den Verdacht, daß ihm der Ranger diese Erfahrung nicht gönnte und daß es dem nur darum ging, die Natur und das Wild vor neugierigen Touristen zu schützen.

In die Hütte zurückgekehrt, gab man ihm zu essen, und als seine Sachen getrocknet waren, erklärte sich sein Retter bereit, ihn mit dem Geländewagen ins Tal zu chauffieren.

Er wolle auch einmal Ranger werden, vertraute er dem Ranger an und bedankte sich noch einmal dafür, daß er ihm zur Hilfe gekommen war. Nichts für ungut, entgegnete der Mann; er gehe den Weg oft und gern, selbst bei Eis und Schnee. Dann ließen sich besonders schöne Fotos schießen. Und er erklärte ihm, welche Ausrüstung man in den Bergen braucht. Wenn er, Bren, größer sei, könne er ja einmal am Sommerprogramm der Ranger teilnehmen.

Doch dazu war es nie gekommen. In den darauffolgenden Jahren hatte seine Familie den Urlaub immer woanders verbracht, an den Nordhängen von Mt. Allen Thomas, wo er und Toby ihren Spaß am Skifahren entdeckten.

Ausgelöst hatte diese Erinnerung Saidins Empfehlung, die Wassergärten von Saisuran zu besuchen. Auch Atevi fanden Gefallen an solchen Dingen. Es gab sehr wohl einiges, wovon beide Seiten, Menschen und Atevi, gleichermaßen angesprochen wurden, Reize, die vergleichbare Reaktionen auslösten: zum Innehalten zwangen und grenzenloses Staunen hervorriefen.

Das Bad in der Erinnerung hatte ihm gut getan, und in launiger Anwandlung dachte er daran, die Vermittlungsstelle auf Mospheira zu bitten, ihm eine Telefonverbindung mit der Rangerstation in den Bergen zu schalten. Die Geheimdienste auf beiden Seiten der Meerenge würden gewiß lange über ein solches Gespräch zu rätseln haben. Sie konnten schließlich nicht ahnen, was ihn dazu bewegte, nämlich die Hoffnung darauf, daß zumindest seine Erinnerungen noch intakt und verläßlich waren. Er versuchte nachzurechnen, wie alt dieser Ranger jetzt wohl sein mochte. Seinen Namen hatte er vergessen – seltsam, wo er sich doch gerade Namen so gut merken konnte.

Seltsamer noch: Obwohl er all die Jahre nicht mehr an ihn gedacht hatte, fürchtete er nun, womöglich, wenn er denn anriefe, erfahren zu müssen, daß dieser Mann schon längst nicht mehr lebte und daß nichts mehr so war wie damals.

Und es war wie immer diese Feigheit vor der Möglichkeit einer Enttäuschung, die ihn abschreckte zu tun, wozu er spontan Lust hatte.

Manchmal fragte er sich, ob in dem Korsett aus Vorsicht und Zurückhaltung, das er sich selbst angepaßt hatte, überhaupt noch etwas von jenem Wesen namens Bren Cameron zu finden war, von seinen Träumen als Kind und den Ambitionen seiner Jugend. Aus dieser Vergangenheit schien er gezielt immer nur solche Erinnerungen aufkommen zu lassen, die ihn seiner aktuellen Wirklichkeit versicherten. Warum, zum Beispiel, wich er den Gedanken an alte Freunde aus? Womöglich aus demselben Grund, der ihn davon abhielt, in Erfahrung zu bringen, was aus diesem Ranger geworden war. Damit der Rest an Identität nicht auch noch verlorenging, mußte die Vergangenheit intakt bleiben, unangetastet, also war es besser, nicht daran zu rühren – zumal er hier auf dem Festland ohnehin nicht viel damit anfangen konnte. Denn wozu sollten Erinnerungen und Erfahrungen taugen, wenn nicht als Hilfe zur Bewältigung konkreter Aufgaben? Nur darauf kam es doch an.

Bren hörte Schritte in der Halle und merkte auf. Saidin war gekommen, um ihn zu Tisch zu bitten.

»Immer noch so nachdenklich«, sagte sie.

»Immer noch nicht fertig mit der Arbeit«, antwortete er und dachte an sein Vorhaben, Ilisidi einen Brief zu schreiben.

Nur, was hatte er ihr noch zu sagen? Ich bin untröstlich und bitte um Verzeihung … Es tut mir so leid, daß ich mit meiner Absicht zu helfen nur Schaden angerichtet habe …

Es fielen ihm keine passenden Worte ein; er konnte sich nicht konzentrieren und driftete in Gedanken zurück vor das tosende Wasser, die stiebende Gischt, und die Haut fühllos vor Kälte. Er hätte diese Taubheit als Warnsignal verstehen müssen, nahm aber von nichts anderem Notiz, als von den Farben und Geräuschen der Umgebung. Von der tödlichen Gefahr ahnte er nichts. Er hatte noch nicht den Sinn dafür, auf seine körperlichen Reaktionen zu achten.

Mit der Zeit, so hieß es, werde man klüger. Zumindest bildete man sich das ein.

# 18

Zu Abend aß er ganz allein. Algini hatte Dienst, und Tano war wieder einmal in Sachen Büro unterwegs; darauf verwendete er über Gebühr viel Zeit. Banichi und Jago hatten sich auch noch nicht zurückgemeldet, und es war ausgeschlossen, Saidin zu bitten, ihm beim Essen Gesellschaft zu leisten. Er war allein mit seinen Sorgen, formulierte in Gedanken an dem Brief, den er zu schreiben hatte, fragte sich, wieso noch keine Antwort von Tabini eingetroffen war und warum sich Graham nicht wieder gemeldet hatte. Ob er sich nun meldete oder nicht, war bestimmt von der Entscheidung seines Kapitäns abhängig, und der mochte womöglich beschlossen haben, sich auf die Seite Mospheiras zu schlagen. Wie auch immer, es war nicht klug, das Schiff anzurufen und wie eine sitzengelassene Verabredung nachzufragen, ob Jason Graham zu sprechen sei.

Es war außerdem nicht seine Aufgabe als Paidhi, Graham auf ein Versäumnis aufmerksam zu machen. Bren hatte die Pflicht, dies dem Aiji zur Kenntnis zu bringen, und der war er nachgekommen. Jetzt wartete er auf eine Antwort Tabinis, der sich womöglich im Augenblick Gedanken darüber machte, ob er an seinem Paidhi festhalten sollte oder nicht.

Wenn jetzt auch noch die Verhandlungen mit dem Schiff scheiterten, hätte er als Paidhi wohl endgültig ausgedient. Warum die *Phoenix* seit zwei Tagen nichts von sich hören ließ, hing aller Wahrscheinlichkeit nach mit dem neuesten Vorschlag aus Mospheira zusammen. Vielleicht versuchten die da oben zur Zeit, die Angaben des Präsidenten mit Hilfe ihrer Observationsmöglichkeiten zu überprüfen. Auf bloße Versprechungen würden sie sich bestimmt nicht verlassen, denn auch für sie stand allzuviel auf dem Spiel.

Es gab also Hoffnung, denn Bren war überzeugt davon, daß Mospheiras Vorstoß letztlich fruchtlos blieb. Und dann würden die Verhandlungen wieder von Null losgehen, allerdings unter anderen, sehr viel kritischeren Vorzeichen. Bren durfte sogar hoffen, daß Tabini an seinem Paidhi festhielt. Denn wie sollte er ohne ihn in eine neue Verhandlungsrunde gehen?

Vielleicht gab es an Bord des Schiffes auch Probleme mit den Landekapseln, was zur Folge hatte, daß der geplante Abwurftermin nicht eingehalten werden konnte. Auch das wäre eine mögliche Erklärung für die lange Funkstille zwischen Schiff und Shejidan.

Und es drängte sich die Frage auf, was den Kommandanten bewog, so freimütig und unverblümt mit Mospheira zu sprechen, da er sich doch im klaren darüber sein mußte, daß die atevische Seite die Gespräche mithörte. Und von den Möglichkeiten einer Verschlüsselung war interessanterweise nicht Gebrauch gemacht worden.

Die Gedanken bewegten sich im Kreis. Nichts war so frustrierend wie das Fehlen von Informationen.

In seiner Nervosität kippte Bren eine Tasse Tee nach der anderen in sich hinein, mehr, als ihm guttat, obwohl der Tee, speziell für ihn gebraut, alkaloidfrei war und nur im geringen Maße anregend – aber leider überhaupt nicht durstlöschend. In eisgekühlter Version vielleicht eher, aber eine solche Bitte hätte das Personal befremdet. Wenn doch wenigstens die Luft ein wenig abkühlte, seufzte er im stillen. Die Seewinde hatten eine feuchte Schwüle über Shejidan gebracht, und so gut die Ventilation der Räume auch funktionierte – er sehnte sich den Herbst herbei, wenn er, unter einem Berg von Decken liegend, die ganze Nacht würde durchschlafen können. Zu schlafen war ihm ein unwiderstehliches Bedürfnis – aber er mußte ja noch den Brief an Ilisidi schreiben.

»Nand' Paidhi.« Eine Dienerin kam an den Tisch und sagte: »Ein Ferngespräch für Sie.«

Wahrscheinlich Graham, dachte er und sprang auf. Die triste Stimmung war wie weggeblasen. Er eilte zum Telefon, gespannt und bereit, die Gespräche mit dem Schiff fortzusetzen, sich mit ihm zu verständigen über Ort und Zeit der Landung.

*»Bren?«*

Barb.

*»Hallo? Bren?«*

Er mußte tief durchatmen und mental in einen anderen Gang schalten, um sich auf Barb einzustellen. »Ja«, antwortete er.

*»Bren, was ist mit dir?«*

»Nichts. Was soll schon sein?«

*»Du hast mich gebeten, bei deiner Mutter vorbeizuschauen.«*

Er erinnerte sich. Das Gespräch mit Toby war in einem anderen Gedächtnissektor abgespeichert als die Gedanken um Tabini, Ilisidi und Jason Graham. »Ja.«

*»Können wir reden?«*

»Ja, nur zu.«

*»Es geht ihr soweit ganz gut, abgesehen davon, daß man sie belästigt. Briefe, Telefonterror. Geheimnummern nützen auch nichts mehr.«*

»Geheimnummern?«

*»Ja, da dürfte eigentlich niemand rankommen. Die Polizei ermittelt inzwischen. Aber ansonsten geht's ihr gut.«*

Wer Geheimnummern auskundschaften konnte, hatte Beziehungen und gehörigen Einfluß. Die Sache stank nach einer gezielten Agitation von seiten der Liga für Menschenerbe. »Ja. Und hast du ihr Grüße von mir ausgerichtet?«

*»Natürlich.«* Nach einer Pause: *»Wie geht es dir?«*

»Gut.«

*»Du hast zu Anfang einen ziemlich zerstreuten Eindruck gemacht.«*

»Weil ich mit einem anderen Annruf gerechnet habe. Tut mir leid«

*»Und wie geht's dir nun wirklich?«*

»Der Verband ist ab. Ich kann nicht klagen. Danke, daß du meine Mutter aufgesucht hast.«

*»Keine Ursache.«*

»Und wie geht's dir so?«

*»Prima.«* Und wiederum verzögert: *»Ich habe darauf gewartet, daß du anrufst.«*

Er glaubte, sich verhört zu haben, und holte tief Luft.

*»Bren?«*

»Zu dem Thema ist doch alles gesagt, Barb. Es gibt kein Zurück. Ich werde dich nicht anrufen. Du hast dich entschieden, und zwar richtig, wie mir scheint ...« Und für ihn stand fest, daß er nicht nach Mospheira zurückkehren würde. So bald jedenfalls nicht.

Doch das behielt er für sich. Wenn auf Mospheira bekannt würde, wozu er sich entschlossen hatte, wäre er als Paidhi zu nichts mehr nütze. »Gib Paul eine Chance; er ist ein netter Kerl.«

*»Ich liebe dich, Bren.«*

Er wurde wütend, nicht über die Worte an sich, sondern über deren implizite Forderung nach einer Reaktion, nach Trost, und weil sie über Barb zum Ausdruck brachten, was er nie hatte wahrhaben wollen, so oft er auch darauf gestoßen worden war: während ihres letzten Anrufs, in der Nachricht, die sie ihm hatte zukommen lassen und nicht zuletzt in der Tatsache, daß sie darauf verzichtet hatte, ihn im Krankenhaus zu besuchen. Barb schien die Wirklichkeit einfach nicht akzeptieren zu wollen.

*»Bren?«*

Tränen. Er hörte sie schluchzen.

»Ich kann dir nicht helfen«, sagte er. »Versteh doch, bitte.«

*»Wie kannst du nur so grob sein? Bei allem, was wir hier deinetwegen durchmachen müssen, tagtäglich. Deine Mutter weiß nicht ein noch aus. Dein Bruder dreht langsam durch. Es heißt, daß du übergelaufen bist, daß du uns den Eingeborenen ans Messer lieferst, und die Leute glauben's, pöbeln uns an, ohne daß wir uns dagegen wehren können. Wir können immer nur den Kopf schütteln und sagen: O nein, so was würde Bren nicht tun, nie im Leben; er geht nur seiner Pflicht nach. Aber die Reporter rennen mir die Tür ein. Selbst meine Eltern bleiben nicht verschont …«*

»Grund genug, um auf Distanz zu mir zu gehen.«

*»Sie sagen, daß du nicht nach Hause zurückkommst.«*

»Wer behauptet das?«

*»Die Leute.«*

»Was wissen die schon? Ich mache meinen Job, wie gehabt.« So weit war es also schon gekommen, daß er Barb belügen mußte. Es wurde allmählich Zeit, klar und deutlich Lebwohl zu sagen. »Gib auf dich acht, Barb. Und kümmere dich nicht um diese Idioten. Wenn sie dir lästig werden, schalte die Polizei ein.«

*»Das habe ich doch schon längst, bringt aber nichts.«*

»Es wäre wirklich besser, wenn wir nicht mehr in Verbindung miteinander treten. Hörst du? Du hast eine gute Entscheidung getroffen. Halt daran fest.«

*»Verdammt noch mal! So laß ich mich nicht abservieren!«*

»Reg dich nicht so auf, Barb. Das führt zu nichts. Und jetzt: Gute Nacht. Sieh zu, wie du klarkommst …«

Die letzten Worte hatte sie offenbar nicht mehr gehört. Die Leitung war tot.

Sei's drum, dachte er. Ihm fiel auf, daß Dienerinnen in der Nähe waren. Wie immer. Zeugen allenthalben. Ein einzelnes Wort für »allein« kannten die Atevi nicht. Bei denen hieß es sinngemäß: ohne Man'chi.

Er legte den Hörer auf, stützte den schmerzenden Arm unterm Ellbogen ab und blieb unentschlossen auf der Stelle stehen. Er war enttäuscht von Barb, hatte ihr zugetraut, daß sie besser zu Rande käme mit sich und ihren Problemen. Vielleicht war sie gar nicht so nüchtern und patent, wie immer gedacht; vielleicht hatte er ihr bloß unterstellt, was ihm selbst abzugehen schien, nämlich die Fähigkeit, eine feste Beziehung einzugehen. Offenbar mangelte es auch ihr daran.

Vielleicht war er ihr gerade recht gekommen als jemand, der Hoffnung machte auf ein Phantasieleben jenseits der Alltäglichkeit. Aber als es dann für sie kritisch wurde, als man sie seinetwegen am Telefon belästigte, hatte sie bei Paul Zuflucht gesucht. Doch der konnte ihr auch nicht helfen, und so war ihr plötzlich die Taube auf dem Dach wieder lieber.

Nicht gerade wohlgesinnt, seine Kritik. Nein, er war viel zu verärgert. Und was ihn so ärgerte, war der Verdacht, daß sie womöglich an seiner dauernden Abwesenheit einen Narren gefressen hatte. Womöglich wollte sie gar keine feste Beziehung mit dem täglichen Einerlei drumherum. Vielleicht war es ihr lieber zu warten, zu schmachten, zu schwärmen. Sie würde sich den Liebeskummer ihrer Arbeitskolleginnen anhören und dem immer noch eins draufzusetzen wissen. Sie würde sich wohlig sehnen nach seiner Rückkehr. Was sie hatte, war uninteressant. Worauf sie wartete – wunderbar.

Bren steigerte sich in seine Wut hinein. Er hatte als Paidhi und Diplomat ein Gespür entwickelt für günstiges Timing und ahnte, daß Barb den Zeitpunkt ihrer jüngsten Telefonanrufe verdammt genau berechnet hatte. Sie wußte, wann er, müde von der Arbeit, nur noch ans Schlafen denken mochte. Wer seinen Gegner in die Ecke treiben wollte, stellte ihn am besten dann zur Rede, wenn er erschöpft und angefressen war, am späten Abend zum Beispiel, damit er auch die Nacht über nicht zur Ruhe kommen würde.

Apropos, dachte er und langte nach dem Hörer. Der Telefonistin, die sich meldete, sagte er: »Nadi, hier ist

Bren Cameron. Bitte verbinden Sie mich mit Hanks-Paidhi.«

*»Augenblick bitte.«*

Er lehnte sich mit dem Rücken zur Wand, um die Beine zu entlasten, atmete tief und ruhig durch und wartete – in der Hoffnung, Hanks auf dem falschen Fuß zu erwischen, und entschlossen, sie durch den Fleischwolf zu drehen, wenn sie ihm quer käme. Er wollte den Streit, zu gleichen Bedingungen. Hanks wußte sich zu wehren und war nicht so weit entfernt.

Eine Unverschämtheit, so spät anzurufen. Barb hatte ihn aufgebracht.

Nach viermaligem Läuten: *»Deana Hanks. Ich höre.«* Auf ragi und in höflichem Tonfall.

»Guten Abend. Was macht der Bericht?«

*»Ich komme voran. Und stütze mich dabei ausschließlich auf dein Material.«*

Er wechselte auf mosphei' über: »Vielleicht interessiert dich, was ich an Neuigkeiten zu vermelden habe. Ich war in einem Observatorium in den Bergen, habe dort mit Astronomen über das vermeintliche Paradoxon der Überlichtgeschwindigkeit gesprochen und die Bitte an sie gerichtet, nach einer mathematischen Erklärung zu suchen, die auch von Numerologen akzeptiert werden kann. Es gibt da einen Emeritus, der sich mit dieser Frage schon seit langem beschäftigt und eine Lösung des Problems vorschlägt. Ich bin nicht sicher, ob sie sich durchsetzt. Aber sie könnte, wie mir scheint, zumindest einen Weg in die richtige Richtung aufzeigen.«

*»Ich dachte, das Thema sei für dich tabu.«*

»Nicht mehr, nachdem du es aufs Tapet gebracht hast. Wie dem auch sei, dieser Emeritus scheint der Sache schon von sich aus ziemlich nahegekommen zu sein. Er spekuliert über Raumzeit-Verhältnisse und hat offenbar die Ahnung einer Antwort parat, die nur noch auf die richtige Frage wartet. Es bestätigt sich wieder mal: Die Atevi sind theoretisch enorm fix.«

*»In Sachen Überlichtgeschwindigkeit?«*

»Zunächst einmal in den anderen Wissenschaften, auf den Gebieten, die wir zufüttern. Was den Datentransfer angeht, haben wir die Astronomen immer außen vor gelassen. Das hat anscheinend ihren Ehrgeiz geweckt und ihr Forschungsinteresse auf uns, die Menschen, gerichtet, auf die Frage: Woher kommen sie? Und damit stellen sich ihnen jede Menge anderer Fragen, zum Beispiel die nach der Möglichkeit verläßlicher Distanzmessungen. Sie können nämlich ihren Meßergebnissen nicht trauen.«

*»Du nimmst mich auf den Arm, Cameron.«*

»Hör zu, es kommt noch dicker: Sie spekulieren über das Alter des Universums, versuchen zu ergründen, wie ein Schiff durchs All fliegen kann, und stellen in Zweifel, was bislang immer geglaubt wurde: daß das All mit Äther gefüllt ist.«

*»Du führst doch irgendwas gegen mich im Schilde, stimmt's?«*

»Nein. Ich dachte nur, es würde dich interessieren.« Von seiner Kampfeslust war nicht viel übrig geblieben. Er fühlte sich entspannt, und ihr Argwohn amüsierte ihn. »Du magst mir ja einiges unterstellen, und auch wenn wir uns nicht grün sind, laß uns vernünftig sein. Wir haben schon genug Fehler gemacht.«

*»Was ist los, Cameron? Was willst du von mir hören?«*

»Deine Stimme. Ich hatte einen schweren Tag. Sei's drum. Wie du weißt, steht das Schiff nach wie vor in Verhandlung mit Shejidan *und* mit Mospheira. Die Frage des Landeplatzes ist noch nicht entschieden worden. Ich warte auf einen Anruf.«

*»Wenn ich richtig informiert bin, wollen sie mit einem uralten Ding runterkommen, das sie im Schrott der Station gefunden haben.«*

»So ist es.«

*»Und die beiden heißen Graham und Mercheson?«*

»Schon wieder richtig. Woher beziehst du deine Informationen?«

*»Von deinen Leuten, und zwar in Portionen und Zeitabständen, die mit Sicherheit verdammt genau bedacht sind. Jede Wette.«*

»Jedenfalls nicht in meinem Auftrag.«

*»Schwamm drüber. Was steht an?«*

»Ausschußsitzungen und noch mal Ausschußsitzungen. Und bei den Mathematikern am Hof laufen die Köpfe heiß.« Unwillkürlich vom Mosphei'schen in die Sprache der Atevi. »Mal im Ernst, wie kommst du mit deinem Bericht voran? Hast du alles, was du brauchst?«

*»Ein paar Detailfragen stehen noch offen.«*

»Könnte ich darauf antworten.«

*»Es geht um die verfügbaren Frachtwaggons auf den Strecken im Norden. Stückzahl, Bauart, Tonnage und dergleichen ...«*

»Wenn's mehr nicht ist. Das läßt sich rausfinden. Ich gebe dir Bescheid.«

*»Und dann noch was: Deine Zahlen zur Gesamtumschlagsmenge stammen offenbar aus der Werbung und sind nicht zu gebrauchen.«*

Was er ihr nun anzubieten bereit war, überlegte sich Bren genau. Bis auf Kabisu standen alle Mitglieder des Transportausschusses fest hinter Tabini. In diesem Rahmen konnte Deana also kaum Schaden anrichten. »Ich könnte es vielleicht einrichten, daß du an der nächsten Sitzung teilnehmen darfst, falls du denn Interesse daran hast.«

*»Und wo ist der Haken, Chef?«*

»Da ist keiner. Aber ich empfehle: Leg dir vorher ein paar passende Wörter zurecht. Bring uns nicht in Verlegenheit.«

*»Cameron ...«*

»Und benimm dich nicht daneben.«

*»Ich habe nichts gesagt.«*

Die Frau war umgänglich wie nie zuvor. »Dann mache ich die Sache also klar.«

*»Wann?«*

»Morgen werde ich den Minister treffen, wenn nichts dazwischenkommt. Bei den Ausschüssen geht zur Zeit vieles drunter und drüber. Aber es müßte hinhauen. Auf deinen Beitrag läßt sich nicht verzichten. Bloß keine Mätzchen, Deana, versprich mir das.«

*»Jetzt ist aber gut ...«*

»Versprochen?«

*»Versprochen.«*

Er atmete erleichtert auf. »Was ich dir noch sagen wollte ...«

*»Ja?«*

»Ich bin dankbar für deine Mitarbeit. Mir ist klar, daß du hier keinen leichten Stand hast, aber laß dir versichern, daß ich ...«

*»Du wirst doch jetzt nicht in Tränen ausbrechen?«*

»Keine Sorge. Können wir einfach ...«

*»O Gott! Nein ... Baighi? Baighi?«*

»Deana?« Warum rief sie nach ihrem Leibwächter?

Ein Schlag, dumpf und undeutlich. Er hörte den Telefonhörer fallen, Deanas Stimme, gewaltsam gedämpft. Geistesgegenwärtig schaltete er den Recorder ein, legte den Hörer neben den Apparat und stürzte zur Tür hinaus. »Algini!« rief er und rannte durch den Flur. Überall tauchten Dienerinnen auf.

»Nand' Paidhi!« Algini kam ihm mit gezogener Pistole entgegen. »Was ist passiert?«

»Hanks-Paidhi ist in Gefahr. Rufen Sie die Sicherheit. Ich fürchte, es ist geschossen worden. Ich habe gerade mit ihr telefoniert. Beeilen Sie sich!«

Algini fragte nicht weiter und rannte los. Bren wandte sich den erschrockenen Dienerinnen zu. »Wo sind Banichi und Jago?«

Alles plapperte aufgeregt durcheinander, doch niemand wußte eine klare Antwort. Tano hatte sich auch noch nicht blicken lassen. Es war also nur Algini zur Stelle. Saidin eilte herbei, sichtlich verstört. »Nadi«, sagte er, betont ruhig. »Es ist anscheinend ein Anschlag auf Hanks-Paidhi verübt worden. Informieren Sie den Aiji. Warnen Sie ihn, und verriegeln Sie bitte die Türen im Foyer.« Er wollte ans Telefon zurück, um zu hören, was zu hören war, eilte aber dann kurzentschlossen in sein Schlafzimmer und wühlte in der Kommode, riß eine Schublade nach der anderen auf und suchte verzweifelt nach der Pistole, die nach Banichis Hinweis dort versteckt sein sollte.

Die sechste Schublade auf der linken Seite. Dort zog er die Waffe unter seinen Pullovern hervor und überprüfte mit zitternden Händen das Magazin. Er richtete sich auf, steckte die Pistole unter den verletzten Arm in die Innentasche der Jacke und kehrte ins Arbeitszimmer zurück.

Der Aiji kann jederzeit die Sicherheit lockern. Er erinnerte sich an Jagos Worte, als er zum Hörer langte.

Die Verbindung zu Hanks Apartment stand offenbar noch, aber es war nichts mehr zu hören. Er lauschte eine Weile und starrte durch die offene Tür in den dunklen Flur. Das Personal hatte die Lichter ausgeschaltet.

Schließlich legte er den Hörer ab, ließ aber das Tonband laufen. Durch die Räume ringsum eilten Dienerinnen, die Fenster und Türen kontrollierten. Es drängte ihn hinaus in den Altan, um von dort einen Blick zu werfen in den Gartenhof vor Hanks Apartment; vielleicht würde sich erkennen lassen, ob der Anschlag allein ihr gegolten hatte oder ob womöglich ein Überfall in größerem Maßstab zu befürchten war.

Er tappte durch den dunklen Flur in Richtung Frühstückszimmer. Daß ihm hier keine Dienerinnen begegneten, kam ihm merkwürdig vor. Aber wahrscheinlich waren die Räume in Damiris privatem Trakt schon kontrolliert worden. Die Türen schienen immerhin geschlossen zu sein, denn es regte sich kein Lüftchen. Ob sie aber auch verriegelt waren? Er zweifelte an der Vorsicht des Personal; es hatte schließlich noch nie einen Anschlag miterleben müssen.

Er erreichte das Frühstückszimmer. Die weißen Gardinen hingen schlaff und unbewegt vor den großen Glasflächen, filterten matt das Mondlicht und die Lichter der Stadt. Er zog die Pistole aus der Tasche, schlich herbei und schob am Rand des Fensters die Gardine beiseite. Über einen der tiefergelegenen Giebel wanderte der Lichtschein einer Stablampe.

Plötzlich spürte Bren einen Luftzug. Die Gardinen bewegten sich leicht und zu seinem Schrecken sah er, daß die Tür an der Rückseite offenstand. Als er darauf zuging, um sie zu schließen, hatte er das unbestimmte Gefühl, daß ihm jemand auflauerte. Doch in der Dunkelheit war nichts zu sehen. Die Handflächen wurden ihm feucht vor Angst.

Die Pistole im Anschlag wich er zurück, als krachend neben ihm die Scheibe der Tür zerbarst, und fast gleichzeitig löste sich ein Schatten aus der Dunkelheit, fiel mit Wucht über ihn her und warf ihn zu Boden. Er verlor die Waffe aus der Hand, konnte sich nicht rühren unter dem Schwergewicht, das ihn auf die Steinfliesen drückte. Ein zweiter Schuß krachte, ein dritter, vierter – die Gardine flog zuckend auf, und ein Lichtstrahl wischte durchs Zimmer. Von der Wand spritzte Verputz, Porzellan- und Glasscherben prasselten auf die Gestalt herab, die ihn in Schach hielt.

Dann endlich – es war still geworden – richtete sich der Ateva auf und stieg durch die zerschossene Tür nach draußen auf den Balkon. Bren robbte über den Boden auf der Suche nach seiner Waffe, fand sie mit tastender Hand zwischen Scherben. Erst jetzt meldete sich der Schmerz vom Sturz auf die Fliesen an Kopf, Arm und in den Knien. Unter Mühen stand er auf und schleppte sich, die Pistole in zitternder Hand, auf die Balkontür zu.

»Runter!«

Banichis Stimme, unverkennbar. Banichi stieß ihn unsanft zurück ins Zimmer, und er kippte rücklings zu Boden, so hart, daß ihm für einen Moment lang die Luft wegblieb. Benommen richtete er sich in den Sitz auf und sah Banichi vor der Tür kauern. Der hatte ihm den Rücken zugekehrt und spähte nach draußen, nervös und irritiert, wie es schien. Offenbar war auch für ihn nicht zu erkennen, aus welcher Ecke Gefahr drohte und worauf sie zielte.

»Wo ist Tabini?« fragte Bren.

»In Sicherheit. Bleiben Sie in Deckung, Nadi!«

»Ich habe nur nachsehen wollen, ob die Türen verriegelt sind«, keuchte er.

»Dachte ich mir. Eine war auf. Durch die bin ich gekommen. Rühren Sie sich nicht vom Fleck.«

Bren wagte es schon allein der Schmerzen wegen nicht, sich zu bewegen. Reglos hockte er da, die Arme um die angewinkelten Beine geschlungen.

»Was ist mit Hanks? Hat man sie ...«

»Verschleppt, wie es aussieht«, antwortete Banichi. »Baighi ist tot.«

Damit war ausgeschlossen, daß Tabini hinter dem Anschlag steckte. Baighi gehörte zu seinen Leuten. »Ich habe mit ihr telefoniert, als es passierte, und den Recorder eingeschaltet«, sagte Bren.

»Das wird uns weiterhelfen«, antwortete Banichi. »Läuft das Band noch?«

»Wenn es niemand ausgestellt hat. In Damiris Arbeitszimmer. Der Hörer liegt neben dem Apparat.«

»Ich kümmere mich darum«, sagte Banichi. »Ist mit Ihnen alles in Ordnung, Bren-ji?«

»Ja. Wer war's? Wer kommt dafür in Frage?«

»Das wissen wir noch nicht.«

Plötzlich fiel ihm ein, daß Ilisidi nur eine Etage tiefer

wohnte, daß womöglich auch sie bedroht war – oder schlimmer: vielleicht sogar hinter dem Anschlag steckte.

Ausgeschlossen. Dieser Überfall war ohne jede Finesse. Cenedi würde keine Löcher in die Wand schießen.

Da kamen schon eher die Atigeini in Betracht, Damiris Verwandtschaft, der es ein Dorn im Auge war, daß der Paidhi in ihrer angestammten Residenz wohnte. Zweite Möglichkeit: die Guisi, die Familie des Mannes, der im Plenarsaal auf den Paidhi geschossen hatte und von Jago getötet worden war. Vielleicht hatten seine Angehörigen Rache üben wollen. Es sei denn …

»Die Gilde hat doch einen Mordauftrag gegen mich abgelehnt, nicht wahr?« fragte er Banichi. »Oder ist es womöglich zu einer neuerlichen Abstimmung gekommen? Obwohl es nach Stümperarbeit aussieht, glaube ich nicht, daß hier Amateure am Werk waren.«

»Nein.« Worauf sich Banichis Antwort bezog, blieb offen, doch Bren ließ es dabei bewenden. Trotz der schwülen Luft fing er zu frieren an.

»Wo ist Jago?«

»Auf dem Dach«, knurrte Banichi merklich ungehalten. Vielleicht ärgerte es ihn, daß er wegen seines lädierten Beins gehandikapt war und der Kollegin überlassen mußte, was er lieber selbst in die Hand genommen hätte.

Draußen schien einiges in Bewegung zu geraten. Er sah Banichi gestikulieren und Handzeichen geben. Um ihm nicht auf die Nerven zu gehen, verkniff sich Bren weitere Fragen. Banichi mußte sich auf seine Sache konzentrieren, und die zog sich hin in lautlosen Manövern. Vermutlich ging es im Hof und auf den Dächern um Positionskonflikte unter den jeweiligen Sicherheitskräften einzelner Lords, die sich gegenseitig beargwöhnten und nicht über den Weg trauten.

Schließlich meldete sich eine dünne Stimme über Banichis Funkgerät. Bren verstand zwar nicht, was sie sagte, aber anscheinend war Entwarnung gegeben worden, denn Banichi stand auf, mühsam, offenbar tat ihm das Bein weh, das wahrscheinlich beim Sturz zu Boden ebenfalls einen Schlag abbekommen hatte.

»Gehen Sie zurück«, sagte er schlechtgelaunt und wies ihm die Richtung. Bren stand vorsichtig auf, warf einen Blick zur Balkontür hinaus und stellte fest, daß als Standort des Schützen eigentlich nur das Dach des Plenarsaals in Frage kam, und das war ziemlich weit entfernt. Verdammt gut gezielt, dachte Bren; es sei denn, der Täter hatte sich von der Traufe über dem Balkon heruntergehangelt.

Banichi trieb ihn in den dunklen Flur hinaus. Gemeinsam gingen sie in Damiris Arbeitszimmer, wo Banichi im Licht einer kleinen Stablampe die Kassette aus dem Recorder nahm und in die Tasche steckte.

»Das war eine gute Idee von Ihnen«, sagte er. »Hoffentlich kommen wir damit ein Stück weiter.«

Das Kompliment hörte Bren gern, aber er hörte auch, was Banichi indirekt zum Ausdruck brachte: daß es bislang keinen Hinweis auf den Täter gab, geschweige denn eine Spur. Fest stand nur, daß der Überfall nicht nur Hanks gegolten hatte.

Er folgte Banichi durchs dunkle Wohnzimmer in einen erleuchteten, fensterlosen Raum, wo sich die Dienerinnen versammelt hatten. Sie bestürmten Banichi mit aufgeregten Fragen, doch anstatt zu antworten, zählte er ihnen auf, welche Vorsichtsmaßregeln zu beachten seien.

Es kam nun auch Saidin zur Tür herein und beruhigte die Frauen: »Keine Sorge. Der Angriff war nicht gegen uns gerichtet. Das meint auch Lady Damiri.« Und dann mit Blick auf Bren: »Nand' Paidhi, alles in Ordnung?«

»Mit mir ja. Aber im Frühstückszimmer sieht's schlimm aus.«

»Bleiben Sie hier!« sagte Banichi, und weil er wohl selbst merkte, daß er sich im Ton vergriffen hatte, fügte er leiser hinzu: »Nand' Saidin.«

Bren glaubte nun bestätigt zu wissen: Der Angriff war gerichtet gegen die Paidhiin – wahrscheinlich weniger gegen die Amtsträger selbst als gegen das Amt, die Institution, die Verhandlungen zwischen Atevi und Menschen möglich machte. Und trotz oder gerade wegen der massiven Sicherheitsvorkehrungen, die zu treffen wieder nötig geworden waren, wurde er zunehmend nervös. Banichi forderte ihn auf, zusammen mit ihm Algini im Foyer aufzusuchen.

»Nand' Paidhi ...« hob Algini an, der offenbar, der verdreckten Montur nach zu urteilen, selbst ein paar schlimme Minuten hinter sich hatte. »Mit mir ist alles in Ordnung«, sagte Bren und bemerkte, daß seine Hose und seine Jacke voller Kalkstaub und Glassplitter waren. Mit Rücksicht auf das saubere Foyer verzichtete er aber darauf, seine Sachen an Ort und Stelle auszuklopfen.

Banichi war nach nebenan in die Wachstube gegangen, um die Bu-javid-Zentrale anzurufen. Er legte die Kassette in ein Abspielgerät und drehte den Lautstärkeregler auf, um die Kollegen am anderen Ende der Leitung mithören zu lassen. Bren folgte Algini in den kleinen Nebenraum, sah sich dort aber zurückgehalten von einer Wand aus atevischen Sicherheitskräften, die sich über den Recorder beugten und der Aufnahme lauschten. Er hörte nur ein paar dumpfe Schläge, ein Poltern und ein Geräusch, das Deanas Stimme sein mochte oder ein Rücken von Möbeln. Dann fiel eine Tür ins Schloß.

Und kurz darauf glaubte er, gedämpftes Gewehrfeuer zu hören. Er hoffte, sich zu irren. Banichi spulte das Band zurück und ließ es noch mal ablaufen.

Tano war nicht da. Jago hielt sich irgendwo da draußen auf den Dächern auf. Banichi war mit Ermittlungen beschäftigt, Saidin beaufsichtigte das Personal; nur Bren hatte nichts zu tun, keine Möglichkeit der Ablenkung. Er kehrte ins Foyer zurück, hielt den schmerzenden Arm an die Seite gedrückt, war voller Angst und Sorge um Tano und Jago, vor allem aber um Deana. Am Rande bekam er mit, daß Banichi nun mit seinem Büro telefonierte. Bren trat zurück in den Türausschnitt und hörte mit Entsetzen, daß zwei von Tabinis Leuten getötet worden waren.

Nein, dieser Überfall war nicht von stümperhaften Amateuren geführt worden. Der oder die Täter hatten zumindest das Format der Gildenmitglieder, die in Tabinis Dienst standen. Und wenn denn tatsächlich, wie von Banichi behauptet, kein genehmigter Mordauftrag vorlag, war daraus nur eine Folgerung zu ziehen: Hier hatten ausgebildete Assassinen eine eigene Rechnung aufgemacht – was, wie Bren wußte, gelegentlich durchaus vorkam, obwohl die Gilde nicht gerade glücklich darüber war.

Banichi verließ die Wachstube und rief über sein Taschen-Kom einzelne Außenposten; er stand offenbar unter Dampf und war merklich frustriert, wohl darüber, daß er nicht selbst an Ort und Stelle ermitteln konnte. »Nadi«, blaffte er ins Mikrophon, »reden Sie nicht, tun Sie was!«

Bren hielt es für ratsam, Banichi nicht zu nahe zu kommen. Ebenso gereizt schien Algini zu sein. Beide waren durch Verletzungen daran gehindert, ihren eigentlichen Aufgaben nachzukommen, und was sie an Meldungen zu hören bekamen, war nicht dazu angetan, ihre Stimmung zu heben.

»Von Hanks-Paidhi ist keine Spur zu entdecken«, sagte Banichi schließlich mit zornigem Blick in Brens Richtung. »Rätselhaft. Denn unsere Leute haben den unteren Bereich systematisch durchkämmt.«

»Glauben Sie, daß sie tot ist?«

»Wieso hätte man eine Leiche wegschaffen sollen?«

»Sie wiegt nicht viel. Es wäre ein leichtes, sie in eine Kiste zu stecken, in einen Wäschewagen oder ...«

»Daran haben wir auch schon gedacht. Die Nachforschungen sind in vollem Gang, aber bislang ...«

Es läutete an der Pforte. Algini, sein Taschen-Kom ans Ohr gepreßt, rief, es könne geöffnet werden; er wisse, wer draußen sei.

Es war Naidiri von der Leibwache des Aiji – und Tabini persönlich, gefolgt von Damiri und einer Gruppe uniformierter Sicherheitskräfte und Polizisten des Bujavid.

»Bren-ji«, sagte Tabini, als die Besucher ins Foyer strömten.

Saidin beeilte sich, Damiri-daja zu begrüßen, und Tabini hatte es nicht weniger eilig, seine Leute und die Polizei auf ihre Posten zu schicken: im Foyer, in der Wachstube, in der Wohnung und in den Fluren des Dienstpersonals.

Dann legte er Bren die Hand auf die Schulter – zum Glück nicht auf diejenige, die ihm wieder schrecklich weh tat.

»Sie sind unverletzt, Nadi?« fragte er. »Ich hörte, daß auf Sie geschossen wurde.«

»Ja, durch die Glastür im Altan, Aiji-ma«, antwortete Bren und wunderte sich selbst, warum ihm ausgerechnet jetzt die Knie weich wurden und der Magen rebellierte. Die Pistole steckte immer noch in der Innentasche, und angesichts der vielen Sicherheitskräfte ringsum bereute er es, sie nicht schon wieder zurückgelegt zu haben in die Wäschekommode. Tabini wußte von der Pistole, nicht aber die Bu-javid-Polizei, und selbst für den Aiji würde es peinlich werden, dem Hasdrawad erklären zu müssen, wieso der Paidhi bewaffnet war. »Ich fürchte, im Frühstückszimmer ist einiges zu Bruch gegangen. Es tut mir leid.«

»Dafür sind Sie doch nicht verantwortlich«, entgegnete Tabini.

Nicht verantwortlich, aber auch nicht hilfreich bei den Ermittlungen. Ob er denn nichts gesehen oder gehörte habe, fragte Naidiri. Leider nein, antwortete Bren kleinlaut; nichts, bis auf die wenigen Worte, die per Telefon zu hören gewesen seien, bevor er den Recorder eingeschaltet habe. Banichi zeigte das Band und lobte die schnelle Reaktion des Paidhi.

Bren wiederholte Deanas entsetzten Ausruf, versuchte, die Worte zu deuten, und beschrieb, wo sie vermutlich gestanden hatte – es war ja einmal sein Apartment gewesen.

Daraufhin wurde das Band noch einmal auf die Geräusche im Hintergrund abgehört. Atevi hatten ein überaus feines Gehör und bemerkten Laute, die von Bedeutung sein mochten, aber auf Anhieb nicht zu erklären waren. Bren hörte von alledem nichts. Schließlich einigte man sich darauf, das Band den Technikern der Sicherheitszentrale zukommen zu lassen mit der Aufforderung, die Geräusche genauer zu analysieren.

Um nicht weiter zu stören, hielt sich Bren abseits und lehnte zwischen frischen Blumensträußen an der Wand. Er hätte gern einen Stuhl gehabt und die Möglichkeit, die Glassplitter von den Kleidern zu klopfen, und er wünschte, Banichi wäre etwas sanfter über ihn hergefallen; nur gut, daß er überhaupt rechtzeitig zur Stelle war. Und nach wie vor beschäftigte Bren die Frage, wie er es unauffällig anstellen sollte, die Pistole auf sein Zimmer zurückzubringen. Daß er eine Waffe in seinem Besitz hatte, war ein Verstoß gegen den Vertrag, und falls sie bei ihm entdeckt würde, stünden ernstliche Verwicklungen zu erwarten.

Wie sollte er sich dann rausreden? Tabini hat sie mir gegeben? Wo doch dessen Position und Verhältnis zu den Menschen ohnehin unter Dauerkritik stand. Das wäre ein gefundenes Fressen für seine Gegner.

Es würde jemand anders die Schuld auf sich nehmen müssen, nämlich Banichi, dem ja die Waffe gehörte, und er war Tabini so ergeben, daß er sich den rechtlichen Konsequenzen oder den Forderungen der Feinde des Aiji klaglos fügen würde. Wenn er, Bren, jetzt darum bäte, sich auf sein Zimmer zurückziehen zu dürfen, um seine Kleider wechseln zu können, würde ihm wahrscheinlich ein Sicherheitsbeamter zum Schutz folgen, und wenn nicht der, so doch zumindest die eine oder andere Dienerin, was auf dasselbe hinausliefe. Nein, es war wohl vernünftiger, im Foyer zu bleiben, und zwar so unauffällig wie möglich, den schmerzenden Arm so vor sich eingewinkelt, das er die ausgebeulte Innentasche verbarg.

Bren wurde hellhörig, als sich Tabini, Banichi und Naidiri über mögliche Motive und Verdachtsmomente unterhielten. In dem Gemurmel der anderen ging vieles unter von dem, was die drei besprachen, aber er verstand in etwa, worum es ging, nämlich um die Frage nach den Clan-Verbindungen einzelner Bu-javid-Beamter und Gildenmitglieder. Banichi und Naidiri kamen auch auf das Abstimmungsergebnis in der Gilde zu sprechen und spekulierten, wer für den – letztlich abgelehnten – Auftrag gegen den Paidhi gestimmt haben könnte. Aber alle drei waren auffällig zurückhaltend mit konkreten Verdächtigungen, und Bren hatte den Eindruck, als hüteten sie sich mit Rücksicht auf Damiri, die in der Nähe stand, den Namen Atigeini ins Spiel zu bringen.

Dann kam via Taschen-Kom ein Zwischenbericht über die laufenden Ermittlungen. Es gab immer noch keine neuen Hinweise zu vermelden, und Bren beschlich das ungute Gefühl, daß der Anschlag womöglich in Zusammenhang zu bringen war mit seinen jüngsten Unternehmungen in Sachen Astronomie.

Grigijis Mathematik.

Sein Besuch im Observatorium.

Ilisidi hatte sich schwer verärgert gezeigt, ohne auch nur einen einzigen Blick in das Thesenpapier geworfen zu haben. Vielleicht war das, was er ihr als hoffnungsvolle Sensation hatte auftischen wollen, ein uralter Stein des Anstoßes, der zwischenzeitlich begraben und nun von ihm wieder hervorgeholt worden war, naiverweise und in Unkenntnis der psychologischen, politischen und gesellschaftlichen Tragweite jener mathematisch-numerologischen Geheimwissenschaft, wie sie von den Atevi seit Jahrtausenden betrieben wurde.

Er versuchte, sich an jede Einzelheit des gemeinsamen Frühstücks zu erinnern, und stolperte immer wieder über jene Merkwürdigkeit, daß Ilisidi die Unterlagen, ohne sie eines Blickes zu würdigen, von einem Diener hatte wegschaffen lassen. Verflixt, er konnte ihre Reaktion einfach nicht verstehen. Sie stand doch, wie er wußte, der dogmatischen Numerologie sehr kritisch, wenn nicht sogar ablehnend gegenüber und würde sich gewiß nicht scheuen, eine intellektuelle Herausforderung anzunehmen, auch auf die Gefahr hin, für wahr Gehaltenes über Bord werfen zu müssen. Nein, für ihre Verärgerung mußte es eine andere Erklärung geben. Vielleicht mißbilligte sie seinen eigensinnigen Vorstoß in dieser Sache, vielleicht hatte er durch diesen Alleingang in ihren Augen an Ansehen verloren oder schlimmer noch: sich ihr gegenüber respektlos verhalten.

Wie dem auch sei, Ilisidi gehörte zum Kreis der Verdächtigen. So dachte bestimmt auch Tabini, obwohl er ihren Namen unerwähnt ließ.

»Zeigen Sie mir, was diese Verbrecher angerichtet haben«, verlangte Damiri von Saidin. »Ich will nicht länger warten, zumal die Gefahr längst vorüber sein dürfte.«

»Nandi ...«, versuchte Naidiri abzuwehren.

Doch Damiri fiel ihm ins Wort: »Wir sind in meinem Haus. Da lasse ich mir nichts vorschreiben. Für Sicherheit ist ausreichend gesorgt, und wir haben jetzt lange genug herumgerätselt. Ich finde, es wird Zeit, daß wir uns den Tatsachen zuwenden.«

»Davon möchte ich dringend abraten«, entgegnete Tabini. »Von Entwarnung kann noch nicht die Rede sein. Als mögliche Täter kommen viele in Frage, nicht zuletzt auch Mitglieder dieses Haushalts.«

»Unfug! Halten Sie lieber in Ihrer Familie Ausschau nach Verdächtigen.«

»In meiner Familie? Schenken Sie mir einen Erben, Frau, dann können wir von unserer *Familie* reden.«

»Wären wir also wieder mal beim Thema. Na schön, an mir soll's nicht liegen. Jederzeit, Nai-ji, heute nacht vielleicht. Bis dahin …«

»Bis dahin folgen Sie bitte meinen Weisungen. Bei allen Glücksgöttern, Frau, wir haben uns in acht zu nehmen.«

Bren musterte die Steinfliesen vor seinen Füßen, eingedenk der zweifelhaften Ehre, als Mitglied des Haushaltes angesehen zu werden, vor dem auch die privatesten Dinge kein Geheimnis waren.

»Wie konnte ich mich bloß auf eine Atigeini einlassen? Nennt mir Gründe, Götter des Glücks!« stöhnte Tabini.

»Intelligenz. Vermögen. Unsere ausgezeichnete Geschichte. Und jetzt will ich mein Frühstückszimmer sehen. Es wird doch Ihrer Leibgarde noch möglich sein, auf mich aufzupassen, oder?«

»Ich gebe mich geschlagen. Sehen wir uns also das verfluchte Zimmer an«, murmelte Tabini. »Naidiri, Sie wissen, was von Ihnen verlangt wird.«

Die Gruppe setzte sich in Bewegung, Saidin und Algini vorneweg; Bren folgte in der Hoffnung auf eine Chance, unbemerkt in sein Schlafzimmer entweichen zu können. Doch schon nach wenigen Schritten sah er sich flankiert von zwei Sicherheitsbeamten. Sie gingen durch ein Spalier von Dienerinnen, die schweigend zu beiden Seiten des Flurs standen und sich wie Gräser im Wind vor Damiri verbeugten.

Die Lampen brannten wieder überall, und als sie sich dem Frühstückszimmer näherten, kamen ihnen einige Polizisten und Wachen entgegen.

Der Schaden war größer, als Bren befürchtet hatte. Die Glasfront war total zerstört, zerschossen auch die kostbaren Porzellanreliefs in der gegenüberliegenden Wand. Ob man die überhaupt wieder würden restaurieren können, war mehr als fraglich.

»Verfluchte Bande!« rief Damiri.

Saidin war stumm vor Entsetzen.

Bren sah sich genötigt zu sagen: »Damiri-daja, nand' Saidin, ich bin untröstlich, muß ich mich als Ziel des Anschlags doch indirekt mitverantwortlich fühlen für diese Verheerung.«

Damiri fuhr so ungestüm herum, daß er fürchtete, von ihr geschlagen zu werden. Doch ihre Arme blieben krampfhaft vor der Brust verschränkt, und wütender als ihr Blick war die Stimme, als sie sagte: »Nand' Paidhi, der Affront gegen mein Haus, der Angriff auf meinen Gast und mein Personal, insbesondere aber dieser Willkürakt der Zerstörung wird nicht ohne Antwort bleiben. Und ich weiß auch schon, wer diese Antwort überbringt, sei es mit oder ohne Billigung der Gilde, mit oder ohne Billigung meiner Familie.«

»Miri-ji«, mahnte Tabini.

»Widersprechen Sie mir nicht. Soll ich etwa dulden, was unseren Gast zu Recht schockiert? Daß mein Anwesen beschossen wird? Daß meine Bediensteten in Gefahr geraten? Nein, Aiji-ma, das lasse ich nicht ungeahndet. Naidiri, Sagimi, sagen Sie mir: Ist dies das Werk von Mitgliedern der Gilde? Ja oder nein?«

»Gewiß nicht«, antwortete der, den sie Sagimi genannt hatte, und Naidiri bestätigte: »Unmöglich.«

Ebenso scheidet Cenedi aus, dachte Bren und zog den stillen Verdacht gegen Ilisidi wieder in Zweifel.

Weder Cenedi noch irgendein anderer ihrer Leute hätte zu solchen Mitteln gegriffen. Bren hoffte inständig, mit dieser Vermutung richtig zu liegen, und gleichzeitig stellte sich Sorge ein um das Befinden der Aiji-Mutter. War sie in Sicherheit? Und dann: Waren Jago und Tano in Sicherheit.

Es war jetzt davon die Rede, daß Restauratoren bestellt werden müßten, um den Schaden zu begutachten. Aber auf keinen Fall dürfe dadurch der Paidhi behelligt werden, meinte Damiri.

Sie kochte immer noch vor Wut. »Die Täter werden büßen, das verspreche ich. Vielleicht haben sie auf Ihre Nachsicht und Geduld spekuliert, Nai-ji. Aber jetzt bekommen sie es mit mir zu tun. Sie wollten meinen Onkel provozieren und ein Zeichen setzen. Nun, das haben sie geschafft.« Sie hob eine zerschlagene Porzellanblume vom Boden auf, eine dreiblättrige Lilie. »Schauen Sie sich das an. Ich will, daß das auch mein Onkel sieht, Aiji-ma. Die ganze Welt soll es sehen – in den Fernsehnachrichten – und hören, daß der Paidhi davon unbeeindruckt bleibt, daß er in meinem Schlafzimmer übernachten und mit mir und meinem Personal hier in diesem Zimmer frühstücken wird. Ich lasse mich nicht einschüchtern.«

»Nein, nein, Miri-ji«, sagte Tabini beruhigend. »Allerdings finde ich, daß wir mit diesen Bildern erst dann an die Öffentlichkeit gehen sollten, wenn die Täter gefaßt sind und das Problem behoben ist. Aber wenn Sie Ihren Onkel einweihen möchten ...« Tabini wich dem eisigen Blick Damiris aus. »Dann lassen Sie ihm doch einige dieser Porzellanscherben zukommen. Diese Blume zum Beispiel. Vielleicht kommt er zu einem ganz anderen Schluß, zu dem nämlich, daß die Täter womöglich den Atigeini eins auswischen wollten und daß dieser Anschlag nur als eine Art Warnung zu verstehen ist.«

Damiris Miene verriet wilde Entschlossenheit. »Ihr Flugzeug, Aiji-ma.«

»Steht zu Ihrer Verfügung. Aber ich müßte es morgen früh zurückhaben. Aufgetankt.« Und an Bren gewandt: »Bren-ji, egal in welchem Schlafzimmer Sie übernachten werden – für Ihre Sicherheit ist in jedem Fall gesorgt. Und lassen Sie sich nicht von Miri-daja einschüchtern. Ihre Matratze ist verflixt hart.«

Bren errötete, aber noch befangener als diese Worte machte ihn die Angst davor, daß die Pistole bei ihm entdeckt werden könnte. »Tabini-ma«, antwortete er, »ich bedaure, so viel Umstände zu machen, und bin durchaus zufrieden mit meinem Gästeschlafzimmer.«

»Wie wohlanständig unser Paidhi ist.« Damiri reichte ihm die Hand, und er war gezwungen, ihr ins Gesicht zu blicken; sie musterte ihn mit unverhohlener Neugier. »Und so gutaussehend. Der Argwohn meiner eifersüchtigen Tante kommt nicht von ungefähr. Nand' Paidhi, Sie sind wirklich äußerst höflich.«

»Das hoffe ich, Daja-ma.«

»Dennoch mache ich mir Sorgen um mein Personal. Es ist ganz vernarrt in unseren Gast.«

»Ich habe mich doch hoffentlich nicht ungehörig verhalten.«

»Bren-Paidhi. Meine Dienerinnen träumen davon, daß Sie sich ungehörig verhalten. Ich weiß Bescheid.«

»Daja-ma ...«

Tabini half ihm aus der Verlegenheit und führte ihn am Arm ein paar Schritte zur Seite. »Lassen Sie sich nicht irritieren. Wir müssen uns weniger um die Atigeini oder um deren zerschlagenes Porzellan Sorgen machen, als vielmehr um Hanks-Paidhi. Ich bin überzeugt davon, daß der Anschlag auf diese Wohnung nur ein Ablenkungsmanöver war. Haben Sie, Bren-ji, einen Verdacht, wer Ihre Kollegin entführt haben könnte?«

»Nein, Aiji-ma, nicht den geringsten, zumal ich nicht glauben kann, daß von der Gilde jemand in Betracht kommt. Vielleicht war es ein Racheakt. Möglich auch, daß die Täter beides im Schilde führten: Hanks' Entführung und meinen Tod, um alle Verbindungen zwischen Shejidan und Mospheira abreißen zu lassen. Aus welchen Gründen auch immer.«

»Wer hätte sich ernstlich einbilden können, damit Erfolg zu haben?«

Damiri hatte mitgehört, trat herbei und sagte: »Ich glaube, es wäre falsch, den Tätern Intelligenz und Weitblick zu unterstellen. Im Gegenteil, hier haben Dummheit und Verzweiflung gewütet.«

»Daß sie den Unmut Ihres Onkels billigend in Kauf genommen haben, spricht nicht notwendigerweise für Dummheit, Daja-ji.«

»Wie dem auch sei, wer meine Lilien mutwillig zerstört, wird keine Nacht mehr ruhig schlafen können. Ich fordere Genugtuung.«

»Die sei Ihnen unbenommen, Lilien-daja, doch die Sicherheit des Paidhi geht vor, ich lasse nicht zu, daß Sie Dinge unternehmen, die Bren in Gefahr bringen könnten – oder jene unleidliche Frau, die ich leider zu schützen versprochen habe.«

»Ich würde doch den Paidhi nicht in Gefahr bringen ...« Damiri legte Bren eine Hand auf die verletzte Schulter, zum Glück sehr sanft. »Trauen Sie mir so etwas zu?«

Wie sollte er sich verhalten? Von ihr abrücken? Oder stillhalten? »Natürlich nicht, Nai-ma«, versicherte er feierlich.

»Aiji-ma.« Algini war in der Tür aufgetaucht und meldete: »Verzeihen Sie die Störung, aber das Schiff wünscht Bren-Paidhi zu sprechen.«

Auch das noch, dachte Bren. Er sah sich außerstande, jetzt auf mosphei' umzuschalten, sich auf Verhandlungen zu konzentrieren, wo ihm doch ganz andere Sorgen durch den Kopf gingen. Und von alledem durften die Fremden nur ja nichts erfahren. Wenn sie, über die alarmierenden Vorgänge in Shejidan informiert, von der geplanten Entsendung ihrer Vertreter absehen würden, wäre das Faß zum Überlaufen gebracht, und Tabini könnte abdanken.

»Der Stimme nach zu urteilen, ist der Anrufer ein junger Mann«, meinte Algini.

»Jason Graham.«

»Es geht wohl um die Landung«, sagte Tabini.

»Sehr wahrscheinlich«, antwortete Bren und versuchte, die losen Fäden wieder aufzugreifen: Warum hatte sich Graham über zwei Tage nicht mehr bei ihm gemeldet? Was war derweil zwischen dem Schiff und Mospheira vereinbart worden? Und mit welchen Argumenten sollte er einer möglichen Kursänderung begegnen?

Beklommen machte er sich auf den Weg zum Telefon.

# 19

»*Hallo? Bren? Sind Sie es?*« Jasons Stimme klang betont heiter.

Bren war auf das Schlimmste gefaßt, antwortete aber im gleichen Tonfall: »Natürlich bin ich's. Wer könnte sich hier sonst mit Ihnen unterhalten? Wie geht's Ihnen?«

»*Ganz gut. Und wie stehen die Dinge bei Ihnen?*«

»Bestens«, antwortete er, umringt von Tabini, Damiri, Banichi, Saidin und Naidiri, die ihm ins kleine Arbeitszimmer von Damiri gefolgt waren. »Allerdings habe ich eher mit Ihrem Anruf gerechnet.«

»*Tut mir leid, ich wollte Sie nicht warten lassen. Aber die Unterlagen, die Sie uns geschickt haben, mußten erst einmal ausgewertet werden. Und so etwas dauert bei uns so seine Zeit. Sie verstehen?*«

»O ja, wo wäre das nicht so? Nun, gibt es Neues zu vermelden?« Seine Hände zitterten vor Erregung, und er fürchtete, daß sie sich auch auf seine Stimme niederschlug. »Verzeihen Sie, daß ich ein wenig außer Atem bin. Ich mußte durchs halbe Haus laufen, um ans Telefon zu kommen.«

»*Ja, wir haben uns entschieden für Taiben als Landeplatz.*«

»Taiben«, wiederholte Bren und warf einen Blick auf Tabini in Erwartung einer Reaktion, doch der verzog keine Miene. »Der Ort bietet sich wirklich an mit seinem Flughafen, dem flachen, baumlosen Gelände ringsum.« Endlich gab Tabini mit einer Handbewegung zu erkennen, daß er verstanden hatte und einverstanden war. »Eine gute Wahl.«

»*Ich übe schon fleißig*. Dai ghiyi-ma, aigi'ta amath-aiji, an Jason Graham. *Wie klingt das?*«

»Sehr gut. Noch korrekter heißt es: *Hamatha-aijijin.*« Die im Arbeitszimmer Anwesenden waren hellhörig geworden. »Aber ich bin beeindruckt.«

*»Ich mache mir Sorgen, weil von Mospheira zu hören ist, daß mit Anschlägen zu rechnen ist. Taiben ist doch im Besitz des Aiji und hoffentlich gut abgesichert, nicht wahr?«*

»Das Land rund um Taiben gehört der Öffentlichkeit, aber Sie haben trotzdem nichts zu befürchten. Mospheira will Ihnen nur angst machen.«

*»Davon habe ich ohnehin schon genügend. Es würde mich freuen, wenn Sie mir mehr davon abnehmen und garantieren könnten, daß dieser Fallschirm aufgehen wird.«*

»Mit an Sicherheit grenzender Wahrscheinlichkeit. Oder haben Ihre Techniker etwa irgendwelche Mängel feststellen müssen?«

*»Sie haben den Hitzeschild ausgewechselt, ansonsten aber Ihren Vorschlag beherzigt und darauf verzichtet, den Fallschirm auszupacken. Allerdings ist ein zusätzlicher Schirm eingebaut worden, der sich automatisch öffnet, wenn das Originalteil den Fall nicht stark genug abbremst.«*

»Keine Sorge, ich bin sicher, Sie werden sanft aufsetzen, und zwar an der richtigen Stelle. Es sei denn, Sie orientieren sich an den alten Zieldaten. Dann würden Sie nämlich auf Mospheira landen.«

Jason lachte nervös. *»Wir haben natürlich vorsichtshalber ausgerechnet, wohin es uns mit dem Ersatzfallschirm verschlagen würde. Kann ich Ihnen das Ergebnis gleich zufaxen?«*

»Natürlich. Die Empfangsstation stellt die Verbindnung her, wie gehabt.«

*»Tja, in rund zweiunddreißig Stunden wär's dann also soweit. Voraussichtlich landen wir kurz nach halb sieben Ortszeit. In Taiben geht dann wohl gerade die Sonne auf, nicht wahr?«*

Bren holte tief Luft. Das war in weniger als zwei Tagen. »Ja, aber warum die Eile?«

*»Unsere Vorbereitung sind so gut wie abgeschlossen. Was*

*sollen wir länger warten? Wir sind bereit, in die Kapsel zu steigen, und vertrauen auf die Gastlichkeit der Atevi.«*

Taiben. Gastlichkeit der Atevi. Alles, was Jason da sagte, sprach dafür, daß der Versuch Mospheiras, die atevische Seite auszumanövrieren, fehlgeschlagen war. Bren konnte es kaum glauben. Von Mospheira hätte die Schiffsbesatzung doch alles verlangen können, ohne sich zu einer Gegenleistung verpflichten zu müssen. Dennoch schien sie den wahrscheinlich sehr viel heikleren und schwierigeren Geschäften mit der atevischen Seite den Vorzug zu geben. »Ich freue mich und werde den Aiji bitten, Sie persönlich in Empfang nehmen zu können.«

*»Wäre es möglich, daß meine Partnerin unverzüglich nach Mospheira ausgeflogen wird? Was mich betrifft, ich werde Ihnen voll und ganz zur Verfügung stehen. Für die nächsten Jahre.«*

»Nun, Ihre Partnerin hat die Wahl, entweder sofort auf die Insel weiterzureisen oder aber vorher noch an einem Empfangsbankett teilzunehmen, der atevischen Führung vorgestellt zu werden und eine erholsame Nacht in Taiben zu verbringen.«

*»Klingt gut. Ich werde meine Vorgesetzten und Yolanda von dem verlockenden Angebot berichten. Sollen die dann entscheiden. Gibt es aus Ihrer Sicht noch etwas zu unseren Vorbereitungen zu sagen?«*

»Ich empfehle, daß Sie festes Schuhwerk mit einpacken. Es könnte ja sein, daß Sie das Ziel um den einen oder anderen Kilometer verfehlen und in einem Gelände aufkommen, das sich mit den hiesigen Fahrzeugen nicht erreichen läßt. In dem Fall müßten Sie eine Strecke Wegs zu Fuß zurücklegen.«

*»Wäre halb so schlimm. Hauptsache, der Fallschirm geht auf und wir werden nicht beschossen.«*

»Davon können Sie getrost ausgehen. Wir werden Abwurf und Flug der Kapsel im Auge behalten, und falls es wider Erwarten dazu kommen sollte, daß Sie vom Kurs abkommen, seien Sie unbesorgt. Der Aiji wird an alle Bewohner der Gegend um Taiben die Aufforderung richten, auf Sie achtzugeben. Darauf können Sie sich verlassen.«

*»Gut zu hören.«*

»Wie gesagt, ich hoffe, persönlich zur Stelle sein zu können.«

*»Das wäre mir sehr lieb. So, und nun muß ich Schluß machen. Ich stehe meinen Kollegen hier nur noch im Wege. Sie wollen die Funkverbindung mit der Kapsel prüfen. Wir sehen uns, und das sage ich nicht bloß als Floskel.«*

»Viel Glück. Ich drücke Ihnen beide Daumen, Jason. Auch Tabini-Aiji wünscht Ihnen alles Gute. *Kaginjai'ma sa Tabini-Aijiu, na pros sai shasatu.* Verstanden?«

Es dauerte eine Weile, bis Jason mit Hilfe seiner Wörterliste die passende Antwort gefunden hatte. Zum Abschied wiederholte er schließlich in höflicher Form: *»Kaginjai.«*

Tabini runzelte die Stirn. Damiri und Saidin starrten Bren verwundert entgegen, als er den Hörer auflegte. Banichi lehnte mit verschränkten Armen an der Wand und blickte drein, als wollte er sagen: Mag sein, daß Sonnen Sterne sind und Sterne Sonnen – was kümmert's mich? Sicher ist nur, daß bald ein Paidhi vom Himmel fallen wird, auf Tabinis Grund und Boden, in dessen Man'chi.

»Sie werden übermorgen bei Sonnenaufgang in Taiben landen«, berichtete Bren. »Die Frau soll offenbar gleich weiterfliegen nach Mospheira, aber ich habe vorgeschlagen, daß sie in Taiben übernachtet. Wie dem auch sei, es scheint, daß meine Befürchtungen anläßlich der jüngsten Funkmitschnitte unbegründet waren.«

»Das erleichtert mich«, sagte Tabini. »Gut gemacht, Bren-ji. Wie ist der Name des jungen Mannes? Jason Graham?«

»Ja, Aiji-ma.«

»Er hat noch einiges zu lernen, wenn er sprachlich mitkommen will.«

»Das hat er, Aiji-ma. Ich habe, Ihr Einverständnis vorausgesetzt, versprochen, persönlich zur Stelle zu sein, wenn die Kapsel niedergeht, und bitte Sie, mich trotz der schlimmen Vorfälle von heute nach Taiben reisen zu lassen. Ich könnte mich Ihren Sicherheitskräften anschließen, die Sie ja bestimmt dorthin schicken werden.«

Bren glaubte zu träumen, so irreal erschien ihm, was hier zusammenkam. Das Frühstückszimmer lag in Trümmern, Hanks war verschleppt, und soeben hatte Graham seine Landung angekündigt, und zwar in jenem Naturreservat, in dem er, Bren, vor kurzem noch mit Tabini auf der Jagd gewesen war.

»Was sagt die Leibwache des Paidhi dazu?«

»Kein Problem, Nai-ma«, antwortete Banichi. »Für seinen Schutz kann in Taiben eher garantiert werden als hier.«

»Das denke ich auch«, sagte Naidiri. »Aber es wäre wohl ratsam, noch heute nacht zu veranlassen, daß Taiben ringsum abgesichert wird. Wir müssen damit rechnen, daß die Gegner das Funkgespräch mitgehört haben.«

»Sorgen Sie dafür.« Tabini schickte seinen Sicherheitschef mit einer Handbewegung auf den Weg. »Miri-ji, wir, der Paidhi und ich, werden zum Fischen nach Taiben hinausfahren und uns ein paar Tage dort aufhalten. In der Zeit kann hier für Ordnung gesorgt werden. Und dürfte ich Sie bitten, mir einige Ihrer Bediensteten mitzugeben?«

»Saidi-ji«, sagte Damiri, »treffen Sie eine Auswahl.«

»Daja-ma«, antwortete Saidin. »Wenn ich mich recht erinnere, reichen sechzehn Personen zur Haushaltsführung auf Taiben aus. Hinzuzurechnen sind die vier persönlichen Bediensteten des Paidhi, und zusammen mit dem erwarteten Gast kämen wir auf eine durchaus harmonische Summe. Für den Fall aber, daß auch die zweite Vertreterin des Schiffes noch bleiben sollte, schicke ich drei weitere Frauen mit.«

Was unter nicht informierten Mospheiranern ungläubiges Kopfschütteln ausgelöst hätte, war für Atevi eine selbstverständliche Rechnung: Sechzehn plus fünf ergibt einundzwanzig, teilbar durch die Glückzahl Sieben auf die Quote drei, verstanden als Einheit aus Aiji, Paidhi und Schiff. Yolandas Aufenthalt würde dieses ausgewogene Verhältnis durcheinanderbringen. Also stellte Saidin drei weitere Dienerinnen für sie ab, denn damit ergäbe sich eine Gesamtzahl aus der gleichermaßen glücksverbürgenden Fünferreihe.

»Sehr vernünftig«, meinte Bren.

»Was soll's«, entgegnete Tabini. »Viel wichtiger ist doch, daß wir unseren Gegnern an Kraft und Zahl überlegen sind.«

Tabini glaubte nicht an Zahlenmagie.

Wohl auch Saidin nicht, jedenfalls nahm sie keinen Anstoß an Tabinis spottender Bemerkung. Ihr ging es nur ums Dekorum, um Angemessenheit und Stil, doch in diesem Punkt war sie nicht weniger orthodox als verbohrte Numerologen.

Die Gruppe kehrte nun zurück ins Foyer, und zu Brens Erleichterung machte sich Tabini, von seinen Leibwächtern und Damiri gefolgt, auf den Weg in seine Residenz nach nebenan. Die Polizei zog ab und nahm das Tonband als Beweismittel mit. Allmählich wurde es wieder ruhig.

»Nand' Paidhi?« fragte Saidin, als sie nach etlichen Verbeugungen die Eingangstür geschlossen hatte. »Möchten Sie, daß ich Ihnen eine Liste der mitreisenden Dienerinnen vorlege?«

Die Aufregungen hatten Bren so sehr mitgenommen, daß er nicht wußte, wo ihm der Kopf stand. »Nein, nicht nötig. Ich verlasse mich ganz auf Sie. Sie werden schon die richtigen auswählen. Am liebsten wär's mir, Sie kämen mit, aber das ist ja leider nicht möglich.«

»Nadi«, sagte Saidin, »kommen Sie gesund zurück.«

»Ihr Wunsch ist mir Befehl.«

»Sie schmeicheln, nand' Paidhi.«

»Nie, Nadi-ji. Sie sind ein echter Schatz. So, und nun gehe ich zu Bett. Das sollten Sie auch tun. Ich komme jedenfalls ohne Hilfe zurecht, habe ja wieder beide Hände frei.«

»Nadi.« Saidin verbeugte sich und ging. Bren sah Banichi und Algini in der Wachstube miteinander reden und lauschte. Er wollte wissen, ob mit Jago und Tano alles in Ordnung war. »Gibt's was Neues?« fragte er. »Wo sind Jago und Tano? Wissen Sie Bescheid, Banichi?«

»Wir halten Kontakt«, antwortete Banichi.

»Sie sind also in Sicherheit.«

»Ja, jeder für sich. Sie sind nicht zusammen. Und wie geht es Ihnen, Bren-ji?«

»Ich bin müde, sehr müde.«

Banichi kam aus der Wachstube heraus und nahm ihn beim Arm. Dankenswerterweise, denn Bren konnte sich kaum mehr auf den Beinen halten.

Er zog die Jacke aus und reichte Banichi die Pistole. Der steckte sie ein, versprach, daß er darauf aufpassen wolle, und sagte: »Es war nicht klug, daß sie sich ins Frühstückzimmer vorgewagt haben.«

»Ich wußte nicht, daß Sie dort sind. Algini war an der Eingangstür. Ich hatte die Waffe und konnte mich nicht darauf verlassen, daß alle Türen und Fenster verschlossen waren. Also habe ich mich selbst davon überzeugen wollen.«

»Nun, das ist etwas anderes. Trotzdem, Sie machen's uns, Ihrer Sicherheit, nicht leicht. Ich hatte schon mit dem Schlimmsten gerechnet, als Sie mit der Waffe auf mich zielten.«

»Verzeihen Sie, Banichi.«

»Immerhin waren Sie besonnen genug, ihr Ziel klar auszumachen und nicht gleich drauflos zu schießen. Sie haben mich dann ja zum Glück erkannt. Oder? Waren Sie womöglich einfach nur zögerlich?«

»Ich habe Sie, offen gestanden, nicht erkannt, aber jemanden in der Nähe gespürt und gehofft, daß Sie es sind.«

»Falls Sie noch einmal in eine solche Lage geraten, denken Sie daran: nicht bewegen und die Nerven behalten. Gehen Sie davon aus, daß der andere Sie ebenfalls noch nicht entdeckt hat.«

»Ich werde mich danach richten.«

»Von Tano war zu erfahren, daß es nach den ersten Ermittlungen unten im Hof so aussieht, als hätten Mitglieder der Gilde den Anschlag verübt, ohne Billigung der Gilde, versteht sich.«

»Aber im Man'chi-gemäßen Auftrag.«

»Gewiß.«

»Haben Sie einen Verdacht?«

»Nicht nur einen.«

»Können Sie Namen nennen?«

»Ja.«

»Rücken Sie raus damit, Banichi!«

Banichi zögerte. »Da käme zum Beispiel Cenedi in Betracht. Zugegeben, eine sehr vage Möglichkeit.«

»Nein. Das kann ich nicht glauben. Cenedi würde viel mehr Finesse aufbringen.«

»Wir vermuten, daß das Frühstückszimmer mit Absicht verwüstet wurde.«

»Dann galten die Schüsse gar nicht mir?« Bren wußte nicht, ob er erleichtert oder beleidigt reagieren sollte.

»Wahrscheinlich. Als mögliche Anstifter kommen außerdem Lord Geigi in Frage oder die Atigeini, vertreten durch Tatiseigi. Ein starker Verdacht fällt auch auf Direisi, die im Namen der Kadigidi der Gilde den

Mordantrag gegen Sie zur Abstimmung vorgelegt hat. Daß ich Ihnen soviel verrate, ist nur als dringende Warnung zu rechtfertigen. Und wie gesagt, die Abstimmung in der Gilde ist zu Ihren Gunsten ausgefallen. Wer ihr zuwiderhandelt, verläßt den Schutzbereich der Gilde. Wenn Direisi tatsächlich den Anschlag verübt hat, ist nicht auszuschließen, daß auch Ilisidi Mitverantwortung trägt, denn sie unterhält Verbindungen zu den Kadigidi. Ein weiterer Bündnispartner ist Saigimi von Marid Tasigin, einer Assoziation von zweifelhaftem Ruf. Sie alle eint das Verwertungsinteresse an den Ölfeldern in der Provinz Talidi.«

Bren kannte die Kadigidi. Ihre Tashrid-Vertreter waren ein permanentes Ärgernis für Tabini, das er aber tolerierte, weil sie die Spitze einer bislang stets friedlichen und auch durchaus konstruktiven Opposition bildeten. Von Saigimi, der keinen Sitz im Tashrid hatte, wußte Bren nur das, was Banichi soeben erwähnt hatte.

»Talidi ist Ihre Heimatprovinz«, sagte er.

»Bren-ji, Sie zweifeln doch wohl nicht an mir?«

»Nein, Banichi«, antwortete Bren und verspürte einen Kloß im Hals, eingedenk der Szene im dunklen Frühstückszimmer. »Wären Sie gegen mich, hätten Sie leichtes Spiel mit mir. Außer dem Aiji bin ich hier nur Ihnen und Jago verbunden.«

Banichi war sichtlich verunsichert. »Nicht mit uns, Paidhi-ji.«

»O doch«, platzte aus ihm heraus. »Ich halte an Ihnen fest. Um mich loszuwerden, müßten Sie mich schon umbringen. Menschen können sehr anhänglich sein.«

»Seien Sie versichert, nand' Paidhi, von uns will Sie niemand umbringen. Aber Sie stehen weder in meinem noch in Jagos Man'chi. Ich bezweifle auch, daß Sie wissen, was das hieße.«

»Woher wollen Sie wissen, was ich empfinde? Was

glauben Sie, wie mir zumute ist bei dem Gedanken, daß ich beinahe auf Sie geschossen hätte?«

»Gut, daß Sie das nicht getan haben. Ich wäre bis auf die Knochen blamiert. Sie haben mir ohnehin schreckliche Angst eingejagt.« Diese Worte – aus dem Munde eines Gildenmitglieds – kamen einer Beichte gleich. »Aber noch einmal: Sie stehen nicht in meinem Man'chi. Und ich fände es auch sehr bedenklich, wenn Sie mir aus anderen Gründen zugeneigt wären. Was Sie in dieser Hinsicht möglicherweise für Jago empfinden, steht auf einem anderen Blatt; wie auch immer, Sie brauchen nicht zu denken, daß sie mir verpflichtet wäre. Oder wie halten es die Menschen in dieser Beziehung?«

Bren spürte, wie ihm die Ohren heiß wurden. Nein, zu diesem Thema wollte er sich nicht weiter auslassen; dazu war er viel zu müde und nervlich aufgerieben. Und nicht zuletzt beschlich ihn der Verdacht, daß Banichi, dem kaum etwas verborgen blieb, auf den Busch zu klopfen versuchte.

Ausweichend fragte er: »Wo ist sie im Augenblick?«

Eigentlich durfte er keine klare Auskunft erwarten. Banichi und auch Jago ließen normalerweise nie wissen, wo und in welchem Auftrag der oder die andere dienstlich eingesetzt war. Doch Banichi antwortete diesmal frei heraus: »Am Flughafen, um sicherzustellen, daß keine Maschinen starten. Vorläufig verläßt auch keine U-Bahn die Station im Bu-javid.«

»Dann können die Entführer von Hanks noch nicht weit sein.«

»Das ist zu hoffen. Aber bei allen Kontrollen, die wir eingerichtet haben, bleiben noch genügend Fluchtwege offen. Auch die Hotels rund um den Hügel bieten etliche Versteckmöglichkeiten.«

»Doch wohl kaum für einen Menschen.«

»Und wenn er mit den Entführern kooperiert?«

»Halten Sie das für möglich? Glauben Sie, daß

Hanks freiwillig mitgegangen ist und die Täter kennt?«

»Das ist nicht auszuschließen.«

»Banichi, ich habe doch gehört, wie Hanks nach ihrem Leibwächter gerufen hat. Sie war entsetzt und in Todesangst.«

»Das wollen Sie einer Stimme anmerken?« Banichi nahm immer alles sehr genau.

»Nun, ich kenne Hanks sehr gut und kann nicht glauben, daß ich mich getäuscht haben sollte.«

»Mag durchaus sein, daß sie erschrocken war. Vielleicht hat sie sich sogar gewehrt, dann aber eingesehen, daß es besser für sie ist, klein beizugeben, zumal sie vermutlich die Entführer als Verbündete wiedererkannt hat. Ich glaube, daß sie zu den Hotels hinunter geflohen, dann mit der öffentlichen Bahn weitergefahren sind und sich jetzt irgendwo in Shejidan versteckt halten, wo sie eine günstige Gelegenheit abwarten, um die Stadt unbemerkt verlassen zu können. Ihrer Statur nach könnte sie als Tochter der Entführer durchgehen. Sie zu tragen fiele auf, weil sie für ein schlafendes Kind dann doch zu groß ist. Darum meine ich, daß sie freiwillig mitgegangen sein könnte.«

»Das Bu-javid hat viele Schlupfwinkel. Vielleicht steckt sie hier irgendwo, in der Wohnung eines Lord, der …«

»Kann sein, ist aber unwahrscheinlich. Die Lords der Opposition würden es nicht wagen, sich auf eine so krasse Weise dem Aiji zu widersetzen, es sei denn, wir stehen kurz vor einer offenen Revolte. Als entfernte Möglichkeit käme allenfalls noch in Betracht, daß einer der Lords irrigerweise glaubt, dem Aiji einen Gefallen zu tun, indem er ihm diese lästige Frau vom Hals schafft.«

Erschöpft ließ sich Bren aufs Bett fallen und zog die Schuhe aus. Plötzlich wurde ihm mit Schrecken bewußt, woran er bislang noch gar nicht gedacht hatte.

»Der Computer von Hanks! Wo ist er? Wissen Sie etwas darüber?«

»Der ist wohl mit ihr verschwunden. In der Wohnung war er jedenfalls nicht mehr zu finden.«

»Verdammt! Das macht alles noch viel schlimmer, Banichi.«

»Verstehe.«

Hoffentlich hatten nicht die Fahnder, Banichi oder Jago den Computer heimlich mitgehen lassen, dachte Bren im stillen, als er sich das Hemd aufknöpfte und abstreifte. Banichi nahm es ihm aus der Hand und hängte es sorgfältig über die Stuhllehne.

»Sie werden mich doch nach Taiben begleiten, oder? Auch Jago?«

»So ist es geplant«, antwortete Banichi.

Immerhin eine beruhigende Auskunft. Doch sie konnte den Schrecken über das Verschwinden des Computers nicht aufwiegen. An Schlaf war nicht zu denken.

»Kommen auch Tano und Algini mit?«

»Anzunehmen.«

Herrje, wie sollte er seinen Vorgesetzten auf Mospheira beibringen, was heute geschehen war? Die glaubten ihm doch ohnehin kein Wort mehr.

Bitte glauben Sie mir, Herr Minister, hinter Hanks' Entführung steckt nicht etwa Tabini; dafür sind dessen Feinde verantwortlich ... Verzeiht, daß ich euch, was die Landung angeht, einen Strich durch die Rechnung gemacht habe ... Tut mir leid wegen Hanks; ich wünschte, ich könnte ihr helfen und wüßte, wo man sie versteckt hält ...

Er zog die Hose aus, die Socken, ließ Banichi, der sich nicht vom Fleck rührte, ganz außer acht und quälte sich mit Problemen herum, zu deren Lösung er nichts beitragen konnte.

Er konnte sich nicht für den Schutz von Barb und seiner Familie einsetzen und nur noch hoffen, daß auf seine Freunde im Ministerium und im Auswärtigen Amt Verlaß war, daß sie ihre guten Kontakte nutzten und von sich aus alles unternehmen würden, was notwendig war, um die Familie vor drohenden Übergriffen zu bewahren, und sei es nur, um ihm, dem Paidhi, den Rücken freizuhalten, zu verhindern, daß er durch eine Schreckensnachricht aus dem Gleis geworfen wurde.

Aber was wäre denen zu tun möglich? Hatten sie überhaupt eine Vorstellung von der Gefahr? Konnte er sie überhaupt noch seine Freunde nennen? Vielleicht hatten sie sich in dem Gefühl, von ihm betrogen worden zu sein, schon längst von ihm abgewandt.

Den Brief seiner Mutter hatte die Zensur zerpflückt. Seine Anrufe bei ihr blieben ohne Erwiderung. Immerhin wußte er von Barb, daß es ihr gutging. Barb würde ihn in dieser Frage nicht belügen. Und außerdem kannte er seine Mutter als eine Person, die es – wie Barb – sehr wohl verstand, auf sich aufzupassen. Darauf war Verlaß.

Er kroch unter die Decke und schloß die Augen, tat so, als versuche er einzuschlafen.

Merkwürdig: Anstatt sich zurückzuziehen, legte ihm Banichi eine Hand auf die zugedeckte Schulter und sagte: »Sie haben sich tapfer geschlagen. Wirklich beachtlich. Trotzdem wäre es besser, Sie überließen den Sicherheitskräften die Arbeit, zu der sie angestellt sind.«

»Gern, wenn Sie mir denn in Zukunft Bescheid geben könnten, wo und womit Sie gerade beschäftigt sind. Das würde mir so manche Sorge nehmen, und es käme nicht mehr dazu, daß ich aus Versehen mit der Waffe auf Sie anlege.«

»Eine gute Idee.«

Bren vergrub den Kopf in die Kissen und sehnte sich den Schlaf herbei.

Banichi fuhr fort: »Im Interesse Ihrer Sicherheit muß

ich Ihnen sagen, daß wir nicht zuletzt auch Verdacht hegen gegen Damiri.«

Unwillkürlich sperrte Bren die Augen auf. Feueralarm hätte ihn weniger geschreckt als diese Auskunft.

»Daß sie mit dem Aiji liiert ist, tut nichts zu Sache.«

»Ist das nur Ihre Meinung oder auch die von Tabini?« fragte Bren.

»Er nimmt sich vor ihr in acht und weiß sehr wohl, was er von Damiri-daja zu erwarten hat. Es wäre ihr durchaus zuzutrauen, daß sie mit ihren Mitteln auszutesten versucht, wie mächtig Tabini ist und ob sich für die Atigeini eine Allianz mit dem Aiji lohnt. Sie denkt praktisch und hat Familiensinn. Wie Sie vielleicht wissen, stehen die Atigeini in Opposition zu Tabini.«

»Ja, ich weiß, aber Damiri wird doch nicht auf ihre Wohnung schießen lassen und das eigene Personal in Gefahr bringen.«

»Tatiseigi, ihr Onkel, macht aus seinen Vorbehalten gegen ihre Liaison mit Tabini kein Hehl. Doch sie hält bislang hartnäckig daran fest – wie wir vermuten, wohl vor allem deshalb, weil sie zu schätzen weiß, was ...« Banichi suchte nach Worten. »Was auch andere Frauen in seinen Bann zieht.«

»Ich verstehe.«

»Vielleicht ist Tatiseigi der Meinung, daß Damiri zu weit geht. Vielleicht schwebt sie in Gefahr, und die droht ihr womöglich aus den Reihen des eigenen Personals.«

»Das auch meines ist.«

»Daß sie mit Tabini in dessen Residenz gegangen ist, heißt: Sie verzichtet auf ihre eigenen Sicherheitskräfte und unterstreicht ihre Verbindung mit Tabini. Gewiß, manche ihrer Leute werden sie in dieser Haltung unterstützen, aber ich bin sicher, daß sich einige dadurch vor den Kopf gestoßen fühlen. Und die werden sich Tatiseigis Man'chi anschließen, wenn sie das nicht schon längst getan haben. Darum ist Damiri in Gefahr.«

»Denken Sie an bestimmte Personen?«

»Zumindest an eine.«

»Ein Gildenmitglied?«

»Saidin.«

»Gütiger Himmel!« Bren war wieder hellwach.

»Mich wundert, daß Sie noch nicht selbst auf diesen Verdacht gekommen sind.«

Banichi hatte recht; es hätte ihm, Bren, zumindest zu denken geben müssen, daß dieses hochherrschaftliche Haus, obwohl ihm Anschläge drohten, nicht entsprechend abgesichert war, nämlich durch professionelle Beauftragte aus der Gilde. »Was glauben Sie persönlich?« fragte er Banichi. »Ist Damiri dem Aiji gegenüber offen und ehrlich?«

»Was ich glaube, ist nicht von Belang. Ich stelle nur fest: Damiris Wut über die Zerstörung der antiken Kostbarkeiten im Frühstückszimmer ist nicht geheuchelt, und ihr Onkel wird wohl auch nicht erfreut darüber sein, ganz gleich, ob sie oder er den Auftrag für den Überfall gegeben hat oder nicht. Die Maschine des Aiji wird in einer Stunde mit Sicherheitskräften an Bord nach Taiben losfliegen und einen kleinen Abstecher machen zum Familiensitz der Atigeini, der ganz in der Nähe liegt, um dort die Porzellanlilie abzuliefern.«

»Ich respektiere, daß Sie sich mit Spekulationen zurückhalten, Banichi-ji. Aber halten Sie es für wahrscheinlich, daß Ilisidi in irgendeiner Weise beteiligt ist?«

»Wer weiß? Vielleicht haben Sie ihr einen Grund gegeben. Vor Tagen hat es noch so ausgesehen, als stünde sie hinter Ihnen. Wo sie jetzt steht, ist fraglich.«

»Ich habe versagt.«

»Selbst Tabini, der sie besser kennt als jeder andere, ist ratlos, was sie betrifft.«

Bren wußte diesen Hinweis als Warnung zu verstehen. »Ehrlich gesagt, ich wäre persönlich sehr betroffen, wenn Ilisidi hinter der Sache steckte.«

»Zugegeben, sie ist eine bemerkenswerte Frau.«

»Und für mich eine angenehme, anregende Gesprächspartnerin, was ich um so höher schätze, da ich ansonsten weitestgehend isoliert bin.«

»Für einen Menschen, der sich in seiner Freizeit auf Brettern über Berghänge in die Tiefe stürzt, mag Ilisidi eine sportliche Herausforderung sein. Aber ich warne Sie, Nadi, mit der Aiji-Mutter zu flirten ist sehr riskant.«

»Oh, verdammt …«

»Bren-ji?«

»Ich muß ihr unbedingt Mitteilung machen von dem Überfall und der bevorstehenden Landung. Ich habe ihr versprochen, sie auf dem laufenden zu halten. Es wäre denkbar schlecht, wenn ich gerade jetzt mein Wort bräche.«

»Die Aiji-Mutter ist abgereist, nand' Paidhi.«

»Abgereist?«

»Eine Stunde vor dem Anschlag.«

Ihm wurde flau im Magen. »Verdammt«, sagte er.

»Sie war wohl gut beraten, das Bu-javid zu verlassen.«

»Die Entführer von Hanks … was haben sie mit ihr vor? Dumme Frage, ich weiß. Aber haben Sie eine Ahnung, Banichi?«

»Es waren bestimmt keine heiratswilligen Freier«, antwortete Banichi trocken. »Ich nehme das Naheliegende an: Man hat es auf ihre Fachkompetenz abgesehen. Auf ihren Computer.«

»Sie ist keine schlechte Frau«, entfuhr es Bren. Er hätte nie für möglich gehalten, sie einmal verteidigen zu müssen. Aber er hatte Angst um sie als Mensch, der im Unterschied zu den Atevi Geiselnahme für eins der schlimmsten Verbrechen hielt. Und er fürchtete, daß diejenigen, die sie verschleppt oder den Auftrag dazu gegeben hatten, nämlich die konservativen Gegner Tabinis, nur wenig Geduld für sie aufbringen würden, denn es waren schließlich dieselben, denen die menschliche Siedlung auf Mospheira ein Dorn im Auge war. Sie würden aus ihr Informationen herauszupressen versuchen, Informationen über die Pläne der Menschen und Tabinis Anteil daran.

Oder sie wollten ihr Aussagen entlocken, die in der Öffentlichkeit einen Aufstand gegen Tabini entfachen könnten. Verdammt, er wußte nur zu gut einzuschätzen, in welcher Zwangslage sich Deana nun befand. Er glaubte, ihre Verzweiflung körperlich spüren zu können in der schmerzenden Schulter und den Rippen.

Und hinter den Augen machte sich noch ein anderer Schmerz bemerkbar, den ein Mann in seinem Job gar nicht empfinden durfte, ein beißender, wütender Schmerz, ausgelöst durch Ilisidis Verhalten. Es war ein törichter und persönlich wie professionell gefährlicher Fehler, einem Ateva gegenüber Zuneigung zu empfinden.

Man konnte Wilsons Weg einschlagen und vergessen, was Liebe bedeutet. Oder man konnte sich dafür entscheiden, den Schmerz auszuhalten, und sich stets darüber im klaren sein, daß Atevi andere Bedürfnisse hatten und rücksichtslos über menschliche Gefühle hinweggingen.

»Ich danke Ihnen«, sagte Bren. »Habe ich ›danke‹ gesagt? Ich meine es so.«

»Ich tue nur meinen …«

»… Job. Ja, ich weiß. Aber das ist mir zu wenig. Ich hätte mich heute abend eher erschießen lassen als zu riskieren, daß womöglich Sie es sind, auf den ich abdrücke. Sagt Ihnen das was?«

»Das gibt mir zu denken.«

»Dann denken Sie nach, Banichi-ji. Ich bin jetzt zu müde dazu.«

Banichi konnte natürlich nicht verstehen, worauf Bren abzielte. »Sie haben recht, Nadi«, sagte er. »Wir sollten Sie besser informieren.«

Es blieb der Kloß im Hals. Es gab keine Lösung, keine Übersetzung. In keinem Wörterbuch, nicht einmal in der Vokabelliste des Paidhi.

Banichi drehte das Licht aus. »Wenn es noch einmal Alarm geben sollte, verlassen Sie sich auf uns. Und bleiben Sie im Bett.«

Vielleicht wurmte es die Atevi genausosehr, daß er nicht nachempfinden konnte, woran ihnen gelegen war. Sie hatten kein Wort für Einsamkeit. Allenfalls eines für Verwaisung oder Abtrünnigkeit.

Sie konnten nicht einsam sein, und vielleicht verstanden sie sich viel besser als die Menschen auf ihre Motive und Empfindungen. Psychatrie wurde hier nicht praktiziert. Ein Ateva würde sich niemals einer Person anvertrauen, die nicht seinem Man'chi angehörte. Aber vielleicht kannten sie auch gar keine seelischen Krankheiten. Sie hatten ein praktisches Ventil für innere Spannungen: die Blutrache.

Banichi würde sich womöglich noch eine Weile den Kopf zerbrechen und über Bemerkungen des Paidhi grübeln, vielleicht sogar, wenn es denn tatsächlich so etwas gab, im atevischen Wörterbuch der Menschensprache nachschlagen, um herauszufinden, was er gemeint haben könnte.

Er, Bren, hatte nicht lockergelassen in seinem dringenden Wunsch zu erfahren, ob die, denen er sich verbunden fühlte, denn auch in Sicherheit waren und wo sie sich zur Zeit aufhielten. Womöglich entsprang dieser Wunsch weniger einer Sorge aus Zuneigung, sondern einem neurotischen Bedürfnis, das Vertraute an seinem Platz und die Ordnung gewahrt zu wissen.

Aber er wurde das ungute Gefühl nicht los, das ihm auf den Magen geschlagen war, als er sich im Gespräch mit Banichi auf das heikle Thema der Beziehungsloyalität eingelassen hatte und ihm wieder einmal schmerzlich bewußt geworden war, daß er in ungeschützte Bereiche tappte, daß ihn Bedürfnisse bewegten, die sich mit seinem Amt nicht vereinbaren ließen, geschweige denn Aussicht auf Erfüllung hatten. Dabei hatte er schon zu Beginn seiner Laufbahn als Paidhi geglaubt, überschauen zu können, auf was er sich da einließ.

Bedürfnis – was für ein verführerisches, gefährliches Wort! Es bedeutete Mangel, hatte, verdammt noch mal, nichts zu tun mit Liebe im Sinne von Freigebigkeit, eher mit dem Gegenteil davon. Es verzehrte Liebe, spülte sie mit einem Schluck Logik hinunter, ohne daß etwas Gutes dabei heraussprang. Sein Verhältnis zu Barb lieferte ein Beispiel dafür. Ihr war daran gelegen gewesen, sein exklusives Bedürfnis zu werden, und er hatte den Schiffbruch vorausgesehen.

Dann hatte er sich an der Möglichkeit hochgehalten, wenigstens durch Jason Graham emotional auf seine Kosten zu kommen. Doch sein prekäres Verhältnis zu Banichi, der ihm immerhin zu verzeihen vermochte, war Mahnung genug. Die Sache mit Jago war da schon weit weniger kompliziert. Sie hatte sich auf unmißverständliche Weise genähert und mit der Berührung ihrer Hände sein Verlangen gekitzelt. Er bereute es, sie davon abgehalten zu haben, zu tun, was Atevi in solchen Fällen taten und worauf er mehr als neugierig war.

Jago ... und Ilisidi. Er hatte ein Faible für diese Frau, die so voller Ecken und Geheimnisse war, sich ihr treuherzig offenbart und dabei anscheinend Gedanken zum Ausdruck gebracht, die ihr gefielen und gleichzeitig irritierten, weil sie womöglich nicht übereinstimmten mit ihrem Bild vom Menschen. Er vermutete, daß sie – wie Tabini auch – wirklich bemüht war, ihn, den Paidhi, als Mensch zu verstehen, und bereit, Vorurteile abzulegen, mit dem Ergebnis, verunsicherter dazustehen als zuvor. Vielleicht war es das, was sie an ihm ärgerte.

Zum Glück hatte Jago damit nichts im Sinn. Sie wußte sich zu schützen, machte nicht viel Federlesen um ihn, war wie selbstverständlich aus dem Zimmer gegangen, als er sie aus Vorsicht abgewiesen hatte. Und Banichi war darüber informiert. Er hatte von der Geschichte erfahren, war womöglich von Jago selbst eingeweiht worden. Was wiederum für ein besonderes Verhältnis zwischen den beiden spräche, ein Verhältnis, über das sich Bren immer noch nicht im klaren war.

Verdammter Narr, beschimpfte er sich im stillen. Er hörte Türen gehen und Schritte im Flur, konnte sich aber darauf verlassen, daß dort niemand ohne Banichis Billigung unterwegs war.

Er dachte an Hanks und den Computer, die jetzt in den Händen der Feinde Tabinis waren. Und ihm fiel der Schlüssel ein, der ihm von Shawn heimlich zugesteckt worden war, jener Code, mit dem es, wenn er richtig vermutete, möglich sein würde, die von Mospheira eingerichteten elektronischen Sperren zu durchbrechen und zumindest eine Nachricht an die richtige Adresse im Auswärtigen Amt zu schicken.

Das drahtlose Modem war installiert. Er würde vom Schlafzimmer aus eine Warnung senden können, ohne dem hiesigen Abschirmdienst mehr zu verraten als die Tatsache, daß er mit Mospheira Kontakt aufgenommen hatte. Tabini räumte ihm diesen Spielraum ein – beneidenswerte Bedingungen für einen potentiellen Spitzel, der die Absicht hätte, Mospheira darüber aufzuklären, daß ein Überfall stattgefunden hatte, daß Hanks verschleppt worden war und nun zu fürchten sei, daß sie unter Gewaltandrohung gezwungen wurde, geheime Information über Mospheira preiszugeben. Und dieser Spitzel könnte davon ausgehen, daß Mospheira eine solche Mitteilung postwendend an das Schiff weiterleiten würde, um es von der geplanten Landung bei Taiben abzubringen.

Weil nichts anderes zu erwarten war, verzichtete Bren darauf, Mospheira Bescheid zu geben, mußte geschehen lassen, was Deana noch zu gewärtigen hatte, zumal Mospheira ohnehin nichts dagegen zu unternehmen vermochte. Tabinis Sicherheitskräfte boten die einzige Chance für ihre Rettung.

Wenn man sie am Leben ließe, wenn sie ihren Kopf gebrauchen würde, könnte sie sich womöglich der Opposition als Gegen-Paidhi andienen. Verdammt, auf genau diese Position war sie doch immer schon aus gewesen.

Dann würde sie Mospheira anrufen und sagen, daß man sie gekidnapt habe, und zwar in der Absicht, die Landung zu verhindern. Was der Opposition gelegen kam, würde auch Mospheira nützen.

Mit diesem Gedanken waren ihm wieder unwillkürlich die Augen aufgegangen. Er starrte ins Dunkel und fragte sich, wie es bloß zu alledem hatte kommen können. Wie, um alles in der Welt, war es möglich, daß sich eine anfänglich wohlmeinende Absicht verkehrt hatte in Verrat, nicht nur gegen den Präsidenten und die eigene Regierung, sondern auch gegen das demokratische Prinzip, wonach es nicht einer einzigen Person überlassen sein durfte, Entscheidungen zu treffen?

Schritt für Schritt und in Kenntnis der Zusammenhänge, von denen Mospheira keine Ahnung hatte: Nein, mit dieser Antwort konnte er seiner Regierung nicht kommen …

Aber verdammt noch mal, es waren hochrangige Vertreter eben dieser Regierung, die Hanks ins Spiel gebracht hatten, sie, die jetzt, wie zu fürchten war, mit Erlaubnis der Verschwörer Mospheira unterrichten und scheitern lassen konnte, wofür er sich eingesetzt hatte: die atevische Beteiligung an der Nutzung der Raumstation. Immerhin war zu hoffen, daß Shawn und eine Handvoll Kollegen des Auswärtigen Amtes ihm, auch wenn er sich jetzt nicht bei ihnen meldete, den Rücken stärkten und ihr möglichstes dazu beitrügen, daß die Landung wie geplant vonstatten gehen konnte. Und daß Deana nicht vom Festland aus mit dem Schiff Kontakt aufnehmen konnte, sondern nur vermittels der Station auf Mospheira – was die Schiffsbesatzung mit Sicherheit und zu Recht skeptisch machen würde –, war ein beruhigender Gedanke, der ihn schließlich einschlafen ließ.

# 20

Die Turbinen liefen schon, als sie im Morgengrauen an Bord stiegen. Die Maschine hatte bereits zwei Nachtflüge hinter sich, wurde gerade aufgetankt und beladen. Da war erstaunlich viel Gepäck; auf der Rampe lagen an die dreißig Kisten und Koffer, die alle Tabinis rotschwarzes Siegel trugen. Bren hatte nur seine zwei kleinen Taschen dabei, die er als Handgepäck mit in die Kabine nahm. Mit den Kleidern und der Wäsche, die er eingesteckt hatte, würde er bis zur Rückkehr zum Bu-javid auskommen.

Als er sich nun auf seinen Platz setzte und zum Fenster hinausschaute, sah er einen Lieferwagen herbeirollen. Der Fahrer stieg aus, stritt mit den Sicherheitskräften, blickte zur Maschine auf, schien dann den Paidhi hinterm Fenster erkannt zu haben und deutete mit der Hand auf ihn. Bren winkte zögerlich zurück, worauf der Mann und ein Gehilfe, abgeschirmt von nervösen Wachbeamten, Blumengestecke aus dem Wagen herausholten und sie, für Bren sichtbar, aber in sicherem Abstand vor seinem Fenster auf den Boden legten.

Es kamen noch zwei weitere Lieferwagen und noch mehr Blumen. Bren hatte den Eindruck, seiner eigenen Beerdigung oder einer Hochzeit beizuwohnen. Vom Bordpersonal wurde ihm dann ein von den Sicherheitskräften zuvor gründlich inspizierter Korb voller Grußkarten gebracht, und Bren erfuhr, wem er die vielen Blumen zu verdanken hatte: Ausschußvorsitzenden, Bediensteten und den Angestellten seines Büros, die vor kurzem ihre Arbeit aufgenommen hatten. Auf einer Karte hieß es: *Nand' Paidhi. Ich bin Berufsanfänger und gehe jetzt alle Post, die ich bearbeitet habe, noch einmal gründlich durch, um mich zu vergewissern, daß ich nicht etwa einen Drohbrief an Sie übersehen und anzumelden versäumt habe.*

Und auf einer anderen: *Nand' Paidhi, bitte seien Sie vorsichtig. Lassen Sie es nicht zum Krieg kommen.*

Der ältere Herr aus Tanos Verwandtschaft, den er als Büroleiter angestellt hatte, grüßte in kunstvoller Schönschrift: *Nand' Paidhi, ich bin zuversichtlich, daß Sie von Ihren Sicherheitskräften hinreichend geschützt sind. Nehmen Sie bitte meine besten Wünsche mit auf den Weg, auf daß ihr guter Rat dem Aiji und seinem Haus noch lange nützen möge.*

Vor dem Fenster breitete sich ein Teppich von Blumen aus, die im grauen Morgenlicht pastellfarben schimmerten und schon gleich zerstreut sein würden, aufgewirbelt vom Wind und im heißen Schwall der Turbinen. Er fühlte sich ausgeschlossen, einsam, gleichzeitig aber gerührt über so viel Anteilnahme und war nicht zuletzt auch bestürzt, als er daran denken mußte, wie teuer manche dieser Gestecke waren und in welche Unkosten sich seine Mitarbeiter gestürzt hatten. Er packte die Karten in seine Aktentasche, die mit den schlichten Bändern einfacher Bürger wie jene, die das schwere Siegel adeliger Absender trugen, und nahm sich vor, darauf zu antworten. Auch würde er seinen Angestellten einen Blumengruß zukommen lassen; nein, nicht bloß ein, zwei Blumen, sondern hübsche Bouquets, und die Rechnung des Floristen ginge geradewegs an das Ministerium.

Da rollte noch ein Lieferwagen herbei. Bren sah, wie der Fahrer einen riesigen, üppigen Blumenstrauß zum Vorschein brachte und den Wachbeamten gegenüber darauf bestand, ihn an Bord bringen zu dürfen. Banichi wurde hinzugerufen, der schließlich die Grußkarte entgegennahm und zu Bren in die Maschine brachte. »Von einem, dem besonders viel daran gelegen ist, Ihnen Glück zu wünschen«, sagte er, und Bren erkannte auf dem ersten Blick, daß Karte und Blumen von Lord Geigi waren.

*Nand' Paidhi*, las er. *Kluge Köpfe, die mehr davon verstehen als ich, studieren, was Sie als Antwort auf meine Frage unter großem persönlichen Einsatz zu Tage gefördert haben. Zu meinem tiefsten Bedauern scheint Ihr Engagement einen oder mehrere Gewalttäter auf den Plan gerufen und veranlaßt zu haben, einen Anschlag auf Sie und Ihre Kollegin auszuüben. Ich verabscheue diese Tat, bin mir aber im klaren darüber, daß ich von Ihnen zum Kreis der Verdächtigen gerechnet werden muß. In einem Brief an Tabini-Aiji habe ich dazu bereits Stellung bezogen. Ich bitte Sie hiermit, meine besten Wünsche wohlwollend zur Kenntnis zu nehmen, und mir zu glauben, daß ich alles in meiner Macht Stehende unternehmen werde, um Hanks-Paidhi aus der Gewalt ihrer Entführer zu befreien.*

»Was halten Sie davon?« fragte er Banichi.

Banichi nahm die Karte, las und runzelte die Stirn. »Nun, was da steht, spricht für sich«, sagte er und fügte hinzu: »Aber die Vorsicht verbietet es, den Blumenstrauß mit an Bord zu nehmen.«

»Sie glauben doch nicht etwa, daß sich darin eine Bombe verstecken ließe? Oder könnte womöglich der Lieferwagen ...«

»Um kein Risiko einzugehen, habe ich veranlaßt, daß der Tanklastzug entfernt wurde und daß wir eher in Startposition gehen als geplant.«

»Aber Jago ist doch noch nicht an Bord.«

»Sie wird gleich da sein«, entgegnete Banichi. »Und falls sie es nicht rechtzeitig schaffen sollte, kommt sie mit Tano und Algini am Nachmittag nach.«

»Wissen Sie was Neues über Hanks?«

»Nein, aber die Fahndung wird ohne Unterbrechung fortgesetzt.«

»Jago ...« Bren sah sie aus dem Flughafengebäude herausrennen. Ein Wachbeamter war gerade dabei, die Kabinentür zu schließen. Aber offenbar hatte auch er sie gesehen und wartete. Kaum war sie an Bord, wurde die Luke zugezogen und die Gangway weggerollt.

»Wie laufen die Ermittlungen?« fragte er, als sie, ihre Uniformjacke straff ziehend, im Mittelgang erschien.

»Auf Hochtouren. Möchten Sie nach dem Start einen kleinen Imbiß zu sich nehmen?«

»Ich möchte Bescheid wissen. Gibt es Neues zu vermelden?«

»Nein. Wollen Sie wirklich nichts? Ich werde mir einen Fruchtsaft gönnen.«

»Na schön, das nehme ich dann auch. Danke.« Er warf einen Blick auf Banichi, als Jago weiter durchging nach hinten. »Ich dachte, wir hätten uns auf einen offenen Austausch von Informationen geeinigt.«

»Nein. Wir haben lediglich versprochen, Sie in Fragen Ihrer Sicherheit besser zu unterrichten.«

»Verdammt, Banichi!«

»Damit es nicht noch einmal vorkommt, daß Sie, weil uninformiert, falsch reagieren ... Bren-ji, Sie haben ein ausdrucksstarkes Gesicht.«

Die Turbinen heulten auf. Die Maschine rollte zur Startbahn hin, und Bren sah den Blumenteppich im Hintergrund verschwinden.

Banichi und Jago setzten sich neben ihn, legten die Gurte an. Im Rückraum hatten die anderen Sicherheitskräfte Platz genommen, Männer und Frauen, die sich leise miteinander unterhielten und auf Bren einen angespannten Eindruck machten. Die Dienstboten waren schon vor Stunden vorausgeflogen – in der Anzahl, die Saidin als glücksverbürgend festgelegt hatte.

Saidin. Damiris erste Gardistin. Obwohl Tabini wußte, von welchem Schlag sie war, hatte er sie die Auswahl treffen lassen und geradezu eingeladen, dazu herausgefordert, nach eigenem, möglicherweise konspirativen Ermessen zu selektieren.

Bren war zu diesem Zeitpunkt noch völlig arglos gewesen, mehr noch: kritiklos eingenommen vom Personal und insbesondere von Saidin, in der er bislang immer bloß die dienstbeflissene Haushaltsvorsteherin gesehen hatte. Dabei hätte er von sich aus darauf kommen müssen, welche Rolle sie in Wirklichkeit spielte. Saidin war wahrscheinlich von Anfang an davon ausgegangen, daß er über sie Bescheid wußte. Banichi hatte recht: Wäre er weniger gutgläubig und besser informiert gewesen, hätte er sich Saidin gegenüber gewiß anders verhalten, vor allem vorsichtiger. Daß er statt dessen so zutraulich gewesen war, hatte Saidin wohl selbst am meisten überrascht. Sei's drum, er mochte diese Frau nach wie vor gut leiden.

Lizensierte Mitglieder der Gilde hatten bestimmt ganz besondere Qualitäten. Welche, das wußte er nicht, doch gemein schien all denen, die er kannte, eine außerordentlich große Portion an Integrität zu sein, eine innere Festigkeit, die sich durch nichts erschüttern ließ.

Als sich Jago ihm auf jene bislang beispiellose Art genähert hatte, war er vielleicht deshalb so sehr in Panik geraten, weil er ihre Integrität gefährdet sah.

Doch Jago hatte keinerlei Bedenken gezeigt, was gar nicht zu ihr zu passen schien – wenn man fälschlicherweise menschlich moralische Maßstäbe zugrunde legte.

Verflixt, dachte er und ärgerte sich darüber, wieder einmal bei diesem Thema angelangt zu sein, obwohl er doch im Moment, weiß Gott, andere Probleme hatte.

Das Flugzeug raste die Startbahn entlang, hob ab und klappte das Fahrwerk ein. Bren sah die Dächer der Stadt im steilen Winkel unter sich weggleiten. In dieser Nacht zum wiederholten Male durch unzeitgemäßen Düsenlärm aus dem Schlag geweckt zu werden, mußte bestimmt, wie Bren dachte, so manche Leute da unten skeptisch stimmen. Vielleicht ahnten sie auch, daß diese Sonderflüge in Beziehung zu bringen waren mit der jüngsten Krise, mit dem fremden

Schiff am Himmel. Atevi wußten zwei und zwei zusammenzuzählen.

Die Maschine kletterte auf eine Höhe jenseits der regulären Verkehrslinien. Die aufgehende Sonne bot ein prächtiges Schauspiel. Doch dafür hatte Bren momentan keinen Sinn. Seiner Stimmung entsprach viel eher die graue Wolkendecke in der Tiefe. Das unwirkliche Lichtspiel am Horizont mit seinen hellroten, goldenen Farben weckte nur trügerische Hoffnung.

Jago stand auf, um, wie sie sagte, Fruchtsaft zu holen.

»Und eine Kleinigkeit zu essen, bitte«, rief ihr Bren nach. Er hatte noch nicht gefrühstückt, und vielleicht war es der Sonnenaufgang, der ihm Appetit machte.

Wenig später kehrte sie zurück mit einem Teller voll duftender, noch warmer Biskuitrollen, genug, um einen eßfreudigen Ateva satt zu machen. Ihm reichte eine, dazu Tee und Fruchtsaft, die, wie er sicher sein konnte, auch für ihn bekömmlich waren.

»Danke«, sagte er und fand, daß nun alles endlich so war, wie er es immer haben wollte: Frühstück im Kreis seiner Leute. Nur Algini und Tano fehlten, die noch mit ihren Ermittlungen beschäftigt waren, aber Banichi hatte wissen lassen, daß sie bald nachkommen würden.

Doch er wurde die Gedanken an Hanks nicht los; ihm war angst und bange angesichts der bedrohlichen Konsequenzen, die der Anschlag heraufbeschworen hatte. Die eingeleiteten Sicherheitsmaßnahmen waren von bislang beispiellosem Umfang. In Taiben stand ein halbes Bataillon von schwerbewaffneten Gardisten in Alarmbereitschaft. Und nicht zuletzt die vielen Blumen und Grußkarten zeugten vom Ernst der Lage. Nach dem Anschlag im Plenarsaal war dem Paidhi längst nicht so viel Aufmerksamkeit entgegengebracht worden. Die Leute schienen sehr deutlich zu spüren, was die Stunde geschlagen hatte.

»Was meinen Sie?« fragte er. »Ob die Rebellen versuchen werden, die Landung zu sabotieren?«

»Wir müssen mit allem rechnen, was dem Aiji schaden könnte«, antwortete Jago. »Also auch mit einem Angriff auf Taiben.«

»Gerichtet gegen Tabini? Oder gegen das geplante Joint-venture mit den Fremden aus dem All?«

»Sowohl als auch. Mir wäre wohler zumute, wenn man für die Landung einen anderen Ort ausgewählt hätte. So kommen wir den Verschwörern nicht nur buchstäblich, sondern auch im übertragenen Sinne entgegen. Direiso und Tatiseigi residieren in der Nachbarschaft.«

»Aber warum stand Taiben auf der Liste, wenn jeder andere Ort geeigneter wäre?«

»Diese Gegend hat auch ihre Vorteile, verkehrstechnische und logistische. Die Nähe zum Gegner bedeutet eben auch, daß wir schnell erkennen können, was er vorhat.«

»Aber Sie haben doch einen ganz konkreten Anlaß zur Sorge, oder?«

»Da ist ein Verband, der sehr einflußreich ist und uns zu denken gibt«, sagte Jago.

»Läßt sich der geographisch eingrenzen?« fragte Bren, obwohl er wußte, daß es für Außenstehende kaum möglich war, die Reichweite und Komplexität eines atevischen Verbandes zu überblicken.

»Nand' Paidhi, in der Gegend rund um Taiben liegen etliche sehr alte, sehr vornehme Besitzungen, zwischen denen es im Laufe der Jahrhunderte immer wieder zu Reibereien gekommen ist.«

»Sie meinen: Fehden.« Es war vom Padi-Tal die Rede, einem sehr geschichtsträchtigen Gebiet.

»Nein«, schaltete sich Banichi ein. »Aber wie man sich denken kann, bleiben über einen so langen Zeitraum Streitigkeiten um die Verteilung von Ländereien nicht aus, und im Zuge solcher Streitigkeiten hat es wechselnde Bündnisse gegeben.«

»Im Grunde geht es dort recht friedlich zu«, meinte Jago. »Es gibt allerdings manche ungelösten Konflikte, die in allgemeinen Krisenzeiten virulent werden.«

»Und damit wäre wohl jetzt zu rechnen«, sagte Bren.

»Bevor die Menschen zu uns kamen, war das Padi-Tal in fünf große Besitztümer aufgeteilt. Traditionsgemäß stammte jeder Aiji der Ragi von einem dieser fünf Häuser ab. Dort versammelte sich alle Macht.«

»Dann kamen die Menschen und der Krieg.« An der Stelle konnte Bren mit seinen Geschichtskenntnissen wieder einsteigen. »Tabinis Haus machte den Friedensvertrag möglich, indem es seine Ländereien an die Vertriebenen von Mospheira verschenkte.«

»Im Familienbesitz blieb nur das Grundstück von Taiben«, ergänzte Banichi.

»Die Güter der Atigeini sind nicht weit entfernt.«

»Eine halbe Flugstunde«, sagte Banichi.

»Ob von dort Schwierigkeiten zu erwarten sind?«

»Das stellt sich bald heraus. Die große Frage ist, wie sich der alte Tatiseigi verhalten wird.«

»Oder Ilisidi«, sagte Jago.

»Was ist mit ihr? Wissen Sie, wo sie sich aufhält? Wohin ist sie gereist?«

»Bis gestern abend war sie noch in Taiben. Aber Tabini hat sie fortgeschickt. Wir vermuten, daß sie jetzt in Masiri ist, zu Gast bei den Atigeini.«

»Verflucht!« entfuhr es Bren.

»Damit hat Tabini natürlich gerechnet«, sagte Banichi.

»Will er denn seine Gegner herausfordern?«

»Vielleicht will er, daß sie sich unter einem Dach versammeln.«

Was da wohl ausgeheckt wurde? dachte Bren. Er hatte den Fremden vom Schiff ausgeredet, auf Mospheira zu landen. Jetzt landeten ihre Vertreter mitten im Dickicht atevischer Intrigen.

Und die Atevi, denen er am meisten vertraute – obwohl ihn als Paidhi allein schon dieses Wort alarmieren mußte –, hatten ihm nahegelegt, der Schiffsbesatzung Taiben als Landeplatz zu empfehlen. Von den heiklen Beziehungen und Bündnissen der dort ansässigen Häuser, den regionalen Strukturen überhaupt, war bislang kaum die Rede gewesen, auch nicht damals – Himmel, wie lange war das her –, als er sich dort mit Tabini zur Freizeit und Jagd aufgehalten hatte.

Der Mikrokosmos atevischer Bündnisstrukturen war kein Thema für einen Paidhi. Darüber um Auskunft zu bitten, gehörte sich einfach nicht, und was ihm von seiten der Atevi in dieser Hinsicht mitgeteilt wurde, war mit Vorsicht zu genießen, weil voller Halbwahrheiten und Klatsch.

Daß die Verbände, die sich im Padi-Tal gebildet hatten, zu den ältesten der atevischen Geschichte zählten, konnte ihn allerdings nicht überraschen, denn er wußte, daß sich die Archäologie – eine neue, von den Menschen übernommene Wissenschaft – seit kurzem für diese Gegend interessierte und mit ihren Grabungen Wahrheiten zu Tage zu fördern versuchte, die nach dem Willen aller früheren Aijiin niemals ans Licht kommen sollten.

»Es hat dort viele Kriege gegeben«, sagte Jago. »Sehr viele. Dennoch, Wehranlagen wie Malguri gab es nicht. Die Ragi waren immer stolz darauf, daß sie es nicht nötig hatten, sich hinter Mauern zu verschanzen.«

»Taiben war stets im Besitz der väterlichen Linie Tabinis«, sagte Banichi. »Seine unmittelbaren Vorfahren mütterlicherseits kommen aus den Ostprovinzen.«

»Von Malguri«, konkretisierte Jago.

»Das sich – um die lange, blutige Geschichte kurz zu machen – im Zuge der Heirat von Tabinis Großvater mit dem Padi-Tal zusammenschloß. Während alle Nachbarhäuser regional beschränkt blieben, hat Tabinis Familie durch diesen Zusammenschluß an Einfluß enorm dazugewonnen.«

»Das heißt also, ein anderer Aiji als Tabini könnte den Osten nicht halten«, folgerte Bren.

»Sie übersehen da eine Person«, entgegnete Banichi.

»Ilisidi.«

»Ja«, antwortete Banichi. »Aber zu ihrem Leidwesen entscheidet nicht mehr das Tashrid über den Nachfolger, sondern das Hasdrawad, und dessen Abgeordnete wollen sie nicht. Ausgelöst wurde diese Reform der Aiji-Wahl durch den Vertrag. Die Lords sind regelrecht überrumpelt worden.«

»Von den ökonomischen Veränderungen, die der Vertrag mit sich gebracht hat, profitierten vor allem die Abgeordneten. Sie sind unabhängig geworden und wissen dies zu nutzen. Früher haben die Padi-Lords allein über die Aiji-Nachfolge entschieden. Heute können sie ohne Zustimmung des Hasdrawad und Tabinis nicht einmal mehr den Bau einer privaten Eisenbahnstrecke in Auftrag geben.«

»Das ist ihnen natürlich eine bittere Pille«, sagte Banichi. »Aber die schlucken sie, denn politische Umsicht und Zurückhaltung zahlt sich auch für sie aus – noch. Jedenfalls werden die Abgeordneten niemanden wählen, der all diesen alten Ballast mit sich rumschleppt.«

»Und die Atigeini?« fragte Bren. Er sah sich einem Kurzlehrgang unterzogen; offenbar sollte er – auf Tabinis Geheiß oder weil es seine Sicherheitskräfte für notwendig erachteten – auf die Schnelle ein paar wichtige Dinge erfahren. »Damiri würde den Aiji wieder an ihr Haus zurückbinden, nicht wahr? Oder was verspricht sich Tabini von dieser Beziehung?«

»Einen Erben.«

»Aber doch wohl auch eine neue Allianz mit diesen alten Familien, oder? Ich verstehe immer noch nicht, was Sie mir mitzuteilen versuchen, Nadiin-ji.«

»Tabini verdankt seine Macht vor allem den Abgeordneten und ist darum interessiert daran, die demokratischen Strukturen beizubehalten«, antwortete Jago. »Manche Lords dagegen wünschen sich die alten Verhältnisse zurück. Aber mit regulären Mitteln werden sie es nicht schaffen, sich durchzusetzen. Ein Putsch jedoch ...«

»Gegen das Hasdrawad?« Bren war entsetzt. »Um mit dem Tashrid wieder in den Aiji-Wahlen entscheiden zu können?«

»Das ist die Gefahr«, antwortete Banichi. »Wir hoffen natürlich, daß es dazu nicht kommt. Auffällig ist jedenfalls, daß sich Damiri-daja ausgerechnet in dem Augenblick öffentlich zu ihrer Liaison mit Tabini bekannt hat, als das Schiff am Himmel auftauchte und Sie, der Paidhi, aus Malguri zurückgekehrt sind.«

Mit Sternen und Galaxien hatte Banichi nicht viel im Sinn. Aber als hochrangiges Gildenmitglied wußte er bestens Bescheid über die Motive und Absichten derer, die Mordanschläge in Auftrag gaben.

»Was hat meine Rückkehr damit zu tun?«

»Damiri konnte sich ausrechnen, daß Tabinis Regierung durch die Ereignisse am Himmel gestärkt werden würde und daß sich die langersehnte Hoffnung der Atigeini auf die Macht im Bu-javid viel eher im Schlafzimmer als auf dem Schlachtfeld verwirklichen läßt.«

»Das ist Ihre Interpretation.«

Banichi schmunzelte. »Nun, die beiden scheinen mitunter auch persönlich Gefallen aneinander zu finden, was nicht zuletzt ihre Bediensteten bestätigen, die sich darüber ein recht zuverlässiges Urteil bilden können. Doch über alle Plänkelei wird weder der Aiji noch Damiri den Kopf verlieren. Naidiri ist vorsichtshalber immer zur Stelle, auch dort, wo der Anstand den Rückzug gebietet. Damiri muß allerdings, so oft sie sich in Tabinis Wohnung aufhält, auf ihre Leibwächter verzichten. Daß Sie, der Paidhi, bei ihr zu Gast sind, ist als ein Entgegenkommen Tabinis zu verstehen. Und als eine Prüfung für Damiri.«

»Die nicht bestanden wäre, wenn ich unter ihrem Dach ermordet würde.«

»Es geht um etwas anderes: Indem sie den Paidhi bei sich aufgenommen hat, ist sie zur Politik ihrer Familie auf Abstand gegangen. Sie müssen wissen, daß Tatiseigi sein ganzes Selbstverständnis bezieht aus einer schon zur Tradition gewordenen Gegnerschaft zu Valasi und dessen Sohn Tabini; schon sein Vater stand in Opposition zu Tabinis Großvater. Damiri bietet jetzt die Möglichkeit einer formellen Allianz oder zumindest die Aussicht zur Beilegung alter Querelen, vielleicht sogar auf Kosten Tatiseigis in der Hoffnung, dessen Macht zu beerben. Möglich ist aber auch, daß sie im Einverständnis mit Tatiseigi den Aiji zu täuschen versucht.«

»Wer weiß davon?«

»Niemand, aber alle tratschen darüber. Der Paidhi wird wohl Wissen und Klatsch voneinander unterscheiden können.«

»In diesem Fall fällt's mir schwer.«

»Der Bund steckt in einer gefährlichen Krise«, fuhr Banichi fort. »Es brechen nun fast zwangsläufig alte Konflikte wieder auf. Natürlich werden auch die Beziehungen zu Mospheira neu in Frage gestellt.« Banichi langte in die Innentasche seiner Jacke und zog einen silbernen Versandzylinder daraus hervor. »Tabini bat uns, Sie über die Situation im Padi-Tal zu unterrichten. Dieser Brief soll, sobald Sie Kenntnis davon genommen haben, vernichtet werden.«

Tabinis Siegel.

Verdammt, dachte Bren, entrollte mit zitternden Händen das Schreiben und las:

*Bitte, lassen Sie größte Vorsicht walten, unternehmen Sie einstweilen nichts auf eigene Faust. Aus verläßlichen Informationsquellen wissen wir, daß bedrohliche Schwierigkeiten auf uns zukommen.*

*Wo Hanks versteckt gehalten wird, ist leider noch nicht*

*geklärt. Wir vermuten jedoch, daß man sie an einen Ort nahe bei Taiben verschleppt hat, denn dort in dieser Gegend konzentrieren sich die Verschwörer, und die werden sich bis auf weiteres davor hüten, ihren Verbündeten, die woanders ansässig sind, das Risiko einer Entdeckung aufzubürden.*

*Es ist anzunehmen, daß Hanks schon vor der Tat mit ihren Entführern in Beziehung gestanden hat. Sie scheint auch jetzt noch relativ frei agieren zu können. Banichi hat eine Tonbandkopie mit der Aufzeichnung einer Funkverbindung, die wir mitgeschnitten haben. Bitte versuchen Sie, sich ein Bild davon zu machen.*

Banichi reichte ihm das Band, und Jago brachte einen Recorder, den Bren an seinen Computer anschließen konnte. Brens Befürchtung bestätigte sich: Deana hatte nicht etwa mit dem Schiff Kontakt aufgenommen, sondern mit Mospheira. Die anfänglichen Steuersignale erwiesen sich als ihr Zugriffscode, der Mospheiras elektronische Schranken zerschnitt wie ein Messer, das durch Butter geht. Die gefunkte Textdatei war, wie erwartet, verschlüsselt. Beim dritten Dechiffrierversuch rollte lesbar der Text über seinen Bildschirm.

*Cameron ist übergelaufen und hat – unter nicht spezifizierter Gewaltandrohung – die Vertreter des Schiffs zur Landung auf atevischem Hoheitsgebiet genötigt. Ich wurde unter Hausarrest gestellt und mußte von vertrauenswürdigen Informanten erfahren, daß mir ein Mordanschlag droht. Die Strategie, die der Aiji verfolgt, ist klar erkennbar: Er will den Einfluß der Provinzlords beschneiden und alle Schlüsselbereiche der Wirtschaft unter seine Kontrolle bringen, um auf Kosten der Regionen und rechtmäßigen Eigentümer seine Zentralmacht zu festigen.*

*Cameron leistet dabei gute Dienste, ob bewußt oder unbewußt, sei dahingestellt. Er rechtfertigt die Monopolisierungsabsichten des Aiji und hat ihm den Handelsboykott gegen Mospheira als taktische Maßnahme empfohlen. Unlängst reiste er in geheimer Mission zu einem entlegenen Observatorium und brachte von dort den mathematischen*

*Beweis für die Gültigkeit der Warp-Raum-Theorie mit, der, wie ich vermute, nicht das Ergebnis atevischer Wissenschaft ist, sondern gesetzwidrig beschafft wurde aus einem unserer Forschungsinstitute. Mit diesem Beweis versucht er nun jene konservativ-religiösen Kreise zu verunsichern, die sich bislang als stärkste politische Gegenkraft zu Tabini haben behaupten können.*

*Ich halte mich zur Zeit versteckt und werde beschützt von Personen, die ihr Leben aufs Spiel setzen, um der Machtgier des Aiji Einhalt zu gebieten. Es ist nach meinem Dafürhalten dringend erforderlich, daß der Vertreterin des Schiffes die hiesigen Verhältnisse unmißverständlich klargemacht werden, sobald sie Mospheira erreicht – was noch fraglich ist. Wie mir zutragen wurde, ist damit zu rechnen, daß der Aiji sie umbringen lassen und der Opposition die Schuld daran zuschieben könnte.*

*Ich empfehle dringend, Cameron zurückzurufen, seines Amtes zu entheben und vor Gericht zu stellen. Dort würde darüber zu befinden sein, ob er nur fahrlässig oder aber gezielt zum Nachteil und Schaden Mospheiras gehandelt hat. Ich selbst möchte mir darüber kein Urteil erlauben.*

*Weil mein Leben in Gefahr ist, bin ich gezwungen, von Ort zu Ort zu ziehen, um mein Versteck zu wechseln. Ich bitte darum, meiner Familie mitzuteilen, daß ich momentan in Sicherheit bin und von Personen beschützt werde, die für Freiheit und das Recht auf Selbstbestimmung kämpfen.*

Bren sagte nichts und verzog keine Miene. Er stützte den Ellbogen auf die Armlehne, preßte die Knöchel vor den Mund und dachte nach, ließ das Band zurücklaufen und las den Text noch einmal, in der Hoffnung, irgendeinen Hinweis zu finden, der darauf schließen ließ, daß Hanks diese Nachricht unter Zwang aufgesetzt hatte. Doch er suchte vergeblich.

Er las den Text ein drittes Mal, um Duktus und Inhalt kritisch zu prüfen, versuchte, seine emotionalen Reaktionen darauf auszublenden und fragte sich ernsthaft, ob Deana mit ihren Vorwürfen und Unterstellungen womöglich annähernd Recht haben könnte. Ob Tabini vielleicht wirklich die gegenwärtige Krise zu nutzen versuchte, um seine politischen Gegner kaltzustellen.

Nein, verdammt, ›Machtgier‹ – das paßte nicht zu Tabini, dem Aiji, der sich stets nachsichtig und konziliant zeigte, wie zuletzt den Rebellen von Malguri gegenüber, der seiner schärfsten Widersacherin, Ilisidi, den größten Respekt entgegenbrachte, der für die neuen Entwürfe und Pläne der Menschen immer aufgeschlossen war, konsequent eine Politik der friedlichen Kooperation verfolgte und außerdem unangefochten an der Spitze der Regierung stand, zumal er die Abgeordneten des Hasdrawad auf seiner Seite wußte.

Bren spürte, daß er von Banichi und Jago, die ihm gegenübersaßen, aufmerksam beobachtet wurde. »Sie haben diesen Text wohl nicht entschlüsseln können, oder?« fragte er mit Blick auf Banichi.

Der runzelte die Stirn und starrte ihn unverwandt an. Auf dermaßen durchsichtige Fangfragen ließ sich Banichi nicht ein.

»Sie wissen, daß dieser Brief von Hanks an Mospheira geschickt worden ist. Sie ahnen wohl auch, bei wem sie sich aufhält und was ihr diese Leute gesagt haben könnten.«

»Darüber gibt es tatsächlich ein paar begründete Vermutungen.«

»Deshalb war Ihnen daran gelegen, mir Nachhilfeunterricht in Sachen Hasdrawad und Aiji-Wahl zu geben, nicht wahr?«

»Auf Tabinis Wunsch, ja.«

»Ich fasse zusammen: Eine Handvoll Lords will ihre alten Privilegien zurückhaben und das Abgeordnetenhauses entmachten.«

»So kann man's sagen. Wenn Hanks Mospheira über diese Vorgänge informiert hat, freiwillig und so, wie sie ihr von ihren Entführern geschildert worden sind, ist im wohlwollenden Fall davon auszugehen, daß sie ihren Informanten glaubt und diese von ihrer Leichtgläubigkeit überzeugen konnte. Vermuten wir richtig, daß ihr Bericht die Ansicht der Verschwörer wiedergibt?«

»Richtig. Und sie scheint sich sogar diese Ansicht zu eigen gemacht zu haben, denn ihr Text verrät mit keinem Wort, daß er unter Zwang aufgesetzt worden wäre. Was sie schreibt, bestürzt mich.«

»Ich hätte diese Frau in der U-Bahnstation erschießen sollen«, murmelte Jago. »Dem Aiji und dem Westbund wäre viel Ärger erspart geblieben.«

»Ich habe eine Frage«, sagte Bren. »Wenn ich Ilisidi richtig verstanden habe, gilt ihr größtes Interesse dem Landschaftsschutz und Erhalt des kulturellen Erbes, und es geht ihr dabei nicht um Privilegien …«

»Aber man muß schon ein Lord sein, um den Erhalt der Denkmäler und so weiter sicherstellen zu können«, antwortete Jago. »Andererseits mag ein Lord auch nach Lust und Laune alte Burgen niederreißen oder Wälder roden, die ihm gehören. Einfache Bürgerverbände könnten ihn daran nicht hindern, nicht einmal das Hasdrawad.«

Bren dachte an die Flugpiste bei Wigairiin. Die Wehranlage aus dem vierzehnten Jahrhundert. Niedergerissen, damit ein Lord dort mit seinem Privatflugzeug starten und landen kann. »Wird Wigairiin von Touristen bereist?« fragte er – zur merklichen Verwunderung seiner Gesprächspartner.

»Wohl kaum«, sagte Jago. »Aber wenn Sie Genaueres wissen möchten, könnte ich entsprechende Informationen einholen.«

»Nicht nötig. Mir fällt nur auf: Malguri ist ein beliebtes Touristenziel, vor allem dann, wenn die Aiji-Mutter dort residiert. Und die scheint nichts dagegen zu haben.«

»Falls Sie die Aiji-Mutter nach menschlichen Vernunftsgründen zu rechtfertigen versuchen, kann ich Ihnen nur raten: Akzeptieren Sie unsere Gründe, die zur Vorsicht mahnen.«

Die Dinge standen wirklich schlecht, wenn er sich von seinen Sicherheitsleuten sagen lassen mußte, wo und wann menschliches Ermessen keinen Sinn mehr machte.

»Ich weiß Ihren Rat zu würdigen«, antwortete er. »Vielen Dank.«

»Und bitte, unternehmen Sie in Taiben keine Alleingänge. Vermeiden Sie jedes Risiko«, sagte Jago.

Er schaute zu ihr hin, gefaßt darauf, daß sie ihm nach allem, was passiert war, die kalte Schulter zeigte, sah sich aber auf eine so unmittelbare, intime Weise von ihr betrachtet, daß es ihm heiß und kalt über den Rücken lief.

»Ich verstehe«, antwortete er. »Und ich muß zugeben, daß mir vieles immer noch allzu fremd ist, um begreifen zu können – wie zum Beispiel Ilisidi so schnell informiert sein konnte über meine Beziehung zu Barb, wenn nicht durch Damiris Personal, und aus welchem Grund sich Damiri und Ilisidi zusammentun.«

»Genau diese Frage stellt sich auch Tabini«, sagte Banichi.

»Hat er sie deswegen noch nicht zur Rede gestellt?« fragte Bren.

»Natürlich nicht direkt«, antwortete Jago. »Unsereins weiß gut zu lügen, Nadi-ji.«

»Sie zweifeln an Damiris Ehrlichkeit.«

»Nun, man kann sie für ehrlich halten und dennoch in Betracht ziehen, daß sie den Wünschen ihres Onkels womöglich näher steht, als Tabini lieb sein kann. Und das meine ich ganz ehrlich, Paidhi-ji.«

Endlos breitete sich dichter Wald vor dem Fenster aus. Bei genauem Hinsehen war in der Tiefe eine doppelspurige Eisenbahnstrecke auszumachen, die den Flughafen mit der Ortschaft von Taiben und den vier anderen Besitztümern im Tal verband, unter anderem auch das Haus der Atigeini. Bren hatte den törichten Einfall, gleich nach der Landung den Atigeini einen Besuch abzustatten. Sie würden ihn bestimmt höflich empfangen; er könnte mit Ilisidi zu Mittag essen und anschließend nach Taiben weiterfahren. Aber was würden wohl Banichi und Jago auf der einen und Cenedi auf der anderen Seite von einem solchen Zusammentreffen halten? fragte er sich. Wie mochte ihnen, die aus ein und derselben Gilde stammten und in Malguri noch gemeinsam gekämpft hatten, zumute sein in diesem von Narren und ehrgeizigen Lords geschürten Konflikt, der sie nun zu Gegnern machte und für sie persönlich überhaupt keinen Sinn ergab?

Und so war er nach der Landung erleichtert darüber, weder Cenedi noch einen seiner Leute am Flughafen anzutreffen, und froh, sich darauf verlassen zu können, daß Tabinis Sicherheitskräfte schon im Vorfeld der Gefahr eines Bombenanschlags oder Hinterhalts auf der Bahnstrecke nach Taiben begegnet waren. Alle erkundigten sich nach dem gesundheitlichen Befinden des Paidhi und fragten, ob er einen angenehmen Flug gehabt habe, was Bren lächelnd bejahte.

Den Sicherheitskräften selbst war hier gewiß keine angenehme Zeit vergönnt gewesen; sie hatten Ilisidi ausquartieren müssen und die ganze Nacht über bestimmt kein Auge zugemacht, was ihnen anzusehen war. Sie wirkten erschöpft, sehnten sich wahrscheinlich danach, endlich ausruhen zu können. Darum verzichtete er darauf, sie mit seinen Fragen zu behelligen und bestieg den antiquiert anmutenden Zug, der sich gleich darauf klirrend und klappernd in Bewegung setzte.

Die Fahrt schien kein Ende nehmen zu wollen. Wer Taiben besuchte, nahm sich normalerweise viel Zeit.

Er dachte an die bevorstehende Landung, daran, daß wohl in diesem Augenblick die letzten Vorbereitungen dafür getroffen wurden. Womöglich war der Schlepper auch schon unterwegs, der die Kapsel in die Atmosphäre zu schleudern hatte. Bren wußte nicht, wie lange ein solches Manöver dauern mochte.

Und er dachte an Deana Hanks, an ihre Erklärungen, die zum Teil durchaus plausibel klangen und nicht ohne weiteres von der Hand zu weisen waren – was ihn besonders ärgerlich machte. Er hatte sie um Hilfe gebeten und ihr atevische Quellen erschlossen, und alles deutete darauf hin, daß sie sein Entgegenkommen vorsätzlich mißbraucht hatte und mitverantwortlich war für den Tod zweier Männer.

Er war wütend, fühlte sich betrogen und verspottet in seiner irrigen Einschätzung, was Hanks betraf, in seiner vermeintlichen Menschenkenntnis. Er hatte Banichi weismachen wollen, daß sie am Telefon überrumpelt worden war und ihre Wachen zu warnen versucht hatte …

Er war ihr auf den Leim gegangen, hatte ihr abgenommen, daß sie gekommen war, um sich auf die Suche nach ihm zu machen – er hätte sich an ihrer Stelle schließlich genauso verhalten; doch diese Suche war nur ein verdammter Vorwand gewesen, um Kontakt zu Tabinis Gegnern aufnehmen zu können, um Unruhe zu verbreiten und Streit zu schüren, was ihr auch vortrefflich gelungen war, bedachte man, in welche Situation sie Lord Geigi gebracht hatte, ausgerechnet Geigi. Wie dieser hatte sich auch er, Bren, von ihr einwickeln lassen und sich trotz aller Bedenken gegen sie eingeredet, daß sie von Nutzen sein könnte.

Wenn es jetzt nicht zur Landung käme, wenn sich das Schiff am Ende doch gegen eine Kooperation mit den Atevi entscheiden würde, dann könnten sich ihre Freunde auf Mospheira, nicht zuletzt auch so manche Vertreter des Tashrid die Hände reiben; genau darauf waren sie aus: die Radikalen auf beiden Seiten. Diese Gefahr hatte Bren zwar vorausgesehen, aber für unwahrscheinlich gehalten, daß Hanks einer solchen Entwicklung den entscheidenden Anstoß würde geben können. Im Gegenteil, er hatte darauf gehofft, daß sie allmählich und mit der Zeit Verständnis für die Atevi entwickeln und ihren menschlichen Chauvinismus ablegen würde.

Er dachte an den Geschichtsunterricht auf Mospheira; ja, den Schülern wurde beigebracht, daß das Padi-Tal »die Wiege« des Westbundes sei, daß von dort alle Aijiin abstammten. Das war bekannt, blieb aber in seiner tieferen Bedeutung für Menschen unverstanden, die nicht nachvollziehen konnten, was für Atevi selbstverständlich war, nämlich daß sich ein einstmals so mächtiger Verband nicht einfach auflösen würde, jedenfalls nicht solange er noch territorialen Besitz beanspruchte und bestimmte Interessen damit verknüpfte. Daß alte Hierarchien und auch Rivalitäten nach wie vor Geltung besaßen.

Die Menschen hatten immer nur den wirtschaftlichen Wettbewerb im Auge und verkannten die Bedeutung der Opposition im Tashrid. Sie glaubten, daß sich die Atevi in ihren gesellschaftlichen Strukturen dem Vorbild Mospheiras annäherten und daß sich mit dem Aufschwung der Mittelschicht demokratische Spielregeln durchsetzen würden.

Falsch. Die Demokratisierung war dem wirtschaftlichen Aufstieg der Mittelschicht als Bedingung seiner Möglichkeit voraufgegangen; vielleicht hatte der erste Paidhi diese Entwicklung in die Wege geleitet, indem er seinem Aiji Dinge über die Menschen offenbarte, die seinerzeit womöglich ebenso verstörend gewirkt hatte wie heute das Überlichtgeschwindigkeitskonzept auf Geigis Philosophie.

Es gab auf der ganzen Welt kein Lebewesen, das völlig vereinzelt wäre. Wo ein Exemplar lebte, lebten auch andere, und die bildeten Verbände, und mochten sie zahlenmäßig noch so klein sein wie etwa die Wi'itkitiin, die nach kurzem Flug in die Tiefe wieder den Fels hinaufkletterten, unbeirrt, entschlossen. Verdammt hartnäckig. So wie die Atevi. Wie die Mecheiti. Sie gaben ein Vorhaben nicht einfach auf, ließen niemals locker in ihren Anstrengungen und hielten mit aller Entschiedenheit fest an ihrem angestammten Platz – wie die Wi'itkitiin an ihren Nestern, so die Lords an ihren ererbten Besitztümern.

Dumm und zum Scheitern verurteilt, wer sich dem entgegenzustellen versuchte, dachte Bren, als er in der Ferne auf einer kleinen Anhöhe am Rande eines ausgedehnten Waldgebiets die braunen Ziegeldächer Taibens näher rücken sah.

Deana hatte keine Ahnung, auf was sie sich da einließ, borniert, wie sie war. Wie lautete gleich das Thema ihrer Abschlußarbeit? Ökonomischer Determinismus. Und über diesen Leisten zog sie auch die Atevi, überzeugt davon, daß die wirtschaftliche Dynamik diese in dieselbe Richtung marschieren ließ, die auch die Menschen eingeschlagen hatten, daß jede Industriegesellschaft letztlich die gleichen Institutionen ausbilden würde. Sich über sprachliche Nuancen den Kopf zu zerbrechen, hatte Deana nicht nötig. Statt sich der Mühe zu unterziehen, die Gegenseite verstehen zu lernen, reichte es ihrer Meinung nach völlig aus, mit ihr Geschäfte zu machen; die Atevi würden sich wohl oder übel den Menschen anpassen müssen.

# 21

Kaum war der Zug zum Stehen gekommen, eilten die Diener aus der überdachten Vorhalle herbei, um den Paidhi zu begrüßen und ihm das Gepäck abzunehmen.

Und vielleicht war es der Anblick der vertrauten Umgebung, in der er bislang nur angenehme Stunden verbracht hatte, vielleicht lag es an der tröstlichen Wirkung, die davon ausging, daß er jenen merkwürdig geformten Bruchstein im Sockel der Vorhalle wiedererkannte, das grob behauene Holzwerk und die matten Grau- und Brauntöne an der Rückfront des schlichten Landhauses – wie dem auch sei, er war augenblicklich in gehobener Stimmung und zuversichtlich, daß sich hier nun alles zum Guten wenden würde. Er betrat das Haus durch den hinteren, zum Bahnsteig hin gelegenen Zugang und ging, während die Diener sein Gepäck in den Seitenflügel brachten, durch den Flur, vorbei an all den Jagdtrophäen, die zu beiden Seiten an den Wänden hingen, nach vorn in die mit Ledersofas und Holzbänken eingerichtete Empfangshalle. Zu seiner Freude brannte im Kamin ein kleines Feuer aus aromatisch duftendem Knüppelholz und Reisig, zusammengetragen von den Forstgehilfen, die im Wald für Ordnung sorgten.

Nebenan lag das Zimmer, in dem er während seines letzten Aufenthaltes geschlafen hatte, ein sehr behagliches Zimmer mit rustikalen Steppdecken und Fellen auf einem Bettgestell, das einem Erdbeben standhalten würde, und einem Holzrelief an der Wand, das eine Gruppe von sieben Bäumen abbildete – kein Beispiel großer Kunst, aber hübsch anzusehen.

Sein Bett. Eine bequeme Matratze. Ein Bad mit Gasheizung für den Winter; in der Duschkabine Kacheln mit den Motiven von Wildblumen, handgemalt. Er atmete tief und befreit durch, fühlte sich so gut wie schon lange nicht mehr.

Zwei Männer aus Tabinis Sicherheitsstab traten auf ihn zu, sagten, daß für die fremden Paidhiin aus dem All die beiden Nebenräume vorgesehen seien, und fragten, ob er sie zu begutachten wünsche.

Abzuschalten war ihm nicht vergönnt; er mußte sich besinnen auf das, was anstand: die Landung von Raumfahrern, die womöglich in diesem Augenblick schon unterwegs waren und große Angst auszustehen hatten.

Er besichtigte die Zimmer, die sich von seinem kaum unterschieden. In einem stand ein aus Wurzeln kunstvoll aufgebauter Stuhl mit rotem Ledersitz; in dem anderen Raum befand sich eine mannshohe Schirmwand, in die eine Jagdszene eingeschnitzt war. Bren dachte daran, wie sich die beiden Fremden wohl vorkommen würden, hier, zwischen Holz, Steinen und offenem Feuer im Kamin, umgeben von Dingen, die es an Bord eines Raumschiffes bestimmt nicht zu sehen gab. Die Zimmer seien vortrefflich, bestätigte er den beiden Assistenten Naidiris und dachte im stillen: nur gut, daß keine ausgestopften Tierköpfe an den Wänden hingen.

Eine ältere Dienerin brachte einen Strauß Wildblumen, der, wie sie versicherte, nach farblicher und zahlenmäßiger Zusammenstellung Glück verspräche. So auch die Einrichtung der Zimmer, sagte sie und fügte hinzu: »Unsere Glückszahlen werden doch hoffentlich harmonieren mit den Zahlen des Himmels, oder?«

»Gewiß«, murmelte Bren. Daß sich die Welt allein durch den guten Willen auf günstige Weise ordnen ließ, war ein Gedanke, der, obwohl ihm selber fern, durchaus tröstlich auf ihn wirkte. »Sehr gut, ich danke Ihnen, Nadi. Die Gäste werden sich bestimmt sehr wohl fühlen.«

Er konnte beruhigt sein und sich entspannen, während die Dienstboten seine Kleider in Kommode und Schrank einräumten und bügelten, was ihrer Meinung nach zu bügeln war. Er ging hinaus auf die Veranda, schaute zu den Bergen hinaus und genoß die frische Luft. Hinter einem Spalier aus schattenspendenden Bäumen erstreckte sich nach Süden hin und bis zur sogenannten Südmark offenes Grasland mit vereinzelten Büschen. Nachts wurde es nun schon so kalt, daß das Gras eine goldene Tönung angenommen hatte.

Gern wäre er jetzt, wie damals mit Tabini, zu einem ausgedehnten Spaziergang aufgebrochen, doch das kam natürlich nicht in Frage, hatten ihn doch Banichi und Jago dringend abgeraten von jedweden Alleingängen. Die Sicherheitskräfte waren ohnehin sehr angespannt, und er wollte ihnen ihre Arbeit nicht zusätzlich erschweren.

Also kehrte er nach drinnen zurück, bestellte eine Kanne Tee und nahm in einem Sessel vorm Kamin Platz. Lange, wohl eine Stunde, saß er dort und schaute – seltener Anblick – in die Flammen, während Dienerinnen und Diener geschäftig umhereilten und die Sicherheitskräfte alle möglichen Zugänge und Schlupflöcher mit Alarmanlagen absicherten, von denen manche wahrscheinlich – Bren fragte nicht danach – tödlich waren.

Mit Staub an den Kleidern kam Banichi zu ihm ans Feuer und verlangte ebenfalls nach einer Kanne Tee. Es schien, daß er sein verletztes Bein überanstrengt hatte und unter Schmerzen litt. Aber schon nach der ersten Tasse Tee zeigte er sich erholt und fragte: »Wie wär's mit einer Runde Darts?« An diesem Spiel aus Mospheira hatten die Atevi fast ebenso viel Gefallen gefunden wie am Fernsehen. Banichi spielte leidenschaftlich und war unschlagbar. Er bot ihm ein Handicap an, was Bren aber ablehnte. Banichi zuckte die Achseln und trat einen Schritt weiter von der Zielscheibe weg.

»Weil ich den längeren Arm habe«, sagte er. »Wir wollen doch fair sein.«

Bren hatte dennoch keine Chance. »Sie werfen wohl nie daneben«, schmollte er, nachdem Banichi die ersten vier Durchgänge haushoch gewonnen hatte.

Lachend warf Banichi einen Pfeil dicht vor den Außenrand. »Na, sehen Sie, perfekt ist niemand.«

Bren zielte in die Mitte und verfehlte sie um Fingers Breite. »Wenigstens bin ich besser im Danebenwerfen.«

Banichi fand die Bemerkung komisch, nahm wieder Platz in seinem Sessel und legte die Füße hoch.

»Setzen Sie sich«, sagte Banichi. »Machen Sie's sich bequem.«

Das tat er, und es überkam ihn, kaum daß er saß, eine bleierne Müdigkeit. Er döste ein, hörte noch, wie Banichi anderen zuflüsterte: »Leise. Er schläft.«

Von hektischer Betriebsamkeit aufgeweckt, massierte er sich den steifen Nacken, öffnete blinzelnd die Augen, sah und hörte aus den Worten, die gewechselt wurden, daß man sich auf Tabinis Ankunft vorbereitete. Und mit ihm, dachte Bren, würden wohl auch Tano und Algini kommen. Von der friedlichen, heimeligen Atmosphäre, die er bei seiner Ankunft hier empfunden hatte, war nichts übrig geblieben. Schwerbewaffnete Gardisten mit schußsicheren Westen eilten vom Bahnsteig ins Haus, darunter auch Tano und Algini, uniformiert wie die anderen. Sie trugen ihr persönliches Gepäck und Metallkoffer, die, wie Bren vermutete, elektronische Geräte zur Überwachung und Kommunikation enthielten.

Falls Saidin ein den Atigeini dienendes Gildenmitglied dem mitgereisten Personal zugeordnet hatte – woran Bren keinen Moment lang zweifelte –, so war es als solches nicht zu identifizieren. Es konnte jede sein aus der Gruppe der Frauen, die auf leisen Sohlen daherkamen und sich nur flüsternd miteinander unterhielten.

Damiri selbst war im Bu-javid zurückgeblieben, oder? fragte sich Bren plötzlich, alarmiert.

Im Bu-javid, wo ihr Leben nicht mehr sicher wäre, wenn ihre Familie beschlösse, in Taiben gegen Tabini vorzugehen. Atevi machten keine Gefangene. Und obwohl sie wissen mußte, in welcher Gefahr sie schwebte, war Damiri anscheinend freiwillig im Bujavid geblieben.

Taktik und Intrige würden, wie zu fürchten war, den weiteren Verlauf der Dinge entscheidend mitbestimmen, heimliche Manöver, die er als Mensch nicht auszurechnen vermochte, weil er allzuwenig verstand von der Komplexität der Verbandesstrukturen, der Hierarchie von Man'chi-Beziehungen. Zwar führten das Auswärtige Amt und die Universität von Mospheira peinlich genau Buch über die Genealogien atevischer Adelsgeschlechter und über Hinweise auf individuelle Abhängigkeiten und Verpflichtungen, aber all diese Erkenntnisse halfen nicht weiter, wenn es zum Beispiel darum ging, die Ursprünge oder das Zustandekommen von Man'chi-Beziehungen zu klären. Ein Rätsel blieb auch das Wesen der Dienstpflicht, das Man'chi von Dienern oder Leibwächtern.

Auf alle seine Versuche, durch Beteuerung seiner Loyalität selbst Anschluß an ein Man'chi zu finden, hatte er nur abschlägige Bescheide erhalten. Auch die Bereitschaft, sich für den anderen aufzuopfern, führte nicht zu der gewünschten Beziehung, was ihm durch Cenedi unmißverständlich klargemacht worden war. Und Banichi hatte verärgert reagiert auf sein Geständnis, daß er sich ihm und Jago in Man'chi verbunden fühle. Daß ihm Banichi, wie es schien, ein erotisches Interesse unterstellte, war ihm nach wie vor schrecklich peinlich und beispielhaft für die Mißverständnisse, die es zwischen ihnen immer wieder gab.

Nein, weder er noch seine Vorgänger im Amt hatten die verborgenen Man'chi-Bezüge aufdecken, geschweige denn entwirren können. Vielleicht wurden sie von einer Generation an die nächste vererbt; vielleicht war mitunter auch persönliche Attraktion im Spiel, oder womöglich kamen sie dadurch zustande, daß sich hohe Vertreter des Adels hinter verschlossener Tür zusammensetzen und Verträge aushandelten, Angehörige und Lehnsleute auf sich einschworen oder aus der Dienstpflicht entließen – nach Regeln, die er nicht kannte und aus denen Atevi ein Geheimnis machten. Als er einmal Jago danach gefragt hatte, wem ihr Man'chi gelte, hatte sie ihm mit knappen Worten zu verstehen gegeben, daß er sich doch lieber um seine eigenen Angelegenheiten kümmern möge. Solche Fragen zu stellen gehörte sich einfach nicht.

Die Dienstboten hasteten durchs Haus, legten im Wohnzimmer letzte Hand an, um für Ordnung zu sorgen, fegten vorm Kamin Asche weg und steckten die Blumen in den Vasen zurecht.

Tabini achtete auf all das nicht, als er zur Tür hereinkam und mit strahlender Miene ausrief: »Ah, Bren-ji, schön Sie zu sehen! Gab's irgendwelche Schwierigkeiten?«

»Nein, Aiji-ma. Flug und Bahnfahrt hierher sind angenehm verlaufen.«

»Bleiben Sie doch sitzen«, sagte Tabini, nahm selber Platz und legte die Füße auf den Fußschemel. An Naidiri gewandt und in weniger heiterem Tonfall: »Kümmern Sie sich darum, Naidi.«

Bren hatte Lust, sich auf sein Zimmer zurückzuziehen. Aber Tabini war auf Gesellschaft bedacht und schlug vor zu würfeln, ein Spiel, das, anders als Darts, auch einem Menschen gleiche Chancen einräumte. Er legte den Einsatz fest – einen Penny pro Punkt – und bestimmte, wer außerdem noch mitzuspielen hatte, damit die Runde komplett war: Eidi, sein Leibwächter, und zwei junge Dienerinnen, die zufällig in der Nähe waren, sich anfänglich sträubten und meinten, daß es ihnen nicht zustünde, mit dem Aiji an einem Tisch zu sitzen. Doch Tabini duldete keinen Widerspruch.

Banichi brachte Fruchtwein und schenkte allen ein, auch den beiden Frauen, die sichtlich befangen waren und ihre Nervosität nicht abzulegen vermochten, obwohl sie, im Team gegen die Männer spielend, eine Runde nach der anderen gewinnen konnten, zumal Tabini nicht recht bei der Sache zu sein schien und Bren sich ständig verrechnete.

»Mit mir zu spielen ist ein Nachteil«, sagte er. »Vielleicht sollten wir mal die Partner wechseln.«

»Niemals«, antwortete Tabini.

Und so verloren sie weiter. Nach anderthalb Stunden war eine Menge Kleingeld verspielt und die Flasche geleert. Den Blicken, die Tabini und die beiden Mitspielerinnen tauschten, glaubte Bren entnehmen zu können, daß er, der Aiji, vor ihnen auf der Hut war. Ob er eine von ihnen oder gar beide mit den Verschwörern in Zusammenhang brachte? Hegte auch Tabini einen Verdacht gegen Saidin und deren Personalauswahl? Als Gentleman aber gab sich Tabini höflich und charmant und verzichtete auf Anspielungen, die Argwohm zum Ausdruck gebracht hätten. Vielleicht verbot ihm das sein Respekt vor Damiri. Vielleicht war es seine Absicht, den Paidhi und sich selbst als Köder darzubieten und Tatiseigi aus der Deckung zu locken. Der lebte nicht weit entfernt und würde, wie Bren von Banichi und Jago erfahren hatte, schnell zur Stelle sein können, entweder mit dem Zug oder einem der geländegängigen Fahrzeuge, wie sie von den Forstaufsehern benutzt wurden.

Tabini lehnte sich lässig im Sessel zurück, warf einen Arm über die Lehne und winkte mit der Hand in Richtung Tisch. »Wir geben uns geschlagen, Dajiin. Ihnen gebührt der Gewinn und unsere Verehrung. Bitte empfehlen Sie uns Ihrem Haus.«

»Aiji-ma.« Die beiden standen auf und verbeugten sich tief. Die eine blickte verlegen drein, die andere lächelte vielsagend. Bren wich ihrem Blick aus und starrte auf sein Glas.

»Hübsch«, bemerkte Tabini, als sich die beiden verzogen hatten. »Und sehr gescheit. Die links von Ihnen gesessen hat, gehört der Gilde an. Wußten Sie das?«

Bren blickte auf. Er hatte auf die andere getippt. »Nein«, antwortete er und runzelte die Stirn.

»Über die andere bin ich mir selbst nicht im klaren«, sagte Tabini. »Es gibt Dinge, die mir nicht einmal Naidiri verraten würde. Damiri beteuert, nichts Genaueres zu wissen. Aber vermutlich sind die beiden Frauen Partnerinnen. Wie ich erfahren habe, Bren-ji, hatten Sie keine Ahnung, was Saidins Position betrifft.«

Auch das war dem Aiji schon zugetragen worden. »Wirklich, Aiji-ma, davon wußte ich nichts.«

»Sie ist zwar kein aktives Gildenmitglied mehr, aber das will nichts besagen«, fuhr Tabini fort. »Naidiri nimmt sie sehr ernst, und ich würde nicht mit meiner reizenden Gefährtin das Bett teilen, wenn ich nicht vorher von der Gilde gewisse Auskünfte eingeholt hätte. Saidin ist in erster Linie und einzig Damiri verpflichtet.«

Bren mußte mit sich ringen und rückte schließlich mit der Frage heraus: »Und Damiri? Können Sie vor ihr sicher sein, Aiji-ma? Ich mache mir Sorgen.«

»Ich nehme mich schon in acht.« Tabini rutschte im Sessel herum und schlug die Beine übereinander. »Worum machen Sie sich Sorgen, Bren-ji? Um den Bund oder um Ihren Auftrag von Mospheira?«

»Ach, zur Hölle mit Mospheira«, murmelte er. »Aiji-ma, ich habe mich wohl endgültig ins Abseits manövriert.«

»Das entnehmen Sie der heimlichen Mitteilung von

Hanks, nicht wahr? Sie hat unschöne Dinge über Sie gesagt, und das nicht etwa unter Zwang.«

»Sie erhebt schwere Vorwürfe gegen mich und auch gegen Sie, Aiji, indem sie behauptet, der Aiji versuche, seine Gegner zu entrechten...« Ihm war, als er das sagte, bewußt, daß er seine Kollegin damit in unmittelbare Lebensgefahr brachte, denn womöglich war Tabinis Geduld im Hinblick auf Hanks nun restlos verbraucht. »Verzeihen Sie, Aiji-ma; was geschehen ist, muß ich mir als Fehler ankreiden. Ich habe mich in Deana Hanks gründlich getäuscht. Eine übersetzte Abschrift ihrer Meldung werde ich Ihnen so schnell wie möglich nachliefern.«

Tabini winkte mit der Hand ab. »Das hat Zeit. Wir wissen, mit wem sie unter einer Decke steckt, und das sagt uns schon einiges.«

»Es scheint, daß Banichi und Jago eine ziemlich genaue Vorstellung vom Inhalt der Meldung haben.«

»Hanks wirft Ihnen Landesverrat vor, nicht wahr?«

»Ja.«

»Glauben Sie, daß dieser Vorwurf ernst genommen wird?«

»Mit Sicherheit, und zwar so ernst, daß ich es nicht wagen kann, nach Mospheira zurückzukehren.«

»Weil man Ihnen dort einen Prozeß machen würde?«

»Wahrscheinlich. Daß Hanks noch keinen offiziellen Rückruf erhalten hat, kann nur eins bedeuten: Ihre Fraktion ist im Aufwind.«

»Darf ich auf ein persönliches Thema zu sprechen kommen?« fragte Tabini.

»Ja.« Einem Aiji den Mund zu verbieten war ohnehin nicht möglich.

»Wie mir berichtet wurde, hat Ihre Verlobte ihr Versprechen gebrochen.«

»Mir gegenüber?«

»Wem sonst? Ich weiß von keinem anderen.«

»Ein solches Versprechen hat es im Grunde nie gegeben.« Über sein Verhältnis zu Barb hatte er früher schon einmal mit Tabini gesprochen, allerdings in anderem Zusammenhang; es ging damals um Attraktion und die Vorstellung romantischer Liebe im Gegensatz zu *Mainaigi*, der hormonell bedingten Plänkelei unter jungen Atevi. »Nein, ich kann ihr nichts verübeln.«

»Hat politischer Druck Sie auseinandergebracht?«

»Nein, vielleicht haben wir uns gegenseitig zu sehr unter Druck gesetzt.«

»Sie waren doch so gut auf sie zu sprechen.«

Bren hatte von Barb geschwärmt, von ihrer Klugheit, ihrem Einfühlungsvermögen, ihrer Loyalität und so weiter. Er hatte sie im Gespräch mit Tabini über den grünen Klee gelobt, und doch – vielleicht war sein damaliges Urteil über sie begründeter gewesen als das, was er in seiner wütenden Reaktion auf die Trennung von ihr gehalten hatte.

»Sie hat meinetwegen viel Ärger in Kauf nehmen müssen«, sagte er, und ihm wurde wieder einmal bewußt: Sich in der fremden Sprache verständlich auszudrücken, erforderte ein höheres Maß an Aufrichtigkeit; ohne die konnte man schnell in definitorische Zwickmühlen geraten und wie ein Tölpel klingen – oder wie ein Schuft. »Der ausschlaggebende Grund für unsere Trennung ist wohl mein Job, die Tatsache, daß ich nur selten nach Hause komme und daß sich daran in absehbarer Zukunft nichts ändert, die Ungewißheit ...«

»Mangelnde Sicherheit?«

Bren zögerte, nickte aber schließlich und sagte: »Sie wird bedroht und belästigt von anonymen Anrufern.«

»Hat sie niemanden, der auf sie aufpaßt? Keine Leibwächter?«

»Nein, so etwas ist für einfache Mospheiraner nicht drin. Schutz bietet allenfalls die Polizei. Aber die kann in einem solchen Fall nur wenig ausrichten.«

»Ihre Angehörigen haben wohl mit ähnlichen Problemen zu kämpfen.«

Nicht nur, daß man seine Post sichtete und Telefongespräche mithörte; offenbar verstanden manche Atevi mehr von seiner Muttersprache, als zugegeben wurde.

Tabini rutschte noch weiter herum und warf ein Bein über die Armlehne. »Könnten Sie sich vorstellen, daß Barb-daja ihren Ehebund bricht und ins Bu-javid übersiedelt, um mit Ihnen zusammenzuleben?«

Bren war sprachlos. An eine solche Möglichkeit hatte er nicht einmal im Traum gedacht.

»Mit dem einen oder anderen Visum wäre das Problem gelöst. Sie müßten sich um die Sicherheit ihrer Frau und ihrer Familie keine Sorgen mehr machen. Sie könnten hier leben, wenn Sie das wünschen.«

Bren spürte, wie sein Herz ins Stocken geriet, als ihm klar wurde, worum es ging: um Hanks, ihre Anschuldigungen, um ihr Schicksal, letztlich darum, daß den Beziehungen zwischen Menschen und Atevi ein unheilvoller Rückschlag drohte – was er verhindern mußte. »Aiji-ma, das ist ein … sehr großzügiges Angebot.« Aber darauf würden sich seine Mutter, Toby und Jill niemals einlassen.

Allenfalls Barb. Ja, sie würde sich eine so radikale Veränderung vorstellen können, womöglich sogar vollziehen. Sie hatte den nötigen Schneid und die Fähigkeit, Bedenken gering zu schätzen. Er sah sie im Geiste vor sich: im Schnee, unter praller Sonne, jenseits aller Realitäten und Alltagszwänge.

»Meine Familie würde sich hier nicht einleben können und wollen. Barb dagegen …«

Daß sie es zumindest versuchen würde, war anzunehmen, zumal sie sich vom Leben am Hofe des Aiji, an der Seite des Paidhi, als Barb-daja so manches versprechen konnte von dem, woran ihr schon immer gelegen war: Parties, extravagante Garderobe, Glanz und Glitter. Darauf würde sie anspringen.

Ob sie sich auch auf Dauer würde einrichten können, war fraglich und nach Brens Einschätzung eher zu bezweifeln. Ihr Eigensinn und ihre Selbstgefälligkeit vertrugen sich nicht mit dem, was an diplomatischen Anforderungen und Dauerbelastungen auf sie zukäme.

Und dieses permanente Umgebensein von Sicherheitskräften, die Tatsache, daß sie unausweichlich aufeinander angewiesen wären – nein, einer solchen Belastungsprobe würde ihre gegenseitige Zuneigung nicht standhalten.

»Nun?« fragte Tabini nach.

»Über Barb bin ich mir nicht im klaren«, antwortete er. »Geben Sie mir bitte noch etwas Bedenkzeit, Aiji-ma.«

»Daß Ihre Familie zu uns kommen könnte, schließen Sie aus?«

»Meine Mutter ...« Er hatte Tabini gegenüber immer nur in den höchsten Tönen von seiner Mutter gesprochen. Und von Toby. »Sie ist durch und durch Mensch, sehr eigen.«

»Könnte doch sein, daß sie sich mit meiner Großmutter gut versteht.«

Bren mußte lachen. »Ich fürchte, die beiden würden sich immerzu in die Haare geraten, Aiji-ma. Und was meinen Bruder betrifft: Wenn der auf sein wöchentliches Golfspielen verzichten müßte, würde er vor Gram vergehen.«

»Das ist das Spiel mit dem kleinen Ball, nicht wahr?«

»Ja.«

»Ein beliebter Zeitvertreib?«

»Es werden Wetten darauf abgeschlossen.«

»Aha.« Dieser Hinweis erklärte einem Ateva alles und kam einer Ehrenrettung Tobys gleich.

»Aiji-ma, im Augenblick beschäftigen mich ganz andere Dinge: die Landung, die Vorfälle von letzter Nacht, Hanks-Paidhi ...«

»Vergessen Sie Hanks-Paidhi.«

Bren zuckte innerlich zusammen, zog es aber vor,

den Mund zu halten. Seine Proteste hatten schon zwei Leben gekostet.

»Ich glaube ...«, hob Tabini an, wurde aber von Naidiri unterbrochen, der zur Tür hereinkam, sich tief verbeugte und dem Aiji eine Schriftrolle überreichte.

»Der Brief kam im Versandzylinder«, sagte Naidiri. »Verzeihen Sie, daß wir ihn geöffnet haben, aber im Augenblick sollte die Sicherheit den Vorrang haben.«

»Ganz Ihrer Meinung.« Tabini rollte das Schreiben auseinander und las. »Ah, nand' Paidhi. Geigi bekundet seinen tiefempfundenen Respekt für Ihre Person und läßt wissen, daß seine Mathematiker die vorgeschlagene Lösung für das vermeintliche Paradoxon höchst aufschlußreich finden und der Meinung sind, daß sie von weitreichender Bedeutung sein wird. Daß seine Blumen am Flughafen zurückgewiesen wurden, betrübt ihn sehr, und er fürchtet, daß Sie an seinen geäußerten Zweifeln womöglich persönlich Anstoß genommen haben, was er Ihnen nicht verdenken könnte. Er will hierher nach Taiben kommen, um sich bei Ihnen zu entschuldigen. Der Mann ist entschlossen, Nadi.«

»Ich bin überrascht«, sagte Bren. »Wie soll ich darauf reagieren, Aiji-ma?«

»Teilen Sie ihm mit, daß aus Ihrer Sicht einer guten Zusammenarbeit nichts im Wege steht und daß Sie sich gleich nach Ihrer Rückkehr in die Hauptstadt bei ihm melden werden, um in freudiger Erwartung zu hören, was er zu den Formeln und Thesen zu sagen hat.« Und an Naidiri gewandt: »Bitte, setzen Sie ein entsprechendes Schreiben auf und antworten Sie im Namen des Paidhi, bevor dieser Mann die Bestände sämtlicher Floristen in Shejidan aufkauft.« Er richtete seinen Blick auf Bren zurück und sagte: »Mir scheint, Sie haben Geigi einen gehörigen Schrecken eingejagt, Bren-ji. Verwunderlich, denn er ist beileibe kein ängstlicher Mann. Wenn er mir widersprechen kann, tut er das mit Leidenschaft und ohne Scheu. Was haben Sie bloß mit ihm angestellt?«

»Ich weiß nicht, Aiji-ma. Es war jedenfalls nicht meine Absicht, ihn in Verlegenheit zu bringen.«

Tabini gab Naidiri das Schriftstück zurück und schickte ihn hinaus. »Ich vermute, Geigi kann nicht verstehen, warum Sie persönlich das Observatorium aufgesucht haben. Darüber zerbricht er sich den Kopf.«

»Die Antwort liegt auf der Hand. Ich konnte mich in einer so schwer verständlichen Sache nicht auf Mitteilungen aus zweiter Hand verlassen. Außerdem wurde mir von Banichi nand' Grigiji beschrieben als ein merkwürdiger Kauz, der sogar seine eigenen Studenten verblüfft.«

»Merkwürdig, das ist er fürwahr«, sagte Tabini. »Ich habe ihn fragen lassen, womit wir ihn in seiner Arbeit unterstützen könnten. Er erklärte, daß er rundherum zufrieden sei, und zog sich zurück, um ein Nickerchen zu machen.«

»Typisch.«

»Allerdings haben seine Studenten den Paidhi gebeten, dafür zu sorgen, daß sie sich mit der Universität von Mospheira austauschen können.«

Bren runzelte die Stirn. »Meine Universität wäre bestimmt interessiert. Aber ob es mir noch möglich sein wird, einen solchen Kontakt zu vermitteln, steht in den Sternen. Versuchen will ich's.«

Tabini schmunzelte. »Tja, es gibt einiges zu tun. Aus unserem Vorhaben, gemeinsam angeln zu gehen, wird wohl nichts.«

»Immerhin dürfen sich die Fische noch eine Weile in Sicherheit wiegen.«

»Sie machen einen bekümmerten Eindruck.«

»Ich könnte auch eine heiterere Miene aufsetzen. Aber damit warte ich bis morgen, wenn die Kapsel landet.«

»Wie wär's, wenn wir miteinander zu Abend essen,

uns über das Wesen unserer Frauen unterhalten, eine Runde Darts spielen und uns mit einem guten Glas Wein ans Feuer setzen?«

»Klingt verlockend, Aiji-ma.«

»Möchten Sie sich vorher noch eine Weile ausruhen?«

»Liebend gern.«

Es war, wie erhofft, ein ruhiges, entspanntes Abendessen. Banichi und Jago hatten sich schon am späten Nachmittag vom Dienst abgemeldet. Wahrscheinlich schliefen sie jetzt tief und fest. Es kam selten genug vor, daß sie einmal so gründlich abschalten konnten in dem Bewußtsein, daß andere für absolute Sicherheit sorgten.

Nach dem Abendessen spielten sie Darts. Von zehn Runden gewann Bren drei, ob dank eigener Geschicklichkeit oder weil der Aiji ein Nachsehen mit ihm hatte, blieb dahingestellt. Anschließend setzten sie sich ans Kaminfeuer.

»Unsere Besucher werden schon eine Weile unterwegs sein«, sagte Bren. »Vermutlich steigen sie erst im letzten Moment in die Kapsel um. Jetzt sind sie bestimmt noch im Schlepper und nähern sich der Abwurfposition. Ich nehme an, daß alles nach Zeitplan verläuft. Wenn nicht, hätten sie sich bestimmt gemeldet.«

»Mutige Leute«, bemerkte Tabini.

»Sie haben schreckliche Angst. Die Kapsel ist sehr alt.« Er nahm einen Schluck Wein und schaute ins Feuer. »Es wird sich vieles verändern, Aiji-ma, auf Mospheira wie auch hier auf dem Festland.« Tabini hatte bislang mit keinem Wort erwähnt, daß Ilisidi bis zum gestrigen Abend in Taiben gewesen war. »Aiji-ma, mir wurde mitgeteilt, daß die Aiji-Mutter bis gestern hier gewohnt hat und sich jetzt angeblich im Haus der Atigeini aufhält. Ich verstehe das nicht. Haben Sie eine Erklärung dafür?«

Tabini antwortete nicht und blickte stur vor sich hin.

»Aiji-ma, vielleicht irre ich mich, aber ich habe Ihre Großmutter kennengelernt als eine selbstbewußte, unabhängige Frau, die durchaus kämpferisch sein kann, wenn es um den Schutz von Landschaften und Kulturdenkmälern geht, sich aber wohl kaum vor den Karren der Rebellen spannen ließe. Ich glaube nicht, daß sie mit dem Anschlag zu tun hat, der letzte Nacht verübt wurde.«

»Das glauben Sie also nicht.«

»Wenn Cenedi mich auszuschalten versuchte, würde er mit Sicherheit subtilere Mittel anwenden. Hätten er und seine Leute diese Verwüstungen angerichtet, wären sie doch jetzt nicht ausgerechnet bei den Geschädigten, den Atigeini, zu Gast.«

»Jetzt ist es Ilisidi. Vordem war es Hanks, für die Sie sich eingesetzt haben.«

»Zugegeben, in ihr habe ich mich gründlich getäuscht.«

»Nun, machen Sie sich um meine Großmutter keine Sorgen. Sie wird wissen, wo sie landen kann. Ich habe ihr das Angebot gemacht, mit meinen Flugzeug weiterzureisen, doch das hat sie ausgeschlagen.«

»Wie gesagt, Aiji-ma, ich weiß wohl zu wenig, um mir ein Urteil erlauben zu können. Ich will nur einen Eindruck wiedergeben. Mir scheint es nicht nur berechtigt, sondern auch notwendig zu sein, daß Ilisidi gerade jetzt in dieser Zeit des Umbruchs und der großen Veränderungen gesteigerten Wert legt auf das kulturelle Erbe der Atevi. Mir ist bewußt, daß meine Fürsprache in diesem Punkt wenig glaubhaft klingen mag, aber bitte nehmen Sie zur Kenntnis, daß ich Ihre Großmutter für eine weise, weitsichtige Frau halte.«

»Bei allen niederen und verspotteten Göttern, Sie sind wirklich ein Muster an Besonnenheit. Davon sollte sich Brominandi eine Scheibe abschneiden. Dieser

Kerl hat doch tatsächlich die Stirn, mir telegraphisch mitzuteilen, daß er die Rebellen unterstützt. Wußten Sie davon?«

»Nein, das ist mir neu, aber es überrascht mich nicht.«

»Wie dem auch sei, Sie können getrost davon ausgehen, daß Ilisidi von mir nichts zu befürchten hat.«

»Und Malguri?«

»Soll so bleiben, wie es ist. Auch wenn es manchen lieber wäre, daß man die Mauern verfallen ließe, weil sie Anstoß nehmen an ihrem symbolischen Verweis auf feudale Macht und Privilegien.«

»Für mich haben sie eine ganz andere Bedeutung«, erwiderte Bren. »Sie bieten mir den Rückblick auf eine Zeit, da es noch keine Menschen hier gegeben hat.«

Nachdem es zwischen ihnen eine Weile still geworden war, fragte Tabini: »Wem gilt Ihr Man'chi, Paidhi-ji?«

»Ich dachte, daß es unter Atevi üblich ist, diese Frage auszuklammern.«

»Ein Aiji hat das Recht auf eine Antwort. Aber wenn Sie ...«

Ein Sicherheitsbeamter stürmte ins Zimmer. »Aijima, verzeihen Sie die Störung«, sagte er und reichte ihm einen Zeitungsausschnitt.

Tabini las, richtete sich im Sessel auf und kniff die Brauen zusammen. »Ist das schon im Umlauf?« fragte er.

»Leider ja.«

»Sei's drum. Versuchen Sie herauszufinden, wer diese Meldung lanciert hat.«

»Aiji-ma«, der Sicherheitsbeamte verbeugte sich und ging.

Tabini zeigte sich verstimmt.

»Probleme?« Überflüssige Frage.

»Ach, nichts Schlimmes. In der Postille des hiesigen

Kurvereins ist davon die Rede, daß der Aiji gekommen ist, um die Vertreter vom Schiff in Empfang zu nehmen.«

»Wer liest das Blatt?«

»Vor allem Touristen. Es hat eine Auflage von mindestens tausend Stück und liegt kostenlos in jedem Laden aus.«

»Gütiger Himmel!«

»Sie werden in Scharen kommen, mit Kind und Kegel, mit Zelten und Kameras. Hunderte von Touristen. Wie sollen unsere Leute unter solchen Voraussetzung für Sicherheit garantieren können?«

Öffentliches Land. Darauf konnte sich ein jeder frei bewegen.

»Diese Information ist nicht zufällig durchgesickert«, fuhr Tabini fort. »Verdammt, der Herausgeber hat doch genau gewußt, was er uns mit dieser Meldung einbrockt.«

Tabini sprang aus dem Sessel auf und knöpfte sich die Jacke zu. Auch Bren stand auf. Der gemütliche Teil des Abends war vorüber.

»Da draußen sind Fallstricke gelegt worden. Wir können die Leute da nicht reinlaufen lassen«, sagte Tabini. »Bren, gehen Sie zu Bett, ruhen Sie sich aus. Ich muß jetzt los.«

»Kann ich denn nicht helfen?«

»Ich fürchte nein, denn von unseren akuten Problemen wird wohl keines mosphei' sprechen. Bleiben Sie hier, in der Nähe eines Telefons; es könnte ja sein, daß sich das Schiff meldet.«

Von denen, die davon erfahren hatten, würde es sich keiner nehmen lassen, herbeizueilen, um diesen wahrlich geschichtsträchtigen Moment der Landung miterleben, um mit eigenen Augen verfolgen zu können, wie Menschen vom Himmel fallen, hier vor Taiben, bei Tagesanbruch.

An Schlaf war nicht zu denken. Tano und Algini kamen kurz herein, um mitzuteilen, daß die Parkaufseher mit der Bahn an den See gefahren seien und die Touristen über Lautsprecher im Namen des Aiji aufgefordert hätten, an Ort und Stelle zu bleiben.

»Wer weiß, wie viele sich schon auf den Weg gemacht haben?« sagte Bren.

»Sämtliche Aufseher sind in Alarmbereitschaft«, berichtete Algini.

»Was soll's? Es ist wohl kaum möglich, einfache Touristen von Gildenmitgliedern im Geheimauftrag zu unterscheiden.«

»Wir kennen einander«, entgegnete Tano.

»Aber Sie haben recht«, sagte Algini. »Um einen Kollegen von einem Touristen unterschieden zu können, muß man schon näher ran, als einem lieb sein kann. Das mit der Zeitungsmeldung war sehr clever eingefädelt.«

»Wissen Sie schon, wer dafür verantwortlich ist?«

»Nein, aber in Betracht kommen viele.«

»Nand' Paidhi«, rief ein Mitarbeiter aus Tabinis Stab von der Tür aus. »Ein Anruf für Sie.«

»Ich komme.« Zusammen mit Tano und Algini eilte er dem Mann hinterher, der sie zum nächstgelegenen Telefon führte.

»Hallo, Hier spricht Bren Cameron.«

*»Jason Graham. Wollte mich noch einmal melden, habe aber nicht viel Zeit, weil wir gleich wieder raus sind aus der Funkschneise. Läuft bei Ihnen alles nach Plan?«*

»Ja. Wie geht es Ihnen?«

*»Fragen Sie lieber nicht. Wo sind Sie zur Zeit?«*

»Fünfzig Kilometer von der Landestelle entfernt. Ich werde da sein.«

*»Wir werden ... Kapsel umsteigen. Die Systeme ... können Sie ...?«*

»Wiederholen Sie bitte.«

Statisches Knistern. Dann: *»Wir sehen uns. Hören Sie?«*

»Ja, verstanden. Bis bald.«

Die Verbindung brach ab. Bren war erleichtert und verstört zugleich. Was hätte er ihm noch sagen sollen? Hüten Sie sich vor vermeintlichen Touristen? Wollen wir hoffen, daß nicht auf Sie geschossen wird?

»Sie halten den Zeitplan ein«, sagte er. »Wann werden wir rausfahren?«

»Daß Sie uns begleiten, ist aber nicht vorgesehen«, erwiderte Tano.

Bren fühlte sich wie vor den Kopf gestoßen. »Wo ist Tabini?« fragte er. »Ich muß ihn sprechen.«

»Nand' Paidhi«, antwortete Algini. »Wir werden ausrichten, was Sie ihm zu sagen haben.«

»Nein. Ich will ihn persönlich sprechen.« Bren zitterte vor Wut. »Es kann nicht angehen, daß man mich hier festhält. Ich muß vor Ort sein, wenn die Kapsel landet. Das habe ich den beiden, die zu uns kommen, versprochen. Sie verlassen sich darauf.«

»Schon gut«, meinte Tano. »Ich werde den Aiji suchen.«

»Vielen Dank, Nadi.«

Es tat ihm leid, Tano Unannehmlichkeiten zu bereiten, doch die konnte er ihm jetzt nicht ersparen. Daß er mit hinausfahren würde, mußte klar sein.

Er ging ins Kaminzimmer zurück, lief nervös auf und ab und wartete, bis Tano schließlich wieder auftauchte, ganz außer Atem. »Paidhi-ma. Banichi bestätigt, daß Sie mit uns fahren. Zwei Stunden vor Sonnenaufgang geht's los.«

»Ich danke Ihnen, Tani-ji«, sagte er erleichtert und ein wenig verlegen darüber, daß er so viel Wirbel gemacht hatte.

Um bis zur Abfahrt, wenn auch nicht geschlafen, so doch zumindest geruht zu haben, zog er sich auf sein Zimmer zurück, entließ die Dienerinnen, die ihm zu Hilfe eilten, und legte ein paar Sachen zurecht, warme Kleider, weil in den frühen Morgenstunden mit Kälte zu rechnen war, und feste Wanderschuhe für den Fall, daß sie zu einem längeren Fußmarsch gezwungen sein würden.

»Bren-ji? Es hat Unstimmigkeiten gegeben?«

Jagos Stimme. Er drehte sich um, sah sie in der Tür stehen und hatte plötzlich den Eindruck, als sei das Zimmer zu eng, die Luft stickig ... »Ich – ehm – wollte nur wissen, wann wir morgen aufbrechen.« Der Paidhi, der große Kommunikator, war nicht ganz auf der Höhe seiner sprachlichen Möglichkeiten. »Tano hat sich erkundigt und mir Bescheid gegeben.«

»Es hat einen Anruf gegeben.«

»Ich ... – ehm – ja.«

»Gibt es Probleme, Bren-ji?«

»Ach was, nein. Es läuft alles nach Plan.«

Jago machte die Tür zu. Ihm wurde schummerig.

»Mir scheint, ich komme ungelegen«, sagte Jago. »Was mir aufrichtig leid täte, Bren-Paidhi.«

Er wußte nicht, was er sagen sollte, stand da wie belämmert.

»Verzeihen Sie die Störung.« Sie wandte sich von ihm ab und langte zum Türgriff.

»Ich ...« Es verschlug ihm die Sprache. »Jago.«

Sie zögerte und schaute fragend zu ihm zurück.

Um ihre Geduld nicht länger zu strapazieren mit gestammelten Sprechversuchen, gab er sich einen Ruck und plapperte drauflos: »Lassen Sie sich nicht täuschen, Jago-ji. Sie kommen nicht ungelegen, im Gegenteil, ich freue mich, Sie zu sehen. Es ist nur so, daß ich im Augenblick keinen klaren Gedanken fassen kann. Mir schwirrt so viel im Kopf herum, und ich habe Ihnen so viel zu sagen, finde aber nicht passenden Worte ...«

Danach schien nun auch Jago suchen zu müssen, und es wurde still, so still, daß er sein Herz klopfen hörte.

»Habe ich Sie verärgert?« fragte sie schließlich.

»Nein«, antwortete er und schüttelte energisch den Kopf, obwohl Atevi mit einer solchen Geste nichts anzufangen wußten. »In keiner Weise. Ganz und gar nicht.«

»Verstört?«

»Ja.«

Sie verbeugte sich förmlich, offenbar um sich zu verabschieden.

»Jago.« So konnte er sie nicht gehen lassen. Er mußte sich ihr erklären. »Verstehen Sie bitte, es geht mir um das, was unsereins *Freundschaft* nennt. Und das ist mit Gefühlen und Erwartungen verbunden, die sich einem aufdrängen und denen mit Logik nicht beizukommen ist. Ich weiß nicht, ob der Vergleich mit Ihrem Begriff von Man'chi zutrifft, aber vielleicht gibt es ja doch gewisse Übereinstimmungen. Ich würde so gern wissen, wie wir zueinander stehen ... nach jener Nacht vor einigen Tagen. War es Neugier, daß Sie mir nahegekommen sind, oder womöglich mehr als das ...«

»Ich wollte Ihnen nur gut sein«, antwortete sie mit unerschütterlicher Selbstbeherrschung. »Es scheint, ich habe das Verkehrte getan.«

»Nein, Jago. Ach, ist mir das peinlich! Verstehen Sie mich bitte. Ich will, daß es zwischen uns so bleibt, wie es war. Vorläufig jedenfalls. Das kränkt Sie doch nicht, oder?«

»Nein. Wieso sollte es?«

»Darf ich sagen, daß ich mich von Ihnen besonders stark angezogen fühle?«

Sie lachte auf, anscheinend überrascht. »Das dürfen Sie, Paidhi-ji.«

Bren kam sich wie ein Tolpatsch vor. »Es erleichtert mich zu hören, daß Sie mir nicht böse sind.«

»Natürlich nicht.« Sie warf ihm einen verstohlenen Blick zu und lachte nervös. »Vielleicht bietet sich ja noch einmal Gelegenheit ...«

Ausgerechnet jetzt piepte ihr Taschen-Kom. Jago

hielt es ans Ohr und runzelte die Stirn. »Vierzehn«, sagte sie – vielleicht ihre Kennummer, dachte Bren.

Und dann: »Wenn Sie noch Ihre Sachen wechseln wollen, beeilen Sie sich. Es geht los. Jetzt gleich.«

»Zum Landeplatz? Oder woanders hin?«

»Wir haben den Befehl, nach draußen zu gehen, vors Haus. Sie brauchen nicht zu hetzen, sollten aber auch keine Zeit verlieren.«

»Verdammt.« Er zog das Hemd aus und streifte den Pullover über, als Jago das Zimmer verließ. Er sputete sich, die Hose zu wechseln, dickere Socken anzuziehen und in die Wanderschuhe zu steigen. Noch mit der Jacke kämpfend, eilte er zur Tür hinaus. Jago wartete im Flur auf ihn.

»Weshalb müssen wir raus?« fragte er sie.

»Keine Ahnung, aber vielleicht ist jemand unterwegs hierher.«

In der Eingangsdiele hatten sich Damiris Dienerinnen versammelt. »Ein Teil von Ihnen kann hierbleiben«, sagte Banichi. »Das Haus hat einen Schutzkeller. Dort werden Sie in Sicherheit sein. Sobald alle Kaminfeuer gelöscht und die Sicherungen herausgedreht sind, wird Sie das Hauspersonal runterführen. Verhalten Sie sich ruhig und warten Sie dort, bis wir uns zurückmelden.« Gemeinsam gingen alle hinaus auf die Veranda, als ein Wagen mit offenem Verdeck um die Ecke des Westflügels gebogen kam und vor der Treppe anhielt. Bren wußte nicht, wie ihm geschah, als er von Banichi zur Seite gedrängt wurde und spürte, wie der ihm einen schweren, klobigen Gegenstand in die Jackentasche steckte. Bren fuhr mit der Hand von außen an die Tasche, erfühlte den Inhalt und verstand Banichis Heimlichtuerei.

»Haben wir ein Funkgerät dabei?« fragte er.

»Natürlich«, antwortete Banichi, packte ihn beim Arm und führte ihn zum Wagen hin. Ein Sicherheitsbeamter öffnete den Verschlag. Im Dunkeln sah Bren Ateviaugen golden schimmern, scheinbar losgelöst. Es widerstrebte ihm, einzusteigen; er hatte Angst, allein, ohne die anderen, weggebracht zu werden, daß Banichi und Jago zurückblieben, um das Haus zu verteidigen. Doch Jago folgte ihm in den Fond, während Banichi auf dem Beifahrersitz Platz nahm. Nun stieg auch noch Tano hinten zu und zog die Tür ins Schloß.

»Wo ist Algini?«

»Im Wagen hinter uns. Er hat auch das Funkgerät.« Der Wagen beschleunigte mit durchdrehenden Rädern und holperte über den Knüppeldamm, der über den ansonsten unwegsamen Hang gelegt war. Der Fahrer schien dem Allradantrieb und der Radaufhängung einiges zuzutrauen, und Bren wurde mächtig durchgeschüttelt, hielt sich krampfhaft an dem Bügel fest, der hinter den Rücklehnen der vorderen Sitze quer durch den Innenraum montiert war. Erleichtert atmete er auf, als der eigentliche Fahrweg erreicht war.

»Was ist bloß geschehen?« fragte er. »Und wo ist Tabini?«

Banichi drehte sich um, warf den Arm über die Lehne, hielt aber den Kopf geduckt wegen der tiefhängenden Zweige, die vor die Windschutzscheibe schlugen. »Die Zeitungsmeldung hat jede Menge Leute herbeigelockt. Wer bloß einfacher Tourist ist und wer nicht, läßt sich kaum unterscheiden.«

»Das heißt, darunter könnten sich auch die Entführer von Hanks gemischt haben.«

»Anzunehmen«, sagte Banichi und wandte sich wieder nach vorn.

Der Fahrer – allem Anschein nach ein Parkaufseher – hatte alle Hände voll zu tun auf der kurvenreichen, schmalen Schotterpiste, die voller Schlaglöcher war und von Wurzeln durchzogen. Das gelbe Standlicht des nachfolgenden Wagens hüpfte im Spiegel der Windschutzscheibe.

»Womit rechnen Sie? Daß sie über Taiben herfallen

oder zum Landeplatz vorrücken? Können die überhaupt wissen, wo die Kapsel runterkommt?«

»Aus der Zeitung war darüber jedenfalls nichts zu erfahren«, antwortete Tano. »Aber wer weiß, vielleicht sind sie durch andere Quellen informiert.«

»Sie werden doch jetzt wohl keine Zeit auf Taiben verschwenden, wenn sie wissen, daß wir weggefahren sind. Sie waren zu Fuß unterwegs, nicht wahr? Vermutlich werden sie jetzt auf Fahrzeuge umsteigen.«

»Wie auch immer«, sagte Jago. »Wir sind im Nachteil. Der Gegner mag überall lauern. Dagegen sind wir für ihn als einzelnes Ziel klar auszumachen.«

»So schlimm ist es nun auch wieder nicht«, versuchte Banichi zu beruhigen. »Und wenn es wirklich brenzlig werden sollte, gibt es da ein sicheres Versteck, in das wir uns zurückziehen können. Keine Sorge, Nadi-ji.«

»Die Kapsel wird langsam zu Boden sinken«, sagte Bren. »Falls die Gegenseite schwere Waffen hat und angreift ...«

»Wir glauben nicht, daß sie es darauf abgesehen hat, sondern vielmehr auf Tabini höchstselbst«, entgegnete Banichi. »Womöglich auch auf Sie. Wir haben Tabini zu überreden versucht, daß er nach Shejidan zurückfliegt. Aber er weigert sich und verlangt, daß auch Sie, der Paidhi, hierbleiben.«

Bren glaubte nun den Grund für den abrupten Aufbruch zu verstehen. Die Aufsplitterung in kleine Gruppen, die mit ihren jeweiligen Fahrzeugen in unterschiedlicher Richtung davonfuhren, sollte den Gegner irritieren. Der würde nur noch raten können, wo und in welcher Gruppe sich Tabini oder der Paidhi aufhalten mochte. Um ihn und sich machte sich Bren keine Sorgen. Aber um die Landekapsel. Es war nicht genau vorherzusehen, wo sie aufsetzen würde, welcher Ort auf besondere Weise abgesichert werden mußte. Womöglich verfehlte sie ihr Ziel um etliche Kilometer, landete wer weiß wo. Krampfhaft hielt er den Bügel gepackt und wurde so heftig hin- und hergeworfen, daß der verletzte Arm zu schmerzen anfing.

Um sich brauchte er keine Angst zu haben, nicht so wie auf der Flucht von Malguri, als die Bomber angegriffen hatten. Hier konnte er sich darauf verlassen, daß der Parkaufseher am Steuer die Gegend wie seine Westentasche kannte, den Gegner abzuhängen und auszutricksen verstand. Doch da, wo es zur Landung kommen sollte, auf der weiten, offenen und nur von einzelnen Büschen unterbrochenen Grasfläche, da würde man sie in ihrem verdecklosen Wagen von allen Seiten aufs Korn nehmen können.

Aber auch der Gegner käme nicht ungesehen dorthin; er würde mit seinen Fahrzeugen erkennbare Spuren im Gras hinterlassen. So wie sie selbst.

»Ich glaube kaum, daß sie uns hier auflauern«, sagte er zu Jago und Tano. »Das haben sie nicht nötig. Sie wissen doch, wohin wir wollen. Ungefähr jedenfalls.« Und siedendheiß fiel ihm plötzlich ein: »Wo ist mein Computer?«

Banichi drehte sich um und grinste. »Hier, zwischen meinen Füßen, Paidhi-ji. Wir denken an alles.«

Ihm war flau geworden vor Schreck, und zu allem Überfluß schleuderte es ihn nun, da der Fahrer das Steuer herumgerissen hatte, so wuchtig zur Seite, daß er mit Tano zusammenprallte. Dem war spätestens jetzt aufgefallen, daß er eine Waffe in der Tasche trug.

Was soll's? dachte Bren und hatte den Nerv zu fragen: »Hat jemand ein volles Magazin für mich übrig?«

Er bekam gleich drei, jeweils eins von Banichi, Jago und Tano.

Kalte Luft schlug ihm entgegen. Sie hatten den Wald hinter sich gelassen und fuhren durch freies Gelände. Bren dachte an Deana. »Es ist doch zu vermuten, daß Hanks hier irgendwo in der Nähe versteckt …« Ein tiefes Schlagloch. »Daß sie hier versteckt gehalten wird, nicht wahr? Ich finde, wir sollten sie aufzustöbern versuchen.«

Jagos Lachen ging im Motorenlärm unter. »Prima Idee, nand' Paidhi.«

»Daran haben Sie wohl selbst schon gedacht.«

»Und nicht nur wir. Ihre Entführer haben sie mit Sicherheit wieder woanders hingebracht.«

»Weit können sie nicht sein. Der Flughafen ist ihnen versperrt, und sie werden die Forstwege benutzen müssen.«

»Gut kombiniert, Nai-ji.«

»Sie machen sich über mich lustig.«

»Aber nein«, entgegnete Tano und tätschelte ihm das Bein. »Wir teilen Ihre Vermutung.«

»Und warum fahren wir dann ziellos hier im Kreis herum? Um den Gegner schwindelig zu machen?«

»Wäre doch nicht schlecht, oder?« sagte Jago. »Es gibt hier in der Gegend eine Reihe von Schutzhütten. Eine davon fahren wir jetzt an, um Rast zu machen. Nach einer Stunde geht's weiter. Inzwischen wird dann auch Tabinis Maschine gestartet sein. Wir hoffen, den Gegner dadurch ablenken zu können.«

# 22

Es war entnervend, so lange auf Algini und Tano warten zu müssen, die vorgegangen waren, um das Terrain zu sondieren und auszuschließen, daß jemand im Hinterhalt auf sie lauerte. Was aber nicht der Fall zu sein schien, denn endlich gaben sie mit einem zweimaligen Aufleuchten ihrer Stablampe zu verstehen, daß der Weg frei war.

Mit den anderen stieg Bren aus dem Wagen und streifte durch dichtes Gesträuch auf die Schutzhütte zu.

›Bunker‹ wäre der treffendere Name gewesen. Tief eingegraben und nur an der offenstehenden Falltür erkennbar, bot dieser Unterschlupf – wie all die übrigen, die im Naturpark rund um Taiben angelegt worden waren – Schutz vor plötzlich hereinbrechendem Unwetter, vor Wirbelstürmen, die hier mitunter wüteten, vor starken Schneefällen oder Hagelschauern. Er war so geräumig, daß zwanzig Atevi darin Platz fanden, mit elektrischem Licht aus Solarzellen ausgestattet, und bevorratet mit Proviant und medizinischen Utensilien für Erste Hilfe. Es gab sogar Duschgelegenheit. Bren hockte sich in eine Ecke und legte den schmerzenden Arm auf einen Stapel zusammengefalteter Decken. Er konnte getrost die Augen zumachen und zu schlafen versuchen in der Gewißheit, daß sein Begleitschutz wachsam war und für Sicherheit zu sorgen wußte.

Plötzlich wurde es unruhig um ihn herum; er schreckte auf mit pochendem Herzen und sah die anderen in Alarmbereitschaft. Aber Jago tätschelte seinen Arm und sagte, daß der Aiji komme; er könne ruhig schlafen.

Die Lider klappten wie von selbst wieder zu, doch er war hellwach und lauschte den Gesprächen. Es wurde darüber diskutiert, was zu tun sei, und einer machte den Vorschlag, weiterzuziehen und den Paidhi zurückzulassen.

»Ich will hier nicht zurückbleiben«, protestierte er. »Jago?«

»Sie bleiben bei uns«, sagte sie leise. »Nur keine Aufregung.«

In diesem Moment stiegen Tabini, Naidiri und seine Leute durch die Falltür. Bren richtete sich auf, um den Aiji zu begrüßen. Der nickte nur flüchtig, wirkte tief besorgt und unterhielt sich flüsternd mit Banichi und Naidiri.

»Was ist los?« wollte Bren von Jago wissen.

Jago mußte sich anscheinend erst selbst informieren. Sie ging zu den dreien hinüber, setzte sich zwischen Naidiri und Banichi, hörte zu und stellte Fragen.

Nach einer Weile kam sie zurück und sagte: »Unsere Linien sind an einer Stelle durchbrochen worden, und zwar von einer Gruppe, die mit Bestimmtheit nicht aus Touristen besteht. Wir glauben allerdings, daß es sich dabei nur um ein Täuschungsmanöver handelt, das ablenken soll von einer größeren Operation weiter südlich. Was die dort vorhaben, ist uns noch nicht klar. Aber nach unseren jüngsten Informationen scheint es so zu sein, daß schon seit langem, schon vor der Entführung von Hanks und unabhängig von der bevorstehenden Landung, ein Anschlag auf die Regierung in Vorbereitung ist.«

»Wie ernst ist der zu nehmen?«

»Sehr ernst. Als das Schiff gesichtet wurde, hat sich Tabini in Taiben aufgehalten. Zu der Zeit hätte sich eine günstige Gelegenheit zum Putsch geboten. Aber offenbar war denen die Sache dann doch zu riskant.«

»Damit durchzukommen ist doch jetzt für sie nicht leichter.«

»Warten wir's ab. Jedenfalls war es sehr geschickt, die Touristen auf den Plan zu rufen. Als das Schiff aufkreuzte, waren noch keine Bürger nach Taiben zu locken gewesen. Aber die publik gemachte Landung wird sie in Scharen herbeiströmen lassen.«

»Verdammt, wenn man denen jetzt auch noch Angst machen würde vor Todesstrahlen und dergleichen Unsinn. Die drehen womöglich durch.«

»Tja, genau damit ist zu rechnen. Es wäre gut, wenn wir mehr Zeit hätten, um die Hügel nach Süden hin abkämmen zu können. Banichi fragt, ob die Möglichkeit besteht, die Landung um ein paar Stunden zu verschieben.«

Bren warf einen Blick auf die Armbanduhr, schaltete die Ziffernbeleuchtung ein, um sehen zu können. »Es wird eng. Wenn, dann müßte ich sofort anzurufen versuchen. Aber was soll ich denen sagen, Jago-ji. Wenn die erfahren, was hier unten los ist, werden sie wahrscheinlich nach Mospheira ausweichen.«

Jago preßte die Lippen aufeinander. »Nein, dazu darf es nicht kommen«, sagte sie schließlich und kehrte zu Tabini und ihren Kollegen zurück.

Wenig später trat Tabini auf Bren zu, legte ihm eine Hand auf die Schulter und sagte: »Bren-ji, es wird gleich eine Gruppe von Rebellen hier aufkreuzen. Wir müssen uns auf eine Schießerei gefaßt machen. Es liegt eine kugelsichere Weste für Sie bereit; die dürfte Ihnen zwar ein bißchen groß sein, aber, bitte, legen Sie sie an.«

»Wie Sie meinen. Aber wie sollen wir die Landekapsel schützen? Die ist bestimmt nicht kugelsicher.«

»Keine Sorge, es wird Feuerschutz aus der Luft geben«, antwortete Tabini und klopfte ihm auf die Schulter. »Übrigens, wir glauben zu wissen, wo Hanks steckt. Ihre Entführer waren etwas unachtsam mit ihren Telefongesprächen. Wir haben sie per Fangschaltung orten können.«

Bren stand auf und nahm von Tano die Weste entgegen. Der Helm, der ihm von Tabini gereicht wurde, mußte zuerst einmal mit einem kleinen Handtuch ausgestopft werden, um den schmalen Sehschlitz in Augenhöhe zu bringen. Immerhin, als Mensch war er in dieser Aufmachung nicht wiederzuerkennen. Er sah jetzt vielmehr aus wie ein atevisches Kind, das Krieg spielt.

»Sie kommen«, warnte Algini, der einen Kopfhörer ans Ohr gepreßt hielt.

Einer weiblichen Kollegin, die neben ihm stand, steckte Banichi eine Tonkassette in die Hand. »Da sind die Stimmen des Aiji, Naidiris und meine drauf. Lassen Sie das Band vor eingeschaltetem Funkgerät ablaufen. Es hält mehrere Stunden vor.«

»Geht in Ordnung, 'Nichi-ji«, antwortete die Frau.

'Nichi-ji? wunderte sich Bren. Er nahm den Computer zur Hand und wartete darauf, daß die Luke geöffnet wurde.

Sie setzten sich in Bewegung, er, Tabini und ihre jeweiligen Sicherheitskräfte. Es galt, möglichst schnell und verwirrend zu agieren, gerade so wie jene Trickbetrüger, die dem Gegenspieler keine Chance ließen zu beobachten, unter welchem Hütchen die Münze lag. Innerhalb von zwei Wochen steuerte Bren nun zum zweiten Mal auf einen mörderischen Schlagabtausch zwischen Atevi zu. Er trug eine Waffe, hatte die Taschen voller Munition, eine kugelsichere Weste, die schmerzend auf Schulter und Rippen lastete, einen Helm, der ihm die Sicht zum Teil versperrte – nein, als Kombattant gab er keine gute Figur ab.

Es ging hin und her auf erratischem Kurs über Wiesen und Hügel, durch Furten und Wälder, die dichter wurden, je weiter sie nach Süden kamen.

Zwei Geländewagen fuhren vorweg; Tabini und Naidiri folgten in vorletzter Position der Kolonne aus insgesamt sechs Fahrzeugen. Zweimal machten sie kurz Halt, jeweils vor Wegkreuzungen. Bei ausgeschaltetem Motor lauschten sie in die Stille. Zu hören war nur das leise Rauschen der Bäume. Von Banichi dazu aufgefordert, meldete sich Tano über sein Taschen-Kom bei verschiedenen Außenposten. Es war von feindlichen Bewegungen in Abschnitt elf die Rede, und dann wurde entschieden, die Einundzwanzig einzuschlagen. »Weiter geht's«, sagte der Fahrer. Die Motoren starteten, und der Wagen an der Spitze bog in einen holprigen, wenig befahrenen Weg ein. Sträucher kratzten unterm Fahrzeugboden und an den Seiten entlang.

Planänderung, dachte Bren; er saß eingeklemmt zwischen Jago und Tano auf der Rückbank und konnte kaum Luft holen unter der schweren Bleiweste. Aber das Ding abzulegen kam nicht in Frage.

»Halten wir eigentlich noch Richtung auf den Landeplatz?« fragte er leise, als ein dichtbelaubter Ast vor die Frontscheibe klatschte und über ihre Köpfe hinwegsauste. Über tiefe Schlaglöcher ging es nun auf steilem Weg bergan, aus dem Wald hinaus auf karstiges Gelände. Vor schwarzem Himmel sah Bren eine Granitwand matt schimmernd aufragen. Er warf einen Blick auf die Uhr. »Noch eine Stunde bis Tagesanbruch«, sagte er und spürte ein nervöses Krampfen im Magen. »Die Kapsel wird schon unterwegs sein ...«

»Es dauert nicht mehr lange, und wir sind ...«

Plötzlich, ein anschwellendes, schrilles Pfeifen. Jago und Tano warfen sich über ihn, als ringsum die Luft zu explodieren schien. Von einer gewaltigen Druckwelle gepackt, kippte der Wagen, und ins Freie geschleudert, rollte Bren im Knäuel mit Jago und Tano durchs Gesträuch am Wegesrand, und auf sie nieder prasselten Dreck, Steine und Holzsplitter.

Im ersten Moment blieb ihm die Luft weg. Dann bemerkte er, daß der Helm verloren war, spürte, wie ihn jemand bei der Weste packte und die Böschung hinunterzerrte. Flammen schlugen aus dem umgekippten Wagen hervor, Schüsse krachten. Jago und Tano halfen ihm auf die Beine und eilten mit ihm in Deckung. Die Wagen am Ende der Kolonne setzten zurück, wie es schien. Er hörte nur das Aufheulen ihrer Motoren, sah nichts, weil geblendet vom gleißenden Licht des brennenden Wagens und des Baumes unmittelbar daneben, der sich wie ein Streichholz entzündet hatte.

Dann hörte er eine Stimme rufen, auf die Banichi – Gott sei Dank, er lebte – antwortete: Er befahl den Männern weiter unten, sich zurückzuziehen.

»Kopf runter!« brüllte er. Bren wurde von einer starken Hand zu Boden gedrückt, als Schüsse auf den Fels vor ihnen einschlugen und Steinsplitter herausspritzten.

»Mein Computer!« protestierte er.

Vom Hügelkamm blitzte ein Feuerstrahl, und ein schweres Geschoß explodierte jenseits des brennenden Wagens.

»Mörser«, sagte Tano. »Ich könnte versuchen, mich an die Stellung ranzuschleichen.«

»Viel zu riskant«, widersprach Banichi.

Von einer weiteren Granate ins Rutschen gebracht, donnerte eine Geröllawine zu Tal. Zusammen mit Jago kauerte er vor der schützenden Felswand, während Tano und Banichi die Geschützstellung oben am Hang mit ihren Pistolen unter Feuer nahmen.

Bren zog seine Waffe aus der Tasche und robbte zu den beiden hin, um Schützenhilfe zu leisten, doch Tano stieß ihn barsch zurück.

Wieder krachte eine Granate. Jetzt kam auch der Aufseher herbeigekrochen, der etwas abseits in Deckung gelegen hatte. Neben dem Wagen stürzte der brennende Baum fauchend zu Boden. Zwischen ihnen und der gegnerischen Stellung baute sich eine Flammenwand auf.

»Sie werden versuchen, von hinten ranzukommen«, sagte Banichi. »Bren, halten Sie uns den Rücken frei. Wir nehmen die da oben weiter unter Beschuß.«

Bren verstand nicht auf Anhieb, wer ›von hinten ranzukommen‹ versuchte, doch dann ahnte er, daß Banichi Tabini und die anderen meinte, die in ihren Wagen hatten zurücksetzen können und womöglich jetzt um den Hügel herumfahren würden, um dem Gegner in den Rücken zu fallen. Banichi, Jago, Tano und der Aufseher feuerten jedenfalls drauflos, als bliebe ihnen jede Menge Munition zu verpulvern. Bren behielt derweil den unteren Hangabschnitt im Auge. Er versuchte gerade, sich, mit der Hand abstützend, in eine auf Dauer erträgliche Sitzhaltung zu bringen, als er auf halber Höhe einen Schatten vorbeihuschen sah.

»Da ist …« Weiter kam er nicht, denn es warf ihn plötzlich so wuchtig zurück, daß er mit dem Hinterkopf gegen den Felsen prallte.

»Bren-ji!« Jagos Stimme.

Es hatte ihn erwischt. Er rang nach Luft, langte an die schmerzende Brust und wußte, daß es ohne Bleiweste um ihn geschehen wäre. Arme und Beine fingen zu zittern an. »Schon gut«, sagte er. »Ich passe auf.«

Die Schießerei ging unvermindert weiter. Jago und Tano richteten ihre Aufmerksamkeit zurück auf den Hügel. Bren hockte da und zitterte am ganzen Leib, so sehr verkrampft, daß er kaum Luft bekam. Rauch und heißer Wind fegte den Hang hinab.

Zum Glück wurde nicht mehr mit schweren Geschützen gefeuert. Anscheinend waren den Angreifern die Granaten ausgegangen, und unter dem Sperrfeuer von unten wagten sie es nicht, die Deckung zu verlassen. Doch wenigstens einer von ihnen, wenn nicht mehrere, hatte sich herabgeschlichen und drohte hinterrücks zu attackieren. Bren spähte angestrengt nach unten, konnte aber in der Dunkelheit nichts erkennen, zumal ihn das Licht brennender Büsche blendete.

Und die antiquierte Raumkapsel war unterwegs, unaufhaltsam, während sie hier feststeckten und die Zeit immer knapper wurde. Doch ob sie es rechtzeitig schafften, zur Stelle zu sein, wenn die Kapsel landete, war als Problem längst zweitrangig geworden. Inzwischen stellte sich eine ganz andere Frage, die nämlich, ob sie hier überhaupt lebend herauskämen, ob es Tabini und seinen Leuten gelänge, die Angreifer zu überwinden. Nicht auszudenken der Fall, daß der Aiji fiele …

»Ein Magazin, Nadi«, sagte Jago ohne jede Hektik. Die Pistole im Anschlag und mit starrem Blick nach unten kramte er mit der freien Hand in den Taschen und bekam zwei der drei Magazine zu fassen. »Ich habe noch eins, zwei mit dem in meiner Waffe.« Seine Stimme schwankte. Ihm war übel geworden, teils der Hitze, teils der geprellten Brust wegen, vor allem aber, weil er schreckliche Angst hatte.

»Das Gras fängt Feuer!« sagte der Aufseher. Bren warf einen Blick zur Seite und sah dichte Funkenschwärme über den Hang stieben, das dürre Gras entfachen; und vom Wind vorangetrieben, breitete sich das Feuer immer weiter aus, wohl über die Flanke hinweg, auf das weite, flache Grasland zu. Die Kapsel würde in einem Flammenmeer landen …

Gewehrschüsse ratterten oben am Hang, wild und überfallartig. Von Hoffnung und Schrecken gleichermaßen erfüllt, widerstand Bren der Versuchung, sich umzudrehen und nach oben zu schauen; er hätte ohnehin nichts erkennen können. Und plötzlich war ein kehliges, wütendes Gekreische auszumachen, Laute, die nicht zu Taiben paßten, dann ein Schrei, der abrupt verstummte, und wieder dieses grauenerregende Kreischen, das dem, der jemals ein Mecheita hatte kämpfen sehen, nie mehr aus dem Sinn gehen konnte.

Da oben am Hügelkamm waren Mecheiti. Reiter.

Er warf einen Blick über die Schulter, sah aber nichts

als lodernde Flammen, die nun auch auf die Bäume neben ihnen überzugreifen drohten. Brennende Asche regnete herab. Die Hitze wurde unerträglich.

»Wir müssen hier raus!« rief er.

Plötzlich brach die Schießerei ab; statt dessen waren nun aufgeregte Stimmen am Hang zu hörten. Verwirrt richtete er sich auf den Knien auf. Auch Banichi und die anderen wirkten für einen Moment lang ratlos. Ein belaubter Zweig über ihnen ging prasselnd in Flammen auf. Über eins der eingeschalteten Taschen-Koms meldete sich eine schnarrende Stimme:

»*Feuer einstellen, Feuer einstellen!*«

»Die sind durch«, sagte Banichi. »In Deckung bleiben!«

»*Sie* bleiben!« erwiderte Jago und hielt Banichi am Ärmel zurück. Es war das erste Mal, daß Bren mitbekam, wie sie sich einem Befehl ihres Vorgesetzten widersetzte. »Nehmen Sie Rücksicht auf Ihr Bein!«

»Zum Teufel«, knurrte Banichi und riß sich los, blieb aber zurück.

Für eine Weile war nur das Fauchen des Feuers zu hören. Kein Schuß, keine Bewegung. Es stank nach Schießpulver, verbranntem Kunststoff und ätzendem Rauch. Von Tano angeführt, krochen sie auf den Weg zu, raus aus der unmittelbaren Gefahr durch das Feuer. Jago hielt das Funkgerät ans Ohr gepreßt, und dann hörte er sie sagen: »Die Aiji-Mutter. Ja, Aiji-ma, uns geht es gut. Allen. Wir halten uns zurück.«

Er hoffte, daß es da oben kein Gemetzel gegeben hatte, daß diejenigen, die ihm nahestanden, noch am Leben waren. In den Funkmeldungen fiel der Name Dereiso, den Banichi erwähnt hatte als Rädelsführer der hiesigen Rebellen. Er hörte Kommandos zur Entwaffnung der Gegner. Ein kleines Flugzeug brummte herbei, machte ihm angst, doch Tano sagte, daß es eins der ihren sei.

Motorenlärm drang vom Hügel herab, und im Feuerschein tauchten nacheinander die Wagen der Kolonne auf, gefolgt von berittenen Mecheiti. Bren traute seinen Augen nicht; er hatte nie davon gehört, daß es diese Tiere auch in Taiben gab. Doch da waren sie, mehr als ein Dutzend – ein schaurig-schönes Bild mit Reitern in metallbeschlagenen, schwarzen Uniformen. Darunter mischten sich die behelmten Männer, die aus den Wagen gestiegen waren. Bren hoffte, daß einer von ihnen Tabini war.

Banichi stand auf, so auch Tano und Jago. Bren langte nach einem Ast und hievte sich vom Boden auf. Stehend erblickte er unter den Reitern eine kleinere Gestalt in schlichten Kleidern.

Ilisidi.

Und im Troß ihrer Gefolgsleute entdeckte er nun auch Cenedi. Es blitzte im Flammenlicht das Kriegsgeschirr der Tiere, deren Stoßzähne mit tödlichen Metallspitzen bewehrt waren. Zehn oder elf weitere reiterlose Mecheiti traten hinter der Flanke zum Vorschein und schlossen sich der Herde an, noch nervös vom Kampfeinsatz, das Feuer scheuend.

Kein Zweifel, das Tier, auf dem Ilisidi thronte, war unverkennbar Babsidi, wie Bren bemerkte, als sich die Alte aus der Gruppe löste und den Blick freigab auf eine Gestalt, die zwischen den hochaufragenden Reitern untergegangen war.

Mein Gott, da war …

»*Hanks!*« rief er entgeistert, und erkannte nun auch den stämmigen Ateva an ihrer Seite.

Geigi schaute auf ihn herab. »Nand' Paidhi! Was für eine Freude, Sie wohlauf zu sehen!«

»Lord Geigi, ich … ich habe Ihre Nachrichten erhalten«, stammelte Bren. »Besten Dank dafür. Hanks?«

»Schaff mir diese Leute vom Hals«, zischte sie auf mosphei'. Ihre Hände waren gefesselt. An die Sattelringe. »Hanks«, sagte er, »du bist jetzt still!«

»Wenn wir hier nicht verbrennen wollen, sollten wir

uns sputen«, sagte Tabini. »Mit den Fahrzeugen kommen wir nicht weiter. Aber Großmutter hat zum Glück geeignete Transportmittel mitgebracht und wird sie uns, großzügig, wie sie ist, zur Verfügung stellen. Nicht wahr, 'Sidi-ji?«

»Ich weiß nicht«, entgegnete sie. »Soll ich mich auch noch erkenntlich dafür zeigen, daß er mir die Tür gewiesen und mich aus Taiben hat wegjagen lassen?«

»Großmutter.« Tabini hielt ein Gewehr in der Hand, den Lauf zum Himmel gerichtet. »Dafür werden Sie doch Verständnis haben. Ich brauchte das ganze Haus für mich und meine Leute. Und es war doch anzunehmen, daß Sie genau wußten, wohin Sie würden ausweichen können.«

»Was Ihre tüchtigen Agenten offenbar nicht wußten.«

»Wer vermag es denn schon, Ihnen auf die Schliche zu kommen, Sonne meines Herzens? Können wir jetzt los?«

Aus der Gruppe der reiterlosen Mecheiti war ein fuchtiges Schnauben zu vernehmen; ungestüm sprengte eines der Tiere den Haufen und preschte vor, auf den Paidhi zu, kam ihm bedrohlich nahe mit den spitzen Stoßzähnen und fuhr ihm schnuppernd mit weichen Nüstern über die ausgestreckte Hand.

Nokhada hatte ihn wiedererkannt und brachte sich ihm in Erinnerung als sein Mecheita. Es war nicht Zuneigung, sondern ein triebhafter Impuls, es war Man'chi. Mit der sensiblen Oberlippe schnappte Nokhada nach seinem Ohr, doch Bren hütete sich, ihr einen Klaps auf die Nase zu geben. Er langte nach dem Zügel und forderte sie mit einem kräftigen Schlag auf die Schulter auf, in die Knie zu gehen, damit er aufsitzen konnte. Kaum saß er im Sattel, sprang sie wieder auf mit feurigem Elan und ohne Rücksicht auf seine wehen Knochen.

Von seiner hohen Warte im Sattel überblickte er

den Hang und sah, wie sich das Feuer immer weiter ausbreitete. Er hörte Hanks neben sich auf ihn einreden und verlangen, daß er sie befreite, und an Lord Geigi gewandt, sagte er leise: »Nand' Geigi, Sie wissen nicht zufällig, wo der Computer von Hanks-Paidhi ist?«

Geigi klopfte mit der flachen Hand auf ein Gepäckstück, das, am Sattelring befestigt, an der Seite seines Mecheita hing. »Ich dachte mir, daß dieses Gerät von Bedeutung sein könnte.«

»Danke«, antwortete Bren, und zu seiner Erleichterung entdeckte er endlich auch Algini in der Gruppe. Von seinen Leuten waren also alle unversehrt geblieben.

Ilisidi machte den Eindruck, als sei sie sehr zufrieden mit sich. Babsidi tänzelte nervös umher und hatte es eilig, den Flammen zu entkommen, als seine Reiterin die Zügel schießen ließ. Noch saßen nicht alle im Sattel. Bren schaute sich um und sah zwei von Tabinis Gardisten mit ihren Mecheiti kämpfen, doch auch sie schafften es schließlich aufzusitzen. Die Fahrer kehrten ans Steuer zurück, um ihre Wagen vor dem Feuer in Sicherheit zu bringen.

Auf abschüssigem Geläuf hatte Bren große Mühe, Nokhada im Zaum zu halten, als Cenedis Mecheita rempelnd darauf bestand, der Ordnung entsprechend an die zweite Stelle hinter Babsidi vorzurücken. Daß dann auch noch Tabinis Reittier an ihr vorbeizuziehen versuchte, wollte sich Nokhada nicht wehrlos gefallen lassen. Schnaubend und kreischend setzte sie nach, doch Bren nahm sie entschlossen an die Kandare, worauf sie im ersten Moment wütend bockte, dann aber parierte.

So auch Hanks. Offenbar waren ihr ein paar klare Worte der Warnung gesagt worden; jedenfalls hatte sie ihr wüstes Fluchen auf Bren eingestellt.

Cenedi ließ sich zurückfallen, um neben Bren herzureiten, und es schien, als drängte es ihn zu fragen: »Hatten auch Sie Ilisidi und mich in Verdacht?«

»Nein, Cenedi-ji«, antwortete Bren. »Ich weiß, Sie hätten mehr Finesse gezeigt und weniger Porzellan zerschlagen.«

»Tja, das war mehr als überflüssig. Denn der Verwüstung durch die Rebellen hätte es gar nicht mehr bedurft. Tatiseigi war ohnehin zum Einlenken bereit, nachdem Ilisidi ein ernstes Wort mit ihm gesprochen hatte.« Sein Mecheita und Nokhada kabbelten miteinander, doch Cenedi hatte die Zügel fest im Griff und schaute sich um. »Das Feuer breitet sich aus. Wo bleiben nur die Flugzeuge?«

»Zur Brandbekämpfung?«

»Ja. Vorläufig können wir nur hoffen, daß der Westwind anhält.«

Der Wind blies ihnen entgegen und hielt das Feuer zurück. Zu riechen war nur noch der Rauchgestank, der den eigenen Kleidern anhaftete. Cenedi schloß wieder zu Ilisidi und Tabini auf, die in der heraufziehenden Dämmerung allmählich klarere Konturen annahmen. Das Grasland dehnte sich nach allen Seiten hin endlos aus, farblos wie eine Nebelbank, in der die Mecheiti und Reiter zu schwimmen schienen. Die Feuerfront im Osten überstrahlte das anbrechende Tageslicht.

Banichi und Jago rückten an seine Seite. Nokhada tolerierte deren Reittiere. »Hier, Ihr Computer«, sagte Jago und reichte ihm das Gerät herüber. »Hat leider einen Einschuß, aber vielleicht funktioniert er ja trotzdem noch.«

»Danke«, sagte er und legte die Schlinge über die Schulter. »Den von Hanks hat Lord Geigi in Verwahrung. Der wird mir nützlich sein können.«

»Geigi scheint einiges bei Ihnen wiedergutmachen zu wollen«, meinte Banichi. »Er hat den entscheidenden Tip bekommen und ist letzte Nacht mit seinen

Leuten losgezogen, um Hanks dingfest zu machen. Er hatte leichtes Spiel, zumal ihm ein erfahrenes Gildenmitglied zur Seite stand.«

»Wer?« fragte Bren.

»Cenedi natürlich«, antwortete Jago.

»Ilisidi, Geigi – wie kommt's, daß sie sich alle auf einmal so sehr für Tabini ins Zeug legen?«

»Nicht für Tabini«, entgegnete Jago. »Aber sie sahen ihre eigenen Interessen bedroht. Die Rebellen sind zu weit gegangen.«

»Es waren Wahnsinnige, die Hanks entführt und Tatiseigis Porzellan zerschlagen haben«, sagte Banichi. »Sie wollten dem Alten Angst einjagen und nicht zulassen, daß sich Tabini über Damiri-daja mit den Atigeini aussöhnt.« Banichi hob den Kopf und schaute suchend zum Himmel empor.

»Soweit ist es noch nicht«, sagte Bren. »Mit der Kapsel ist erst zu rechnen, wenn es hell geworden ist.«

»Ich halte Ausschau nach den Flugzeugen«, entgegnete Banichi. »Der Wind dreht, und wichtiger als das Wann ist jetzt die Frage, wo die Kapsel niedergeht. Die Feuerfront breitet sich nach Süden aus.« Banichi zügelte sein Mecheita, um sich auf die Höhe von Naidiri zurückfallen zu lassen.

Aus Fernsehbildern wußte Bren, was für verheerende Ausmaße ein solcher Steppenbrand annehmen konnte, daß eine Feuerfront ihren eigenen Wind erzeugte und immer schneller voranschritt. Der würden jetzt nur noch Löschchemikalien aus der Luft Einhalt gebieten können. Doch die Flugzeuge blieben aus.

Gütiger Himmel! Er dachte an die Touristen und Schaulustigen, die sich auf den Weg gemacht hatten, um die Landung der Kapsel zu beobachten.

Es wurde lichter. Der Wind kam jetzt spürbar von hinten, mit Rauch und kräftig genug, um das Gras zu bewegen. Die Mecheiti wurden nervös und rückten enger zusammen.

Ilisidi trabte auf Babs vorneweg, seelenruhig, wie es schien, und ohne einen Schritt zuzulegen. Bren war dicht genug dran, um den Wortwechsel zwischen ihr und Tabini belauschen zu können.

»Wenn Sie mir wenigstens eine Nachricht hätten zukommen lassen«, beschwerte sich Tabini.

»Wozu?« erwiderte sie. »Es war doch kein Geheimnis, wo ich mich aufhalte.«

»Ja, aber ich wollte es nicht glauben. Bei allen Unglücksgöttern, Sie sollten wirklich wählerischer sein, was Ihren Umgang betrifft.«

»Nun, wenn man mich bei Nacht und Nebel aus Taiben wegschickt, darf es nicht wundern, daß ich dahin gehe, wo man große Stücke auf mich hält.«

»Aber das sind doch ausgemachte Narren, Großmutter-ji. Seien Sie froh, daß Sie noch am Leben sind. Denen ist alles zuzutrauen.«

»Keine Sorge, Nadi, ich hätte gewiß nicht meinen Kopf für Sie hingehalten.«

»Sie geben's wohl nie auf und halten sich überall Ihr Hintertürchen offen, nicht wahr?«

»Natürlich. Wer weiß? Es könnte doch sein, daß Sie ins Stolpern geraten.«

»Meine Gegner wären auch die Ihren. Denen geht's nicht bloß um einen Regierungswechsel, sondern darum, selbst an der Macht zu sein.«

»Meine Gegner hätten nichts zu lachen. Ich bin weit weniger nachsichtig als mein Enkelsohn. Übrigens, falls Sie sich fragen, wo Tatiseigi ist. Er wird jetzt wohl in Taiben sein, am Frühstückstisch sitzen und vermutlich auf einen Anruf seines Schwiegersohns in spe warten.«

»Ach, kann es sein, daß er am Ende doch sein Einverständnis gibt?«

»Immerhin wird man ihm nicht nachsagen können, daß er voreilig ist.«

Der Wind kam böig von hinten, und es wurde zusehends heller. Vor dem Feuer fliehend, stoben auf breiter Front, vereinzelt oder in Herden, wilde Tiere über das weite Gelände.

»Verflucht«, brummte Tabini. Dann warf er einen Blick über die Schulter und rief: »Naidiri? Wo bleiben die Flugzeuge? Fragen Sie noch einmal nach.«

»Das habe ich soeben«, antwortete Naidiri. »Es heißt, daß sie gerade beladen werden und in wenigen Minuten starten können.«

Bren schaute gerade zurück auf den erschreckend breiten Feuersaum im Osten, als jemand im hinteren Teil des Trosses mit ausgestreckter Hand zum Himmel deutete und rief: »Da oben! Was ist das?«

Alles blickte auf. Bren, dessen Augen weniger scharf waren als die der Atevi, mußte Nokhada anhalten, um sehen zu können, was nun auch die anderen veranlaßte, ihre Mecheiti zu zügeln.

»Ja, das ist sie, die Kapsel«, sagte er und konnte es selbst kaum glauben. »Sie kommt.« Aber nicht auf erwartetem Kurs, sondern weit, weit abgetrieben. Nach Süden hin.

»Das schaffen wir nicht mehr rechtzeitig«, sagte Banichi. »Schlimmer noch, womöglich ist das Feuer vor uns da.«

# 23

Weit und breit gab es nur einen einzigen Flußlauf. Ausgerechnet dort war die Kapsel niedergegangen und bis zur Luke eingetaucht ins Wasser, zugedeckt vom rot-blauen Fallschirm.

Totenstille.

»Da regt sich nichts«, meinte Tabini, als sie sich dem Ufer näherten. »Läßt sich die Luke von innen öffnen, Bren-ji?«

»Das nehme ich doch an«, antwortete er. Rußflocken flogen im Wind herbei. Dunkle Rauchwolken verdüsterten den anbrechenden Tag.

Nokhada scheute vor dem bizarren Anblick im Wasser zurück und legte die Ohren an, ließ sich aber dann doch von Bren vorantreiben. Alle Sicherheitskräfte um ihn herum zogen ihre Waffen.

»Tabini-ma«, sagte er. »Banichi ...«

»Für den Fall aller Fälle«, erklärte Tabini, und auch Banichi führte sein Mecheita nun ins schlammige Wasser, an die Kapsel heran. Von einem Windstoß angehoben, lüftete sich der Fallschirm.

Es war nicht nur einer. Auch der Reservefallschirm hatte sich entfaltet.

Banichi beugte sich herab und schlug mit der Faust vor den oberen Rand der Luke. In Antwort darauf war ein Pochen von innen zu hören.

Luft zischte und gurgelnd drang Wasser durch den Spalt, als die Schleuse geöffnet wurde.

»Können Sie mich hören?« rief Bren. Dann ging die Luke auf, in die sich ein Schwall von braunem Wasser ergoß. Darüber tauchten zwei verschwitzte, verängstigte Gesichter auf.

Nokhada reckte neugierig den Hals, näherte sich schnuppernd mit den Nüstern, worauf er ihren Kopf am Zügel herumriß, damit die beiden nicht erschraken. »Hallo«, grüßte er. »Ich freue mich, Sie zu sehen.«

»Glaubt ihm kein Wort!« brüllte Hanks vom Ufer.

»Das ist meine Kollegin Deana Hanks«, sagte er. »Ich bin Bren. Und hier – darf ich vorstellen? – Banichi.«

Von Wasser umspült, spähten die Besucher aus dem All verschüchtert nach draußen – auf bewaffnete Gardisten, furchterregende Mecheiti und einen rauchverhangenen Himmel.

»Nur keine Angst«, sagte Bren. »Es werden gleich Flugzeuge kommen, die das Feuer bekämpfen. Sie sind in Sicherheit.« Er streckte seine verrußte, blutige Hand aus und setzte sein freundlichsten Lächeln auf, obwohl er am ganzen Leib zu zittern anfing. »Willkommen in unserer Welt. Sie können sich mir ruhig anvertrauen.«

# Anhang

# GLOSSAR

| | |
|---|---|
| Adjaiwaio | atevisches Volk |
| Agoi'ingai | glücksverbürgende Zahlenharmonie |
| Aiji | Herrscher eines Bundes |
| Aishidi'tat | Westbund |
| Algini | Diener, Agent der Sicherheit |
| Alujis | Fluß, Streitobjekt um Wasserrechte |
| Atevi | Gattungsname |
| Babsidi | ein Mecheita; ›tödlich‹ |
| Baji | Glück |
| Banichi | Sicherheitsagent |
| Barjida | Aiji von Shejidan während des Krieges |
| Basheigi | Universum, Umwelt, Ökosystem |
| Bergid | Gebirge, von Shejidan aus sichtbar |
| Bihawa | der Impuls, Fremde auf die Probe zu stellen |
| Biichi-gi | Finesse bei der Entfernung von Hindernissen |
| Blutfehde | legitimes Mittel zur Korrektur sozialer Mißstände |
| Brominandi | Provinzgouverneur |
| Chimati' sidata | vollendete Tatsache; wörtl.: das Tier ist geschlachtet |
| Dahemidei | Angehöriger einer ketzerischen Sekte |
| Daja | Dame |
| Dajdi | stimulierendes Alkaloid |
| Dajoshu | Banichis Geburtsstadt |
| Didaini | Nachbarprovinz von Maidingi |
| Dimagi | alkoholisches Getränk |
| Haronniin | Überbeanspruchung, die eine Korrektur rechtfertigt |
| Hasdrawad | Parlament |
| hata-mai | in Ordnung |
| hei | selbstverständlich |
| Ilisidi | Großmutter Tabinis |
| insheibi | indiskret |

| | |
|---|---|
| Jago | Sicherheitsagentin |
| kabiu | im Geiste guter Beispielhaftigkeit |
| Machimi | Mantel-und-Degen-Stück |
| Maidingi | Provinz, Ortschaft |
| Mainaigi | hormonell bedingte Plänkelei |
| Malguri | Burg über dem Maidingi-See |
| Man'chi | höchste Loyalität einem Verbund oder einem Anführer gegenüber |
| Matiawa | Mecheitirasse |
| Mecheita | Reittier |
| Moni | Brens Diener |
| Midarga | stimulierendes Alkaloid, für Menschen giftig |
| Midedeni | Angehöriger einer ketzerischen Sekte |
| Midei | Ketzerglaube |
| mishidi | plump, ungeschickt |
| Mospheira | Insel; Enklave der Menschen |
| Mosphei' | Menschensprache |
| Nadi | Herr/Frau |
| Nadi-ji | verehrte(r) Herr/Frau |
| Nai'aijiin | Provinzfürsten |
| nai'am | ich bin |
| nai'danei | sie (beide) sind |
| na'itada | sich aufzugeben weigern |
| Nai-ji | respektierte Person |
| Naji | Zufall |
| nand', nadi | hochverehrt |
| Nisebi | Provinz, in der der Verzehr von Fleischkonserven erlaubt ist |
| Nokhada | ein Mecheita; ›kampfmutig‹ |
| O'oi-ana | nachtaktive Pseudo-Echse |
| Pachiikiin | Wildtiere |
| Paidhi | Dolmetscher |
| Paidhi-ji | Sir Dolmetscher |
| Ragi | Volk, dem Tabini angehört |
| Shejidan | Hauptstadt des Westbundes |
| Shibei | dunkles, bitteres alkoholisches Getränk; auch für Menschen verträglich |
| Shigi | Ortschaft |

| | |
|---|---|
| somai | zusammen |
| Tabini | Aiji der Ragi |
| Tachi | Hirtenvolk, ehemals auf Mospheira beheimatet |
| Tadiiri | Schwester; Burg in der Nähe von Malguri |
| Taigi | Brens Diener |
| Taimani | Nachbarprovinz von Maidingi |
| Talidi | Banichis Herkunftsprovinz |
| Tano | Partner von Algini |
| Tashrid | Oberhaus |
| Tekikin | Techniker |
| Toby | Brens Bruder |
| Valasi | Tabinis Vater |
| Weinathi-Brücke | Ort, an dem sich eine Flugzeugkatastrophe zugetragen hat |
| Wi'itkitiin | echsenähnliche Vögel |
| Wilson | Brens Vorgänger |
| Wingin | Ortschaft |

Von

**Caroline Janice**
# CHERRYH

erschien in der Reihe

**HEYNE SCIENCE FICTION & FANTASY:**

Brüder der Erde · 0603648
auch in Chroniken der Zukunft,
hrsg. von Wolfgang Jeschke, Band 1 · 0601001
Weltenjäger · 0603772
Der Biß der Schlange · 0604081
Die letzten Städte der Erde · 0604174
Das Kuckucksei · 0604496
Der Engel mit dem Schwert · 0604526
Der Paladin · 0605169

DIE MORGAINE-TRILOGIE:
Das Tor von Ivrel · 0603629
Der Quell von Shiuan · 0603732
Die Feuer von Azeroth · 0603921
Alle drei Romane in einem Band als illustrierte Sonderausgabe:
Tore ins Chaos · 0604204

DER EALD-ZYKLUS:
Stein der Träume · 0604231
Der Baum der Schwerter und Juwelen · 0604514

DIE DUNCAN-TRILOGIE
(auch ZYKLUS DER STERBENDEN SONNEN):
Kesrith – die sterbende Sonne · 0603857
Shon'jir – die sterbende Sonne · 0603936
Kutath – die sterbende Sonne · 0603948

Alle drei Romane in einem Band als illustrierte Sonderausgabe:
Sterbende Sonnen · 0604763

ZYKLUS DIE COMPANY-KRIEGE
(auch DER PELL-ZYKLUS):

Pells Stern · 0604038
Kauffahrers Glück · 0604040
40 000 in Gehenna · 0604263
Yeager · 0604824
Schwerkraftzeit · 0605017
Höllenfeuer · 0605062

DIE CYTEEN-TRILOGIE
(gehört lose zum Zyklus DIE COMPANY-KRIEGE):

Der Verrat · 0604710
Die Wiedergeburt · 0604711
Die Rechtfertigung · 0604712

DER FRÜHE CHANUR-ZYKLUS:

Der Stolz der Chanur · 0604039
Das Unternehmen der Chanur · 0604264
Die Kif schlagen zurück · 0604401
Die Heimkehr der Chanur · 0604402

DER SPÄTE CHANUR-ZYKLUS:

Chanurs Legat · 0605126

DER ATEVI-ZYKLUS:

Fremdling · 0605651
Eroberer · 0605652
Erbe · 0605653 (in Vorb.)

HEYNE BÜCHER

Schwarzes Loch
Zukunft
Science Fiction Tage
im ORF Dornbirn
Was? Schlaglichter auf eine schlecht verstandene Literatur: Lesungen, Vorträge, Diskussionen, Hörspiele ...
Wo? ORF Radio Vorarlberg, Dornbirn, Österreich
Wann? 9. bis 11. Mai 1997